Für Matthew und James

Danksagungen

Ich möchte meiner ehemaligen Studentin und wissenschaftlichen Mitarbeiterin Karen Houppert für ihre Nachforschungen zur Geschichte von Toms River und Ocean County danken und für die Einblicke, die sie mir in den heutigen sozialen und Sittenkodex der ganzen Gegend vermittelt hat.

Ebenfalls danken möchte ich meinem Anwalt und Freund Dan Kornstein, der mir die ganze Zeit über, in der ich an diesem Buch arbeitete, hilfreich zur Seite stand. Mr. Kornstein ist ein Mann hoher Prinzipien, großen Mitgefühls und profunder Intelligenz, der die Handhabung des geschriebenen Rechts auf die Ebene moralischen Handelns erhoben hat. Er besitzt die persönliche Integrität, für Menschen, Bücher und Fälle einzustehen, an die er glaubt, selbst wenn andere es nicht tun, wofür ich ihm mehr danke, als ich mit Worten angemessen auszudrücken vermag.

Einführung

Viele der in diesem Buch wiedergegebenen Dialoge sind unmittelbar den Gerichtsprotokollen entnommen; andere gehen auf Befragungen der entsprechenden Personen durch den Autor zurück. Außerdem wurden bestimmte Szenen mit dramaturgischen Mitteln dargestellt, um die Persönlichkeit derer effektiver zu porträtieren, die am tiefsten in diese Geschichte verwickelt sind, und um die Atmosphäre rund um die Ereignisse, auf denen dieses Buch fußt, deutlicher werden zu lassen.

Ein Prozeß fördert stets einander widersprechende Darstellungen der Ereignisse ans Tageslicht. Wo eine solche Diskrepanz in Zeugenaussagen oder Erinnerungsvermögen sichtbar wurde, hat sich der Autor auf diejenige Version gestützt, die seiner Meinung nach die plausibelste ist.

Robert Marshall, Maria Marshall, die drei Söhne Roby, Chris und John, die Eltern von Maria Marshall, Richter Manuel Greenberg, der Stellvertretende Staatsanwalt Kevin Kelly und einige wenige bedeutende Randfiguren tauchen in diesem Buch unter ihren richtigen Namen auf; bei den übrigen Personen hat sich der Autor entschieden, die Namen zu ändern oder die Identität von bestimmten Leuten unkenntlich zu machen, die in diese Geschichte verwickelt waren. Denn ich wollte die Privatsphäre der Betroffenen respektieren. Jede Ähnlichkeit zwischen den Namen fiktiver und denen lebender Personen wäre natürlich rein zufällig.

In diesem Leben gibt es keinen Fortschritt, der nicht umkehrbar wäre; wir schreiten nicht voran über festgelegte Stufen, um uns auf der letzten auszuruhen; durch den unbewußt erlebten Zauber der Kindheit, die gedankenlose Vertrauensseligkeit der Jugend, die Zweifel des Heranwachsenden (das allgemeine Verhängnis) führt unser Weg über Skepsis und Unglauben zur abwägenden Gelassenheit im Mannesalter. Und haben wir diesen Weg einmal hinter uns gebracht, beginnen wir die Reise aufs neue, sind wieder Kinder, Jungen und Männer und auf ewig Anhänger des Zweifels. Wo ist der endgültige Hafen, in dem wir einmal nicht mehr ablegen?

HERMAN MELVILLE
– *Moby Dick* –

ERSTES BUCH

1. Kapitel

Am Vormittag des 6. September 1984, 11 Uhr, wurde Roby Marshall von seiner Mutter geweckt. Das war ungewöhnlich. Meistens schlief er bis nach Mittag.

Eigentlich hätte er wieder in Villanova weilen sollen, wo er um 8 Uhr hätte aufstehen und zum Unterricht gehen müssen, um sein zweites Studienjahr in Angriff zu nehmen. Im vergangenen Frühjahr jedoch hatte es kurz vor den Schlußexamina Unruhe im Schlafraum gegeben: Eine große Anzahl leerer Bierflaschen, die Anwesenheit zwölf anderer männlicher Kommilitonen aus dem ersten Studienjahr sowie die eingetretene Tür einer wissenschaftlichen Hilfskraft waren das Ergebnis. Man hatte Roby Marshall und andere dahingehend informiert, daß es wohl besser sei, das fehlende Semester woanders zu absolvieren und auf die Wiederzulassung im Januar zu warten. Daraufhin hatte er sich im Stockton State College in der Nähe von Atlantic City eingeschrieben, fünfzig Minuten die Allee hinunter, in der sein Zuhause in Toms River, New Jersey, lag; aber hier begann der Unterricht erst eine Woche später, und so lag Roby Marshall an diesem Donnerstag morgen noch so spät im Bett wie an den meisten anderen Tagen auch, seit sein Job als Rettungsschwimmer am Ortley-Strand zu Ende gegangen war.

»Roby, mein Kleiner«, sagte seine Mutter, »Vater und ich essen im Club. Willst du nicht mitkommen?«

Robys Beziehung zu seinem Vater war während des Sommers ein wenig wackelig gewesen. Rob senior, Absolvent von Villanova (Abschluß 1963) und der bekannteste Versicherungsvertreter von Toms River, war über Robys Relegation nicht gerade erfreut gewesen. Er hatte Roby, um es genauer zu sagen, das neue Mustang-Kabriolett verweigert, das er ihm für den Fall eines erfolgreichen Abschlusses des ersten Studienjahres versprochen hatte. War dies schon ein harter Schlag gewesen – den ganzen Sommer lang mit dem zerbeulten alten gelben

Mustang an den Strand fahren zu müssen –, der Wutausbruch seines Vaters und sein anschließendes eisiges Schweigen über drei Monate hin waren ungleich schwerer zu ertragen.

Da er vorhatte, bis nach Weihnachten zu Hause zu wohnen und zum Unterricht ins Stockton College zu fahren (mit dem alten gelben Mustang), kam Roby zu der Überzeugung, es wäre wohl besser, er versuchte, verlorenes Terrain zurückzuerobern, selbst wenn dies, wie in diesem Fall, bedeuten mußte, daß er noch vor Mittag würde aufstehen müssen.

Er sagte seiner Mutter, er werde mitkommen, stand auf, duschte, fönte sich das lockige Haar, streifte ein paar sauber gebügelte Designer-Jeans und ein frisch gewaschenes Hemd von *Grog's Surf Palace* in Seaside Park über (Robys Eltern hielten sich viel darauf zugute, wie gut gekleidet ihre Kinder stets waren) und ging hinunter in die Küche.

Das Haus der Marshalls lag am Crest Ridge Drive im Stadtteil Brookside von Toms River. Wer immer in Toms River zeigen wollte, daß er es zu etwas gebracht hatte, der zog nach Brookside. Die Marshalls wohnten seit 1971 hier. Seither hatten sie es neben ihrer Mitgliedschaft im Country-Club noch zu einem Swimming-pool, dem zeitweisen Mitbesitz an einem Ferienhaus in Florida, einem elfenbeinfarbenen Cadillac, einem Kombi, Robys gelbem Mustang und einem neuen Jeep für Robys jüngeren Bruder Chris gebracht, der gerade sein erstes Jahr auf der Lehigh begonnen hatte. John, mit seinen dreizehn Jahren der jüngste der drei Brüder, hatten sie bereits einen Porsche versprochen.

Roby küßte seine Mutter und setzte sich an den Küchentisch. Sie reichte ihm ein Glas Orangensaft. Jetzt, da er einmal aufgestanden war, hatte er es eilig zu gehen. »Dann laß uns gehen«, sagte er. »Wo ist Dad?«

Er bemerkte eine plötzliche Anspannung im Gesicht seiner Mutter. »Gott allein weiß, wo dein Vater in diesen Tagen ist«, sagte sie und wandte sich ab, um schnell die Küche zu verlassen. Das war ungewöhnlich. An den meisten Tagen – obwohl es dann meistens schon Nachmittag statt Morgen war – wartete Maria Marshall in der Küche darauf, daß Roby herunterkam. Nachdem sie ihm ein Glas Saft eingeschenkt hatte, machte sie ihm Pfannkuchen und setzte sich zu ihm, um sich mit ihm zu unterhalten, während er aß. Roby hatte es gelernt darin eine der positiven Auswirkungen seiner zeitweiligen Verweisung von der Schule zu sehen – die Chance, mehr Zeit mit seiner Mutter zu verbringen.

Er hatte immer ein sehr enges Verhältnis zu ihr gehabt, genau wie seine Brüder auch. Sie war nicht nur seine ›Mom‹, wie er zu sagen pflegte, sondern gleichzeitig seine beste Freundin. Die meisten Jungen seines Alters – Roby war neunzehn – wären wohl verlegen geworden, hätte man ihnen gesagt, sie ähnelten ihrer Mutter. Roby war stolz darauf. Für ihn war seine Mutter immer schon die schönste Frau von Toms River gewesen.

Roby war sechs Fuß eins groß und hatte breite Schultern, und auf der High-School hatte er etliche Schwimmrekorde aufgestellt. Aber in seinem offenen, runden, noch immer ein wenig kindlich wirkenden Gesicht war die Ähnlichkeit mit Maria nach wie vor unübersehbar. Mit ihren zweiundvierzig Jahren, dem leuchtendblonden Haar, den sanften blauen Augen, der schlanken, athletischen Figur und einer der umfangreichsten – und teuersten – Garderoben in der ganzen Ocean County war sie eine Frau, die man stets zur Kenntnis nahm und der der Neid so mancher Geschlechtsgenossin sicher war. Für Roby war die Aussicht, mit ihr im Club essen zu gehen, eine echte Freude.

Kurz nach Mittag kehrte sein Vater heim – spät wie immer und, wie in diesen Tagen üblich, in höchster Eile. Rob Marshall war fünfundvierzig, genauso groß wie sein ältester Sohn, und seine Haare waren straff, wenn nicht sogar ein wenig rasant über einem Paar Augen zurückgekämmt, die so hart waren wie Marias Augen sanft. Seine Lippen waren so dünn und farblos, daß sie fast durchscheinend wirkten, und sein Unterkiefer sprang so scharf vor wie der Bug eines Schiffes. Bis vor gar nicht so langer Zeit hatte Rob noch die Fülle des typischen Mannes im mittleren Alter aufgewiesen, der bereits ein wenig Fett angesetzt hat, aber in den letzten Monaten hatte er deutlich abgenommen, so daß jetzt an ihm vor allem die fahrige, nervöse Energie auffiel, die er ausstrahlte.

In dem Augenblick, als die drei die Stufen ihres Hauses hinunter zum Cadillac gingen, fuhr ein anderer Wagen am Straßenrand vor, und ein Mann stieg aus, den Roby nicht kannte.

»Eine Minute«, sagte Robys Vater und ging mit dem Fremden zurück ins Haus und durch das Wohnzimmer in sein Arbeitszimmer im ersten Stock.

»Was hat das denn zu bedeuten?« fragte Roby seine Mutter.

»Wer will das in diesen Tagen schon wissen?« erwiderte sie.

Was es auch gewesen sein mochte, es dauerte jedenfalls nicht lange. Nach weniger als fünf Minuten kamen Rob und der Fremde wieder aus dem Arbeitszimmer. Wieder schickten sich die Marshalls an, die Stufen hinunterzugehen, diesmal in Begleitung des Mannes, den Rob nur kurz als ›Mr. Girard‹ vorstellte.

Als sie bei ihren Autos ankamen, verabschiedete Rob sich von Mr. Girard.

»Ich wünsche einen schönen Urlaub«, sagte Mr. Girard.

Im Wagen fragte Roby seinen Vater später, was das denn zu bedeuten habe, da doch keinerlei Urlaub anstehe.

»Ich weiß auch nicht«, erwiderte Rob unwirsch. »Er wollte wohl einfach nur witzig sein.«

»Ha, ha«, sagte Maria mit einer Stimme, die erst gar nicht versuchte Amüsement vorzutäuschen.

Ich wünsche einen schönen Urlaub. Das war eine der kleinen Dinge, mit denen Roby zu jener Zeit nichts anzufangen wußte, an die er sich später aber noch erinnern sollte, als jede noch so geringfügige Kleinigkeit sich mit immenser Bedeutung aufzuladen schien.

Eine andere solche Kleinigkeit ereignete sich nach dem Lunch, auf dem Rückweg vom Club, als seine Mutter eine Kassette aus dem Recorder nahm und sie in die Plastikhülle steckte, auf der die Titel der Songs vermerkt waren. Vom Rücksitz aus konnte Roby seine Mutter sehen, als sie das Verzeichnis las.

»Hast du keine Aufnahme mit Liedern, die dich an mich erinnern?« fragte sie Rob.

Eine Hand am Steuer, das Gaspedal ein wenig stärker durchgetreten als sonst, langte Robys Vater hinunter und kramte in dem Kassettenhaufen unter dem Vordersitz. Dabei ging sein Blick immer zwischen der Straße und den Kassetten hin und her. Schließlich fand er, wonach er gesucht hatte. Roby konnte nicht genau erkennen, um was es sich handelte, aber das war wohl auch ohne Bedeutung. An was er sich später noch erinnerte, war der eiskalte Tonfall, mit dem sein Vater das Wort ›da‹ aussprach, als er Maria die Hülle reichte.

Am Nachmittag kam Susan Salzman, Robys Freundin, herüber, und gemeinsam mit Maria spielten sie *Trivial Pursuit – das* Spiel der Saison – in ganz Brookside. Rob und Maria Marshall hatten es geradezu hingebungsvoll gespielt, oft genug auch mit Roby und Chris und deren Freunden, und dann nicht selten bis zwei oder drei Uhr morgens. Rob nippte an einer Cola, die Jungen schlürften Pepsi, und Rob und Maria bildeten stets eine Mannschaft, die auch immer gewann: Jedesmal, wenn sie eine richtige Antwort gegeben hatten, küßten und herzten sie sich wie Teenager.

Selbst wenn sie die *Baby-Boomer*-Version spielten, war Roby für seine Mutter kein ernsthafter Gegner. Die Allgemeinbildung, die ihm die High-School von Toms River vermittelt hatte, wies doch einige Lücken auf, Fragen wie etwa: ›Wo liegt der Krüger-Nationalpark?‹ – ›Wie lautete der erste Name der Maverick-Brüder?‹ oder ›Was wurde als das universelle Lösungsmittel bekannt?‹ konnte Roby nicht beantworten. Susan, die noch ihr letztes Jahr auf derselben High-School absolvierte, war da auch keine sonderliche Hilfe.

Später am Nachmittag ging Maria nach oben, um sich für den Abend umzuziehen. Sie und Rob wollten zum Dinner ins *Meadows* in Atlantic City gehen, dem teuersten der sechs Harrah's-Marina-Restaurants und danach noch eine oder zwei Stunden Black Jack spielen.

Die Fahrt zu Harrah's war für die Marshalls zu einem wöchentlich wiederkehrenden Ritual geworden. Insoweit unterschieden sie sich nicht von den meisten ihrer Freunde in Toms River. Seit dem Aufkommen der Spielcasinos in den späten siebziger Jahren war Atlantic City zum Dreh- und Angelpunkt des gesellschaftlichen Lebens von Toms River geworden. Vierzig schnelle Meilen den Garden State Parkway hinunter hatten die glitzernden Türme, die jetzt die Uferpromenade säumten, den Bewohnern einer einst unbedeutenden kleinen Stadt mitten im Küstengebiet New Jerseys eine chromblitzende, geldstrotzende Welt beschert, die für sie zuvor allenfalls auf dem Fernsehschirm existierte.

Die Casinos füllten nicht einfach nur eine Lücke in der Freizeitgestaltung der Mitglieder des Country-Club von Toms River aus; nein, sie wurden zum absoluten Statussymbol. Eine Tischreservierung und Karten für eine Show in einem der Spielcasinos von Atlantic City waren etwas, womit man wochenlang prahlen konnte. Jemanden wissen zu lassen, Atlantic City sei zum Mittelpunkt des eigenen gesellschaftlichen Lebens geworden (›Dinner am Samstag? – Oh, wir würden zu gern kommen, aber wir haben eine Reservierung im Nugget.‹) war der absolut sicherste Weg, ihm klarzumachen, daß man allen Ernstes auf dem Weg an die Spitze der Gesellschaft war.

Und niemand war mehr darauf bedacht, sich diesen Anstrich zu geben, als Rob Marshall. Er besuchte nicht einfach nur ein Casino, er organisierte ganze Busreisen von zu Hause aus, womit er sich so manche Reservierung für extravagante Shows verschaffte. Er spielte auch nicht einfach nur Black Jack, er beteiligte sich auch an der Gründung eines eigenen Clubs, der sich ›Club der Gewinner‹ nannte. Als er sich ein Boot kaufte – und in Toms River war ein Boot als Statussymbol ebenso conditio sine qua non wie ein Cadillac –, nannte er es nach einer dort üblichen Spielvariante des Black Jack ›Double Down‹.

Wenn nun Maria auch nicht ganz so versessen auf diesen Lebensstil war, so fand sie ihn aber auch nicht gerade abstoßend. Es blieb die Tatsache, daß ihr die Casinos und deren sündhaft teure Restaurants den rechten Rahmen lieferten, um ihre in Short Hills oder auf der Fifth Avenue erstandene Garderobe wirken zu lassen. Und ganz ohne Frage genoß sie die Aufmerksamkeit der Oberkellner und Maîtres, für die sie ein so vertraut gewordener Anblick geworden war.

Als sie gegen sechs Uhr die Treppe herunterkam, eingehüllt in eine dezente Wolke ihres Parfüms, stieß Roby einen anerkennenden Pfiff aus. Die Schönheit seiner Mutter war etwas, woran er sich einfach nicht gewöhnen konnte. Die Leute sagten ihm immer wieder, selbst mit ihren zweiundvierzig Jahren wirke sie eher wie seine Schwester denn wie seine Mutter, und Roby mußte ihnen recht geben.

Heute abend aber schien sie nicht so ausgeglichen und heiter wie sonst. Roby fand sogar, sie sei schon den ganzen Tag ein wenig grantig gewesen. Und jetzt kam sein Vater schon wieder zu spät; aber Roby verspürte kein Bedürfnis sich zu erkundigen, wo er wohl stecken könnte.

Statt dessen nahm er sich einen Stapel *Trivial-Pursuit*-Karten – die mit den rosa Fragen, ›Unterhaltung‹. Diese kannte seine Mutter am besten.

»In welchem Film kommen die Personen Charlie Allnut und Rosey Sayer vor?« rief er laut.

»*The African Queen*«, antwortete Maria.

»Wer nannte sich selbst ›der Erroll Flynn der B-Filme‹?«

Sie wußte es nicht. »Ronald Reagan«, erklärte er ihr. »Hatte nur ein Auge, ein Horn und wurde 1958 von Sheb Woolly auf eine große Flugreise geschickt?«

Sie lächelte und sagte: »Natürlich der ›Fliegende Purpurfarbene Menschenfresser‹.«

So ging es ungefähr fünfzehn Minuten weiter. Dann hörte er seinen Vater nach Maria rufen, sie solle sich beeilen, denn sie seien schon recht spät.

Roby küßte sie wie immer zum Abschied. Die Nacht war ungewöhnlich frisch für den frühen September. Einen großen Teil davon verbrachte Roby vor dem Fernseher, wobei er gleichzeitig gymnastische Übungen absolvierte. Der Film *The World According to Garp* endete in einem blutigen Gemetzel, das ihm überhaupt nicht gefiel. Zudem wirkte das ganze Geschehen auf ihn hoffnungslos unrealistisch. Es war einfach unvorstellbar, daß intelligente Eltern aus der Mittelschicht derart gewalttätig und verrückt sein sollten.

Nachdem er noch Susan Salzman angerufen und sich ein

wenig mit ihr unterhalten hatte, ging er gegen Mitternacht zu Bett, zu einer für ihn ungewohnt frühen Stunde.

Etwa drei Stunden später weckte ihn das Geräusch einer Hand, die im Dunkeln auf der Suche nach dem Lichtschalter an der Wand umhertastete.

Dann flammte das Licht auf: Sein Vater stand weinend in der Tür – und Roby sah das Blut auf dem Hemd seines Vaters.

Chris Marshall, Robys jüngerer Bruder, hatte seine Mutter zum letztenmal am Freitag, dem 24. August, gesehen, als sie und sein Vater ihn auf dem Campus der Lehigh University von Bethlehem, Pennsylvania, verließen, wo er sein erstes Studienjahr in Angriff nehmen sollte.

Es war eine Szene, von der die Marshalls nie erwartet hatten, daß sie sich einmal in Bethlehem, Pennsylvania, abspielen würde. Nachdem Chris während seiner Zeit auf der Toms River East High School immer zu den Besten seines Jahrgangs gezählt hatte, Herausgeber des Jahrbuchs, Mitglied der *National Honor Society* und Inhaber von sechs verschiedenen Schwimmrekorden gewesen war, hatten sie sich eher vorgestellt, ihn einmal in Princeton bewundern zu dürfen.

Für Roby, der sich seit jeher mehr zu Parties als zu seinen Schularbeiten hingezogen gefühlt hatte, war sogar Villanova der reine Streß gewesen. Er wäre zufrieden gewesen mit Lycoming oder East Stroudsburg oder sonst eines der anderen Colleges im nördlichen Pennsylvania, das als leicht zu bewältigen galten. Für Chris aber waren die Maßstäbe seit jeher höher angesiedelt, und das entsprach auch genau seinen eigenen Wünschen. Er trank nicht, rauchte nicht, er saß bis nach Mitternacht über seinen Schulbüchern, und alle seine Lehrer erinnerten sich an ihn als an einen der klügsten und liebenswürdigsten Schüler, die sie je unterrichtet hatten.

Beim Herannahen des ersten Studienjahres war es zum vordringlichsten Anliegen seiner Mutter geworden, das richtige College für ihn auszuwählen und darauf zu achten, daß er auch angenommen wurde. Er hatte alle seine Lebensdaten und seinen

Wunsch, Architektur zu studieren, in den Computer der Berufsberatung von Toms River East eingegeben. Der Computer hatte darauf eine Liste von Colleges ausgespuckt. Seine Mutter hatte die Liste studiert, den Barron's-College-Führer herangezogen und ganze Nächte lang alle Möglichkeiten genau überdacht. Dann suchte sie den Studienberater der High-School auf. Sie setzte sich mit den Zulassungsbüros sämtlicher in Frage kommender Colleges und Universitäten in Verbindung, und anschließend plante sie eine Rundreise zu den diversen Hochschulen. Dann verfertigte sie eine Drei-Seiten-Broschüre, in der sie alle Verdienste ihres Sohnes auflistete, und vergaß auch nicht, ein Farbfoto beizulegen, denn sie fand Chris sehr ansehnlich, und verschickte das Ganze an die Colleges, die ganz oben auf ihrer Liste standen. Und als dann die Einschreibungsformulare ausgefüllt werden mußten, erledigte sie das ganz allein. (Der einzige Fehler, den Chris in allen ihren Schriftstücken je entdeckte, war, daß sie überall das ›i‹ in *Architektur* vergessen hatte.) Und als dann schließlich klar war, daß Princeton ihre Liste anführte, wurde sie bei Senator Bill Bradley, selbst ein Princeton-Absolvent, vorstellig und bat ihn um eine Empfehlung für Chris.

Daher war es für Maria zwar nicht gerade ein Schock, wohl aber eine persönliche Niederlage, als Chris aus Princeton die Nachricht erhielt, daß er nicht angenommen worden sei.

Letztlich gab es aber an Lehigh auch nichts auszusetzen, vor allem, weil man ihm wegen seiner Leistungen beim Schwimmen ein Teilstipendium anbot. Lehigh war eine gute Lehranstalt, deren technische Fakultät einen ausgezeichneten Ruf hatte! Von Beginn fühlte Chris sich hier ausgesprochen wohl, und es dauerte nicht lange, da war auch Maria wieder einigermaßen versöhnt. Allerdings war es wohl nicht *ganz* dasselbe, im Club zu erzählen, wie gut Chris sich auf der Lehigh machte, als wenn sie hätte berichten können, er reüssiere in Princeton. Andererseits war der Club nicht gerade durchtränkt von den Traditionen der Eliteuniversitäten.

Anfang August waren Chris und seine Eltern zur Hochschule gefahren, um sich mit dem Schwimmtrainer darüber zu unterhalten, was im ersten Jahr zu erwarten war. Meistens hatte Maria die Fragen gestellt – wie und wo Chris die Wäsche waschen könne (zum erstenmal in seinem Leben würde sie es nicht für ihn erledigen können), ob es üblich sei, daß die Eltern den heimischen Wettkämpfen beiwohnten (auf der Toms River East High School waren die Marshalls nicht nur immer dabeigewesen, nein, Maria hatte auch die Cheerleader betreut und Rob hatte jeden Wettkampf auf Video aufgenommen) und welches Hotel man empfehlen könne. Am meisten war dem Trainer die Nervosität von Chris' Vater aufgefallen.

Drei Wochen später kehrten sie zum Studienbeginn zurück. Sie kamen sehr früh an, so daß Chris als erster sein Zimmer betreten konnte, um das beste Bett in Beschlag zu nehmen, den besten Platz im Wandschrank und einen Schreibtisch unmittelbar am Fenster. Während er und sein Vater dann losgezogen waren, um sich den Einschreibeprozeduren zu unterziehen, blieb Maria im Zimmer, um seine Sachen zu verstauen und sein Bett mit brandneuen Laken zu beziehen.

Danach waren sie den Hügel hinuntergegangen (der Campus lag auf einer steilen Anhöhe, von wo aus er die ganze Stadt überblickte), um in einem Restaurant mit Namen *Bridge Works* zu Mittag zu essen. Während des ganzen Essens hatte Maria ununterbrochen geweint. Chris hatte seine Mutter noch nie so intensiv weinen gesehen. Sicher, sie würde ihn vermissen, genau wie er sie auch sehr vermissen würde – er war, wenn dies überhaupt möglich war, seiner Mutter noch inniger zugetan als Roby und sehr viel mehr von ihr abhängig als jener –, aber Lehigh war nur zweieinhalb Stunden von Toms River entfernt, und er würde mindestens zwei- oder dreimal im Monat nach Hause kommen.

Er wußte nicht, warum seine Mutter so sehr weinte, doch schon bald war er mit anderen Dingen so sehr beschäftigt, daß er keine Zeit mehr bekam, sich darüber den Kopf zu zerbrechen. Auch Maria schien ihre übliche Fröhlichkeit recht bald wiederzugewinnen. Am Samstag, dem 25. August, einem großartigen Spätsommertag, sandte sie ihm einen kurzen Brief, in dem es hieß: ›Was hast Du nur für ein großartiges Wochenende für Deinen Schulstart erwischt. Ich mache mir nur ein wenig Sorgen, Du könntest vielleicht nicht genug zum Anziehen bei Dir haben, ha!‹ Beigefügt waren Anweisungen, wie er die Wäsche zu waschen habe: ›Eine Vierteltasse Waschmittel nehmen. Helle und dunkle Wäsche gesondert waschen. Die hellen Farben wärmer waschen, die dunklen mit kaltem Wasser.‹ Chris nahm es als gutes Zeichen. Wenn sich seine Mutter wieder ganz auf die Wäsche konzentrierte, war sie wohl wieder die alte.

Zwei Tage später schickte sie ihm einen anderen Brief, in dem es hieß: ›Ich bin heute mit Mrs. A. essen gegangen. Am Mittwoch reist sie nach Florida ab. Ich werde sie sehr vermissen.‹ Hier handelte es sich um Andrea Alfonso, wohl die engste Freundin seiner Mutter. Sie war erst vor kurzem geschieden worden und hatte sehr schnell eine der grundlegenden Tatsachen des gesellschaftlichen Lebens von Toms River kennengelernt: Eine Frau galt im gesellschaftlichen Umgang ohne ihren Ehemann gar nichts. Die Ehemänner hatten das Geflecht gesellschaftlicher Beziehungen errichtet, ohne das in Toms River gar nichts funktionierte. Abgesehen von ihren häuslichen Pflichten waren die Ehefrauen weiter nichts als schmückendes Beiwerk. In diesem System gab es keinen Platz für Exehefrauen. Frauen, und besonders solche über vierzig Jahre, die von ihren Männern verlassen wurden, verschwanden so rasch und vollends von der Szene, als seien sie im Libanon gekidnappt worden. Die einzige Möglichkeit für sie war, die Stadt zu verlassen. Eine andere hatten sie nicht.

Der letzte Brief, den Chris von seiner Mutter erhielt, datierte vom Tag der Arbeit, dem 3. September, kurz nachdem er ihr berichtet hatte, er sei zum Sprecher seines Jahrgangs gewählt worden.

Liebster Chris,

hallo, mein Süßer. Es hat mir gestern abend richtig gut getan, Deine Stimme zu hören. Du klangst so prachtvoll. Nochmals meine Glückwünsche zu Deiner Wahl, Mr. President. Ich bin ja *so* stolz auf Dich.

Maria erzählte dann vom Wochenende. Sie war mit Rob in Columbus, Ohio, gewesen, wo sie Freunde besucht und sich auch ein Football-Spiel der Ohio State University angesehen hatten.

Wir sind schon anderthalb Stunden vor Spielbeginn ins Stadion gegangen. Dein Vater war richtig aus dem Häuschen, ha! Wir haben die Spieler alle aus dem Bus steigen sehen (wir waren schon vor ihnen da).

Pete Finley hat einen neuen Mercedes 450 SLE, braun mit hellbrauner Innenausstattung. Er hat ein derart empfindliches Alarmsystem einbauen lassen, daß es sogar schon losgeht, wenn in der Nähe jemand nur ein bißchen laut die Wagentür ins Schloß wirft! Uns haben sie sozusagen den roten Teppich ausgerollt.

Gestern abend haben wir Großmama und Großpapa zum Essen bei PJ's in Bayville ausgeführt. Wir waren herrlich ausgelassen. Wenn Du nach Hause kommst, nehmen wir Euch Jungs mal mit. Ich glaube, es wird Euch gefallen.

Zeig's ihnen allen. Du hast das Zeug dazu. Wir alle vermissen Dich so sehr.

In Liebe

Am Donnerstag abend, dem 6. September, saß er in seinem Zimmer über seinen Büchern, als das Telefon läutete. Es waren seine Eltern, die ihn von ihrem Tisch im Meadows in *Harrah's Marina* aus anriefen. Chris konnte sich seinen Vater sehr lebhaft vorstellen, wie er dasaß und sich ungeheuer wichtig vorkam, weil man ihm ein Telefon an den Tisch gebracht hatte.

Sie riefen nur an, um ihm zu sagen, wie sehr sie ihn vermißten, und um ihn zu drängen, am Wochenende nach Hause zu kommen. Doch Chris war der Meinung, wenn er je lernen wollte, allein zu leben, dann würde es wohl Zeit, jetzt endlich damit anzufangen, und deswegen erzählte er ihnen, er habe viel zu tun und werde übers Wochenende auf dem Campus bleiben.

Am Nachmittag des nächsten Tages gegen 2 Uhr hockte Chris oben auf einem Etagenbett in seinem Zimmer und unterhielt sich mit seinem Zimmernachbarn und einem anderen Freund. Rein äußerlich ähnelte Chris mehr seinem Vater als seiner Mutter, aber alle, die die Familie kannten, behaupteten, charakterlich stünde Chris seiner Mutter näher.

Er war etwa ein Meter achtzig groß, hatte einen dunkelblonden Bürstenhaarschnitt und etwas strengere, stärker ausgeformte Gesichtszüge als sein Bruder und dazu den muskulösen Körper eines austrainierten Athleten. Von den beiden älteren Jungen schien Chris seit jeher in mancherlei Beziehung der reifere zu sein, der vernünftigere, der mit dem größeren Verantwortungsbewußtsein und eher bereit, den Erwartungen der Erwachsenen zu entsprechen. Er war einer, von dem Lehrer zu sagen pflegen: ›Ich habe noch nie einen meiner Schüler so sehr gemocht.‹

Die Tür zum Zimmer öffnete sich, und Chris sah seinen Vater auf der Schwelle stehen. Auf der Stelle, nur vom Gesichtsausdruck seines Vaters, wußte Chris, daß etwas nicht stimmte. Er sah über die Schulter seines Vaters hinweg, um nach seiner Mutter zu suchen, die er noch im Flur wähnte, denn sein ganzes Leben hindurch war er es gewohnt gewesen, die beiden zusammen zu sehen, und wenn also etwas so Ernstes vorlag, daß sein Vater den weiten Weg bis hierher zur Lehigh machte, dann konnte seine Mutter auch nicht weit sein.

»Wo ist Mom?« fragte er denn auch.

Chris' Vater antwortete nicht gleich. Statt dessen wandte er sich den beiden anderen im Zimmer zu.

»Hört mal, Jungs«, sagte er, »könnt ihr uns nicht ein paar Minuten allein lassen?« Dann zog er sich einen Stuhl heran und setzte sich. Chris sprang von der oberen Etage des Bettes herunter und ging zu ihm.

Rob Marshall blickte zu seinem Sohn empor. Die beiden waren inzwischen allein im Zimmer.

»Es ist etwas Entsetzliches passiert«, sagte Chris' Vater.

2. Kapitel

In dem Augenblick, als Roby wach genug war, den Priester von St. Joseph's, Father Mulcahy, zu erkennen, der neben seinem Vater stand, wußte er, daß seine Mutter tot war.

Allerdings fand er es seltsam, daß keiner von beiden auch nur ein einziges Wort sagte. Als sie merkten, daß Roby wach war, verließen die beiden Männer das Zimmer und gingen den Flur hinunter zum Zimmer seines jüngeren Bruders John. Es schien kaum eine Minute gedauert zu haben, als sie wieder herauskamen, zusammen mit John, der sehr verschlafen und verwirrt aussah.

Dann setzte sich Rob auf Robys Bett, und John nahm neben ihm am Fußende des Bettes Platz; Rob legte den Kopf auf Robys Brust und begann, bitterlich zu weinen. Da er heftig schluchzte, war kaum zu verstehen, was er seinem Sohn sagen wollte: Er sei von der Straße herunter auf einen Rastplatz gefahren, um einen platten Reifen auszuwechseln. Wurde verfolgt. Auf den Kopf geschlagen. Maria erschossen. Robys Mutter. *Ermordet!*

Roby hatte aufrecht sitzend zugehört. Jetzt ließ er sich wieder auf das Bett zurücksinken, auf den Rücken, mit einem Gefühl, als müsse er sich übergeben. Später erinnerte er sich daran, wie er damals gedacht hatte, ›dies ist ein blöder Traum, alter Junge‹, und daß er unbedingt aufwachen wollte. Er weinte. Er wußte, daß er weinte. Aber über das eigene Schluchzen hinweg hörte er seinen Bruder. John *brüllte.*

Armer John. Erst dreizehn. Er würde Hilfe brauchen. Roby setzte sich wieder auf und zwang sich, nicht mehr weiter zu weinen. Schließlich schaffte er es sogar zu reden.

»Du weißt, daß Mom in diesem Augenblick glücklicher ist als wir«, sagte er. »Sie ist im Himmel.« Dann langte er über das Bett hinüber und nahm seinen jüngeren Bruder in die Arme, um ihn ganz fest zu drücken. Die ganze Zeit hörte er seinen

Vater reden. »Ich wünschte, es hätte mich getroffen«, sagte er unter Tränen.

Um wieviel Uhr spielte sich das alles ab? Drei Uhr morgens? Vier Uhr? Es war ohne Belang. Die Zeit stand still. Seine Mutter war tot. Sein Bruder war hysterisch. Sein Vater hatte überall Blut am Hemd und außerdem, wie Roby erkennen konnte, etliche Stich- und Schnittwunden am Kopf. Der Priester schien nicht recht zu wissen, wie er sich verhalten, was er sagen sollte. Wer wollte es ihm wohl verdenken? Niemand hätte gewußt, was in einem solchen Augenblick zu tun war. Außer seiner Mutter. Sie hatte immer gewußt, was zu tun, was zu sagen war, um ihre Söhne zu trösten. Er erinnerte sich an den Geruch ihres Parfüms. Er erinnerte sich, wie fabelhaft sie sich für das Dinner zurechtgemacht hatte. Und an ihr fröhliches Lächeln, als sie sagte: »Der Fliegende Purpurfarbene Menschenfresser«. Roby übergab sich nicht. Aber er hörte auch nicht auf zu weinen, obwohl er wußte, daß er stark sein mußte, weil sein Bruder John jetzt sehr viel Hilfe brauchte. Er fühlte sich nicht stark. Er fühlte sich krank. Das Entsetzen hatte sich tief in einem verborgenen Winkel seines Magens eingenistet, und er war wieder ein kleiner Junge, der weinte, weil er seine Mutter verloren hatte, nur daß er er sie diesmal nie wiederfinden würde und daß dies kein Traum war wie einer jener Träume, die er so oft gehabt hatte und in denen seine Eltern bei einem Autounfall ums Leben gekommen waren, und daß es auch kein Film war wie *Garp*. Seine Mutter war auf dem Rastplatz von *Oyster Creek* am *Garden State Parkway*, zehn Meilen südlich von Toms River, von einem Mann mit einem Revolver ermordet worden.

Irgendwann zog sich sein Vater ein sauberes Hemd an. Dann kam die Polizei. Ihr Erscheinen gab Roby den Rest. Er brauchte Zeit. Er mußte einfach noch länger mit seinem Vater reden. Er mußte genauer wissen, was passiert war. Er mußte herausfinden, warum. Er mußte wissen, ob seine Mutter gelitten hatte. Er brauchte jemanden, der ihm sagte, was er als nächstes tun solle.

Die Polizisten erklärten, sie müßten seinen Vater zur Polizeistation in Bass River mitnehmen, damit er dort eine formelle Aussage mache. Roby fühlte sich noch ein Stückchen elender.

Er fing an, einen der Beamten anzubrüllen, einen kaltschnäuzig, aalglatt wirkenden Detective namens O'Brien, ein Mensch mit einem Schnurrbart, der ihm das Aussehen eines Cops aus der Stummfilmzeit verlieh. Bass River lag mehr als eine halbe Autostunde entfernt. Es lag am Parkway ein Stückchen südlich von Oyster Creek. Das bedeutete, daß man seinen Vater an dem Rastplatz vorbeichauffieren würde, auf dem es passiert war. Das kam ihm so überflüssig, so unfair vor nach allem, was sich schon ereignet hatte.

»Beruhige dich, mein Sohn«, sagte O'Brien. »Ich kann mit Stolz von mir sagen, daß ich ein schneller Fahrer bin. Er wird innerhalb kürzester Frist wieder bei dir sein.«

Dann war sein Vater fort. Zurück blieben nur Roby, John und der Priester, und der sah ganz so aus, als würde er auch am liebsten das Weite suchen. Wer wollte es ihm wohl verdenken? Roby ging ans Telefon. Es war sechs Uhr morgens. Susan Salzman würde jetzt gerade aufstehen, um sich für die Schule fertig zu machen. Roby rief sie an und erzählte ihr, seine Mutter sei ermordet worden. Zwanzig Minuten später waren sie und ihre Mutter im Haus.

Kurz nach Tagesanbruch kehrte Rob von der Polizei zurück. Es dauerte nicht lange, und das Telefon klingelte. Der Mord war im Radio gemeldet worden. Gegen halb neun trafen bereits die ersten Freunde im Haus ein. Joe Moore, einst Robs Vorgesetzter, als er noch bei der *Prudential* gearbeitet hatte. Sal und Paula Coccaro, Freunde aus dem Club, Inhaber eines Geschäfts für Restaurantbedarf. »Sie hat euch beide so sehr geliebt«, sagte Rob. »Ihr wißt, wie sehr sie euch geliebt hat.« Paula Coccaro konnte kaum aufrecht gehen. Sie sah aus, als werde sie jeden Augenblick in Ohnmacht fallen. Sal blickte wie versteinert drein. Er umarmte Roby und John immer wieder. Roby fiel es schwer, sich überhaupt noch von der Stelle zu bewegen. Seine Beine kamen ihm unglaublich schwer vor, fast, als stünde er bis zum Hals im Wasser. Er wußte nur zu gut, was ihm noch bevorstand. Chris wußte bisher noch gar nichts von dem, was passiert war. Dasselbe galt für Großmama und Großpapa, die Eltern seiner Mutter, die in Philadelphia lebten. Sein Onkel Gene aus Wilmington, Delaware, ein Anwalt – der Ehemann von einer der drei Schwestern seines Vaters –, war angeblich bereits auf dem Weg zum Haus.

Irgend jemand sei ihnen gefolgt, erzählte sein Vater immer wieder. Ein Wagen war ihnen bis auf den Rastplatz gefolgt, als er diesen angesteuert hatte, um einen Reifen zu überprüfen, der ihm mehr und mehr an Luft zu verlieren schien. Es müsse sich um jemanden gehandelt haben, der ihnen den ganzen Weg vom Casino her gefolgt war. Irgend jemand, der gesehen haben mußte, daß sie beim Black Jack gewonnen hatte. Es sei ein Raubüberfall gewesen. Er sei bewußtlos geschlagen worden, als er am Heck des Wagens gekniet hatte, um sich den Reifen anzusehen. Als er wieder zu sich gekommen sei, habe sein Kopf geblutet, mehr als zweitausend Dollar in bar waren aus seiner Hosentasche verschwunden, und Maria habe mit dem Gesicht nach unten in einer Blutlache quer über den Vordersitzen des Wagens gelegen.

Roby war überrascht, wie schnell sich sein Vater wieder gefaßt hatte. Jetzt hing er bereits am Telefon, um die Beerdigung zu organisieren. Marias Leiche sollte eingeäschert werden. Am Montag sollte eine Totenmesse in St. Joseph's stattfinden, gefolgt von einem Empfang hier zu Hause. So hätte Maria es selbst haben wollen, sagte Rob wiederholt.

Irgendwann ging Roby nach oben und legte sich auf sein Bett. Bilder von seiner Mutter zogen vor seinem geistigen Auge vorüber. Es war, als stände sie neben ihm, so voller Wärme und Liebe, so lebendig . . . sie konnte einfach nicht tot sein. Sie war immer so sehr für ihn dagewesen, sie konnte nicht so einfach auf immer verschwunden sein. Immer wieder sagte er sich selbst, es könnte vielleicht doch alles nur ein böser Traum sein. Schlimmer als ein Alptraum. Der schlimmste und längste Alptraum, den er je gehabt hatte. Doch dann wieder hörte er das Weinen seines Bruders John unten im Flur. Es war kein Traum. Es war Realität. Aber wie konnte es nur Wirklichkeit sein, wenn doch alles so unwirklich schien?

Das Schlimmste aber war, daß immer sonst, wenn er traurig oder allein gewesen war, wenn er sich bedroht, niedergeschlagen oder ungerecht behandelt gefühlt hatte, daß immer dann seine Mutter dagewesen war, um ihm zu helfen. Sie war die Person gewesen, an die er sich immer hatte wenden können, die immer Verständnis gehabt, die immer die rechten Worte gewußt hatte, um alles leichter sein zu lassen. Selbst mit seinen neunzehn Jahren war sein Verhältnis zu seiner Mutter noch immer von dieser Art gewesen. Er hatte gewußt, daß dies unüblich war, doch das hatte alles für ihn nur noch wertvoller gemacht. Die Liebe, die Fürsorge und das Verständnis seiner Mutter waren die wertvollsten Geschenke, die Roby je empfangen hatte, und er erinnerte sich auch nicht an einen einzigen Tag, an dem er sich nicht mindestens einmal selbst gesagt hatte, wie glücklich er war, daß es sie gab. Er hatte das alles nie als selbstverständlich hingenommen. Oft hatte er daran gedacht, jung zu heiraten – er hatte zwar nicht gewußt wen, denn Susan Salzman war durchaus nicht die *ganz* große Liebe –, nur um das Gesicht seiner Mutter sehen zu können, wenn sie ihren ersten Enkel im Arm hielt.

Es waren Bilder wie dieses – Träume, die jetzt nie mehr Realität werden würden –, die seinen Geist ausfüllten. Er wußte, er mußte fortfahren, an angenehme Dinge zu denken. Andernfalls würden jene anderen Bilder sich einschleichen. Seine Mutter – wie sie mit dem Gesicht nach unten auf dem Beifahrersitz des Cadillac lag und alles Blut, alle Wärme und alle Liebe aus ihr herausrannen. Seine Mutter – wie sie aus dem Wagenfenster hinausschaute und sah, daß jemand mit einem Revolver in der Hand auf sie zukam. Hatte sie geschrien? Warum war sie nicht davongerannt? Warum hatten sie nicht auch seinen Vater erschossen?

Das Telefon klingelte in einem fort. Sal Coccaro hatte es auf sich genommen, Anrufe entgegenzunehmen. Paula Coccaro versuchte inzwischen, John ein wenig zu trösten, und sein Vater hatte sich in sein Arbeitszimmer zurückgezogen, wo er einen eigenen Telefonanschluß hatte. Roby zwang sich aufzustehen und wieder nach unten zu gehen. Später am Nachmittag traf sein Onkel Gene ein. Als Anwalt verstand er sich darauf, Ruhe und Gelassenheit zu wahren. Es tat gut zu wissen, daß jetzt jemand da war, der sich um alles kümmerte. Daß Roby noch kein richtiger Erwachsener zu sein brauchte. Wenigstens noch ein paar Stunden konnte er der kleine Junge sein, der seine Mutter vermißte.

Gene und Robys Vater bildeten zwei Gruppen, um die traurigsten Pflichten zu übernehmen. Gene, Roby und John sollten nach Philadelphia fahren, um den Großeltern, Dr. und Mrs. Pudzynski, die Nachricht zu übermitteln und sie dann nach Toms River zurückzubringen. Rob und Joe Moore und Chris' Exfreundin Melissa Merrill sollten nach Lehigh fahren, um Chris zu informieren und ihn herzuholen. Armer Joe. Er war rein zufällig gekommen, um einen schon früher vereinbarten Termin für eine geschäftliche Besprechung wahrzunehmen. Er hatte nicht die geringste Ahnung gehabt, daß Maria ermordet worden war.

Sal und Paula wollten im Haus blieben, um die Telefonanrufe entgegenzunehmen. Rob redete mit Sal, als spräche er mit seiner Sekretärin. »Bitte notiere jeden Anruf«, sagte er. »Und wer immer anruft, versuche, herauszufinden, ob der Anrufer einen Rückruf wünscht. Solche Anrufer notierst du bitte auf einer gesonderten Liste, damit ich später weiß, wen ich zurückrufen muß.« Paula konnte kaum aufhören zu weinen, was Roby langsam auf die Nerven zu gehen begann. Er fürchtete sich vor der Reise nach Philadelphia (genauer gesagt, er fürchtete die Rückfahrt mit den alten, nicht mehr ganz gesunden Großeltern im Wagen), aber es war bestimmt nur von Vorteil, einmal das Haus verlassen zu können.

Marias Eltern lebten in einem Reihenhaus in Philadelphias altem polnischen Viertel Port Richmond. Es war eines jener Stadtviertel, die wie ein Stück aus einem fernen Land aussahen, mit engen, kopfsteingepflasterten Gäßchen und niedrigen Backsteinhäuschen, mit Reklametafeln und Schaufensterauslagen in polnischer Sprache. Alte Leute in dunklen Kleidern wanderten langsam durch die Straßen, alte Menschen, die viel mitgemacht hatten. Dem Haus der Pudzynskis direkt gegenüber lagen *Casimir's Barber Shop* und der polnische Veteranen-Club. Ein paar Häuser weiter die Straße entlang lag das Syrenka-Restaurant, eingehüllt in eine Wolke aus Kohldunst. Vincent Pudzynski, Marias Vater, war in Port Richmond geboren worden und hatte nie einen Grund gesehen, von hier fortzuziehen. Vierzig Jahre lang hatte er seine Arztpraxis in einem Haus direkt neben dem seinen geführt. Er hatte zu jener Sorte von Ärzten gehört, die von einem armen Patienten, der seine Rechnung nicht bezahlen konnte, auch schon einmal einen Topf Suppe oder ein frisch gebackenes Brot als Zahlungsmittel entgegennahmen.

In den späten siebziger Jahren, als das *Medicare*-Programm mit all seinem Papierkrieg kam, den er als eine Einmischung der Regierung in die Privatangelegenheiten seiner Patienten ansah, zog Vincent Pudzynski sich zurück und schloß die Praxis. Danach hatte er einen Herzanfall erlitten; er war Mitte Siebzig gewesen, genau wie Marias Mutter, die in den letzten Jahren mehr und mehr senil wurde.

Beide waren ihr ganzes Leben lang erzkonservative Katholiken gewesen. Maria war ihr einziges Kind. Sie verehrten sie nicht weniger als die Heilige Jungfrau. Beide Marien – Maria, die eigene Tochter, und Maria, die Mutter Jesu – machten zusammen etwa neunzig Prozent aller Motive der Bilder aus, welche die Wohnung der Pudzynskis schmückten. Fotos der drei Enkelsöhne und ein Bild vom Letzten Abendmahl, das über dem Eßtisch hing und annähernd genauso groß war wie dieser, machten die verbleibenden zehn Prozent aus.

Maria hatte, wie könnte es anders sein, ausschließlich katholische Schulen besucht. St. Albert's High School, das Chestnut Hill College, das sie mit dem *Trolley*-Bus (Elektrobus mit Oberleitung) erreichte. Von zu Hause auszuziehen, um ein College zu besuchen, war nie auch nur in Erwägung gezogen worden, waren junge Frauen fern der elterlichen Wohnung doch nur schlechten Einflüssen ausgesetzt. Die Pudzynskis gehörten nicht zu jenen Eltern, die ihrem einzigen Kind das hätten zumuten mögen. Außerdem hatte Vincent Pudzynski nie vergessen, was einst seiner Mutter zugestoßen war.

1917, er war gerade neun Jahre alt gewesen, gehörte seine Mutter zu den ersten Einwohnern Philadelphias, die bei einem Flugzeugabsturz ums Leben kamen. Mutter und Bruder waren damals an einem Sonntagnachmittag auf dem Roosevelt Boulevard umgekommen. Ein Mann mit einer *Flying Jenny* hatte dort für fünf Dollar Rundflüge angeboten. Es war ein schlichtes Muß gewesen, sonntags zum Boulevard zu gehen, es versetzte die Menschen einfach in Festtagsstimmung. Natürlich, hatte seine Mutter gesagt, natürlich wollte sie auch mal in den Himmel aufsteigen. Sein Bruder hatte ein derartiges Theater veranstaltet, daß sie ihn mitgenommen hatte. Vincent Pudzynski und sein Vater sahen das Flugzeug aufsteigen, sahen die Mutter winken und lächeln, während sein Bruder grimmig und auch ein wenig ängstlich dreinblickte. Er beobachtete das Flugzeug in der Luft, sah es abstürzen, sah, wie es wie ein Stein eine Meile entfernt auf dem Boulevard aufschlug. Noch Jahre später weigerte er sich schlicht zu akzeptieren, daß sie tot war. »Sie versteckt sich irgendwo«, pflegte er zu sagen, »sie wird wiederkommen.«

Bei Maria, seinem einzigen Kind, vermied er jegliches Risiko. Selbst als sie schon auf dem College war, gab er an Schultagen keine Termine mehr am späten Nachmittag. Statt dessen fuhr er zur Kreuzung Germantown Avenue und Allegheny Avenue, um sie am Trolleybus abzuholen. Er wollte weiter nichts als die Gewißheit, daß sie wohlbehalten zurückgekehrt war.

Aber nun würde sie nie wieder zurückkommen. Und selbst in seinen schlimmsten Alpträumen, in denen er sich vorstellte, ihr könnte etwas zustoßen – ein Autounfall, Probleme bei einer Niederkunft, Brustkrebs –, war Mord nie vorgekommen. Maria Marshall, die ergebene einzige Tochter und die klassische, archetypische Provinz-Mutter, lebte in einem sorgsam abgeschirmten Universum, in dem Willkür- und Gewaltakte nicht existierten.

Roby wußte nicht zu sagen, wen das Unglück stärker traf, Großmutter oder Großvater. Großmutter hatte in der Minute zu weinen begonnen, als Onkel Gene erzählt hatte, was passiert war, und hatte nicht einmal versucht, wieder aufzuhören. Sie war schon so senil, so eingeschlossen in ihre polnische Traumwelt, daß diese Tragödie für sie durchaus zu einem tödlichen Schlag werden konnte. Großvater weinte nicht. Er sagte nichts. Die ersten fünf Minuten stellte er nicht einmal Fragen. Die ganze Fahrt zurück nach Toms River starrte er aus dem Fenster. Es war, als seien Roby und John überhaupt nicht anwesend. Unmöglich, daß Roby etwa das Radio hätte einschalten können. Nur Schweigen so zäh wie Treibsand und Großmutters ständiges Weinen. Der Verkehr machte alles noch schlimmer. Typischer Freitagnachmittag-Wochenend-Verkehr. Am Verteilerkreis von Cherry Hill standen sie mindestens eine halbe Stunde im Stau. Roby hörte seinen Onkel Gene am Steuer lauter atmen, als habe er alle Mühe, sich selbst davor zu bewahren, einfach zu explodieren. Dies war eine neuerliche, schmerzliche Steigerung von Robys Leid und Gram – mit dem Weinen seiner Großmutter im Verkehr eingeschlossen zu sein. Er verspürte den dringenden Wunsch, die Scheiben des Wagens mit den Fäusten einzuschlagen. Dichter Verkehr hatte Roby schon immer aggressiv gestimmt. Aber das lag daran, daß er immer unterwegs war und es ihm nie schnell genug ging. Er fand es irgendwie überraschend, daß es nur noch schlimmer war, als er jetzt zu einem Ort unterwegs war, an dem er am liebsten nie angekommen wäre. Die ganze Zeit über wurde der Verkehr nicht weniger dicht. Hätte Roby am Steuer gesessen, so wäre er wie ein Selbstmörder gefahren und hätte die meisten Wagen verkehrswidrig überholt und geschnitten. Aber Onkel Gene wollte dem Schmerz der Pudzynskis nicht auch noch die Angst um das eigene Leben hinzufügen. Er blieb geduldig in der Kolonne, und so krochen sie die Landstraße 70 im Schneckentempo entlang. Dies war das erste Wochenende nach dem Tag der Arbeit, und der Freitagabendverkehr in Richtung Küste war schon so dicht wie im Sommer.

Es war acht Uhr, als sie endlich die Auffahrt emporfuhren.

Sie waren noch nicht ganz ausgestiegen, da waren hinter ihnen schon die Bremsen von Robs Pritschenwagen zu hören. Aus der geöffneten Wagentür fiel gerade genug Licht, daß Roby sehen konnte, wie Chris noch immer weinte.

Noch in der Auffahrt umarmten die beiden sich, und dann begann auch Roby wieder zu weinen.

»Dad, was gibt's? Wo ist Mom?« hatte Chris gesagt.

Sein Vater sah ihm fest in die Augen. »Wir waren auf dem Weg heim aus Atlantic City, Chris. Jemand ist uns gefolgt, und sie wurde erschossen. Sie ist tot.«

Chris und Rob hatten beide stocksteif auf ihren Stühlen gesessen. Ihre Zehen berührten sich beinahe. Rob lehnte sich vor und legte den Kopf an Chris' Brust. Als sei er es, der Trost brauche.

In diesem allerersten Augenblick war Chris dermaßen überrascht – *das alles hier passiert doch gar nicht, das hier kann nicht wirklich sein, niemand könnte je meine Mutter erschießen, ich liebe sie doch viel zu sehr, als daß sie sterben dürfte* –, daß der einzige Gedanke, den er zu fassen vermochte, als er endlich wieder in der Lage war zu reden, gleichzeitig auch der schlimmste Gedanke war, der ihm hätte kommen können: *Dad, wenn du auch nur das Allergeringste damit zu tun hast, werde ich dir niemals verzeihen.*

Wie konnte er so etwas auch nur denken? Wie konnte ein solch wahrhaft abscheulicher, schrecklicher Gedanke in ihm hochsteigen? Er wußte es nicht, damals nicht und später nicht, und der Gedanke schwand so schnell wieder, wie er gekommen war.

Auf dem Weg nach Hause saß Chris auf dem Rücksitz. Immer wieder verfiel er in einen leichten Schlummer. Es war die einzige Möglichkeit für ihn, dem Entsetzen zu entkommen. Er wußte nicht, warum sein Vater Melissa Merrill mitgebracht hatte. Er hatte schon im Juni mit ihr Schluß gemacht. Es tat gut, daß sie mitgekommen war, denn sie waren noch immer Freunde, aber er wollte jetzt nicht mit ihr reden. Und mit Joe

Moore auch nicht. Er kannte Joe Moore kaum. Warum war sein Vater nicht allein gekommen, damit er mit ihm hätte reden können? Jedesmal, wenn er wach wurde, stellte er eine Frage. »Was hat sie gesagt? Mußte sie leiden? Hatte sie Angst?« Was ihn am meisten quälte, war die Ungewißheit: Was war in den Augenblicken geschehen, die vergangen waren, nachdem sein Vater niedergeschlagen und bevor seine Mutter erschossen worden war? Die Antworten seines Vaters waren unpräzise.

Eine Weile blieb Chris über dem Versuch wach, sich die Szene auszumalen. Chris verfügte über einen scharfen, analytischen Verstand und gebrauchte ihn, um die Einzelteile dieses Puzzles so zusammenzusetzen, daß sie einen Sinn ergaben. Es klappte nicht. Warum war sie nicht aus dem Wagen gesprungen und hatte versucht, davonzulaufen? Er konnte sich von ihr nicht vorstellen, daß sie zusah, wie sein Vater niedergeschlagen wurde, und dabei mit dem Gesicht nach unten auf dem Beifahrersitz liegen blieb, um darauf zu warten, was als nächstes passieren würde. Er kannte den Rastplatz *Oyster Creek*. Er lag genau zwischen der nach Norden und der nach Süden führenden Fahrbahn. Nicht mehr als zwanzig Schritte in jeder Richtung, und sie hätte draußen auf der Fahrbahn sein können. Selbst nachts um ein Uhr herrschte dort noch immer Verkehr – vor allem in Richtung Norden, aus Richtung Atlantic City. Sicher, sie hätten sie erschießen können, als sie davonlief, aber warum hatte sie es nicht wenigstens versucht? Alles wäre doch besser gewesen als einfach nur dazuliegen und auf den Tod zu warten.

Dann dachte er daran, wie unfaßbar der Überfall für sie gewesen sein mußte. In der hochpolierten, bestens organisierten katholischen Vorstadt-Welt, in der sich ihr ganzes Leben abgespielt hatte, gab es nichts, das sie auch nur annähernd darauf hätte vorbereiten können, sich bei Dunkelheit im Wald mit einem Revolverhelden auseinanderzusetzen. Sie hätte sich instinktiv darauf verlassen, Rob werde die Situation schon bereinigen. Aber Rob hatte bewußtlos unter dem Heck des Wagens gelegen. Und jetzt kam der Revolverschütze auf sie zu und machte ihr unmißverständlich klar, daß dies kein Problem war, das so einfach zu lösen war. Ja, es war vorstellbar, daß sie vor Furcht wie gelähmt gewesen war. Daß sie sich hingelegt und die Augen geschlossen hatte in einem verzweifelten Versuch, so zu tun, als passiere das alles gar nicht.

Es war einfach zu gräßlich, es sich in allen Einzelheiten auszumalen. Chris hörte auf, Fragen zu stellen. Er verfiel wieder in einen leichten Schlummer, als der Wagen den Pennsylvania-Schlagbaum erreichte, den Delaware River überquerte und nach New Jersey hineinfuhr. Gott sein Dank konnten sie dann den Jersey-Schlagbaum nehmen und brauchten nicht am Garden State vorbei.

Als er das nächstemal erwachte, hielt er die Augen geschlossen. Er sagte zu niemandem ein Wort. Er dachte nur einfach an seine Mutter. Wenn er nur intensiv genug an sie dachte, sich nur deutlich genug an sie erinnerte, vielleicht könnte das eine Möglichkeit sein, sie am Leben zu erhalten.

Er dachte ans Schwimmen. Seit seinem vierten Schuljahr war Schwimmen seine große Leidenschaft, und seine Mutter war so eng mit allem verknüpft, was damit im Zusammenhang stand. Vor jedem Wettkampf hatte sie das ganze Haus mit Fähnchen und Luftschlangen in den Schulfarben dekoriert, und sie hatte für die Mutter eines jeden Teilnehmers Leibchen gefertigt, die sie dann am Rand des Schwimmbeckens verteilt hatte, während Rob die Videokamera aufbaute, um den Wettkampf im Bild festzuhalten. Robs Ausrüstung war natürlich stets auf dem neuesten Stand, und er bestand darauf, es immer an genau derselben Stelle aufzubauen, als sei er die ABC-Fernsehgesellschaft, die die Olympischen Spiele übertrug. Das wurde von manchen Leuten auch schon mal als lästig empfunden, Marias Begeisterung dagegen nie.

Bei einem Schwimmwettbewerb war sie stets leicht zu entdecken: eine blonde Dame in kostspieliger Garderobe (obwohl sie auch schon mal in einem roten Cowboy-Hut und roten Cowboy-Stiefeln erschien), die die Schwimmer grundsätzlich am lautesten anfeuerte. Und nach jedem freitäglichen Wettkampf zu Hause versammelte sich die ganze Mannschaft, ob sie verloren hatte oder gewonnen, im Haus der Marshalls zu einer

Party. In der Regel gab es Siege zu feiern, weil Roby und vor allem Chris, der neun Schulrekorde hielt und zum Schwimmer des Jahres der Ocean County gekürt worden war, die Mannschaft der Toms River East High School dreimal in Folge zur Meisterschaft geführt hatten. Manchmal kamen an die neunzig Kinder mit ihren Eltern zu diesen Parties. Dann ließen sie oft zwanzig oder gar fünfundzwanzig große Pizzas kommen, schauten sich Robs Videoaufzeichnungen an und spielten die neuesten Videospiele oder mit dem Flipper-Automaten unten im Gymnastikraum im Keller. So war es nicht verwunderlich, daß Maria zur Schwimmannschaftsmutter des Jahres gewählt wurde, als Chris zu den Senioren aufrückte.

Chris wußte, daß er seiner Mutter sehr viel verdankte. Als er neun Jahre alt und äußerst wasserscheu gewesen war, überredete sie ihn, der Schwimmabteilung des Country-Club beizutreten. Gleichsam der Startschuß zu der späteren Karriere. Als Senior hatte er so ziemlich jeden County-Rekord gebrochen: Zweihundert Meter Lagen, fünfzig Meter Freistil, einhundert Meter Schmetterling, einhundert Meter Freistil, fünfhundert Meter Freistil, einhundert Meter Rücken – nur im Streckentauchen gelangen ihm keine neuen Bestmarken. Jede Woche erschien sein Name in den Schlagzeilen. Sein Trainer erhielt ständig Anfragen von einem guten Dutzend Colleges. In Toms River war Chris sogar als Kandidat für die Olympischen Spiele 1988 benannt worden.

Und das alles verdankte der Bursche seiner Mutter, wie ihm sehr wohl bewußt war. An der einen Wand seines Zimmers hing eine Karikatur, die er aus einem Schwimmsport-Magazin herausgerissen hatte. Sie stellten die ›perfekten Schwimm-Eltern‹ dar: Die Mutter trug eine Schuljacke, die über und über mit Abzeichen besetzt war. In den Händen hielt sie Ersatz-Badezeug, Ersatz-Taucherbrillen, Ersatz-Nasenklammern und diverse Stoppuhren. Gleich neben ihr stand der Vater mit der Videokamera. Für Chris war das alles andere als eine Karikatur, für ihn war das Realität.

Ganz gleich, wie früh er auch aufstehen mußte, um an einem Samstagmorgen an irgendeinem auswärtigen Wettkampf teilzunehmen, sechs Uhr, halb sechs, seine Mutter war in jedem Fall schon vor ihm wach, um ihm Pfannkuchen zu machen, seine Tasche zu packen und sein Lunchpaket vorzubereiten. Als er nach ihrem Tod versuchte zu beschreiben, welch wundervolle Mutter sie gewesen war, erinnerte Chris sich zuerst ihrer Pfannkuchen. »Sie nahm immer nur gute Butter«, sagte er, »und jeder dieser Pfannkuchen hatte eine knusprige ›Butterkruste‹ rundum. Sie machte die besten Pfannkuchen von der Welt.«

Sie tat aber auch noch ganz andere Dinge: Wenn die East High School gegen den Erzrivalen North High mit dem Spitznamen ›die Seeleute‹ antrat, brachte Maria auf der Toilette im Duschraum der Jungen ein Schild an mit der Aufschrift: ›Spült die Seeleute runter‹. Und sie plazierte kleine Zettelchen in Chris' Eßpakete, wo sie sicher war, daß er sie finden würde. ›Hoch East! Nieder mit North!‹. Kleinigkeiten, die zeigten, wie sehr sie mitfieberte. Bei den Wettkämpfen gab sie auch nicht nur Leibchen für die Mütter aus, sondern sie verteilte auch Strohhüte für die Fans, geschmückt mit Bändern in den Schulfarben und Aufschriften wie ›East ist die Nr. 1.‹. Außerdem brachte sie überdimensionale Schaumgummi-Finger mit, die sich die Fans über die Hände streifen konnten, um damit zu winken.

Aber es war ja nicht nur das Schwimmen. Während seiner Grundschulzeit ging sie Abend für Abend seine gesamten Hausaufgaben mit ihm durch. Wenn Chris in einer Klassenarbeit eine gute Note erhielt, war sie in aller Regel aufgeregter als er. Bevor sie abends zu Bett ging, deckte sie bereits den Tisch für das Frühstück am nächsten Morgen, und jedesmal, wenn er morgens heruntergekommen war, war sie schon aufgestanden, um sicherzugehen, daß er alles, was er sich zum Frühstück wünschte, auch bekam.

Chris erinnerte sich wieder daran, wie er sechzehn geworden war und angefangen hatte, im Sommer als Bademeister im Club zu arbeiten. Er mußte um acht Uhr morgens da sein, was zur Folge hatte, daß er morgens meistens ohne Frühstück aus dem Haus hetzte. Eine Stunde später war sie dann da, mit Eiern und Schinken und Orangensaft. Ihm kam es so vor, als sei das *Hunderte* von Malen passiert.

Er war immer weniger abenteuerlustig, pflichtbewußter, ja sogar eher Mamas Liebling gewesen als Roby. Und warum auch nicht – mit einer solchen Mutter? Er erinnerte sich wieder, wie sie ihm Monate, nachdem es passiert war, erzählt hatte, daß sie ihm mit dem Wagen gefolgt war, als er an seinem ersten Arbeitstag mit dem Fahrrad über die Landstraße 37 und die Washington Street entlang hatte fahren müssen. Sie wollte sicher sein, daß er gut ankam, war aber sehr vorsichtig gewesen, damit er sie nicht etwa entdeckte.

Bis er angefangen hatte, sich mit schöner Regelmäßigkeit ständig aufs neue zu verlieben, hatte er mit niemandem so viel Zeit verbracht wie mit seiner Mutter. Sie interessierte sich so sehr für alles, was er tat, wie er sich fühlte, seine Erfolge und gelegentlichen Mißerfolge. Sie wartete auf ihn, wenn er einmal nach Schwimm-Wettbewerben länger ausblieb, und stellte ihm dann noch eine Stunde lang ihre Fragen. Wer diesen oder jenen Wettbewerb gewonnen hatte; wie es diesem oder jenem ging; was der Trainer gesagt hatte – und so weiter.

Während seiner Zeit auf der High-School hatte er die Abende immer zu Hause verbracht, um zu lernen. Nur manchmal hatte er sich eine Unterbrechung gegönnt und mit seiner Mutter zusammen vor dem Fernseher auf der Couch gesessen, wobei sie sich mitunter eine halbe Stunde lang gegenseitig den Rücken massierten. Dann war er wieder zu seinen Büchern zurückgekehrt, und nicht selten schlief sie auf der Couch vor dem Fernseher ein, meist in ihrem blauen Lieblings-Morgenrock. Er war oft bis ein oder zwei Uhr in der Nacht wach geblieben und hatte gearbeitet (genau wie sein Vater auch, der fast immer bis weit nach Mitternacht in seinem Arbeitszimmer saß), und dann war sie heraufgekommen und hatte ihn ermahnt, ins Bett zu gehen, und ihm vorgeworfen, er sei ein Perfektionist und arbeitssüchtig. Dennoch wußte er, wie stolz sie auf ihn war, und ihre Freude über seine Erfolge vermittelte ihm die höchsten Glücksgefühle, die er überhaupt kannte.

Der letzte Wettkampf, den er während seiner High-School-Zeit absolviert hatte, war Chris in besonders lebhafter Erinnerung geblieben. Es war ein Wettkampf über einhundert Meter

Rücken gewesen, seine Spezialdisziplin, und diesmal schwamm er gegen einen jungen Mann, der ihn noch ein Jahr zuvor um den Bruchteil einer Sekunde geschlagen und dabei gleichzeitig einen neuen County-Rekord aufgestellt hatte. Ein ganzes Jahr lang hatte er sich – oft genug zusammen mit seiner Mutter – immer wieder die Videoaufzeichnungen dieses Wettkampfs, seiner bittersten Niederlage, angesehen.

An jenem letzten Wettkampftag hatte er bereits zwei Goldmedaillen gewonnen. Im Einhundertmeterrückenwettkampf schwamm er dann das Rennen seines Lebens, das er nicht nur mit großem Vorsprung gewann, sondern auch in einer Zeit, die um nicht weniger als zwei volle Sekunden unter der bisherigen Bestmarke lag. Dieser Sieg bescherte ihm die dritte Goldmedaille dieses Tages, und sobald er sie in Empfang genommen hatte, ging er zu seiner Mutter und legte ihr diese Medaille um den Hals. Den Ausdruck ihres Gesichtes würde er sein Leben lang nicht mehr vergessen.

In Chris' Gegenwart hatte Marias Gesichtsausdruck stets nur Glück und Zufriedenheit vermittelt. Gleiches galt für ihre Stimme. Ihr Singen und Summen, während sie ihren hausfraulichen Pflichten nachkam, würden Chris, daran zweifelte er nicht, sein Leben lang begleiten.

Er wußte nicht zu sagen, ob Stunden vergangen waren oder Tage oder nur Minuten, als sein Vater auf die Brookside Avenue einbog, sie verließ, um den Hügel hinaufzufahren, von dort in den Crest Ridge einbog und dann in die Auffahrt fuhr. Seltsam fand er nur, daß sie genau in diesem Augenblick ankamen, da seine Brüder und Großeltern aus Onkel Genes Auto stiegen.

Als Chris den Wagen verließ, sah er seinen Bruder Roby auf sich zukommen. Sie umarmten und drückten sich und weinten einer an der Schulter des anderen. Chris fühlte sich in diesen Augenblicken seinem Bruder inniger denn je zuvor verbunden, und er mußte daran denken, wie glücklich dies seine Mutter gemacht hätte, und bei diesem Gedanken wurde sein Schmerz so groß, daß ihm die Beine versagen wollten und Rob ihm ins Haus helfen mußte.

3. Kapitel

Ein sicheres Anzeichen dafür, daß man mit dem Wagen Toms River erreicht hat, ist, daß keine der UKW-Stationen, die man im Autoradio eingeschaltet hatte, mehr zu empfangen ist.

Es spielt gar keine Rolle, aus welcher Richtung man sich der Stadt nähert – sechzig Meilen den Garden State Parkway von New York her oder fünfzig Meilen über die Landstraße 70 von Philadelphia her, an wogenden Kornfeldern, blühenden Obstplantagen und den Hinweisschildern auf die Feriendörfer vorbei –, wenn aus dem Autoradio keine Musik mehr kommt, ist man in Toms River.

Man kann es wirklich kaum besser umschreiben. Auf der Straßenkarte von New Jersey ist Toms River nahe der Küste verzeichnet, etwa auf halbem Weg zwischen Asbury Park und Atlantic City, aber nirgendwo kündigt ein Schild an, daß man jetzt nach Toms River hineinfährt. Es gibt auch keine Toms-River-Polizeistation oder eine Toms-River-Stadthalle.

Was dort amtlich existiert, nennt sich Dover Township (vergleichbar unseren Verbandsgemeinden, d. Übers.), fast identisch mit Toms River, aber eben nur fast. Der Toms-River-Schuldistrikt umfaßt beispielsweise Gegenden, die ansonsten nicht zum Dover Township gehören, und auf der anderen Seite gibt es Teilbezirke des Township wie etwa Ortley Beach, die man wohl kaum Toms River zurechnen würde.

Wenn man es recht bedenkt, ist Toms River mehr eine Fiktion, eine Geisteshaltung vielleicht, aber je länger man dort lebt, desto weniger glaubt man auch daran.

Einige Leute, die ihr ganzes Leben dort verbracht haben, beharren darauf, es bestehe lediglich aus dem dörflichen Zentrum und erstrecke sich vielleicht noch eine Meile weit die Hauptstraße hinauf in Richtung Stadtverwaltung und vielleicht noch eine Meile weit die Washington Street in Richtung Country Club. Neubürger allerdings glauben immer, Toms River dehne sich in jedem Fall bis zu ihrem persönlichen Domizil aus, ganz gleich, wie weit dies auch immer westlich auf dem Parkway oder nördlich auf der Landstraße 37 liegen mag. Denn der Name Toms River signalisiert Neuansiedlern ein gewisses Prestige.

Er wurde nach einem britischen Armee-Offizier namens William Toms benannt, und was den ›river‹, also den Fluß, angeht, so handelt es sich lediglich um die einige Meilen entfernte Flußmündung in der Barnegat Bucht.

Die ersten Siedler waren Piraten, von ihren reichen Familien aus der Monmouth County im Norden verstoßene Söhne. Sie legten sich hinter flachen Dünen, die die Bucht vom offenen Meer trennten, auf die Lauer, und sobald sie draußen ein Handelsschiff entdeckten, segelten sie durch eine schmale Meerenge hinaus und griffen das Schiff an. Die dabei erbeuteten Güter versteigerten sie anschließend irgendwo in den Städten im Binnenland. Zu Beginn des neunzehnten Jahrhunderts war Toms River bekannt für seine illegalen geschäftlichen Aktivitäten.

1812 ebnete ein Sturm die schmale Durchfahrt zum Atlantik ein und setzte damit den Raubzügen der Piraten ein Ende, weil es von nun an eine ununterbrochene Landverbindung zwischen Meer und Bucht gab, die sich über vierzig Meilen entlang der Küste von New Jersey erstreckte und in deren Mittelpunkt Toms River lag.

Die nächsten hundert Jahre lang existierte Toms River als ein verschlafener kleiner Handelsposten, dessen Ruhm sich darauf beschränkte, voller Moskitos zu stecken und mit einer viel zu hohen Luftfeuchtigkeit geschlagen zu sein, während seine Bewohner sich vornehmlich dadurch auszeichneten, daß sie zu lethargisch oder zu phantasielos waren, diesen ungastlichen Ort zu verlassen.

Selbst nach 1920 war das Land in jener Gegend so billig und wurde so reichlich angeboten, daß es teilweise sogar als Werbeprämie für Zeitungsabonnements ausgelobt wurde. ›Bestellen Sie die *New York Tribune*‹, hieß es in einer Anzeige, ›und sichern Sie sich so Ihr Grundstück im schönen Beachwood‹. Es soll Leute gegeben haben, die anfragten, ob sie die Zeitung nicht haben könnten, ohne sich gleichzeitig zu verpflichten, auch das Grundstück zu nehmen.

Aber dann kam das Automobil und mit ihm der Tourismus. Wer von New York nach Atlantic City wollte, der mußte Toms River durchqueren. Doch statt die Hauptstraße zu nehmen, bogen viele nach links ab und folgten fünf Meilen lang der von Robinien beschatteten Locust Street und überquerten dann die hölzerne Brücke über die Barnegat Bucht, um zu dem schmalen Sandstreifen zu gelangen, der hier die Bucht vom Atlantik trennt. Dort machten sie dann Urlaub in Ortschaften wie Seaside Hights und Seaside Park, in bescheidenen Gasthöfen und Privatquartieren, die in Reiseprospekten als ›völlig unbeeinflußt von moralischen und religiösen Verfallserscheinungen‹ beschrieben wurden.

Sehr viele entschlossen sich auch, direkt in Toms River zu bleiben, das zeitweilig zum prosperierenden Ferienort wurde, ›Jahr für Jahr erneut aufgesucht‹, wie ein Touristenführer es formulierte.

1950 hatte Toms River eine Bevölkerung von kaum über siebentausend Seelen, die Hühner nicht mitgerechnet. Gewiß, es war der Verwaltungssitz der Ocean County, aber darauf konnte es sich nicht viel zugute halten, denn Ocean County war die am wenigsten besiedelte und gleichzeitig die zweitärmste County im ganzen Staat New Jersey.

1952 begannen die Verhältnisse sich zu ändern, als die *Cincinnati Chemical Company* in die Stadt einzog, die ein fließendes Gewässer, möglichst dem Ozean nahe, in der Nähe brauchte.

Es hatte da offenkundig Schwierigkeiten mit den Behörden gegeben, wegen der etwas eigenartigen Farbe des Ohio River in der näheren Umgebung der Chemie-Fabrik. Daher ließ sich die Gesellschaft auf einigen hundert Morgen westlich der Stadt nieder, umgab ihr Gelände mit hohen Metallgitterzäunen und einem strengen Sicherheitssystem und nannte sich fortan *Toms River Chemical Company*.

Schon bald nahm der Toms River die Farbe frischen Blutes an. Außerdem fing er an zu stinken. Die Fische gingen elend ein. Auf der Oberfläche trieb ein übelriechender Schaum. Die Gesellschaft erklärte, es bestehe kein Grund zur Beunruhigung.

Die Bosse der Gesellschaft brauchten natürlich eine angenehme Nachbarschaft, in der zu leben sich lohnte. Da in Toms River so etwas wie Gesellschaft nicht vorhanden war, schufen sie sich ihre eigene. Achtundzwanzig Manager erwarben riesige Landflächen nördlich der Locust Street in einem Gebiet, das über keinerlei Renommee verfügte und bis dato kaum bewohnt war und das allgemein als Long Swamp (langer Sumpf) bekannt war. Sie teilten das Land in achtundsiebzig Parzellen auf und behielten die besten davon für sich selbst. Dann fingen sie an, Häuser im Landhausstil zu errichten, wie sie in den fünfziger Jahren überall entstanden.

Die Manager fanden schließlich, daß Leute in so hohen und verantwortungsvollen Positionen nicht in einer Gegend wohnen sollten, die Long Swamp, also langer Sumpf, hieß, und so änderten sie den Namen in Brookside um. Sofort stieg der Wert ihrer Grundstücke um fünfzig Prozent. Die Leute aus der Stadt hatten es auf einmal eilig, die noch verbliebenen Parzellen aufzukaufen. Früher wäre es niemandem in Toms River eingefallen, in Long Swamp ein Haus zu bauen, aber Brookside mit all seinen Vizepräsidenten, Direktoren und so weiter avancierte im Handumdrehen zur bevorzugten Wohngegend der Stadt.

Als nächstes entschieden die Manager, sie bräuchten unbedingt einen Country Club. Also kauften sie ein Neun-Loch-Golfgelände an der Washington Street auf und nannten es fortan den Toms River Country Club. Gegen eine gepfefferte Aufnahmegebühr konnten auch die Alteingesessenen Mitglied werden.

Umgehend entdeckten nun die Einwohner von Toms River zu Dutzenden, was ihnen bisher so sehr gefehlt hatte. Die Mitgliedschaft im Country Club wurde zum Muß. Das galt ganz besonders dann, wenn man sich gerade erst ein Haus in Brookside gebaut hatte. Wenn man nämlich nicht Mitglied im Club geworden wäre, um Gottes willen, das hätte ja so ausgesehen, als könnte man sich das nicht leisten!

1955 wurde der Garden State Parkway eingeweiht, und von

nun an war Toms River plötzlich auch für den ganzen Rest von New Jersey erreichbar. Der Parkway führte über einhundertzweiundsiebzig Meilen von der nördlichsten Ecke des Staates bis zum südlichsten Zipfel beim Cape May. Von Asbury Park aus verlief er in südlicher Richtung und nur zehn Meilen weit landeinwärts parallel zur Küste. Zum erstenmal konnte jeder im nördlichen New Jersey an die Küste gelangen, ohne den halben Tag im Wagen zu verbringen – und ein jeder tat es.

Die Touristen überfluteten Toms River zu Tausenden, indem sie den Parkway an der Ausfahrt 82 verließen, die Bremslichter an der Locust Street aufleuchten ließen und sich nach dem kürzesten Weg zur Küste erkundigten. An Wochenenden wurde der Verkehr oft so dicht, daß sich die Mädchen von den High-Schools im Badeanzug an die Tankstellen stellten und dort handgezeichnete Straßenkarten für einen Dollar feilboten.

Jahr für Jahr wuchs die Zahl der Touristen, die nicht mehr in ihre angestammte Heimat zurückkehrten. Da Toms River nun so einfach zu erreichen war, schien es vielen Leuten ein Ort zu sein, an dem zu leben sich lohnte. 1960 war die Bevölkerungszahl ungeachtet der Farbe des Flusses auf siebzehntausend angewachsen.

1967 wurde eine der Geflügelfarmen von Toms River in eine Art Wohnpark für alte Leute umgewandelt und in ›Altersruhesitz‹ umbenannt. Der ersten Einrichtung dieser Art gab man schließlich den Namen *Holiday City*. Sie bestand aus annähernd tausendsechshundert identischen Häuschen auf Grundstücken von zwanzig mal vierzig Fuß. Die Straßen trugen so phantasievolle Namen wie St.-Moritz-Platz, Pariser Straße, Yellowstone-Weg oder Kilimandscharo-Boulevard. Sie waren kaum einmal länger als eine Meile, und an jeder lagen an die hundertfünfzig dieser Häuschen, die alle fein sortierten Kies statt Gras vor der Front hatten. Die einzige Möglichkeit, sie auseinanderzuhalten, bestand darin, daß einige der Bewohner sich irgendwelche Keramik-Hirsche auf ihren Kiesweg gestellt hatten, während man bei anderen rosa Flamingos oder lächelnde Keramik-Häschen sah, die eine Schubkarre schoben.

Und dieses Holiday City war erst der Anfang. Wo früher nur

Geflügel-Kooperativen oder Pinien-Wäldchen zu bewundern gewesen waren, entstanden jetzt *Leisure Village, Silver Ridge Park, Crestwood Village, Holiday City South, Leisure Village East, Silver Ridge Park West, Cedar Glen Lakes, Cedar Glen West, Pine Ridge at Crestwood* und so weiter und so weiter, bis es im Ocean County schließlich mehr alte Menschen als Hühner gab. Es war, als seien jedermanns Großeltern zu Besuch hierhergekommen und hätten beschlossen zu bleiben.

1967 passierte dann etwas, das für die Geschichte des modernen Toms River etwa so bedeutungsvoll war wie die Ankunft der Pilgerväter am Plymouth Rock. Das waren die Aufstände der Schwarzen in Newark. Noch bevor sich die Rauchfahnen der Gasgranaten verzogen hatten, waren die Weißen im nördlichen New Jersey zu Tausenden in ihre Autos gesprungen und den Parkway hinuntergejagt, bis sie endlich eine Ausfahrt gefunden hatte, wo sie auch nicht ein einziges schwarzes Gesicht mehr zu sehen bekamen. Dann sahen sie sich nach einem Haus um. Die Soziologen nannten es die Flucht des Weißen. In Toms River nannte man es schlicht einen Boom.

Diese neuen Einwanderer – sie waren, um der Wahrheit die Ehre zu geben, eher Flüchtlinge – waren fast ausschließlich Bewohner von Vierteln in Newark, Jersey City, Union City und Elizabeth, die bis dahin nur Weißen vorbehalten gewesen waren, aus Wohngebieten also, in denen die alte Ordnung zusammenbrach. Die Reichen zogen in die entsprechenden Vorstädte im nördlichen New Jersey. Die anderen machten sich Richtung Süden auf den Weg.

Der Hausbau war billig, weil das Land billig war, und das Land war billig, weil Ocean County mitten im Nichts lag. Doch die Apartment-Bewohner aus dem Norden interessierten sich nicht dafür, wie abgelegen es war. Sie waren willens, jeden Tag fünfzig Meilen zu ihrer Arbeitsstätte zu fahren, wenn sie nur bei Nacht kein schwarzes Gesicht mehr zu sehen brauchten.

Die Bevölkerungszahl von Toms River stieg bis 1970 sprunghaft bis auf dreiundvierzigtausend an. Die County rundum erlebte eine fast ebenso atemberaubende Entwicklung. 1950 gab es in der ganzen Ocean County nur an die fünfzigtausend

Einwohner. 1970 waren es schon über zweihunderttausend, und sie strömten so schnell über den Parkway herein, daß die Zuwächse nur noch nach Personen pro Minute gerechnet wurden. Wanderte 1950 noch alle zehn Minuten ein neuer Einwohner in die Ocean County ein, so waren es in den sechziger Jahren bereits alle fünf Minuten einer.

Verkehrsprobleme waren schon bald nicht mehr nur ein Phänomen des Sommers. Plötzlich schienen nur noch Fremde auf den Straßen zu sein, und in den Supermärkten standen lange Schlangen an den Kassen an. Aber niemand in Toms River beklagte sich. Dies war eben der Fortschritt. Die Menschen in Toms River hatten viel von Fortschritt gehört, doch abgesehen von der Ansiedlung der Chemie hatten sie davon bisher nicht viel mitbekommen.

Als 1971 die Locust Street von zwei auf sechs Fahrbahnen erweitert wurde – was das Ende der schönen Robinien am Straßenrand bedeutete –, klagte auch niemand. Das war halt der Fortschritt. Als die Schulen von Toms River wegen Überfüllung dazu übergehen mußten, die Zahl der Unterrichtsstunden zu verdoppeln, sah man auch darin nur ein weiteres Zeichen des Fortschritts, auf den man ausgesprochen stolz war.

Auch die Chemie-Gesellschaft machte Fortschritte. Inzwischen hatte sie nämlich angefangen, mit Fleiß den Ozean zu vergiften, indem sie täglich vier Millionen Gallonen ungereinigte Abwässer über Kanäle leitete, die unter den Straßen von Toms River verlegt waren und eine halbe Meile vor Ortley Beach im Meer mündeten.

1972 wurde die Chemie-Gesellschaft verklagt, was in New Jersey nicht gerade oft passierte. Der Bundesanwalt beschuldigte sie, sowohl den Fluß wie den Ozean mit giftigen Substanzen verseucht zu haben, die im Verdacht standen, Krebs und genetische Veränderungen zu erzeugen.

Aber dies war nicht die beherrschende Nachricht des Jahres 1971. Die große Neuigkeit war die Eröffnung des Einkaufszentrums. Urplötzlich gab es draußen auf der Hooper Avenue, kaum anderthalb Meilen außerhalb der Stadt, ein in sich abgeschlossenes, lebendiges Einkaufszentrum mit Bamberger's,

Sears, J. C. Penney und mehr als vierzig anderen Geschäften – genau wie man das aus anderen Vorstädten gewohnt war.

Genau dahin entwickelte sich Toms River – zur Vorstadt. Das einzig Besondere daran war, daß es keinerlei ›Stadt‹ gab. Toms River lag sechzig Meilen von der nächsten größeren Stadt entfernt und war nicht Teil einer übergeordneten sozialen, kulturellen oder wirtschaftlichen Einheit wie etwa New York oder Philadelphia; es war eine Stadt ohne engere Bindung an eine andere, ein Ort, aus dem zu kommen immer eine Entschuldigung wert war.

Aber jetzt, mit dieser Einkaufsstraße, war das etwas anderes. Toms River war arriviert. Eine gute Adresse. Nach langer Wartezeit konnten die Leute von Toms River nun auch in Geschäften einkaufen gehen, die Kreditkarten akzeptierten.

Der Boom hielt die ganzen siebziger Jahre hindurch unvermindert an. Überall in Toms River und Umgebung erschienen Bulldozer wie ganze Panzer-Bataillone und pflügten jeden Zentimeter Grünfläche um. Sumpfige Wiesen wurden schneller trockengelegt als Badewannen und anschließend als ›Lagunen-Grundstücke‹ verkauft. Es war die wundersame Verwandlung des ›langen Sumpfes‹ in die ›Brookside‹, die Toms River schon einmal erlebt hatte, nur diesmal in ungleich größerem Maßstab.

Während der siebziger Jahre nahm die Bevölkerungszahl des County um eine Person alle vier Minuten zu. Auf dem gesamten Territorium der Vereinigten Staaten ereignete sich Ähnliches nur noch in Kalifornien, in der Orange County.

Ein solches Wachstum forderte natürlich seinen Preis. Das *Marian Inn* wurde zum Parkplatz, das *Riverview* wich einem Feriendorf, und das *Ocean House*, einst der Dreh- und Angelpunkt der Stadt, wurde durch die größte Filiale der Seven-Eleven-Supermarkt-Kette in der ganzen Ocean County ersetzt.

An der Landstraße 37, die niemand mehr die Locust Street nannte, wucherten Schnellimbisse, Autoverleihe und Discount-Läden dicht an dicht wie die Bäume im tropischen Regenwald. Jede Woche schien ein neuer Laden hinzuzukommen, McDonald's, Pizza Hut, Seven-Eleven und wie sie alle hießen. War der Name nur einigermaßen bekannt, in Toms River fand er sich wieder. Sogar die Chemie-Fabrik wurde Teil der multinationalen Ciba Geigy mit Sitz in Basel, wo der von ihr verpestete Fluß ›Rhein‹ hieß.

1980 gab es dann mehr als fünfundsechzigtausend Einwohner in Toms River, 99,6 Prozent davon Weiße. Die Bevölkerung der County war von zweihunderttausend im Jahre 1970 auf dreihundertfünfzigtausend zehn Jahre später angewachsen, mit mehr als doppelt so vielen Einwohnern über fünfundsechzig als solchen um die Vierzig und annähernd genauso vielen Chiropraktikern wie Schwarzen.

Diese Neubürger nun waren nicht mehr so wohlhabend, wie es ihre Vorgänger in den sechziger Jahren durchweg gewesen waren, aber es waren derart viele, daß es zunächst so aussah, als befinde sich eine Menge Geld in Toms River. Genug jedenfalls, daß die First National Bank von Toms River die Chemie-Fabrik als wichtigsten privaten Arbeitgeber des County ablöste und Shopping – speziell im *Ocean County Mall* genannten Einkaufszentrum – zur populärsten Freizeitbeschäftigung der ganzen Region wurde.

An einem jeden Werktagmorgen rollten die Busse aus den zahllosen Altersheimen ringsum an und füllten nach und nach den riesigen Parkplatz des Einkaufszentrums, um ihre Ladungen zu löschen, die aus den Gebeugten und den Gebrechlichen bestand, die gekommen waren, um ein wenig benommen zwischen den Altären des Konsums umherzuwandern. *Ich kaufe ein, also bin ich.*

Jüngere Bürger kamen mit dem eigenen Wagen (mehr als 55 Prozent aller Haushalte der Ocean County verfügten über zwei oder mehr Wagen, und in Toms River ereigneten sich auf den Parkplätzen der Einkaufszentren mehr Verkehrsunfälle als auf seinen Straßen). Sie kamen freitags abends, den ganzen Samstag und den ganzen Sonntag über. Shopping war die wichtigste Zerstreuung für Teenager und Hausfrauen genauso wie für die älteren Mitbürger.

Der Einkaufsbummel war als Freizeitgestaltung so normal geworden, daß auch die Zeitungen daran nicht mehr vorbeigehen konnten. Wenn sie ihre Geschichten über die Sommeraktivitäten brachten (›die Strände waren überfüllt, der Bootsverkehr in der Bucht war geringer als erwartet, die staatlichen Parks melden regen Besuch‹) berichteten sie zumeist auch über die großen Einkaufszentren (›die Ocean County Mall war an diesem Ferienwochenende bis an die Kapazitätsgrenze ausgelastet, da Schau- und Kauflustige mit ihrer freien Zeit nichts Besseres anzufangen wußten, als tausend überflüssige Einkäufe zu tätigen‹).

Im Zentrum ihres Lebens schien es eine Leere zu geben – die Zehntausenden von Neuankömmlingen, die hier in einem Landstrich ohne Charakter oder Stil gestrandet waren, sahen sich gefangen in einem Vakuum, das nur persönlicher Besitz auszufüllen versprach.

Aber daran war nichts Einmaliges. Die Inhaltslosigkeit auf der Höhe des Lebens beim amerikanischen Durchschnittsbürger hat die Aufmerksamkeit der Soziologen schon seit einem Vierteljahrhundert auf sich gezogen. Es war eben nur so, daß sich dieses Phänomen in Toms River besonders markant präsentierte. Teil des Problems war, daß im Toms River der achtziger Jahre fast jeder aus einer anderen Gegend Amerikas stammte. Niemand wußte genau, wer der andere wirklich war. Und da man nicht wußte, wer der Nachbar war, woher er gekommen war und wie sich sein Leben gestaltet hatte, war man auch stets unsicher, wie man ihm begegnen sollte.

Daher wurde der Erwerb von Gütern, deren Besitz anderen Wohlhabenheit signalisierte und einen auf diese Weise begehrenswert machte, zu dem Lebensprinzip schlechthin. Shopping war folglich viel mehr als nur die Freizeitbeschäftigung Nummer eins in der Stadt; es war die einzige Möglichkeit für die obere Mittelschicht von Toms River, klarzustellen, wofür man sich selbst hielt und als was man gern gegolten hätte.

In Toms River war man, was man fuhr; man war, was man trug, man war, wo man wohnte – ganz gleich, wie hoch das eigene Heim mit Hypotheken belastet war.

Die Mitglieder dieser neuen Besitzstandsklasse arbeiteten hart daran, ihre Wurzeln, die nicht selten im Arbeitermilieu zu finden waren, auszurotten und vergessen zu machen, woher sie gekommen waren. Sie richteten eine Mauer aus Kreditkarten um sich herum auf, um den Blick auf ihre Vergangenheit zu verstellen. Es wurden haufenweise Cadillacs angeschafft, jede Menge Ehefrauen fuhren bis nach Short Hills, um bei Bloomingdale's einkaufen zu können statt bei Bamberger's, und eine Menge von Hinterhöfen boten Raum für Swimming-pools, obwohl der Ozean weniger als zehn Meilen weit entfernt war.

Es wurde nachgerade zum Statussymbol, sich damit zu rühmen, wie lange es schon her war, seit man zum letztenmal am Strand gewesen war. Aussagekräftiger war da der Hinweis auf das eigene Haus in Brookside, das mittlerweile hauptsächlich von Leuten bewohnt war, die nicht einmal mehr wußten (oder vorgaben, nicht zu wissen), daß die Brookside einmal ›der lange Sumpf‹ geheißen hatte.

Es gab Leute, die kauften sich ein Haus in Brookside, um dann festzustellen, daß ihnen nicht einmal mehr genug Geld geblieben war, um es dann auch zu möblieren. Das bedeutete, daß sie auf Monate oder auch Jahre hinaus niemanden zum Essen einladen konnten. Bekannte aus der alten Nachbarschaft konnten sie nicht einladen, denn das war genau der Schlag von Menschen, mit denen sich Bewohner der Brookside nicht mehr länger abgaben, und die neuen Nachbarn konnten sie nicht einladen, damit nicht ruchbar wurde, daß man kein Geld für eine standesgemäße Inneneinrichtung hatte.

Statt dessen wurden sie dann lieber Mitglied im Country Club, was sie sich eigentlich auch nicht leisten konnten. Aber dort konnten sie den Umgang mit jenen Leuten pflegen, zu denen sie selbst gern einmal gehören wollten.

Die Mitglieder des Country Club nahmen sich selbst sehr wichtig, obwohl das Clubhaus aussah, als sei es aus LEGO-Steinen erbaut worden und obwohl den Mitgliedern lediglich ein Golfplatz mit nur neun Löchern zur Verfügung stand.

Sie waren überwiegend mittleren Alters, ruhelos und gelangweilt. Sie waren so weit von den großen Städten weg, um den wirklichen Durchblick zu haben, aber ihnen noch immer zu nahe, um schon völlig abgestumpft zu sein. Sie wandten New

York oder Philadelphia den Rücken, weil sie sich bedroht fühlten; gemessen an den Problemen dieser Städte waren ihre eigenen Sorgen und Nöte geradezu lächerlich. Aber beim Blick nach innen sahen sie immer nur ihr eigenes Spiegelbild.

Es war weder eine einfache noch eine einträgliche Art zu leben: dieser Mangel an Geist, dieser *Abgrund*, nur zugedeckt mit einer hauchdünnen Schicht scheinbaren Wohlstands, den aufrechtzuerhalten sie sich verzweifelt mühten.

Kokain half. (Ganz nebenbei bemerkt: Es war ja teuer genug, um auch als Statussymbol dienen zu können.) Dasselbe galt für den oberflächlichen Glanz der Spielcasinos von Atlantic City. Und für eine gelegentliche Nacht mit einer Gespielin, die nicht die eigene war.

Jedes noch so unbedeutende Gerücht, jeder Skandal löste allgemeines Getuschel, Gelächter und Kopfschütteln aus. »Das muß man sich mal vorstellen«, sagten sie dann, »ausgerechnet hier in River City.«

Aber es hatte alles seine Richtigkeit. Kein Grund zur Besorgnis. Wir sind ja alle erwachsene Menschen. Es kommt ja niemand zu Schaden. So ist sie nun mal, unsere schnellebige Zeit. Das ist das Geheimnis des Erfolgs. So machen sie's im Fernsehen ja auch.

Tatsache ist – das Leben in Toms River, jedenfalls jenes, das von bestimmten Mitgliedern des Toms River Country Club gelebt wurde, vollzog sich auf dem Niveau von Miniserien im Fernsehen. Nur daß es eben eine Miniserie war, in der nichts passierte.

Bis zu der Nacht, in der Maria Marshall ermordet wurde.

4. Kapitel

Einmal im Haus, begab Rob sich sofort zu Sal Coccaro. Er schien sich um den Gemütszustand seiner Söhne und Verwandten weniger Sorgen zu machen als um Sals Liste der eingegangenen Telefonanrufe. Er stand mitten im Wohnzimmer und hakte die zwanzig oder dreißig Namen ab.

»David Rosenberg? Um vierzehn Uhr?«

»Stimmt genau«, sagte Sal.

»Von woher hat er angerufen?«

»Das weiß ich nicht, Rob. Wahrscheinlich aus dem Büro. Ich hab' die Leute doch nicht gefragt, von wo sie anrufen.« David Rosenberg, Ehemann von Felice Rosenberg und Exapotheker, war der Manager der Fred Frankel Motors auf der Landstraße 37, einem Autohandel im Besitz von Felices Vater, Fred Frankel.

»Gut. Und was hat er gesagt? Was genau hat er gesagt?« Sowohl Roby wie auch Chris merkten, daß ihr Vater über alle Maßen aufgeregt war.

»Rob, er hat überhaupt nichts gesagt. Er hat nur nach dir gefragt, und ich habe ihm gesagt, du seist nicht da, aber ich würde dir sagen, daß er angerufen hat, sobald du zurück bist.«

Rob fing an, im Wohnzimmer auf und ab zu gehen. Ohne es offenbar zu merken, zerknüllte er dabei den Zettel in der Hand, auf den Sal die Namen geschrieben hatte.

»Sal«, sagte er, »das ist sehr wichtig. Welchen Eindruck machte David denn?«

»Rob, ich verstehe dich nicht.« Sal blickte sich im Zimmer um und sah der Reihe nach seine Frau Paula und Dr. und Mrs. Pudzynski an, die alle auf der Couch saßen und leise vor sich hin weinten.

»Welchen *Eindruck* hat er auf dich gemacht, Sal? Klang er freundlich, klang er kalt, war er liebenswürdig, war er feindselig?« Robs Stimme klang zunehmend ungeduldiger.

»Also, um die Wahrheit zu sagen, Rob, ich verstehe beim besten Willen nicht, wieso dir das ausgerechnet jetzt so wichtig ist. Aber wenn du es unbedingt so genau wissen willst: David klang ausgesprochen kalt. Er fragte nur, ob du da seist, und als ich nein sagte, wollte er wissen, wann du zurück bist.«

»Was hast du ihm gesagt?«

»Ich sagte, so gegen sechs oder sieben Uhr. Ich hätte es besser wissen sollen, Rob. Ich hätte wissen müssen, daß du dich verspäten würdest – wie immer.« Auch Sals Stimme klang jetzt eine Spur schärfer.

»Hat er gesagt, er würde noch mal anrufen?«

»Nein, hat er nicht.«

»Hat er was davon gesagt, daß ich zurückrufen soll?«

»Nein, hat er nicht.«

»Na schön.« Rob seufzte und sah sich im Zimmer um. Zum ersten Mal, seit er hereingekommen war, schien er jetzt die Gegenwart der anderen wahrzunehmen. »Na schön. Wie wär's mit einem Drink? Ich glaube, hier hat wohl jeder einen nötig.«

Rob mixte sich selbst einen Rum mit Cola. Coca Cola mit oder ohne Rum war Robs absolutes Lieblingsgetränk. Ja, er schien ihm geradezu verfallen, und er trank jeden Tag mindestens einen Sechserpack davon und oft genug auch mehr, wenn er mal wieder bis in die Morgenstunden im Büro arbeitete.

»Schon gut«, sagte Rob. »Sal, Gene, könntet ihr sämtliche Anrufe entgegennehmen? Ich bin für niemanden zu sprechen.«

»Auch nicht für David?« fragte Sal.

»Genau«, sagte Rob und starrte ihn an. »Ganz besonders nicht für David.« Damit wandte er sich ab, ging in sein Büro und schloß die Tür hinter sich.

Das Telefon hörte bis kurz nach Mitternacht nicht auf zu klingeln. Tom Kenyon, der Anwalt, der mit seiner Frau Madge im Verlauf des Nachmittags vorbeigekommen war, als Rob nicht da war, rief zurück und bat Sal, doch einmal in Robs Telefonverzeichnis zu schauen. Dort müßte eigentlich die neue Nummer von Andrea Alfonso in Florida stehen. Er sagte, Maria hätte sicher gewollt, daß sie erführe, was passiert war. Das kam Sal nicht sonderlich merkwürdig vor, da er ja wußte, daß Maria und Andrea befreundet gewesen waren.

Andere Freundinnen von Maria kamen ins Haus, Freundinnen aus der Nachbarschaft und aus dem Country Club wie beispielsweise Anne Peck, die mit dem Anwalt Burton verheiratet war, und ihre Schwägerin, Kathy Peck, die mit Benjamin verheiratet war, einem High-School-Direktor, und Diane Critelli, die mit Pete verheiratet war, dem Besitzer eines Autohauses.

Es war seltsam, daß Maria wohl viele Bekannte hatte und es auch einige Frauen gab, die sich ihre Freundinnen nannten, sie aber keine echte Freundin gehabt hatte. Es war weithin bekannt, daß sie eine ausgesprochen warmherzige und fürsorgliche Mutter und in höchstem Maße an allem interessiert war, was ihre Söhne betraf, und daß sie, anders als ihr Mann, der als unwirsch, anmaßend und überaus aggressiv sowohl in geschäftlichen Dingen wie im privaten Umgang galt, sehr umgänglich war und immer Interesse für andere Leute an den Tag legte.

Dennoch: Auch für sie zählte nach übereinstimmender Ansicht im Club vor allem die Fassade, das Erscheinungsbild. Persönliche Nähe schien ihr unwillkommen zu sein. Gefühle störten die Ordnung, und Maria gestattete auch nicht einem Haar auf ihrem Kopf, aus der Reihe zu tanzen. Es war fast, als umgebe Maria stets ein unsichtbarer Schild. Man konnte nur bis zu einer gewissen Grenze an sie herankommen und keinen Schritt näher. Wäre man ihr zu nahe gekommen, hätte man ja Fehler bei ihr entdecken können. Leute, die sie seit zwanzig und mehr Jahren kannten, konnten sich nicht erinnern, sie jemals auch nur schwitzen gesehen zu haben. Ihr Lebensmotto hätte lauten können: ›Perfekt auszusehen ist die beste Revanche.‹ Sie war allen immer als die perfekte Ehefrau erschienen, die perfekte Mutter. Sie und ihre Familie waren ein Symbol dafür, was es mit dem guten Leben in Toms River auf sich hatte.

Das war es, was ihre Ermordung so aufsehenerregend machte. Wenn *ihr* so etwas widerfahren konnte – in ihrer selbst gewählten Isolierung von den weniger erfreulichen

Aspekten der Realität –, dann konnte es auch jedermann sonst hier passieren. Wer auch immer Maria Marshall erschossen hatte, er hatte nicht nur einfach ein menschliches Leben ausgelöscht, sondern einen Talisman, auf den alle unbewußt geschaut hatten, wenn sie Schutz suchten.

Nachdem er Sal Coccaro die neue Nummer von Andrea Alfonso gegeben hatte, tauchte Rob aus seinem Büro auf und fing an, die Rolle des perfekten Gastgebers zu spielen; er sorgte dafür, daß alle frische Drinks hatten, bot kalte Häppchen an und bemühte sich, eine Unterhaltung von der Art in Gang zu bringen, wie sie vielleicht angebracht gewesen wäre, wenn Maria nur oben grippekrank im Bett gelegen hätte und ein paar Freunde auf einen Drink vorbeigekommen wären, um sich nach ihrem Befinden zu erkundigen.

Die einzig sichtbaren Anzeichen dafür, daß die Mutter des Hauses nicht einfach nur krank, sondern ganz plötzlich tot war, waren Chris, der auf dem Sofa in einer fötalen Position zusammengerollt lag und unkontrolliert weinte; die Pudzynskis auf der anderen Couch, so benommen und erschüttert, daß man sie für Überlebende eines Flugzeugabsturzes hätte halten mögen; Roby, der in der Küche saß, die Hände vors Gesicht geschlagen hatte und sich weigerte, mit irgend jemandem auch nur ein einziges Wort zu reden; und John, der Dreizehnjährige, der seinem Vater überall im Wohnzimmer hin folgte und ihn immer wieder umarmte, als könnten ihm seine Umarmungen seine Mutter zurückbringen.

Irgendwann war dann klar, daß es für Freunde oder Nachbarn in dieser Nacht nichts mehr zu tun gab, und so verabschiedeten sie sich nach und nach grüppchenweise. Später gingen dann die Pudzynskis und die Marshalls einer nach dem anderen zu Bett. Die drei Jungen lagen jeder in seinem eigenen Zimmer wach, unfähig, sich in den Schlaf zu weinen. Unten aber saß Gene Leahy – Onkel Gene, der Anwalt – allein im langsam dunkler werdenden Wohnzimmer. Er war jetzt achtunddreißig Jahre alt, fuhr einen Mercedes, rauchte dicke Zigarren und genehmigte sich gern ein oder zwei Bier am Abend, vor allem, wenn er mit Freunden zusammen war und man sich gegenseitig Geschichten erzählte. Er hätte der Sprecher einer jeden irischen Nachbarschaft in Boston, New York oder Philadelphia sein können, aber in Wirklichkeit war er Senior-Partner seiner eigenen achtköpfigen Anwaltsfirma in Wilmington. Er war, wie er wußte, der einzige hier im Haus, dem klar war, warum Rob so viele Fragen im Zusammenhang mit dem Anruf von David Rosenberg gestellt hatte.

Und die Frage, die er sich von jetzt an bis zum 8. September immer wieder selbst stellte, war, was er in diesem Zusammenhang tun konnte oder tun sollte.

Der *Philadelphia Inquirer* brachte in seiner Ausgabe vom Samstagmorgen auf den Regionalseiten eine kurze Notiz unter der Überschrift

FRAU AUF RASTPLATZ AM N. J. PARKWAY
ERMORDET

Der Artikel beschrieb in dürren Worten, daß Maria Marshall mit zwei Schüssen ermordet worden war, während ihr Ehemann bewußtlos geschlagen unter dem Wagen gelegen hatte, nachdem sie auf einen Rastplatz gefahren waren, um einen platten Reifen auszuwechseln. Der Artikel berichtete gleichfalls, Marshall habe den Ermittlern gesagt, er sei um eine nicht näher zu definierende Summe Geldes beraubt worden. Weiter hieß es in dem Artikel, ein Sprecher der Staatsanwaltschaft für die Ocean County habe erklärt, das Motiv für den Überfall sei Raub gewesen.

Die *Asbury Park Press*, die traditionsgemäß allem, was in Toms River vorging, weitaus mehr Aufmerksamkeit widmete, brachte einen dreispaltigen Bericht auf der ersten Seite unter der Überschrift

FRAU AUF RASTSTÄTTE AM PARKWAY ERSCHOSSEN

Das Blatt zitierte den Staatsanwalt für die Ocean County dahingehend, er schließe auch andere Motive für den Mord nicht aus, auch wenn offensichtlich ein Raubmord vorliege. »In einem so frühen Stadium der Ermittlungen legen wir uns nicht gern auf ein einziges Motiv fest«, hatte der Staatsanwalt demnach gesagt. Er fügte noch hinzu, obwohl auf dem Vordersitz des Wagens Patronenhülsen gefunden worden seien, gebe es noch keine Verdächtigen.

Weiter hieß es, daß der Rastplatz Oyster Creek nicht beleuchtet und stark mit Eichen und Pinien bewaldet sei und es an der Zufahrt ein Schild gebe, das das Parken bei Dunkelheit verbiete.

Ein Sprecher der New-Jersey-Staatspolizei, die für den Parkway in ganzer Länge zuständig ist, genau wie für den New Jersey Schlagbaum und alle überstaatlichen Autobahnen, soweit sie über das Staatsgebiet führen, sagte, Marshalls elfenbeinfarbener Eldorado, Baujahr 1981, sei zum Zwecke kriminaltechnischer Untersuchungen beschlagnahmt worden; auf dem Grund des Oyster Creek suchten Polizeitaucher nach einer Waffe oder sonst einem Beweisstück. Jeder, der zur fraglichen Zeit auf dem Parkway unterwegs gewesen war, wurde aufgefordert, Auffälligkeiten, die er beobachtet hatte, der Polizeistation von Bass River mitzuteilen.

Der Artikel schloß mit der Feststellung, daß Rob Marshall zusätzlich zu seiner Tätigkeit als Versicherungsagent und Baubetreuer in Toms River 1982 und 1983 Vorsitzender des Entwicklungskomitees für die Ocean County gewesen war.

Am Samstagmorgen war Rob früh aufgestanden, was sehr ungewöhnlich war. Normalerweise arbeitete er bis ein oder zwei Uhr nachts in seinem Büro und schlief dann bis kurz vor Mittag. Maria hatte immer gesagt, es sei das Koffein in der Cola, die er so überreichlich trank, was ihn nachts nicht schlafen ließ. Er seinerseits behauptete dagegen, ihm kämen die besten Ideen oft erst nach Mitternacht. Selbst wenn er dann endlich ins Bett fand, konnte es noch immer passieren, daß er sich plötzlich aufsetzte und das Licht anmachte, um etwas aufzuschreiben, das ihm gerade eingefallen war. Bezeichnenderweise hatte Maria ihm einmal zum Geburtstag ein Set bestehend aus Minilampe und Notizbuch geschenkt, um es für ihn einfacher zu machen, des Nachts im Bett zu schreiben. Wie vieles andere aus seinem persönlichen Besitz war ihm dieses Set vor allem deshalb so ans Herz gewachsen, weil niemand sonst in Toms River etwas Derartiges besaß.

Um sieben Uhr dreißig war Rob aus dem Haus. Es wäre der früheste Zeitpunkt gewesen, zu dem er je das Haus verlassen hatte, würde man den vorangegangenen Tag nicht mitrechnen, als die Polizei schon um fünf Uhr zu ihm gekommen war.

Eine Stunde später erschien Chris unten. Er stieg in den gelben Mustang seines Bruders und fuhr hinaus zum Flughafen von Newark, um Jennifer, seine Freundin, abzuholen, die von ihrem College in Atlanta kam. Er stellte das Radio an, und schon sah er sich mit einem Bericht über den Tod seiner Mutter konfrontiert. Er drückte den Wahlknopf, um den Sender zu wechseln. »Angehörige der Schickeria von Toms River auf dem Parkway erschossen«, verkündete ein Ansager. »Mehr nach der Werbung.«

Chris drückte einen anderen Knopf, doch noch während er es tat, hörte er sich selbst lachen. »Schickeria von Toms River!« Seine Mutter hätte das urkomisch gefunden. Als auch die dritte Radiostation, die er anwählte, einen Bericht über den ›Mord auf dem Parkway‹ ankündigte, schaltete Chris das Radio kurzerhand aus.

In der relativen Stille während des ganzen Restes der Fahrt plagte Chris immer wieder der Gedanke, den er am allerwenigsten mochte: »Was wäre, wenn mein Vater darin verwickelt wäre?«

Warum nur dachte er an so etwas? Wie konnte er nur so mißtrauisch sein? Er wußte, es lag etwas Irrationales, ja Gefährliches und vielleicht auch Unverzeihliches darin, einen solchen Gedanken auch nur in Erwägung zu ziehen. Chris hatte sich nie ernsthaft mit Psychologie beschäftigt und wußte nur wenig über die finstere, trügerische Welt des Unbewußten, aber so ein ganz klein wenig war ihm doch die Freudsche Vorstellung von dem Sohn bewußt, der seine Mutter als Geliebte wollte und deshalb nach und nach Haß gegen den Vater entwickelte, weil dieser der Erfüllung des kindlichen Verlangens im Wege stand.

Chris war ein logisch denkender, disziplinierter junger Mann, der sich bestens unter Kontrolle hatte (er hatte beispielsweise noch nie mehr als ein Bier getrunken und wäre in keinem Raum geblieben, in dem Marihuana geraucht wurde). Wenn es keine logische Begründung für eine Idee gab, war diese eben krankhaft und mußte daher unterdrückt werden.

Chris wußte, dies war eine Empfindung, über die er nie würde reden können. Nicht mit Roby, nicht mit Onkel Gene, nicht mit Sal Coccaro, sonst ein so prima Kamerad und eine große Hilfe in schlechten Tagen, ja nicht einmal mit Jennifer. Er wußte genau, wie sie ihn alle ansehen würden: Als wenn das alles zuviel für ihn sei, als wenn er im Begriff stünde, den Verstand zu verlieren, und daß er am besten einen guten Doktor aufsuchen solle. Und was würde wohl passieren, wenn sein armer Vater je davon erführe? Das einzige, was vielleicht noch schlimmer war, als die eigene Ehefrau, mit der man seit zwanzig Jahren verheiratet war, auf dem Beifahrersitz des eigenen Autos erschossen aufzufinden war es sicherlich, drei Tage später erfahren zu müssen, daß einer der eigenen Söhne einen verdächtigte, in dieses Verbrechen selbst verstrickt zu sein.

An der Rückseite des Marshall-Hauses am Crest Ridge Drive trug ein hohläugiger, bleichgesichtiger Gene Leahy, der gerade seine erste schlaflose Nacht seit der Abschlußprüfung auf der Juristenschule vor fünfzehn Jahren hinter sich hatte, eine Tasse schwarzen Kaffees hinaus auf die Terrasse, von der aus man den Swimming-pool überblicken konnte.

Er wußte so vieles und wußte doch auch wieder gar nichts. Und zu den Dingen, die er nicht wußte, gehörte, was er mit dem anfangen sollte, was er wußte.

Eine Stunde später saß er noch immer so da. Die erste Tasse

Kaffee hatte er getrunken, die zweite glatt vergessen und kalt werden lassen, als Rob ins Haus zurückkehrte. Rob wirkte blasser als sonst, und die für ihn so typische Mischung aus Zuversicht und Arroganz war kaum noch zu erkennen. Er nahm den Stuhl neben Gene und setzte sich.

»Da gibt es etwas, das ich dir erzählen muß«, sagte er.

»Gut«, erwiderte Gene. »Und wenn du fertig bist, habe ich auch ein paar Dinge, die ich dir sagen muß.«

Rob blinzelte zweimal kurz hintereinander. »Und was sind das für Dinge?« wollte er wissen.

»Nein«, sagte Gene, »du zuerst.«

Mit seinem blauen Blazer, der korrekt gebundenen Krawatte, dem sauber gebügeltem Hemd und den braunen Halbschuhen wirkte Rob hier am Pool ein wenig deplaziert. Gene, der noch immer in denselben Sachen steckte, die er sich vor mehr als vierundzwanzig Stunden in Wilmington angezogen hatte, sah aus, als würde er am liebsten ins kühle Wasser springen.

»Gene, ich habe da seit einiger Zeit eine Affäre.«

»Das weiß ich«, erwiderte Gene. Dies war nicht die Antwort, die Rob erwartet hatte. Er schien noch eine Spur bleicher zu werden.

»Du weißt?«

»Ja, Rob, ich weiß es. Du hast eine Affäre mit Felice Rosenberg, die gleich hier in der Nähe wohnt, zwei Blocks weiter, und das geht schon seit mindestens einem Jahr so.«

Rob beugte sich so vehement vor, daß sein Schaukelstuhl beinahe umgefallen wäre. »Wie hast du das erfahren?«

»Maria hat es mir erzählt.«

»*Maria* hat dir das erzählt? Was, zum Teufel, redest du denn da?«

»Rob, erinnerst du dich noch an letzten Juni, als Sally und ich zum Wochenende unten in Annapolis waren, um nach einem Boot Ausschau zu halten, nachdem ich eine entsprechende Anzeige im *Inquirer* gelesen hatte?«

»Natürlich.«

»Du bist damals hingegangen und hast für mich eine Anzahlung von fünfhundert Dollar gemacht; aber dann hat sich herausgestellt, daß es sich um einen Haufen Schrott gehandelt hat, und ich konnte nicht verstehen, wie du dafür auch noch eine Anzahlung leisten konntest. Kannst du dich noch erinnern?«

Rob nickte.

»Nun Rob, an dem Tag – es war ein Montag, als wir kamen, um uns das Boot anzusehen – sind wir danach noch hergekommen, um uns zu bedanken, bevor wir wieder nach Hause fuhren. Du warst nicht da, und wir waren hier mit Maria allein. Sie hat ausgesehen, als wollte sie gleich Rotz und Wasser heulen.«

»Maria hat von dieser Affäre nie etwas gewußt«, sagte Rob sanft, aber seine Bemerkung konnte genausogut dem Wasser im Swimming-pool gegolten haben wie Gene.

»Es war so deutlich zu sehen, daß sie Kummer hatte, daß ich sie fragte, ob sie Kummer habe, und da hat sie es mir erzählt. Sie hat mich hierhin geführt und mir dann einen Ordner voller Abrechnungen von American Express gezeigt, auf den sie im Frühjahr gestoßen war, als sie deine Steuerunterlagen zusammengesucht hat. Ich kann mich nicht mehr an die einzelnen Namen aller Motels erinnern, Rob, aber ich weiß noch, daß zwei- oder dreimal eines auf Long Island dabei war und eines, das immer wieder erschien – das *Best Western* in Lakewood.«

»Das waren Essen mit Klienten«, sagte Rob.

»Heh«, erwiderte Gene. »Ich bin nicht Maria. Mach dir also nicht die Mühe, mir etwas vorzulügen.«

»Essen mit Klienten«, wiederholte Rob, »und wie kam sie eigentlich dazu, in meinen Sachen herumzuschnüffeln?«

»Richtig. Und genau das hast du sie auch gefragt, als sie dich zur Rede stellte. Maria hat gesagt, du seist förmlich in die Luft gegangen. Sie habe höllische Angst gehabt, als du zu brüllen angefangen hast. Aber sie war nicht dumm, Rob. Maria mag naiv gewesen sein, sie mag ein allzu behütetes Leben geführt haben, alles richtig, aber Maria war keine dumme Pute.«

Rob blickte unverwandt über seine Schulter hinweg, als befürchtete er, jemand könnte ihre Unterhaltung belauschen.

»Sie hat mir auch die Telefonrechnungen gezeigt, Rob. Vierzig, fünfzig Anrufe in einem einzigen Monat bei derselben

Nummer unten in Peterboro, die zufällig identisch ist mit der Nummer der *Seaview Regional High School*, jener Schule, an der deine Freundin Mrs. Rosenberg zufälligerweise stellvertretende Direktorin ist. Rob, sie war kein Dummchen.«

»Warum hat sie dir das alles erzählt?«

»Weil sie dich geliebt hat, Rob. Und sie hatte Angst, sie könnte dich verlieren. Ich sollte versuchen, ihr dabei zu helfen, ihre Ehe zu retten.«

Gene erhob sich. Er ging bis ans Ende der Terrasse und deutete auf die Auffahrt hinunter. »Du kennst doch deine kleinen Verstecke, die kleinen Nischen da hinten direkt neben der Hintertür, wo du deine Bootsausrüstungen und ähnlichen Scheiß aufbewahrst.«

Rob nickte wie geistesabwesend, als beschäftige sich sein Geist schon längst wieder mit etwas gänzlich anderem.

»Sie hat mir gezeigt, was du da verstaut hattest, Rob. Ein komplettes Reisenecessaire mit Zahnbürste, Zahnpasta und allem anderen. Dazu ein bißchen Eau de Cologne für dich und ein bißchen Parfüm für, na, ich schätze mal, für Mrs. Rosenberg. Und Kassetten, Rob. Kassetten mit Liebesliedern darauf. Aber keine Lieder, die Maria dich je hätte abspielen hören.«

Rob erhob sich. »Das ging dich nichts an«, sagte er äußerst unwirsch. »Maria hatte kein Recht, solche Dinge mit dir zu besprechen.«

»Rob, wann immer sie versucht hat, mit dir darüber zu reden, hast du ihr gesagt, sie habe den Verstand verloren, sie solle psychiatrische Hilfe in Anspruch nehmen, ihre Nerven seien zerrüttet.«

»Ich vermute, das hat sie dir auch erzählt.«

»Ja, Rob, das hat sie. Kannst du dich noch erinnern, als ich im August hierhergekommen bin, kurz nachdem du von deinem kleinen Familienurlaub in Michigan zurückgekehrt warst?«

»Ja. Wir sind zusammen in die Bucht hinausgefahren.«

»Und dann haben wir an dem Restaurant angelegt, dem PJ's. Den ganzen Nachmittag haben wir dort gepichelt. Rob, da habe ich versucht, dir die Zunge so weit zu lockern, daß du die Affäre zugibst. Maria hatte gedacht, wenn du sie nur *irgend jemandem* gegenüber eingestehst, dann könnte sie dich auch dazu bringen, daß du sie ihr gegenüber zugibst. Aber es hat nicht funktioniert. Du warst wie eine Wand aus Stein. Um die Wahrheit zu sagen, mir kam es so vor – und das habe ich am Tag drauf auch Maria gesagt –, als seist du überhaupt nicht da, als seist du mit den Gedanken weit, weit weg.«

»Ich habe mit dir geredet«, erwiderte Rob. »Ich habe dir erzählt, daß ich deprimiert war, daß meine Arbeit mich gelangweilt hat. Ich erinnere mich noch, daß ich gesagt habe, ich sähe keine echten Herausforderungen mehr in meinem Leben. Und ich habe auch zugegeben, daß wir finanzielle Schwierigkeiten hatten.«

Gene lachte. »Finanzielle Schwierigkeiten? Du hast mir gesagt, um deine eigenen Worte zu gebrauchen, du stecktest ›bis zum Hals in Schulden‹. Und daß du immer weiter sinkst, hast du noch gesagt. Und du hast Maria dafür verantwortlich gemacht, weil sie angeblich zuviel Geld ausgab.«

»Das ist die Wahrheit, Gene. Sie mußte einfach alles haben. Sie hat das Geld in einer einfach nur unverantwortlich zu nennenden Weise verplempert.«

»Such jetzt keine Ausflüchte, Rob. Such sie vor allem nicht bei Maria. Aber warum setzt du dich nicht wieder hin? Ich habe dir noch ein paar andere Dinge zu sagen.«

Rob setzte sich. Gene kam wieder zurück, blieb direkt vor ihm stehen und blickte auf ihn herunter. »Rob«, sagte er, »du hast unter Marias Namen ein Darlehen in Höhe von hunderttausend Dollar auf das Haus aufgenommen.«

Rob blickte auf. »Wovon redest du eigentlich?« Seine Stimme war fast auf Flüsterton herabgesunken.

»Maria hat die Kreditunterlagen in deinem Schreibtisch gefunden. Und sie hat gesehen, daß du mit ihrem Namen unterschrieben hast.«

Rob erhob sich wieder. »Hör mal, Gene, ich kann das sehr leicht erklären. Ich hatte eine bemerkenswert gute Gelegenheit, Aktien der örtlichen Fernsehstation zu kaufen. Es schien ein wirklich günstiges Angebot zu sein. Aber ich wußte, daß Maria dafür kein Verständnis haben würde. Sie wäre nervös geworden und hätte mit Sicherheit Angst bekommen, wir könnten am

Ende das Haus darüber verlieren. Du mußt wissen, Gene, daß Maria in Finanzangelegenheiten absolut unerfahren war.«

»Meinetwegen, aber ihre eigene Unterschrift hat sie erkannt, als sie sie sah.«

»Außerdem hatten wir viele offenstehende Rechnungen. Maria hatte sich total verausgabt, und ich habe versucht, einen Damm gegen diese Ausgabenflut aufzurichten. Der Kredit auf das Haus hat es uns ermöglicht, alle anderen Verpflichtungen zu einem ungleich günstigeren Zinssatz zu konsolidieren, aber auch das hätte Maria nie verstanden.«

»Hör mal, Rob, Maria wußte von all deinen Schulden, und sie war darüber nicht weniger besorgt als du. Die überfälligen Rechnungen, die Ratenkredite, die privaten Kredite, die du aufgenommen hast, und dann die Tatsache, daß du ihren Namen unter einen Kredit auf das Haus gesetzt hast. Maria hat echte Todesängste ausgestanden. Sie hatte keine Ahnung, wohin das ganze Geld gegangen sein könnte. Du machst hundertzwanzig- bis hundertdreißigtausend Dollar im Jahr, und das einzige, was davon zu sehen ist, ist ein Haufen Schulden.«

Gene ging auf die Sitzgruppe der Terrasse zu. »Komm, setzen wir uns wieder«, sagte er. »Ich bin nämlich noch nicht fertig.«

Sie setzten sich. Aber Robs Bewegungen waren plötzlich hölzern und irgendwie unkoordiniert geworden, fast so, als sei er eine lebensgroße Marionette.

»Maria hat mich am Dienstag angerufen«, sagte Gene ruhig und lehnte sich ein wenig vor. »Sie klang aufgeregter, als ich sie je gehört habe. Sie sagte, die ganze Sache spitze sich zu und sie sei, um ihre eigenen Worte zu gebrauchen, ›ernsthaft besorgt‹. Ich fragte sie, worüber denn, aber das wollte sie nicht sagen.«

»Das ist doch absurd!« sagte Rob. »Die Frau muß eine Nervenkrise gehabt haben.«

»Sie sagte, sie sei endlich bereit, dich zur Rede zu stellen, aber sie habe Angst, es allein zu tun. Sie bat mich, bei diesem Gespräch dabeizusein, und ich war einverstanden. Ich hatte eigentlich vor, am Montag morgen herzukommen, Rob. Maria und ich wollten uns dann mit dir zusammensetzen, und sie wollte dir alles ins Gesicht sagen, was sie wußte.

Bei der Gelegenheit wollte ich dich daran erinnern, was du alles zu verlieren hättest, wenn du weitermachen würdest wie bisher: dein Ansehen, Rob, um das du dir ja so viele Gedanken machst; deinen zivilen Status, der dir doch so viel bedeutet; deinen geliebten Country Club. Wenn Maria sich von dir hätte scheiden lassen oder wenn du sie wegen Felice verlassen hättest, dann hätte man dich entweder rausgeworfen oder dich ausgelacht, und das wäre wohl jeweils auf dasselbe hinausgelaufen.

Gar nicht zu reden von deinen drei Söhnen, nicht wahr? Ich hatte vor, dich bei dieser Gelegenheit daran zu erinnern, wie sehr deren Glück und Wohlergehen von dir und dem, was du tust und läßt, abhängen.

Aber dazu ist es ja nicht mehr gekommen, Rob. Diese Zusammenkunft ist nie zustande gekommen. Statt dessen haben wir jetzt dieses kleine Treffen hier.«

»Das glaube ich einfach nicht«, sagte Rob. Er schüttelte den Kopf. »Ich glaube kein Wort von dem, was du da sagst.«

»Maria hat dich geliebt, Rob. Sie war bereit, alles zu tun, um die Ehe zu retten. Aber sie war an einem Punkt angelangt, wo sie wußte, daß sie etwas unternehmen mußte, um sich vor allem einmal selbst zu helfen. Und, Rob, wie ich schon sagte, sie war nicht dumm. Sie hatte einen Privatdetektiv angeheuert. Um dich zu beschatten.«

»*Was?* Was hast du da gesagt?«

»Ich weiß nicht, wie lange es her ist, daß sie ihn engagiert hat, Rob, aber am Dienstag hat sie mir gesagt, daß sie jetzt über eine vollständige Dokumentation dieser Affäre verfüge. Damit wollte sie dich am Montag morgen konfrontieren.«

Rob schien nicht einmal zuzuhören. Auf seiner Stirn erschienen kleine Schweißtröpfchen. Seine Stimme war zwar noch zu vernehmen, aber er sprach langsam und leise, wie zu sich selbst. »Maria hatte also einen Privatdetektiv auf mich angesetzt...« Er sah Gene an. »War dieser Detektiv auch diese Woche noch auf meiner Fährte?«

»Das weiß ich nicht, Rob. Darüber habe ich mit Maria nicht gesprochen.«

»Wer war es denn?«

»Das weiß ich auch nicht. Seinen Namen hat sie nie erwähnt.«

Rob nahm den Kopf in beide Hände. »Gene, Gene«, sagte er, »warum hast du mir das nicht gesagt?«

»Wir hätten dir am Montag morgen alles erzählt.«

»Aber du verstehst mich nicht, Gene«, erwiderte Rob, und seine Stimme klang plötzlich heiser vor Anspannung. »Wenn du mir etwas von Marias Detektiv erzählt hättest, wäre das alles nicht passiert.«

Zum erstenmal an diesem Morgen blickte Gene erstaunt drein. »Was soll denn das nun wieder heißen?« fragte er.

»Oh, o ja«, sagte Rob. »Ich verstehe schon, worauf du hinauswillst.« Er blickte sich unsicher um und leckte sich die Lippen. »Was ich sagen wollte«, sagte er, »ist folgendes: Hätte ich geahnt, daß Maria über die Affäre bereits im Bilde war, dann hätte ich sie schon früher verlassen, und wir wären am Donnerstagabend nicht nach Atlantic City gefahren.

Sieh mal, Gene, was du wahrscheinlich noch nicht weißt und was auch Maria kaum gewußt haben dürfte, das ist, daß Felice und ich planten, zusammenzuziehen. Wir haben schon eine Kaution für ein kleines Strandhaus in Manahawkin geleistet. Ein gemeinsames Konto und ein Wertpapierdepot haben wir auch schon eingerichtet. Aber wir hatten gedacht, für die Kinder wäre es sicher einfacher, wenn wir warteten, bis die Schulen wieder angefangen hatten, um unsere Entscheidung bekanntzugeben. Felice hat zwei Kinder, weißt du, und sie besuchen beide ein Internat. Und ich wollte, daß Chris sich zuerst auf der Lehigh eingewöhnen sollte, ohne sich wegen einer solchen Sache aufzuregen. Du weißt ja, daß er Maria immer besonders nahegestanden hat.«

Gene Leahy zündete sich eine Zigarre an. Eine dicke Rauchwolke stieg in die sich erwärmende Septemberluft auf. Er lehnte sich vor und zog sich einen weiteren Gartenstuhl heran, um die Füße daraufzulegen. Als er schließlich alles zu seiner Zufriedenheit und Bequemlichkeit fand, lehnte er sich wieder in seinen Stuhl zurück und sah Rob an, diesmal aber zum erstenmal weniger wie ein Schwager, sondern eher wie ein Anwalt. Rob hatte sich die Krawatte gelöst, und das tat er eigentlich sehr selten, denn er empfand diese Geste eigentlich immer als vulgär und schlampig.

»Eine Frage, Rob«, sagte Gene.

»Und die wäre?« Es schien, als habe Rob vor sich hingedöst, seit Gene ihm von dem Detektiv berichtet hatte.

»Hast du irgendwelche Lebensversicherungen auf Maria abgeschlossen?«

»Natürlich«, erwiderte Rob. »Natürlich habe ich das getan. Hör mal Gene, ich halte viel von Versicherungen. Ich bin doch selbst im Versicherungsgeschäft.«

Gene nickte. Langsam blies er einen Strom Zigarrenrauch in die klare Luft. »Wie hoch?« wollte er wissen.

»Ich glaube, daß der genaue Wert im Zeitpunkt ihres Todes bei etwa anderthalb Millionen Dollar gelegen haben muß.«

Gene nickte langsam, fast wie geistesabwesend, so als habe Rob gerade angemerkt, es werde wohl ein schöner Tag heute werden.

»Ich weiß, das klingt sehr hoch, Gene«, sagte Rob schnell, »aber du mußt das verstehen. Ich habe diese Versicherung gewissermaßen als Verkaufswerkzeug verstanden. Weißt du, wenn ich in der Stadt einem Arzt oder Anwalt oder einem führenden Beamten eine Police verkaufe, versuche ich immer, gleichzeitig seiner Frau ebenfalls eine Police zu verkaufen. Aber die wollen meistens nicht. Sie machen sich in der Regel keinen Begriff davon, welche finanziellen Auswirkungen der Tod des Ehepartners auf den Ernährer der Familie haben kann. Erhöhte Ausgaben für die Pflege und Ernährung der Kinder, weniger Stunden für die Arbeit, gar nicht zu reden von der vorübergehenden seelischen Belastung, die sich auch hemmend auf die Einkommenssituation auswirkt. Aber dann sagen die Kunden meistens: ›Na, na, Sie wollen mir doch wohl nicht weismachen, Sie hätten die eigene Ehefrau versichert.‹ Und dann muß ich sagen können: ›Aber selbstverständlich habe ich das getan. Ihr Leben ist annähernd genauso hoch versichert wie meines.‹ Das ist ein phantastisches Verkaufsargument, Gene, wirklich. Damit überwindet man in der Regel alle Schwierigkeiten.«

»Einskommafünf Millionen«, sagte Gene.

»Das stimmt«, sagte Rob ungeduldig. »Ich kann daran nichts Ungewöhnliches entdecken. Was meinst du damit?«

»Nun, Rob, ich sitze hier an diesem wunderschönen Morgen draußen am Swimming-pool, nachdem ich die ganze Nacht auf deiner Couch wach gelegen habe, und frage mich die ganze Zeit, was hier eigentlich vorgeht, und da kommt mir ganz plötzlich die Idee, ich sollte dir vielleicht einmal diese kleine Frage nach der Lebensversicherung stellen. Du erinnerst dich, Rob, daß ich drüben in Delaware bei der Generalstaatsanwaltschaft gearbeitet habe, bevor ich meine eigene Kanzlei eröffnet habe?«

»Ja, daran erinnere ich mich natürlich, Gene.«

»Nun«, sagte Gene, hauchte wieder eine dicke Rauchwolke aus und sah dann nachdenklich auf die graue Asche an der Spitze seiner Zigarre, »mir kam Folgendes in den Sinn: Stell dir nur mal vor, du arbeitetest noch immer bei der Anklagebehörde, nur eben hier in der Ocean County, wo Maria Marshall ermordet wurde. Da höre ich dann a) daß der Ehemann eine Affäre mit einer anderen Frau hat; b) daß der Ehemann vorhat, seine Frau zu verlassen; c) daß die finanzielle Situation des Ehemannes verzweifelt ist; und d) daß auf das Leben der Ehefrau eine Versicherungspolice über einskommafünf Millionen Dollar existiert, die noch in Kraft ist und die fällig wird, wenn man sie erschossen quer auf den Vordersitzen des Autos des Ehemannes findet. Irgendwann nach Mitternacht. Auf einem dichtbewaldeten Rastplatz. Auf den der Ehemann gefahren ist, um einen Reifen zu überprüfen. Und der Ehemann bekommt weiter nichts ab als einen Schlag auf den Hinterkopf.«

Gene schwang die Beine vom Stuhl und stand auf. »Rob, mein Freund«, sagte er und gestikulierte mit seiner Zigarre, »wenn der Ehemann dann aus seiner kurzen Bewußtlosigkeit erwacht, was hat er dann außer einer Beule bekommen?«

Rob starrte zu Gene empor, und sein Gesicht war so fahl, als sei es einbalsamiert worden.

»Was er bekommen hat«, fuhr Gene fort, »sind eineinhalb

Millionen Dollar statt einer Frau, die sich nicht von ihm scheiden lassen wollte.«

Gene betrachtete einen Moment lang eingehend seine Zigarre, dann blickte er auf Rob hinunter. »Das«, sagte er, »meine ich damit.«

Es dauerte noch einen Moment, doch dann sprang Rob energisch auf die Füße. »Gene«, sagte er, »das war jetzt gerade eine sehr beeindruckende und sogar angsteinflößende Vorstellung. Aber da gibt es etwas, das du, der du kein Einwohner dieser Ortschaft bist, nicht in Betracht gezogen hast. Es gibt überhaupt keine denkbaren Umstände, unter denen mich die Behörden irgendeiner Verwicklung in Marias Tod auch nur verdächtigen würden.«

»Wieso denn das?« fragte Gene.

»Ich bin schlicht zu prominent. In Toms River stehe ich viel zu hoch auf der Leiter des Ansehens. Mein Ansehen macht mich in der Tat über jeden Verdacht erhaben.«

»Okay«, sagte Gene. »Wenn das so ist, will ich wieder wie dein Schwager reden und aufhören, so zu tun, als sei ich Jurist. Und nun würde ich dir als dein Schwager gern ein paar gute Ratschläge geben, wenn ich darf.«

»Ja, bitte!« erwiderte Rob.

»Obwohl ich Toms River ja nur zum Teil kenne, wage ich dennoch eine Vorhersage: Das hier wird bis Montag morgen überall in der Stadt bekannt sein. Alles, was ich dir erzählt habe, und alles, was du mir erzählt hast. Vieles davon wird nicht gerade liebenswürdig klingen, Rob, und es ist mir absolut wurscht, wie hoch du dich auch immer auf der gesellschaftlichen Leiter wähnen magst.

Was du tun solltest, Rob, und das solltest du so schnell wie nur möglich tun, ist, mit Sal und Jack Rogers zu reden und mit jedem anderen, von dem du meinst, er sollte über die Affäre Bescheid wissen, über deine finanziellen Probleme, deine Pläne zu verschwinden, die Lebensversicherung und Marias Detektiv. Laß sie es von dir erfahren, und nicht aus den Zeitungen oder dem Radio oder vom Barkeeper im Country Club.

Dann solltest du dich mit Chris und Rob und John zusammensetzen und ihnen die ganze gottverdammte Geschichte ebenfalls erzählen, damit sie sie zuerst von dir und von keinem anderen erfahren. Und erwarte nicht, daß sie besonders entsetzt sein werden, wenn du zu dem Teil kommst, der sich mit Felice beschäftigt.«

»Es sind reife Kinder«, sagte Rob. »Sie werden damit umgehen können.«

»Um so besser. Ich freue mich, daß du da so zuversichtlich bist. Aber das dritte, Rob, und mit Sicherheit das erste, was du tun solltest, wäre, je länger ich darüber nachdenke, daß du dir einen guten Anwalt suchst. Das sage ich dir als dein Schwager.«

Zum erstenmal an diesem Morgen sah Rob entspannt drein, fast schon ein wenig selbstgefällig. »Darum habe ich mich bereits gekümmert«, sagte er. »Ich habe schon mit einem Anwalt gesprochen. Genau deswegen war ich nämlich heute morgen weg; um mich mit ihm zu besprechen.«

»Gut. Wer ist es? Jemand mit einschlägiger Erfahrung? Jemand, dem du vertrauen kannst?«

»Absolut«, sagte Rob. »Er ist der beste, der absolut beste Anwalt. Er heißt Ray DiOrio, und er ist nicht nur einfach Anwalt, er gehört zu den einflußreichsten politischen Figuren im ganzen Staat. In der ganzen Ocean County gibt es wohl kaum einen mächtigeren Mann. Mach dir also mal über diesen Punkt keine Sorgen, Gene. Ich bin in den denkbar besten Händen.«

5. Kapitel

An diesem Samstag schlief Roby sehr lange. Als er schließlich wach wurde, stand er trotzdem nicht sofort auf. Seine Mutter war tot. Irgend jemand hatte sie erschossen. Sie würde ihn nie mehr umarmen, anlächeln oder voller Liebe und Verständnis anschauen. Nie wieder würde er ihr Parfüm riechen oder ihren Gesang vernehmen. Doch er war wenigstens schon neunzehn Jahre alt. Der arme John da unten im Wohnzimmer war erst dreizehn. Wie würde sein Leben wohl aussehen ohne seine Mutter? Es würde sehr auf ihn selbst ankommen, das war Rob klar, auf ihn und seinen Vater und Chris. Sie mußten über sich selbst hinauswachsen, stark genug mußten sie sein, genug Liebe mußten sie aufbringen, um zumindest einen Teil der schrecklichen Leere auszufüllen.

Am Nachmittag kamen noch mehr Freundinnen seiner Mutter ins Haus. Er nahm zunächst an, sie seien gekommen, um seinem Vater ihr Beileid auszudrücken, aber als er dann sah, wie sie sich sofort auf den Weg zu den Kleiderschränken seiner Mutter machten, fragte er sich schon bald, ob sie nicht viel eher gekommen seien, um ihre Garderobe zu inspizieren. Es handelte sich offenbar um mehr als bloße Kondolenzbesuche. Es war, wie er es später ausdrückte, eine ›Schlüpfer-Schlacht‹. Roby, der sich sehr bewußt war, was bestimmte Etiketten in einzelnen Kleidungsstücken zu bedeuten hatten, gewann den Eindruck, daß alles, was Namen wie ›Guzzi‹ oder ›Polo‹ trug, verschwand.

Am späten Nachmittag kehrte Chris mit Jennifer vom Flughafen zurück. Er legte sich mit dem Kopf in ihrem Schoß auf eins der Sofas. Sal und Paula Coccaro waren auch da, zusammen mit Jack und Barbara Rogers (er hatte ein eigenes Maschinenbau-Unternehmen), und der Strom der sonstigen Besucher, von denen viele etwas zu essen mitbrachten, schien einfach nicht abreißen zu wollen. Fast alle hatten sie Tränen in den Augen.

Der Besucher, an den Rob sich am lebhaftesten erinnerte, war Jerry Mitchell, der Kreditsachbearbeiter einer der Banken, und zwar erinnerte er sich deshalb so deutlich an ihn, weil dieser nicht traurig aussah, sondern ausgesprochen wütend. Er und seine Frau waren zusammen mit Les Perilli und seiner Frau gekommen (Les war Kieferorthopäde), und Jerry hatte direkt vor dem Piano gestanden und von Rob in nachgerade aggressivem Tonfall zu wissen verlangt, was denn nun ganz genau passiert sei. Als Rob dann versuchte, es ihm zu erzählen, unterbrach er ihn andauernd.

»Warum, verdammte Scheiße, mußten Sie gerade an dieser Stelle vom Parkway runterfahren?«

»Der Reifen fühlte sich ein bißchen wischi-waschi an«, sagte Rob und fuhr gleich fort, von einem Arzt aus Toms River zu erzählen, der erst vor wenigen Jahren von einem Auto angefahren und getötet worden war, während er an seinem eigenen Wagen auf dem Parkway einen Reifen auswechseln wollte. Dann beschrieb er, wie er gesagt hatte ›Liebchen, laß den Kofferraumdeckel aufspringen‹ und wie er, als er sich am Heck des Wagens hinunterbeugte, um den schwammigen Reifen zu untersuchen, bemerkt hatte, daß ein anderer Wagen mit abgeschalteten Scheinwerfern hinter ihm auf den Rastplatz fuhr. Der andere Wagen war wenige Yards hinter ihm zum Stehen gekommen, und der Fahrer hatte den Motor ausgemacht.

»Moment mal, Moment mal«, sagte Jerry Mitchell. »Rob, ich *kenne* Sie – gerade Sie. Was meinen Sie mit ›ein anderer Wagen fuhr hinter meinen auf den Rastplatz‹?«

Roby sah, daß seinem Vater gar nicht gut war.

»Ich erkläre doch nur, was passiert ist, Jerry«, sagte Rob.

»Nun mal langsam, Mr. Marshall. Sie versuchen, mir weiszumachen, Sie hätten sich, während Maria auf den Vordersitzen saß, in der totalen Finsternis unter das Heck Ihres Wagens gebeugt, mit ein paar großen Scheinen in der Tasche – und dann wollen Sie nicht in Ihren eigenen Wagen gestiegen sein, als jemand ohne Licht direkt hinter Sie fuhr und den Motor abschaltete?!«

»Genau so war es, Jerry.«

»Nein, nein«, rief Jerry Mitchell, »das kaufe ich Ihnen nicht ab.«

An diesem Punkt hatte Sal Coccaro genug gehört. »Jerry, um Christi willen, beherrschen Sie sich!«

Und das war dann das Ende – jedenfalls für den Augenblick.

Nicht lange, nachdem die Mitchells und die Perillis das Haus verlassen hatten, bat Rob Sal Coccaro und Jack Rogers zu sich in sein Büro. Er schloß die Tür hinter ihnen fest zu und setzte sich hinter seinen Schreibtisch, wobei er sich betont geschäftsmäßig gab, als ginge es jetzt um das Kleingedruckte einer Versicherungspolice.

»Ich habe mit Gene gesprochen«, begann er, »... Gene meinte, Ihr solltet es erfahren ... es klingt vielleicht schlimmer, als es in Wirklichkeit ist ...« Seine Stimme war so leise, daß Sal Mühe hatte, ihn zu verstehen. »... eine Affäre habe, eine heiße Affäre ... Felice ... anderthalb Jahre ...« Jetzt endlich hob er den Blick und sah seinen Freunden fest in die Augen.

»Ich liebe sie«, sagte er. »So schwer es mir ja auch fällt, es zu sagen, aber ich empfinde nichts mehr für Maria. Ich habe einfach aufgehört, sie zu lieben. Ich hatte den festen Vorsatz, sie damit zu konfrontieren, ihr zu sagen, daß Felice und ich einen kleinen Bungalow in Manahawkin angemietet haben und daß wir kurz davorstanden zusammenzuziehen.«

Dann begann er, davon zu erzählen, daß er ›ernsthafte‹ finanzielle Probleme habe. Woher sie rührten, sagte er nicht, er beschuldigte nur Maria, das Geld zum Fenster hinausgeworfen zu haben; von der Lebensversicherung verriet er nichts. Allerdings gab er zu, Marias Namen unter einen Kreditvertrag über hunderttausend Dollar gesetzt zu haben.

Während er noch von Felice sprach, hatte Rob herausfordernd und stolz geklungen. Aber nun, als er über Geld sprach und davon, daß er nicht genug besitze, hatte Sal zum erstenmal den Eindruck, als beichte er voller Scham seine Sünden.

Als er fertig war, setzte Rob sich in der Erwartung irgendeiner Antwort zurück. Sal und Jack sahen sich an, aber keiner sagte ein Wort. Jack war ein gutaussehender Mann in den späten Fünfzigern mit distinguiert wirkendem silbergrauem Haar.

Er war höflich, reserviert und fast schon ein bißchen kurz angebunden. Sal, der noch in den Dreißigern war und der jeden Morgen in einem Gesundheitsclub Gewichte stemmte, war fast völlig kahl. Wenn er wütend wurde, und das geschah mit einiger Regelmäßigkeit, denn er war gefühlsbetont, rechthaberisch und geradezu wild vor Loyalität, wurde nicht nur sein Gesicht, sondern auch der größte Teil seines Schädels sehr schnell dunkelrot. So zum Beispiel in diesem Moment.

»Nun? Jetzt sagt doch etwas«, sagte Rob. »Was denkt ihr von der ganzen Sache?«

»Ich denke, du bist ein scheißverdammter Heuchler«, sagte Sal.

Als Sal und Paula vor drei Jahren aus dem nördlichen New Jersey hierhergezogen waren, gehörten Rob und Maria zu den ersten, die sich mit ihnen anfreundeten. Später wurde Sal dann klar, daß die Marshalls es sich angewöhnt hatten, jüngeren Pärchen eine Art gesellschaftlicher Hilfestellung zu geben und sich so als die Wohltäter in Szene zu setzen, die es Neubürgern erleichterten, im Country Club und allen anderen zivilen Einrichtungen akzeptiert zu werden, die das gesellschaftliche Leben in Toms River beherrschten – Institutionen wie dem Rotary Club oder der ›Gesellschaft der Geschäftsleute‹ und der ›*Twigs*‹, einem Damen-Club (in den man hauptsächlich durch eine entsprechende Einladung aufgenommen wurde, und diese Einladungen wurden, wenn überhaupt, brieflich nur in Ausnahmefällen über die Grenzen der Brookside hinaus verschickt) –, der Wohltätigkeitsveranstaltungen zugunsten des lokalen Hospitals organisierte.

Die Coccaros waren wie die Perillis und die Mitchells und etliche andere vor ihnen von Rob und Maria in die Gesellschaft eingeführt worden. In der Regel lernten die jüngeren Paare Rob später dann als herrisch, arrogant, egozentrisch, ein bißchen rüde und stets besorgt um seine Statussymbole kennen. Als dann das jüngere Paar anfing, seinen eigenen Weg zu gehen, ging die Freundschaft mehr und mehr in die Brüche. Doch mit Sal und Paula war das anders. Sie hatten sich zu viert oft im Club und in Atlantic City gesehen und hatten sich regelmäßig wechselseitig besucht. Sal und Paula waren erst vor zehn Tagen zum Dinner bei den Marshalls gewesen, und drei Tage später hatten sie zusammen bei Hannah's Marina gegessen und anschließend noch gespielt. Einige Einzelheiten des damaligen Gesprächs beim Essen waren Sal im Gedächtnis haften geblieben. Er erinnerte sich vor allem an ein längeres Gespräch über Feuerbestattungen, in dem Rob mehrmals betont hatte, er und Maria hätten sich entschieden, nach dem Tod verbrannt zu werden, obwohl in ihrem Fall Marias streng katholische Eltern bestimmt dagegen seien. Rob hatte mit Sal auch darüber diskutiert, wie hoch die auf Paula lautende Lebensversicherung sein sollte. Er hatte gesagt, daß er aus verkaufstaktischen Gründen selbst eine Lebensversicherung auf Marias Leben in Höhe von einer Million Dollar halte.

Das Thema aber, das den größten Teil der Diskussion damals im Haus der Marshalls beherrscht hatte, war ein anderes gewesen. Rob nahm sich grundsätzlich freitags nachmittags frei und widmete sich der Familie. Das sei das mindeste, sagte Rob, was ein Mann tun könne, seiner Frau ein klein wenig zu vergelten, was sie für ihn tue. Seit er damit angefangen habe, sei die ewige Liebe, die ihn und Maria verbinde, neu aufgeblüht und wieder zur rechten Romanze geworden. Rob konnte sich gar nicht genugtun bei diesem Thema – wie sorgfältig er seine Zeit plane, um sicherzustellen, daß er sein Wochenpensum am Donnerstagabend auch wirklich absolviert habe, wie es auch für Paula das höchste aller Gefühle sein müsse, wie auch Sal das ohne Streß schaffen könnte, wenn er nur dasselbe Maß an Selbstdisziplin aufbringe wie Rob, und daß es an einen Akt von Selbstsucht grenze, wenn er es unterließe.

Robs salbungsvoller, selbstbeweihräuchender und gönnerhafter Tonfall hatte Sal damals ziemlich geärgert, aber jetzt, wo er von Robs Affäre und seinen Plänen, sich von Maria scheiden zu lassen, hörte, überfiel ihn in der Erinnerung an damals die helle Wut.

»Ich sage dir, du bist ein scheißverdammter Heuchler«, wiederholte er noch einmal. »Und ich bin empört, daß du mir gepredigt hast, deinem Beispiel zu folgen.«

Rob erwiderte nichts. Er wandte sich Jack Rogers zu und sagte: »Jack, du verstehst das. Du weißt, wie das ist, wenn die Liebe sich verliert.« Damit bezog er sich ganz offenkundig auf den Umstand, daß Jack selbst einmal vor vielen Jahren geschieden worden war.

Jack schüttelte nur den Kopf und blickte zu Sal hinüber.

»Ihr müßt verstehen«, sagte Rob, an beide gewandt, »ich *liebe* Felice. Bei ihr habe ich endlich erfahren, was Glück wirklich heißt. Freude, Ekstase – Gefühle, von denen ich früher nicht einmal geträumt habe. Körperlich – also ich meine, sexuell – ist es weit jenseits all dessen, was Maria auch nur verstehen könnte. Doch unsere Beziehung ist weit mehr als das. Es geht nicht nur um unsere Körper. Wir sind *Seelenverwandte*.« Er schaute über den Schreibtisch hinweg, als habe er gerade ein Verkaufsangebot unterbreitet. Seine nächste Bewegung hätte jetzt ohne weiteres sein können, daß er Sal und Jack Federhalter gereicht und ihnen gezeigt hätte, wo sie unterschreiben mußten.

Wenn er das wirklich getan hätte, dann hätte Sal den Federhalter in der Mitte durchgebrochen. Er konnte einfach nicht glauben, was er da gerade gehört hatte. Eine Affäre – schlimm genug, daß Rob innerhalb der ersten beiden Tage nach dem Tod seiner Frau Maria eine Affäre mit einer anderen Frau eingestand – aber eine Affäre mit *Felice*! Das war eine Neuigkeit, die Sal einfach nicht verdauen konnte.

Selbst in den wenigen Jahren, die er in der Stadt lebte, waren Sal über Felice mehr Geschichten zu Ohren gekommen als über sämtliche anderen Frauen (oder, in diesem Zusammenhang, Männer) in ganz Toms River zusammen.

Er wußte, daß sie in den späten fünfziger Jahren aus dem nördlichen New Jersey hierhergekommen war, gerade als sie in die High-School kam. Ihr Vater, Fred Frankel, hatte auf der Locust Street ein Autohaus eröffnet, lange bevor sie zur Landstraße 37 geworden war. Nach allem, was Sal so gehört hatte, hatte die Stadt damals nicht gewußt, was sie von ihr halten sollte, und obwohl fünfundzwanzig Jahre vergangen waren, war Toms River noch immer nicht schlau aus ihr geworden.

War sie eine Bedrohung oder nur ein bunter Farbtupfer?

Skandalnudel oder nur vergnügungssüchtig? War sie eine ernstzunehmende Frau oder war ihr ganzes Leben nur eine Inszenierung, dazu bestimmt, ein wenig Spaß in eine Stadt zu bringen, die sich selbst allzu ernst nahm? Über einen Punkt allerdings gab es keine Debatten: Ohne sie wäre das Leben für eine Reihe von Leuten um einiges erfreulicher gewesen, für die meisten aber sehr viel langweiliger.

Felice tat Dinge, über die andere Frauen in Toms River allenfalls redeten. Was auch immer neu war, was auch gerade ›in‹ war, was auch immer die Grenze des Schicklichen streifte, Felice probierte es aus. Die Liste reichte vom Roller-Skating über Ferien im Club Med bis zu transzendentaler Meditation, und Sal wußte, daß die hinter vorgehaltener Hand verbreiteten Histörchen weit darüber hinaus gingen. Sie schien eine echte Madame Bovary von Pine Barrens zu sein, und das war in Toms River alles andere als ein Kompliment.

Aber nicht so sehr das, was sie tat, beunruhigte die anderen Frauen (außer wenn sie mit ihren Ehemännern flirtete), sondern wie sie es tat. Es war ihr ganzes Auftreten. Wie sie sich beispielsweise immer für etwas Besonderes hielt, etwas Besseres als die anderen. Wie sie immer so tat, als sei sie viel zu schade für diese Stadt. Wenn sie die Stadt nicht mochte, wenn sie ihr zu zahm vorkam, warum zog sie dann nicht nach New York oder nach Los Angeles und ließ die anderen hier in Frieden?

Dieselben Leute, die diese Frage stellten, wußten auch gleich die Antwort darauf: Felice blieb, weil sie es einfach brauchte, im Mittelpunkt des allgemeinen Interesses zu stehen, und in jeder anderen Stadt, die ein wenig größer oder auch nur ein wenig abgeklärter gewesen wäre als Toms River, wäre sie in der Masse untergegangen.

Ihre verrückteste Darbietung war nach Sals Meinung die Party aus Anlaß ihres vierzigsten Geburtstags im vorigen Herbst gewesen, eine Veranstaltung, die sich bereits einen legendären Ruf als das berüchtigste öffentliche Ereignis in der Geschichte der Gesellschaft von Toms River erworben hatte. Sie war als Überraschungsparty angekündigt worden, aber die meisten, die sie besuchten (Sal war nicht unter ihnen gewesen

– seine Informationen darüber stammten, wie die meisten Informationen in Toms River, aus zweiter Hand), waren nicht nur davon überzeugt, daß Felice bereits im vornherein alles gewußt, sondern im Gegenteil auch bei der Planung geholfen hatte. Es gab einfach zu viele Details, die eindeutig Felices Handschrift trugen.

Die Einladungen waren per Karten verschickt worden, auf denen stand: ›Die muntere Felice wird 40!‹ Die Party wurde in einer Disco direkt am Strand abgehalten, von der sich die meisten Mitglieder des Country Clubs fernhielten. Ein Hinweisschild am Eingang verkündete: ›JUCHHEI, JUCHHEI, FELICE WIRD 40!‹

Wie Sal später hörte, fing die ganze Sache damit an, daß jemand, der wie ein Polizist gekleidet war, zu Felice ins Haus gekommen war und gesagt hatte, er habe einen Haftbefehl gegen sie. Er führte sie hinaus, wo sie von zwei Männern in schwarzen Fliegerjacken aus Leder und mit Peitschen in den Händen in Empfang genommen und ›abgeführt‹ wurde. Sie legten ihr eine Augenbinde an und führten sie zu einem Rolls-Royce. Als sie bei der Disco anlangten, setzten sie sie auf eine Sänfte, die mit roten, schwarzen und silbernen Ballons verziert war. (Dies waren die Farben, die sie in ihrer Kleidung und bei ihrem Schmuck bevorzugte.) Unter Hochrufen und Schreien und dem überlauten Geplärre der Musik trugen sie sie dann durch den ganzen Raum. Anschließend nahmen sie ihr die Binde von den Augen, und Felice sah zum erstenmal ihre Gäste. Und das mußte wahrhaft ein Anblick besonderer Art gewesen sein, wie Sal sich lebhaft vorstellen konnte.

Alle Frauen waren genau wie Felice in Rot, Schwarz und Silber gekleidet. Einige trugen schwarze Perücken und falsche silberne Halsketten, die aus Papierschnipseln gefertigt waren, sowie purpurfarbene Gymnastikanzüge (auch eines von Felices bevorzugten Kleidungsstücken). Es war eine komplette Galerie von lauter nachgemachten Felices. Sie selbst nannten sich die ›Felicetten‹. Sie trugen kleine Namensschildchen, auf denen zu lesen stand: ›Hi, mein Name ist Felice‹. Selbst die Serviererinnen waren wie Felice gekleidet. Und alle weiblichen Party-

Gäste erhielten als Geschenk ein Fläschchen rostfarbenen Nagellack, das in rotes und schwarzes Papier eingewickelt war, mit der Aufschrift ›ein Hauch von Felice‹.

Neben männlichen Strippern bot die Party auch noch Maskenbildner, die die Gesichter und in einigen Fällen auch die Körper der Gäste bemalten und dann Flitter und Federn als Dekoration hinzufügten. Außerdem war ein professionelles Video-Team anwesend, das das ganze Happening aufzeichnete.

Der Bericht über die Party nahm die ganze Seite für Nachrichten aus der Gesellschaft in der *Asbury Park Press* ein, was jene erfreute, die daran teilgenommen hatten, vor allem die, deren Namen genannt wurden, wenn auch die meisten von ihnen Verlegenheit heuchelten. Unter den veröffentlichten Namen fanden sich auch die von Maria und Rob Marshall. Rob war angesichts der festlichen Natur des Ereignisses im Smoking, aber ohne Hemd gekommen, während Maria es abgelehnt hatte, sich als Felicette zu kostümieren.

Der Gedanke an die ganze Geschichte bereitete Sal Übelkeit. Er erhob sich. Sein Gesicht hatte die Farbe eines Herbstblattes angenommen. »Ich habe genug gehört«, sagte er. »Vor noch nicht einmal achtundvierzig Stunden ist die Frau, mit der du zwanzig Jahre lang verheiratet warst, ermordet worden. Die liebenswerteste Frau von ganz Toms River. Ermordet! Bis zu dieser Sekunde hat niemand auch nur die kleinste Scheißidee, wer es getan haben könnte und warum. Und du sitzt hier . . .«

»Ein Raubüberfall«, sagte Rob.

»Was?«

»Raubüberfall. Das Tatmotiv war eindeutig Raub. Sie müssen uns vom Casino aus gefolgt sein.«

»Rob. Hör auf zu quatschen und hör mir jetzt mal zu. In diesem Augenblick ist es mir scheißegal, was das Motiv war. Und es ist mir scheißegal, wer es getan hat. Mach dir darum mal keine Sorgen. Das mach' ich schon. Das kommt noch. Aber jetzt bin ich nur voller Trauer. Die wenigen Stunden, die ich hier bin und seit ich davon gehört habe, habe ich nur in meine Kissen geheult.

Und weißt du auch, warum? Weil ich Maria geliebt habe.

Genau wie Paula. Und wie Jack und Barbara. Und die Pecks, und die anderen Pecks, und die Critellis, und die Kenyons, und die Mitchells, und die Perillis, und an die fünfhundert andere Leute in dieser Stadt. Maria war ein ganz besonderer Mensch. In ihrer Gegenwart fühlte man sich einfach wohl. Sie gab einem das Gefühl, als sei es ihr die wichtigste Sache ihres Lebens, wie glücklich du dich selbst fühlst. Und weißt du was? Sie hat einem nichts vorgemacht. Sie produzierte keinen Scheiß. Alles war Wirklichkeit. Sie selbst war Realität. Und jetzt ist sie gegangen, und wir alle sind dadurch ärmer geworden, und ihre drei Söhne sind arme Würmer.

Du hast sie ja da draußen gesehen. Sie laufen herum und umarmen ständig alles, was sich bewegt. Gleich werden sie rauslaufen und die Scheiß-Bäume auch noch umarmen. Und weißt du, warum? Weil ihr ganzes *Universum* zerstört ist. Und du rufst uns hier herein, um mit uns zu reden. Hören wir auch nur ein Wort über diese Jungen und wie wir ihnen helfen können, das hier zu überleben? Nein. Nicht ein einziges verdammtes Wort über die Jungen! Hören wir auch nur ein Wort über Maria? Ja. Wir hören, du hättest aufgehört, sie zu lieben.

Schöne Scheiße! Was du getan hast, ist, daß du geil auf Felice geworden bist. Ganz große Sache. Wahrscheinlich war jeder Kerl im Country Club irgendwann mal geil auf Felice. Aber du, Rob Marshall, der größte Scheiß-Showman im ganzen County, was machst du? Du zerstörst über zwanzig Jahre Ehe. Herrgott noch mal! Was sollen diese Jungs jetzt eigentlich denken? Erst wird ihre Mutter ermordet, und dann müssen sie auch noch hören – und ich nehme doch mal an, du erzählst es ihnen, bevor sie es im *Observer* oder in der *Press* lesen –, daß du sie sowieso verlassen hättest. Um mit Felice abzuhauen. *Felice!*«

»Ich liebe sie, Sal.«

»Ach, halt doch die Luft an. Hör um Gottes willen mit diesem Gesabbere von der großen Liebe auf. Ich weiß, was du an ihr geliebt hast. Jack geht's nicht anders. Und das würde keinem anders gehen, der bis in die Pubertät gekommen ist. Und ich sage dir eines – es ist nicht ihr Scheiß-Intellekt. Aber ich hab' keine Lust, über Felice zu reden. David ist auch mein

Freund, und ich rede nicht über die Frauen meiner Freunde hinter deren Rücken.«

»Aber du verstehst nicht. Die Tiefe . . .«

»Jetzt fang um Gottes willen nicht auch noch mit Gefühlstiefe und so 'nem Bockmist an. Das einzige, was an der Knallschote Felice tief ist, ist ihr Interesse daran, wie tief deine Taschen wohl sein könnten, um ihr den ganzen Silberschmuck und die Gymnastik-Anzüge zu kaufen und die Urlaube im Club Med zu bezahlen. Ich meine das ernst, Rob. Ich bin dein Freund, und ich bin hier, weil ich dir helfen will, und ich will auch nicht ein einziges Wort mehr von Felice hören.«

Rob nickte und befeuchtete sich die Lippen. »In Ordnung, Sal«, sagte er. »Schon gut. Ich wollte ja auch nur, daß ihr die Fakten kennt. Und ich wollte, daß ihr sie von mir erfahrt. Aber ich wollte nicht die Werbetrommel dafür rühren. Da ist nur noch eines.«

Sal setzte sich wieder, während die Farbe langsam aus seinem Gesicht wich. »Und das wäre?« fragte er.

»Erinnert ihr euch – für den Fall, daß ihr etwas über Versicherungen hört –, daß ich euch erst vor zehn Tagen erzählt habe, daß ich eine sehr hohe Lebensversicherung auf Maria abgeschlossen habe? Das war ja kein Geheimnis. Ich habe euch ja gesagt, daß diese Versicherung für mich ein Verkaufsinstrument gewesen ist. Ich will nur sichergehen, Sal. Du erinnerst dich noch daran, nicht wahr?«

»Ja, Rob, schon – ich erinnere mich.« Damit stand Sal auf, ging zur Tür und verließ den Raum. Jack Rogers folgte ihm und ließ Rob an seinem Schreibtisch allein.

Als er ein paar Stunden später mit seinen Söhnen redete, gab es weder harte Worte noch Schuldzuweisungen, sondern einzig Tränen. »Ich will ehrlich mit euch sein«, sagte er. »Es gibt da eine andere in meinem Leben. Ich bin sicher, ihr habt keine Idee, um wen es sich handeln könnte.«

»Mrs. Rosenberg«, sagte Roby. Rob klammerte sich so fest an die Schreibtischkante, daß seine Knöchel weiß hervortraten.

»Du hast es gewußt?« fragte er. Aber Roby hatte es nicht gewußt, er hatte es nur geraten. Er wußte selbst nicht, warum er so schnell auf Felice gekommen war, aber die älteren Söhne hatten mitunter eine extrem sensible Antenne.

»Es tut mir so leid«, fuhr Rob fort, nachdem er sich vergewissert hatte, daß Roby niemals etwas von Maria oder ihrem Privatdetektiv erfahren hatte. »Aber jetzt kann ich es auch nicht mehr ändern. Wenn ich noch einmal die Wahl hätte, es wäre garantiert nicht passiert.«

Und dann setzte er fast noch im selben Atemzug hinzu: »Felice und ich verstehen uns bestens. Ihr solltet uns einmal zusammen sehen. Und das werdet ihr auch. Ich weiß, sie wird euch nie eure Mom ersetzen können, aber sie kann eure Freundin werden, und das will sie auch. Sie wird von nun an viel Zeit hier verbringen, und ihr werdet sie alle sehr gut kennenlernen.«

»Heh, Dad«, sagte Roby.

»Ja?«

»In der Minute, in der sie durch diese Tür kommt, gehe ich hinaus.«

»Ich auch«, sagte Chris. John weinte nur.

»Nun macht euch mal keine Sorgen, Jungs. Niemand wird etwas tun, das euch schaden könnte. Felice ist eine sehr feinfühlige und fürsorgliche Frau. Wir wissen beide, daß das Zeit braucht. Aber ich muß euch sagen, daß sie für mich die wichtigste Person auf der Welt ist, nachdem jetzt eure Mutter von uns gegangen ist, und ich brauche sie einfach, um wieder glücklich sein zu können. Ich hoffe, ihr könnt das alle verstehen, und ich hoffe weiter, ihr werdet mich insoweit unterstützen.«

Die drei Jungen starrten mit untergeschlagenen Armen zu Boden und weinten jetzt alle.

»Werdet ihr das tun? Wollt ihr mir versprechen, daß ihr zu verstehen versucht? Ich bin am Boden zerstört, Jungs. Der Verlust eurer Mutter ist ein furchtbarer Schlag für mich. Felices Liebe und euer Verständnis ist alles, das ich noch habe, um das Leid durchzustehen. Wollt ihr mir nicht versprechen, daß ich auf euch zählen kann?«

Weder Roby noch Chris konnten es ganz glauben. Aber in

den letzten anderthalb Tagen hatten sie ihre Fähigkeit zum Unglauben verloren. Die schrecklichen Dinge passierten einfach. Unwirkliche Dinge. Jetzt war ohnehin alles bedeutungslos; auch die Worte hatten jeden Sinn und alle Bedeutung verloren.

»Sicher, Dad«, sagte Roby. »Was immer dich glücklich macht, soll uns recht sein.«

Chris nickte nur einfach und schluchzte.

John blickte Roby an und nickte dann ebenfalls, wobei er etwas murmelte, das aber niemand verstand.

Rob grinste. Dann erhob er sich, kam um seinen Schreibtisch herum und umarmte jeden einzelnen ganz fest. »Ich wußte, daß ich auf euch zählen kann. Ihr seid prächtige junge Männer. Ich bin sehr stolz auf euch alle.« *Sag es nicht, Dad, sag es nicht,* dachte Chris. Aber er tat es trotzdem. Er sagte: »Und eure Mutter wäre ebenfalls stolz auf euch.«

Wohl zehn Minuten lang redete er dann weiter, aber keiner von ihnen bekam viel von dem mit, was er sagte. Da wurde etwas erwähnt von finanziellen Schwierigkeiten, irgendwas von einer Versicherung und noch etwas, das höchst merkwürdig schien (außer für Chris, der nie mehr von seinem dumpfen Gefühl losgekommen war).

Rob sagte nämlich: »Am schlimmsten ist noch, daß einige Leute denken werden, ich könnte etwas damit zu tun haben. Die Polizei könnte mich verdächtigen. Aber wenn ihr je etwas in dieser Richtung hört, macht euch keine Gedanken deswegen. Das ist durchaus so üblich, wenn die Ehefrau ermordet wird. Dann nimmt man sich immer zuerst den Ehemann vor.«

In dieser Nacht fing Chris an, sich an Dinge zu erinnern, die damals, als sie passierten, ohne Bedeutung schienen. Wie die Vorfälle in jener Nacht im Mai, als sein erster Ball für die Schüler der Oberstufe stattgefunden hatte. Er und sein Bruder Roby, der ebenfalls teilgenommen hatte, trugen Smokings. Ihr Vater hatte die üblichen Bilder geschossen und war dann zu ihnen getreten, um ihnen zuzuraunen, sie sollten auf ihrem Weg zum

Ball kurz bei den Rosenbergs halten, damit Mrs. Rosenberg sich überzeugen könne, wie gut sie doch aussähen.

Damals war den beiden das ausgesprochen seltsam vorgekommen, besonders dann, als sie bei den Rosenbergs geschellt hatten und Felice erstaunlich schnell an der Tür war, angetan nur mit ihrem purpurfarbenen Jogginganzug, während sie ihren Ehemann im Hintergrund sahen, wie er gerade aus der Dusche kam und nur ein Handtuch um die Lenden trug. Es war offenkundig, daß sie nicht erwartet worden waren. Und es war nicht weniger deutlich, daß Felice in keiner Weise beeindruckt war.

»O sieh nur«, sagte sie zu David, »wie niedlich! Bonbon-Sammler für Halloween.« (Eine speziell amerikanische Sitte, daß Kinder zu Halloween an den Häusern vorbeigehen und die Bewohner unter Androhung eines Besuches von bösen Geistern um Bonbons anbetteln. Die achtzehn und neunzehn Jahre alten Marshall-Söhne mußten sich also veralbert vorkommen. d. Übers.)

Als Chris später am Abend ins Haus zurückkam, um sich die Schlüssel zum Boot zu holen, weil er mit ein paar Freunden auf die Bucht hinausfahren wollte, sagte ihm sein Vater, der früher nichts dagegen einzuwenden hatte, er hätte es sich anders überlegt. Er fand es auf einmal zu gefährlich. Chris wurde wütend. Ja, er war derart wütend geworden, daß er, während seine beiden Eltern beieinander standen, seinen Vater anbrüllte: »Heh, Dad! Du solltest Mom vielleicht mal erklären, wieso du uns zu den Rosenbergs geschickt hast, bevor wir zum Ball gegangen sind!« Obwohl er eine Affäre nicht einmal argwöhnte, wußte er doch, wie sehr Felice seiner Mutter zuwider war, und ihm war klar, daß sie jetzt auf seinen Vater wütend werden würde. Aber bis zu diesem Augenblick hatte er nicht gewußt, welch empfindlichen Nerv er da getroffen haben mußte. Jetzt wußte er natürlich, warum sein Vater damals so vor Wut geschäumt hatte, als er Stunden später in den Fitneßraum hinuntergekommen war (Chris erhielt nie wieder Erlaubnis, das Boot zu benutzen) und gesagt hatte: »Warum, zum Teufel, hast du deiner Mutter das erzählt?«

Er erinnerte sich auch wieder einer anderen Nacht im Frühsommer. Robin Rosenberg, Felices Tochter, war gerade aus ihrem Internat in Frankreich zurückgekehrt und hatte Chris einen Sweater geschenkt, den sie für ihn in Europa gekauft hatte.

Die Nacht war kühl gewesen, und Chris wollte noch hinaus. Er hatte den besagten Sweater übergezogen. Seine Eltern saßen im Wohnzimmer und spielten mit den Rogers und Burton und Ann Peck Trivial Pursuit.

»Zieh diesen Sweater nicht an!« hatte seine Mutter ihm zugerufen. »Diese Felice ist doch ein Miststück. Wer weiß, woher sie das Geld hatte, um diesen Sweater zu bezahlen.«

Chris war maßlos erstaunt gewesen. Ein solcher Ausbruch war so völlig untypisch für seine Mutter. »Ich werde ihn sehr wohl anziehen, Mom«, hatte er geantwortet. »Er ist doch gar nicht von Mrs. Rosenberg, sondern von Robin.«

»Das ist mir gleich!« hatte seine Mutter geantwortet, die langsam ärgerlich wurde. »Zieh ihn aus. Du verläßt dieses Haus nicht in Kleidern, die von den Rosenbergs stammen.«

»He, Mom, du stellst dich aber vielleicht an. An diesem Sweater ist doch nichts Unanständiges, und ich werde ihn tragen.«

»Du wirst ihn *nicht* tragen! Und ich werde ihn *verbrennen*!«

»Vergiß es, Mom«, sagte Chris und verließ das Haus, bevor sich sein Vater etwa noch einmischte und ihn anbrüllte, er lasse es an dem nötigen Respekt vor seiner Mutter fehlen.

Es war noch keine Stunde vergangen, da zog er den Pullover in Seaside Heights dann doch aus, denn es tat ihm leid, seine Mutter in Aufregung versetzt zu haben. Bis jetzt allerdings hatte er nicht gewußt, was der Grund für die Erregung seiner Mutter gewesen war.

Nun aber war seine Mutter tot, und Chris fragte Jennifer: »Und was ist, wenn mein Vater in die Sache verstrickt ist? Was wäre, wenn er etwas damit zu tun hätte?«

Aber sie sagte nur, was er ohnehin von ihr zu hören erwartet hatte. »O nein, das kann nicht sein. Wie schrecklich, so etwas auch nur zu denken. Chris, das sagst du am besten zu niemandem sonst. Es klingt *furchtbar*.«

Roby wußte nicht, wie er darauf gekommen war, Felice sei die Frau, mit der sein Vater eine Affäre hatte. Er hatte ihren Namen einfach so hervorgesprudelt, ohne näher darüber nachzudenken. Jetzt, als er näher darüber nachdachte, erinnerte er sich ganz ähnlicher Vorfälle wie Chris. Vor allem erinnerte er sich daran, daß seine Mutter ihm am Tag nach dem Schülerball eingeschärft hatte, er solle auf keinen Fall ins Haus der Rosenbergs gehen, ganz gleich, was ihm sein Vater auch immer sagen mochte.

»Ich will nicht, daß du auch nur das Geringste mit dieser Frau zu tun hast«, hatte Maria gesagt. »Sie ist das reine Gift, sie ist pures *Feuer.*« Aber daß sein Vater eine Affäre mit Mrs. Rosenberg haben könnte, nein, dieser Gedanke war ihm nie gekommen.

Jetzt aber erinnerte er sich auch wieder, daß er den ganzen Sommer über seine Mutter gelegentlich dabei beobachtet hatte, wie sie an der Tür seines Vaters gehorcht hatte. Er hatte sie deswegen sogar gehänselt und ihr gesagt, wie unvorsichtig sie doch zu Werke gehe, und daß sie aufpassen müsse, vor Langeweile nicht im Stehen einzuschlafen, wenn Vater dort drinnen über Versicherungen rede.

Und nun wurde ihm auch bewußt, wie geheimnisvoll und mißtrauisch sich sein Vater während des ganzen Sommers gegeben hatte. Vor allem, was das Arbeitszimmer anging. Es war die erste Tür, an der man vom Haupteingang her vorbeikam, und die Jungen hatten es oft als Abkürzung benutzt, wenn sie ins Innere des Hauses wollten. Während des Sommers aber hatte Vater sich angewöhnt, die Tür abzuschließen, wenn er nicht da war, und den Jungen hatte er erzählt, daß sie *auf keinen Fall* durch sein Arbeitszimmer gehen dürften, wenn sie ins Haus herein oder aus dem Haus hinaus wollten, auch wenn es einmal nicht abgeschlossen sei. Daß sie das Zimmer seit Jahren als Durchgang benutzt hatten, zählte nicht mehr. Das mußte eben jetzt aufhören.

Jetzt war Roby sicher, daß er den Grund dafür kannte. Sein Vater raspelte am Telefon Süßholz mit Felice. Aber was es auch war, es war jetzt ohne Bedeutung. Die ganze Geschichte war so unappetitlich, daß er sie kaum glauben mochte. Und wie konnte sein Vater die Jungen ernsthaft darum bitten, in Felice fortan eine neue Freundin zu sehen, so eine Art liebenswerte Stiefmutter? Diese Nutte. Wenn sie je wieder ins Haus käme, würde er auf sie spucken.

Wütend, voller Sorgen und Trauer, niedergeschlagen und zermürbt von dem Konflikt einander widersprechender Loyalitäten – auf der einen Seite seiner erst kürzlich verstorbenen Mutter gegenüber und auf der anderen Seite seinem noch lebenden, aber inzwischen demaskierten Vater gegenüber – schloß Roby die Tür zu seinem Zimmer hinter sich ab und ließ seinen Tränen freien Lauf.

Was sie alle drei wünschten, würde nie wieder in Erfüllung gehen: von der Mutter umarmt und getröstet zu werden. Es war jetzt mehr als vierundzwanzig Stunden her, daß sie sie verloren hatten. Und nun kam als Krönung des Ganzen auch noch die entsetzliche Gewißheit hinzu, daß sie auch den Vater, den sie gekannt hatten, mindestens zu einem Teil verloren hatten. Er war nicht der, für den sie ihn gehalten hatten. Mit seiner Affäre hatte er ihre Mutter gepeinigt und er war drauf und dran gewesen, sie noch schlimmer zu verletzen – sie alle noch schlimmer zu verletzen –, indem er sie verließ.

Und so lagen sie alle drei, Roby, Chris und John, während der dunkelsten Stunden der Nacht wach in ihren Betten.

6. Kapitel

Ihr Vater, Robert Oakley Marshall, war am 16. Dezember 1939 in New York City, im Bezirk Queens, als Sohn von Howard Marshall aus New York und Oakley Valentine Weeks aus Grand Rapids, Michigan, zur Welt gekommen. Während der großen wirtschaftlichen Depression hatten seine Eltern alles verloren.

Howard Marshall hatte die St. John's University in New York schon nach zwei Jahren wieder verlassen und eine Stellung als Verkäufer für Sportartikel in einem großen New Yorker Kaufhaus angenommen. In seiner Freizeit gab er Tennisunterricht, um sein Einkommen ein wenig aufzubessern.

Die ersten Jahre seines Lebens hatte Rob in einem Mietshaus im Stadtteil Elmhurst verbracht. Dann zog die Familie so überstürzt nach Chicago um, daß sie dort nicht einmal ein Haus oder eine Wohnung anmieten konnte, sondern in einem schäbigen Hotel logieren mußte. Zwei Jahre später siedelte die Familie nach Kiel, Wisconsin, über. Es folgten weitere Ortswechsel, in Wisconsin und Michigan und quer durch den Mittleren Westen. Immer lebten sie in gemieteten Häusern. Howard Marshall starb, ohne je ein eigenes Heim besessen zu haben, was wiederum – so jedenfalls hieß es bei Freunden und Familienmitgliedern – Rob später veranlaßte, alles haben zu wollen, was er sah.

Robs Vater lebte wie ein reisender Geschäftsmann; in Wahrheit war er Alkoholiker, und das war auch der Grund, warum keiner seiner Jobs von langer Dauer war. Oakley betete jeden Tag, ihr Ehemann, der nicht katholisch war, möge konvertieren. Statt dessen soff er. Aber ihre Religion hielt sie nicht nur davon ab, ihn zu verlassen, sie hielt sie auch von allen Verhütungsmaßnahmen ab. Insgesamt gebar sie fünf. Rob war das älteste.

Zu der Zeit, als Rob zum Teenager herangewachsen war, lebte

die Familie in Thomaston, Connecticut, wo sein Vater bei der Uhrenfabrik *Seth Thomas* angestellt war. Nachdem auch dieser Job verloren war, zogen sie nach Havertown, Pennsylvania, wo Rob (der wie die anderen Kinder katholisch erzogen worden war) in die *Monsignor Bonner High School* aufgenommen wurde.

Er hatte sich stets als Außenseiter gefühlt, wo immer sie auch gelebt hatten. Im Alter von sechzehn Jahren fühlte er sich sogar zu Hause als Außenseiter (auch in diesem neuen Zuhause, wohl dem zehnten, seit er denken konnte). Er verbrachte viel Zeit im Keller des angemieteten Hauses in Havertown, wo er Schlagzeug spielte und sich seinen Eltern haushoch überlegen fühlte. Schon bald stellte er nun Trennwände auf, brachte sein Bett nach unten und schuf sich so sein eigenes Apartment im Keller, in dem er sich folgerichtig dann auch bis auf die Mahlzeiten aufhielt. In der Schule hatte er Probleme. Am schlimmsten war es mit Englisch. Er schaffte schon das erste Jahr nicht und mußte in die Sommerschule. Doch das erwies sich als überaus glücklicher Umstand. Er freundete sich nämlich mit einem Jungen an, der gerade eine Tanzkapelle aufstellte. Rob erbot sich, Schlagzeug zu spielen. Ein anderes Mitglied der Band hatte einen älteren Bruder, der von zu Hause weg wollte, um zur Air Force zu gehen. Die Band spielte auf seiner Abschiedsparty, und bei der Gelegenheit lernte er Maria kennen. Sie war eine Cousine vom Freund des Freundes.

Maria: Arzttochter mit blonden Haaren so lang und so schön, daß man sie als ihr Vater am liebsten in einen Turm hätte einsperren mögen. Welche bessere Gelegenheit gab es eigentlich, sich selbst und dem Rest der Familie die eigene Überlegenheit klarzumachen, als mit einer Freundin dieses Kalibers anzukommen?

Sie ging in die St. Albert's, eine polnische katholische Schule in der Stadt. Mit ihren langen blonden Haaren, ihrer melodischen Stimme (was besonders deutlich wurde, wenn sie Hymnen sang) und ihrem einnehmenden, freundlichen Wesen war Maria die erste Favoritin aller Burschen. Und daß sie die Tochter eines Arztes war, war auch nicht gerade von Übel.

Das Schlimme an einem Kind wie diesem ist natürlich, daß man es eben nicht in einen Turm einschließen kann. Man kann sie noch nicht einmal zwingen, ein Kind zu bleiben. Man kann sie von Flying Jennies auf dem Roosevelt Boulevard fernhalten, aber man kann sie nicht daran hindern, erwachsen zu werden. Jungs werden immer kommen. Auch wenn sie im Haus der Pudzynskis nicht willkommen waren.

Maria war erst fünfzehn, als sie Rob zum erstenmal begegnete, und fing sofort an, sich (heimlich) mit ihm zu treffen. Aber sie wartete noch, bis sie in die High-School kam, bevor sie über ihn zu Hause diskutierte. Zu dem Zeitpunkt war Rob auch bereits auf einem College – einem katholischen College –, und sie hoffte, dies könnte ihn in den Augen ihrer Eltern akzeptabler machen.

Robs Ziel war die Militärakademie von Annapolis. An seinem achtzehnten Geburtstag trat er der Marine Reserve bei, wo er ein ganzes Jahr lang blieb. Aber er brachte es nicht weit. Nicht nur, daß er die Militärakademie nicht schaffte, er erreichte auch nur mit Mühe die Zulassung am College in Villanova, das zu jener Zeit nicht gerade zu den am schwersten zu bewältigenden Colleges des Staates zählte. Aber immerhin – es war ein College. Und Rob war Navy-Reservist.

Und als er sich daher endlich in Port Richmond vorstellte, geschah dies seiner Meinung nach mit ausreichenden Referenzen. Dr. Pudzynski war indes alles andere als begeistert. Wer weiß, vielleicht wäre es mit jedem anderen Bewerber um die Hand seiner Tochter genauso gewesen, aber er mochte Rob einfach nicht, und er mochte ihn um so weniger, als er erst den Rest der Familie Marshall kennengelernt hatte. Eine Sippe ohne jede Klasse, wenn er überhaupt je eine gesehen habe, grummelte er später bei seiner Frau. »Ein Haufen von Zigeunern«, sagte er. »Wer morgens als erster in diesem Haushalt aufsteht, der ist für den Rest des Tages am besten angezogen.«

Gleichzeitig kam sie, die Familie Marshall, ihm verschlagen vor, wie Leute, die weiter nichts als heiße Luft produzierten und vorgaben, mehr zu sein, als sie in Wirklichkeit waren. »Ein Schuldenmacher«, sagte er von Robs Vater, »genau wie unsere

Regierung.« Aus dem Munde von Dr. Pudzynski waren das alles andere als Lobesworte. Und wenn er Rob betrachtete, mußte er immer an das Bild von dem Apfel denken, der nicht weit vom Stamm fällt.

Das Leben wäre einfacher gewesen, wenn Rob seinen Abschluß auf Villanova nicht geschafft hätte, wie es ja auch fast passiert wäre. Nach dreieinhalb Jahren hatte er lediglich einen Bonus von 1,9 von 2,0 für die Graduierung erforderlichen Punkten erreicht. Hätte ihm dieser Zehntelpunkt auch noch gefehlt, hätte er seine Ernennung zum Marineoffizier nicht erhalten, er wäre nicht auf der Fliegerschule angenommen worden, und er hätte auch nicht Maria heiraten dürfen.

Als er ein D nach zwei Semestern Marketing erreichte, schien alles verloren (oder aus Sicht von Dr. Pudzynski, alles gewonnen). Doch das war der Augenblick, als Rob das einzig wahre Talent entdeckte, über das er verfügte: Verkaufstalent. Er überzeugte seinen Lehrer davon, die Note in ein C umzuwandeln, und im Juni 1963 graduierte Rob noch so gerade eben. Jetzt gab es keine Vorwände mehr für Dr. Pudzynski, sich weiterhin einer Heirat Marias mit Rob in den Weg zu stellen.

Rob ging nach Pensacola, um sich als Navy-Flieger ausbilden zu lassen, und beendete den Lehrgang am 22. November 1963, dem Tag des ersten Kennedy-Mordes. Als er dann für die Ausbildung zum Hubschrauber-Piloten angenommen worden war, kehrte er im Triumph nach Philadelphia zurück, um endlich seine Braut heimzuführen.

Drei Tage nach Weihnachten wurden sie getraut, aber nie ist ein widerstrebenderer Vater als damals Vincent Pudzynski steifbeinig die Stufen von St. Adalbert's hinaufgestiegen, um seine Tochter fortzugeben.

Und war für eine Tochter! Kein Brautmagazin hat je ein überzeugenderes Covergirl gehabt, als es diese wunderschöne, blonde, hinreißende Maria an ihrem Hochzeitstag war. Und Rob natürlich, groß und gutaussehend, die Augen zusammengekniffen, die Kiefer fest zusammengepreßt; eine prachtvolle Erscheinung in seiner Uniform, ein wahres ›Bild von einem Mann‹.

Bei der Gestaltung der Einladungen zur Hochzeit hatte er darauf bestanden, neben seinem Namen in Goldprägung zwei Schwingen und die Buchstaben *U. S. N.* anzubringen, um auf diese Weise kundzutun, daß er bereits Navy-Pilot sei, obwohl er in Wirklichkeit noch in der Ausbildung stand. Rob hatte schon immer einen Hang dazu, das eigene Erscheinungsbild nicht an solchen Nebensächlichkeiten wie der Wahrheit scheitern zu lassen. Die goldenen Schwingen waren schlicht Teil seines Images. Er war seinem eigenen privaten Ghetto entkommen. Er hatte bekommen, was er nach dem am meisten begehrt hatte: Das Töchterlein des Doktors, die blonde Schönheit, war nun seine ihm ehelich angetraute Frau.

Nachdem sie ein Jahr in Florida und in Übersee verbracht hatten, wurde Rob auf die Marinefliegerbasis Lakehurst in New Jersey versetzt, wo er zum erstenmal mit Toms River in Berührung kam. Ihm gefiel, was er sah. Die Häuser waren billig und leicht zu bekommen. Die Stadt lag nahe an der Basis und am Strand. Und sie hatte genau die richtige Entfernung zu Philadelphia, um sicherzustellen, daß seine Frau Kontakt mit ihren Eltern halten konnte, ohne daß diese ihm ständig auf die Pelle rückten.

Aber da gab es noch etwas: einen kleinen zuckenden Nerv ganz tief in seinem Unterbewußtsein, der Rob Marshall in die Lage versetzte, sofort zu erkennen, daß Toms River seine Art von Stadt war.

Er und Maria zogen zwei Monate, bevor Roby geboren wurde, in ihr Landhaus ein. Ein Jahr nach Roby kam Chris. Zu dem Zeitpunkt war Rob schon nicht mehr bei der Navy. Er war jetzt Hausbesitzer, Vater zweier Söhne und Ehemann einer schönen Frau. Rund um ihn herum boomte eine aufstrebende Stadt. Neue Viertel voller neuer Leute entstanden über Nacht, voller Leute wie er selbst, Leute, die gerade ins Leben starteten, von Grundlagen aus, die nichts mit Wohlstand zu tun hatten, mit ihren eigenen Familien und ihren ersten eigenen Häusern, und alle von dem Verlangen beseelt, klug und weise zu erscheinen.

Rob Marshall tat das Nächstliegende. Er wurde Vertreter für

Lebensversicherungen. Er verkaufte Policen der *Provident Mutual Life of Philadelphia*. Im ersten Jahr verkaufte er Policen im Nennwert von über zwei Millionen Dollar, was ihn zu einem der fünfzig erfolgreichsten Vertreter der Gesellschaft im Lande machte. Im nächsten Jahr schaffte er dasselbe wieder. Die Marshalls zogen in ein größeres Haus, drei Blocks entfernt. Dort wurde 1971 ihr dritter Sohn, John, geboren.

Jeden Sonntag konnte man sie alle in der Kirche von St. Johseph's sehen. Rob besaß inzwischen ein rotes Cadillac-Kabriolett mit weißem Verdeck, und das parkte er grundsätzlich direkt vor der Kirche, als sei dieser Platz speziell für ihn reserviert.

Dann schritt das Paar mitten auf der Freitreppe zum Portal empor, als sei auch dieses nur für sie reserviert, Rob ernst, feierlich und selbstbewußt; während Maria jedem voller Wärme zulächelte, elegant gekleidet, das lange Haar im Winde wehend; die Jungen mit Fliege und Anzug, die Haare immer frisch geschnitten: so richtig kleine feine Herren, sauber gestutzt, so reinlich – genau wie ihre Mutter.

Es war fast, als seien Rob und Maria königlichen Geblüts: ein junger König und seine Königin auf Inspektionsreise zu einem entlegenen Außenposten ihres Reiches. Für Toms River ein nicht gewöhnliches Gehabe, und es gab nicht wenige, die es für einigermaßen unpassend hielten. Aber schließlich war Rob einmal Offizier der Navy gewesen. Und Maria, so ging die Saga, stammte in direkter Linie aus einer sehr reichen Familie. Und mal ganz ehrlich, war die Tatsache, daß solche Leute sich ausgerechnet Toms River als Wohnsitz auserwählt hatten, nicht auch ein nettes Kompliment an die Stadt?

So tendierten die Einwohner von Toms River immer mehr dahin, die Marshalls zu bewundern und sie auch ein wenig zu beneiden: um ihr blendendes Aussehen, die hübschen Kinder, den Umstand, daß Rob so offenkundig überaus erfolgreich war, die Tatsache, daß sie sich ständig etwas Neues kauften.

1973 zogen sie nach Brookside in ein brandneues Haus, für dessen Planung und Ausgestaltung Rob eigens einen Architekten angeheuert hatte. Sie wurden Mitglieder im Country Club.

Rob spielte Tennis. Die Jungen schwammen. Maria wurde eingeladen, den *Laurel Twigs* beizutreten, einer Organisation, deren erklärtes Ziel es war, Geld für das Hospital zu beschaffen, deren wahre Funktion aber darin zu bestehen schien, eine Möglichkeit zu schaffen, damit eine jede Hausfrau in Toms River Zugang zur gehobenen Gesellschaft finden konnte.

Dies waren die Jahre des Booms, in denen sich ein Vertreter für Lebensversicherungen allwöchentlich von Hunderten neuer potentieller Kunden umringt sah. Statt sich um Kunden zu bemühen, brauchte man morgens nur aus dem Bett zu steigen und den Hörer abzunehmen, wenn das Telefon klingelte. Doch Rob tat eine Menge mehr als nur das.

Er war, um es unverblümt zu formulieren, der wohl aggressivste Versicherungsvertreter, den Toms River je gesehen hatte. Wenn er in jemandem ein potentielles Opfer sah (und solange seine Mitbürger nicht schon ihren zweiten Herzinfarkt hinter sich hatten oder ganz offensichtlich an einer ernsten Erkrankung litten, sah Rob Marshall in jedem von ihnen ein potentielles Opfer), kam er mit der ganzen Grazie eines ausgewachsenen Vielfraßes auf ihn zu. Ihm eine Police abzukaufen, war die einzige Möglichkeit, ihn sich wieder vom Hals zu schaffen, wenn nicht gar aus seinem Privatleben. Schließlich gab sich jeder geschlagen und unterschrieb. Am Ende, so schien es, hatte jeder in Toms River nachgegeben und unterschrieben.

Rob wurde zu einem sehr erfolgreichen Geschäftsmann, und weil er erfolgreich war – und weil er es für jeden so offensichtlich machte, daß er erfolgreich war –, wurde er zu einem großen Mann in der Stadt. Ein Machtfaktor im Rotary Club (obwohl er im Groll wieder austrat und eine konkurrierende Organisation gründete, nachdem man ihn bei der Wahl zum Präsidenten nicht berücksichtigt hatte), eine führende Persönlichkeit im *United Way*, Meister im Herren-Einzel beim Tennis (und Doppel-Partner sowohl von Ray DiOrio als auch von David Rosenberg) im Country Club.

Und eine Figur, mit der in den Spielcasinos von Atlantic City gerechnet werden mußte. Die Hochachtung, die man ihm an den Fünfzig- und Hunderttausend-Dollar-Black-Jack-Tischen erwies, war etwas, auf das Rob im höchsten Maße stolz zu sein schien und wovon er gern erzählte.

Worauf er jedoch am meisten stolz zu sein schien und worüber er am meisten redete, war seine Frau Maria; oder, wie er sie immer bezeichnete, die ›schöne Maria‹. Er erzählte überall herum, wie sehr er sie liebte, wie gut sie sei, wie stolz er sei, mit einer so gutaussehenden Frau verheiratet zu sein, die immer wisse, wo man die beste Kleidung kaufen und wie man sie tragen könne.

»Seht sie euch doch an«, pflegte er so ziemlich jeden Samstagabend im Club zu sagen (oder, in den letzten Jahren, in einem der protzigen Casino-Restaurants in Atlantic City), »ist sie nicht grandios? Ist sie nicht schlicht die absolute Schönheit?« Er schien auf sie noch stolzer zu sein als auf seinen Cadillac, und sie, auch das muß gesagt werden, schien sehr geschmeichelt, wie eine Art Schmuckstück behandelt zu werden.

Doch selbst für Toms River waren Rob und Maria extrem. Rund um den Country Club nannte man sie (wenn sie nicht in der Nähe waren) nur Ken und Barbie. Doch erst später – vielleicht zu spät – blickten die Leute zurück und wurden sich bewußt, daß sie womöglich zur Sklavin seiner Vision von ihr geworden war und zur Sklavin des Images, das sie sich zu geben bemühte. Daß ihre Besessenheit um ihr Erscheinungsbild in der Öffentlichkeit sie vielleicht sogar das Leben gekostet hatte. Bis dahin schien es so, als hätte Rob Marshall in einer Stadt, in der Besitz als Spiegel der eigenen Seele angesehen wurde, alles erreicht, und Maria schien sein wertvollster Besitz. Kein Sexobjekt trotz ihrer Attraktivität, aber etwas, das man in Toms River eher noch höher schätzte: ein Statussymbol.

Was der Grund dafür gewesen sein könnte, warum die Stadt es so eilig hatte, sich nach ihrem Tod gegen Rob zu stellen. In Toms River wurde von einem Bürger erwartet, besser auf seine Besitztümer zu achten.

7. Kapitel

Am Sonntagmorgen zitierte die *Asbury Park Press* den Staatsanwalt der County mit den Worten: ›Die Ermittlungen nehmen ihren Fortgang.‹

Freunde von Rob wurden zitiert mit Aussagen wie: ›Er ist eine sehr disziplinierte Person, sehr energisch. Er vermittelt Fremden immer ein Gefühl von Vertrauenswürdigkeit‹; ›Rob ist ein sehr freigiebiger Mensch; was immer er tut, er tut es ganz; das gilt für seinen Beruf, sein Tennisspiel, seine Familie; er gibt immer hundert Prozent‹. Ein anderer Freund sagte: ›Er und Maria standen sich sehr nahe.‹

Ein Aerobic-Tanzlehrer sagte: ›Sie nahmen gemeinsame Trainingsstunden. Sie waren ohne Zweifel ein glückliches Paar.‹

Ein anderer Aerobic-Tanzlehrer sagte: ›Die Leute beneideten die Frau, denn sie schien die ideale Familie und den idealen Lebensstil zu haben. Sie verstehen schon, so wie man es im Fernsehen immer sieht.‹

Eine Hausfrau aus der Nachbarschaft sagte: ›Sie genoß das Leben und das Zusammensein mit ihrem Mann wirklich. Sie war der superperfekte Typ von Frau. Ich weiß nicht, warum irgend jemand sie töten wollte.‹

Die Presseleute wurden es aber schließlich müde, immer nur mit Nachbarn zu reden. Verschiedene Reporter hatte sich achtundvierzig Stunden lang vor dem Haus der Marshalls auf die Lauer gelegt und den ständigen Strom von Verwandten, Nachbarn und Freunden kommen und gehen gesehen. Der County-Staatsanwalt und die Staatspolizei sagten weiterhin nichts anderes, als daß die Ermittlungen fortgesetzt würden, es aber noch keinen Fortschritt zu vermelden gebe. Die Presse wollte mehr. Die Presse wollte Zugang zur Familie, am liebsten natürlich zu Rob selbst. Dies war die Botschaft, die ein Besucher nach dem anderen den ganzen Sonntagmorgen lang und auch noch am Nachmittag übermittelte.

Rob hätte nur zu gern geredet, aber Ray DiOrio wollte davon nichts wissen. »Reden Sie mit *niemandem*«, hatte DiOrio ihm noch am Tag zuvor anläßlich eines Frühstücks in der Landstraße Nr. 37 eingeschärft. »Sagen Sie *nichts*«, hatte DiOrio ihm aufgetragen, »kein Wort zu niemand über gar nichts.«

Das war die erste Regel gewesen. Die zweite betraf Felice. DiOrio trug Rob auf, absolut keinerlei wie auch immer gearteten Kontakt zu ihr aufzunehmen. Keine Treffen, keine Anrufe, keine Briefe, keine Kassetten. *Stellen Sie sich vor, es gibt sie überhaupt nicht.* Und Ray DiOrio gehörte zu jener Sorte Mann, deren Anweisungen man beachtete. Vor allem dann, wenn die eigene Frau gerade erst ermordet und die Polizei bereits (wie dies in der Barackenstation von Bass River am frühen Freitagmorgen der Fall gewesen war) höchst unfreundlich tätig geworden war.

Aber es fiel Rob schwer, allen Kontakt zu Felice gerade jetzt abzubrechen, da er zum erstenmal Freunden und Familienmitgliedern gegenüber seine Liebe zu ihr offen zugegeben hatte. Während des letzten Jahres hatten die beiden jede Woche drei oder vier Rendezvous arrangieren können, hatten Kassetten ausgetauscht, auf die sie Liebesworte gemurmelt hatten (Rob hatte eigens ein Schließfach beim Postamt in Toms River für den Austausch dieser Kassetten angemietet) und jeden Tag mindestens einmal, oft genug aber auch mehrmals am Tag miteinander telefoniert.

Jetzt, wo der aufregendste, der anstrengendste und vielleicht auch der gefährlichste Punkt seines Lebens gekommen war, in einem Augenblick, wo er sie am meisten gebraucht hätte, konnte er sie nicht haben. Es war ihm nicht einmal erlaubt, ihre Stimme zu hören. Was alles noch schlimmer machte, war der Umstand, daß die Polizei, wie ihm Freunde aus der Brookside erzählt hatten, Felices Wagen am Freitag nachmittag auf dem Garden State Parkway angehalten hatten, um sie zu einer Vernehmung mitzunehmen. Außerdem hatte er gehört, David sei dermaßen wütend geworden, als er von dem Verhältnis seiner Frau mit ihm gehört hatte, daß er sie aus dem Haus geworfen hatte.

Aber wie auch immer – Ray DiOrio hatte gesagt, er solle sich von ihr fernhalten. Und den Mund halten. Und also war Rob entschlossen, das eine wie das andere zu befolgen.

Der Nachmittag war schon halb vorbei, als er gleichwohl auf den Gedanken kam, es mache von der ganzen Familie wohl kaum einen guten Eindruck, wenn alle hier weiterhin in Klausur blieben. Er wollte nicht, daß es so aussah, als hätten sie irgend etwas zu verschweigen. Er sagte Roby, es sei seine Pflicht als der älteste Sohn des Hauses, hinaus in den Vorgarten zu gehen und mit der Presse zu reden. Er wies Roby noch an, er solle ihnen sagen, welch wundervolle Frau Maria gewesen sei und daß er selbst noch viel zu sehr von Gram gebeugt sei, um ihnen Rede und Antwort zu stehen.

Roby ging zögernd die Auffahrt hinunter und sprach mit dumpfer und stockender Stimme. Trotz seiner athletischen Figur und dem gelockten blonden Haar schien etwas Verwundbares, ja geradezu etwas von einem herrenlosen Hund in ihm zu sein, als er sich anschickte, von seiner Mutter zu sprechen.

»Sie wollte, daß jeder sie mochte«, sagte Roby, »und das haben auch alle getan. Man brauchte meine Mom gar nicht näher zu kennen, um sie zu mögen, man mußte nur von ihr gehört haben. Sie war etwas Besonderes. Wie soll ich das in Worte fassen? Den ganzen Tag gehen bei uns Freunde ein und aus, und es ist fast, als kümmere sie sich in Gestalt unserer Freunde noch immer um uns, obwohl sie tot ist, weil diese sie auch geliebt haben. Sie war einfach eine klasse, eine wunderschöne Frau. Mein Vater versucht noch immer, mit dem Schock fertig zu werden. Meinen Brüdern ergeht es nicht anders, und ich habe beschlossen, daß wir alle stark bleiben müssen. Für ihn. Das braucht er jetzt. Wir werden tun, was wir können, und uns um alles kümmern, was sonst unsere Mom erledigt hätte.«

Als Roby so vor der Haustür stand, die Augen rotgerändert vom Fluß der Tränen und vor Erschöpfung, und erläuterte, wie die Jungen sich bemühten, ihrem Vater bei der Überwindung seines Schmerzes über den erlittenen Verlust zu helfen, saßen

Gene Leahy und Sal Coccaro auf der Terrasse an der Rückseite des Hauses und starrten auf den Swimming-pool hinaus.

Den ganzen Tag über hatten Freunde Sal beiseite genommen und mit leiser, verstörter Stimme auf ihn eingeredet und ihm immer wieder Gerüchte zugetragen, die bereits in der Stadt die Runde machten.

»Was hältst du davon?« fragte Gene.

Sal seufzte und schüttelte den Kopf. Er sah zehn Jahre älter aus als in dem Augenblick, da er am Freitag morgen hier ins Haus gekommen war. »Ich weiß nicht«, sagte er. »Ich weiß wirklich nicht, was ich denken soll. Aber ich kann dir sagen, was eine Menge anderer Leute denken. Eine Menge anderer Leute glaubt nämlich, daß er etwas damit zu tun hat.«

»Nette Stadt«, sagte Gene.

»Wie meinst du das?«

»Wo die Nachbarn und Freunde so rasch bereit sind, das Schlimmste von einem zu denken.«

»Na, nun mal langsam«, sagte Sal. »Die Leute haben schließlich Grund dazu.«

»Wie zum Beispiel welchen?«

Sal kratzte sich den Kopf. »Hör mal, ich kann doch hoffentlich offen mit dir reden, ja? Ich meine, so gut kennen wir uns ja auch nicht, aber ich habe dich eigentlich immer für einen anständigen Kerl gehalten. Gerade heraus. Nicht so voller Winkelzüge.«

Gene nickte und grinste. »So weit, so gut. Du willst dich absichern, bevor du die Nase aus der Deckung steckst?«

»Die Sache ist nämlich die«, sagte Sal, und er grinste nicht, »ich habe so viel Zeugs gehört, daß ich einfach jemanden brauche, der mir helfen kann, das alles richtig einzuordnen.«

»Na schön, versuch's einfach mal«, sagte Gene, »aber ich sollte dir vielleicht gleich von vornherein sagen, daß es da ein paar Dinge gibt, bei deren Einordnung ich selbst auch so meine Schwierigkeiten habe.«

»Bleib mal 'nen Moment hier sitzen«, sagte Sal. »Ich hole uns nur schnell zwei Bier. Du magst doch Bier?«

»Bier ist was Feines«, sagte Gene.

Als er zurückkehrte, lehnte Sal sich vor und fing an, sich ohne Umschweife von der Seele zu reden, was ihn bedrückte. »Ich habe da was gehört«, sagte er, »daß Rob diese Stelle genau gekannt haben soll. Ich meine diesen Rastplatz am Oyster Creek. Ich hab' gehört, er soll da schon früher ein paarmal mit Felice gewesen sein. Sie haben mit diesem Rastplatz vorlieb genomen, wenn sie keine Zeit oder Gelegenheit hatten, in ein Motel zu gehen. Wie ich gehört habe, müssen berittene Polizisten die beiden da ein paarmal verscheucht haben. Rob hatte die Hosen runter und sie auch – oder so was in der Richtung. Die Beamten müssen ihnen dann wohl gesagt haben, daß so was entlang des Parkway verboten sei, und wenn man sie das nächste Mal wieder erwischte, würden sie alle beide eingelocht.«

Gene nickte.

»Nun, du bist ja Jurist«, fuhr Sal fort. »Was hältst du davon?«

»Ich bin davon überzeugt, daß es in einem Motel allemal angenehmer ist«, erwiderte Gene, »aber um das zu wissen, braucht man ja nicht unbedingt Jura studiert zu haben.«

»Nein! Ich meine, ist das schlimm? Ist das verdächtig? Daß er die Örtlichkeiten schon kannte? Daß er schon mal mit *Felice* da gewesen ist, um Gottes willen?«

»Ehrlich gesagt, wenn du nur in Kategorien von mehr oder weniger verdächtig denkst, dann, meine ich, macht es ihn eher weniger verdächtig, denn wenn er die Örtlichkeiten dort schon kannte, wird es um so plausibler, daß er diesen Ort aufgesucht hat, um dort nach einem nicht intakten Reifen zu sehen.«

»In Ordnung«, sagte Sal. »Du suchst nach etwas, das merkwürdig ist? Was hältst du dann davon? *Was hältst du von dieser ganzen scheißverdammten Geschichte?* Glaubst du wirklich, da beobachtet irgendwer bei Harrah's irgendeinen anderen an einem Black-Jack-Tisch, wie der zehntausend Dollar gewinnt, und läßt ihn unbehelligt wegfahren, um dann hinzugehen und ihm mitten in der Nacht vierzig Meilen im eigenen Wagen über den Parkway in der Hoffnung zu folgen, der andere könnte *vielleicht* einen Platten kriegen und dann auch noch so bescheuert sein, in den dunkelsten Wald weit und breit reinzufahren, bloß um nach dem Reifen zu sehen?«

Gene nickte. »Die Story hat Löcher«, sagte er. »Ich habe Rob schon gesagt, daß die auch den Strafverfolgungsbehörden auffallen werden. Ja, und was noch?«

»Der Reifen«, sagte Sal. »Mir haben inzwischen schon mindestens sechs Leute gesagt, sie wüßten mit absoluter Sicherheit – jetzt frag mich bloß nicht, wie jeder alles so ganz genau wissen kann, wenn die Cops noch keinen Ton von sich gegeben haben, aber so geht das nun mal in Toms River –, also, die wissen angeblich ganz genau, daß der Reifen gar nicht ›schlapp‹ oder ›wischi-waschi‹ war, oder wie Rob das ausgedrückt hat. Der Reifen ist mit einem Messer aufgeschnitten worden. In dem Zustand, in dem sich der Reifen befand, taugte er nicht mal, um von hier bis zum Swimming-pool zu fahren.«

»Das ist nicht gut«, sagte Gene.

»Da kannst du deinen Arsch drauf verwetten, daß das nicht gut für Rob ist. Und das andere, was sogar meinen Kindern aufgefallen ist, ist, daß dieser Rastplatz nur ein paar Meilen hinter der Mautstation liegt und nur vier Meilen vor der Tankstelle von Roy Rogers, die vierundzwanzig Stunden am Tag geöffnet ist.

Nun nehmen wir mal an, du kriegst mitten in der Nacht einen ›Wischi-waschi-Reifen‹, was machst du dann? Du hältst an der verdammten Mautstation, die so hell erleuchtet ist wie das Stadion der Giants bei einem Flutlichtspiel, und dann sagst du da einem der Burschen ›heh, mein Reifen ist'n bißchen weich, ich fahr' mal eben hier an die Seite und wechsele ihn aus‹. Heiliges Kanonenrohr, da kommen doch garantiert sofort drei Cops angeflogen, die sich darum streiten, dir zu helfen und Maria 'n Täßchen Mokka zu bringen. Das würdest du doch tun.

Und wenn aus irgendeinem Grund – vielleicht weil du 'ne Cola mit Rum zuviel intus hattest, während du angeblich das ganze Geld im Casino gewonnen hast – wenn du also die Hilfe der Cops nicht willst, dann fährst du eben mit deinem Wischi-waschi-Reifen noch die vier Meilen weiter bis zu dem scheißverdammten Roy Rogers. Da kannst du dann mit deiner Frau reingehen und ihr Pommes kaufen, während die dir draußen den Reifen wechseln. Und dann kannste ihm ja zehn Bucks von deinen ganzen Tausendern, die du ja angeblich in der Tasche hattest, in die Hand drücken und dir wieder mal wie der Größte vorkommen.

Gene – du weißt so gut wie ich und vielleicht auch besser, daß Rob Marshall in seinem ganzen Leben noch keinen Reifen gewechselt hat. Das ist doch einer von denen, die jedesmal auch frische Eiswürfel haben wollen, wenn ihnen jemand einen anderen Drink anbietet. Der weiß doch noch nicht mal, wo beim Wagenheber oben und unten ist. Wenn man einen Reifen wechselt, kriegt man dreckige Hände, und Rob mag keine dreckigen Hände. Schon gar nicht um Mitternacht draußen im dunklen Wald.

Und Maria, Gottverdammich, diese Frau hat doch vor der Dunkelheit mehr Angst gehabt als ein zweijähriges Kind. Die ist doch jedesmal bald aus dem Hemd gesprungen, wenn sie nur ins Kino gegangen ist.«

»Er sagt, sie hätte geschlafen«, warf Gene ein.

»Meinetwegen. Ich weiß. Er erzählt überhaupt 'ne Menge Sachen. Deshalb hat ihm Ray DiOrio ja auch gesagt, er soll den Mund halten. Aber ich will dir ja nicht erzählen, was *er* sagt, und dabei haben sie bisher noch nicht mal die Totenmesse für Maria gelesen.«

»Das ist nicht gut«, wiederholte Gene.

»Versteh mich bitte nicht falsch, Gene, ich liebe Rob wie meinen Bruder, und . . .«

»Dann bist du mir um einen Grad voraus.«

»Heh?«

»Ich liebe ihn nur wie einen Schwager. Und außerdem habe ich im Amt des Generalstaatsanwalts in Delaware gearbeitet. Und soviel kann ich dir garantieren – Ray DiOrio oder nicht Ray DiOrio, wenn diese Burschen von der Ocean County mit ihm fertig sind, haben sie ihn durch die Mangel gedreht, daß ihm Hören und Sehen vergangen sein wird.«

Der nächste Tag, Montag, war der Tag, an dem die Totenmesse für Maria in St. Joseph's gehalten werden sollte. Es war keine Beerdigung, denn schon wenige Stunden nach dem Mord hatte Rob ihre Einäscherung angeordnet, und diese war so schnell erfolgt, daß keine der County-Behörden Zeit gefunden hatte, auch nur das Geringste dagegen zu unternehmen.

Wieder war Rob früh auf den Beinen, diesmal, um sicher zu sein, daß Jack Rogers und Sal Coccaro alles mit dem Party-Service für den großen Empfang arrangiert hatten, den er nach der Rückkehr ins Haus plante. Rob sagte, er wünsche sich das Haus voller Leute – Marias Freundinnen –, weil ›sie es so gewollt haben würde‹.

Um zehn Uhr ging Roby oben über den Flur, um Chris zu wecken. Unten wartete eine Freundin ihrer Mutter auf die Jungen, um mit ihnen neue Anzüge für den Gottesdienst kaufen zu gehen. Maria war immer besonders stolz darauf gewesen, wie gut ihre Söhne für die Kirche gekleidet waren.

Chris lag auf dem Rücken, starrte zur Decke empor und fragte sich, wie er den heutigen Tag überleben solle. »Ich kann es nicht«, sagte er zu Roby.

»Chris, nun komm schon. Mrs. Fallon wartet.«

»Ich kann nicht, wirklich nicht. Ich kann nicht mal aufstehen. Ich kann mich nicht auf den Beinen halten. Ich möchte für immer hierbleiben.«

»Verdammt noch mal, Chris, reiß dich zusammen!«

Chris setzte sich ganz plötzlich aufrecht hin. »Warum sollte ich denn, zum Teufel?« rief er.

»Warum sollte sich auch nur einer von uns zusammenreißen?« Er beugte sich vor, verbarg das Gesicht in den Händen und fing an zu weinen.

»Was wirst du als nächstes sagen? Du willst deine Mammi wiederhaben?«

»Ja, Ja! Was ist daran denn nicht in Ordnung? Ja, ich *will* meine Mammi wiederhaben. Und du willst sie doch auch haben. Und John geht es nicht anders. Aber keiner von uns wird sie je wieder haben. Hast du das denn noch nicht kapiert, Roby? Das ist nicht einfach nur ein schlechter Traum. Aus all dem hier werden wir nie wieder erwachen. Das ist es, was uns für den Rest unseres Lebens erwartet.«

»Allerdings, das stimmt, Chris. So wird es jetzt immer sein. Deswegen wird es vielleicht langsam Zeit für dich, erwachsen zu werden, damit du damit fertig wirst.«

»Oh, laß mir doch ein bißchen Zeit. Ich bin nicht irgendein Reporter. Du brauchst mir nicht diesen Wir-dürfen-Papa-nicht-im-Stich-lassen-Scheiß einzutrichtern.«

Einen Moment lang spürte Roby auch bei sich Wut aufsteigen. Doch die verschwand in dem Augenblick wieder, in dem er in das verstörte Gesicht seines Bruders blickte. »Heh, Chris«, sagte er mit deutlich sanfterer Stimme.

»Was denn noch?«

»Du weißt, Mom würde wollen, daß wir an einem solchen Tag gut aussehen. Laß uns also ein paar Sachen zum Anziehen kaufen gehen.«

Chris legte sich wieder auf den Rücken, als habe sein Ausbruch eben seinen gesamten Energievorrat für diesen Tag aufgezehrt. »Nichts da«, sagte er. »Das kann ich einfach nicht, Roby. In dem Moment, wo ich mir etwas anziehe und dann daran denken muß, aus welchem Anlaß ich es anziehe, könntest du mich vom Boden abkratzen. Außerdem ist Mom nicht mehr da. Da macht es doch überhaupt keinen Sinn mehr, sie glücklich machen zu wollen. Alles, was es von ihr noch gibt, ist Asche, Roby. Warum sich also Gedanken darüber machen, wie wir aussehen?«

Jetzt war es an Roby zu weinen. Als er die Tränen nicht mehr zurückhalten konnte, ließ er sich vornüber auf Chris fallen und umarmte ihn ganz fest.

Wenn später von den Trauerfeierlichkeiten die Rede war, erinnerten sich die Leute noch am ehesten an den Empfang, der danach im Hause Marshall stattfand und der doch sehr einer Party glich. Rob selbst schien fast schon euphorisch. Er eilte von Zimmer zu Zimmer, sorgte dafür, daß alle stets frische Drinks hatten, nötigte den Gästen einen Happen oder auch zwei auf, schüttelte voller Herzlichkeit eine Menge Hände und sagte immer wieder: »Meinen Sie nicht auch, dieser Empfang hätte Maria gefallen? Sind Sie nicht mit mir der Meinung, daß sie selbst es genau so und nicht anders hätte haben wollen?«

Sein angesichts des Anlasses unangebrachter Enthusiasmus war so auffällig, daß später viele sagen sollten, es sei genau dieses Benehmen gewesen, das sie zum erstenmal glauben ließ, es könne vielleicht doch etwas dran sein an den Gerüchten, er habe etwas mit dem Mord zu tun.

Jedenfalls schwirrten die Gerüchte am Montag nachmittag überall herum.

Es gab zumindest einen Gast bei dem Empfang, der sich nicht mit Murmeln zufrieden gab. Dies war Madge Kenyon, die Frau des Anwalts Tom Kenyon. Sowohl Roby als auch Chris, die sich zu der Zeit in ganz entgegengesetzten Bereichen des Hauses aufgehalten hatten, hörten, wie plötzlich verschiedene Stimmen immer lauter wurden. Madge Kenyon brüllte.

Obwohl sie direkt vor Rob stand, schrie sie aus Leibeskräften und fuchtelte mit den Fingern vor seinem Gesicht herum. *»Es wäre besser, du hättest mit der ganzen Geschichte nichts zu tun!«*

Sie schrie noch mehr, aber das war der Satz, an den sich beide, Roby und Chris, später erinnerten. Roby war zuerst geschockt und dann wütend. Welches Recht hatte Madge Kenyon oder irgend jemand sonst, sich keine Stunde nach den Trauerfeierlichkeiten vor ihren Vater hinzustellen und ihm so einen Scheiß an den Kopf zu werfen?

Chris aber stand nur einfach da und starrte auf die Szene. *Also gibt es noch jemanden, der genauso denkt wie ich,* dachte er. Merkwürdigerweise bewirkte der Ausbruch von Mrs. Kenyon, daß er selbst sich besser zu fühlen begann. Wenn er vielleicht wirklich wahnsinnig oder krank oder einfach nur ein übler Mensch war, weil er solch üble Gedanken hegte, dann war er doch wenigstens nicht der einzige.

Roby stand am Pool und betrachtete die Menschen, die um ihn herumschwirrten (es waren mindestens 150 Gäste auf dem Empfang), und dachte: *Bald werden sie alle wieder zu Hause sein, und ich bin aufs neue allein.*

Und gegen Abend waren sie alle gegangen, auch Chris, den Onkel Gene nach Lehigh zurückgebracht hatte. Rob kam auf die Terrasse, um sich zu Roby zu setzen. In der Hand hielt er ein Glas, das jetzt fast nur noch geschmolzenes Eis enthielt. Nach seinem Gesichtsausdruck zu schließen, vermutete Roby, er wolle wieder einmal eines seiner Von-Mann-zu-Mann-Gespräche mit ihm führen.

»Roby«, begann er denn auch, »ich glaube, ich sollte dir vielleicht doch noch etwas sagen – von Mann zu Mann.«

»Was gibt es denn, Dad?«

»Die Atmosphäre ... äh ... das ... hm ... das Klima, um es mal so zu sagen, wird überall in der Stadt zunehmend negativer. Eine Menge Leute scheinen zu glauben, ich sei ... daß ich in die ganze Sache verstrickt bin.«

»Allerdings. Ich habe Mrs. Kenyon gehört. Aber das ist doch verrückt, Dad. Das ist echt hirnrissig. Und es kotzt mich an.«

»Ja, aber du kennst doch die Leute hier in der Stadt. Eine Bande von Spinnern. Hohle, materialistische Spinner. Alles, wofür die sich interessieren, ist die Höhe deines Bankkontos. Und jetzt, wo Gerüchte umlaufen, wir hätten finanzielle Schwierigkeiten, haben sie es alle furchtbar eilig, über mich herzufallen.«

»Ja ... schon. Aber zu denken, du ... daß du etwas mit Moms Tod zu tun haben könntest ... Wer kann sich nur so einen Schwachsinn ausdenken?«

»Genau darum geht es, mein Sohn. Es ist der reine Schwachsinn. Und ich weiß, daß du das weißt. Vergiß es nur nie, egal, was dir auch in den nächsten Tagen zu Ohren kommen mag.«

»Was sollte mir denn in den nächsten Tagen zu Ohren kommen können?«

»Ich weiß nicht. Noch mehr verrückte, häßliche Geschichten von Leuten, die sich selbst einen Nervenkitzel bereiten möchten, indem sie aus einer Tragödie noch einen Skandal zu machen versuchen.«

»Gut, wenn ich also noch mehr in dieser Richtung hören sollte, Dad, dann wird der, von dem ich es höre, im Handumdrehen flach auf dem Rücken liegen und in die Wolken starren.«

Rob runzelte die Stirn. »Sprich nicht so, Roby. Das ist kein anständiges Benehmen. Vergiß nie, du bist auch in einer Zeit wie dieser immer noch ein Marshall. Und das heißt in Toms River eine ganze Menge. Da gibt es vieles, worauf du stolz sein darfst und wofür zu leben sich lohnt. Bleib einfach nur stark – um meinetwillen. Und trag den Kopf hoch, egal, was auch passiert.«

»Okay, Dad. Am besten wär's, es passierte jetzt nichts mehr. Nichts Schlimmes, meine ich. Ich glaube, den augenblicklichen Zustand halte ich nicht mehr lange aus.«

»Aber natürlich wirst du das. Du bist stark. Du bist mein Sohn.« Er setzte das Glas ab und drückte Robys Schulter. »Und denk immer daran – Felice und ich werden für dich da sein, um dir über die schlimmsten Stunden hinwegzuhelfen.«

Roby konnte spüren, wie sich seine Wangen röteten. Unwillkürlich ballte er die Fäuste. »Hör zu, Dad«, sagte er.

»Ich werde stark und hart und stolz sein und alles, was du willst. Aber da gibt es eines, das du wissen solltest. Von Mann zu Mann.«

Rob lächelte seinen Sohn wohlwollend, wenn auch vielleicht ein wenig triefäugig, an. »Und das wäre?« fragte er.

»Von diesem Augenblick an«, sagte Roby, »will ich den Namen dieser Hure in diesem Haus nie wieder hören.«

Auf seinem Weg ins Bett – *die wievielte Nacht war dies eigentlich, seit seine Mutter tot war? Die dritte? Die vierte? Die tausendste?* – kam Roby an diesem Abend durch die Küche, wo eine an die Pinnwand geheftete Geschäftskarte seine Aufmerksamkeit erregte.

Der Name auf der Karte war der des Leiters der Zulassungsstelle des Stockton State College, wohin Maria Roby noch Ende August gebracht hatte, um ihn für vorbereitende Unterrichtsstunden zum nächsten Semester vormerken zu lassen. Für Roby war es nach dem Ärger in Villanova ein schwieriger Sommer gewesen. Sein Vater schien seit mindestens drei Monaten in höchstem Maße wütend auf ihn zu sein. Als wenn seine Relegation für ein Semester der größte Schandfleck der Familiengeschichte der Marshalls wäre.

Jetzt wurde ihm natürlich bewußt, daß es noch andere Quellen des Ärgers gegeben hatte, die zur Gereiztheit seines Vaters beigetragen hatten. Wie zum Beispiel eine Affäre. Und Pläne, sich von seiner Frau zu trennen. Und die Schulden. Doch während des ganzen Sommers war sein Vater ihm gegenüber kalt und unversöhnlich gewesen. Es waren die Liebe und das Verständnis seiner Mutter gewesen, die ihn aufrecht gehalten hatten.

Roby nahm die Karte von der Pinnwand herunter. Um zusätzlichen Unterricht in Stockton nehmen zu können, würde er fahren müssen, zweimal pro Tag, und jedesmal am Rastplatz Oyster Creek am Parkway vorbei. Roby wußte, daß er das niemals schaffen würde. Er warf die Karte in den Mülleimer. Als sie hinunterfiel, sah er, daß auf die Rückseite etwas von Hand geschrieben war. Er erkannte die Handschrift seiner Mutter.

Er bückte sich und hob die Karte wieder auf. Er las, was dort geschrieben stand. Es war eine Botschaft seiner Mutter an ihn.

> Unsere größte Ehre besteht nicht darin,
> niemals zu fallen,
> sondern darin, jedesmal wieder aufzustehen,
> wenn wir einmal gefallen sind.

Weinend ging Roby Marshall zu Bett. Und er fragte sich, ob seine Mutter es vielleicht irgendwie gewußt haben könnte, daß sie nicht mehr da sein werde, wenn der Unterricht begann, um ihm persönlich Mut zuzusprechen.

8. Kapitel

Am nächsten Tag zur Mittagszeit erreichte Sal Coccaro ein Anruf Robs, der ihn bat, umgehend zu ihm zu kommen.

»Ich stecke in Schwierigkeiten, alter Junge«, sagte Rob. »Ich brauche dich.«

Sal verließ unverzüglich sein Büro und fuhr zum Crest Ridge Drive. Er fand Rob mit vor Schlaflosigkeit rotgeränderten Augen und scheinbar nur Augenblicke nachdem er geweint hatte.

»Komm herein, Sal, komm herein. Laß uns ins Büro gehen. Wir müssen was besprechen.«

Sal hätte fast nein gesagt. Was auch immer jetzt kommen mochte, er wollte es nicht hören. Vor allem dann nicht, wenn er mit Rob allein war.

Aber er folgte Rob ins Büro und nahm Platz. Rob setzte sich gewohnheitsgemäß hinter seinen Schreibtisch, doch Sal kam es gleich so vor, als sei Robs Bemühen, so zu tun, als sei alles wie immer, reines Theater.

»Ich weiß nicht, was ich tun soll«, sagte Rob. »Ich mußte einfach mal mit jemandem reden. Sonst werde ich noch verrückt.« Wieder fing er an zu weinen. »Sal«, sagte er, »Sal, du mußt mir helfen. Ich kann so einfach nicht mehr weitermachen. Sal, Sal. ich vermisse sie so sehr.« Dann übermannte ihn erneut die Trauer, und er konnte nicht weitersprechen.

Sal erhob sich, trat hinter den Schreibtisch und legte Rob die Hand auf die Schulter.

»O Rob«, sagte er, »ich weiß, es muß unglaublich hart für dich sein, sie so plötzlich auf diese Art zu verlieren, auf eine so schreckliche Art. Und nun nicht nur mit deinem eigenen Schmerz fertig zu werden, sondern auch noch mit dem der Jungen. Ich fühle mit dir, Rob, glaub mir. Maria war einzigartig.«

Robs Tränen versiegten. Er rückte den Stuhl zurecht, so daß

Sals Hand jetzt nicht mehr auf seiner Schulter lag. Dann blickte er auf.

»Sal«, sagte er, »ich spreche nicht von Maria. Ich spreche von Felice.«

»Du Hurensohn«, sagte Sal leise und rückte ein Stück vom Schreibtisch ab.

»Es gibt keinen Weg, das alles ohne sie durchzustehen«, sagte Rob. »Ich brauche sie. Und ich brauche sie sofort. Sal, gäbe es doch nur eine Möglichkeit, wie ich dir die Tiefe, die ganze Schönheit unserer Liebe erklären könnte. Vielleicht wirst du eines Tages in der Lage sein, anzuerkennen, wie einzig, wie großartig sie ist.«

»Du Hurensohn«, wiederholte Sal, diesmal nicht ganz so leise.

»Sal, ich leide *körperliche Schmerzen* vor Sehnsucht nach ihr.«

Sal reichte es. Er blickte Rob direkt in die Augen und machte einen Vorschlag.

»Dann hol dir doch einen runter«, sagte er, ging aus dem Büro hinaus und knallte die Tür hinter sich ins Schloß.

Roby verließ das Haus am späten Nachmittag. Als er auf den gelben Mustang in der Einfahrt zuging, war er im Nu von etlichen Reportern umringt, die wieder einmal den ganzen Tag draußen auf der Straße gewartet hatten.

»Können Sie uns irgend etwas sagen?« fragte einer von ihnen.

»Worüber?«

»Über die Gerüchte, Ihr Vater werde in Kürze verhaftet werden.«

»Das ist doch Quatsch!« sagte Roby.

»Woher wissen Sie das?«

»Kein Kommentar. Ich glaube meinem Vater. Mehr habe ich nicht zu sagen.«

»Wußten Sie, daß Ihr Vater ein Verhältnis mit einer anderen Frau hatte?«

»Was ist mit seiner Spielleidenschaft?« schrie ein anderer. »War er sehr hoch in den Casinos verschuldet?«

»Wußte Ihre Mutter von dem Verhältnis?«

»Hören Sie«, sagte Roby, und nur die Höflichkeit, die ihm seine Mutter so von Grund auf anerzogen hatte, hielt ihn davon ab, die Reporter einfach beiseite zu schieben, ins Auto zu steigen und die Tür hinter sich zuzuknallen, »hören Sie, ich habe keinerlei wie auch immer gearteten Kommentar abzugeben, und ich möchte Sie alle ernsthaft bitten, die Familie jetzt in Ruhe zu lassen. Nur eines lassen Sie mich Ihnen sagen: Mein Vater hat mit dem Tod meiner Mutter nicht das Geringste zu tun.«

»Was macht Sie da so sicher?«

»Wenn Sie ihn kennen würden«, sagte Roby, »würden Sie selbst einsehen, wie unsinnig ein solcher Gedanke ist.« Dann sprach er mit sanfterer Stimme weiter, und es war keine Verteidigung mehr, sondern Erinnerung: »Sie hätten ihn nur einmal mit meiner Mutter zusammen sehen müssen. Es war wie ein Stück aus einem Märchenbuch.« Er stand in der Auffahrt und schien ins Leere zu schauen. In seinen Augen konnten die Reporter Tränen sehen. Ihre Neugier versiegte.

Spät in der Nacht saß Rob hinter geschlossener Tür in seinem Büro, schaltete einen Recorder ein, in dem sich eine leere Kassette befand, und stellte ihn direkt neben einen zweiten Recorder, aus dem gerade ein Song ertönte.

Der Song hieß ›Lady‹ und wurde gesungen von John Denver, einem der von Rob bevorzugten Sänger. Nach etwa dreißig Sekunden Musik schaltete er den Song aus und begann mit leiser, zärtlicher Stimme zu sprechen.

»Hi, Baby«, sagte er. »Mir fiel kein passenderer Song ein und auch keine passenderen Worte als diese hier. Ich liebe dich noch immer so sehr. Ich wollte, daß du wieder einmal etwas von mir hörst, und ich schätze, dies ist für eine gewisse Zeit die einzige Möglichkeit, miteinander Kontakt zu halten.

Ich weiß, daß dein Anwalt dir geraten hat, sich von mir fernzuhalten, und Ray DiOrio hat mir ebenfalls davon abgeraten, Kontakt zu dir aufzunehmen. Ich habe ihn wegen eines Tonbandes gefragt, und er sagte – also, er sieht das so: Wann immer man ihn so etwas fragt, stellt er sich immer zuerst die Frage nach Nutzen und Schaden, und in diesem Fall wußte er auch nicht, was schwerer wiegen könnte. Er meinte: ›Ich sage nicht, tun Sie es oder tun Sie es nicht, also tun Sie, was Sie für richtig halten‹.

Mir war, als müsse ich einfach mit dir reden, um dir zu sagen, daß ich dich liebe . . .« Er schluchzte. »So sehr. Und ich fühle mich so schrecklich . . .« An dieser Stelle versagte ihm kurz die Stimme. »Welches Leid dir widerfahren ist! Daß du von der Polizei festgenommen worden bist und mit all diesen Verdächtigungen konfrontiert worden bist, von denen wir nicht einmal wußten, daß sie existierten. Und wegen der fürchterlichen Szene, die es bestimmt zu Hause bei dir gegeben hat, als David davon erfuhr . . .

Die Gerüchte überschlagen sich offenbar, aber du mußt jetzt wissen, Baby, daß ich Maria niemals in dieser Weise hätte verletzen können, wenn wir beide auch drauf und dran waren, sie sehr zu verletzen, indem ich sie verlassen wollte – aber das doch nicht! Niemals! Sie hätte sich doch um die Jungen kümmern müssen. Das kann niemand so gut, wie sie es gekonnt hätte. Aber jetzt bin ich alleine bei ihnen, und ich hoffe natürlich, daß *wir beide* noch ein gemeinsames Leben haben werden, wenn sich hier der Staub erst einmal gelegt haben wird.

Das wünsche ich mir mehr als alles, mehr als alles in der Welt. Ich möchte für dich sorgen, und ich möchte deine Liebe, und das Schönste ist, daß ich – ich glaube, es war am Samstag – mich mit Roby und Chris zusammengesetzt und ihnen von uns erzählt habe, wobei ich ihnen auch gesagt habe, daß das Problem schon existierte, bevor wir beide uns begegnet sind – daß ihre Mom und ich Probleme miteinander hatten und daß wir ohnehin wahrscheinlich nicht mehr lange zusammengeblieben wären, und dann habe ich ihnen von meinen Gefühlen für dich erzählt und wie sie langsam gewachsen sind und von welch besonderer Art unsere Beziehung war, und sie haben das wirklich verstanden. Sie waren eine unglaubliche Hilfe.

Roby hat gesagt: ›Dad, wenn es das ist, was du willst, dann

ist es auch das, was wir wollen.‹ Und Chris hat ihn in dieser Haltung bestärkt. John, also dem habe ich das alles ein klein wenig anders erklärt, ohne allzu viele Details natürlich, aber Johnny war . . . natürlich haben sie alle geweint.«

An dieser Stelle begann auch Rob wieder zu schluchzen. »Es ist so schwer für sie, das zu verstehen.« Seufzer. »Das ist mir bewußt. Aber sie haben gesagt, sie verstünden es, und sie haben gesagt, sie liebten mich trotzdem weiter, und sie haben gesagt, sie liebten mich nur um so mehr, weil ich es ihnen gesagt habe. Es war unglaublich. Du würdest ungeheuer stolz auf sie sein.« Diesmal seufzte er ein wenig länger.

»Angesichts der Gerüchte, die überall die Runde machen, beobachtet man mich ganz genau und bezieht mich in die Ermittlungen mit ein. Ray DiOrio und Gene Leahy haben mir gesagt, die Tatsache, daß wir das ganze Jahr hindurch ein Verhältnis gehabt haben, und weiter die Tatsache, daß es eine Lebensversicherung gibt und ich zudem auch noch in Schulden stecke, das alles zusammen würde natürlich den Verdacht begründen, ich könnte etwas mit dem Mord zu tun haben – es würde ein Motiv hergeben, mit anderen Worten.

Aber das sind nur Indizien. Und wenn ich mal unterstelle, daß das alles ist, was sie finden – und es ist ja auch alles, was gefunden werden könnte –, werden sie mich auch nicht vor Gericht stellen. Aber offensichtlich bemühen sie sich sehr, mehr zu finden.

Man redet jetzt über uns, Baby, und also werden wir jetzt die Zähne zusammenbeißen müssen. Es tut mir wirklich aufrichtig leid, daß das bekannt geworden ist, aber nächste Woche wäre es ohnehin herausgekommen. Die Ironie des Schicksals hat es gewollt, daß Maria, wie ich herausgefunden habe, mich demnächst mit ihren Beweisen, die sie gesammelt hat, konfrontieren wollte. Und der Gipfel der Ironie ist, daß das alles gar nicht passiert wäre, wenn mir das jemand vorher erzählt hätte. Aber man hat mich nun mal nicht über ihre Nachforschungen informiert. Und nun stehen wir da.

Der Grund meiner Kassette ist nicht, das alles noch einmal aufzurollen, sondern dir zu sagen – wie sehr ich dich liebe und wie viel ich an dich denke und natürlich, wie schrecklich ich mich beim Gedanken an Maria fühle.

Ich möchte, daß du weißt, daß du über Wege nachdenkst, wie du mir antworten kannst, entweder, indem du Kassetten an mein Büro schickst, wenn du magst, oder wir holen uns ein anderes Postfach – ist mir gerade so eingefallen –, weil der Schlüssel im Wagen lag, genau wie der Schlüssel zum Wertpapierfach auch.

Ich will den Wagen nicht mehr wiedersehen. Ich habe Pete Critelli schon gesagt, er solle ihn verkaufen, sobald er wieder freigegeben wird, und dann kaufe ich mir einen anderen. Und du mußt mir sagen, wie es bei dir in Sachen Auto aussieht. Laß es mich also wissen, und wenn du etwas brauchst, werden wir das schon regeln.

Ich plane im einzelnen, Pete den Kombi zurückzugeben und mir selbst etwas Kleineres zu kaufen, und wenn du ein Auto benötigst, Baby, nehmen wir den Verkaufserlös aus den beiden Autos, dann kriegen wir schon etwas für uns beide. Laß mich also wissen, was du vorhast.

Wenn du mir einen Brief schreiben oder mir eine Kassette schicken willst, kannst du das über das Büro tun oder es mir irgendwie anders zukommen lassen. Ich wünsche mir mit aller Kraft, auf diese Weise mit dir zu reden, wenn wir schon nicht auf andere Art miteinander sprechen können, einfach um – um deine Stimme zu hören, zu wissen, daß ich mich auf eine Weise mit dir unterhalten kann, die für uns immer so heilsam war, uns so viel Entspannung gegeben hat, solch eine wundervolle Möglichkeit – geradezu ein ›Bewußtseinsstrom‹, wie es einmal ein kluger Mann ausgedrückt hat, den ich sehr verehre.

Nun denn, Baby ...« Pause. »Ich fühle mich ganz benommen. Fast so ...« Wieder eine Pause, diesmal etwas länger, und dann flüsterte er: »Ich hoffe, ich stehe das alles durch.«

Als er nach einer weiteren Pause fortfuhr, klang seine Stimme gefestigter. »Ich bin Gott ein Stück nähergekommen«, sagte er, »viel näher, und ich bin zuversichtlich, daß wir beide mit Gottes Hilfe das alles durchstehen und schon bald das Licht am Ende des Tunnels sehen werden. Ich will nicht, daß du dich von Gott abwendest. Ich möchte, daß du ihn um Hilfe bittest. Laß es uns gemeinsam tun. Ich will, daß unser beider Leben gut und anständig ist, und ich will anderen Menschen helfen. Dies habe ich fest versprochen, als ich Gottes Hilfe erfleht habe, um dies alles durchzustehen. Ich hoffe, du wirst mir in diesem Versprechen folgen, Baby. Ich liebe dich von ganzem Herzen. Doch das weißt du ja.«

Als Roby am Dienstagabend heimkehrte, ging ein feiner Sprühregen nieder. Vor dem Haus harrten noch immer etliche Reporter aus. Eine junge Frau im Regenmantel löste sich aus der Meute und kam auf ihn zu.

»Wie fühlen Sie sich denn?« fragte sie.

»Soweit ganz gut.«

»Hätten Sie nicht Lust auf einen kleinen Spaziergang?«

»Auf was?«

»Einen Spaziergang. Nur mal um den Block. Sehen Sie, ich weiß doch, wie schwer das alles für Sie sein muß. Aber ich bin nicht wie die anderen. Ich will nicht einfach nur eine Story haben. Ich möchte viel eher eine wirkliche Freundin werden.«

»Meine Freundin, wie?« Roby grinste. »Und das nur wegen meines verdammt guten Aussehens, oder sollte ich Ihr Angebot etwa meinem unwiderstehlichen Charme verdanken?«

Die Reporterin lächelte zurück.

»Oh, ich weiß nicht«, sagte sie, »vielleicht ein bißchen von beidem. Ich dachte mir nur, Sie könnten sich vielleicht jemanden Ihres eigenen Alters wünschen, mit dem Sie mal reden können. Nicht über das hier, wenn Sie nicht wollen. Über irgendwas. Oder auch über nichts.«

Roby ging auf sie zu und streckte die Hand aus. Die Knöpfe ihres Regenmantels standen offen, und er zog die eine Hälfte des Mantels zur Seite, so daß darunter ein Recorder sichtbar wurde.

»Seien Sie vorsichtig«, sagte er, »Sie wollen doch sicher nicht, daß das gute Stück naß wird.« Und damit ging er ins Haus.

Am Donnerstag nachmittag, dem 13. September, rief Felice in Sal Coccaros Büro an und sprach mit seiner Sekretärin. »Sagen Sie ihm bitte, es sei sehr persönlich«, sagte sie. »Ich muß unbedingt mit ihm reden. Er weiß dann schon Bescheid. Meinen Namen kann ich Ihnen nicht sagen. Morgen um vier Uhr rufe ich wieder an.«

Am Freitag um vier Uhr war er anwesend und wartete auf ihren Anruf, um sich das Vergnügen zu gönnen, sofort den Hörer auf die Gabel zu knallen. Während er so saß und wartete, mußte er daran denken, wie gut ihm jetzt ein kühles Bier in der Kantine des Büros munden würde. Er hatte dringend vor, sich eines zu genehmigen, sobald er erst den Hörer auf die Gabel geknallt hatte.

»Bevor Sie einhängen«, sagte sie, »möchte ich Sie eines fragen. Würden Sie Rob eine Nachricht von mir übermitteln?«

»Felice«, sagte er, »ich maße mir keinerlei moralisches Urteil über andere an, aber ich möchte Ihnen dasselbe sagen, was ich auch Rob schon gesagt habe. Ich habe nicht vor, mich da in etwas hineinziehen zu lassen. David ist auch mein Freund, und ich werde den Teufel tun, hinter seinem Rücken als Zwischenträger für irgendwelche Nachrichten zwischen Ihnen und Rob zu fungieren. Ist Ihre Frage damit ausreichend beantwortet?«

Felice jedoch war im Umgang mit Männern sehr versiert, und es dauerte nicht lange und sie hatte Sal davon überzeugt, »nur dieses eine Mal« eine »sehr eilige und ganz einfache Nachricht« an Rob zu übermitteln.

»Na schön, Felice, in Ordnung. Und worum handelt es sich?«

»Sind Sie bereit?«

»Ja, verdammt noch mal, ich bin bereit, Felice. Wie heißt also die Nachricht?«

»Sagen Sie ihm, daß ich ihn liebe.«

Es entstand eine kurze Pause.

»Das ist alles?« fragte Sal. »Sie lieben ihn?«

»Das ist alles, Sal. Sagen Sie ihm, daß ich ihn liebe.«

»Himmel, Arsch und Zwirn, Felice, wenn das alles ist, dann hätten Sie ihm genausogut ein singendes Telegramm schicken können statt hier solch geheimnisvollen Mist abzuziehen.«

»Sal?«

»Was noch?«

»Wann können Sie es übermitteln?«

»Bald, Felice, bald.«

»Aber persönlich, Sal. Es muß unbedingt persönlich sein. Wir glauben, daß auch Ihr Telefon überwacht wird.« Damit hängte sie ein. Na gut, in drei Teufels Namen, dachte sich Sal Coccaro, vielleicht hatte ja auch Rob noch ein kaltes Bier im Kühlschrank.

Um halb fünf traf er am Crest Ridge Drive ein, genau in dem Augenblick, als auch Rob und Roby von ihrem Frühstück bei *Perkin's Pancakes* zurückkehrten. Rob hatte wieder seine alte Angewohnheit angenommen, die ganze Nacht am Schreibtisch zu verbringen und dann bis zum Nachmittag durchzuschlafen.

Roby ging hinein, während Rob und Sal sich auf ein paar Eisenbahnschwellen setzten, die am Rand der Auffahrt eine Art Bank bildeten.

»Felice hat mich angerufen«, sagte Sal. »Sie hatte eine Botschaft für dich.«

Rob begann auf der Stelle zu zittern. Sein Gesicht wurde bleich. »Wie lautet die Botschaft?« flüsterte er.

»›Sagen Sie ihm, daß ich ihn liebe‹, hat sie gesagt«, erwiderte Sal laut und deutlich.

»O mein Gott, o mein Gott!« In einer Geste, die Sal inzwischen zur Genüge kannte, legte er den Kopf in die Hände und fing an zu seufzen und zu zittern. Sal zündete sich eine Zigarette an und wartete ab.

»Ich bin ja so erleichtert«, sagte Rob mit tränenüberströmtem Gesicht, »so erleichtert.«

»Wie redet die überhaupt, verdammt noch mal. Ist das vielleicht so eine Art Code?« sagte Sal. »Stell dir vor, sie hätte gesagt: ›Ich wünsche dir einen angenehmen Tag.‹ Dann hätte ich wohl den Krankenwagen rufen müssen, wie?« Er erhob sich und warf die Zigarette achtlos weg.

»Sprich doch nicht so laut«, sagte Rob. »Ich glaube wirklich, die Polizei überwacht das Haus.« Er blickte zu den Bäumen empor, die noch immer ihren vollen Blätterschmuck trugen.

»Aber jetzt weiß ich doch wenigstens, daß sie nicht zu David zurückgegangen ist.«

»Heh, Rob, schon mal was von Beruhigungsmitteln gehört? Schon mal was davon gehört, daß man vielleicht sogar schon vor Mitternacht ins Bett gehen könnte?«

Aber Rob schien gar nicht mehr zuzuhören. Noch immer zitterte er an allen Gliedern und mit einem Blick zu der dichten grünen Baumkrone, die die Straße beschattete, rief er laut: »*Wo immer ihr auch seid – hört mir zu! Ich habe – verdammte Scheiße – meine Frau nicht umgebracht!*«

Oben öffnete Roby das Fenster seines Schlafzimmers und sah auf seinen Vater herunter. »Er wird schon wieder normal werden«, rief Sal zu ihm hinauf. »Du mußt ihn nur ein bißchen unter die kalte Dusche stellen.« Dann machte Sal sich auf den Weg zur Kantine, wobei er sich fragte, wie es eigentlich hatte dazu kommen können, daß er und Rob Marshall Freunde geworden waren.

Felice zog in ein Häuschen am Strand und entdeckte schon sehr bald, daß sie sich nach Robs Gesellschaft genauso verzweifelt sehnte wie er sich nach der ihren. Ohne sich um die Anweisungen ihres Anwalts zu kümmern, rief sie ihn an. Ohne sich um Ray DiOrios Anweisungen zu kümmern, kam Rob auf der Stelle angelaufen, als sie nach ihm rief.

Den Großteil der folgenden Woche waren sie unzertrennlich. Sehr zum Leidwesen der Jungen verbrachte sie sogar viel Zeit im Haus der Marshalls. Auf jeden Fall aber saß sie dort am Nachmittag des 21. September, einem Freitag, zusammen mit Rob und seinem alten Freund aus College-Tagen, Paul Kennedy, der ebenfalls ein häufiger Besucher geworden war.

Die drei nahmen gerade einen Drink, als das Telefon klingelte. Am Apparat war ein gewisser Detective McGuire von der Staatsanwaltschaft. McGuire bat darum, vorbeikommen und mit Rob sprechen zu dürfen.

»Wir wollen gerade ausgehen«, sagte Rob.

McGuire ließ nicht locker und versicherte, er rufe von einer

Telefonzelle nur wenige Straßen weiter an und könne in fünf Minuten da sein. Es werde auch nicht lange dauern. Da sei nur noch ein Punkt zu klären, wobei Rob ihm wahrscheinlich helfen könne.

»Na schön, meinetwegen«, sagte Rob. »Kommen Sie also her.«

Sobald er aufgelegt hatte, rief er Paul Kennedy in die Küche. Er bat Paul, mit Felice eine kurze Spazierfahrt zu unternehmen. »Fahr ins Einkaufszentrum! Kauf ihr irgend etwas! Alles. Aber mach schnell!« Er dachte, es würde sicher keinen guten Eindruck bei der Polizei machen, wenn sie Felice hier im Haus antreffen würde. Aber davon wollte Felice nichts wissen. »Zum Teufel«, sagte sie, »wozu wegrennen? Ich habe nichts zu verbergen.«

In Wirklichkeit kamen dann zwei Detectives – McGuire, ein munterer, kräftig gebauter junger Mann, und Murray, klein, gedrungen, vornehm gekleidet und ebenfalls noch jung. Sehr angenehme Männer, alle beide. McGuire und Felice kannten einander schon. Er war derjenige gewesen, der Felice am Tag des Mordes zur Venehmung gebracht hatte. Rob war wieder ganz der aufmerksame Gastgeber, bot Drinks an (die sie dankend annahmen) während Rob sich einen *Cuba Libre* mixte, und rief Roby herunter. Dann führte er seine Gäste durch das Haus.

Sie kamen in das Wohnzimmer, und die beiden Detectives gaben sich noch immer betont unverbindlich und freundlich. »Tut mir wirklich leid, Sie so praktisch ohne Vorankündigung belästigen zu müssen«, sagte McGuire, »aber wir hatten gerade ganz in der Nähe zu tun, und – hm – es sind bestimmte Namen im Zuge unserer Ermittlungen aufgetaucht, und da dachten wir uns, Sie könnten uns vielleicht bei der Identifizierung dieser Leute behilflich sein.«

»Alles, was Sie wollen, Gentlemen. Ich bin nicht weniger interessiert als Sie, der Sache auf den Grund zu kommen.«

McGuire fischte ein kleines Notizbuch aus der Jackentasche und blätterte es schnell durch. »Ah«, sagte er, »da haben wir's ja schon. Sagt Ihnen der Name Ernest oder Ernie Grandshaw aus Shreveport, Louisiana, etwas, oder haben Sie vielleicht schon einmal mit einem Mann dieses Namens zu tun gehabt?«

Später vermerkte McGuire in seinem offiziellen Bericht, Rob habe bei der Nennung dieses Namens »sichtlich geschockt« gewirkt »wie jemand, dem man gerade eine schlechte Nachricht überbracht hat«.

Er wurde blaß, und die Hand, die das Glas hielt, begann zu zittern. Es ergab sich allerdings ein Widerspruch hinsichtlich der Erinnerung daran, ob er den Inhalt des Glases nun verschüttet hatte oder nicht, aber McGuire beharrte darauf, »daß die Bewegungen seiner Hand so waren, daß ich zumindest dachte, er werde den Inhalt seines Glases gleich verschütten.«

Jedenfalls schwand die Maske des liebenswerten Gastgebers von einem Augenblick auf den anderen. »Wie Ihnen ja sicher bekannt ist, Gentlemen«, sagte Rob in sehr viel ernsterem, geradezu steifem Tonfall, »werde ich in dieser Angelegenheit von Mr. DiOrio vertreten. Er hat mir geraten, nein, mehr noch, er hat mir aufgetragen, auf keine Fragen zu antworten, die mir von irgend jemandem gestellt werden könnten. Und ich fürchte, das schließt auch Vertreter der Staatsanwaltschaft ein.«

Rob setzte seinen Drink auf der nächst erreichbaren ebenen Fläche ab. Dabei zitterte seine Hand dermaßen, daß das Glas klirrte. Außerdem schien ihn ein plötzliches Nervenzucken überfallen zu haben. Seine dünnen Lippen, die er jetzt, als er aufgehört hatte zu reden, fest aufeinander preßte, verzogen sich ganz unnatürlich nach einer Seite hin.

»Und was ist mit L'Heurex?« fragte McGuire, »einem gewissen Ferlin L'Heureux, ebenfalls aus Shreveport?«

»Gentlemen, wie ich Ihnen schon sagte, hat mich mein Anwalt, Raymond DiOrio, angewiesen, keinerlei Fragen zu beantworten, die irgendeinen Aspekt der Umstände des Todes meiner Frau betreffen könnten. Und ich bin wirklich nicht der Meinung, daß Sie angemessen handeln, wenn Sie hier auf Fragen dieser Art bestehen, nachdem ich Sie davon in Kenntnis gesetzt habe. Und bevor dies jetzt so weitergeht, müßte ich mich zuvor mit meinem Anwalt besprechen. Bis zu dem Augenblick, wo ich dazu die Gelegenheit hatte, fürchte ich, muß ich diese Befragung als beendet ansehen.«

McGuire nickte verbindlich. »Schon gut«, sagte er. »Ich dachte nur, wir könnten ja mal fragen.«

Nachdem sie gegangen waren, kam Roby zu seinem Vater und fragte: »Dad, was hatte das zu bedeuten?«

Rob schien überaus erregt, beinahe fassungslos. »Nichts! Es hatte nichts zu bedeuten. Ich weiß gar nichts.«

»Warum fragen sie dich nach Leuten aus Louisiana?«

»Herrgott noch mal, Roby, ich sag' dir doch – ich weiß es nicht.«

»Du kennst sie doch nicht, oder?«

»Natürlich kenne ich sie nicht. Ich war in meinem ganzen Leben noch nie in Louisiana. Felice, laß uns gehen. Ich muß hier raus. Laß uns zu dir gehen.«

Die Rechnung, die Rob schließlich von Raymond DiOrio erhielt – eine Rechnung über viertausendsiebenhundertfünfzig Dollar – führte den 16. September, das war fünf Tage vor dem Besuch von McGuire, als den letzten Termin auf, zu dem DiOrio noch für Rob tätig war.

Als Rob daher am Morgen, nachdem er wegen der beiden Leute aus Louisiana befragt worden war, zu der Überzeugung kam, es könne nicht schaden, einen Anwalt zu Rate zu ziehen, fuhr er zu einem Strafverteidiger namens Carl Seely. Seely lebte in einem in New Jersey gelegenen Vorort von Philadelphia und praktizierte sowohl in Pennsylvania als auch in New Jersey. Er hatte sich als Anwalt von Leuten einen Namen gemacht, die von den verschiedensten Anklagebehörden verdächtigt wurden, Kontakte zum organisierten Verbrechen zu unterhalten.

»Durch gemeinsame Freunde«, wie Seely später sagte, war er Rob als DiOrios Nachfolger empfohlen worden. Weder Rob noch DiOrio äußerten sich je wirklich klar und eindeutig zu den Umständen, die dazu geführt hatten, daß sie sich so sang- und klanglos schon nach einer Woche wieder getrennt hatten. In die Kanzlei des Anwalts Seely, die Rob am Samstag morgen, dem 22. September, aufsuchte, wurde er jedenfalls von Felice gefahren.

Nach einer ausgedehnten Besprechung fuhr sie ihn nach Toms River zurück. Unterwegs aßen sie in einem mexikanischen Restaurant zu Mittag. Danach verbrachten sie die Nacht gemeinsam in ihrem Haus am Strand.

Sie waren noch immer am Strand, als am Nachmittag des nächsten Tages im Hause Marshall das Telefon läutete. Roby nahm den Hörer ab.

»Robert Marshall bitte«, sagte eine Stimme mit deutlichem südlichen Akzent.

»Senior oder junior?« fragte Roby.

»Senior.«

»Der ist nicht im Moment hier«, sagte Roby. »Kann ich etwas ausrichten?«

»Ja, das können Sie«, sagte der Mann am anderen Ende, »aber Sie sollten dafür sorgen, daß er es schnellstens erfährt.«

»Okay. Ich glaube, ich weiß, wo ich ihn erreichen kann.«

»Dann sagen Sie ihm, er soll so schnell wie möglich Ernie Grandshaw in Shreveport anrufen. Sagen Sie ihm, es ist dringend. Wirklich dringend.« Der Mann hinterließ noch eine Telefonnummer und hängte dann ein.

Roby rief Felices Nummer an, aber da meldete sich nur der Anrufbeantworter. Er hinterließ folgende Nachricht: *»Dad, hier ist Roby. Ein Mann namens Ernie Grandshaw hat gerade aus Shreveport, Louisiana, angerufen. Er sagte, du sollst ihn umgehend zurückrufen. Es sei sehr dringend.«* Es entstand eine kurze Pause. Dann fuhr Roby fort: *»Dad? Was hat das alles zu bedeuten? Du hast doch der Polizei gerade erst gesagt, du kennst niemanden in Louisiana.«*

Rob erhielt die Nachricht erst am späten Nachmittag, als er und Felice nach einem langen Spaziergang Hand in Hand am Strand entlang zurückkehrten.

Der Tag war schon anstrengend genug gewesen, denn Rob hatte sich dazu aufgerafft, Felice zu erklären, daß seine finanzielle Situation weitaus ernster war, als er sie zunächst hatte glauben lassen. Hinsichtlich seiner Schulden, gestand er, befinde er sich in einer prekäreren Lage, als er ihr bisher erklärt hatte. Einer sehr viel prekäreren Lage.

Als er daher die telefonische Nachricht erhielt, nahm er sie alles andere als gelassen auf. Schnell erzählte er Felice eine Geschichte von einer hohen Wette, die er auf ein Basketballspiel mit einem Burschen aus Louisiana abgeschlossen habe – verflixt, das sei ihm am Freitag gar nicht mehr in Erinnerung gewesen, als McGuire ihn befragt hatte – und daß er jetzt Geld hinschicken müsse, um die Wette zu bezahlen. Das sei es wohl gewesen, worum es bei dem Anruf gegangen sei. Irgend etwas mit dieser dämlichen Wette, die er da abgeschlossen hatte. Dann sprang er in seinen Wagen und fuhr mit hoher Geschwindigkeit über die Brücke zurück.

»Robby? Robby!« schrie er schon, als er zur Tür hereinstürmte. »Um wieviel Uhr kam dieser Anruf? Was hat er sonst noch gesagt?«

»Dad, ich denke, du kennst keinen Ernie Grandshaw in Shreveport.«

»Mach dir mal keine Gedanken. Ich habe ihn nur einmal getroffen. Nichts von Bedeutung. Hör zu, Roby, ich möchte jetzt *genauestens* wissen, was er gesagt hat und wie er es gesagt hat.«

»Alles, was er gesagt hat, war die Botschaft, die ich dir weitergegeben habe. Aber Dad . . .«

»Hör mal zu, Roby, ich habe diesen Mann einmal vor langer Zeit getroffen, ich glaube, es war im Frühjahr auf irgendeiner Party, einem Hochzeitsempfang oder so was, glaube ich. Er war ein großer Sportfan. Basketball. Auf dem Fernseher über der Bar wurde ein Match aus der Play-off-Runde der Nationalliga übertragen. Wir haben eine Wette abgeschlossen, einfach nur, um ein bißchen Spannung hineinzubringen. Er hat die Wette gewonnen, und ich habe ihm das Geld telegraphisch angewiesen. Das ist alles. Das ist die einzige Gelegenheit gewesen, bei der ich diesen Mann überhaupt je gesehen habe. Ich weiß beim besten Willen nicht, warum er mich angerufen hat oder warum ich ihn zurückrufen sollte.«

Roby starrte seinen Vater mit offenem Mund an. Das alles ergab doch gar keinen Sinn. Ihm gefiel das nicht. Er machte sich Sorgen. »Dad«, sagte er, »du hast dir doch noch nie in deinem Leben ein Basketballspiel der Profiliga angesehen. Ich wette, du kennst nicht einmal zwei Teams der Nationalliga beim Namen.«

Rob erwiderte nichts. Er ging in sein Büro und schloß die Tür hinter sich. Mehrere Stunden lang telefonierte er dann bis in die Nacht hinein.

Unter denen, die er dabei anrief, war auch Gene Leahy. »Es könnte dir zu Ohren kommen, daß ich Geld nach Louisiana geschickt habe«, sagte er. »Damit habe ich eine Wette bezahlt, die ich auf ein Basketballspiel abgeschossen hatte. Das ist alles. Ich habe mit einem Mann um dreitausend Dollar auf ein Spiel der Nationalliga gewettet und verloren. Deshalb habe ich ihm das Geld telegraphisch überwiesen.«

Gene kam das höchst merkwürdig vor. Er hatte noch nie gehört, daß Rob Interesse an Basketball hatte. Und selbst wenn, wieso machte er sich dann – neben allem anderen, was zur Zeit vorging – die Mühe, ihm zu erzählen, daß er eine Wette an jemanden in Louisiana bezahlt hatte?

Am folgenden Mittwoch, dem 26. September, wurde bekannt, daß eine Große Strafkammer der Ocean County einen Angestellten einer Eisenwarenhandlung in Louisiana der Verschwörung zur Ermordung der Maria Marshall angeklagt hatte.

Diese Neuigkeit traf selbst jene in Toms River völlig unvorbereitet, die felsenfest davon überzeugt waren, wie die Spinne im Netz im Zentrum des Gewebes aus Gerüchten und Verdächtigungen zu sitzen. *Louisiana?* Das brachte ja eine ganz neue Dimension in die Geschichte. Dies war eine bizarre Wende, die dem Tod der Schwimm-Team-Mutter des Jahres von Toms River eine exotische Note verlieh, die ihr Leben nie gehabt hatte.

Louisiana? Roby Marshall sagte: »Ich konnte Louisiana nicht einmal auf der Landkarte finden.«

Genauso überraschend war für die wenigen, die – wie Roby – Kenntnis von den Ereignissen der letzten Woche und des Wochenendes hatte, der Name des Angeschuldigten. Er lautete nämlich nicht Grandshaw und auch nicht L'Heureux. Der Angeschuldigte hieß Andrew Myers, und er war gegen eine Kaution in Höhe von einskommafünf Millionen Dollar auf freiem Fuß, durfte aber Shreveport nicht verlassen.

Er war siebenundvierzig Jahre alt, hieß es in dem Zeitungsartikel, und er lebte in einem Vorort von Shreveport mit Namen Bossier City. Er arbeitete in einem Eisenwarengeschäft in Caddo Parish. Mit seiner Frau Vivian und ihrer Tochter aus einer früheren Ehe lebte er in einem einstöckigen Landhaus mit sauber gepflegtem Rasen im Vorgarten.

Wie es eine Zeitung formulierte:

> Die Verwirrung auf der Imperial Lanes-Bowlingbahn in Bossier war bezeichnend für die Reaktion aller Freunde, Nachbarn und seines Chefs, als sie von seiner Verhaftung erfuhren. »Es kam in den Sechs-Uhr-Nachrichten, daß er verhaftet worden war, und zu dem Zeitpunkt war Vivian hier, um Bowling zu spielen«, erinnerte sich Barry Atkin hinter seinem Tresen im Clubhaus. »Wir sind alle schockiert. Wir wissen nicht, was wir davon halten sollen.«

Die Neuigkeit über die Anschuldigung gegen Myers war nur der letzte in einer ganzen Reihe von Schocks, die Rob Marshall in dieser letzten Woche hatte aushalten müssen. Da war zunächst McGuire mit seinen Fragen gewesen, dann der Anruf aus Louisiana; nur zwei Tage später hatte Felice ihn wissen lassen, daß es aus sei mit ihnen beiden und daß sie ihn nie wieder sehen, nie wieder etwas von ihm hören und nie wieder etwas mit ihm zu tun haben wolle. Sie sagte, es sei offenkundig, daß er sie bezüglich Louisiana belogen habe, und gelogen habe er auch in der Frage, wie gravierend seine finanziellen Probleme wirklich seien, und da sie immer davon ausgegangen sei, ihre

Beziehung beruhe vor allem auf völligem gegenseitigem Vertrauen und totaler Aufrichtigkeit, sehe sie sich außerstande, diese noch weiter fortzusetzen. Allerdings verschwieg sie, daß sie sich auf Anraten ihres Anwalts zu diesem Schritt entschlossen hatte.

Rob fuhr am Donnerstag nachmittag nach Red Bank und verkaufte sein Boot für sechstausend Dollar an Joe Moore, damit er ein wenig Geld in die Finger bekam, um wenigstens Carl Seelys Vorschuß zu bezahlen. Später rief er zu Hause an und fragte seine Haushälterin nach Seelys Telefonnummer. Dann telefonierte er mit jedem seiner Söhne. Und das war das letzte, was man von oder über Rob Marshall bis zum nächsten Morgen, Donnerstag, dem 27. September, hörte.

9. Kapitel

Sal Coccaro, ein Frühaufsteher, vernahm die Neuigkeit in den Sechs-Uhr-Nachrichten. Rob lag im Hospital von Point Pleasant, nachdem er eine Überdosis Schlaftabletten geschluckt hatte. Er war außer Lebensgefahr. Sal fuhr umgehend zum Haus der Marshalls und fand zum zweitenmal in weniger als drei Wochen Robby und John fassungslos und wie benommen.

»Er hat mich letzte Nacht angerufen«, sagte Roby. »Ich wußte sofort, daß etwas nicht stimmte. Ich konnte es an seiner Stimme hören. Mein Gott, warum habe ich nichts getan? Ich hätte ihn davon abhalten können.« Roby hämmerte mit der Faust gegen die Wand.

»Schmink dir das ab, Roby«, sagte Sal. »Fang erst gar nicht an, dir Vorwürfe zu machen. Du hast genug echte Probleme, ohne daß du dir künstlich neue schaffst. Nichts von dem, was seit dem 7. September passiert ist, ist deine Schuld, oder die von Chris oder gar John. Das soll nicht heißen, daß ihr nicht etwa unter den Folgen zu leiden hättet, aber nun macht es doch um Himmels willen nicht schlimmer, als es ohnehin schon ist. Und jetzt laßt uns ins Auto steigen und losfahren, damit wir mal nachsehen, was da wirklich los ist. Was, zum Teufel, hat er überhaupt in Point Pleasant verloren? Wieso ist er nicht in der Ocean County?«

Während John Marshall die ganzen fünfzehn Meilen über in absolutem, eisigem Schweigen versunken dasaß, erklärte Roby, sein Vater habe ihn vergangene Nacht auf der Arbeit angerufen. Roby arbeitete abends bei *Feet First*, einem Schuhgeschäft im Einkaufszentrum, während er tagsüber Unterricht am Ocean County College hatte.

»Er war oben in der Monmouth County«, sagte Rob. »Da hat er von Red Bank aus angerufen. Er sagte, er sei in Geschäften dort und werde über Nacht bleiben. Aber er hat nicht ehrlich geklungen, sondern ausgelaugt und leblos. Und dann sagte er – er sagte: ›Ich wollte nur mal deine Stimme hören.‹ Da hätte ich doch etwas merken müssen, und ich habe auch etwas gespürt. Ich habe Todesängste ausgestanden. Ich hätte dich fast angerufen. Aber dann habe ich mir gesagt, nein, nein, habe ich mir gesagt, komm, reiß dich zusammen, Roby, flipp jetzt bloß nicht aus. Du verstehst, ich wollte nicht hysterisch erscheinen. Siehst du, das war mein Fehler. Wenn ich dich angerufen hätte, hätten wir noch irgend etwas tun können!«

»Roby, nun beruhige dich doch«, sagte Sal. »Wenn du mich angerufen hättest, dann hätte ich dir gesagt: ›Roby, jetzt flipp mal nicht aus und werd mir nur ja nicht hysterisch.‹ Sieh mal, ich gehe abends um zehn Uhr ins Bett. Ich wäre doch um alles in der Welt nicht nach Red Bank gefahren, bloß weil du mir gesagt hättest, dein alter Herr klinge so ›ausgelaugt‹. Wichtig ist ja zunächst einmal, daß er lebt. Sein Zustand ist zufriedenstellend. Und in fünf Minuten sind wir an Ort und Stelle; umarme also deinen kleinen Bruder und gönne meinen Ohren eine kleine Verschnaufpause. Ich kann dir nur sagen, ich habe einen schweren Tag vor mir.«

Rob lag in der Notaufnahme. Er war bei Bewußtsein und guter Dinge. Als Roby und John ihn sahen, brachen sie auf der Stelle beide zusammen. Weniger als drei Wochen nach dem Tod ihrer Mutter mußten sie nun auch noch damit fertig werden.

Als Sal Coccaro sich davon überzeugt hatte, daß Rob nicht in Lebensgefahr schwebte, ließ er seinem Temperament ein wenig freien Lauf. »Warum, Rob?« fragte er laut. »Warum? Wie konntest du das nur tun? Sieh doch nur, was du diesen Jungs angetan hast!« Eine Schwester kam herbeigeeilt, um ihn aufzufordern, seine Stimme ein wenig zu senken.

»Ich hatte gedacht, es wäre vielleicht leichter für sie«, sagte Rob lahm. »Auf diese Weise wäre es ihnen erspart geblieben, auch noch ein Gerichtsverfahren mitmachen zu müssen.«

»Was soll das heißen – ein Gerichtsverfahren?« fragte Sal. »Was, zum Teufel, erzählst du da von einem Gerichtsverfahren? Hat das etwa was mit diesem Kerl zu tun, den sie in Shreveport festgenommen haben?«

»Myers?« fragte Rob. »Nein, mit dem nicht. Er ist kein Problem. Das Problem ist Grandshaw. Aber Sal, du weißt ja noch nicht das Schlimmste. In dieser Nacht – der Mordnacht – war Grandshaw da, im Casino.«

»Was meinst du damit, er war da?«

»Er ist ein Ermittler«, erwiderte Rob, »ein Privatdetektiv. Shreveport. Myers ist nur der Bursche, der ihn empfohlen Ich habe Grandshaw engagiert, weil mir Geld fehlte. Sal, du weißt, daß Maria und ich stets getrennte Konten für Spielgewinne unterhalten haben? Nun, da fehlten mir dreißigtausend, vielleicht sogar fünfunddreißigtausend Dollar auf diesem Konto, und ich dachte, Maria habe sie vielleicht genommen und leugne es jetzt. Deshalb habe ich diesen Grandshaw angeheuert, damit er sich mal umsieht.« Rob unterbrach sich. Sal Coccaro, Roby und John starrten ihn ausdruckslos an.

»Er war in dieser Nacht da. Bei Harrah's«, fuhr Rob fort. »Und das Schlimmste von allem ist, daß ich ihm schon da im Casiono achthundert Dollar gegeben habe. Und jetzt versucht die Staatsanwaltschaft, daraus einen Fall zu konstruieren. Dahingehend, daß ich ihn engagiert haben soll, um – um aus irgendeinem Grund Maria zu ermorden.«

Wieder unterbrach er sich. Im Zimmer herrschte Schweigen.

»Natürlich –« sagte er. »Natürlich ist das nicht wahr. Ich habe – Maria doch – geliebt.« Er blickte Sal Coccaro an. »Sie war die Mutter meiner Jungs, Sal. Ich hätte sie ihnen niemals wegnehmen können. Ich hätte niemals so etwas tun können.« Und dann begann er zu weinen.

Ein paar Minuten später rekonstruierte er die Einzelheiten seines Selbstmordversuchs. Er sei seit jenem Dienstag am Boden zerstört gewesen, als er zu Felice gegangen war, um ihr zu gestehen, daß er sehr wohl einen Ernie Grandshaw aus Shreveport kannte. Ray DiOrio, sagte er, habe ihm bei seinem ersten Besuch erklärt, er solle niemandem etwas davon erwähnen, und nur deshalb habe er gelogen. Felice war nicht gewillt gewesen, ihm zu verzeihen, und hatte ihm gesagt, sie werde die Beziehung abbrechen. Dies habe ihn tief erschüttert, sagte er, denn sie sei wirklich alles gewesen, wofür er noch leben wollte, abgesehen von seinen Söhnen.

Er sei dann nach Red Bank gefahren, um sein Boot für sechstausend Dollar an Joe Moore zu verkaufen, weil er das Geld gebraucht habe, um seinen Verteidiger Carl Seely zu bezahlen. Aber er sei dann mit jeder Minute mutloser geworden, und schließlich habe er beschlossen, ins *Best Western* in Lakewood zu fahren, an den Ort so vieler leidenschaftlicher Zusammenkünfte mit Felice, und sich in ihr übliches Zimmer, das mit der Nummer 16, einzumieten.

Dort habe er kurze Abschiedsbriefe an seine drei Söhne diktiert neben einem längeren, in dem er Gene Leahy seinen letzten Willen dargelegt habe. Nachdem er dann die Kassette in ein Kuvert gepackt und auf den Empfangstisch gelegt habe, damit es mit der Post verschickt werde, sei er in sein Zimmer zurückgekehrt und habe fünfzig Restoril-Schlaftabletten in ein Glas Cola geschüttet in der Absicht, es auszutrinken und so seinem Leben ein Ende zu machen. Aber als er dann den Finger in die Mixtour getaucht und festgestellt habe, daß sie unerträglich bitter war, habe er sich auf dem Bett des Motels zurückgelehnt und sei eingeschlafen.

Irgendwann später seien dann Sanitäter im Zimmer erschienen, die von irgendwelchen Detectives aus der Ocean County, die sich auf seine Fährte gesetzt hatten, alarmiert worden waren. Einer der Detectives hatte ihm dann erklärt, daß sie aus Sorge, er könne sich etwas antun, gegen ein Uhr sein Zimmer angerufen hätten, um sich von seinem Wohlergehen zu überzeugen. Als er nicht geantwortet habe, hätten sie medizinische Hilfe angefordert.

Sal kam es so vor, als wiederhole sich der 7. September in allen Einzelheiten. Roby ging an das eine Telefon, um Chris in Lehigh anzurufen. Sal benutzte ein anderes, um seine Frau anzurufen und sie zu bitten, Gene Leahy zu verständigen. Irgend jemand mußte es wohl auch Marias Eltern berichten, bevor sie es im Radio hörten. Doch diesmal, so empfand es Sal, hatte alles einen anderen, gruseligeren Anstrich. *Die Polizei war Rob bis in das Motel gefolgt.* Das konnte nur heißen, daß sie ihm grundsätzlich überallhin folgten. Und das wiederum konnte nur bedeuten, daß Rob unter Verdacht stand.

Als später am Morgen Gene Leahy erschien, fing Sal ihn im Korridor vor dem Zimmer ab, in das Rob verlegt worden war, und berichtete ihm, daß Rob ihm erzählt hatte, daß er dem Privatdetektiv aus Louisiana, Ernie Grandshaw, bereits im Casino Bargeld gegeben hatte.

»Bar?« fragte Gene. »Rob hat in seinem ganzen Leben noch nie achthundert in bar für irgend etwas bezahlt. Aber vergiß es, vergiß es um Himmels willen wieder. Du willst mir doch hoffentlich nicht erzählen wollen, daß Rob irgendeinem Heini aus Shreveport, Louisiana, in einem Spielcasino achthundert Dollar in bar aushändigt, und eine Stunde später fährt er vom Parkway herunter, und irgend jemand bringt seine Frau um? Hör zu, Sal, wenn der Polizei das zu Ohren kommt, greift sie sich Rob gleich hier. Heute noch. Das ist vielleicht ein Theater. Wir müssen vor allem Roby und John hier herausbringen. Wir können sie jetzt unmöglich hier lassen. Sie brauchen das nicht alles mitzukriegen.«

Roby protestierte und sagte, er wolle an der Seite seines Vaters bleiben, aber nach einer kurzen Besprechung mit Gene und Sal schickte Rob seine Söhne schließlich selbst nach Haus. Als sie gegangen waren, begann Gene Leahy, Rob auszufragen.

»Was ist jetzt mit diesen achthundert Dollar? Wofür, zum Teufel, hast du an diesen Burschen achthundert Dollar gezahlt?«

»Ich habe sie ihm geschuldet«, erwiderte Rob.

»Wofür?«

»Für eine Ermittlung.«

»Du hast mir erst vor drei Tagen erzählt, du hättest ihm drei*tausend* geschickt. Bloß daß es damals angeblich wegen einer Wette im Basketballspiel geschah.«

»Es war für genau dieselbe Ermittlung.«

»Moment mal, Moment mal«, wand Sal ein. »Mir hast du erzählt, du hättest Grandshaw zwei-fünf geschickt, nicht dreitausend.«

»Habe ich auch. Aber das war eine andere Zahlung.«

»Was?« fragte Gene. »Du hast dem Burschen zweimal Geld geschickt?«

»Einmal zwei-fünf und dann noch einmal dreitausend?« sagte Sal.

»Und dann hast du ihm noch achthundert bar gegeben?« fragte Gene.

»Wonach, zum Teufel, hat der denn gesucht? Etwa nach dem untergegangenen Kontinent Atlantis?« fragte Sal.

»Ich habe es euch gesagt«, sagte Rob. »Mir fehlte Spielgeld.«

»Was?« schrie Sal. »Drei-fünf? Und da zahlst du einem Clown aus Shreveport im Scheiß-Louisiana fünf-fünf, damit der versucht, sie wiederzufinden?«

»Sechs-drei«, stellte Gene gelassen richtig.

Die beiden standen jetzt jeder auf einer anderen Seite von Robs Bett und sahen einander an. Von dem Lärm angelockt, erschien ein Arzt im Zimmer. »Dies war ein versuchter Selbstmord«, sagte der Arzt. »Der Patient braucht Ruhe. Außerdem ist nur Familienmitgliedern der Aufenthalt im Krankenzimmer gestattet.«

»Ich bin sein Schwager«, sagte Gene, »und außerdem Anwalt.«

»Und ich bin sein Onkel«, sagte Sal, während seine Kiefer mahlten, »sein Onkel Sal.«

»In Ordnung, Gentlemen, aber gönnen Sie dem Patienten ein wenig Ruhe.«

»Das hier ist noch gar nichts, Doktor«, sagte Sal. »Warten Sie mal, bis die Cops hier auftauchen.«

Die Polizei erschien nicht. Gegen Abend war klar, daß sie Rob längst festgenommen hätten, wenn es ihre Absicht gewesen wäre, ihn noch im Krankenhaus zu verhaften. Die Jungs wurden angerufen, und ihnen wurde gesagt, daß sie jetzt zurückkommen konnten. Doch Chris, der gerade aus Lehigh nach Toms River zurückgekehrt war, weigerte sich.

Als Roby ihn angerufen hatte, um ihm zu sagen, daß ihr Vater einen Selbstmordversuch unternommen hatte, war Chris so wütend gewesen, daß er um ein Haar einfach eingehängt hätte. Statt umgehend nach Hause zu kommen, wie das eigentlich von ihm erwartet wurde, blieb er in Lehigh und nahm noch an einem Schwimm-Wettkampf teil, wo ihn die Wut nicht nur zum Sieg trieb, sondern sogar noch zu einer persönlichen Bestleistung über hundert Meter Rücken.

Daheim angekommen, verkündete er, er werde keinen Schritt mehr weiter fahren. Wenn ihr Vater selbstsüchtig und dumm genug war, das Risiko einzugehen, ihnen, drei Wochen nachdem ihre Mutter ermordet worden war, auch noch die Verzweiflung über seinen eigenen Tod zuzumuten, bloß weil er Angst hatte, die Polizei könnte irgendeine Anklage gegen ihn zusammenbasteln, dann solle er doch in drei Teufels Namen in seinem Krankenhauszimmer verrotten, fand Chris.

»Wie konnte er uns das antun?« schrie Chris Roby an.

»Er hat es sich selbst angetan, Chris, nicht uns«, erwiderte Roby.

»Das einzige, was es beweist, ist, daß er uns nicht liebt.«

»Nun halt schon die Klappe, Chris, du Baby. Du denkst doch immer nur an dich selbst.«

»Nein, Roby. Vater kann an nichts anderes denken als an sich selbst. Wenn er sich um uns auch nur die allergeringsten Sorgen machen würde, könnte er niemals auf den Gedanken kommen, sich selbst etwas anzutun.«

»Du hast ja keine Vorstellung von dem Streß, unter dem er steht. Du bist ja noch nicht einmal hiergewesen. Du warst schön weit weg in deiner Schule in Sicherheit, Chris, du hast ja keinen Schimmer, wie das alles hier wirklich war.«

»Klingt mir, als hätte die Polizei da durchaus einen Schimmer«, murmelte Chris. »Wovon redest du?«

»Ach, nichts«, sagte Chris. »Ich hab' bloß einfach keine Lust ins Krankenhaus zu fahren. Ich will Dad gerade jetzt einfach nicht sehen.« Zwei Wochen lang hatte er seine schuldbewußten, geheimen, bösen Ängste verdrängt. Das letzte, was er wollte, war, sie Roby während eines Streites an den Kopf zu werfen.

»Du bist so selbstsüchtig, Chris. Du bist ein richtig selbstsüchtiger kleiner Balg«, sagte Roby.

»Vielleicht«, sagte Chris. »Aber ich bin auch störrisch. Und es gibt kein Schimpfwort, das du mir an den Kopf werfen könntest, das mich bewegen könnte, heute abend in dieses Krankenhaus zu fahren.«

Aber eine Stunde später rief Rob selbst an und sagte: »Ich brauche dich, Chris. Ich möchte dich sehen. Warum bist du nicht hier?« Da gab er reuevoll nach. Bevor er das Haus verließ, nahm er ein großes Foto der drei Brüder vom Kaminsims. Im Krankenhaus schrieb er eine kurze Notiz: »Denk darüber nach, was wirklich wichtig ist.« Die drei unterschrieben alle und überreichten das Blatt zusammen mit dem Foto ihrem Vater – unter Umarmungen und Tränen.

Chris wußte nicht mehr, was er denken, was er glauben oder was er fühlen sollte. Am meisten machte ihm der Schmerz um den Tod seiner Mutter zu schaffen. Er schien jeden Tag schlimmer zu werden, nachdem die Taubheit des ersten Schocks sich mehr und mehr verlor.

Robs nächster Besucher an diesem Abend war sein neuer Anwalt, Carl Seely, der schon den ganzen Tag mit seinem Klienten über Autotelefon von seinem BMW aus gesprochen hatte. Gegen halb neun Uhr abends erschien er im Sporthemd. Seely wurde von einem Psychiater begleitet, der bereit war, Robs Entlassung aus dem Hospital von Point Pleasant und seine Verlegung in eine Privatklinik in Pennsylvania zu verfügen.

Seely war ein untersetzter Mann Mitte Fünfzig mit einem bemerkenswert runden Gesicht, sonnengebräunter Haut, einer protzigen Rolex-Uhr am Handgelenk und dunkelgrauem Haar, das nach Art einer Frisiercreme-Reklame aus den fünfziger Jahren straff nach hinten gekämmt war. Nach seinem Eintreffen unterhielt er sich zunächst mit Sal Coccaro unter vier Augen auf dem Flur.

»Wir werden ihn noch heute abend hier herausholen«, sagte Seely. »Ich denke, er ist in Philadelphia sehr viel besser aufgehoben.«

Eine halbe Stunde später verschwand Rob durch den Notausgang in Richtung seiner zeitweiligen Zufluchtstätte in einem benachbarten Staat, während Sal Coccaro seine drei Söhne wieder in das Haus zurückfuhr, in dem sie bis vor drei Wochen als Mitglieder einer scheinbar glücklichen Familie zusammengelebt hatten.

In dieser Nacht blieb er lange mit ihnen auf. »Also, Jungs«, sagte er, »ich glaube, ich bin wohl der einzige, der euch für die nächste Zeit bleiben wird, mal abgesehen davon, daß ihr euch ja gegenseitig habt. Dann wird es jetzt Zeit, mich nicht mehr Mr. Coccaro zu nennen. Ab jetzt bin ich für euch Onkel Sal.«

Alle drei nickten mit Tränen in den Augen. Im Haus war es still und dunkel bis auf das Wohnzimmer, in dem sie saßen.

»Es wird langsam Zeit, auf einen gemeinsamen Nenner zu kommen, Jungs«, sagte Sal. »Da steht eine große Frage im Raum, die ich hier in diesem Haus noch niemanden habe stellen hören. Draußen ist das ganz anders.« Er deutete auf die Straße hinaus. »Dort draußen, überall in der Stadt, ist es die einzige Frage, die ich höre. Ihr Burschen seid ja nicht dumm. Ihr wißt genau, um was es sich handelt.«

Alle drei nickten, aber keiner von ihnen sagte ein Wort. »Ich weiß ja nicht, was ihr dabei empfindet, und ich will auch gar nicht danach fragen. Ihr kennt euch vielleicht im Moment selbst nicht mehr. Und egal, was auch immer geschieht, ich werde euch nie in eine bestimmte Richtung zu drängen versuchen. Ich bin nur in jedem Fall für jeden von euch hier, wenn ihr mich braucht.

Aber ich muß euch doch etwas sagen, Jungs. Ihr werdet einander helfen müssen, das alles durchzustehen. Es gibt so vieles, was ihr füreinander tun könnt und was kein anderer könnte, nicht einmal euer Vater. Vielleicht sogar gerade er nicht.

Offen gesagt, Jungs, ich bin in Sorge. Ich höre so vieles, was mir überhaupt nicht gefällt. Euer Vater ist womöglich der beste Freund, den ich hier in der Stadt habe, aber vieles von dem, was er mir erzählt hat, paßt nicht zusammen.

Ich will nicht groß drumherum reden, sondern gleich zur Sache kommen, und dann könnt ihr mich ja in der Luft zerreißen, wenn euch danach ist: Aber ich befürchte, daß euer Vater in der einen oder anderen Weise etwas mit der Ermordung eurer Mutter zu tun hat.«

Sal sprach nicht weiter. Das Schweigen schien eine physische Präsenz anzunehmen. Schließlich ergriff Sal wieder das Wort.

»Denkt noch jemand so ähnlich?« fragte er sanft.

John, der Jüngste, sprach als erster. Er antwortete, ohne groß nachzudenken. »Nein«, sagte er.

»Mitunter«, sagte Roby. »Aber dann verbanne ich solche Gedanken gleich wieder aus meinem Kopf. Das kann einfach nicht sein.«

Chris sagte: »Ja.«

Niemand sagte noch etwas. Eine Minute später erhob sich Sal. »Ich möchte euch nur um eines bitten, Jungs, und damit tätet ihr euch selbst den größten Gefallen. Wie auch immer eure eigenen Gefühle sein mögen, vergeßt nie, die der anderen zu respektieren.« Er beugte sich vor und legte Roby die eine Hand auf die Schulter und Chris die andere. »Und egal, wie böse ihr vielleicht auch einmal auf jemand anderen sein mögt«, sagte er, »laßt nie zu, daß ihr auf einen von euch wütend werdet.«

Dann umarmte er sie alle noch einmal ganz fest und mit Tränen in den Augen und sagte ihnen gute Nacht.

einhalb Millionen Dollar versichert hatte und daß ›eine Affäre Gegenstand der Ermittlungen‹ sei.

Er beeilte sich zu versichern, diese Fakten allein begründeten aber noch kein Mordmotiv. »Wenn jeder Mann, der einmal eine außereheliche Beziehung hatte und der das Leben seiner Frau versichert hat, automatisch des Mordes an ihr verdächtigt werden könnte, dann sollten wir möglichst schnell anfangen, noch eine ganze Reihe von Gefängnissen zu bauen«, sagte er.

Drei Tage später erzählte er, wieder auf der Titelseite der *Press*, er erwarte eine Anklage wegen Mordes gegen seinen Klienten. Diese Vermutung stützte er, wie er sagte, darauf, daß er erfahren habe, die Behörden hätten Marshalls Büro durchsucht und dabei neben anderem Aufzeichnungen von Ferngesprächen beschlagnahmt.

Seely erklärte, daß Rob in der Tat den Angestellten einer Eisenwarenhandlung in Bossier City gekannt habe. Rob hatte Andrew Myers im Frühjahr 1983 kennengelernt, als dieser zu Besuch bei Verwandten in New Jersey weilte.

Er hatte Myers in Fragen zu Geldanlagen beraten, ihn aber auch um die Vermittlung eines Kontaktes mit einem Privatdetektiv aus Louisiana gebeten. Rob habe damals vermutet, Maria habe ihrerseits selbst eine Affäre, sagte Seely, und er suchte nach jemandem, der sie beschatten sollte. Sein Grund, einen Detektiv aus einer so fernen Region wie Louisiana zu engagieren, sei das Problem der Vertraulichkeit gewesen. »In Toms River«, sagte Seely, »weiß über kurz oder lang jeder ganz genau, was der andere so treibt.«

Bei dem Mann, den Rob dann anheuerte, schloß Seely, handelte es sich um den früheren Deputy Sheriff von Caddo Parish, Louisiana, einen Mann namens Ferlin L'Heureux, der für seine Kontakte mit Rob den Tarnnamen Ernie Grandshaw benutzt hatte.

Seely behauptete, die Staatsanwaltschaft der Ocean County gehe nun von der irrigen Annahme aus, Rob habe L'Hereux, von dem er glaubte, er heiße Grandshaw, angeheuert, um Maria zu ermorden, nicht, um sie zu beschatten. Eine solche Annahme, sagte er, sei ausgesprochen widersinnig. »Ein einigermaßen intelligenter Mensch, der sich einen gut überlegten, methodischen Plan ausdenkt, wie es die Ermittlungsbehörden behaupten, würde keine Telefongespräche führen, die im nachhinein rekonstruiert werden können, und schon gar nicht würde er sich mit seinem Komplicen auch noch an einem öffentlichen Ort treffen«, sagte er.

Seely erzählte der Zeitung, ihm sei klar, daß es ungewöhnlich sei, wenn er diesen Fall gegen seinen Klienten so in allen Einzelheiten diskutiere, noch bevor dieser überhaupt als Verdächtiger bezeichnet worden war. »Was ich zu tun versuche«, sagte er, »ist, einige der Fehlinformationen richtigzustellen, die meiner Meinung nach nur ausgestreut wurden, um die öffentliche Meinung gegen meinen Mandanten zu vergiften. Es hat nämlich ganz ohne Zweifel eine Fülle von Vermutungen, versteckten Andeutungen und Gerüchten gegeben.«

In der Zwischenzeit residierte Rob einigermaßen komfortabel in einer privaten psychiatrischen Klinik in Philadelphia. Da er letztlich nichts von der Restoril-Lösung geschluckt hatte, waren ihm physische Schäden erspart geblieben, und soweit Roby das beurteilen konnte, der ihn täglich besuchte, schien er geistig und körperlich in ganz normaler Verfassung zu sein.

Es war Roby, der sich langsam fühlte, als verliere er den Halt. Tag für Tag fuhr er zur Schule ins Ocean County College. Abend für Abend arbeitete er in dem Schuhgeschäft. Und dann mußte er danach noch siebzig Meilen bis nach Philadelphia fahren, um seinen Vater zu besuchen und ihm die tägliche Post auszuhändigen.

Rob machte seinem Sohn deutlich, daß er seine Korrespondenz auch im Krankenhaus weiterführen müsse. Insgeheim war Roby allerdings davon überzeugt, sein Vater hoffe darauf, Felice werde ihm einen Brief schreiben und ihm mitteilen, sie wolle ihn zurückhaben; im Grunde war es ihm egal, worin der Grund lag – das Ergebnis war immer dasselbe: Roby mußte jede Nacht hundertfünfzig Meilen fahren, um die Post auszuliefern.

Da Chris nach Lehigh zurückgekehrt war und John vorübergehend zu Gene Leahys Familie in Delaware geschickt worden war, kehrte Roby Nacht für Nacht in ein stilles, leeres Haus zurück. Sal Coccaro – oder Onkel Sal, wie Roby ihn nur noch nannte – war zwar nicht weit, aber er hatte seine Frau und seine drei Töchter, um die er sich kümmern mußte. Die meisten seiner Freunde waren in ihren Colleges, genau wie er es auch gewesen wäre, hätte man ihn nicht relegiert. Sein romantisches Interesse an Susan Salzman hatte er verloren. Und seine Mutter, die ihm in Situationen wie dieser immer aufopferungsvoll zur Seite gestanden hatte, war nichts weiter als ein paar Krüge voller Asche.

Roby fing selbst an, über Selbstmord nachzudenken. Es wäre das Nichts gewesen. Die Abwesenheit aller Schmerzen. Nur das Sterben selbst verursachte ihm noch Kopfzerbrechen. Er hatte keine Feuerwaffe, und hätte er eine besessen, so wäre er doch zu ängstlich gewesen, sie auch zu benutzen. Vielleicht hätte er irgendwoher Schlaftabletten bekommen können. Aber er wußte, am Ende hätte er doch nicht den Mut aufgebracht, sie auch hinunterzuschlucken. Er könnte den Wagen in die Garage stellen und den Motor laufen lassen. Aber sie hatten keine Garage. Eine seiner Urängste war seit jeher gewesen, einmal keine Luft mehr zu bekommen, und damit schied auch die Möglichkeit aus, sich zu erhängen. Er stellte fest, daß er sich nichts sehnlicher wünschte als einen Knopf, mit dem er sich einfach ausschalten konnte.

Ich bin, sagte er sich selbst, *ein gottverdammter Feigling: Ich habe nicht einmal genug Mumm, etwas so Feiges zu tun, wie mich selbst umzubringen.* Und doch trat er das Gaspedal des Mustang bei seinen nächtlichen Fahrten nach Philadelphia bis auf den Boden durch. Er fuhr einhundert, einhundertfünf Meilen auf der ebenen, zweispurigen Landstraße 70, ohne sich Gedanken zu machen, daß vielleicht ein Reifen platzen konnte, ja, er betete geradezu dafür, ein Tier möge direkt vor ihm auf die Straße springen und ihn zwingen, in das Kiefernwäldchen auszuweichen, wo ihn der Tod erwarten mochte.

Die Gefühle von Angst und Verzweiflung wurden in der

ersten Oktoberhälfte ständig intensiver, und die tägliche Zeitungslektüre war nicht dazu angetan, ihm Erleichterung zu verschaffen. Was zum Teufel, faselte denn dieser Seely nur davon, auch seine *Mutter* habe eine Affäre gehabt?

Roby war auf der Stelle nach Philadelphia gefahren, als er das gelesen hatte, um seinen Vater zur Rede zu stellen. Das sei alles nicht wahr, behauptete Rob. Er habe den Detektiv aus Louisiana wegen des fehlenden Spielgeldes angeheuert. Er habe Maria nie verdächtigt, eine Affäre zu haben.

»Wie, zum Teufel, kann er dann so etwas in den Zeitungen behaupten?« verlangte Roby zu wissen. »Das ist eine Verunglimpfung des Ansehens meiner Mutter.«

»Es ist Strategie, Roby. Anwaltliche Strategie. Man darf das Opfer nie in allzu gutem Licht erscheinen lassen. Man muß die Leute immer glauben machen, auch das Opfer habe so seine Fehler gehabt.«

»Da ist doch drauf gepfiffen. Dieser ölige Schleimer redet über *Mom.*«

»Roby, wir spielen hier ein hartes Spiel mit der Staatsanwaltschaft. Carl Seely weiß genau, was er tut, und ich will nicht hören, daß du ihn weiter mit Schimpfworten belegst.«

»Na schön, aber er täte besser daran, Mom ebenfalls nicht länger zu beschimpfen.«

So ging das wohl zehn Tage lang. Rob verließ die psychiatrische Klinik wieder und wohnte eine Zeitlang bei einer Freundin seiner Mutter mit Namen Tessie McBride, in Bucks County, Pennsylvania. Da ihm bewußt war, wie dicht ihm die Detectives der Ocean County auf den Fersen gewesen waren und weil er fürchtete, verhaftet zu werden, hatte er es alles andere als eilig, die Grenzen nach New Jersey zu überschreiten.

Am 12. Oktober wurde dann Ferlin L'Heureux in Louisiana unter der Beschuldigung einer Verschwörung zur Begehung eines Mordes verhaftet. Er wurde in das Gefängnis von Caddo Parish in Shreveport eingeliefert, in dem bereits wegen derselben Beschuldigung Andrew Myers bei einer Kaution in Höhe von eineinhalb Millionen Dollar einsaß.

»Keine dieser beiden Verhaftungen, weder die von Myers

noch die von L'Heureux, wird in irgendeiner Weise die Position meines Mandanten ändern, der sich mit aller Kraft weiter für eine unabhängige Untersuchung einsetzt, um allen Verdächtigungen und Beschuldigungen die Grundlage zu entziehen«, sagte Carl Seely den Journalisten von der Presse.

Seely sagte weiter, Robs gesundheitlicher Zustand bessere sich wieder; während seines Aufenthaltes bei Freunden in der Gegend von Philadelphia sei er in ambulanter Behandlung.

Am nächsten Tag, Samstag, dem 13. Oktober, wurde ein selbständiger Metallarbeiter namens Ernie Grandshaw in Shreveport verhaftet. Es schien, als gebe es wirklich einen Ernie Grandshaw. Auch er wurde der Verschwörung zur Begehung eines Mordes beschuldigt.

Seely erzählte den Zeitungsleuten, er erwarte, daß Rob der nächste sein werde. »Ausgehend von der Theorie des Staatsanwalts – immer vorausgesetzt, dieser verfolgt die Theorie, an die ich denke – würde es die Logik gebieten, daß er irgendwann die Ermittlungen einstellt oder aber Anklage gegen meinen Klienten erhebt«, sagte Seely.

Montag nacht, am 5. Oktober, fällte Roby eine Entscheidung. Gegen Mitternacht verließ er das stille, leere Haus und stieg in sein Auto. Er atmete tief durch und holte mit der rechten Faust so weit aus, wie es irgend ging. Dann stieß er einen urigen Schrei aus und schlug mit der Faust mit aller Kraft nach vorn, wobei er ein großes Loch in die Windschutzscheibe hämmerte. Dann legte er den Gang ein und fuhr so schnell er konnte in Richtung Brücke, die die Bucht überspannte.

Später hatte Roby nur noch sehr vage Erinnerungen an seine Fahrt. Bruchstücke waren ihm im Gedächtnis haften geblieben, Bruchstücke wie jene der Windschutzscheibe, die sich jetzt in seinen blonden Locken festgesetzt hatten, weil sie der Wind durch das Loch in der Scheibe hereingetrieben hatte, das er mit seiner Faust geschlagen hatte.

Die Augen hielt er geschlossen. Daran sollte er sich sehr gut erinnern. Er fuhr mit hundert Meilen pro Stunde über die

Brücke und nach Seaside hinein, die Augen geschlossen, und das Glas flog um seinen Kopf herum, während der Fahrtwind an seinen Haaren zerrte. Es interessierte ihn nicht im mindesten, ob er am Leben blieb oder starb. Er spürte nur noch Pein und Rage und Hoffnungslosigkeit.

Und später erinnerte er sich auch noch, daß er die ganze Zeit geschrien hatte.

Und daß er sich so allein gefühlt hatte; es war ihm zumute gewesen, wie wenn er der einzige Mensch auf dieser Welt sei, der noch nicht gestorben war.

Der östliche Teil der Brücke ist der neuere mit seinen drei sauber gepflasterten Fahrbahnen und den brusthohen Betonmauern zu beiden Seiten. Es ist keine Brücke, von der man mit einem Auto hinunterstürzen kann, nicht einmal dann, wenn man mit hundert Meilen darüber rast und dabei die Augen geschlossen hält. Nicht einmal dann, wenn die eigene Mutter ermordet worden ist und dem eigenen Vater eine Anklage ins Haus steht, diesen Mord arrangiert zu haben.

Roby schaffte es bis Seaside, obwohl dies eigentlich gar nicht seine Absicht gewesen war. Er erinnerte sich nicht mehr, langsamer geworden zu sein, er erinnerte sich nicht mehr, angehalten zu haben, er erinnerte sich nicht mehr, die Augen geöffnet zu haben.

Aber er war da. Lebendig. Allein. Mit einem Loch in der Windschutzscheibe und eingeschaltetem Radio. Dann vernahm er die hohen, geisterhaften Töne einer Mundharmonika. Es waren die Eingangssequenzen eines Songs, der über Jahre sein Lieblingssong gewesen war. Er war einfach zu trivial, aber da erklang *Take the Long Way Home* aus dem Album *Breakfast in Amerika* der Gruppe *Supertramp* aus dem Radio.

Augenblicklich erinnerte er sich an den Tag, an dem seine Mutter dieses Lied zum ersten Mal gehört hatte. Sie waren gemeinsam ausgegangen, um Besorgungen zu erledigen – sie brauchten noch ein paar Kleinigkeiten für eine Geburtstagsüberraschung –, als die Melodie aus dem Radio des Kombis drang.

Sinnigerweise waren sie damals fast schon zu Hause gewesen, als das Lied erklang, und wenn seine Mutter auf dem direkten Weg zum Haus gefahren wäre, so wären sie angekommen, bevor es zu Ende gewesen wäre. Aber sie wählte einen Umweg, einmal ums ganze Viertel, den langen Weg nach Hause, *the long way home*, wie sie es genannt hatte, so daß sie den ganzen Song gemeinsam bis zum Ende hatten hören können.

Roby saß ganz still da, bis der letzte Ton verklungen war. Dann strich er sich einen Glassplitter aus den Haaren und fuhr über die Brücke zurück, langsam diesmal und mit geöffneten Augen – auf dem direkten Weg zu Sal Coccaro.

Es war schon weit nach Mitternacht, als er an die Tür klopfte.

»Onkel Sal«, sagte er, »kennst du nicht einen Psychiater? Ich brauche Hilfe.«

11. Kapitel

Roby wurde noch in der Nacht in die psychiatrische Station des *Monmouth County* Krankenhauses gebracht. Sal nahm Kontakt zu Rob in Pennsylvania auf, um ihm Bescheid zu sagen. Rob aber war mit einem gänzlich anderen Problem beschäftigt: Felice, die ihn zurückgewiesen hatte, antwortete auf keine einzige seiner Bitten um Versöhnung. Er hatte angerufen, hatte geschrieben, Blumen geschickt – Gott im Himmel, er hatte sogar versucht, sich selbst umzubringen –, aber sie hatte keinerlei Interesse gezeigt.

Nun holte er sein letztes As aus dem Ärmel: Er schickte ihr eine Tonbandkassette mit zwei Songs voller Schmalz und Liebesleid.

Dann fing er an, mit einer Stimme zu sprechen, die wohl wie ein romantisches Flüstern klingen sollte. »Hallo, Baby«, hauchte er. »Ich kann mir nicht helfen, aber mir ist, als müßten diese beiden Songs dich davon überzeugen können, wie sehr ich dich liebe. Ich bin sicher, du weißt inzwischen auch, was mir widerfahren ist. Es ist alles so verrückt.« Zwischen seinen einzelnen Sätzen legte er immer wieder lange Kunstpausen ein, als seien seine Worte so gewichtig, daß er nicht so viele von ihnen innerhalb kurzer Zeit produzieren könne. »Ich habe dir einen Brief geschrieben, den ich dir eigentlich schicken wollte, aber ich glaube, ich lese dir einfach einmal ein wenig daraus vor und gebe gleichzeitig ein paar Erläuterungen dazu. Ich bin unsagbar traurig über deine Sorge, was andere Leute, was überhaupt irgend jemand, über mich denken oder sagen könnte. Du mußt wissen, daß das nebensächlich ist. Die Leute werden immer denken, was sie denken wollen. Leute, von denen ich gedacht hatte, sie seien meine wirklichen Freunde, haben sich gegen mich gestellt, und andere, die ich gar nicht zu meinen Freunden gezählt hatte, waren sehr, sehr hilfsbereit.

Aber nichts von alledem zählt ernsthaft. Nur du zählst. Du

und ich. Was du fühlst, was du gefühlt hast, was ich dachte, daß wir es gefühlt hätten. Und nach all dem, was wir beide uns in den letzten vierzehn Monaten alles gesagt haben, schien es mir, als habe nichts wirklich Bedeutung jenseits dessen, was wir einer für den anderen fühlten. Die Liebe, von der ich überzeugt war, daß es sie gab.«

Bis zu diesem Punkt hatte seine Stimme aufrichtig und ehrlich geklungen, doch jetzt schlich sich ein Schuß Bitterkeit ein. »Das andere, was ich dir trotzdem zu sagen habe, ist, daß du trotz allem an meiner Seite hättest stehen sollen, Baby. Trotz der Tatsache, daß die Ocean County und der Rest der Welt ganze Wagenladungen von Schmutz über mir ausgeschüttet haben. Es hätte dir nichts ausmachen dürfen. Wenn du mich liebst, steh zu mir.

Du würdest dir so viel Respekt erwerben, wenn du an der Seite des Mannes stündest, den du trotz allem liebtest. Du wärest *die* Frau schlechthin gewesen. Die Frau, die, egal, was alle anderen denken, fest an der Seite des Mannes steht, den sie liebt.« Seine Stimme war zu einem so heiseren Flüstern herabgesunken, daß das Tonband sie kaum noch aufgenommen hatte. »Du wärest eine Heldin gewesen«, sagte er. »Eine gottverdammte Heldin . . .« Hier folgten ein langer Seufzer, dann eine Pause, bevor er in einem eher plaudernden Tonfall fortfuhr:

»Ich glaube, das habe ich mir so sehr gewünscht. Ich habe es nicht bekommen. Und das konnte ich nicht verstehen. Es fällt mir schwer, die Beziehung, die wir erst noch vor kurzem hatten, so einfach beiseite zu schieben. Wir hatten so viel. Es gibt so viele Erinnerungen, vor allem die Songs. Fast jeder zweite Song, oder doch jeder dritte oder vierte, war *unser Song*.« Wieder machte er eine Pause, und danach nahm seine Stimme einen etwas härteren Klang an.

»Und ich hoffe nur, es ist für dich genauso schwer«, sagte er. »Ja, wirklich. Ich finde es wirklich schwer, das alles so einfach wegzuwerfen. Das kann ich nicht. Meine Freundin Tessie McBride hat mir einmal einen Satz gesagt, dessen tieferer Sinn mir erst jetzt voll bewußt wird. Sie sagte nämlich dem Sinne nach: ›Wenn eure Beziehung nur auf Sex aufgebaut war, dann reicht das nicht, um auch eine solche Situation zu überdauern.‹

Ich habe versucht, mich selbst davon zu überzeugen und sie davon zu überzeugen, daß uns mehr verbunden hat als das. Sie sagte: ›Ihr seid nie zusammen ausgegangen. Ihr habt nie etwas gemeinsam unternommen.‹ Darauf erwiderte ich: ›Ein paarmal schon. Wir hatten Angst, erwischt zu werden.‹ Sie meinte: ›Ihr solltet euch was schämen. Kein Wunder, daß es jetzt auseinandergeht. Schämen solltet ihr euch.‹

Ich habe darüber nachgedacht, und auf ihre Art hat sie sicher recht. Wir hätten uns gewisse Erinnerungen aufbauen sollen, vielleicht auch hin und wieder irgendwo essen gehen, weit genug weg, um nicht entdeckt zu werden. Ich kann mich noch gut an die wenigen Gelegenheiten erinnern, als wir zusammen essen waren, zuletzt noch bei Garcia, und wieviel Spaß es uns gemacht hat, einfach nur zusammenzusein, zusammen zu lachen, zu trinken und zu essen. Wie schön war doch das.

Bestimmt haben wir nicht jedesmal Sex gebraucht. Sex war aber etwas, wonach wir uns ständig gesehnt haben, wie ich mich recht gut erinnere. Vielleicht wäre es wirklich wertvoller gewesen, unsre Beziehung mehr auf gemeinsamen Erinnerungen zu gründen, Erinnerungen an gemeinsame Unternehmungen wie zum Beispiel essen gehen oder andere gemeinsame Unternehmungen. Aber schließlich warst du zweiundzwanzig, wir hatten nur ein gemeinsames Jahr, und in unserem Jahr haben wir weiter nichts getan als Liebe zu machen.

Wir haben furchtbar viel miteinander geredet, und ich – ich habe immer gespürt, daß die Kommunikation, die wir hatten, unsere Tonbänder, von größerem Wert war als das, was wir sonst getan haben mögen. Vielleicht irre ich mich ja auch, wenn man daran denkt, daß wir wegen einer so vergleichsweise geringfügigen Sache auseinandergekommen sind – bedenkt man aber die ganze Bandbreite unserer Beziehung, war es das sehr wohl.« Wieder legte er eine Pause ein, und als er dann erneut fortfuhr, geschah es in fast schon resignativem Tonfall. »Das Grundproblem, Baby, ist, daß es jetzt in meinem Leben ein großes Loch an der Stelle gibt, an der du einst warst, und ich hoffe nur – ich will es mit niemandem sonst füllen. Und ich würde gern noch einmal von vorn beginnen, mit dir essen und tanzen gehen – nur du und ich. Ich entscheide, wo, du entscheidest, wann. Viel miteinander reden. Laß es uns noch einmal versuchen.

Ein weiteres Problem ist, daß ich nicht weiß, ob du mein anderes Tonband erhalten hast oder die Rose, die ich dir geschickt habe, oder sonst etwas. Ich weiß nicht, was du denkst, und das macht mich wahnsinnig. Ich muß wissen, ob du entweder keinen weiteren Kontakt wünscht, absolut, definitiv nicht, oder ob du ihn *vielleicht* möchtest, oder ob du ihn ohne Einschränkungen aufrechterhalten möchtest. Ich weiß es schlicht nicht, und das ist hart.«

Fast während der ganzen Tonbandaufzeichnung klang er wie ein Pennäler, dem seine Freundin den Laufpaß gegeben hat, als gebe es nichts Wichtigeres in seinem Leben – als wäre er nicht ein fünfundvierzigjähriger Mann, der des Mordes verdächtigt wurde und jeden Augenblick mit einer Anklage und seiner nachfolgenden Inhaftierung rechnen mußte. Jetzt äußerte er sich kurz zu den Umständen, die ihn von New Jersey fernhielten.

»Nur um dich mit ein paar Einzelheiten über das, was mir passiert ist, bekanntzumachen«, sagte er, »will ich dir zunächst einmal sagen, daß du nicht alles glauben sollst, was du in den Zeitungen liest. Die Gerüchte sind einfach ungeheuerlich. Wir sind davon überzeugt, daß man versucht, uns unter Druck zu setzen, psychologisch, meine ich, damit einer zusammenbricht. Aber das wird nicht passieren. Denn niemand wird etwas zugeben, was er nicht getan hat. Und so ist das alles nur eine Frage der – Umstände.

Hm, ich bin ziemlich sicher, daß das alles im Gerichtssaal enden wird. Wenn ich ›wir‹ sagte, dann meine ich mich und meinen Anwalt. Und daß du womöglich als Zeugin gehört wirst. Ich bin gleichfalls davon überzeugt, daß es gut enden wird trotz all der Indizien, die gegen mich sprechen.« An dieser Stelle folgte wieder eine lange Pause, die längste auf dem ganzen Tonband. Dann sagte Rob: »Aber es wird trotzdem die Hölle werden.«

Dann fuhr er in optimistischerem Tonfall fort: »Aber egal, ich kann es durchstehen. Ich wünsche mir, daß das Licht am Ende des Tunnels bald für uns beide scheinen möge, nicht nur für mich allein. Und noch mehr als das wüßte ich gern, was du fühlst. Auf welche Weise auch immer – ich muß es einfach wissen. Auf der Rückseite des Kuverts findest du eine Adresse, die du benutzen kannst, um mir einen Brief oder ein Tonband zu schicken. Und wenn es dein letztes Lebenszeichen wäre, dann soll es eben so sein.

Wenn es aber ein neuer Anfang wäre, so würde ich mich freuen. Du mußt wissen, Baby, daß es noch Hoffnung für uns beide gibt, trotz all meiner Fehler – und auch trotz der deinen. Es gibt eine Zukunft, wenn du willst. Ich weiß nicht, was du willst. Bitte sag es mir. Und denk immer an eines – egal, was auch passiert – ich liebe dich und werde dich immer lieben. Aber das weißt du ja.«

Felice ließ sich zu keiner Antwort auf diese Botschaft herab. Ein paar Tage später kehrte Rob nach Toms River zurück.

Drei Tage nachdem Rob sich im Hospital angemeldet hatte, verließ er es auch schon wieder. Es war Sal Coccaro, der in die Monmouth County fuhr, um ihn nach Hause zu holen.

Und es war wieder Sal, der zwei Wochen später am späten Samstag abend, bei den Marshalls vorbeikam, um Chris hallo zu sagen, der, wie er wußte, über das Wochenende aus Lehigh zurückgekommen war.

Sal fand Chris allein in der Küche vor, wo er unentwegt die Tischplatte anstarrte. »Wo steckt denn dein alter Herr? Ich hörte, er ist wieder in der Stadt.«

»Im Holiday Inn«, antwortete Chris.

»Was?«

»Er ist vor ein paar Stunden ausgegangen, sagte, er sei sehr deprimiert wegen Mom und müsse eine Weile mit sich allein sein.«

»Er wollte allein sein und ist am Samstagabend ausgerechnet ins Holiday Inn gegangen?«

»Ja, er sagte, er halte sich unten in der Lounge auf, um einen Drink zu nehmen.« Chris schloß sein Notizbuch und blickte auf. »Weißt du, wie mir das alles vorkommt?« fragte er. »Es kommt mir vor, als seien unsere Eltern alle beide gestorben, nicht nur unsere Mutter.«

»Ich weiß, was du meinst«, sagte Sal.

»Wir haben keinen Vater mehr«, klagte Chris. »Zuerst war er die ganze Zeit mit Felice zusammen. Und als sie ihn dann hat sitzenlassen, ist er nach Pennsylvania verschwunden. Jetzt ist er zwar wieder zurückgekehrt, aber es ist so, als wäre er gar nicht da. Nie ist er zu Hause. Er hat irgendeine neue Freundin, die er durch den Privatdetektiv, der für seinen Anwalt arbeitet, in Cherry Hill kennengelernt hat, und in der Stadt hat er noch zwei oder drei andere. Roby und John sagen, er brächte jede Nacht eine andere mit. Das seien seine ›körperlichen Bedürfnisse‹, hat er ihnen erklärt. Und dabei zwinkert er dann auch noch anspielungsreich mit den Augen. Hör mal, Onkel Sal, auch wir haben unsere Bedürfnisse. Emotionale Bedürfnisse. Vielleicht klinge ich ja schon wie ein Wickelkind, aber so langsam mache ich mir Sorgen. Abgesehen von dir scheint sich niemand auch nur einen Deut darum zu kümmern, was aus uns werden soll. Roby und ich könnten schon zurechtkommen, glaube ich, wir sind alt genug. Aber was soll aus dem armen John werden?«

»Ich wollte, ich könnte es dir sagen, Junge. Leider kann ich dir nicht einmal sagen, was auf deinen Vater noch alles zukommt.«

»Glaubst du wirklich, er hat es getan, Onkel Sal? Denkst du wirklich, mein Vater hätte sie angeheuert?«

»Chris, hier in Amerika gilt: unschuldig bis zum Beweis der Schuld. Laß uns das arme Schwein doch nicht verurteilen, noch bevor er überhaupt angeklagt worden ist.«

»Weißt du, wozu ich gern den Mut hätte?« fragte Chris.

»Was denn?«

»Ihn zu fragen. Einfach zu ihm hinzugehen und zu sagen: ›Jetzt mal Klartext, Dad, keine Ausflüchte mehr. Sag mir die Wahrheit. Hast du's getan oder nicht?‹ Irgendwas in der Art.«

»Und warum bringst du das nicht fertig?«

Chris schüttelte den Kopf. »Ich bin sein Sohn, und er ist mein Vater, und egal, welche Zweifel ich auch immer selbst haben mag, ich bin es ihm einfach schuldig, ihn zu unterstützen.«

Sal erhob sich, um zu gehen. »Du bist ein guter Junge«, sagte er. »Sollte ich je in Schwierigkeiten geraten, dann kann ich nur hoffen, daß meine Kinder auch so loyal sind. Aber, Chris, auch das muß ich dir sagen: Vertrauen in deinen Vater ist die eine Sache. Aber blindes Vertrauen – wenn du einfach nicht mehr die Fakten sehen willst – ist etwas ganz anderes.

Manchmal gibt es nichts Schwereres auf der Welt, als die Augen aufzumachen und die Dinge so zu sehen, wie sie wirklich sind. Aber was du auch immer siehst, Chris, egal, wie schmerzlich es auch sein mag – es ist immer noch besser, als gar nichts zu sehen.«

»Vielleicht bleibe ich für den Augenblick wirklich besser blind«, sagte Chris.

»Vielleicht für den Augenblick«, sagte Sal. »Aber nicht für immer. Ihr beide, Roby und du – ihr seid einfach zu klug und zu stark, um in der Blindheit zu verharren.«

»Aber einmal unterstellt, er ist unschuldig«, sagte Chris. »Was er ja unzweifelhaft sein könnte. Ich meine, selbst die Polizei hat bis jetzt noch nicht behauptet, er sei schuldig. Was, meinst du, wird er denken, wenn er dann herausfindet, daß sein eigener Sohn an ihm gezweifelt hat? Ich glaube, das würde er mir nie verzeihen. Und ich weiß, daß ich mir das selbst nie verzeihen würde.«

»Was also sollen wir tun, Junge?« fragte Sal lächelnd.

»Ich weiß es nicht, Onkel Sal. Du bist der Erwachsene.«

»Ich glaube, wir reden einfach weiter miteinander«, sagte Sal. »Und schließen deine Mutter weiter in unsere Gebete ein.«

Eine Woche später nahm Rob seine neue Freundin Terri zu einem verlängerten Wochenende mit nach Florida. Seinen Söhnen erzählte er, er müsse einfach einmal dem ganzen Druck entfliehen. Er wohnte im Haus alter Bekannter aus Toms River mit

Namen Stevens. Während des Wochenendes wurde ihm dann allerdings klar, daß er sich eher zu Molly Stevens denn zu Terri aus Cherry Hill hingezogen fühlte.

Er erzählte Terri, ihre Beziehung müsse jetzt enden, aber er werde ihr Geld geben, damit sie sich ein Auto kaufen könne. Molly Stevens zog aus dem Haus aus, das sie mit ihrem Ehemann geteilt hatte, und fing an, Pläne für eine Zukunft mit Rob zu schmieden.

»Ihr werdet sie mögen, Jungs«, sagte er in einem Ferngespräch. »Sie ist genau wie Mom. Wir werden uns ein Hausboot kaufen, und dann können wir alle zusammen hier leben.«

Ohne Eltern und ohne den geringsten Anhaltspunkt, wie sie die Zukunft in den Griff bekommen könnten, gingen Rob, Chris und John von nun an jeder seinen eigenen Weg.

Waren sie einmal zusammen, so wagten die Jungen nicht über die Schuld oder Unschuld ihres Vaters zu sprechen. Folglich gerieten ihre Unterhaltungen immer gespreizter. Oft schwiegen sie sich minutenlang an.

Sie waren sich wechselseitig das einzige, was ihnen geblieben war, aber sie wußten nicht miteinander umzugehen. Sie bemühten sich derart intensiv darum, Sal Coccaros Rat zu befolgen, einer solle des anderen Gefühle für den Vater achten, daß ein jeder von ihnen es unmöglich fand, in Gegenwart des anderen er *selbst* zu sein. Daher war es einfacher – oder zumindest schien es doch einfacher zu sein –, sich so weit wie möglich für sich zu halten.

Chris blieb auf der Lehigh, wo er keine schrecklichen Fragen gestellt bekam. Er lernte und schwamm und vermied Gespräche mit seinen Brüdern über seinen Vater. Wenn er mit Roby telefonierte, stand die große unbeantwortete Frage nach ihres Vaters Schuld oder Unschuld wie eine Drohung zwischen ihnen.

Roby hatte sich entschieden, seinem Vater bedingungslos zu vertrauen, egal, was kommen mochte. Jedes Anzeichen von Zweifel war für ihn gleichbedeutend mit Illoyalität. Er fühlte sich unbehaglich in der Gegenwart eines jeden anderen, der sich nicht genauso entschieden hatte wie er. Das betraf nicht nur Chris, sondern die meisten Einwohner von Toms River. Zeitweise sogar Onkel Sal, der klargestellt hatte, daß er jederzeit für Roby, nicht aber für Rob, zur Verfügung stehe. Diese Unterscheidung war für Roby, der seinem Vater weiter blind vertraute, nicht akzeptabel.

Und John? Ihm blieb mit seinen dreizehn Jahren weiter nichts als ohnmächtige Pein, die niemand lindern zu können schien.

Tatsache war, daß die Jungen ganz Toms River in Verlegenheit brachten. Da war auf der einen Seite ihr Vater, der ihre Mutter ermordet hatte, so jedenfalls dachten viele Bürger in der Stadt, und der dennoch nach wie vor auf freiem Fuß war. Das allein war bereits ein Affront gegen jede Wohlanständigkeit, ganz gleich, wie viele Gerüchte auch über seine unmittelbar bevorstehende Inhaftierung im Umlauf sein mochten.

Und da waren auf der anderen Seite diese drei im Herzen kranken Jungen, die sich hartnäckig weigerten, seine Schuld anzuerkennen (denn selbst Chris hielt nach außen hin mit seiner Unsicherheit hinter dem Berg).

Das machte es den Mitgliedern des Country Clubs schrecklich schwer, Mitleid mit den Jungen zu empfinden. Gewiß, ihnen war Schreckliches widerfahren, aber das gab ihnen noch lange nicht das Recht, die Augen vor dem zu verschließen, was für jeden anderen so offensichtlich war.

Und so baute sich – wie schwer das auch immer zu glauben sein mag – nach und nach echter Groll gegen die Jungen auf. Wenn sie es vorzogen, weiter zu ihrem Vater zu stehen, dann sollten sie gefälligst auch die Konsequenzen ihrer Blauäugigkeit tragen.

Die schlimmste Konsequenz bestand wohl darin, daß sie sich von den Nachbarn und den einstigen Freunden ihrer Eltern gemieden, ignoriert, ja *ausgestoßen* fühlten.

Es war, als seien sie ein Abfallprodukt der Geschichte geworden, und niemand zeigte Neigung, sich ihnen zu nähern, um sie wieder aufzurichten.

Nach der Festnahme von Myers, Grandshaw und L'Heureux bemühten deren Anwälte sich wochenlang, ihre Auslieferung nach New Jersey zu verhindern. Ende November waren dann auch die letzten Rechtsmittel ausgeschöpft, und die drei Männer wurden nach Norden geflogen.

Plötzlich waren sie also da, die drei, mitten hier in River City, wie die Alteingesessenen zu sagen pflegten, und wurden vor dem höchsten Richter der Ocean County, Richter William Huber, angeklagt. Man schrieb den 4. Dezember. Alle wurden der Verschwörung zur Begehung eines Mordes beschuldigt, eine Anklage, die nach den neuen Gesetzen des Staates mit der Todesstrafe enden konnte, vollzogen durch Injektion eines Nervengiftes.

L'Heureux, sechsundvierzig Jahre alt, früher einmal Deputy Sheriff von Caddo Parish, war ein stark übergewichtiger Mann mit einem blassen Babygesicht. Gut ein Meter achtzig groß, schien er mindestens zweihundertfünfzig Pfund zu wiegen.

Gleich neben ihm stand Grandshaw, dunkelhäutig und dürr, ein Mann mit harten, verschlagenen Augen eines zweitrangigen Hillbilly-Sängers, der sich am Ende weiß.

Und dann stand da noch am Ende der Reihe der kleine Andrew Myers: ein Eisenwarenhändler mit einer kleinen Pension von der US Air Force. Klein, nervös, bebrillt, hatte er etwas Eidechsenhaftes an sich. Während die anderen recht gelassen wirkten, blickte Myers ausgesprochen entsetzt drein, wie in einem Alptraum gefangen.

Nachdem sie jeder auf nicht schuldig plädiert hatten und die Kaution auf einskommafünf Millionen Dollar für jeden festgesetzt worden war, wurden sie in Handschellen aus dem Gerichtssaal geführt – wobei sie aussahen wie drei hoffnungslos verwirrte Zwerge auf der Suche nach Schneewittchen.

Aber Schneewittchen war seit dem September tot, und das Netz rings um Rob Marshall zog sich immer enger zusammen.

ZWEITES BUCH

DAS GESETZ

12. Kapitel

Bob Gladstone, Lieutenant der Mordkommission bei der Strafverfolgungsbehörde der Ocean County, hatte während seines Bereitschaftsdienstes für die Mordkommission zu Hause in Point Pleasant geschlafen, als ihn gegen zwei Uhr fünfzehn ein Anruf erreichte. Eine Frau sollte auf dem Rastplatz Oyster Creek am Garden State Parkway erschossen worden sein.

Als er den Schauplatz erreichte, war Rob Marshall, der aus einer Platzwunde am Kopf geblutet hatte, bereits ins *Community Memorial Hospital* gebracht worden. Maria lag noch immer mit dem Gesicht nach unten in einer Blutlache auf dem Vordersitz des elfenbeinfarbenen Cadillac.

Das erste, was Gladstone auffiel, war, wie dunkel und völlig von der Straße abgeschirmt es hier war. Um diesen Platz zu erreichen, mußte ein Wagen, der von der nach Norden führenden Fahrbahn kam, hinter der Zufahrt zunächst eine Linkskurve nehmen. Dreißig oder vierzig Fuß weiter ging es dann noch einmal scharf links herum, einen schmalen, schwarz gepflasterten Weg entlang, der rechts und links von Picknicktischen und Abfallkörben gesäumt wurde.

Diesem dunkel gepflasterten Weg war Marshalls Wagen an die zwanzig Meter weit gefolgt. Der Weg endete etwa vierzig Meter oben vor einem nicht beleuchteten, überdachten Grillplatz. Es war so dunkel, daß sich Gladstone trotz des Scheinwerferlichts der verschiedenen Streifenwagen, die sich inzwischen hier versammelt hatten, zweimal das Knie am Kühlergrill eines abgestellten Wagens stieß, den er einfach nicht rechtzeitig gesehen hatte.

Der Pfad war zu beiden Seiten so dicht bewachsen (der Rastplatz war einfach als Schneise aus dem Kieferngestrüpp herausgeschlagen worden), daß es unmöglich war, den Verkehr in nördlicher oder südlicher Richtung auf dem Parkway zu sehen, und sogar schwierig, ihn zu hören. Es nahm nicht wunder, fand

Gladstone, daß an der Zufahrt ein großes Schild aufgestellt worden war mit der Aufschrift: *Gelände nach Einbruch der Dunkelheit geschlossen, Parken verboten.*

Als er sich dem elfenbeinfarbenen Eldorado näherte, sah er auf den ersten Blick, daß der hintere Reifen vollständig platt war. »Was ist passiert?« fragte er den diensthabenden Officer der Staatspolizei.

Der Officer las im Schein der Taschenlampe ein paar Notizen in seinem Büchlein nach. Die Nacht war schon so kalt, daß sein Atem kleine Wölkchen vor seinem Gesicht bildete. »Robert Marshall, 884 Crest Ridge Drive, Toms River. Die Tote ist seine Frau Maria P. Marshall. Mr. Marshall hat ausgesagt, daß er und seine Frau zum Dinner bei Harrah's Marina in Atlantic City waren, von wo sie kurz vor Mitternacht wieder aufgebrochen sind. Nach Passieren der Mautstation vor Bernegat spürte er ein Vibrieren des Autos. Er sagt, er kenne diesen Rastplatz recht gut, weil er den Parkway sehr oft benutzt. Ist dann hier hereingefahren, um Reifen zu überprüfen. Sagt, er sei ausgestiegen und habe festgestellt, daß der hintere rechte Reifen platt war. In dem Augenblick fiel ihm ein anderes Fahrzeug auf – dunkler Kombi, möglicherweise ein Chrysler –, der von der nach Norden führenden Fahrbahn hereinkam und quer zu ihm dreißig Yards weiter zurück anhielt. Er sagt, er habe das Fahrzeug ignoriert und weder gesehen noch gehört, daß jemand ausgestiegen sei. Sagt, er sei zur Beifahrertür zu seiner Frau gegangen und habe ihr gesagt, sie solle den Kofferraumdeckel – wie war noch das Wort, das er benutzte – aufschnappen lassen. Offenbar befindet sich im Handschuhfach ein Knopf, mit dem sich der Kofferraum öffnen läßt. Als er sich von seiner Frau abwandte, so behauptete er, habe er einen Schlag auf den Kopf bekommen und ist ohnmächtig geworden. Den Angreifer hat er nicht gesehen, er hat überhaupt niemanden näher kommen gesehen oder gehört. Weiß nicht mehr, wie lange er bewußtlos war. Als er wieder zu Bewußtsein kam, bemerkte er, daß auf seine Frau geschossen worden war. Es gelang ihm nicht, sie aufzuwecken, und er rannte auf die Fahrbahn hinaus, um Hilfe herbeizuwinken.«

»Sonst noch was?« fragte Gladstone.

»Allerdings. Er sagt, er vermisse zweitausend Dollar in bar, die er im Casino gewonnen habe. Sagt, es sei ihm aus der rechten vorderen Hosentasche entwendet worden.«

»Ist das alles?«

»Fürs erste«, sagte der Polizist. »Außer daß ich ihn noch was gefragt habe. Ich habe ihn gefragt, ob er denn bemerkt habe, daß er auf dem Parkway vielleicht verfolgt wurde. Oder ob sich jemand bei Harrah's besonders intensiv für ihn oder seine Frau interessiert habe. Sie verstehen, im Casino.«

»Und? Was hat er gesagt?«

»Er sagte – ich glaube, daran erinnere ich mich noch genau. Er sagte: ›Die Leute interessieren sich immer für Maria, weil sie eine so bestrickend schöne Frau ist.‹ Dann fing er an zu weinen. Er hat am ganzen Körper gezittert und so weiter. Wir mußten ihm eine Decke über die Schultern legen und in einen der Streifenwagen setzen.«

Gladstone sah sich noch einmal auf dem dunklen, trostlosen und von der Außenwelt isolierten Platz um. »Wie weit ist es von hier aus wohl bis zu den Telefonzellen an der Mautstation? Drei Meilen?«

»In etwa«, sagte der Polizist.

»Und in Richtung Roy Rogers Servicestation? Drei Meilen?«

»Vielleicht auch vier.«

Gladstone schüttelte den Kopf und spähte einmal mehr in die Dunkelheit hinein und in die nahezu undurchdringliche Barriere aus Gebüsch, das den Platz umgab. Die Hochgeschwindigkeitspiste des hektischen New Jersey Parkway schien nicht nur wenige Meilen, sondern Jahre entfernt.

»Der Bursche hat gesagt, er sei *hier* hereingefahren, um einen Platten zu beheben?«

»Ja, Sir«, sagte der Streifenpolizist.

»Und jetzt ist er weg?«

»Ins Hospital. Er ist am Kopf verletzt worden, aber es sah nicht allzu schlimm aus. Muß wohl nur mit ein paar Stichen genäht werden, mehr nicht. Oh, steht zwar nicht in meinem Notizbuch, aber ich kann Ihnen da noch was erzählen.«

»Machen Sie schon.«

»Als er wegging, wissen Sie, zum Unfallkrankenhaus, ist er vorher noch mal zurück zu seinem Wagen und zur Beifahrertür, und dann hat er seiner Frau mal kurz den Hintern getätschelt. Sie verstehen – einfach nur so, die Hand auf den Hintern. Als wenn er auf Wiedersehen sagen wollte.«

Gladstone ging zu dem elfenbeinfarbenen Eldorado zurück und betrachtete noch einmal die Leiche von Maria Marshall. Von außerhalb des Wagens sah es aus, als schliefe sie nur, hingestreckt über die beiden Vordersitze mit dem Gesicht nach unten, die Schuhe abgestreift und den Kopf auf die Hände gelegt. Sie war in den Rücken geschossen worden. Es gab nicht viel Blut. Sie trug noch immer diverse Schmuckstücke aus Gold – eine Halskette, ein Armband, zwei oder drei Ringe. Auf dem Fußboden, genau da, wo ihre beiden bestrumpften Füße über die Sitzbank ragten, lag eine langstielige rote Rose.

»Schon in Ordnung, es war ein Abschied«, sagte Gladstone. »Der ganz lange Abschied.«

Gladstone ging dann ans rechte hintere Ende des Wagens, ließ sich auf die Knie nieder, machte die Taschenlampe an und untersuchte den Reifen. Direkt vor sich sah er einen sauberen, geraden Schnitt von etwa vier Zentimeter Länge auf der Reifenschulter, direkt über der Stelle, wo er auf dem Boden auflag.

Gladstone ließ den Lichtkegeln der Taschenlampe über den ganzen Reifen wandern. Die Seitenbereiche waren glatt und zeigten keinerlei Beschädigungen wie etwa Risse, die entstanden sein müßten, wenn er nur mit geringem Luftdruck gelaufen wäre.

Er stand wieder auf. Gladstone war ein liebenswürdiger, massiger Mann mit sanfter Stimme in den späten Dreißigern, mit einem sauber gestutzten grauen Bart; Gladstone las gern und sah eher wie ein College-Lehrer denn wie ein Detective der Mordkommission aus. Dabei war er ein hochbegabter Kriminalist. Aber man brauchte auch nicht gerade Inspektor Maigret zu sein, um das Gefühl zu bekommen, daß hier etwas nicht stimmen konnte.

Er rief den Streifenpolizisten. »Jemand soll das Hospital

anfunken«, sagte er. »Ich will nicht, daß der Bursche irgendwohin geht. Ich habe noch ein paar Fragen an ihn.«

Als Danny O'Brien, der Sergeant der Mordkommission, von Gladstone alarmiert, gegen vier Uhr fünfzehn in der Notaufnahme eintraf, war Rob gerade auf dem Weg hinaus, begleitet von Father Mulcahy, dem Priester von St. Joseph's, den er an seiner Seite haben wollte, wenn er Roby und John von ihrer Mutter erzählen mußte.

Rob trug einen blauen Blazer und eine beigefarbene Hose. Um den Kopf trug er einen dicken weißen Verband, der eine Platzwunde bedeckte, die gerade mit fünf Stichen genäht worden war. Er schien nicht schwer verletzt zu sein, und laut O'Brien wirkte er auch nicht sonderlich geschockt.

»Er sah nicht aus wie ein Mann, dessen Frau gerade ermordet worden ist«, erklärte O'Brien später. »Er sah aus wie ein Mann, der auf dem Weg zu seiner Yacht ist.«

Da der Mord auf einer Staatsstraße geschehen war, konnte O'Brien von Rob keine Aussage verlangen, ohne daß ein Angehöriger der Staatspolizei zugegen war. Trotzdem fragte er Rob, wohin er jetzt gehe.

»Nach Hause«, sagte Rob, »um meinen Söhnen die tragische Nachricht zu überbringen.«

O'Brien bedachte Rob mit einem Blick voller Zynismus, wobei der Schnurrbart, der stiere Blick und sein typisch irisches Gesicht genau den richten Rahmen hergaben:

»Dann bleiben Sie mal schön sitzen, sobald Sie da sind«, sagte. »Wir kommen noch vorbei, um hallo zu sagen.«

Als O'Brien dann um fünf Uhr in Begleitung zweier Staatspolizisten am Crest Ridge Drive eintraf, war Rob bereits oben, um mit den Jungen zu reden. Er trug noch immer Blazer, beigefarbene Hosen und kam O'Brien jetzt vor, als sei er bereit, jederzeit eine Cocktailparty zu geben. Und wirklich, als die drei Männer in den Hausflur traten, war das erste, was Rob zu ihnen sagte: »Gentlemen, darf ich Ihnen etwas zu trinken anbieten?«

»Nein, danke«, sagte O'Brien, »begleiten Sie uns lieber zu einer kleinen Spazierfahrt.«

Eine halbe Stunde später, in den Bass-River-Baracken, legte Rob sich auf eine Couch in einem der Dienstzimmer, während er darauf wartete, daß das offizielle Verhör begann, und schlief ein. Über den Augenblick, zu dem die Befragung dann begann, sagte O'Brien später, es habe eine Unverbindlichkeit geherrscht, die einer Situation angemessen gewesen wäre, in der noch nicht sicher gesagt werden konnte, ob die zu befragende Person nun Opfer oder Täter sei. Rob wiederholte die Geschichte, die er schon am Tatort zum besten gegeben hatte, und fügte entsprechend dem Protokoll der Staatspolizei noch hinzu, daß »die Straßenlage des Wagens nicht von einem auf den anderen Augenblick schlechter wurde, sondern erst nach und nach, je weiter er nach Norden vorankam.«

Das ließ es nur um so sonderbarer erscheinen, daß er an den vielen Maut- und Servicestationen, die allesamt Nachtdienst hatten, einfach vorbeigefahren war, um dann schließlich in eine derart finstere Gegend wie den Rastplatz am Oyster Creek abzubiegen. Noch seltsamer allerdings war der Schnitt von vier Zentimetern Länge, der eigentlich dazu hätte führen müssen, daß der Reifen abrupt die Luft verlor und sofort platt gewesen wäre, aber diese Ungereimtheiten wollte O'Brien noch nicht erwähnen.

»Wie lange sind Sie schon verheiratet?« fragte O'Brien.

»Zwanzig Jahre«, erwiderte Rob.

»Eine lange Zeit«, fand O'Brien. »Ich selbst bin gerade geschieden worden. Hatten Sie irgendwelche Eheprobleme?«

»Nun«, sagte Rob, »wir hatten ein paar finanzielle Schwierigkeiten. Um es klar und deutlich zu sagen – meine Frau lebte über unsere Verhältnisse. Deswegen waren wir auch schon einmal kurz bei einer Eheberatung. Also, um ganz offen zu sein, sollte ich vielleicht doch sagen, daß mich meine Frau verdächtigt hat, ich würde sie betrügen.«

»Hatte sie denn recht?« wollte O'Brien wissen.

»Nein. Nein, natürlich nicht«, erwiderte Rob.

O'Brien saß nur einfach da und starrte ihn an. O'Brien

mochte ihn nicht. O'Brien mochte den ganzen aufgeblasenen Jet-set aus dem Country Club nicht, und Rob Marshall schien ihm ein besonders abzulehnendes Exemplar aus dieser Spezies zu sein.

»Haben Sie sie umgebracht?« fragte O'Brien.

»Nein. Nein, natürlich habe ich sie nicht getötet«, sagte Rob deutlich verärgert. »Was ist das nur für eine Frage?«

»Gibt es irgendeinen Grund, warum ihr Tod Ihnen gelegen gekommen sein könnte?« fragte O'Brien.

»Hören Sie, Sergeant. Sie sollten besser gleich von vornherein eines wissen: Ich habe meine Frau geliebt.«

»Das beantwortet nicht meine Frage«, sagte O'Brien. »Meine Frage lautete, ob Ihnen der Tod Ihrer Frau aus irgendeinem Grund gelegen kam.«

Diesmal antwortete Rob nicht direkt. Zum erstenmal sah er O'Brien anders an als voller Mißfallen. »Bin ich ein Tatverdächtiger?« fragte er.

»So sehr wie jeder andere, der letzte Nacht auf dem Parkway unterwegs war«, sagte O'Brien. »Nun, wie wär's, wenn ich Sie jetzt nach Hause fahre?«

Sobald er im Wagen saß, schloß Rob die Augen und war sofort eingeschlafen.

Um neun Uhr am Morgen war Bob Gladstone in der Stadt bei der Strafverfolgungsbehörde und teilte dem County-Ankläger mit, daß Rob Marshalls Geschichte mit dem platten Reifen keinen rechten Sinn machte, als das Telefon klingelte.

Der Anrufer war ein Privatdetektiv namens Fred Grasso, der früher einmal bei der Staatspolizei gearbeitet hatte. Gladstone kannte Grasso persönlich. In Toms River kennt jeder jeden, vor allem, wenn einer in Rechtsgeschäften, Rechtsberatung oder Immobilien tätig ist.

»Ich habe da eine Klientin«, sagte Grasso, »von der ich mir denken könnte, daß Sie seit neuestem ein gewisses Interesse an ihr haben könnten.«

»Seit wann?« fragte Gladstone.

»Oh, so seit zwei, drei Uhr heute morgen.«

»Marshall, Maria P.?«

»Genau das ist die Dame. Und, Bobby, sie war verdammt noch mal eine echte Dame. Die liebenswerteste Frau, die man sich nur denken kann.«

»Da gibt es aber jemanden, der darüber anders dachte.«

»Ja – und ich kann Ihnen auch sagen, wer.«

»Nur zu, nun seien Sie doch nicht so schüchtern.«

»Sie war die reizendste Frau, Bobby, das schwöre ich bei Gott. Sie hatte nicht einen falschen Knochen im Leib.«

»Wer bestreitet das?«

»Ihr Mann.«

»Das wäre dann Robert O. Marshall, acht, acht, vier Crest Ridge Drive, Toms River, richtig?«

»Rob O. persönlich. Und das ist vielleicht 'n Arsch! Bobby, diese Frau hat mich im Dezember angerufen, kurz vor Weihnachten. Sie hatte mit Tom Kenyon, dem Anwalt, gesprochen. Sagte, sie habe den Verdacht, ihr Mann habe ein Verhältnis, wollte mit ihm über ihre Möglichkeiten reden. Dabei kam dann raus, daß Kenyon die Braut kannte, die da mit im Spiel war, und wollte deswegen nichts mit der Sache zu tun haben. Aber er hat dafür gesorgt, daß sie mich anrief, damit ich ihn ein bißchen observiere und Material beschaffe, damit sie was in der Hand hat, wenn das Spielchen losgeht – egal, bei welchem Anwalt sie dann auch landet.«

»Heh, Fred, haben Sie nicht Lust, mal vorbeizukommen, aber in eigener Person und selbst? Und bringen Sie alles mit, was Sie haben.«

»Bin sofort drüben«, sagte Grasso. »Wissen Sie, Bob, das ist ein lausiges Geschäft, das ich da betreibe. Voller Winkelzüge und Hinterhältigkeiten. Aber diese Mrs. Marshall, also die war wirklich eine feine Dame, Bobby. Die Art von Frau, die man sich als Mutter wünschen würde, wenn man noch ein Kind wäre.«

Fred Grasso hatte eine klare und sehr lebendige Erinnerung an sein erstes Zusammentreffen mit Maria. Kenyon hatte ihn angerufen, ihm ein paar Einzelheiten erzählt und ihm aufgetragen, ihren Anruf abzuwarten. Dieser erfolgte dann schon nach einer Stunde. Maria sagte, ihr Mann habe ein Verhältnis mit Felice Rosenberg, der Frau von David Rosenberg und Tochter von Fred Frankel, von Beruf stellvertretende Direktorin der *Seaview Regional High School*. Maria sagte, sie würde ihn am liebsten sofort aufsuchen, aber sie könne nicht in sein Büro kommen aus Sorge, dabei beobachtet zu werden.

Daher hatte er ihr einen Weg vorgeschlagen, wie sich ein Treffen würde arrangieren lassen. Er beschrieb ihr seinen Wagen und sagte ihr, er würde am äußersten Ende des Parkplatzes der *Super Foodtown* an der Landstraße Nr. 37 im Wagen auf sie warten. Hier handelt es sich um den größten Parkplatz von Toms River, abgesehen von dem beim Einkaufszentrum, und ein Zusammentreffen dort würde kaum Aufsehen erregen. Sie sollte ihren Wagen direkt neben seinen fahren. Er wollte in nördlicher Richtung parken, und deshalb sollte sie aus Süden kommen, damit die Seitenfenster auf der Fahrerseite beider Autos direkt nebeneinander lagen. Während des Gesprächs sollten sie beide in ihrem Auto bleiben, um einer vorzeitigen Entdeckung zu entgehen.

Als er ihr das mit äußerster Sorgfalt erklärte, hatte Grasso den Eindruck, als sei sie viel zu nervös, um auch alles richtig zu verstehen. Die Vorstellung, womöglich entdeckt zu werden, schien ihr wahre Schreckensschauder den Rücken hinunterrinnen zu lassen.

»Ich verstehe«, sagte Maria. »Ich werde da sein. Ich werde langsam neben Ihr Auto fahren, aber wenn ich nicht anhalte, möchte ich nicht, daß Sie mir folgen.« Dies mußte für sie ein gewichtiger Schritt sein, dachte er sich, und sie wollte sich bis zum letzten Augenblick die Möglichkeit offenlassen, es sich anders zu überlegen.

Aber sie hielt dann tatsächlich, und Grasso war vom ersten Eindruck, den er von ihr bekam, überwältigt. Sie war nicht nur attraktiv, sondern auch gebildet, und als sie erst ihre Nervosität ein wenig abgelegt hatte, sprach sie in wohlgesetzten Worten. Sie verfügte über ein, wie Grasso sagte, eindrucksvolles Lächeln und einen sehr vitalen Ausdruck im Gesicht. Fred

Grasso mochte sie vom ersten Augenblick an. *Ihr Mann kann nicht alle Tassen im Schrank haben,* dachte Grasso bei sich, *einer solchen Frau Kummer zu bereiten.*

Sie vertrödelten keine Zeit dort im Dämmerlicht des späten Dezembernachmittags. Maria händigte Grasso ein Foto aus. Es war auf einer der vielen Kostümbälle im Country Club entstanden. Das Bild zeigte Rob und Maria sowie David und Felice. Felice war wie eine Bauchtänzerin gekleidet, die von Piraten gefangengenommen worden war. Ihre Hand langte zwischen Robs Beine. Er grinste und hielt ihr ein Schwert an die Kehle.

»Was soll denn das?« fragte Grasso.

»Sie sagten doch, ich solle ein Bild von ihr mitbringen.«

Er schüttelte den Kopf. *Großer Gott, manchmal wünschte er sich wirklich, er hätte nie bei der Staatspolizei gekündigt.* »Na gut, Mrs. Marshall, ich sagte Ihnen wohl, Sie möchten ein Bild mitbringen, aber da dachte ich eigentlich mehr an eines zu Identifikationszwecken, damit ich, wenn ich sie sehe, sicher sein kann, daß es auch die richtige ist.« Er hielt das Foto in die Höhe. »Das hier wäre sicher von Vorteil, wenn man sie in die Sklaverei verkaufen wollte, aber ich kann mir nicht vorstellen, daß man sie in diesem Aufzug ins Seaside Regional hineinlassen würde.«

Maria blickte ein wenig zerknirscht drein. Ihr erster Versuch, selbst Beweise zusammenzutragen, und sie hatte ihn verpfuscht. »Halb so schlimm, halb so schlimm«, sagte Grasso. »Das wird schon gehen. Ich hab' sie auch schon mal in der Stadt gesehen, ich kenne sie. Und wenn sie nicht ›diejenige welche‹ ist, dann werde ich Ihnen auch das sagen können.«

Sie sah noch immer so traurig und betroffen aus, daß Grasso echtes Mitleid mit ihr empfand. Nur zwei Wochen vor Weihnachten, zwanzig Jahre Ehe hinter sich und zu Hause drei Kinder – nein, die Affäre ihres Mannes mußte sie schwer treffen.

»Hören Sie, Mrs. Marshall«, sagte er, »Sie brauchen sich keine Sorgen zu machen. Ich werde es schon richtig anpacken. Vielleicht kann ich Ihre Probleme nicht lösen, aber ich verspreche Ihnen, ich verschaffe Ihnen die Informationen, die Sie brauchen.«

»Vielen Dank«, sagte sie.

»Und, glauben Sie mir, ich habe dererlei Dinge oft passieren sehen. Das geschieht öfter, als Sie glauben. Und in der Regel geht es gut aus.«

Sie lächelte ihn an. »Vielen Dank«, sagte sie wieder. Dann langte sie in ihre Handtasche und reichte ihm eine Hundert-Dollar-Note. »Reicht das für den Anfang?« fragte sie.

»Das ist schon in Ordnung, Mrs. Marshall. Sie brauchen mir auch gar keinen Vorschuß zu geben. Ich kann Ihnen doch am Ende eine Rechnung schreiben, wenn mein Auftrag erledigt ist.«

»Nein«, sagte sie. »Das wäre nicht gut. So wie unser Geld verschwindet, ist es bestimmt besser, ich bezahle Sie im voraus.«

»Wie Sie meinen«, sagte er. »Das reicht fürs erste. Wollen Sie, daß ich Sie unmittelbar anrufe, oder soll ich Tom Kenyon anrufen, wenn ich etwas in Erfahrung bringe?«

»Rufen Sie mich nicht an«, sagte sie schnell. »Rufen Sie niemanden an. Ich will nicht, daß das irgendwie bekannt wird. Ich rufe Sie an. Jetzt warte ich erst einmal ein paar Tage ab, und dann rufe ich Sie an.«

»Okay, Mrs. Marshall, verbleiben wir also so. Und – versuchen Sie trotzdem, schöne Weihnachten zu feiern.«

Sie lächelte noch einmal, kurbelte das Fenster hoch und fuhr davon.

Und nun war sie tot. Lag erschossen auf den Vordersitzen von Robs Cadillac. Und Rob O. stand draußen und hielt sich ein Taschentuch an den Kopf, wie Grasso im Radio gehört hatte. Nun, er hatte sämtliche Unterlagen bei sich, und Bob Gladstone würde ganz froh über die Bilder sein.

Noch am selben Morgen erreichte Gladstone ein anderer Anruf, diesmal von einem Anwalt namens Michael DeWitt, der seine Praxis in Bricktown hatte, einer Ansammlung verstreut liegender Häuschen, in denen vornehmlich Arbeiter lebten, und einigen kleineren Supermärkten, die gerade erst nördlich von Toms River aus dem Boden gestampft worden waren.

DeWitt sagte, er sei Maria Marshalls Anwalt gewesen. Er hatte sein Mandat Anfang Dezember angetreten, nachdem er ihr durch Tom Kenyon empfohlen worden war, dem Anwalt aus Toms River, den sie zuerst konsultiert hatte. Ihre Probleme, sagte DeWitt, seien vielfacher Natur gewesen. Zunächst einmal die Affäre ihres Mannes. Die Frau, mit der er dieses Verhältnis unterhielt, war aber Tom Kenyon so gut bekannt, daß dieser fürchtete, es könne für ihn zur Interessenkollision führen, wenn er Maria verträte, und daher hatte er Maria DeWitt empfohlen.

Mrs. Marshalls zweites Problem sei finanzieller Art gewesen. Sie hatte herausgefunden, daß ihr Mann die Familie in horrende Schulden gestürzt und versucht hatte, das Problem dadurch zu lösen, daß er eine Hypothek in Höhe von hunderttausend Dollar auf das Haus aufgenommen hatte. Damit sie davon nichts erfuhr, hatte er den Kreditvertrag mit ihrem Namen unterzeichnet.

DeWitt hatte sowohl einen Konkursantrag wie eine Scheidungsklage für Mrs. Marshall vorbereitet, sagte er, doch jedesmal, wenn es soweit war, jetzt endlich zur Tat zu schreiten, war sie davor zurückgeschreckt. Ihr Anliegen war es, wie sie ihm wiederholt erklärt hatte, ihre Ehe zu retten, nicht, sie zu zerstören.

Den Sommer über war ihre Besorgnis ständig größer geworden, ihr Mann könne in Transaktionen krimineller Natur verwickelt sein. So fürchtete sie, er konsumiere Kokain oder handele vielleicht sogar damit. Zudem hegte sie die ernsthafte Befürchtung, er habe sich zu weit mit der Welt der Spieler in Atlantic City eingelassen. Darüber hinaus fürchtete sie, seine finanzielle Misere habe ihn in die Abhängigkeit von Leuten gebracht, die mit dem organisierten Verbrechen zu tun hatten. Sie hatte begonnen, seine Telefongespräche zu belauschen und den Inhalt seines Schreibtisches zu durchsuchen, aber sie hatte Angst, ihn mit allem zu konfrontieren, was sie herausgefunden hatte oder doch argwöhnte.

DeWitt sagte, im Dezember und im Januar sei er in ihren Angelegenheiten unmittelbar tätig gewesen. Dann seien mehrere Monate gefolgt, während derer sie offenbar gehofft habe, sie könne mit ihren Schwierigkeiten fertig werden, ohne rechtlichen Beistand in Anspruch nehmen zu müssen. Im Juli habe sie dann ganz plötzlich wieder Kontakt zu DeWitt aufgenommen, und bis zum Monatsende hatte er alle Unterlagen für eine öffentliche Scheidungsklage vorbereitet, einschließlich der Benennung von Felice Rosenberg als Zeugin und Scheidungsgrund und einer Verfügung, die es Rob untersagt hätte, das Haus in irgendeiner Weise als Pfand zu verwenden.

Am 26. Juli waren die Papiere fertig, sagte DeWitt. Aber sie sagte, er solle noch warten mit der Klageerhebung, weil die Familie am nächsten Tag in Urlaub fahre; außerdem hoffte sie immer noch, alles friedlich zu regeln. Abgesehen von einem Tag Mitte August, als sie ins Büro gekommen war, um ihre Rechnung zu bezahlen, sagte DeWitt, habe er nie wieder von Mrs. Marshall gehört.

Um die Mittagszeit hielt Gladstone die Ergebnisse der Autopsie in Händen. Maria Marshall war aus kurzer Entfernung zweimal mit einer Pistole vom Kaliber .45 in den Rücken geschossen worden. Die beiden Einschußöffnungen lagen so dicht beieinander, daß man sie beide mit einem einzigen Fünf-Cent-Stück hätte abdecken können. Die Schußkanäle der beiden Kugeln bewiesen, daß sie mit dem Gesicht nach unten auf dem Vordersitz gelegen hatte, als sie erschossen wurde. Es war klar, daß, wer immer auf sie geschossen hatte, es in der deutlichen Absicht getan hatte, sie zu töten. Das war keineswegs eine Panikreaktion gewesen, wie man sie sich bei einem mißglückten Raubüberfall vorstellen könnte. Für Bob Gladstone trug es alle Anzeichen einer professionellen Hinrichtung.

Um ein Uhr hatte er bereits einen Detective mit der Aufgabe betraut, herauszufinden, wie hoch das Leben von Maria Marshall versichert gewesen war.

Um drei Uhr hatte er Anweisung gegeben, Felice Rosenberg zur Vernehmung zu bringen.

Keine Frage, sie erledigten ihren Auftrag geschickt. Sie warteten, bis Felice die *Seaview Regional High School* gegen drei Uhr dreißig am Nachmittag verließ, warteten weiter, bis sie ihren schwarzen Buick auf dem Parkway bis auf achtzig, fünfundachtzig Meilen hochgejubelt hatte, dann ließen sie Rotlichter auf dem Wagendach rotieren, überholten sie und dirigierten sie rechts an den Straßenrand.

Nein, sagten sie ihr, ihren Führerschein und die Wagenpapiere wollten sie nicht sehen. Sie seien nicht auf der Jagd nach Temposündern. Ihnen gehe es mehr darum, daß sie ihnen zu einer Vernehmung folge. Zu welcher Frage? Zu der Ermordung von Maria Marshall.

Nachdem sie die Dame aufs Polizeirevier gebracht hatten, stellten sie ihre Personalien fest, nahmen ihre Fingerabdrücke und machten ein Foto von ihr. Gladstone hatte Detective Al McGuire mit der Vernehmung beauftragt. Al war wirklich ein lieber, netter Kerl, aber aus einer Entfernung von sagen wir mehr als vierzig Fuß war er nach Größe und Figur nur schwer von einem Grizzlybären zu unterscheiden.

An der Längsseite des Tisches saßen Detective Tony Manusco von der Staatspolizei, der einen ebenso stoischen wie mißtrauischen Eindruck vermittelte.

Felice warf einen Blick auf die beiden und verlangte nach einem Anwalt. Genauer gesagt, wollte sie zwei Anwälte hinzuziehen, Lou Minsky und seinen Partner, Jay Jarvis. Die beiden waren ihre persönlichen Freunde, gehörten zu jener großen, weitverzweigten ›Familie‹ oben in Brookside.

Minsky und Jarvis verloren keine Minute Zeit, ins Büro des Strafverfolgers zu kommen. (Dabei kam Minsky die unerfreuliche Aufgabe zu, zuvor noch David Rosenberg vom Auto aus anzurufen und ihm gleich zwei schlechte Nachrichten zu überbringen: a) deine Frau hat eine Affäre, b) sie soll im Zusammenhang mit einem Mord vernommen werden.)

Die beiden Anwälte berieten sich zuerst allein mit Felice und teilten den Detectives McGuire und Manusco anschließend mit, sie sei bereit auszusagen.

Sie wurde mehrmals auf ihre Rechte hingewiesen, und dann legte man ihr ein Formular zur Unterschrift vor, auf dem sie bestätigte, daß sie freiwillig aussage. Sie wurde dann ergänzend darauf hingewiesen, daß sie das Recht habe, die Vernehmung jederzeit abzubrechen; sie stehe nicht unter Arrest und unterziehe sich der nachfolgenden Prozedur folglich aus freien Stücken. Schließlich brachten sie sie in den Raum mit dem Lügendetektor und fingen mit der Vernehmung an, ohne sie allerdings an das Gerät anzuschließen.

Ja, sie habe während des Sommers 1983 ein Verhältnis gehabt, erzählte sie. Gegen Jahresende sei Maria mißtrauisch geworden, vor allem, nachdem sie Listen über Robs unzählige Telefongespräche mit ihr in Seaview gefunden hatte. Felice selbst hatte über ihr Verhältnis nur mit ein oder zwei engen Freundinnen gesprochen, und Rob, da war sie sicher, hatte niemanden eingeweiht.

Rob, sagte sie, sei in seiner Ehe unglücklich gewesen. Er habe ihr erzählt, Maria sei über alle Maßen besitzergreifend und gebe zuviel Geld aus. Sie selbst fühlte sich in ihrer Beziehung mit ihrem Ehemann unausgefüllt, und sie und Rob hatten beschlossen, ihre jeweiligen Ehegefährten zu verlassen und zusammenzuziehen.

Schon seit einigen Monaten wälzten sie Pläne für diesen Schritt, sagte sie, und sie sollten jetzt bald auch Wirklichkeit werden. Innerhalb einer Woche wollten sie und Rob es ihren jeweiligen Ehepartnern sagen und dann in ein Strandhaus ziehen, das sie kürzlich in Manahawkin angemietet hatte. Sie hatten bereits ein gemeinsames Wertpapierdepot eingerichtet, in das Rob Silberbarren ›im Wert von einigen tausend Dollar‹ eingebracht hatte. Außerdem hatten sie ein gemeinsames Konto eingerichtet. Zudem hatten sie schon seit Monaten, so Felice, ein gemeinsames Postschließfach unten in der Stadt, das sie für den Austausch von Tonbandkassetten nutzten – kleine Liebesbotschaften, die sie sich gegenseitig sandten, wenn sie sich nicht treffen konnten.

In allen Einzelheiten legte sie den Ablauf des gestrigen Tages dar und gab zu Protokoll, sich gegen sechzehn Uhr auf dem Parkplatz eines Supermarktes nicht weit von ihrer Schule mit Rob getroffen zu haben. Sie habe ihren Wagen dort zurückgelassen, erzählte sie, und sei mit ihm auf einen ihrer Lieblingsparkplätze gefahren, der in einem Kieferngestrüpp hinter einer Hinweistafel mit der Aufschrift *Nur für Dienstfahrzeuge* lag, direkt hinter einem Gelände, auf dem eine neue Siedlung entstehen sollte. Er hatte wie bei solchen Gelegenheiten üblich, Cuba Libre für sie beide gemixt, und sie haben sich eine oder anderthalb Stunden, wie sie sich zu erinnern meinte, miteinander unterhalten. Sie sagte, sie erinnere sich, daß er geklagt hatte, er würde abends am liebsten nicht nach Atlantic City fahren, daß aber seine Frau ›darauf bestanden‹ habe.

Gegen halb sechs hatten sie sich dann verabschiedet, und sie war nach Toms River gefahren, um dort eine Übungsstunde abzuhalten. Danach war sie nach Hause gefahren, hatte sich umgezogen und eine kleine Gruppe Freunde zu einem Geburtstagsessen gefahren, das sie für ihren Vater im *Wall Street Restaurant* in Bricktown abhalten wollte. Als Hauptgang hatte sie einen Caesar-Salat gewählt. Dabei war sie von einer blonden Frau mit Namen Nancy bedient worden. Auf dem Heimweg hatten sie bei *Darvel's* angehalten, um noch Eiscreme zu kaufen.

McGuire fragte sie, wie sie vom Tod Marias erfahren habe. Sie erwiderte, Rob habe sie morgens in der Schule angerufen. »Sitzt du gut?« habe er sie gefragt. Als sie mit Ja geantwortet habe, sei die Information gekommen. »Maria ist tot.« Er sagte angeblich auch noch: »Es ist schrecklich. So habe ich es nicht gewollt.« Dann hatte er beschrieben, wie es passiert war: Er sei auf den Rastplatz gefahren, aus dem Wagen gestiegen, habe gehört, wie hinter ihm ein anderes Fahrzeug auf den Platz kam, aber nicht weiter darauf geachtet, sondern Maria gebeten, »den Kofferraum aufschnappen zu lassen«, dann habe er einen Schlag auf den Kopf verpaßt bekommen. Als er das Bewußtsein wiedererlangt hatte, sah er, daß sie tot war, in den Rücken geschossen.

McGuire erhob sich. »Wir werden Sie jetzt hier eine Weile alleinlassen, Mrs. Rosenberg«, sagte er. »Wir wollen Ihnen ein wenig Zeit lassen, sich hier mit Ihren Anwälten, Mr. Minsky und Mr. Jarvis, zu beraten. Ich möchte Sie bitten, genau nachzudenken. Vielleicht fällt Ihnen noch etwas ein, das uns helfen könnte.« Dann verließen er und Manusco das Zimmer.

Als sie nach zehn Minuten zurückkehrten, hatte Felice in der Tat über einiges nachgedacht. Sie sagte, im Zusammenhang mit Robs finanziellen Schwierigkeiten wisse sie, daß dieser eine zweite Hypothek in Höhe von hunderttausend Dollar auf das Haus aufgenommen habe.

McGuire nickte. »Sehr schön«, sagte er. »Genau das ist es, was ich meine. In einer Situation wie der weiß man nie so genau, was am Ende hilfreich ist. Am besten bleiben Sie einfach noch ein wenig hier mit Mr. Minsky und Mr. Jarvis sitzen und denken ein wenig weiter nach? Wir sind bald zurück.« Als die beiden diesmal zurückkehrten, hatte Felice noch etwas Mitteilenswertes aus ihrer Erinnerung hervorgeholt. McGuire und Manusco fanden es bedeutsam genug, um es in ihren schriftlichen Bericht aufzunehmen.

McGuire schrieb: »Im Zuge einer Unterhaltung mit Rob Marshall kurz vor Weihnachten 1983 hatte Marshall ihr erklärt, daß ›die Lebensversicherung, die auf Maria abgeschlossen ist, die Schulden reichlich deckt‹. (Er sagte:) ›Ich wollte, sie wäre ganz weg. Kennst du niemanden, der das in die Hand nehmen könnte?‹ Felice Rosenberg erklärte Rob Marshall seinerzeit, daß sie nur einen gewissen Patsy Racine kenne, und das sei die einzige Person, von der sie wisse, daß sie schon mal mit dem Gesetz in Konflikt gekommen war. Sie (Felice) bekundete, sie wolle niemals mit hineingezogen werden, wenn er es etwa fertigbringen würde, seiner Frau so etwas anzutun.« McGuire fand, das sei genug für einen Tag. Doch bevor er Felice gehen ließ, kündigte er ihr noch einen Test mit dem Lügendetektor an.

13. Kapitel

Während Felice im Lügendetektor-Zimmer vernommen wurde, saß Gladstone in seinem Büro am Ende des Flures und telefonierte mit einem am Ort ansässigen Versicherungsvertreter namens Philip Girard, der sofort angerufen hatte, als er im Radio von dem Mord erfahren hatte.

Girard sagte, er habe sich gedacht, er sollte wohl am besten Mitteilung davon machen, daß Rob Marshall am Montag mit der Bitte an ihn herangetreten war, er brauche umgehend eine Lebensversicherungspolice auf das Leben seiner Ehefrau Maria in Höhe von hunderttausend Dollar.

Marshall hatte betont, er sei ›in allergrößter Eile‹, die Police in Kraft zu setzen. Aus diesem Grund hatte er darauf bestanden, daß alle Papiere durch Boten befördert wurden, um das Verfahren abzukürzen; die medizinische Untersuchung müsse binnen achtundvierzig Stunden erledigt sein. Er hatte behauptet, er und seine Frau würden am Wochenende eine längere Reise antreten, und es sei in höchstem Maße wichtig, daß die Lebensversicherung bis dahin wirksam sei.

Girard sagte, eine ärztliche Untersuchung habe im Hause Marshall am Morgen des 6. September gegen zehn Uhr stattgefunden; er sei kurz nach Mittag dort erschienen, um die Papiere auszufertigen, als Marshall, seine Frau und ein großer, gutaussehender junger Mann, der wohl ihr Sohn zu sein schien, sich anschickten, das Haus zu verlassen, offenbar, um zum Essen zu fahren.

»Heiliges Kanonenrohr«, sagte Gladstone leise zu sich selbst.

Bevor er noch mehr sagen konnte, zu sich oder zu jemand anderem, wurde er von einem lauten Stimmengewirr draußen auf dem Flur direkt vor seinem Büro unterbrochen. Er öffnete die Tür und sah sich Felices Vater, Fred Frankel, gegenüber, der lauthals verlangte, den Vorgesetzten zu sprechen.

»Ich bin der diensthabende Lieutenant der Mordkommission«, sagte Gladstone ruhig. »Wenn es um den Mord an Maria Marshall geht, würde ich mich gern ein wenig mit Ihnen unterhalten.«

»Wie, zum Teufel, heißen Sie denn?« verlangte Fred Frankel zu wissen.

»Gladstone. Ich bin Lieutenant Gladstone.«

»Dann hören Sie mir mal zu, Gladstone. Ich habe gehört, Sie hätten meine Tochter hierhergebracht, und ich verlange, sie auf der Stelle zu sprechen. Ich will, verdammt noch mal, wissen, was hier vorgeht. Was glauben Sie eigentlich, welches Recht Sie haben, meine Tochter einfach von der Straße weg hierherzuholen wie eine gewöhnliche Kriminelle? Wissen Sie eigentlich, wer sie ist? Wissen Sie, wer ich bin? Hören Sie, Gladstone, ich bin eng mit Ray DiOrio befreundet. Und zum Henker, ich werde ihn wegen dieser Sache anrufen. Wo, zum Teufel, sind wir hier eigentlich? In Rußland?«

»Mr. Frankel«, erwiderte Gladstone gelassen, »Ihre Tochter ist in Begleitung zweier Anwälte und entsprechend ihrer freien eigenen Entscheidung hier, sie wurde umfassend über ihre Rechte belehrt, sie hat ein Formular unterzeichnet, daß sie mit einer Vernehmung einverstanden ist, sie spricht freiwillig, und sie kann, wie sie und ihre Anwälte sehr wohl wissen, die Vernehmung jederzeit abbrechen.«

»Gottverdammich, ich will sie sehen. Was hat das alles zu bedeuten?«

»Tut mir leid, Mr. Frankel, aber ich werde die Vernehmung nicht unterbrechen«, sagte Gladstone.

»Haben Sie mich vorhin nicht verstanden? Ich sagte, ich bin gut befreundet mit Ray DiOrio. Ich werde ihm von den Vorgängen hier berichten, und ich garantiere Ihnen, Gladstone, dann ist hier die Hölle los!«

»Fein, Mr. Frankel. Sie können anrufen, wen immer Sie möchten. Und sobald die Vernehmung zu Ende ist, werde ich Ihrer Tochter sagen, daß Sie begierig darauf warten, mit ihr zu reden.«

»Sie Hundesohn! Sie mögen mir vielleicht nicht glauben, aber in der Minute, in der ich durch diese Tür hinausgehe, rufe ich DiOrio an.«

»Sehr schön, Mr. Frankel. Aber wenn Sie mich jetzt bitte entschuldigen wollen? Ich muß selbst ein paar Telefonate führen.«

Am frühen Abend kamen McGuire und Manusco in Gladstones Büro, um Bericht über die Vernehmung Felices zu erstatten. Ihr Eindruck, sagten sie, sei gewesen, daß sie mehr wisse, als sie ausgesagt habe. Gladstone war nicht überrascht, das zu hören.

Marshall hatte auf Befragen die außereheliche Affäre geleugnet. Und nun kam heraus, daß es da nicht einfach nur eine Affäre gab, sondern sogar eine, die schon darauf hinauslief, daß sie alle beide ihre jeweiligen Ehepartner verlassen hätten. Und es hatte sich herausgestellt, daß Marshall so tief in Schulden steckte, daß seine Frau schon vor Monaten ernsthaft erwogen hatte, einen Konkursantrag zu stellen.

Und es hatte sich ebenfalls herausgestellt, daß er auf dem überstürzten Abschluß einer Lebensversicherung für seine Frau bestanden hatte, und das in der Woche, in der sie ermordet worden war. Gladstone besprach dies alles noch einmal eingehend mit McGuire und Manusco. Dann kam ihm ein anderer Gedanke.

»Felice arbeitet in Seaview, stimmt's?«

Die beiden anderen Detectives nickten.

»Das heißt, daß sie zweimal täglich am Tatort vorbeikommt. Das muß ihr die Möglichkeit eröffnet haben, die Lokalitäten dort genau zu erkunden. Und zum Beispiel zu wissen, wie dunkel und abgeschieden es dort ist.«

»Aber sie war nicht da«, sagte McGuire. »Sie war in Bricktown, wo sie mit ihrem Vater und einer ganzen Reihe von Leuten zu Abend gegessen hat, und, heiliger Bimbam, sie erinnert sich noch an jeden einzelnen Tropfen ihres Salatdressings.«

»Sie muß nicht unbedingt dort gewesen sein, als es passierte, um zu wissen, daß dies ein guter Ort für die Durchführung eines solchen Vorhabens ist«, sagte Gladstone. »Es ist nur so ein Gedanke, mehr nicht. Zufällig war übrigens eben ihr alter Herr hier. Ich kann mich nur wundern, daß Sie ihn nicht gehört haben. Er klang wie ein angeschossener Wasserbüffel. Im Moment telefoniert er mit Ray DiOrio und beklagt sich, seine Tochter werde nicht mit dem gebührenden Respekt behandelt.«

»Wir waren sehr zuvorkommend«, sagte McGuire, »sehr zuvorkommend. Wir haben ihr die Fingerabdrücke mit dem größtmöglichen Respekt abgenommen.«

»Wir haben ›danke‹ gesagt und ›bitte‹ und den ganzen Scheiß«, ergänzte Manusco.

»Sie wünscht respektvoll behandelt zu werden«, sagte Gladstone, »vielleicht sollte sie Ray DiOrio schon mal als ihren Verteidiger anheuern.«

Die drei lachten kurz, aber herzlich.

Aber als dann die anderen gegangen waren, fing Gladstone an, die Implikationen abzuwägen, die die Erwähnung des Namens Patsy Racine durch Felice nach sich ziehen konnte.

Sein richtiger Name lautete Patsy Ragazzo, und neben verschiedenen anderen Geschäften betrieb er in Toms River auch ein Restaurant mit Namen *Patsy Racine's Rainbow Room.* Zudem war er, wie Gladstone wußte, zumindest eine Randfigur im weitverzweigten Netz des organisierten Verbrechens. Die Frage, die Gladstone nun nicht mehr aus dem Sinn ging, war, wie es kam, daß er und Felice sich so gut kannten, daß sie ihn Rob empfahl, als dieser – natürlich nur zum Scherz – nach jemandem gefragt hatte, der bei der Beseitigung seiner Frau behilflich sein konnte.

Aber war es wirklich so verwunderlich? Wenn er ernsthaft nachgedacht hätte, wäre sicher auch Rob Marshall ein geeigneter Mann eingefallen. Die Mafia war in Toms River nicht gerade unterrepräsentiert.

Angefangen hatte es mit dem Bauboom in den sechziger Jahren, als Ocean County ganz plötzlich zu einem Landstrich wurde, der sich gleichermaßen für illegale wie legale Geschäfte eignete. Das war, als Vinny Gigliotti vom ›Großen Boß« Tornicelli aus der kriminellen Familie der Lucchese vom nördlichen New Jersey aus hierher geschickt worden war, um das Glücksspiel und das Kreditgeschäft zu organisieren.

Wie viele andere in Toms River machte Gigliotti im Bauboom gute Geschäfte und eröffnete bald neben seinem Buchmacher- und Kreditbüro ein Maklerbüro. Er organisierte den Bau einiger der teuersten Häuser in der Stadt einschließlich vieler in Brookside, die dann von Mitgliedern seiner weitverzweigten Familie bezogen wurden.

Gigliotti selbst hatte nur wenige Blocks von Robert Marshall entfernt gewohnt. *Hatte* deshalb, weil er im letzten Juni zur Unzeit gestorben war, als drei Männer mit Skibrillen im Büro seiner Baufirma an der Landstraße Nr. 9 aufgetaucht waren. Waren Skibrillen im Juni schon ungewöhnlich genug, so waren die Blicke der Zeugen (die sich danach allerdings sehr schnell rar machten) doch noch mehr gefesselt von den Golfschlägern, die die Männer mit den Skibrillen in den Händen hielten. Die Männer hatten angefangen, mit diesen Golfschlägern auf Vinny Gigliotti einzuprügeln. Sie prügelten so lange, bis er tot war. Dann gingen sie an der Vordertür wieder hinaus, stiegen in einen grauen Lincoln Continental und fuhren davon. Niemandem war es eingefallen, sich die Nummer zu merken. Und nie wurde jemand wegen dieses Verbrechens verhaftet.

Gigliotti war einer von drei Vettern ersten Grades in Toms River gewesen. Ein zweiter, Vito Quadrozzi, war Jurist und einige Zeit sogar als städtischer Richter in Amt und Würden. Seine Tage als Richter waren Ende 1980 gezählt, als der Besitzer eines Porno-Shops und Präsident eines Homosexuellen-Clubs in Bricktown durch das Fenster seines Wohnzimmers erschossen worden war und die drei Revolver vom Kaliber .38, die bei der Schießerei verwendet worden waren, in einem Schuhkarton im Keller des ehrenwerten Richters Quadrozzi gefunden wurden. Er erklärte damals, er sei lediglich gebeten worden, ein Paket für einen guten Freund aufzubewahren.

Quadrozzis Sohn Gino lebte ebenfalls in Brookside. 1979 hatten er und sein Vetter, Michael Gigliotti, Sohn von Vinny Gigliotti, einen Nachtclub gleich am Strand eröffnet und ihn *Key West Lounge* genannt.

Wie es sich halt so ergab, geriet die Key West Lounge schnell zum Hauptumschlagplatz für einen Ring von Kokain-Händlern unter Führung von Gino Quadrozzi, der mit Drogen einen jährlichen Umsatz von an die sieben Millionen Dollar in der Ocean County machte.

Dem Ring gehörten Toms-River-Prominente wie John Maloney an, der früher einmal das *Sultan's Delight Pleasure Spa* in Bricktown betrieben hatte, und Richard Bianchi, Besitzer des *River City Automotive*, eines anderen Autohauses an der Landstraße 37.

Weiter waren ein früherer Assistenztrainer der Footballmannschaft der Toms River East High School darin verwickelt sowie Joseph Maselli, der erst kürzlich die Toms River East High School absolviert hatte. Als man ihn einmal auf dem Schulhof mit baren fünftausend Dollar in der Tasche antraf, hatte er erklärt, dies sei ›Taschengeld‹.

Maselli war, wie sich herausstellte, der Bruder von Gino Quadrozzis Frau. Alles in allem wurden fünf Mitglieder der Familien Quadrozzi und Maselli angeklagt, dem Ring anzugehören, einschließlich der Mutter von Joseph Maselli. Gladstone erinnerte sich noch an den Witz, Maselli sei der einzige Teenager, der keine Angst zu haben brauchte, seine Mutter könnte womöglich bei einer Kontrolle einmal Drogen in seinen Taschen finden, weil sie selbst sie ihm wahrscheinlich hineingesteckt hatte.

Ein anderer Witz über das Autohaus River City lautete, wenn einem dort jemand sage, ein Auto komme voll ausgerüstet, dann sei das durchaus wörtlich zu verstehen. Auf den abnehmbaren Einzelteilen der Bespannung des Dachs im Wageninneren waren oft genug verkaufsfertige Kokain-Briefchen gestapelt. Von den fünfundsiebzig Personen, die angeklagt gewesen waren, dem Ring anzugehören, waren allein einundzwanzig städtische Bedienstete gewesen.

Der andere von Vinny Gigliottis Vettern war ein ausgesprochen stiller Zeitgenosse: John Riccio. Ihm gehörte ein Restaurant an der Uferpromenade, aber sein eigentlicher Broterwerb waren sanitäre Anlagen. Er hatte Beziehungen zu den meisten privaten Müllentsorgungsunternehmen zwischen Asbury Park und Atlantic City. Er lebte gleichfalls im Stadtviertel Brookside, erinnerte Gladstone sich. Genaugenommen lebte er nur drei Blocks von Robert Marshall entfernt.

Das Telefon auf Gladstones Schreibtisch klingelte. Es war Fred Frankel, und diesmal klang seine Stimme schon sehr viel gedämpfter. Er sagte, er wolle sich für sein Benehmen vom Nachmittag entschuldigen; inzwischen habe er mit seiner Tochter gesprochen und von ihrer Liebschaft erfahren. Gleichzeitig erklärte er mit Nachdruck, er könne sich persönlich für das Alibi seiner Tochter während der Stunden verbürgen, die dem Verbrechen vorangegangen waren, und versicherte Gladstone, er und seine Tochter würden alles Menschenmögliche tun, um die Strafverfolgungsbehörde bei ihren Ermittlungen zu unterstützen. Der Name Ray DiOrio wurde nicht erwähnt.

Am selben Abend erreichte Detective Manusco auch noch ein Anruf von Felice. Eigentlich waren es sogar zwei Anrufe. Beim ersten Anruf sagte sie, sie wolle eine Aussage ändern, die sie bei der Vernehmung gemacht hatte. Jetzt, so sagte sie, erinnere sie sich, daß Rob wohl doch drei oder vier Leuten von ihrem Verhältnis erzählt hatte, darunter den Anwälten Patrick Reilly, Jay Jarvis (der sie zusammen mit Minsky noch am Nachmittag vertreten hatte) und Tom Kenyon (dem sich auch Maria anvertraut hatte). Sie fügte hinzu, daß Rob sie heute morgen bei seinem Anruf sogar gebeten habe, Jarvis von Marias Tod zu informieren.

Dann sagte sie: »Verstehen Sie denn nicht? Es ist einfach töricht, Rob zu verdächtigen, er habe seine Frau ermordet, wenn ihm doch klar war, daß alle diese Leute von seinem Verhältnis mit einer anderen Frau wußten.«

Nachdem er eingehängt hatte, fragte sich Manusco, ob sie alle diese Tatsachen heute nachmittag wirklich schlicht ›vergessen‹ haben sollte, ober ob es nicht viel einleuchtender wäre, anzunehmen, daß Marshall sie in einer späteren Unterredung angewiesen hatte, noch einmal anzurufen, um diese neuen Informationen zu übermitteln.

Zehn Minuten später erhielt Manusco ihren zweiten Anruf. Diesmal erzählte Felice ihm, daß sie noch einen Namen vergessen habe – den eines Scheidungsanwalts, Martin Manning, den Rob einige Monate zuvor konsultiert hatte und den er gleichfalls von dieser Affäre in Kenntnis gesetzt hatte.

Am Morgen des 10. September, Montag, brachte Michael DeWitt, der Anwalt aus Bricktown, die Akte Maria Marshall zu Gladstone ins Büro.

Er machte den Eindruck eines ruhigen und besonnenen Mannes, dessen ganze Art wohl genau richtig für eine nervöse, verängstigte Frau sein mochte, die drauf und dran war, sich in ein Abenteuer mit ungewissem Ausgang zu stürzen. Jedenfalls empfand Gladstone es so.

DeWitt lenkte Gladstones Aufmerksamkeit auf ein kurzes Schreiben, das Maria ihm am 23. Juli geschickt hatte.

Es lautete: »Lieber Mike – hier noch ›Futter‹ für Ihre Akten. Beten Sie für mich.« Beigefügt waren drei Telefonnummern, jede im Vorwahlbereich 318. »Drei-eins-acht«, sagte Gladstone. »Wo ist das?«

»Louisiana«, sagte Michael DeWitt. »Westlicher Landesteil. Nicht St.Louis. Shreveport.«

»Warum hat sie Ihnen diese Nummern gegeben?«

»Sie machten ihr angst. Man könnte sogar sagen, sie erschreckten sie. Aber dann fuhr sie in Urlaub und kam nur noch einmal zu mir, um ihre Rechnung zu bezahlen.«

»›Beten Sie für mich«, las Gladstone laut, »das klingt nach großer Angst.«

»Sie war eine liebenswerte Frau«, sagte DeWitt, »einer der reizendsten Menschen, denen man nur begegnen kann.«

»Aber Ende Juli war sie eine zutiefst erschrockene Frau«, erwiderte Gladstone. »Entsetzt über die Telefonnummern in Louisiana.«

»Oder vielleicht«, meinte DeWitt, »über Leute am anderen Ende der Telefonleitungen.«

Gladstone schob die Akte in eine Schreibtischschublade. »Das kommt ganz darauf an«, sagte er, »wer diese Leute sind. Aber keine Sorge. Das finden wir heraus.«

Kaum war DeWitt wieder weg, beauftragte Gladstone McGuire, sich mit der Hauptverwaltung der Bell-Telefon-Gesellschaft in New Jersey ins Benehmen zu setzen und eine lückenlose Auflistung sämtlicher Telefongespräche zu beschaffen, die in den letzten sechs Monaten von Rob Marshalls Telefon aus geführt worden waren oder von außerhalb mit seinem Anschluß geführt wurden, private wie geschäftliche.

Gegen sechs Uhr kehrte McGuire mit der Liste in der Hand und einem breiten Grinsen auf dem bärtigen Gesicht zurück. »Sie werden es nicht glauben«, sagte er. »Wo sind die Nummern? Die drei Nummern, die Sie von DeWitt bekommen haben.«

Gladstone holte sie aus seiner Schreibtischschublade hervor.

»Schauen Sie sich das an«, sagte McGuire und beugte sich über Gladstones Schreibtisch. »Die erste hier. Da gibt es seit Juni vierundzwanzig Anrufe zwischen Marshalls Anschluß und dieser Nummer. Und dann sehen Sie sich das hier an – der letzte Anruf fand am 5. September statt. Das war der Tag, bevor sie ermordet wurde.

Diese Nummer erscheint mindestens zehn- oder zwölfmal. Und die dritte taucht auch ein paarmal auf.«

»Und was hat das zu bedeuten?«

»Es bedeutet, daß Marshall den ganzen Sommer über etliche Geschäfte in Louisiana getätigt hat. Geschäfte, die seiner Frau angst gemacht haben. Und Geschäfte, die am Tag vor ihrer Ermordung endeten.«

»Geschäfte in Sachen Eisenwaren«, sagte Gladstone.

»Was?« McGuire blickte verwirrt drein.

»Diese erste Nummer«, sagte Gladstone, »5314. Wir haben heute nachmittag erfahren, daß das die Nummer des *Caddo Hardware Store* in Shreveport, Louisiana, ist.«

»Eine *Eisenwarenhandlung*?« fragte McGuire.

»Genau. Und die andere, die so oft auftaucht? Das ist der Privatanschluß eines Einwohners von Shreveport namens Andrew Myers. Und, McGuire, da ich ja weiß, was für ein eifriger Detective Sie sind, bin ich fast sicher, Sie erraten im Handumdrehen, wo dieser Myers arbeitet.«

»Caddo Hardware?« fragte McGuire.

»Sie haben es erraten. Und wenn ich jetzt irgendwen bei der Polizei von Shreveport ans Telefon kriege, dann könnte ich die Kollegen dort bestimmt überreden, mal jemanden hinzuschicken und nachzufragen, an welchem Haushaltsgerät oder so dieser Robert O. denn dermaßen interessiert gewesen ist.«

»Vielleicht an einem Fünfundvierziger?« fragte McGuire.

»Schon möglich. Die werden bestimmt welche verkaufen. Hol's der Teufel, aber ich bin sicher, ich hätte heute nachmittag einen per Telefon bestellen können.«

»Schon möglich, aber wenn Sie einen bestellt hätten«, sagte McGuire, »dann wäre es ja wohl nicht mehr nötig gewesen, noch dreiundzwanzig weitere Telefongespräche mit denen zu führen. Was ist mit der dritten Nummer?«

»Eine Telefonzelle an einer Exxon-Tankstelle zehn Meilen westlich von Shreveport. Darüber habe ich noch keine Einzelheiten.«

Gladstone blieb in dieser Nacht lange wach und versuchte, sich auf alles einen Reim zu machen. Stundenlang studierte er die Auszüge aus Marshalls Telefonregister, aber deren Bedeutung, wenn sie denn eine hatten, blieb hinter einem Code verborgen, den er noch nicht zu entschlüsseln vermochte. Neben den zahlreichen Anrufen in Louisiana fielen ihm noch besonders drei andere auf, alle vom Morgen des 6. September, dem letzten Tag im Leben von Maria Marshall.

Um 9 Uhr 46 hatte Marshall die Nummer von Felice in der Seaview Regional High School gewählt.

Um 9 Uhr 48 hatte sie ihn von einem anderen Telefon aus zurückgerufen. Das Gespräch hatte zehn Minuten gedauert.

Bei ihrer Vernehmung am Freitag hatte sie keine der beiden Unterredungen erwähnt. Der dritte Anruf, dem Gladstones besonderes Interesse galt, erfolgte um 9 Uhr 59 Uhr bei Marshall, unmittelbar im Anschluß an sein Telefonat mit Felice. Da Marshall mehr als einen Anschluß in seinem Büro hatte und eine Sekretärin beschäftigte, die das Telefon bediente, konnte es sogar sein, daß dieser Anruf noch während seines Gesprächs mit Felice gekommen war. Es war durchaus auch vorstellbar, daß dieser neue Anruf ihn veranlaßt hatte, sein Gespräch mit Felice abzubrechen. Dieser Anruf war aus einer Telefonzelle in Atlantic City gekommen. Weitere Nachforschungen bei der Telefongesellschaft erbrachten, daß die entsprechende Zelle in einem Motel stand, das sich *Airport Motor Inn* nannte.

Am Donnerstag morgen rief Gladstone O'Brian schon früh zu sich ins Büro.

»Heh, Danny«, sagte er, »fahren Sie doch mal nach Atlantic City und statten Sie da mal dem Airport Motor Inn einen Besuch ab. Überprüfen Sie die Meldeliste für die erste Septemberwoche, und achten Sie speziell darauf, ob sich vielleicht jemand aus Shreveport oder Umgebung eingetragen und die Nacht vom fünften auf den sechsten oder vom sechsten auf den siebten September dort verbracht hat.

Kurz vor Mittag rief O'Brien an.

»Raten Sie mal, Bobby.«

»Es gibt eine entsprechende Eintragung.«

»Das ist Ihr Tip?«

»Das ist mein erster Tip. Wenn Sie nein sagen, tippe ich darauf, daß es keine solche Eintragung gab.«

»Kein zweiter Tip erforderlich. Wir haben einen Ernest Grandshaw, Jockey Club Lane, Shreveport, Louisiana entdeckt. Er fährt einen Cadillac Baujahr 1980, der in Texas zugelassen ist. Er hat sich um sieben oder fünf Uhr morgens am Donnerstag, dem sechsten September, eingetragen und sich am Tag drauf wieder ausgetragen. Ich sollte nicht ›er‹ sagen, sondern ›sie‹. Grandshaw hat für zwei Personen gezahlt.«

Am Donnerstag nachmittag trafen zahlreiche Informationen über diverse Lebensversicherungen ein.

- Neben zwei Policen über je hunderttausend Dollar auf das Leben von Maria Marshall, ausgestellt schon vor einigen Jahren von der *Provident Mutual Insurance Company of Philadelphia* – Robs Gesellschaft –, gab es genug andere, um kleine Schweißtröpfchen auf Bob Gladstones Stirn ausbrechen zu lassen.
- Eine Police über fünfhunderttausend Dollar auf das Leben von Maria Marshall, ausgestellt von der *Banner Life Insurance Company of Rockville,* Maryland, im September 1983.
- Eine Police über fünfhunderttausend Dollar auf das Leben von Maria Marshall, ausgestellt von der *Manhattan Life Insurance Company of New York City,* im Februar 1984.

● Eine Police über hunderttausend Dollar auf das Leben vom Maria Marshall, ausgestellt von der *Fireman's Fund Company of San Rafael, California,* im April 1984.

● Eine Police über hunderttausend Dollar auf das Leben von Maria Marshall, ausgestellt von der *Minnesota Mutual Life Insurance Company of St. Paul, Minnesota,* im April 1984.

Das ergab eine Gesamtsumme von eins Komma vier Millionen Dollar, nicht mitgerechnet die hunderttausenddollarpolice, die Rob noch in aller Eile am 6. September durchgepaukt hatte. Und Gladstone stellte fest, daß eins Komma zwei Millionen davon erst abgeschlossen worden waren, nachdem die Affäre mit Felice begonnen hatte.

»*Grundgütiger Himmel*«, sagte Gladstone zu sich selbst, »kein Wunder, daß die arme Frau es mit der Angst bekam.«

Gladstone war schon immer ein liebender, fürsorglicher Ehemann gewesen, aber als er an diesem Abend nach Hause kam, ging er sofort zu seiner hübschen Frau, einer Grundschullehrerin, und nahm sie besonders fest in die Arme.

»Oh, womit habe ich denn das verdient?«

»Frag mich nicht«, erwiderte Gladstone. »Du würdest es gar nicht wissen wollen.«

Sie lächelte ihn an. »Schon verstanden. Du machst Fortschritte im Fall Maria Marshall.«

»Amy«, sagte er, »ich bin wirklich glücklich, dich als meine Frau zu haben. Und weißt du was? Laß uns zur Feier des Tages einfach sämtliche Lebensversicherungen kündigen, die wir je abgeschlossen haben.«

Am Mittwoch, dem 12. September, erfuhr Gladstone von der Telefongesellschaft, daß, acht Minuten nachdem Rob Marshall vom Airport Motor Inn aus angerufen worden war, dieselbe Telefonzelle von einer anderen Zelle aus angerufen worden war. Diese Telefonzelle stand in einer Filiale der Ladenkette Seven-Eleven, keine fünf Minuten von Rob Marshalls Büro entfernt.

»Haben Sie nicht auch das Gefühl«, fragte er O'Brien, »daß

wir mal ernsthaft darüber nachdenken sollten, uns ein wenig in Shreveport umzusehen?«

»Ich bekomme eher das Gefühl«, erwiderte O'Brien, »daß unser Rob langsam mal darüber nachdenken sollte, ob er sich nicht besser in Richtung Falkland-Inseln auf den Weg machen sollte.«

»Machen Sie Witze?« fragte Gladstone zurück. »Sie kennen den Mann ja. Er ist eine Säule der Gesellschaft. Säulen rennen nicht. Säulen brechen zusammen.«

Am Donnerstag erhielt Gladstone einen Bericht der Kreditabteilung von Harrah's Marina, aus dem sich ergab, daß Rob seit Anfang des Jahres bis zum 6. September insgesamt fünfundzwanzigmal im Casino war. Er konnte auch noch andere Casinos besucht haben. Gladstone hatte schon einen Mann darauf angesetzt, dies in Atlantic City festzustellen. Aber um sich seine Reservierungen zu sichern, die ihm so viel bedeuteten, hatte Marshall es sich angelegen sein lassen, Harrah's wissen zu lassen, wann er dagewesen war und gespielt hatte.

Die Berichte wiesen aus, daß er bei seinen dokumentierten fünfundzwanzig Besuchen insgesamt dreiundneunzig Stunden und sieben Minuten lang Black Jack gespielt hatte und daß sein durchschnittlicher Einsatz pro Spiel einhunderteinunddreißig Dollar betragen hatte.

Er hatte ein Kreditlimit von zehntausend Dollar, doch schuldete er dem Casino am Todestag seiner Frau nur dreitausend Dollar.

Gladstone versuchte, sich vorzustellen, wie viel Geld man wohl verlieren konnte, wenn man einhunderteinunddreißig Dollar pro Spiel einsetzte und insgesamt dreiundneunzig Stunden lang Black Jack spielte.

Dann beschäftigte er sich mit dem Bericht über von Rob aufgenommene Kredite, den sein Büro erstellt hatte. Eine Hunderttausend-Dollar-Hypothek wurde bis an die Spitze von hundertdreißigtausend Dollar im Frühjahr ausgeschöpft. Ein Zweihunderttausend-Dollar-Kredit der *First National Bank of Toms River* im April und im Mai ein anderer Fünfzehntausend-Dollar-Kredit derselben Bank. Ein Dreißigtausend-Dollar-Kredit der *Navy Federal Credit Union*. Ein Zwölftausend-Dollar-Kredit der *Citibank*.

»Großer Gott«, sagte Gladstone, »der verplempert ja in einer Woche mehr Geld, als ich im ganzen Jahr verdiene.«

Rob hatte den Gipfel offenbar im Sommer erreicht, als seine Anträge, das Kreditlimit auf seinem Visa- und seinem Mastercard-Konto jeweils von zweitausendfünfhundert Dollar auf zehntausend Dollar auszuweiten, abgelehnt worden waren.

Aber er hatte sich andere Geldquellen erschlossen, Geldquellen, die in keiner Kreditstatistik auftauchen. Quellen nach Art eines Vinny Gigliotti, die einen schneller in Schwierigkeiten bringen können, als man es je für möglich gehalten hätte, ganz gleich, wie groß die Schwierigkeiten waren, in denen man zuvor schon steckte.

Gladstone verbrachte den ganzen Donnerstag damit, sich mit diesen Zahlen zu beschäftigen. Und dann dachte er darüber nach, wieviel es wohl extra kosten mochte, Frau und Kinder zu verlassen und mit einer anderen Frau zusammenzuziehen; einer Frau, deren Geschmack in Richtung Silber und Acapulco ging – wie bei Felice. Und besonders dann, wenn man jeden Monat zehn bis elf Stunden Black Jack bei einem Einsatz von einhunderteinunddreißig Dollar pro Spiel spielte.

Und dann wälzte er wieder den Gedanken, der ihn am meisten beschäftigte – wieviel Geld eigentlich eineinhalb Millionen Dollar waren, und er dachte daran, wie eine solche Summe einen Mann über Nacht aus der dicksten Scheiße holen konnte.

Auch wenn man durch Mord an diese Summe käme.

Am Freitag hatten sich Gladstone und seine Männer durch sämtliche Anmeldezettel durchgearbeitet, die in den Hotels und Motels von Atlantic City in der ersten Juniwoche ausgestellt worden waren, der Woche, als Marshalls Telefonate mit Louisiana begonnen hatten.

Sie fanden heraus, daß der Besuch von Mr. Ernest Grandshaw aus Jockey Club Lane, Shreveport, Louisiana, nicht der erste hier in der Gegend gewesen war. Mr. Grandshaw hatte sich auch am 18. Juni in Atlantic City aufgehalten und hatte damals in dem wesentlich luxuriöseren *Harrah's Marina*, dem Casino-Hotel, in dem Rob am meisten verkehrte, gewohnt.

»Der achtzehnte Juni«, sagte McGuire. »Irgendwas ist mit diesem achtzehnten Juni.«

Gladstone sah ihn überrascht an.

»Augenblick mal«, sagte McGuire. »Da war was mit einer Versicherung. Wir haben nämlich gerade Mitteilung über zwei weitere Versicherungspolicen auf Maria Marshall bekommen. Da war eine über ungefähr dreiunddreißigtausend Dollar – irgendeine krumme Zahl jedenfalls –, um irgendwelche Kosten für Nachhilfestunden an einem College zu bezahlen. Das war irgendwie über Boston abgewickelt worden. Aber die andere – das war eine Zwanzigtausend-Dollar-Termin-Police auf Maria von der *Bankers Life* in Chicago. Und der Tag; auf den er die Police terminiert hatte, war der achtzehnte Juni.«

»Der Tag, an dem Mr. Grandshaw sich in Atlantic City aufhielt«, sagte Gladstone, »na und?«

»Ich weiß nicht«, erwiderte McGuire, »vielleicht hat es ja nichts zu bedeuten, ein reiner Zufall, vermute ich.«

»Legen Sie's mal zu den Akten, aber vergessen Sie's nicht«, sagte Gladstone. »Ich habe das dunkle Gefühl, wir müssen an dieses Gebäude noch einen Flügel anbauen, bevor dieser Fall erledigt ist, nur um all die Zufälligkeiten archivieren zu können.«

Am Montag, dem 17. September, hörte Gladstone endlich von einem Detective in Shreveport, einem gewissen Mr. Tucker.

»Bin bei *Caddo Hardware* gewesen, wie Sie wollten«, sagte Tucker, »ich und Shooter. Shooter ist mein Partner. Bißchen kurz geraten, der Bursche, aber er weiß, wie man mit 'nem Wurfpfeil umgeht. Deswegen nennen sie ihn ja Shooter, vasteh'nse? Hat nix mit Feuerwaffen zu tun, nee, nee. Das ham schon 'ne ganze Menge Leute in' falschen Hals gekriegt. Wegen die Wurfpfeile, die Darts, nenn' sie ihn Shooter, nich' wegen irgendwelche Feuerwaffen.«

»Was ist mit Mr. Myers?« fragte Gladstone so geduldig wie nur möglich.

»Ja, war gut, daß Sie mir von ihm erzählt ham. Dieser Myers ist auch bloß'n kleiner Pimpf. Zum Teufel, viel größer als Shooter ist der auch nicht. So 'n richtiges kleines Wichtelmännchen. Und gezittert hat der wie Espenlaub, kann ich Ihnen sagen, wie wir dem unsere Hundemarken hingehalten haben. Ich hab' gleich gesagt, ›Shooter‹, hab' ich gesagt, ›Shooter, dieser Bursche hat irgendwas auf'm Kerbholz‹, hab' ich gesagt.«

Gladstone focht einen heroischen Kampf mit seinem wachsenden Bedürfnis, laut loszubrüllen, und gewann diese Auseinandersetzung auch. Er holte ein paarmal tief und rhythmisch Luft, wie er es in einem Buch über die Kunst gelesen hatte, stets und zu allen Gelegenheiten kühlen Kopf zu bewahren.

»Haben da 'nen netten kleinen Laden. Aber der gehört dem Myers nicht. Besitzer ist'n ganz anderer, ein Knabe mit Namen – mal seh'n, irgendwo hab' ich'n mir notiert, ach ja, hier – Train. Ich buchstabier' mal. T-r-a-i-n. Arthur Train. Der war aber gar nich' da, der war nebenan im Friseurladen. Gehört ihm auch. Also, ich mein', ich rede jetzt von Train, nich' von Myers, wohlgemerkt. Mist. Also, dieser Myers – ich glaube, das einzige, was dem gehört, sind'n paar Bowling-Trophäen. Der Mann war zu Tode erschrocken. Ich kann Ihnen sagen – hab' ich übrigens da auch gleich zu Shooter gesagt –, ich sag also: ›Du, Shooter, der Bursche macht sich gleich die Hose naß, wenn nicht noch was Schlimmeres, was meinst du?‹ Und Shooter sagt drauf: ›Stimmt. Der hat die Hosen gestrichen voll.‹«

»Tucker?«

»Ja, Sir?«

Gladstone sprach betont langsam und sanft. »Haben Sie ihn gefragt, ob er entweder Robert oder Maria Marshall kennt?«

»Ja natürlich, zum Henker. Was meinen Sie denn, warum wir überhaupt da waren? Er sagt, er hätte die beiden im Mai oben in New Jersey kennengelernt – auf 'ner Party. Hat mir erzählt, was für 'ne schöne Frau diese Mrs. Marshall gewesen sei. Sagte, er hätte bei der Party sogar 'n paarmal mit ihr getanzt. Schnelle Tänze, keine langsamen. Sagte, ihr Mann wär' die ganze Zeit dabeigewesen, und er hätte auch 'n paarmal mit ihr getanzt. Und dann is' Shooter gleich auf den Punkt gekommen. ›Meyers‹, hat er gesagt, ›Myers, warst du etwa scharf auf die Lady? Hast du sie etwa flachgelegt?‹ Und – großer Gott – ich kann Ihnen sagen, der is' rot geworden wie 'ne rote Rübe. ›Nee, nee, nee'‹, hat er gesagt, ›so 'n Typ war die nicht. Das war 'ne echte Lady.‹

Da hab' ich gesagt: ›Myers‹, hab' ich gesagt, ›dann ist sie jetzt eben 'ne tote Lady.‹ Und jetzt muß ich Ihnen was Komisches erzählen. Der Bursche hat ganz merkwürdig reagiert. Sollte wohl so aussehen, als wenn er überrascht wäre, war er aber nicht. Sie verstehen, was ich meine?«

»Ich glaube schon.«

»Also, irgendwie war das gar keine Neuigkeit für ihn. Obwohl es doch 'ne Neuigkeit war. Können Sie mir folgen?«

»Ich kann Ihnen folgen.«

»Is' ja auch egal. Als er hörte, sie wär' tot – also, ermordet, ham wir ihm gesagt. Direkt in den Rücken geschossen – mit 'nem Fünfundvierziger da auf dem Rast- und Picknick-Gelände, wie Sie mir gesagt haben. Direkt da an diesem Garden Gate Highway.«

»Garden State«, sagte Gladstone.

»Wie bitte?«

»Unwichtig. Vergessen Sie's.«

»Tja, also, wenn er vorher schon nervös war, dann fing er jetzt, als wir ihm sagten, sie sei ermordet worden, an, am ganzen Körper zu zittern, und die Zähne klapperten aufeinander, daß ich dachte, sie würden abbrechen. Shooter hat's auch gemerkt. Ist ihm sofort aufgefallen. Wir haben später noch darüber geredet. Shooter meinte: ›Verdammt, der Bursche hat sich ja fast an der eigenen Zunge verschluckt.‹«

»Haben Sie ihn gefragt«, fragte Gladstone mißmutig, »worüber er sich mit Marshall unterhalten hat?«

»Ja, zum Teufel, natürlich haben wir das. Deswegen sind wir doch hauptsächlich da hin. Er sagte Staatspapiere.«

»Was?«

»Staatsanleihen, Rentenpapiere. Er sagte, Marshall wär' im

Anlagengeschäft, und sie haben sich über Festverzinsliche unterhalten. Marshall hat dann gesagt, er hätte einen Plan, von dem er meinte, er wäre genau das Richtige für Myers, und da haben sie sich ein bißchen darüber unterhalten, und ein paar Tage später, sagt er, hätte ihm Marshall dann ein paar Broschüren geschickt. Die hatte er alle bei sich im Laden. Hinter dem Ladentisch hat er einen eigenen Schreibtisch, und da hat er die unterste Schublade aufgezogen und sie rausgeholt. Hat auch nicht eine Sekunde lang gezögert. War fast, als hätte er erwartet, daß man ihn fragt. Wußte sofort, wo sie war'n. Hatte 'n ganzen Stapel davon. Erzählte, Marshall würde sie ihm immer noch weiter schicken, obwohl er noch nichts gekauft hat. Die letzte war von 'ner Bank irgendwo im Norden – Massachusetts, glaub' ich. Shooter kannte sie. Er sagte noch: ›He, ist 'n verdammt guter. Den Sparplan haben wa bei der Polizei auch.‹ Aber dieser Myers war viel zu sehr am Zittern, um sich noch für Sparbriefe und so was zu interessieren.«

»Okay«, sagte Gladstone. »Haben Sie vielen Dank. Das war für uns eine große Hilfe. Nur eine Sache noch. Hat er erwähnt, bei wem die Party stattgefunden hat, auf der er Mr. und Mrs. Marshall kennengelernt haben will?«

»Zum Teufel, ja! Glauben Sie vielleicht, wir hätten vergessen, ihn das zu fragen? Er sagt, es wär'ne Geburtstagsparty gewesen. Hat in 'nem Restaurant irgendwo in 'ner Stadt stattgefunden, warten Sie, ich hab's mir aufgeschrieben, ja, hier – die Stadt heißt Point Pleasant. Muß schon sagen, ihr Burschen da oben im Norden habt interessante Namen für eure Geographie. Point Pleasant. Garden Gate.«

»Wer war der Gastgeber?« fragte Gladstone. »Hat er gesagt, wessen Geburtstag da gefeiert worden ist?«

»Natürlich hat er das. Die Leute haben die Party für ihren Sohn geschmissen, der gerade einundzwanzig geworden war, und der Name von dem Alten, warten se mal, ich hab'n hier, der Name war John Riccio. Ich buchstabiere R-i-«

»Nicht nötig«, sagte Gladstone. »Ich kenne die Schreibweise.«

John Riccio wohnte drei Blocks von Rob Marshall entfernt.

John Riccio war groß im Sanitärinstallations-Geschäft. John Riccio war ein Cousin der Quadrozzis und der Gigliottis. John Riccio kannte Patsy Racine/Ragazzo. Patsy Racine/Ragazzo kannte Felice.

Am Freitag, dem 7. September, wurde Felice als mögliche Verdächtige im Mordfall Maria Marshall befragt; am gleichen Tag besuchte ihr guter Freund Ray DiOrio, einer der einflußreichsten Männer von New Jersey, die US Open, die internationalen Tennismeisterschaften der USA, in Flushing Meadows in New York.

Am Samstag, dem 8. September, kehrte Ray DiOrio gegen 7 Uhr 30 morgens nach Toms River zurück und erklärte sich bereit, Felices Liebhaber Rob Marshall in dem Mordfall Maria Marshall zu vertreten.

Doch wie seine Rechnung über viertausendsiebenhundertfünfzig Dollar für Rechtsberatung auswies, hatte Ray DiOrio vor diesem Treffen mit Nachdruck an der Sache gearbeitet.

Für Freitag, den 7. September, wies die Rechnung ›ausgedehnte Telefonkontakte (Ferngespräche) betreffend den Tod von Maria Marshall‹ aus. Aus der Rechnung ergab sich indes nicht, mit wem oder über was DiOrio da gesprochen hatte.

Für denselben Tag wies die Rechnung ebenfalls ›verschiedene andere Telefongespräche‹ aus. Erneut waren weder Gesprächsgegenstand noch -partner aufgeführt, doch fanden alle diese Gespräche noch vor DiOrios erstem Treffen mit Rob in dieser Angelegenheit statt.

Für Samstag, den 8. September, führte die Rechnung das persönliche Gespräch auf.

Sie zeigte ebenfalls, daß DiOrio zwischen dem 8. und dem 16. September noch etliche andere von Robs Rechtsangelegenheiten als sein Anwalt bearbeitet hatte. Die einflußreiche politische Figur traf sich mindestens zweimal mit einem seiner engsten Mitarbeiter, um ›nähere Umstände‹ des Mordes zu besprechen; er hatte eine Unzahl von Telefonaten mit Marshall geführt und sich schließlich mit ihm in seinem Büro getroffen;

er hatte den Tatort persönlich in Augenschein genommen – er führte eine nicht näher bezeichnete Anzahl von ›verschiedenen Telefongesprächen‹ mit nicht genannten Teilnehmern auf; und ganz zum Schluß hatte er auch noch ein längeres Telefongespräch mit dem Ankläger der Ocean County geführt.

In einer Hinsicht war die Beziehung DiOrios zum Chefankläger der Ocean County recht einfach. DiOrio hatte vor langer Zeit für dessen Bestallung gesorgt. Und jetzt wollte er sich dafür einsetzen, daß der Chefankläger Richter am Obersten Gericht wurde, woran diesem sehr gelegen war.

Ray DiOrio hatte eine ganze Reihe Bekannter in Toms River, darunter auch Felice Rosenberg, die eigentlich eine enge Freundin von ihm war. Er hatte aber auch etliche politische Gegner. Wenn diese herausbekamen, daß einer seiner Freunde der Konspiration im niederträchtigsten und sensationellsten Mordfall der ganzen Geschichte der Ocean County verdächtigt wurde, konnte das kaum zu seinem Vorteil sein. Und wenn Rob Marshall wirklich Felice nach jemandem gefragt hatte, der bei der Ermordung seiner Frau behilflich sein könnte, und wenn sie ihm auch noch jemanden genannt hätte – und im Büro der Strafverfolgungsbehörde hatte sie ja bereits erklärt, daß sie es getan hatte –, und wenn er dann irgend etwas unternommen hätte, das schließlich mit der Ermordung Marias endete, dann mußte auch Felice mit einer Anklage rechnen.

Wenn aber der Ankläger beschließen oder entscheiden würde, daß sich aus Robs ursprünglicher Unterhaltung mit Felice kein Zusammenhang mit Marias Tod ergab, dann gab es auch überhaupt keinen Grund, sie anzuklagen – und das würde ihr, ihrer Familie und ihren Freunden viel Kummer ersparen.

Während der zehn Tage zwischen dem 7. September und dem 16. September, während derer Ray DiOrio als Robs Anwalt tätig war, erhielt Felice neuen rechtlichen Beistand. Der Name ihres neuen Anwalts war Anthony Trammel, und dieser war, wie so viele andere Leute in New Jersey, gut bekannt mit Ray DiOrio.

Und während derselben Zeit, zu der DiOrio in dieser Angelegenheit Kontakt mit der Anklagebehörde hielt, nahm Anthony Trammel Kontakt zu den Detectives auf und zeigte ihnen an, daß er von nun an Mrs. Rosenberg vertrete; wenn sie seine Mandantin für weitere Auskünfte benötigten, sollten die entsprechenden Kontakte doch bitte über sein Büro arrangiert werden.

Etwa zur selben Zeit traf der Staatsanwalt offenbar die Entscheidung, daß eine Vernehmung von Patsy Racine/Ragazzo nicht notwendig sei. Jedenfalls hat nie jemand aus dem Büro des Anklägers der Ocean County Ragazzo vernommen.

Und kurz nach dem 16. September kam Ray DiOrio zu der Überzeugung, daß es nur im wohlverstandenen Interesse Robs liegen könne, wenn er sich einen anderen Anwalt suchte. Strafverteidigung war ohnedies nicht sein Spezialgebiet.

14. Kapitel

»Meine Herren«, sagte Gladstone zu O'Brien und Manusco am Dienstag, dem 18. September, »wir fahren nach Shreveport.«

Es gab keine direkten Flüge, deshalb flogen sie an diesem Nachmittag um 17 Uhr 25 von Newark nach Dallas und von Dallas aus mit dem Wagen nach Shreveport. Auf der Karte hatte es so nahe ausgesehen, aber dann waren es doch 238 Meilen gewesen, und so kam es, daß sie ihre Zimmer im Holiday Inn erst gegen 2 Uhr am Mittwoch morgen beziehen konnten.

Den größten Teil des Tages verbrachten sie dann mit einer Besprechung im Polizeihauptquartier von Shreveport. Am späten Nachmittag dann fuhren die drei zur Caddo Hardware auf der North Market Street. Andrew Myers, klein und grau und, ja, mit etwas Eidechsenhaftem in seinem Wesen, stand hinter dem Ladentisch, als sie hereinkamen, und sah ausgesprochen diensteifrig aus.

Sie zeigten ihm ohne Umschweife ihre Polizeimarken.

»Wir möchten uns gern ein wenig mit Ihnen unterhalten«, sagte Gladstone freundlich.

»Gut, gut«, erwiderte Myers. »Wie wär's mit den rückwärtigen Räumen?«

»Wie wär's unten in der Stadt?« sagte O'Brien. Es klang nicht wie eine Frage.

»Unten in der Stadt?«

»Unten in der Stadt«, wiederholte O'Brien. »Polizei-Hauptquartier. Wir sind nicht hier, um über Schraubenzieher zu reden, sondern wir sind hier, um über einen Mordfall zu reden.«

Wenig später saßen sie in einem langgestreckten, schmucklosen Besprechungsraum für Detectives an einem altersschwachen Tisch. O'Brien langte in einen braunen Umschlag und förderte ein Foto zutage, das er Andrew Myers über den Tisch hinweg zuschob.

»Kennen Sie diese Leute?« fragte er.

»Allerdings«, sagte Myers. »Das sind Mr. und Mrs. Marshall.«

»Sie kennen also Mrs. Marshall?« fragte O'Brien noch einmal und deutete auf die Frau.

»Natürlich«, erwiderte Myers. »Das ist sie, ganz genau. Eine liebenswerte Frau.«

»Sie wissen, daß sie tot ist?«

»Nun, wissen Sie, ja – eh –, also ich habe davon gehört.«

»Von wem?« wollte O'Brien wissen.

»Ja, also, die Detectives haben es letzte Woche erwähnt. Die beiden Herren von der Polizei hier in Shreveport. Aber ich hatte es schon vorher gewußt. Mrs. Riccio hat mir davon erzählt. Carol Riccio aus Toms River. Wie ich den Herren von der Polizei in Shreveport ja schon sagte, habe ich bei einer Geburtstagsparty für ihren Sohn Mr. und Mrs. Marshall kennengelernt. Erst vorige Woche noch habe ich sie angerufen, und bei der Gelegenheit hat sie mir die betrübliche Neuigkeit mitgeteilt.«

»Sie haben sie letzte Woche angerufen?« fragte O'Brien.

»Das ist richtig.«

»Weswegen?«

»Nun, um ihr zum Geburtstag zu gratulieren.«

»Wann hat sie denn Geburtstag?« wollte O'Brien wissen.

»Ja, also wissen Sie, das ist ein bißchen komisch. Ich glaube, ich habe da wohl ein paar Tage zu früh angerufen, aber ich wollte auch nicht zu spät kommen. Ihr Geburtstag, müssen Sie wissen – also, der muß so um diese Zeit herum sein. Mrs. Riccio und ich sind alte Freunde. Als wir noch Kinder waren, haben wir unten in Perth Amboy zusammen Kartoffeln verkauft. Ihre Familie, die Capodilupas, die hatte einen Gemüsestand, und meine eigenen Verwandten . . .«

»Myers!« donnerte O'Brien.

»Ja, Sir?«

»Rufen Sie sie eigentlich jedes Jahr an, um ihr zum Geburtstag zu gratulieren?«

»Ach, wissen Sie, Sir, das gehört zu den Dingen, die ich mir immer wieder vornehme, aber ich könnte jetzt nicht beschwören, daß ich auch jedes Jahr dazu gekommen bin. Manchmal ist man einfach so sehr mit den eigenen Angelegenheiten beschäftigt, daß man solche kleinen Nettigkeiten aus purer Nachlässigkeit einfach vergißt.«

»Myers?« fragte O'Brien.

»Ja, Sir?«

»Kennen Sie einen Ernie Grandshaw?«

»Nein, Sir, kenne ich nicht.«

»Aber seine Adresse? Jockey Club Lane. Wissen Sie, wo das ist?«

»Nein, Sir, bestimmt nicht. Soll das irgendwo in Shreveport sein?«

»Myers, worüber haben Sie und Mr. Marshall eigentlich an dem Abend gesprochen, an dem Sie sich kennengelernt haben?«

»Wie ich den Herren von der Polizei aus Shreveport schon sagte, hauptsächlich über Wertpapiersparen.«

»Sonst noch was?«

Myers schien eine Minute lang angestrengt nachzudenken. Dann schüttelte er den Kopf. »Nein, ich glaube, das war's. Ratensparen in ein Wertpapierkonto. Staatspapiere.«

»Hören Sie mal, Mr. Myers«, schaltete sich Gladstone ein. »Wenn Sie nichts dagegen haben, machen wir noch schnell ein Foto von Ihnen, und dann können Sie gehen. Wir müssen Sie aber bitten, vorerst auch kurzfristig für weitere Fragen zur Verfügung zu stehen.«

»Oh, Officer, jederzeit gern zu Diensten.«

»Sie haben wohl nicht kürzlich noch von Mr. Marshall gehört, wie? Etwa seit dem Tod seiner Frau?« fragte Gladstone.

»Nein, nein, Sir. Kein Wort.«

»Hören Sie zu, Myers«, sagte O'Brien. »Sie sind doch ein so feinfühliger Mensch – vielleicht möchten Sie ihm noch eine Beileidskarte schicken?«

»Wie? Ja, ja«, sagte Myers. »Das ist eine sehr gute Idee. Ich glaube, das werde ich tun.«

»Schön«, sagte O'Brien. »Versuchen Sie nur, es nicht wieder

zu vergessen. Ich bin sicher, es würde ihm viel bedeuten. Er ist ziemlich gebrochen.«

Bob Gladstone kam sich vor wie ein Blinder, der versucht, ein Puzzle zu legen. Die Teile waren alle da, er konnte sie fühlen, konnte ihre Umrisse spüren. Er konnte mit den Fingern ihre Ecken und Kanten abtasten und sie langsam in der Hand hin und her wenden. Aber noch hatte er nicht die geringste Idee, wie sie zusammenpassen könnten. Oder welches Bild sich ergeben mochte, sobald sie zusammenpaßten.

»Wissen Sie«, sagte O'Brien, »dieser Myers – der muß ja verdammt gut mit den Riccios befreundet sein. Wir haben doch gerade erst am eigenen Leib erfahren, welche Strapaze das ist, zwischen New Jersey und Shreveport hin und her zu reisen, und dieser Bursche fliegt nur mal so eben rüber, bloß um an der Geburtstagsparty für den Sohnemann teilzunehmen.«

»Ja, ja, man braucht ihn sich ja nur mal anzusehen«, fand Manusco, »und schon weiß man, was das für ein Partylöwe ist.«

»Einer, der sich gleich Mrs. Marshall, die schönste Frau auf der Fete, zum Tanzen holt«, sagte Gladstone.

»Aber nur für schnelle Tänze«, präzisierte Manusco. »Ja, ja, und die langsamen hat sie mit ihrem liebenden Ehemann getanzt«, warf O'Brien ein.

»Vorausgesetzt, der war nicht gerade damit beschäftigt, Myers irgendwelche Ratensparverträge unterzujubeln«, sagte Gladstone.

»Dieser Bursche muß ein erstklassiger Vertreter sein«, sagte Manusco.

»Dreht da einem Eisenwaren-Verkäufer aus Louisiana bei einer Party ein Wertpapierkonto an und läßt dann noch ein halbes Dutzend Broschüren und über dreißig Telefongespräche folgen, nur um die fälligen Sparraten für einen Vertrag über zweitausend – oder wie hoch ist das Limit, zwei-fünf? – einzutreiben.«

»Zweitausend«, sagte Gladstone.

»Und wie hoch ist dann seine Provision?« erkundigte sich Manusco. »Fünfzig Dollar?«

»Mist. Er hat ja schon allein für Telefongespräche mehr ausgegeben«, sagte O'Brien.

»Heh, ich habe eine Idee«, sagte Gladstone.

Die anderen Detectives sahen ihn fragend an.

»Wir gehen zum Bowling.«

Das taten sie auch auf der anderen Seite des Flusses in Bossier City, ohne noch einmal bei Andrew Myers anzuklopfen.

Auf ihrem Weg hielten sie allerdings kurz am Haus von Ernest Grandshaw an der Jockey Club Lane an. Dieser machte von allem Anfang an keinerlei Hehl daraus, daß er über ihren Besuch alles andere als begeistert war. Er war ein großer, hagerer, dunkelhaariger Mann mit einer kräftigen Stimme, die er auch gelegentlich nicht zu heben scheute. Für Gladstone stand von vorn herein fest, daß das Kontingent aus New Jersey nicht die erste Gruppe von Gesetzeshütern war, mit der er es in seinem Leben zu tun bekommen hatte.

Sie zeigten ihm das Bild von Rob und Maria Marshall, und er sagte, er habe noch nie in seinem ganzen Leben eine der beiden abgebildeten Personen gesehen.

Dann sagte sie ihm, sie würden gern mit ihm über den Mord an Maria reden und über seine beiden kurzen Besuche in Atlantic City während des Sommers, von denen einer ausgerechnet an dem Tag stattgefunden hatte, an dem des Nachts Maria Marshall ermordet worden war, und zwar an einem Ort, der nicht mehr als fünfundzwanzig Meilen von dem Motel entfernt lag, in dem er abgestiegen war.

Er erwiderte ihnen, er wisse nichts von einem scheißverdammten Mord und er sei in seinem ganzen Leben noch nie in Atlantic City gewesen oder sonstwo in diesem gottverdammten Staat New Jersey, und er werde jetzt kein einziges gottverdammtes Wort mehr ohne seinen gottverdammten Anwalt sagen. Dann forderte er sie auf, zur Hölle noch mal von seiner Eingangstreppe zu verschwinden, und sie sollten ihr gottverdammtes Auto aus seiner Einfahrt fahren. Am nächsten Tag, Donnerstag, 20. September, ging Bob Gladstone in das Friseurgeschäft direkt neben der Caddo Hardware, um sich die Haare schneiden zu lassen. »Nur mal ein bißchen lokale Atmosphäre schnuppern«, erläuterte er den anderen.

Dann ging er zum städtischen Richter der Gemeinde Caddo und erwirkte einen Durchsuchungsbefehl, der es den drei Detectives ermöglichte, in Ernest Grandshaws Haus an der Jockey Club Lane zurückzukehren und ihm einen etwas ernsteren Besuch als beim erstenmal abzustatten.

»Jetzt erzählen Sie mir noch einmal«, sagte O'Brien, »wonach wir denn nun suchen. Ich meine, außer nach seinen Dale-Carnegie-Videos.«

»Nach weiteren Einzelstückchen«, erwiderte Gladstone. »Nur um das Puzzle für Blinde noch ein wenig spannender zu machen. Dabei könnte es sich um alles mögliche handeln. Es könnte sich zum Beispiel um den Fünfundvierziger handeln, mit dem Maria Marshall erschossen wurde. In der Nacht, als sie erschossen wurde, war er in Atlantic City, und abgesehen von Rob persönlich sind wir auf niemanden gestoßen, von dem wir dasselbe behaupten könnten. Bis auf irgend jemanden, der eine Telefonzelle in dem Motel, in dem er abgestiegen ist, benutzt hat, um Marshall frühmorgens anzurufen. Und acht Minuten später wird dieselbe Zelle von einer Zelle bei der Seven-Eleven angerufen, die sich in der Nähe von Robs Haus, ein kleines Stück die Straße hinter, befindet. Und gestern erzählt er uns, er sei noch nie im Leben in New Jersey gewesen. Ich denke, das alles zusammen rechtfertigt wohl ein bißchen offizielles Herumschnüffeln.«

Wie sich dann später zeigte, hatte Gladstone recht. Noch am selben Tag entdeckte Manusco in einer Schreibtischschublade in Grandshaws Haus den Beleg über eine Geldüberweisung durch die Western Union, die am 25. Juni von einem gewissen James McAlister aus Philadelphia von Toms River aus an Grandshaw auf den Weg gebracht worden war.

In einer anderen Schublade fand Gladstone einen Zettel, der von einem Notizblock mit dem Firmenlogo der Caddo Hardware abgerissen worden war. Darauf war der Name James McAlister vermerkt neben einer Adresse in Philadelphia und dem Hinweis, besagter McAlister werde eine Anweisung über dreitausend Dollar für Ernie Grandshaw tätigen.«

»Wissen Sie irgendwas darüber?« fragte Gladstone.

»Nicht die verdammteste Kleinigkeit«, erwiderte Grandshaw.

»Ist das Ihre Handschrift?«

»Sie ist es ganz sicher nicht. Und ich werde auch nicht eine Frage mehr ohne Anwalt beantworten.«

Grandshaws Frau hatte die ganze Zeit dabeigestanden und alles beobachtet. Ihre Erregung wuchs mit jeder Minute. Jetzt explodierte sie förmlich. *»Verdammt noch mal, Ernie Grandshaw, in was, zum Teufel, bist du da schon wieder reingeschliddert?«*

»Sei still!« knurrte er.

»Ich werde den Teufel tun und still sein, wenn du deinen Namen in den Schmutz ziehst, in den deine ganzen sogenannten Freunde gehören!« Dann wandte sie sich an Gladstone. »Kommen Sie doch mal kurz mit mir nach draußen«, sagte sie, »ich würde sehr gern ein paar Worte mit Ihnen allein reden.«

»Verdammt noch mal, du redest kein Wort mit diesem Cop!« schrie Grandshaw.

»Wenn ich dich gewähren lasse, sitzen wir alle beide noch vor Mitternacht hinter schwedischen Gardinen. Hier geht es um *Mord*! Deswegen sind diese Männer hier, Ernie, und da gibt es ein paar Dinge, von denen ich meine, sie sollten sie besser wissen. Bevor sie dich noch in Handschellen mitnehmen.«

Grandshaws Frau nahm Gladstone mit in die Küche, wo sie ihm mit sehr viel sanfterer Stimme erklärte, daß ihr Mann schon bei früherer Gelegenheit mit dem Gesetz in Konflikt gekommen war. Wenn sie jetzt aber hier seien, um in einer Mordsache zu recherchieren, sollten sie ihr Augenmerk vielleicht besser auf einen Freund ihres Mannes mit Namen Ferlin L'Heurex richten. L'Heurex, sagte sie, war ein früherer Polizeibeamter und ein Typ, dem man einen Mord zutrauen würde.

Sie sagte weiter, daß ihr Mann nach dem Besuch der Polizei gestern abend noch das Haus verlassen hatte, um sich mit L'Heureux zu treffen; bei seiner Rückkehr habe er sich jedoch geweigert, ihr zu sagen, worüber sie gesprochen hätten, und deshalb sei sie sicher, daß L'Heureux ihm angedroht hatte, ihn entweder zu verprügeln oder umzubringen, wenn er der Polizei auch nur ein Sterbenswörtchen verrate.

Die drei Detectives verließen das Haus wieder und gingen zurück in die Stadt, wo sie eine Genehmigung erwirkten, Einblick in sämtliche Unterlagen der Western Union zu nehmen, die Geldüberweisungen aus Toms River, New Jersey, an Ernest Grandshaw in Shreveport zum Gegenstand hatten.

Außerdem befragten sie lokale Detectives, was über einen gewissen Ferlin L'Heureux bekannt sei. Und das erwies sich als Frage mit vielen, vielen Antworten.

Die L'Heureux' waren eine in Shreveport gut bekannte Familie. Ferlins Vater ›machte in Immobilien‹, womit die Leute in Shreveport ein weites Feld von Aktivitäten umschreiben, von denen die meisten sogar möglicherweise legal waren.

Ferlin selbst war auch in ein weites Feld von Aktivitäten verstrickt, von denen etliche ohne jede Frage legal waren. Vor zwölf Jahren – um nur ein Beispiel zu nennen – war er Deputy Sheriff in Caddo Parish gewesen. Seine Karriere als Gesetzeshüter endete im Jahr 1978, als er ausgeschickt worden war, um einen Verkehrsunfall zu untersuchen, bei dem ein Lkw-Anhänger umgekippt war, der bis obenhin voll mit Sperrholz beladen war.

Im nördlichen Louisiana ist, erklärte man Gladstone, eine Wagenladung voll Sperrholz – ähnlich wie ein Cadillac – eines der Dinge, die zu besitzen sich ein jeder Mann sehnlich wünscht. Egal, ob man Verwendung dafür hat oder nicht, der Besitz einer Wagenladung Sperrholz war eine Art Gütesiegel. Der Besitzer einer ganzen Wagenladung voll brandneuen Sperrholzes war de facto ein Mann mit Hintergrund und jemand, mit dem zu rechnen war.

Und in solchen Kategorien hatte Ferlin schon immer von sich selbst gedacht – das Sperrholz konnte dies eigentlich nur unterstreichen. Daher requirierte er im Zuge seiner Ermittlungen kurzerhand das gesamte Sperrholz. Dies führte schließlich und endlich zu seiner ziemlich abrupten Entfernung aus der Abteilung und zum vorzeitigen Ende seiner Karriere als Hüter von Recht und Ordnung.

Ferlin, zweimal verheiratet und Vater von sechs Kindern, »machte« fortan »in Immobilien«, wie es schon sein Vater getan hatte. Außerdem verlegte er sich auf den Autohandel. Er kaufte beispielsweise Autos in Texas und verkaufte sie in Alabama. Und umgekehrt. Oder er kaufte morgens ein Auto und verkaufte es abends wieder. Manchmal verkaufte er es morgens bereits, um es erst nachmittags zu kaufen. Das alles geschah inoffiziell, führte jedoch nie zu einer Verhaftung.

Eine Zeitlang versuchte er sich auch auf dem Feld der privaten Ermittlungen. In Shreveport erzählte man sich gern die Geschichte, daß er von der Frau des Geschäftsführers einer Fluggesellschaft angeheuert wurde, die ihren Mann (übrigens zu Recht) verdächtigte, ein Verhältnis mit seiner Sekretärin zu haben. Der Geschäftsführer nun argwöhnte seinerseits (ebenfalls zu Recht), daß seine Frau einen Privatdetektiv auf ihn angesetzt hatte, um Beweise in die Finger zu bekommen, die im etwaigen Scheidungsverfahren von Nutzen sein konnten. Was also tat er? Er fuhr seinen etwas eigenwillig aufgemachten Campingwagen mit den dunkel getönten Scheiben mitten auf ein großes, freies Feld und vergnügte sich drinnen völlig ungeniert mit der Sekretärin. Kassettenrecorder, Champagner, Wasserbett-Matratze und überhaupt alles, was er sonst so brauchte, hatte er im Wagen.

Bis auf eine Toilette. Die Sekretärin mußte aus dem Campingwagen raus, wenn sie mal ein kleines Geschäftchen erledigen mußte. Ferlin hatte nun vor, sie dabei zu fotografieren, und zwar so, daß der Campingwagen mit aufs Bild kam. Das Problem war nur, daß das Feld, auf dem der Mann parkte, so groß und so leer war, daß man das Foto von dem Gebüsch beiderseits der Autobahn aus hätte schießen müssen, und Ferlin besaß kein Teleobjektiv, das stark genug gewesen wäre, um aus solcher Distanz brauchbare Bilder zu liefern.

Seine Lösung, von der man sich mit größtem Vergnügen immer wieder in Shreveport erzählte, bestand nun darin, daß er sich einen Pappkarton, in dem einmal eine Waschmaschine verpackt gewesen war, mitten aufs Feld stellte, sich hinein hockte und in einer Seite ein Loch für die Kameralinse bohrte.

Wenn nun der Mann wieder mit seinem Campingwagen kam, so Ferlins Überlegung, brauchte er nur noch nahe genug heranzurobben, bis er die richtige Entfernung hatte, um die Sekretärin zu fotografieren, sobald sie den Campingwagen verließ, um einem menschlichen Bedürfnis nachzukommen.

Bedenkt man, daß Ferlin über sechs Fuß groß war und gut und gern 250 Pfund wog, kann man sich vorstellen, daß die Sache mit dem Robben nicht so ganz einfach war. Besonders, als Ferlin auch noch der Gedanke kam, der Geschäftsführer könnte nur so aus Spaß mit seiner .375 Magnum auf den für ihn doch leeren Karton schießen. Daß er eine solche Waffe in seinem Campingwagen hatte, wußte Ferlin. Und für ihn stand außer Frage, daß der andere schießen würde, sobald er auch nur den geringsten Verdacht hatte, etwas anderes als ein laues Lüftchen könnte den Pappkarton veranlaßt haben, seit dem Augenblick, da er hier geparkt hatte, vierzig Meter näher an den Campingwagen heranzurücken.

›Schießübungen‹ wäre alles gewesen, was der Mann hätte sagen müssen, wenn man ihm je dumme Fragen gestellt hätte. Was konnte schon unschuldiger sein, zumal im nordwestlichen Louisiana, als der Geschäftsführer einer Fluggesellschaft, der ein bißchen Scheibenschießen veranstaltete, um seiner Sekretärin zu imponieren, die er an einem schönen Frühlingsnachmittag zu einem Lunch im Freien eingeladen hatte? Es hatte doch für ihn überhaupt keinen Grund gegeben anzunehmen, ein früherer Deputy Sheriff von Caddo Parish könnte dort drinnen sitzen und gerade eine Kamera mit einem 35-Millimeter-Objektiv justieren.

Es würde sowieso niemand irgendwelche Fragen stellen. Ferlin, seine ganzen verschwitzten 250 Pfund (bedenkt man den Blutverlust, könnten es dann auch einige weniger sein) würde wochenlang in dem Karton liegen – vollgepumpt mit Blei –, und nur die Geier und die Krähen würden es bemerken.

Diese Schreckensvisionen wurden einfach zuviel für Ferlin, als er da so in seinen Karton eingezwängt saß, und er brach förmlich aus seinem Gefängnis aus, warf die Kamera in die Luft und rannte, die leeren Hände hoch über den Kopf erhoben, so schnell er konnte, Richtung Autobahn, wobei er unentwegt schrie: »Nicht schießen! Nicht schießen! Ich gebe auf!«

So zumindest wurde die Story gern in Shreveport kolportiert. Aber man erzählte sich auch viele andere Geschichten über Ferlin, und nicht alle hatten solch einen humorvollen Anstrich.

Ferlin nahm gern an Stockcar-Rennen teil. Eine Zeitlang besaß er sogar unten im Osten von Texas eine eigenen kleine Rennstrecke, aber er war auch sonst überall da zu finden, wo im Süden ein Rennen stattfand: Montgomery, Biloxi, Nashville – einfach überall.

Oft gab es in den Städten, in denen Ferlin seine Rennen fuhr, auch eine Bank oder zwei. Und oft hatten Ferlins Freunde ein Interesse an dieser Bank. Nicht gerade ein Besitzerinteresse nach Art eines Aktieninhabers oder ein geschäftliches Interesse. Nein, das war mehr ein Interesse an dem, was in den Banken war – das heißt Geld –, und ein Interesse daran, es von dort zu entfernen.

Ferlin, so erklärte man Gladstone, gehörte zu einer Bande von Bankräubern, die überall im Süden erfolgreiche Überfälle verübt hatten. Er gehörte nicht gerade zum harten Kern der Bande. Er war mehr eine Randfigur, manchmal beteiligt, dann wieder nicht, und wurde nie mit wichtigeren Aufgaben betraut als damit, das Fluchtauto zu steuern.

An diesem Punkt kam seine abgebrochene Karriere als Gesetzeshüter ins Spiel. Denn, so machte man Gladstone glauben, Ferlin hatte noch ganz bestimmte Kontakte. Kontakte zu Bundesbehörden, mit deren Hilfe er diese von Zeit zu Zeit über bestimmte Planungen der Bande informierte. Nicht zu vergessen auch die Identität einzelner Bandenmitglieder.

Mancher mag dabei an das Bild von dem Mann denken, der seinen Kuchen essen und ihn gleichzeitig behalten möchte. Andere könnten versucht sein, an eine etwas seltsame Art von Todessehnsucht zu glauben. Aber wie auch immer, fest steht, daß Ferlin L'Heureux ein recht kompliziertes Leben führte und daß es nach Meinung der Polizei von Shreveport durchaus vorstellbar war (obwohl sie keine Ahnung hatte, in welcher Form das sein könnte), daß er in ein Komplott zur Begehung eines Mordes an einer Frau in New Jersey verwickelt war, um an das Geld von einer Versicherung zu kommen. Zumal dann, wenn die Versicherungssumme dementsprechend war.

»Anderthalb Millionen?« fragte Gladstone.

»Das wäre genug«, erwiderte der Detective, mit dem er sich über die Sache unterhielt. Doch dann setzte dieser noch nachdenklich hinzu: »Ferlin ist ein Bastard, das ist schon richtig. Aber ich könnte mir denken, daß er es wohl doch nicht übers Herz bringen würde, eine Frau zu ermorden.«

Am Freitag, dem 21. September, rief McGuire Gladstone in Shreveport an, um ihm das Ergebnis seiner Recherchen bei der Western Union mitzuteilen. Ernie Grandshaw hatte im Juni nicht nur eine, sondern zwei Geldüberweisungen aus Toms River erhalten. Die zweite – sie lautete über dreitausend Dollar – war die, von der sie schon die Empfangsquittung in Grandshaws Haus gefunden hatten. Der Name des Absenders dieser Überweisung lautete James McAlister, war also identisch mit dem Namen, den sie schon auf dem Notizzettel mit dem Firmenaufdruck der *Caddo Hardware* gesehen hatten.

Aber da hatte es auch noch eine Überweisung in Höhe von zweieinhalbtausend Dollar gegeben, ausgefertigt am 13. Juni in Toms River für Ernie Grandshaw in Shreveport. Der Name des Absenders dieser ersten Geldüberweisung lautete Robert O. Marshall.

Die Handschrift auf beiden Anweisungen schien identisch zu sein, sagte McGuire. Ihm kam es vor, als handele es sich um Robert Marshalls Handschrift.

»Passen Sie mal auf, Al«, sagte Gladstone, »ich wüßte, was Sie heute noch erledigen könnten. Sie könnten am Nachmittag mal am Crest Ridge Drive acht-acht-vier vorbeischauen und Mr. Marshall ein paar Fragen stellen. Wir wissen, daß er Myers kennt, darum geht's also nicht. Aber Myers ist nicht der Bursche, an den er das Geld geschickt hat. Er hat Geld an Grandshaw geschickt. Und fünf Tage, nachdem dieser die erste Überweisung bekommen hat, taucht Grandshaw bei Harrah's Marina auf. Als Grandshaw das nächste Mal auftaucht, bleibt Maria Marshall tot zurück.

Fragen Sie Marshall also, ob ihm der Name Grandshaw irgend etwas sagt. Und beobachten Sie sein Gesicht ganz genau, wenn er antwortet. Fragen Sie ihn außerdem, ob er jemanden namens Ferlin L'Heureux kennt.

Und noch etwas, Al. Da Sie dann ja ohnehin in der Gegend sind, könnten Sie auch noch zu den Riccios gehen. Unterhalten Sie sich einfach mal ein bißchen mit ihnen, wenn es sich machen läßt. Fragen Sie sie, was es mit der Geschichte von diesem Andrew Myers auf sich hat. Ich wüßte gern mehr über diese Freundschaft.«

Als er wieder eingehängt hatte, wandte er sich O'Brien und Manusco zu. »Gentlemen, was ist denn jetzt gefällig? Ein Haarschnitt vielleicht? Oder würden Sie lieber noch einmal zum Bowling gehen?«

»Ich habe hinten in dem Eisenwarenladen ein Plakat gesehen«, sagte O'Brien: »Da wurde eine Krokodil-Grillfete angekündigt. Ich glaub', die findet heute abend in der Legion Hall statt.«

»Klingt gut, Dan«, sagte Gladstone. »Ich weiß, daß unser Freund Manusco noch kein Stückchen Krokodil zwischen die Zähne bekommen hat, seit wir Newark verlassen haben.«

»Und nicht nur das«, sagte Manusco.

»Wollen Sie denn noch einmal zu Caddo Hardware gehen und sich nach Einzelheiten erkundigen?« fragte O'Brien.

»Nein«, sagte Gladstone, »ich glaube nicht. Ich möchte lieber unser eigenes Krokodil-Grillfest arrangieren. Aber, Dan, Sie könnten den Laden anrufen und versuchen, Mr. Myers zu überreden, heute abend in die Stadt zu kommen und als unser Krokodil zu fungieren. Ich glaube, ein paar der Stückchen passen inzwischen.«

O'Brien rief gegen fünf Uhr an. »Ja – er hat zugesagt«, berichtete O'Brien. »Er wollte nur noch seine Frau anrufen, um ihr zu sagen, daß er etwas später zum Abendessen kommen wird.«

»So an die dreißig Jahre später«, sagte Manusco.

»Dreißig Jahre?« fragte Gladstone.

»Allerdings. Das ist nämlich die Mindeststrafzeit, die jemand bis zu einer Begnadigung absitzen muß, wenn er wegen Verschwörung zu einem Mord verurteilt wurde, bei dem Feuerwaffen eine Rolle gespielt haben.«

»Aber alles, was Myers getan hat, ist, mit der Braut getanzt zu haben«, sagte O'Brien.

»Ja, ja«, erwiderte Manusco, »aber was hat er mit ihrem Ehemann gemacht?«

15. Kapitel

Diesmal lasen sie Myers seine Rechte vor.

Durch die Geldüberweisungen und die Eintragungen in dem Motel in Atlantic City hatten sie einen Zusammenhang zwischen Myers und Marshall nachgewiesen.

Das Problem, das sich jetzt stellte, war, eine Verbindung zwischen Myers und Grandshaw nachzuweisen. Und dann, wenn die Verbindungsstücke erst einmal an ihrem richtigen Platz lagen, galt es hinzuschauen, wohin diese Brücken führten. Alle drei Detectives erwarteten uneingeschränkt, daß sie zum Rast- und Picknick-Gelände Oyster Creek am Garden State Parkway und der Leiche von Maria Marshall führten, die mit dem Gesicht nach unten und mit zwei dicht nebeneinander liegenden Schußwunden im Rücken quer über den Vordersitzen des elfenbeinfarbenen Cadillac ihres Ehemannes lag.

»Andy«, sagte Gladstone, »ich wäre Ihnen dankbar, wenn Sie uns ein wenig mehr über das Telefongespräch erzählen wollten, das Sie da mit Mrs. Riccio geführt haben wollen. Ich meine jenes, in dem sie Ihnen mitgeteilt hat, daß Mrs. Marshall ermordet worden ist.«

»Bitte sehr. Wie ich ja schon sagte, habe ich sie angerufen, und als sie den Hörer aufnahm, sagte ich ›herzlichen Glückwunsch zum Geburtstag. Ich weiß, es ist ein bißchen zu früh.‹ Sehen Sie, je mehr ich jetzt darüber nachdenke, desto sicherer bin ich, daß sie am achtzehnten Geburtstag hat. Aber ich wußte nur, daß ich entweder zu früh oder zu spät anrief. Jedenfalls habe ich auch noch mit John gesprochen und habe ihn gefragt: ›Na, wie geht's, wie steht's?‹ Und Carol, also Mrs. Riccio, die hat mir dann erzählt, daß ihr Sohn, der von der Geburtstagsparty, also, daß der bald heiraten wird. Und dann hab' ich sie gefragt, wann denn die Hochzeit sein wird, und sie sagte, im Juni nächsten Jahres, also im Juni '85, und ich hab' darauf gesagt: ›Schickt ihr uns denn auch eine Einladung?‹ Und sie antwortete: ›Natürlich laden wir euch ein.‹ Und ich sagte: ›Danke.‹ Und dann sagte sie, Johns Cousin sei entschlafen, und ich sagte: ›Johns Cousin?‹ Und sie nannte mir einen Namen, und ich sagte: ›Ich glaube nicht, daß ich ihn kenne.‹ Und sie sagte: ›Nein, ich dachte nur, ihr wärt euch mal begegnet.‹«

»Golfschläger«, sagte O'Brien. »Er entschlief mit Hilfe von Golfschlägern.«

»Wie bitte?« fragte Myers.

»Nicht so wichtig«, sagte O'Brien. »Erzählen Sie weiter.«

»Na gut. Und dann sagte sie – ich glaube, sie sagte wörtlich: ›Maria ist ermordet worden.‹ Ich sagte: ›Wer?‹ – ›Maria Marshall, die Frau, mit der du getanzt hast.‹ Und ich sagte: ›Was ist denn passiert? Wovon redest du?‹ Und sie sagte, sie wäre – also, die wären auf dem Weg nach Hause von Atlantic City gewesen, und er hätte eins über den Kopf gekriegt und sie sei erschossen worden. Und ich sagte: ›Oh, mein Gott!‹ Und dann haben wir uns mehr so allgemein über Gott und die Welt unterhalten. Ja, und das war's dann.«

»Sie kennen Sie schon lange, Andy?« fragte Gladstone. »Ich meine, Mrs. Riccio.«

»Ich kenne sie, seit wir zwölf, dreizehn, vierzehn Jahre alt waren, als wir in Perth Amboy lebten, und sie hieß damals noch Capodilupa.«

»Und Sie sind über die Jahre hinweg immer in enger Verbindung mit ihr geblieben?«

»Ja – eigentlich schon. Sie war auch mal meine richtige Freundin, eine Zeitlang. Und dann sind wir aber gute Freunde geblieben. Meine Frau, ich und meine Tochter, wir sind vor ein paar Jahren mal alle oben gewesen und haben sie bei ihr zu Hause besucht. Und vor einem Jahr habe ich sie alle in New Orleans getroffen. Sie haben da irgendwo einen Konvent oder so was besucht, und ich hatte ein Bowling-Turnier, und da waren wir ein paar Stunden zusammen.«

»Und wieso sind Sie zu der Party gefahren?« wollte Gladstone wissen.

»Ja, sehen Sie«, sagte Myers, »meine Tochter war schon in der Oberstufe, und ab Januar blieben meine Frau und sie bis in die frühen Morgenstunden hinein wach, und meine Frau half ihr bei den Schularbeiten. Und ich fühlte mich mehr oder weniger alleingelassen, ausgeschlossen, vernachlässigt. Ich hab' versucht, mit ihr darüber zu reden, aber sie hat immer alles vom Standpunkt meiner Tochter aus gesehen und nie auch mal von meinem. Nun wollte ich aber auch keinen großen Familienstreit, und als deshalb die Einladung per Post kam, habe ich ihr nur gesagt, ich würde irgendwohin fahren, bin dann aber in die andere Richtung gefahren.

Sehen sie, da ich allein dorthin wollte, hätte meine Frau bestimmt gesagt: ›Was hast du vor? Warum bleibst du nicht zu Hause?‹ Und ich hätte dann bestimmt versucht, ihr meine Gefühle zu erklären und was in mir vorging. Und meine Frau ist eine sehr sentimental veranlagte Person. Sie weint immer so leicht. Und ich kann das einfach nicht ertragen, wenn sie anfängt zu weinen.

Deswegen habe ich eine Notlüge gebraucht. Ich habe ihr erzählt, ich hätte Probleme mit dem Knie und wolle es untersuchen lassen. In einem Krankenhaus. In San Antonio.«

»Wie weit ist es bis San Antonio, Andy?« fragte Gladstone.

»Dreihundert, vielleicht auch dreihundertfünfzig Meilen.«

»In Shreveport gibt es keine Krankenhäuser!«

»Doch, schon.«

»Kommen wir noch mal auf Ihr Knie zurück«, sagte O'Brien. »Haben Sie bis zu diesem Zeitpunkt bei Ihrer Frau schon mal gelegentlich über Beschwerden im Knie geklagt?«

»Gelegentlich, ja«, erwiderte Myers, »aber nicht jeden Tag.«

»Aber das hat keinen Streit gegeben? Als Sie ihr erzählt haben, Sie wollten in ein Hospital nach San Antonio fahren?«

»Nein.«

»Aber es hätte Streit gegeben, wenn Sie ihr gesagt hätten, Sie wollten nach New Jersey?«

»Ja, wenn ich ihr gesagt hätte, weswegen ich dorthin wollte, zu der Party, meine ich. Deswegen habe ich ihr erzählt, ich würde nach San Antonio fahren, und bin dann in die andere Richtung gefahren.«

»Wie lange waren Sie denn da oben?« erkundigte Gladstone sich.

»Drei Tage.«

»Und wo haben Sie gewohnt?« fragte O'Brien.

»Bei meinem Halbbruder, Bill Henderson. Er hat ein Haus in Perth Amboy. Ich habe bei ihm gewohnt.«

»Was haben Sie denn da gemacht?« fragte Gladstone.

»Och – dies und das. Ich habe Bills Tochter – sie geht auf eine private katholische Schule –, also, die haben wir immer in die Schule gebracht, und dann sind wir zu Hause geblieben oder sind ein bißchen spazierengegangen. Abends kamen die Verwandten seiner Frau, und dann haben wir mit kleinen Einsätzen gepokert.«

Ja, dachte Manusco bei sich, *er ist eben ein echter Partylöwe.*

»Jetzt mal zu der Party, Andy«, sagte O'Brien. »Wie sind Sie denn dahin gekommen?«

»Mietwagen.«

»Um wieviel Uhr waren Sie da?«

»Etwa gegen sechs Uhr. Ich war etwas früh und habe mich so lange an die Bar gesetzt. Ich muß so zwei, drei Drinks getrunken haben, als dann nach und nach die übrigen Gäste kamen.«

»Haben Sie sich nicht zu ihnen gesetzt?« fragte O'Brien. »Zu all diesen Riccios und Capodilupas und den ganzen alten Freund aus Perth Amboy? Sie sind doch immerhin fünfzehnhundert Meilen geflogen, um sie zu sehen.«

»Nun ja, das heißt, nein – hm, sehen Sie, auf einmal war es völlig überfüllt da drinnen, und dann kamen Mr. und Mrs. Marshall, und alle Tische waren schon besetzt, und sie standen an der Bar und hatten Schwierigkeiten, auf sich aufmerksam zu machen, und weil ich die Frau kannte, die die Bar machte, und da sie wußte, was ich im allgemeinen trinke, winkte ich ihr und sie kam herüber, und dann sagte ich zu ihr: ›Heh, diese Leute wollen was bestellen.‹

Und dann fingen wir an, uns ganz allgemein zu unterhalten, denn er war dankbar, daß ich ihm zu einem Drink verholfen hatte.«

»Worüber habt ihr denn gesprochen?« fragte Gladstone.

»Über alles mögliche. Wir sprachen über meine Arbeit und daß ich die Riccios kannte und warum ich hier war. Ich erzählte ihm, daß ich mal bei der Air Force war, und er erzählte, daß er bei der Navy gedient hatte. Irgendwie kamen wir dann auch auf Rentenpapiere und Zusatzrenten, und ich sagte ihm, daß ich gern welche kaufen würde, und erklärte ihm auch meine Gründe dafür. Wir – meine Frau und ich – wir hatten Sparbücher, aber da ist das Geld zu leicht verfügbar, man hebt zu leichtfertig ab und muß dann auch noch Strafzinsen zahlen. Und da ich ja Verwandte in New Jersey habe, dachte ich mir, wenn ich ein bißchen Geld außerhalb des Staates Louisiana anlege, ist es nicht so leicht verfügbar, denn wenn ich etwas abheben wollte, müßte ich ja einen Brief schreiben.«

»Nur weiter«, sagte Gladstone und nickte dazu, als interessiere ihn das alles kolossal.

»Sehen Sie«, sagte Myers, »ich glaube, wir hatten Guthaben in Höhe von zweitausendfünfhundert, wenn ich mich nicht irre, auf der *Commercial National Bank* in Shreveport, und ich sagte ihm, ich würde jedesmal, wenn wir Geld beiseite legten, sei es auf dem Sparbuch oder sei es auf dem Wertpapierkonto, es vorzeitig wieder abheben, und dann müßten wir jedesmal Strafzinsen zahlen. Und ich wolle eine Anlagemöglichkeit, die nicht in meinem Heimatstaat liegt. Damit ich, wenn ich über das Geld verfügen möchte, einen Brief schreiben müßte. Und bis ich den mal geschrieben hätte und bis dann darauf eine Antwort erfolgt wäre, bräuchte ich das Geld gar nicht mehr.«

»Aber von Zeit zu Zeit haben Sie diese Diskussion über Geldangelegenheiten doch schon mal unterbrochen, um ein bißchen zu tanzen«, sagte O'Brien. »Das stimmt doch, oder?«

»Ich habe nur einmal mit ihr getanzt«, sagte Myers. »Einen schnellen Tanz. Jeden langsamen Tanz haben die beiden zusammen getanzt. Und wenn sie sich setzten, stützte sie sich mit dem Ellenbogen auf seinem Bein ab. Ich hatte den Eindruck, sie seien sehr verliebt ineinander.«

Jetzt war für Gladstone der Moment gekommen, seinen Ordner zu öffnen, der den Bericht über die Überweisungen durch die Western Union enthielt: den Bericht über die Anweisungen an Caddo Hardware.

»Haben Sie das schon einmal gesehen?« fragte er.

Myers Adamsapfel begann, munter auf und nieder zu hüpfen. Dann nickte er. »Ja, das habe ich geschrieben. Ich habe das für Ferlin in Empfang genommen.«

Jetzt war es Gladstones Pulsschlag, der schneller ging.

»Wer ist Ferlin?« fragte er.

»Oh, das ist nur ein Bursche, der gelegentlich mal bei Caddos Hardware vorbeischaut. Ein schlitzohriger kleiner Geschäftemacher, wenn Sie wissen, was ich meine.«

»Nein, das weiß ich nicht, Andy. Ich verstehe das nicht ganz. Diese Notiz, die Sie selbst geschrieben haben, besagt, daß ein James McAlister aus Philadelphia eine Anweisung über dreitausend Dollar mit der Western Union an Ernest Grandshaw hier in Shreveport schicken wird.«

»Ja, das stimmt. Ernest Grandshaw ist nur ein Name, den Ferlin gelegentlich benutzt.«

»Ferlin – und wie weiter?« fragte Gladstone.

»Seinen Familiennamen kenne ich gar nicht. Er ist ein großer Fisch, wie ich schon sagte, ein Typ, der seine Finger in allen möglichen Geschäften hat, aber kennen tue ich ihn nur als Ferlin.«

»Und was ist mit McAlister?« fragte O'Brien. »Kennen Sie ihn?«

»Also, nun – eh –, sehen Sie, das ist eine ganz andere Geschichte. McAlister gibt es ebenfalls nicht wirklich. Das war ein Name, von dem Mr. Marshall mir sagte, daß er ihn gelegentlich benutze.«

»Mr. Marshall?« fragte Gladstone.

Sie konnten alle deutlich sehen, daß Myers langsam ins Schwitzen kam. »Hören Sie mal, ich habe nichts Unrechtes getan«, sagte er.

»Davon redet auch niemand, Andy«, sagte Gladstone. »Sie sollen uns ja auch nur helfen, dieses Durcheinander ein wenig aufzuhellen. Dann können Sie ja wieder zu Ihrer Frau und zu einem guten warmen Abendessen zurückkehren.«

Myers, der schon heftig schwitzte, fing jetzt auch noch zu zittern an.

»Verstehen Sie doch, das hat mich noch nie jemand zuvor gefragt, aber, wissen Sie, Mr. Marshall hat mich nach der Party noch einige Male angerufen, um sich zu vergewissern, daß ich auch das Informationsmaterial bekommen habe, das er an mich geschickt hatte. Und ich sagte ›Jawohl, Sir, aber ich habe noch nicht hineingeschaut.‹ Und – ah – bei einer dieser Gelegenheiten wollte er wissen, ob ich einen guten Privatdetektiv wüßte. Wenn ich es jetzt recht bedenke, kommt es mir vor, als hätte er das auch schon bei der Party erwähnt.«

»Privatdetektiv?« fragte Gladstone ruhig.

»Ja.«

»Hat er auch gesagt, welches Spezialgebiet dieser Detektiv haben soll?« wollte Gladstone weiter wissen.

»Nein, nein, überhaupt nicht. Er wollte nur wissen, ob ich jemanden kenne, den ich empfehlen könnte, aber ich sagte nein, ich würde niemanden aus dieser Branche kennen.«

»Hat er denn gesagt, daß er einen Detektiv anheuern wollte?« erkundigte Gladstone sich weiter.

»Nein, nein, das hat er nicht. Aber ich glaube, es war noch am selben Tag, an dem Mr. Marshall mich angerufen hatte, daß dieser Ferlin vorgefahren kam, und zwar in einem verdammt tollen Schlitten. Ich kannte ihn als Kunden von früher her, denn er hat einiges hier gekauft, und ich habe ihn einfach mal gefragt: ›Was arbeiten Sie eigentlich so?‹ Und er sagte: ›Nun, ich bin Geschäftsmann.‹ Und ich sagte: ›Welche Art Geschäfte?‹ Und er sagte: ›Jetzt habe ich zum Beispiel gerade dieses Vehikel gekauft. Ich werde es wieder verkaufen und dabei ein paar Riesen verdienen, und dann kaufe ich ein anderes. Und wenn jemand ein Grundstück kaufen will, dann werde ich auch gern als Makler tätig. Und dann bekomme ich eine entsprechende Provision.‹

Da habe ich ihn einfach mal gefragt: ›Kennen sie vielleicht auch jemanden, der sich auf private Ermittlungen versteht?‹ Und er fragte mich, um welche Art Ermittlungen es sich denn dabei handele. Ich sagte: ›Das weiß ich nicht. Ich weiß nur von einem Mann oben im Norden, der nach einem Detektiv sucht.‹ Und er sagte: ›Also, ich betreibe auch Ermittlungen.‹ Deshalb sagte ich ›okay‹ und rief Mr. Marshall an. Ihm habe ich dann gesagt: ›Ich glaube, ich habe einen Detektiv für Sie gefunden. Er wird gegen siebzehn Uhr dreißig hier sein. Wenn Sie wollen, können Sie dann ja mal anrufen und selbst mit ihm reden.‹«

»Und? Hat er angerufen?« fragte Gladstone.

»Ja. Es war schon Viertel vor sechs, und er entschuldigte sich noch, daß er nicht früher hatte anrufen können. Er wollte wissen, ob der Gentleman noch da sei. Und ich sagte: ›Einen Augenblick.‹ Dann sagte ich ›Ferlin?‹ Und er sagte: ›Ich nehme das Gespräch auf dem Apparat im Raum da hinten.‹«

»Wie lange haben die beiden miteinander gesprochen?« fragte Gladstone.

»Zwanzig Minuten, vielleicht auch fünfundzwanzig«, erwiderte Myers.

»Haben Sie etwas von dem Gespräch mitbekommen?«

»Nein, nein! Ich lausche doch nicht! Das einzige, was ich einfach nicht überhören konnte, war, daß Ferlin seinen Namen Mr. Marshall gegenüber mit ›Ernie Grandshaw aus Mississippi‹ angegeben hat. Das machte mich natürlich neugierig. Als er dann eingehängt hatte und wir zusammen nach draußen gingen, habe ich ihn gefragt: ›Wer oder was ist denn Ernie Grandshaw aus Mississippi?‹ Und er sagte: ›Ich gebe niemals einem Klienten meinen richtigen Namen, solange ich nicht weiß, mit wem ich es zu tun habe. Ich weiß ja nicht, wer dieser Mann ist. Und weil ich ihn nicht persönlich kenne, habe ich ihm diesen Namen gesagt.‹ Und das war's dann. Ich bin mit ihm rausgegangen, habe den Laden abgeschlossen und bin nach Hause gegangen.«

»Jetzt hören Sie mir mal zu, Myers«, sagte Gladstone. »Wir haben die Aufzeichnungen der Telefongesellschaft. Wir wissen, daß Sie und Marshall zwischen dem 4. Juni und der Nacht, in der Maria Marshall ermordet wurde, einunddreißigmal miteinander telefoniert haben.«

»Damit habe ich nichts zu tun«, sagte Myers laut. »Ich wußte ja nicht einmal davon, bevor es passiert war.« Unter dem Tisch gingen seine Beine so heftig auf und nieder, daß die drei Detectives die Vibrationen deutlich spüren konnten.

»Sie wollen uns also allen Ernstes weismachen«, sagte O'Brien und lehnte sich ganz plötzlich vor, »daß Sie jedesmal, wenn Marshall Sie angerufen hat oder Sie Marshall angerufen haben, Sie über nichts anderes als Festverzinsliche geredet haben?«

»Nein«, erwiderte Myers, »das habe ich nie gesagt.«

»Von wegen!« schnappte O'Brien. »Was haben Sie denn letzte Woche den beiden Detectives aus Shreveport erzählt?«

»Ich habe ihre Fragen beantwortet«, erwiderte Myers. »Sie hatten nur einige wenige ganz bestimmte Fragen.«

»Welche zum Beispiel?« fragte Gladstone gelassen.

»Jetzt hören Sie aber mal«, erwiderte Myers. »Ich schwöre bei Gott, daß ich nicht gewußt habe, da könnte irgend etwas gegen diese Frau geplant sein. Sie war so eine schöne Lady. Man müßte ja verrückt sein, jemandem wie ihr so etwas antun zu wollen.«

»Oder habgierig«, sagte O'Brien.

»Oder verzweifelt«, sagte Gladstone.

Myers sah aus, als werde er jeden Augenblick anfangen zu weinen. »Wenn mich jemand gefragt hätte, ich hätte es ihm gesagt. Ich habe nichts zu verbergen. Mr. Marshall und Ferlin haben mich benutzt, um sich gegenseitig Botschaften zu übermitteln. Ferlin wollte nicht, daß Mr. Marshall seine Telefonnummer wußte, ja, er sollte nicht einmal seinen richtigen Namen wissen. Wenn deshalb Mr. Marshall mit ihm in Kontakt treten wollte, mußte er das über mich tun. Aber es ging immer nur um irgendwelche Ermittlungen. Das war alles, was vorging, ich schwöre es. Zumindest ist das alles, wovon ich weiß.«

»Jetzt sitzen Sie doch mal still, Andy«, sagte Gladstone. »Wollen Sie eine Tasse Kaffee? Ich gehe nur mal kurz raus, um ein paar Fotos zu holen.«

»Ich will sie nicht tot sehen!« rief Myers. »Damit hatte ich nichts zu tun, und ich will diese Dame nicht als Leiche sehen!«

»Nun entspannen Sie sich mal wieder, Andy«, sagte Gladstone. »Es handelt sich nur um ein paar Polizeifotos. Vielleicht können Sie uns ja an Hand der Fotos helfen, diesen Ferlin zu identifizieren. Wie nehmen Sie den Kaffee? Schwarz? Milch? Zucker?«

Aber jetzt hielt Myers den Kopf in die Hände gestützt und fing an zu schluchzen.

Er identifizierte Ferlin. Ihm wurden Fotos von acht Personen männlichen Geschlechts aus der Gegend von Shreveport gezeigt, und er deutete ohne Zögern und unmißverständlich auf das Bild von Ferlin L'Heureux.

»Was also waren Sie denn nun, Andy? Eine Art Botenjunge?« fragte Gladstone betont sanft.

Myers nickte. »Wenn Ferlin sagte, er werde nach New Jersey fahren, habe ich Mr. Marshall angerufen und ihm gesagt, daß und wann Ferlin fährt. Oder wenn Mr. Marshall hier anrief und mit Ferlin sprechen wollte – was sehr oft geschah –, dann habe ich ihm Bescheid gesagt. Das ging im Juli so weit, daß Mr. Marshall mir richtiggehend lästig wurde. Schließlich sagte ich Ferlin, er solle mir bitte eine Telefonnummer geben, unter der Mr. Marshall ihn direkt erreichen könne. Und das hat er getan, wirklich. Er hat mir nicht seine eigene Nummer gegeben, sondern eine Nummer, von der er sagte, dort sei er zu bestimmten Zeiten zu erreichen. Es war eine Telefonzelle an irgendeiner Tankstelle in der Nähe seiner Wohnung.«

»Und? Haben Sie da vielleicht am fünften September angerufen?« fragte Gladstone.

»Das weiß ich nicht, ich weiß es wirklich nicht. Möglich wäre es schon.«

»Und was haben Sie bei dieser Gelegenheit gesagt, Andy?«

»Ich weiß es nicht, ich weiß nicht!« schrie Myers.

»Haben Sie gesagt, daß Ferlin wieder kommen werde?«

»Ernie Grandshaw.« Myers schluchzte. »Ernie Grandshaw. Das ist der einzige Name, den ich je benutzen durfte, wenn ich zu ihm von Ferlin sprach.«

»Und er ist wieder hingefahren!« schrie O'Brien plötzlich. »Und in der nächsten Nacht wurde die Lady ermordet!«

»Ich schwöre, ich schwöre, daß ich davon nichts gewußt habe«, sagte Myers. »Alles, was man mir je erzählt hat, war, daß es sich um eine Ermittlung handelte. Ich habe ja noch nicht einmal gewußt, worum es bei dieser Ermittlung ging.«

»He, Andy«, sagte Gladstone. »Es ist zehn Uhr. Vielleicht wollen Sie mal zu Hause anrufen. Sagen Sie Ihrer Frau, daß Sie etwas später kommen werden.«

Als er zehn Minuten später wieder den Raum betrat, erlitt Myers plötzlich einen Anfall von Panik. Er fiel zu Boden und begann zu zittern. Gladstone schüttete den Kaffee weg und rief auf den Flur hinaus nach irgend etwas, das Myers wieder auf die Beine bringen würde – Brandy, Wodka, irgendwas. Die Polizei von Shreveport konnte mit Wodka dienen. Gladstone maß sorgfältig eine Unze in Myers Tasse ab und reichte sie dem Mann, der noch immer auf dem Boden war, sich aber inzwischen aufgesetzt hatte und unentwegt flennte, er wolle wieder nach Hause.

»Sie können ja auch wieder nach Hause gehen«, sagte Gladstone. »Alles, was Sie dafür tun müssen, ist, uns die Wahrheit zu sagen.«

»Ich habe die Wahrheit gesagt«, stöhnte Myers.

»Die ganze Wahrheit, Andy. Die ganze Wahrheit und nichts als die Wahrheit.«

»Ich will einen Anwalt«, forderte Myers. »Warum geben Sie mir keine Gelegenheit, einen Anwalt zu rufen?«

»Andy, wir haben Ihnen Ihre Rechte vorgelesen«, sagte Gladstone. »Wir haben sie langsam und sorgfältig vorgelesen, und Sie sind also darüber informiert, daß Sie jederzeit einen Anwalt Ihres Vertrauens hinzuziehen können.«

»Ja, ich weiß«, erwiderte Myers, »aber die einzige Anschrift und Telefonnummer eines Anwalts, die ich in der Tasche habe, ist die, die Ferlin mir heute morgen gegeben hat. Und das ist Ferlins Anwalt, nicht meiner.«

Nachdem sie ihn dann wieder auf einen Stuhl gesetzt hatten, erzählte Myers ihnen vom Vormittag dieses Tages.

Um acht Uhr dreißig stand er hinter der Ladentheke der Caddo Hardware, eine Tasse Kaffee in der Hand und drauf und dran, den Laden zu öffnen, als er draußen auf der Straße eine Autohupe hörte. Er trat an die Tür um zu sehen, was dort vorging. Draußen sah er dann Ferlin. Der drückte noch immer auf die Hupe und winkte Myers jetzt noch zusätzlich, er solle doch mal zum Auto kommen.

»Es nieselte«, sagte Myers. »Ich rannte zum Wagen – er fuhr heute einen Jeep, oder was das sonst war. Die Tasse Kaffee hatte ich noch immer in der Hand, und er bedeutete mir, ich solle mich zu ihm ins Auto setzen. Ich fragte ihn: ›Was ist denn los?‹ Bevor Sie mich danach fragen, – normalerweise sind wir immer in den Laden gegangen, wenn wir was miteinander zu bereden hatten.

Er sagte: ›Bitte steigen Sie ein. Die Polizei könnte uns belauschen.‹ Und ich sagte: ›Wovon reden Sie denn überhaupt?‹ Wir fuhren ein bißchen kreuz und quer durch die Straßen, und er sagte: ›Die Polizei war bei Ernie Grandshaw und hat da die Belege über die Überweisungen gefunden.‹ Und ich sagte zu ihm: ›*Es gibt also wirklich einen Ernie Grandshaw?*‹ Und er sagte ja, und ich sagte: ›Großer Gott, in was bin ich denn da nur reingeraten? Die hiesige Polizei verhört mich, und ich weiß gar nicht, was los ist, und für mich steht eine Menge auf dem Spiel, aber ich weiß von gar nichts.‹

Und dann sagte Ferlin: ›Die versuchen, aus einer Maus einen Elefanten zu machen.‹ Und er sagte noch: ›Bleiben Sie ruhig. Sagen Sie gar nichts. Sie wissen, für Sie steht eine ganze Menge auf dem Spiel. Sagen Sie also gar nichts. Kein Sterbenswörtchen.‹ Und ich sagte: ›Bringen Sie mich ins Geschäft zurück.‹ Das tat er dann auch. Er brachte mich hierher zurück. Und ich habe am ganzen Leib gezittert.

Dann rief er mich vom Büro seines Anwalts an. Er erzählte mir, er sei bei seinem Anwalt, und dieser habe ihm in bezug auf mich gesagt, ich solle keinerlei Aussagen machen, sondern mir einen Anwalt suchen und im übrigen den Mund halten. Und ich hatte ja keinen Anwalt, und er sagte: ›Dann schreiben sie sich mal den Namen dieses Anwalts hier auf‹, und gab mir Namen und Telefonnummer seines Anwalts. Aber ich wollte noch nicht einmal mehr am Telefon mit Ferlin reden. Ich wollte, daß er mich endlich in Ruhe ließ. Ich sagte ihm, ich müßte wieder an die Arbeit. ›Ach, lassen Sie mich doch in Ruhe‹, habe ich gesagt, ›ich muß wieder an meine Arbeit.‹ Und die ganze Zeit habe ich nur gezittert und gebebt.«

»Aber bestimmt nicht so wie jetzt«, sagte O'Brien. »Und jetzt möchte ich von Ihnen eines wissen: Wann haben Sie nach dem Mord an Maria Marshall Ferlin zum erstenmal wieder gesehen?«

»O Gott«, sagte Myers, »o Gott. Erinnern Sie mich nur nicht noch daran.« Aber sie taten es trotzdem. Sie erinnerten ihn daran, bis er es erzählte.

Am Montag, dem 10. September, war Myers noch spätnachmittags im Geschäft gewesen, als Ferlin L'Heureux mit seinem schneeweißen Cadillac, neben sich seine Frau und auf dem Gesicht ein breites Lachen, vorgefahren war.

»He, Andy!« hatte er grinsend gerufen, »was verplempern Sie denn hier diesen wunderschönen Tag?« Dann hatte er ihn seiner Frau vorgestellt.

»Ich bin ein bißchen durstig, Andy«, sagte er und ging zu einer Kühlbox, in der alkoholfreie Getränke bereitgehalten wurden. »Ich habe schon den ganzen Tag Durst. Ich glaube, ich nehme mir mal zwei von diesen Cola-Dosen hier, eine für mich und eine für meine Frau.«

»Schon gut, Ferlin. Bedienen Sie sich ruhig.«

»O Mann, ich fühle mich prima, Andy, alter Junge. Ihr Freund da oben in New Jersey, dieser Mr. Marshall, der dürfte sich heute auch ein ganzes Stück wohler fühlen.« Auf seinem Gesicht lag ein breites Grinsen. »Andy«, sagte er, »ich habe meine Ermittlungen abgeschlossen.«

»Na, das ist ja schön, Ferlin, freut mich für Sie. Mr. Marshall wird sicher auch ein Stein vom Herzen gefallen sein. Er schien mir jetzt zuletzt ein bißchen bedrückt.«

»Allerdings. Aber jetzt ist alles für ihn geregelt. Sagen Sie, Andy, könnten Sie mir nicht vielleicht einen Gefallen tun? ich hätte zu gern eine Zeitung aus dem Norden.«

»Eine Zeitung? Wozu wollen Sie denn eine Zeitung haben?«

»Das will ich Ihnen sagen. Als ich mit dem Auto aus New Jersey zurückgekommen bin, habe ich im Radio gehört, es soll da auf einer ihrer Parkstraßen einen Überfall und eine Schießerei gegeben haben. Ein Mann soll eins über den Schädel gekriegt haben, und eine Frau ist angeblich erschossen worden. Und die Meldung klang, als handele es sich dabei um einen Prominenten. Sie haben doch Verwandte da oben, oder irre ich mich?«

»Ja, da wohnt in der Tat ein Verwandter von mir in der Gegend, Bill Henderson, mein Stiefbruder. Der wohnt oben in Perth Amboy.«

»Gut, würden Sie das also für mich tun, Andy? Würden Sie ihn anrufen, heute abend noch oder morgen, und ihn fragen, ob er ihnen eine Zeitung schicken könnte? Ich würde zu gern Genaueres über die Sache lesen.«

»Natürlich, Ferlin. Ich rufe ihn an.«

»Und? Haben Sie ihn angerufen?«

»Ja, ich habe ihn angerufen. Am nächsten Tag. Wir haben uns über Familienangelegenheiten unterhalten und was jeder von uns so treibt. Dann fragte ich ihn, ob er mir eine *DAILY NEWS* schicken könne, weil ich wußte, daß er sie abonniert hat.«

»Wieso hält er sich die *DAILY NEWS?*« fragte O'Brien. »Wegen der Kreuzworträtsel?«

»Er ist Sportler«, erwiderte Myers. »Und außerdem wettet er auf Pferde. Ich sagte zu ihm: ›Wenn du mir vielleicht die Ausgabe vom Samstag oder Sonntag schicken könntest, wäre ich dir sehr dankbar.‹ Und er sagte, er werde sehen, was er tun könne. Aber er hat mir die Zeitung nie geschickt. Als Ferlin dann ein paar Tage später wiederkam, habe ich ihm gesagt, ich hätte gute Freunde in Toms River, und er bat mich, sie doch mal anzurufen. Das habe ich dann auch getan. Ferlin stand die ganze Zeit daneben und wollte ständig wissen, was sie sagten.«

»Herzlichen Glückwunsch zum Geburtstag«, sagte O'Brien.

»Das habe *ich* gesagt«, erwiderte Myers.

»Stimmt«, pflichtete ihm Gladstone bei. »Ein paar Tage zu früh. Oder zu spät. Oder was auch immer. Hören Sie, Andy, mir reicht es jetzt langsam. Ich will die Wahrheit wissen. Sie wußten den ganzen Sommer lang, Sie wußten von allem Anfang an, daß die beiden die Ermordung von Maria Marshall geplant hatten.«

»Das habe ich nicht«, sagte Myers. »So war es nicht.«

»Andy«, sagte Gladstone, »Sie haben nicht den Finger am Abzug gehabt. Sie waren nicht einmal dort. Wenn Sie uns die Wahrheit sagen, die ganze Wahrheit, hier und jetzt, dann können wir vielleicht etwas für Sie tun. Ich nenne keine Zeit, ich verspreche überhaupt nichts. Aber ich sage Ihnen, daß dies hier vielleicht die letzte große Chance ist, die Sie noch haben und die bestimmt nicht wiederkommt.«

Aber Myers blieb hart. »Nein, Sir«, sagte er. »Ich habe von nichts eine Ahnung gehabt. Alles, was ich wußte, war, daß eine Untersuchung angestellt wurde.«

»Es ist jetzt Mitternacht, Andy«, sagte O'Brien, »und Sie sind immer noch hier. Sie sollten vielleicht noch einmal zu Hause anrufen.«

Diesmal ließen sie ihn vom Vernehmungszimmer aus anrufen.

»Vivian«, sagte er zu seiner Frau, »ich bin noch immer hier. Sie wollen, daß ich etwas sage, was ich nicht sagen kann.« Es entstand eine Pause, während der die drei Detectives die schrille Stimme von Vivian Myers aus dem Hörer kommen hörten.

Myers nahm den Hörer vom Ohr und bedeckte die Sprechmuschel mit der Hand. »Sie sagte, die Pizza im Ofen werde noch völlig verbrennen. Sie möchte gern wissen, wie lange es denn noch dauert.«

»Dreißig Jahre«, sagte Manusco, der bisher still am Ende des Tisches gesessen und sich Notizen gemacht hatte. »War das alles, was sie gesagt hat, Andy?« fragte O'Brien. »Daß die Pizza verbrannte?«

»Sie hat auch gesagt, Ferlin habe angerufen. Er wollte wissen, wo ich war.«

»Sagen Sie ihr«, verlangte O'Brien, »wenn er das nächstemal anruft, soll sie ihm sagen, er solle hierher kommen, und dann werden wir ihm schon helfen, Sie zu finden.«

Andrew Myers standen jetzt die Tränen in den Augen. »Vivian«, sagte er, »ich glaube, ich brauche einen Anwalt.« Dann hängte er ein.

»Und jetzt«, sagte Gladstone, »nehmen wir Sie vorläufig fest.«

Es dauerte ungefähr eine Stunde, bis der Papierkram erledigt war, aber am Samstag, dem 22. September, wurde Andrew Myers um ein Uhr dreißig die zweifelhafte Auszeichnung zuteil, die erste Person zu sein, die wegen ihrer Verstrickung in den Mordfall Maria Marshall verhaftet wurde. Die Anschuldigung lautete auf Verschwörung zur Begehung eines Mordes.

Am Samstag morgen rief Gladstone McGuire in Toms River an und erfuhr, daß die Riccios kaum etwas gesagt hatten, obwohl sie einräumten, Myers sei ein alter Freund des Hauses und habe an der Geburtstagsparty im Mai teilgenommen. Mit Marshall war das später dann eine ganz andere Geschichte. Als er die Namen Grandshaw und L'Heureux hörte, soll er sich laut O'Brien fast an seinem Drink verschluckt und anschließend hartnäckig geweigert haben, irgendwelche Fragen zu beantworten. Allerdings brachte er sofort den Namen DiOrio ins Spiel.

Als nächstes ging Gladstone zu Myers' Wohnung, um Vivian mitzuteilen, ihr Ehemann sei verhaftet worden. Die Kaution, teilte er ihr mit, sei auf eineinhalb Millionen Dollar festgesetzt worden. Sie glaubte zuerst, nicht richtig verstanden zu haben, und er mußte sein Sprüchlein noch einmal aufsagen. Daraufhin wurde sie schreckensbleich im Gesicht.

»Wie lautet die Beschuldigung?« fragte sie.

»Die Beschuldigung«, erwiderte Gladstone, »lautet auf Verschwörung zur Begehung eines Mordes.«

Sie saß auf der Couch, direkt gegenüber von Gladstone in einem Stuhl mit Armlehnen. Zwischen ihnen befand sich ein Tisch, der dermaßen mit Bowling-Trophäen überladen war, daß Gladstone sie durch den ganzen Glitzer aus Gold und Silber kaum noch erkennen konnte.

Vivian beteuerte, noch nie in ihrem Leben den Namen Robert

Marshall gehört zu haben. Sie behauptete weiter, sie habe nicht geahnt, daß ihr Mann damals in Wahrheit nach New Jersey geflogen sei, um die Riccios zu besuchen, als er ihr gesagt hatte, er führe nach Texas. Sie sagte, Andy sollte sich möglichst einen Anwalt nehmen. Dem stimmte Gladstone zu. Dann erzählte sie, Ferlin habe erneut angerufen, um zu sehen, ob Andy zu Hause war. Sie sei in Sorge, irgend jemand könne versuchen, sich an ihr oder ihrer Tochter zu vergreifen, um Andy einzuschüchtern und ihn davon abzuhalten, mit der Polizei zusammenzuarbeiten.

Was Gladstone an den im Landhausstil erbauten Vorstadthäusern am meisten überraschte, waren die vielfältigen Sicherheitsmaßnahmen: Auch Grandshaws Haus wurde von einer hohen Backsteinmauer umschlossen. Alle Fenster hatten schmiedeeiserne Gitter. Nicht aus ästhetischen Gründen und als Ornament, sondern zum Schutz gegen Einbrecher.

Sicherheit und Autos, dachte Gladstone bei sich. Vor Grandshaws Haus stand ein aufgedonnerter Campingwagen, der mindestens zwanzigtausend Dollar wert sein mußte, soviel wie ein Cadillac. Angeblich war Grandshaw ein freischaffender Stahlarbeiter. Und hier, in der Einfahrt zum Haus eines Angestellten in einer Eisenwarenhandlung, der vielleicht zweihundert Dollar die Woche verdienen mochte, standen ein Chrysler Le Baron und ein Lincoln Town Car. Und von Ferlin L'Heureux, der keinen regulären Arbeitsplatz hatte, hieß es, er fahre das ausgeflippteste Auto von allen.

Am Sonntag nachmittag wurde Gladstone von einem Detective aus Shreveport angerufen, der gerade von einem Besuch bei Myers im Gefängnis von Caddo Parish zurückgekehrt war. »Er will reden«, sagte der Detective. »Er hat Ihnen noch etwas mitzuteilen.«

Kurz nach achtzehn Uhr trafen die Detectives bei ihm ein. Er berichtete, er erinnere sich jetzt, daß L'Heureux drei Reisen nach Atlantic City unternommen habe, eine im Juni, eine im Juli und die dritte im September. Als er von seinem Juli-Trip zurückgekommen war, hatte er Myers eine wirre Geschichte von Anhaltern, einem gestohlenen Auto und einem Autounfall erzählt: Er habe schnellstens die Stadt verlassen müssen. Er hatte gesagt, falls Marshall anriefe, solle Myers diesem die Geschichte erzählen und erklären, daß dies der Grund sei, warum ›Ernie Grandshaw‹ nicht in der Lage gewesen sei, seine Ermittlungen zu Ende zu führen.

Weiter sagte er, er erinnere sich jetzt auch wieder, daß Marshall ihn am Dienstag, dem 4. September, einen Tag nach dem amerikanischen Tag der Arbeit, angerufen und gefragt habe: ›Wo steckt denn ihr Freund? Er ist noch immer nicht hier.‹ Marshall schien überrascht, sagte Myers, weil er ihm (Myers) bei einem früheren Anruf gesagt hatte, er solle ›Grandshaw‹ ausrichten, es sei eine Sondergratifikation drin, wenn er die Ermittlung am Tag der Arbeit abschließt.

Myers war in keiner guten Verfassung. Ständig weinte er und warf sich auf seinem Stuhl hin und her.

Um achtzehn Uhr fünfundvierzig kam ein Mann namens Bascombe Reade ins Gefängnis und sagte, er vertrete die Interessen von Mr. Myers als Bevollmächtigter der Anwaltskanzlei, die Mrs. Myers eingeschaltet habe. Er bat um die Erlaubnis, dem Rest der Vernehmung beiwohnen zu dürfen. Gladstone hatte nichts dagegen.

Mit jeder neuen Frage wurde Myers sichtbar aufgeregter, bis er anfing, zusammenhangloses Zeug zu stammeln. Reade – der, wie sich herausstellte, selbst gar kein Anwalt war, sondern bloß ein Kanzleiangestellter mit juristischen Kenntnissen – Reade also verlor irgendwann die Geduld und sagte zu Myers: »Heh! Nun sagen Sie diesen Polizisten doch die Wahrheit, oder schweigen Sie lieber. Mir sind bis jetzt schon drei Widersprüche in dem aufgefallen, was Sie uns aufgetischt haben.«

Gladstone schaltete sich sofort ein. »Andy«, sagte er, »alles, was wir wollen, ist die Wahrheit. Wenn Sie uns jetzt die Wahrheit sagen, werden wir das später immer berücksichtigen. Es würde Ihnen nur helfen!«

»Bestimmt«, sagte O'Brien. »Sie werden jetzt mit uns nach Norden kommen. Dort wartet bereits eine große Jury, um

Anklage zu erheben. Ihnen wird da oben der Prozeß gemacht, Andy. Ein Prozeß wegen Mordes.«

»Wir wollen ja nur die Wahrheit wissen, Andy«, sagte Gladstone. »Sagen Sie uns, was passiert ist, oder das, was Sie darüber wissen. An dem Punkt, an dem wir jetzt sind, kann Ihnen nur noch geholfen werden, wenn Sie die Wahrheit sagen.«

Erneut brach Myers in Tränen aus und stieß nur mühsam einzelne Satzfetzen hervor. ». . . Ferlin sagte, es sollte ein Raubüberfall werden . . . Er hat mir gesagt, auf dem *Parkway* würde ein Raubüberfall stattfinden . . . an einer dunklen Stelle . . . sie sollte dabei erschossen werden . . . er sollte am Kopf verletzt werden . . .«

An diesem Punkt bestand Reade darauf, daß die Vernehmung nicht mehr fortgesetzt werde sollte, bevor er nicht die Gelegenheit gefunden hatte, unter vier Augen mit Myers zu sprechen. Die beiden besprachen sich dann über eine Stunde lang, und als Ergebnis teilte Reade dann Gladstone mit, er müsse darauf bestehen, daß die Vernehmung jetzt abgebrochen werde, weil sein Klient ›mehr wisse, als er erzählt‹ und weil er, wie Gladstone später berichtete, ›befürchtete, Myers könne sich in noch größere Schwierigkeiten bringen‹.

Bevor er jedoch das Gefängnis wieder verließ, meinte Reade gegenüber einigen Beamten der Polizei von Shreveport, Myers habe ihm erzählt, der Mord sei eine ›Versicherungsgeschichte‹.

Am Dienstag, dem 25. September, wurde Gladstone von einem Rechtsanwalt mit Namen Lawton Garner angerufen, der sich als Anwalt von Ferlin L'Heureux vorstellte. Er habe erfahren, sagte Garner, daß sich Vertreter der Strafverfolgungsbehörde von New Jersey in der Gegend von Shreveport aufhalten und ein Interesse an L'Heureux' möglicher Verwicklung in den Mord an einer Frau in New Jersey bekundet hatten. Er wolle, sagte er, Lieutenant Gladstone informieren, daß Mr. L'Heureux ihm versichert habe, er sei in diesen Mord in keiner wie auch immer gearteten Weise verwickelt. Mr. L'Heureux stehe weiter auf dem Standpunkt, daß er nichts zu dieser Sache auszusagen habe, das von Interesse für die Behörden von New Jersey sein könnte. Deshalb stehe er auch nicht für eine Befragung oder Vernehmung zur Verfügung.

Ernie Grandshaw dagegen war bereit, auszusagen, als er vom Schicksal Andrew Myers' erfuhr.

Begleitet von seinem Anwalt erschien er am Dienstag abend bei Gladstone, O'Brien und Manusco im Polizeihauptquartier von Shreveport.

»Ich kenne L'Heureux seit ungefähr fünfzehn Jahren«, begann er, »genaugenommen seit seiner Zeit als Deputy Sheriff. Sehen Sie, ich bin Statik-Experte, und dann und wann will jemand etwas von ihm gebaut haben, und er weiß absolut nichts über Statik, und dann kommt er zu mir, um sich beraten zu lassen, wie eine bestimmte Konstruktion am besten durchzuführen wäre und was sie kosten darf.

Im Juni nun hatte ich einen Auftrag auf der anderen Seite des Flusses in Boissier City zu erledigen. Ferlin kam zu mir auf die Baustelle und fragte mich, ob ich für ihn eine Zahlungsanweisung entgegennehmen könne. Es handelte sich wohl um ein Honorar für irgendwelche Ermittlungen, die er durchgeführt hatte, sagt er wenigstens. Er sagte auch, er habe nicht gewußt, ob er in der Stadt sein würde, um das Geld entgegenzunehmen, wenn sein Auftraggeber das Honorar überweise, und deshalb habe er gebeten, die Überweisung auf seinen Namen vorzunehmen.

Um die Wahrheit zu sagen, ist das zweimal passiert. Das eine Mal bin ich sofort mit ihm hingegangen, um das Geld abzuholen, beim zweitenmal brachte er mir nur ein Papier mit einer entsprechenden Benachrichtigung, und ich habe das Geld dann später am Tag für ihn abgeholt.«

Gladstone zeigte Grandshaw die Notiz, die Myers auf den Zettel von dem Block mit dem Firmenlogo der Caddo Hardware geschrieben hatte.

»Ja, das war die Nachricht. Das war das Papier, das Ferlin mir gegeben hatte. Wissen Sie, beide Anweisungen kamen irgendwoher aus dem Norden, und die eine lautete, glaube ich, über zweitausendfünfhundert und die andere über dreitausend.

Ich könnte mich nicht dafür verbürgen, aber ich glaube, das waren die Summen.«

»Hat er Ihnen das Geld dafür gegeben?« fragte Gladstone.

»Er hat mich nie für das bezahlt, was ich für ihn getan habe«, sagte Grandshaw. »Das waren immer Freundschaftsdienste.«

»Hatten Sie denn erwartet, Geld von ihm zu bekommen?« wollte Gladstone wissen.

»Nein, Sir. Ich kannte Ferlin schließlich, und deswegen habe ich auch für diese Gefälligkeit kein Geld erwartet.«

»Jetzt etwas anderes. Erinnern Sie sich noch, daß er letzte Woche bei Ihnen war?«

»Natürlich erinnere ich mich daran. An beide Gelegenheiten. Meine Frau übrigens auch.«

»Haben Sie mit Ferlin Kontakt aufgenommen, um ihm zu sagen, daß wir hier sind?«

»Ja, das habe ich. Das war mir ausgesprochen wichtig, denn mir war sofort klar, daß er der einzige Mensch auf der Welt ist, der es fertigbringen könnte, mich in eine solche Sache hineinzuziehen.«

»Was haben Sie ihm denn gesagt, oder was haben Sie ihn gefragt?« erkundigte sich Gladstone.

»Ich fragte, was zur Hölle denn da los sei. Ich wollte wissen, was er angestellt und in was er mich da hineingezogen hatte.«

»Und was hat er geantwortet?«

»Gar nichts. Er sah bloß aus, als hätte er von seiner Mom den Hintern versohlt gekriegt. Wurde 'n bißchen blaß um die Nase. Ja, er sah richtig erschüttert aus.«

»Kennen sie Andrew Myers?« fragte Gladstone.

»Nein, Sir. Mir sagt noch nicht einmal der Name etwas.«

Grandshaw wiederholte dann noch einmal, daß er in seinem ganzen Leben noch nie in New Jersey gewesen sei, und daß er weder mit Robert noch mit Maria Marshall bekannt sei; er habe sie nie im Leben gesehen. Weiter blieb er dabei, Ferlin habe mit ihm nie über Art und Inhalt seiner ›Ermittlungen‹ gesprochen, für deren Durchführung er das Geld aus New Jersey bekommen haben wollte.

An diesem Abend ließen sie ihn noch einmal nach Hause

gehen, aber am nächsten Tag machten sie mit ihm einen Test auf dem Lügendetektor. Die Ergebnisse zeigten Gladstone, daß Grandshaw ihnen womöglich nicht die ganze Wahrheit gesagt hatte; daß er sogar wußte, wer die Schüsse abgegeben hatte, die Maria Marshall getötet hatten, und daß er von der Verwicklung weiterer Personen in die Verschwörung gewußt hatte, die letztlich zur Ermordung von Maria Marshall führte.

Gladstone informierte Grandshaws Verteidiger über das Ergebnis des Lügendetektor-Tests, und der Anwalt sagte, daß er seinen Klienten unter diesen Umständen anweisen werde, jeglichen Kontakt mit den Ermittlungsbeamten aus New Jersey abzubrechen. Dem sei nichts hinzuzufügen, meinte Gladstone, doch solle er Mr. Grandshaw vielleicht schon einmal darauf vorbereiten, daß er schon sehr bald unter derselben Beschuldigung festgenommen werden könnte, mit der sich Andrew Myers konfrontiert sehe, falls er nicht endlich alles sage, was er wisse.

Ebenfalls am Mittwoch, dem 26. September, erhielt Gladstone für die drei Detectives die Genehmigung, Ferlin L'Heureux' Haus zu durchsuchen. Sie fanden nichts von Interesse, und Ferlin selbst war nirgends aufzutreiben. Allerdings wurde er bei der Durchsuchung von seinen beiden Anwälten vertreten, von Lawton Garner und seinem Sohn Moss, der ebenfalls Anwalt war, sowie von seiner Schwester Bonnie, die als juristische Hilfskraft in Garners Büro arbeitete, und von einem blonden Mann in einem fransenbesetzten Cowboyhemd und teuren neuen Cowboystiefeln, der ihnen als ›Gary Hamilton, Angehöriger der Kanzlei‹ vorgestellt wurde.

Was Gladstone am meisten an Hamilton auffiel, mehr noch als seine Kleidung, war der Umstand, daß er während der ganzen Durchsuchung in absolutem Schweigen verharrte und sich noch nicht einmal an kleineren nichtssagenden Wortwechseln oder auch den gelegentlichen Scherzen beteiligte, die zwischen den anderen wie selbstverständlich hin und her flogen. Erst sehr viel später kam Gladstone der Gedanke, daß der tiefere Grund für Hamiltons Zurückhaltung darin zu finden sein mochte, daß er nicht jetzt schon offenbaren wollte, wie sehr seiner Aussprache jede Andeutung eines Louisiana-Akzents fehlte.

Am Donnerstag, dem 27. September, hielt Gladstone endlich die Aufzeichnungen der Telefongesellschaft von Louisiana in der Hand, denen er alle Gespräche entnehmen konnte, die von Ferlin L'Heureux' Anschluß aus geführt worden waren.

Zwischen dem 17. und dem 19. Juni waren, wie die Aufzeichnungen auswiesen, insgesamt neun Anrufe bei verschiedenen Nummern in Atlantic City getätigt worden, darunter befanden sich dreimal der Hauptanschluß des Harrah's Marina und zweimal die Nummern verschiedener öffentlicher Telefonzellen im selben Hotel. Vor dem 17. Juni waren keine solchen Anrufe getätigt worden, und zwischen dem 19. Juni und der Nacht, in der Maria Marshall ermordet worden war, ebenfalls keine.

Das Fehlen von Anrufen vor dem 17. Juni paßte, wie Gladstone fand, zu Myers' Geschichte, daß L'Heureux und Marshall bis zur zweiten Juni-Woche gar nicht miteinander geredet hatten, und es paßte auch zu der Tatsache, daß die erste Geldüberweisung nicht vor dem 13. Juni erfolgte.

Das Fehlen jeglichen telefonischen Kontakts nach dem 19. Juni deutete Gladstone als Hinweis darauf, daß L'Heureux von diesem Zeitpunkt an begriffen hatte, in welch kriminelle Unternehmungen er verstrickt war. Daher wollte er auch nicht, daß es irgendwelche Spuren eines unmittelbaren Kontaktes zwischen ihm und Marshall gab. So erklärte sich auch die Einschaltung von Myers als Übermittler von Botschaften.

In Ferlin L'Heureux, soviel war Gladstone klar, hatten sie es jedenfalls nicht mit einem leichtsinnigen Einfaltspinsel zu tun.

In dieser Nacht besuchten Gladstone, O'Brien und Manusco, die inzwischen schon den neunten Tag in Shreveport verbrachten, einen Club, der sich *Chevy's* nannte und der ihnen von etlichen Detectives aus Shreveport in den höchsten Tönen empfohlen worden war. Gladstone hatte das Gefühl, als befreie er sich langsam von seiner Blindheit und gewinne endlich eine erste leise Vorstellung vom Aussehen des fertigen Bildes.

Sie konnten davon ausgehen, erzählte er O'Brien und Manusco, daß es L'Heureux gewesen war, der im Juni im Harrah's Marina und im September im Airport Motor Inn gewesen war, wo er sich jeweils als Grandshaw eingetragen hatte, und daß L'Heureux, wie Myers ausgesagt hatte, ganz offensichtlich im Juli auch eine Reise nach Atlantic City unternommen hatte, um sich dort mit Marshall zu treffen. Es war weiter davon auszugehen, daß es L'Heureux gewesen war, der am Morgen des 6. September Marshalls Büro angerufen hatte, und daß es Marshall gewesen war, der dann in aller Eile das Büro verließ, um ihn der größeren Sicherheit zuliebe acht Minuten später von einer Telefonzelle aus zurückzurufen.

Felice hatte ihnen berichtet, Marshall habe ihr gesagt, er wolle ›seine Frau loswerden‹, aber natürlich habe er das nur im Scherz gemeint. Sie hatte ihm einen Namen genannt. Ein paar Monate später traf Marshall zufällig bei einer Party John Riccios einen Bekannten aus der Nachbarschaft Andrew Myers, der zufällig allein an der Bar saß, nachdem er fünfzehnhundert Meilen weit nach Norden geflogen war, nur um an einer Party teilzunehmen, während seine Frau glaubte, er sei in einem Hospital in San Antonio.

Zehn Tage später vermittelte Myers Marshall einen Kontakt mit einem ›Detektiv‹, dessen Familiennamen er nicht einmal kannte und der rein zufällig just an dem Tag in die Eisenwarenhandlung gestolpert kam, als Marshall ihn mit der Bitte um Hilfe angerufen hatte.

Zu mindestens zwei Gelegenheiten hatte Marshall Geld an seinen ›Detektiv‹ geschickt, der dafür Sorge getragen hatte, daß er in allen seinen Kontakten mit Marshall nur unter einem Decknamen in Erscheinung trat. Bei der zweiten dieser Gelegenheiten hatte auch Marshall für die Geldüberweisung einen Decknamen benutzt.

Je mehr sie darüber redeten, desto deutlicher konnten die Detectives das Bild vor ihren Augen Gestalt annehmen sehen. Aber es waren alles nur Indizien: Punkte auf einem Blatt Papier, die ein Bild zu formen schienen, aber ohne jemanden, der die Punkte zusammenfügte.

»Da gibt es überhaupt keine Frage«, sagte Gladstone. »Ferlin ist unser Mann. An ihn müssen wir uns halten, wenn wir das Feuer zum Brennen bringen wollen.«

In diesem Augenblick unterbrach Manusco ihn. Im *Chevy's* wurde auch getanzt, auch wenn die drei Detectives aus New Jersey nicht zum Tanzen hergekommen waren, sondern um ihren Fall zu besprechen. Doch Manusco war durch den Qualm und Dunst hindurch und trotzt der dämmerigen Beleuchtung eine große, massige Gestalt aufgefallen, die sich über die Tanzfläche bewegte. Er hatte dieselben Bilder gesehen, die Myers vorgelegt worden waren, und er war sicher, den Mann zu erkennen.

»Bob! Dan! Sehen Sie doch mal zu der Tanzfläche hinüber. Sie werden es vielleicht gar nicht glauben, aber mir ist so, als hätte ich da gerade L'Heureux gesehen!«

Gladstone erhob sich, um besser sehen zu können, aber die erste ihm bekannte Person, die er zu Gesicht bekam, war nicht L'Heureux, sondern Gary Hamilton, der blonde, schweigsame Angehörige der Anwaltsfirma L'Heureux' mit den Cowboystiefeln. Hamilton starrte zurück durch Dunst und Qualm und erkannte Gladstone und mit ihm die beiden anderen Detectives. Gladstone konnte beobachten, wie er zur Tanzfläche eilte auf der Suche nach ... ja ... ja, es war ... unzweifelhaft ... Ferlin L'Heureux. In Fleisch und Person. Mit seinen ganzen zweihundertfünfzig Pfund.

Nach einer geflüsterten kurzen Unterhaltung gingen die beiden Männer rasch von der Tanzfläche herunter und eilten zum Hinterausgang.

»Dieser Hundesohn«, knirschte Gladstone. »Ich wette, die haben gedacht, wir seien hier, um Ferlin zu verhaften.«

»Ich wollte, wir könnten seinem Wunsch nachkommen«, sagte O'Brien.

»Noch sind wir nicht soweit«, erwiderte Gladstone.

»Schon – aber wir könnten seine Kreise ein bißchen stören«, sagte O'Brien. »Ihm eine Zeitlang überallhin folgen. Übrigens – das ist mir ja vielleicht 'ne Anwaltskanzlei, die er da hat. Haben Sie den Clown gesehen, den er da bei sich hatte?«

»Hamilton«, sagte Gladstone. »Der Bursche, der die ganze Zeit kein einziges Wort gesagt hat. Selbst hier im Dunkeln sieht er mir verdammt nicht wie ein Anwalt aus.«

Die drei Detectives bezahlten ihre Drinks und rannten auf den Parkplatz hinaus in der Hoffnung, L'Heureux und Hamilton vielleicht noch irgendwo zu erspähen.

»Da geht er!« rief Mansuco, »ich kann sie sogar beide sehen. Jetzt fahren sie in einem Cadillac weg.«

»Na schön«, sagte Gladstone, »dann wollen wir mal ein bißchen Fangen spielen.«

Zu dritt rannten sie auf ihren Mietwagen zu.

»Ach, du dicke Scheiße!« rief O'Brien. »Das ist doch nicht zu fassen.«

Der rechte hintere Reifen ihres Wagens war platt.

»Das muß er gerade erst gemacht haben«, sagte Gladstone.

O'Brien beugte sich nieder und hob einen Kugelschreiber in die Höhe. »Na bitte«, sagte er, »den braucht man nur mal dreißig Sekunden ins Ventil zu drücken, und schon ist die Luft aus dem Reifen.«

»Aber woher wußte er, daß das unser Wagen war?« fragte Manusco.

»Hamilton, dieser Musical-Cowboy, muß ihn gestern gesehen haben, als wir wegen der Durchsuchung vorgefahren sind«, sagte O'Brien.

»Dieser Hundesohn«, sagte Gladstone. »Er hat sich wieder den rechten Hinterreifen ausgesucht.«

»Ja, natürlich«, sagte O'Brien. »Das ist die Gegend, in der er sich wohl am besten auskennt.«

Am nächsten Morgen erhielt Gladstone einen Anruf aus Toms River. Er erfuhr erstens, daß Felice eine ergänzende Aussage vor den Detectives gemacht hatte, und zweitens, daß Marshall einen offenbar nur vorgetäuschten Selbstmordversuch im *Best Western Motel* in Lakewood unternommen und dabei ein Kuvert hinterlassen hatte, das offenbar eine Tonbandkassette enthielt. Das Kuvert befand sich jetzt im Büro des Staatsanwalts. Die Genehmigung, es zu öffnen und die darin befindliche Kassette abzuhören, stand noch aus.

»Gentlemen«, sagte Gladstone, »ich glaube, es ist Zeit, nach Hause zurückzukehren.«

16. Kapitel

Am Morgen des 27. September, einem Donnerstag, brachten die Zeitungen in New Jersey und Philadelphia die Nachricht von der Anklageerhebung gegen Myers durch eine große Jury der Ocean County. Über die einige Tage zuvor stattgefundene Verhaftung war nicht berichtet worden. Daher war der 27. September der erste Tag, an dem die Öffentlichkeit erfuhr, daß in den Ermittlungen konkrete Fortschritte erzielt wurden.

Noch am selben Morgen, nachdem die Meldung über die Anklageerhebung in Zeitungen und Rundfunkmeldungen verbreitet worden war, erreichte den Ankläger der Ocean County ein Telefonanruf von Rechtsanwalt Anthony Trammel, der die Interessen von Felice Rosenberg wahrnahm.

Nach dem Wortlaut der von der Anklagebehörde vorformulierten Presseerklärung ›regte‹ Trammel ›an‹, die Detectives ›möchten sich doch in seine Kanzlei in Trenton bemühen‹, um noch einmal Mrs. Rosenberg zu verhören, die, wie er sagte, ›über bestimmte Informationen verfügt, die bei den Ermittlungen im Mordfall Maria Marshall von Nutzen sein könnten‹.

Bei ihrer Ankunft in Trenton wurden die Detectives gebeten, sich zunächst einmal mit einem Partner von Rechtsanwalt Trammel zu unterhalten, bevor sie mit Mrs. Rosenberg sprechen könnten. Wie McGuire später in sein Notizbuch schrieb, ›versicherte er (Trammels Partner), daß Mrs. Rosenberg kein herausragendes Ziel der Ermittlungen‹ sei.

Das war doch eine bedeutende Kursänderung, bedachte man, daß Felice noch vor kurzem sehr schnell ins Büro der Anklagebehörde im Toms River gebracht worden war, wo ihr die Fingerabdrücke abgenommen wurden.

Ob nun als Echo auf die sehr viel höflichere und respektvollere Behandlung, die ihr hier zuteil wurde, oder einfach weil sie sich als verantwortungsvolle Bürgerin verpflichtet fühlte, den Gesetzeshütern bei der Ausübung ihrer Pflichten nach besten

Kräften zu helfen – jedenfalls zeigte sich Felice in Trenton an jenem 27. September sehr viel entgegenkommender, als sie noch drei Wochen zuvor in Toms River gewesen war, vor Raymond DiOrios kurzem Gastspiel in diesem Fall.

Sie begann damit, daß sie sagte, Rob sei am vergangenen Freitag abend ›sehr nervös‹ gewesen, nachdem ihn McGuire gefragt hatte, ob er einen L'Heureux oder einen Grandshaw kannte.

Am Tag darauf, sagte sie, habe sie ihn zu seinem neuen Anwalt, Carl Seely, begleitet. Es sei gleichfalls ein Privatdetektiv namens Gary Hamilton anwesend gewesen, den Seely für diesen Fall engagiert habe. Die Besprechung habe mehrere Stunden gedauert, sagte sie, während derer man sie gebeten hatte, in Seelys Küche zu warten, so daß sie nicht habe mithören können, was dort im einzelnen besprochen wurde. Auf dem Weg nach Hause kam ihr Marshall, der vor dem Treffen noch extrem angespannt und niedergedrückt gewirkt hatte, geradezu ausgelassen vor. Er erzählte ihr, daß Hamilton, der Privatdetektiv, schon bald nach Shreveport reisen und ›mit neuen Erkenntnissen‹ zurückkehren werde. Er sagte ihr, mehr könne er ihr nicht sagen, weil Seely darauf bestanden habe, alle Shreveport betreffenden Informationen müsse er vor ihr geheimhalten.

Am nächsten Tag, sagte Felice Rosenberg, habe er auf ihrem Anrufbeantworter von Roby die Nachricht erhalten, ›Grandshaw‹ aus Louisiana habe angerufen und bitte um dringenden Rückruf. Sie sagte, er sei ›sichtlich geschockt gewesen und ganz blaß geworden‹. Er gestand ihr, er wisse ›nicht, was er tun‹ solle, meinte aber, er würde wohl am besten zuerst einmal Rücksprache mit Seely nehmen, bevor er in Louisiana zurückrufe. Sie sagte, sie sei wegen seiner ›offenkundigen Verunsicherung besorgt‹ gewesen und haben ihn gefragt, warum er denn so aufgeregt sei.

Die Geschichte, die er ihr daraufhin erzählte, war die Geschichte von der Wette auf das Basketballspiel. Er habe auf der Party der Riccios einen Mann namens Myers kennengelernt und mit ihm auf den Ausgang eines Basketballspiels gewettet, das sie sich zusammen im Fernsehen über der Bar angeschaut hatten. Diese Wette habe er verloren. Er müsse die Wette jetzt in zwei Raten bezahlen, eine zu zweitausendfünfhundert Dollar, die andere zu dreißigtausend Dollar. Für die telegraphische Anweisung der zweiten Rate habe er einen Decknamen benutzt. Aus verschiedenen geschäftlichen Gründen, die zu kompliziert seien, um sie ihr im einzelnen auseinanderzusetzen, habe er das Geld an einen Ernie Grandshaw statt direkt an Myers geschickt.

Sie berichtete ebenfalls, daß sowohl Rob als auch Carl Seely als Reaktion auf die Botschaft auf ihren Anrufbeantwortern am Sonntag morgen in Shreveport angerufen hatten. Mindestens einer dieser Anruf habe einem Anwalt in Shreveport gegolten, der mit diesem Fall befaßt gewesen war, während ein anderer mit dem Vater dieses Anwalts geführt wurde, der ganz offensichtlich ebenfalls Anwalt war.

Sie sagte, Rob habe in derart verzweifelten Geldschwierigkeiten gesteckt, daß er bereits begonnen hatte, Marias Schmuck zu verkaufen. Felice gab sogar den Namen des Juweliers in Toms River preis, bei dem er ihn in Kommission gegeben hatte. Ferner habe er ihr sämtliche Pelze Marias ins Haus gebracht und sie gebeten, diese zusammen mit einigen von ihren eigenen Stücken in New York zu verkaufen.

Früher habe sie geglaubt, seine Schulden beliefen sich auf nicht mehr als hunderttausend Dollar. Inzwischen aber habe sie erfahren, daß sich seine kurzfristigen Verbindlichkeiten auf zweihunderttausend Dollar beliefen. Laut Bericht von McGuire ›vermutete sie, dies sei auf hohe Verluste im Spiel bei Harrah's Marina und dem *Golden Nugget* in Atlantic City zurückzuführen‹. Zudem habe er mindestens fünfzigtausend Dollar aus der zweiten Hypothek auf sein Haus für den Kauf von Aktien verwendet, die fast die Hälfte ihres ursprünglichen Wertes verloren hatten.

Felice sagte auch, Rob habe ihr gestanden, daß er Marias Namen nicht nur auf den Hypothekenvertrag geschrieben habe, sondern auch auf mindestens eine der Versicherungspolicen, die er auf ihr Leben abgeschlossen hatte.

Um 19 Uhr am Dienstag abend, habe Rob sie angerufen und

gesagt, er habe ›gute Neuigkeiten‹ aus Shreveport. Doch zu dem Zeitpunkt, sagte sie, sei sie schon ›zunehmend nervös wegen Rob‹ geworden. Als er daher später in ihr Haus am Strand gekommen sei und angefangen habe, sich zu entschuldigen, daß er die Geschichte mit der Wette erfunden habe, ihr anbot, ihr jetzt die ganze Wahrheit zu sagen, habe sie ihn gebeten zu gehen.

Am nächsten Tag, Mittwoch, einen Tag bevor sie sich entschloß, diese Aussage zu machen, sei sie von der Arbeit nach Hause gekommen und habe eine Kassette und einen Brief von ihm vor der Tür vorgefunden. Auf dem Tonband habe sich Rob erneut dafür entschuldigt, daß er sie bezüglich Shreveport belogen habe. Seither habe sie keinen Kontakt mehr zu ihm aufgenommen.

Dann beschrieb Felice wieder die Unterhaltung, die sie schon Monate vorher mit Rob geführt und in deren Verlauf sie den Namen Patsy Racine erwähnt hatte. Diese Unterhaltung hatte ›im November oder Dezember 1983 stattgefunden‹, als Rob zunehmend in Panik geriet, weil Maria diese Affäre argwöhnte. ›Ich schwöre dir‹, hatte er Felice damals gesagt, ›wenn ich einen Weg wüßte, sie loszuwerden, dann würde ich es tun. Kennst du niemanden, der das machen würde?‹

In diesem ihrem neuerlichen Bericht über das damalige Gespräch klang nichts mehr scherzhaft. McGuire vermerkte in seinem Bericht über diese Vernehmung: ›Mrs. Rosenberg hatte keinerlei Zweifel dran, daß Marshall vorhatte, seine Frau zu ermorden.‹

Ein anderer Teilaspekt allerdings, zu dem Felice ganz offensichtlich keine Informationen weiterzugeben gedachte und zu dem sie auch gar nicht befragt wurde, war der Morgen des sechsten September, als sie, wie Gladstone schon aus der Auswertung der Liste wußte, die er von der Telefongesellschaft erhalten hatte, um 9 Uhr 46 von Rob Marshall angerufen worden war.

Um 9 Uhr 48 hatte sie ihn von einem anderen Telefon auf dem Gelände der *Seaview Regional* zurückgerufen, und sie hatten zehn Minuten miteinander gesprochen – oder jedenfalls, bis der Anruf von L'Heureux aus dem *Airport Motor Inn* um 9 Uhr 59 gekommen war.

Was war der Grund für Marshalls Anruf gewesen?

Warum hatte Felice sich entschlossen, nicht weiter von dem Apparat aus zu sprechen, auf dem sie den Anruf entgegengenommen hatte, um ihn dann ganz gegen alle sonstigen Gepflogenheiten von einem anderen Telefon aus zurückzurufen?

Was hatten sie während dieser zehn Minuten besprochen, zu einem Zeitpunkt, als Rob von Myers bereits wußte, daß ›Ernie Grandshaw‹ in den Norden zurückgekehrt war, um ›seine Ermittlungen abzuschließen‹?

All dies waren Fragen, die den Ankläger der Ocean County nicht zu interessieren schienen, einen Mann immerhin, der durch Vermittlung von Felices intimen Freund Raymond DiOrio in sein Amt gekommen war und der jetzt darauf hoffte, DiOrio werde ihm zu einem Richterstuhl verhelfen. Ob dieser Mangel an Interesse in irgendeiner Weise mit Raymond DiOrios kurzem Engagement in dieser Sache zu tun hatte oder nicht, konnte natürlich den offiziellen Verlautbarungen nicht entnommen werden.

Wieder zurück in seinem Büro, hörte und las Bob Gladstone am 1. Oktober den Bericht über Felices zweite Vernehmung in voller Länge.

»Das war er also, dieser Hamilton«, sagte er zu McGuire. »Ein Privatschnüffler, der da unten zusammen mit L'Heureux eine Geschichte zusammengekocht hat, die sie beide von der Angel holen sollte. Ich habe doch gleich gewußt, daß dieser Hundesohn kein Anwalt ist. Solche Anwälte haben sie auch in Louisiana nicht.«

»Und ich wußte gleich, daß er auch kein Cowboy ist«, sagte O'Brien.

Nicht lange, nachdem Rob sich am Nachmittag des 27. September in Zimmer 16 des *Best Western* eingetragen hatte, informierte der Empfangschef, der ihn von seinen zahlreichen früheren Besuchen her natürlich kannte und der wußte, daß Rob als einer der Verdächtigen im Mordfall seiner Frau galt, das Büro des Staatsanwaltes für die Ocean County davon, daß er hier abgestiegen war.

Daß er sich in einem Motel eingeschrieben hatte, auch noch in seinem bevorzugten Zimmer, schien allein schon sonderbar genug, um ein Team von Detectives Richtung *Best Western* in Marsch zu setzen. Umgehend wurden daher mit der Rezeption Arrangements getroffen, den drei Detectives Raum 17 zu geben, der direkt an Robs Zimmer grenzte.

Als daher Rob sein Zimmer um 10 Uhr 45 verließ, um sich unten eine Cola zu kaufen, wurde er bereits von einem Detective beobachtet.

Und um 11 Uhr 30, als er zur Rezeption ging, um dort ein Kuvert zu hinterlegen, folgte ihm ebenfalls ein Detective. Dieser beobachtete, wie Rob ein Kuvert auf ein Tablett auf dem Rezeptionstisch legte.

Der Detective, dessen Namen James Vandermeer lautete, blieb in der Lobby, als Rob in sein Zimmer zurückkehrte. Dann trat er an das Tablett heran, auf das Briefe gelegt wurden, die später vom Briefträger mit zur Post genommen werden sollten, und sah, daß Rob auf die Rückseite des verschlossenen Kuverts geschrieben hatte: ›Zu öffnen im Falle meines Todes.‹

Er drehte es um und sah, daß es an einen Eugene Leahy in Wilmington, Delaware, adressiert war. Vandermeer nahm das Kuvert vom Tablett und kehrte in Zimmer 17 zurück. Das Kuvert wurde von den Detectives nicht geöffnet, aber die Botschaft auf der Rückseite ließ sie die Möglichkeit ins Kalkül ziehen, Rob könne womöglich einen Selbstmordversuch planen. Daher riefen sie die Polizei in Lakewood an und baten darum, einen Krankenwagen zum *Best Western* zu schicken, der sich dort auf dem Parkplatz für alle Fälle bereithalten solle. Dann fingen sie an, Robs Zimmer in regelmäßigen Abständen anzurufen, um sofort wieder einzuhängen, wenn er sich meldete.

Um 12 Uhr 55 bekamen sie keine Antwort mehr und drangen mit Hilfe eines Hauptschlüssels, den sie von dem Empfangschef erhalten hatten, in sein Zimmer ein. Rob Marshall lag schlafend auf seinem Bett. Neben ihm, auf einem Nachttisch, stand ein Glas mit einer schaumigen Mischung aus Cola und dem Inhalt von fünfzig Restoril-Kapseln, einem starken Schlafmittel, die alle einzeln von Hand geöffnet worden waren, um ihren Inhalt in das Glas einrühren zu können.

Rob wachte fast augenblicklich wieder auf und erzählte den Detectives, daß er die Mischung mit dem Finger angerührt, seinen Finger dann abgeleckt und sofort in Schlaf verfallen sei. Er sagte, er habe vorgehabt, sich selbst zu genau demselben Zeitpunkt umzubringen, zu dem seine Frau auf dem Parkway gestorben sei, doch sei er darüber offenbar eingeschlafen.

Vor dem Bett fanden sie auf dem Fußboden einen Kassettenrecorder, drei Kassetten und eine Fotografie von Maria und ihren drei Söhnen. Sie nahmen alles an sich, einschließlich der Flasche, in der die Restoril-Kapseln gewesen waren, und dem Glas mit der Mischung.

Sie brachten Rob nach Point Pleasant ins Krankenhaus, wo er als potentieller Selbstmordkandidat unter Beobachtung bleiben sollte, obwohl er nichts von der Mischung eingenommen hatte und rein physisch wohlauf war.

Das Kuvert mit der Kassette für Gene Leahy wurde zusammen mit drei anderen Bändern, von denen je eines an Roby, Chris und John gerichtet war, ins Büro des Staatsanwalts gebracht.

Und am Dienstag, dem zweiten Oktober, als sie die entsprechende Genehmigung eingeholt hatten, nahmen sich Gladstone, O'Brien und Manusco einen Kassettenrecorder, um sich einmal anzuhören, was Rob Marshall zu sagen hatte.

»Womit fangen wir an?« fragte Gladstone.

»Laß uns mit den Jungen beginnen, dann haben wir die wenigstens schon mal hinter uns«, sagte O'Brien. »Scheiße, er hat sie nicht einmal in ein Kuvert gesteckt. Was, zum Teufel, hätten sie denn tun sollen? Etwa ins *Best Western* fahren, um sie sich abzuholen?«

»Porto sparen, Dan. Der Bursche steckt in Schulden«, sagte

Gladstone. Dann schob er die für Roby ausgezeichnete Kassette in den Apparat.

»Während ich hier liege«, begann Robs Stimme, »und mir dein liebes Gesicht ansehe und deine Mutter direkt neben dir – genau wie Chris und John –, kann ich an weiter nichts denken als daran, wie sehr ich dich liebe und daß ich dich fast so lange geliebt habe wie Mom.

Roby, ich hoffe, du wirst eines Tages verstehen, daß ich das alles einfach nicht mehr durchstehen konnte. Du weißt, daß ich Mom nie etwas hätte antun können, aber einige Leute versuchen, es so aussehen zu lassen, als könnte ich es sehr wohl. Und ich fühle, das Unausweichliche wird geschehen, und ich werde vor Gericht gezerrt und schuldig gesprochen werden. Und das kann ich einfach nicht ertragen – nicht um meinet- und auch nicht um deinetwillen –, und deshalb, alter Junge, wähle ich jetzt die Abkürzung auf dem Weg zu Mom. Ich weiß, wo sie jetzt ist, und ich werde heute abend zu Gott beten, daß Er mich bei ihr sein läßt.

Ich weiß, wie schwer es für dich wird, denn du mußt dich jetzt um alles kümmern, aber ich weiß auch, daß du stark bist, und ich weiß, daß du es schaffen kannst. Du bist der älteste und größte und ich wünsche mir, daß du Kraft für sie alle hast – sei ihr Führer. Beende die Schule. Geh im Januar wieder zurück nach Villanova und sag dir selbst, sie können dich alle mal – wie Chris immer sagt. Tu dein Bestes. Besuche die Juristenschule, mach deine eigene Kanzlei auf oder was auch immer, und setz dich durch, Roby. Ich weiß, du hast einmal gesagt, du würdest gern Präsident der Vereinigten Staaten werden, und – Gott ist mein Zeuge – ich glaube, das könntest du sogar schaffen.

Roby, ich bin so stolz auf dich. Ich habe dich zu einem so klugen, intelligenten jungen Mann heranwachsen sehen. Ich weiß, du wirst alles richtig machen. Übrigens – ich habe Onkel Gene gebeten, den Kauf des Mustang für dich zu arrangieren, damit du ein Auto hast. Roby, ich bin so stolz auf dich. Bitte sei stark und vergiß nie, wie sehr ich dich liebe. Ich liebe dich so sehr.«

Hier endete das Band.

»Hat sich mit seiner Verurteilung schon abgefunden, wie?« meinte Gladstone. »Schätze, er traut Seely nicht allzuviel zu.«

»Mir gefällt der Mustang«, sagte O'Brien. »So langsam fängt alles an, irgendwo Sinn zu machen. Man bringt seine Frau um, und von der Lebensversicherungssumme kauft man seinem Sohn dann ein neues Auto.«

»Sie wissen, wie das im Country Club ist, Dan. Da muß man auf die äußere Erscheinung achten.«

Er schob die zweite Kassette, die für Chris bestimmt war, in den Apparat.

»Ich liege hier«, begann Rob, »und sehe mir dein schönes Gesicht an, eingerahmt auf dem Foto zusammen mit deiner Mom und Roby und John. Du wirst langsam groß, richtig imponierend.

Ich werde nie die Zeit vor ein paar Jahren vergessen, als du nach einem ganz bestimmten Ereignis angefangen hast, wie ein Pfeil zu schwimmen. Ich habe dir zugeschaut, und es war fast, als zöge dich jemand an einem Seil durchs Wasser. Du hattest ein Geheimnis entdeckt, wie es schien, und seither wurdest du immer besser.

Mom war so stolz auf dich, Sie liebte es, dich im Wasser zu sehen. Sie war so stolz auf das, was du in Lehigh geleistet hast. Sie war geradezu begeistert von dir – so erfreut darüber, daß du dort aufgenommen worden bist und dich dann dort so wohl gefühlt hast –, und mir ging es nie anders. Ich spüre ein Kribbeln, und ich weiß, du wirst deinen Weg machen – nicht nur im Schwimmbecken, sondern auch bei deinen Studien.

Du wirst weiter studieren und deinen Abschluß in Architektur machen, und du wirst einer der besten weit und breit sein, Junge. Ich weiß, du wirst es schaffen. Sag Jennifer, wie sehr ich sie liebe. Wenn ihr beide zusammenbleibt, und ich hoffe, das werdet ihr, dann werdet ihr einmal wunderschöne Kinder zusammen haben. Zieh sie mit derselben Liebe groß, wie Mom und ich dich großgezogen haben.

Vor allem Mom. Alles, was sie war und hatte, hat sie in euch Jungen hineingesteckt. Jedes Quentchen Energie, das sie besaß. Sie liebte euch so sehr. Wir haben beide immer geglaubt, daß du an den Olympischen Spielen von 1988 teilnehmen kannst. Ich möchte, daß du darauf hin trainierst, denn ich weiß, du kannst es schaffen.

Chris, es tut mir so leid, das Versprechen brechen zu müssen, das ich dir gegeben habe, aber alles scheint auf mich zu deuten, und obwohl ich deiner Mutter nie weh getan habe, gibt es so viele Indizien-Beweise, daß ich mir sicher bin, durch die Gerichte gezogen zu werden, und ich habe solche Angst, daß sie mich schuldig sprechen werden. Das könnte ich nicht ertragen. Nicht um meinetwillen – und auch nicht um euretwillen. Ich möchte mir, wenn ich kann, ein wenig Würde bewahren. Versuch bitte zu verstehen. Vergib mir. Ich liebe dich so sehr.

Ich habe Onkel Gene gesagt, er solle alles arrangieren, um den Wagen zu kaufen, den Jeep. Auch wenn der Leasing-Vertrag noch nicht abgelaufen ist, mach dir keine Gedanken, dafür ist gesorgt. Sei vorsichtig. Bitte halte engen Kontakt zu deiner Familie. Sie alle brauchen dich so sehr wie du sie. Ich hoffe und bete, daß das alles gut für euch ausgeht.

Ich habe Onkel Gene auch gebeten, dafür zu sorgen, daß du immer genug Geld auf deinem Konto in Lehigh hast, um nach Hause kommen zu können, wann immer du möchtest, und vielleicht auch, um hin und wieder Jennifer zu besuchen, weil ich weiß, daß du sie jetzt brauchen wirst, und ich möchte, daß du mit ihr zusammenbleibst. Ich werde ihm deshalb sagen, er solle dich ruhig zu ihr gehen lassen. O Gott, ich liebe dich, Chris. Bitte liebe mich.«

Das zweite Tonband war zu Ende.

»Ja, ja«, sagte O'Brien, »ich fange wirklich an, klarer zu sehen. Entweder die Mom oder der Jeep – beides konnte der Junge nicht haben.«

»Man muß schon ein großer Mann sein, um die schwere Wahl zu treffen, Dan«, sagte Gladstone, als er das an John gerichtete Band einlegte.

Dieses ähnelte den beiden anderen stilistisch und inhaltlich in großem Maße – nur, daß Rob John erzählte, wenn er siebzehn sei, werden Gene Leahy ihm einen Porsche kaufen. Aber ›keinen brandneuen‹, schränkte er ein. ›Nichts zu Ausgefallenes‹.

»Mist, verdammter«, sagte O'Brien, »man möchte doch dem Kind nicht die Hoffnung rauben.«

Dann ließ Gladstone das Band laufen, das in dem an Gene Leahy adressierten Umschlag gesteckt hatte. Wenn ihre Theorie stimmte, war der ganze Selbstmordversuch nur inszeniert worden, weil Rob eine Version der Ereignisse dokumentieren wollte, die mit der Geschichte L'Heureux zusammenpaßte, welche dieser bei seiner Verhaftung zum besten gegeben hatte. Eine absolut harmlose, unschuldige Erklärung für alles, was so verdächtig aussah. Eine Erklärung, die, wie Felice ausgesagt hatte, kreieren zu helfen Gary Hamilton nach Louisiana zu L'Heureux gefahren war.

»Während ich hier liege«, begann Rob, »und nicht weiß, wo ich beginnen soll, denke ich vierzehn Monate zurück, als ich mit einer Lady ausgegangen bin, die bis dahin weiter nichts als eine Freundin gewesen war, der ich hin und wieder über den Swimmingpool hinweg oder quer durch den Raum zugewinkt habe. Sie war eine Freundin, eine gute Freundin, wegen der Maria sich keine sonderlichen Gedanken machte, aber eine Freundin, die in vielerlei Hinsicht genauso war wie ich. Ich begann eine Beziehung mit ihr, die zu einer flammenden Leidenschaft wurde und meine Ehe einfach hinwegfegte, was auch binnen weniger Monate ganz offiziell geschehen wäre, wäre Maria nicht vorher gestorben.

Ich glaube aber trotzdem, das Problem begann für mich schon sehr viel früher. Weil wir, aus welchem Grund auch immer – und sicher trifft mich die größere Schuld –, was immer wir tun oder kaufen wollten – wir haben es getan oder gekauft. Auch wenn wir uns dafür verschulden mußten. Und ich habe Maria immer versichert, das sei schon in Ordnung, es sei ja genug da – auch wenn das gar nicht stimmte.

Sie wußte, daß ich es wollte, und ich wußte, daß sie es wollte, das wurde zu einer Spirale – einer Spirale, die sich zu einer Gesamtverschuldung von an die zweihunderttausend Dollar empordrehte, nicht mitgerechnet die Hypotheken auf das Haus. Schulden, die ich abzutragen versuchen mußte, derer ich aber nicht Herr wurde.

Wir hatten angefangen, gemeinsam daran zu arbeiten, und ich hatte immer wieder die Notwendigkeit betont, unsere Ausgaben einzuschränken. Natürlich wußte ich, daß ich ohnehin in einem Monat gehen würde, und ich wollte den notwendigen Wandel vorher einleiten, um die Schulden zu regulieren – indem ich Maria auf ein festgesetztes Haushaltsgeld beschränkte und jeden verbleibenden Cent für die Reduzierung der Schulden zu verwenden versuchen wollte. Jedoch ist es dazu nie gekommen. Ich hatte keine Gelegenheit mehr dazu, denn ein paar Bastarde sind uns da nach Hause gefolgt – soweit ich das beurteilen kann –, vielleicht nachdem sie einen der Reifen an meinem Wagen präpariert hatten, wohl wissend, daß ich irgendwann vom Parkway würde herunterfahren müssen oder aber mich überschlagen würde.«

»Raffinierte Hunde«, wisperte O'Brien, »den Reifen so zu präparieren, daß er genau am Oyster Creek vom Parkway herunter mußte, und nicht schon vier Meilen früher an Roy Rogers Tankstelle.«

Robs Stimme fuhr fort: »Die ganzen Umstände dieses Abends muten in der Rückschau geradezu bizarr an.«

Schließlich erklärte er, aus seiner Spielgeldkasse seien Beträge von um die ›fünftausend oder sechstausend Dollar auf absolut unerklärliche Weise verschwunden‹, und deshalb habe er sich ›genötigt gesehen, jemanden zu engagieren, der einen guten Ruf hatte, nicht aus der Stadt war und dem es nichts ausmachte, auch einen weiten Weg hierherzukommen‹, damit dieser den Verbleib des Geldes aufkläre.

Dann beklagte er den Umstand, daß keiner der Leute, die wußten, daß Maria einen eigenen Privatdetektiv auf ihn angesetzt hatte, sich die Mühe gemacht hatte, ihn ins Bild zu setzen. »Und wenn sie es getan hätten, dann wäre das alles gar nicht passiert, den dann wären wir nie und nimmer zusammen an diesem Abend nach Atlantic City gefahren.«

Das ließ ihn offenbar über Maria nachdenken. »Sie wollte noch einmal von vorne beginnen. Sie liebte mich. Sie hätte alles vergessen. Und wenn ich heute darüber nachdenke, wie unglaublich sie war, wie sehr sie mich geliebt hat und wie verrückt ich gewesen sein muß, von ihr gehen zu wollen ... ach, ich vermisse sie so sehr. Und mit jedem Tag, den Gott werden läßt, wird es schlimmer.«

Dann sagte er zu Gene Leahy: »Du mußt jedem sagen, wie sehr ich Maria trotz all unserer Probleme geliebt habe und daß ich ihr nie weh getan hätte, auch wenn es nicht so aussieht. Du mußt auch die Behörden wissen lassen, daß Felice mit dem allen nichts zu tun hatte.«

Eine ganze Weile ließ er sich über Details seiner Finanzen aus – Kredite, die zurückgezahlt werden mußten, Versicherungen, deren Prämien fällig waren.

Dann schlug er wieder einen mitleiderregenden Ton an. »Während ich hier so liege«, sagte er, »spüre ich große Pein. Trotz meiner Unschuld, das fühle ich, wird man mich schuldig sprechen wegen all der vielen Indizien, die gegen mich zu sprechen scheinen, und diesen Gedanken kann ich einfach nicht ertragen. Ich bin davon überzeugt, daß das Unausweichliche geschehen wird und eine Jury aus Frauen und Männern, die mich alle gar nicht kennen, zusammenkommen wird, um mich schuldig zu sprechen und zum Tod zu verurteilen. Nicht nur, daß ich es nicht ertragen könnte, das alles durchzumachen, auch die negativen Auswirkungen auf die Familie wären schlimmer als alles, was ich mir sonst nur vorstellen könnte. Ich möchte mir einen Rest von Würde bewahren.

Ich glaube also, daß das, was ich um 0 Uhr 45 – der Zeitpunkt, zu dem ich wegen des platten Reifens vom Parkway heruntergefahren bin – zu tun gedenke, mich wieder mit Maria vereinen wird. Ich hoffe, Gott wird mir vergeben, und ich werde beten bis an das Ende, das Er mir setzt.

Es tut mir leid, euch alle zu verlassen. Vor allem tut es mir leid um die Jungen. Während ich hier sitze, sehe ich mir ihre schönen Gesichter und das Lächeln darauf an, und Maria, ihr schönes ... einfach alles. Dann schaue ich ihre schönen Gesichter mit dem wundervollen Lächeln an, vor allem dem Marias. Die Liebe, die in allem sichtbar wurde, das mit ihr zusammenhing. Gene, du mußt den Jungen helfen. Irgendwie muß die Liebe fortdauern.«

Und dann sagte er, ohne zuvor kaum Luft geholt zu haben: »Wenn du die Möglichkeit hast, ruf Felice an. Sie ist in der Schule oder in ihrem Apartment zu erreichen. Sag ihr, daß ich sie geliebt habe. Daß es mir leid tut, sie enttäuscht zu haben. Sag ihr, daß ich in Zimmer sechzehn des *Best Western* bin, während ich dir das alles sage, an dem Ort, an dem ich am glücklichsten war – und an dem ich jetzt am traurigsten bin.

Sag ihr, ich hätte gewußt, sie würde zu David zurückgehen, und daß ich es verstehe, auch wenn ich glaube, alles hätte gut für uns werden können, wenn ich nur standhaft geblieben wäre. Aber nun, da sie gegangen ist, da sie nicht mehr hier ist, bin ich allein, ja wirklich... und... ich kann einfach nicht allein sein. Sag ihr, ich liebe sie. Sag ihr, ich wünsche ihr alles Gute. Sag ihr... sie soll standhaft bleiben. Sag ihr, daß ich gesagt habe: ›Hör auf zu rauchen‹.

Und, das klingt verrückt, aber ich habe ein paar Doppelstücke von den Gardinen anfertigen lassen, die wir in unserem Wohnzimmer hatten und die ich ihr für ihr Apartment schenken wollte. Sie werden wahrscheinlich irgendwann nächste Woche geliefert werden. Gib sie Felice, wenn sie sie haben will.

Ruf auch Sal Coccaro an. Er war absolut super. Sag ihm, ich liebe ihn, ihn und Paula, und daß ich ihnen dankbar bin, daß sie zu mir gestanden haben. Sag ihm, es tut mir leid, daß ich nicht die Kraft habe, das hier durchzustehen. Ich glaube, er wird es verstehen. Und sag ihm, ich hätte noch immer ans Geschäft gedacht, selbst noch in dieser Nacht – und erinnere ihn daran, daß Paulas Prämie noch immer überfällig ist.«

»Machen Sie sich mal eine Notiz, Dan«, sagte Gladstone. »Sagen Sie Paula, die ist überfällig.«

Auf dem Tonband trat jetzt eine lange Pause ein, und dann kam Rob endlich zu dem, was wohl der eigentliche Anlaß für das Besprechen dieser Kassette war. »Ich glaube«, sagte er, »es ist vielleicht am besten, wenn ich euch mit allem bekanntmache, was ich selbst bis zu diesem Zeitpunkt weiß. Wie ich damals schon erwähnt habe – also, ich hatte euch ja erzählt, daß ich telegrafisch Geld an einen Burschen in Louisiana angewiesen hatte, um eine Wette zu bezahlen. Tatsache ist aber, daß ich dieses Geld an den Privatdetektiv geschickt habe, den ich früher schon auf diesem Tonband erwähnt habe.

Dabei handelte es sich um einen Mann, der mir von diesem Andrew Myers empfohlen worden war. Angeblich war er ein erstklassiger Ermittler. Er unternahm in der Folge – hm – zwei Reisen nach New Jersey. Eine im Juni, nachdem ich ihm zweitausendfünfhundert Dollar angewiesen hatte. Er sagte, er sei für einige Zeit noch beschäftigt, aber wenn ich ihm noch etwas mehr Geld überweisen würde, werde er zurückkommen und alles genau untersuchen. Wichtig war, daß es in aller Stille geschah, ohne daß jemand in der Nähe etwas merkte. Die Leute in der Gegend sind nicht vertrauenswürdig, wie ich von denen weiß, die hier in der Ocean County arbeiten, und das war der Grund, warum ich mir jemanden von außerhalb gesucht habe.

Äh – dieser Bursche würde offensichtlich auch nicht teurer arbeiten als einer aus einem Nachbarstaat ... und er hatte angeblich einen guten Ruf. Zum zweitenmal sah ich ihn an dem Abend, als Maria ermordet wurde, im Harrah's Marina. Ich gab ihm noch mehr Geld, so um die achthundert Dollar, und das war alles, was ich hatte. Er nahm es und sagte, er werde noch hierbleiben, um sich ein wenig umzusehen. Später habe ich erfahren, daß er gegangen war und daß sein ganzes Vorhaben darin bestanden hatte, mich auszunehmen.

Ich habe ihm zwei Anweisungen geschickt, eine über zweitausendfünfhundert und eine über dreitausend. Während ich noch darauf wartete, daß er zurückkam, habe ich – äh – mehrmals Andrew Myers angerufen und ihn nach dem Aufenthaltsort des Mannes gefragt, den ich als Ernie Grandshaw kannte, und – äh – bei derselben Gelegenheit habe ich versucht, am Telefon mit Myers ein paar Geschäfte zu machen, Investmentgeschäfte.

Soweit ich das verstanden habe, hat die Polizei beide, sowohl Myers als auch diesen Grandshaw, dessen richtiger Name wohl Ferlin lautet, der Verschwörung – äh – beschuldigt, und ich bin davon überzeugt, daß der Dritte, der desselben Verbrechens hier in Toms River angeklagt wird, ich sein werde.

Soweit die Einzelheiten, die ich bisher noch niemandem

erzählt habe außer meinem Anwalt, Carl Seely, natürlich, und dessen Privatermittler ist jetzt da unten, um – äh – eine Bestätigung dafür von Andrew Myers zu bekommen. Myers habe ich übrigens auf der Geburtstagsparty für Riccios Sohn im Mai kennengelernt.

Äh – ich wäre dir so dankbar, wenn du dich mit Roby und Chris zusammensetzen könntest und Ihnen so viel von den Einzelheiten erklären könntest, wie du meinst, daß sie sie ertragen könnten. Versuch doch bitte, ihnen den Druck klarzumachen, unter dem ich gestanden habe. Ich spüre doch, daß all das, dazu die Lebensversicherungen, die Schulden und Felice, daß das alles – äh – so klar und deutlich zu sein scheint. Ich kann den Gedanken an das einfach nicht ertragen, was jetzt passieren wird – oder zumindest passieren könnte.

Und deshalb, mein Freund, mein lieber Freund Gene, hoffe ich, du verstehst, und ich hoffe, du hörst nicht auf, mich zu lieben, weil ich nicht die Kraft aufgebracht habe, mich dem allen zu stellen.

Wegen der Jungen hasse ich, was ich mich zu tun anschicke. Ich weiß, wie sehr es sie treffen wird. Hilf ihnen also bitte. Es sind gute Jungen. Das hier haben sie nicht verdient. Wie auch Maria nicht verdient hat, was ihr widerfahren ist. Aber, Gene, ich möchte bei ihr sein, und ich bete, daß Gott es mir erlauben möge . . . denn ich kann so nicht weitermachen. Ich liebe euch alle, besonders Roby, Chris und John.«

Das Tonband war zu Ende.

»Na, was meinen Sie?« fragte Gladstone.

»Ich meine, er hätte das scheißverdammte Gift schlucken sollen«, sagte O'Brien.

17. Kapitel

Gladstone, O'Brien und Manusco waren übereinstimmend der Meinung, daß es – aus Robs Sicht – ein Fehler gewesen war, diese Kassetten zu besprechen. Denn jetzt hatten sie etwas in der Hand, wonach sie die ganze Zeit schon gesucht hatten: einen hinreichend begründeten Verdacht gegen Ferlin L'Heureux.

Das erste Glied in der Kette war, daß Myers ihn als den ›Privatdetektiv‹ identifiziert hatte. Das nächste war von Grandshaw beigesteuert worden, als dieser sagte, L'Heureux habe seinen Namen als Decknamen benutzt, um das Geld entgegenzunehmen, das von Marshall telegrafisch angewiesen worden war. Dann war da die dokumentierte Serie der Telefongespräche von L'Heureux' Apparat aus nach Atlantic City.

Auf dem Tonband hatte nun Marshall unmißverständlich erklärt, daß ›Grandshaw‹ in Wirklichkeit ein Mann mit Namen Ferlin war und daß er ihn im Juni und im September in Atlantic City getroffen hatte.

Handschriftenproben von L'Heureux, die die Polizei von Shreveport beigesteuert hatte, erwiesen, daß die Eintragung ›Ernie Grandshaw‹ im Harrah's Marina vom Juni und im Airport Motel vom September von seiner Hand stammten.

Und jetzt hatte Marshall, als das stärkste Bindeglied von allen, auf Tonband zugegeben‹ L'Heureux getroffen *und ihm Geld gegeben* zu haben, und zwar im Harrah's Marina, nur wenige Stunden, bevor der Mord geschah. Am selben Tag, wie Gladstone noch einmal ausdrücklich betonte, an dem sich ›Ernie Grandshaw‹ im Airport Motor Inn eingetragen hatte und an dem jemand die Telefonzelle im Airport Motor Inn benutzt hatte, um Marshalls Büro anzurufen. Acht Minuten später hatte dieser Jemand einen anderen Anruf von einer Zelle am Seven-Eleven entgegengenommen, die nur ein kleines Stück die Straße hinunter von Robs Büro entfernt lag.

Noch war keiner so recht bereit zuzugeben, daß *Ermittlungen* nur ein anderes Wort für *Mord* sein könnte, aber die drei Detectives wußten, daß sie jetzt genug Material in der Hand hielten, um nach Louisiana zurückzukehren, diesmal aber ausgestattet mit Haftbefehlen sowohl gegen L'Heureux als auch gegen Grandshaw.

Grandshaw wollten sie aus zwei Gründen haben: Zum einen hatte der Test mit dem Lügendetektor gezeigt, daß er wichtige Informationen zurückhielt, und zum anderen, weil die Zeugenaussage, die er vor Gericht würde machen müssen, um sich selbst reinzuwaschen, die direkte Verbindung zwischen Rob und L'Heureux erweisen mußte und daß Rob das Geld mit der Western Union an L'Heureux, nicht an ihn, geschickt hatte.

Am 11. Oktober flogen sie hinunter und verhafteten noch am selben Tag sowohl Grandshaw als auch L'Heureux. Mit L'Heureux hinter Gittern fühlte sich Gladstone, der ein begeisterter Leser der Bücher von Herman Melville war, ein wenig, wie sich seiner Meinung nach Captain Ahab gefühlt haben könnte, wenn es ihm gelungen wäre, Moby Dick zu erlegen.

Aber die Wahrheit war, Ferlin war nicht Moby Dick trotz seiner äußerlichen Erscheinung. In diesem Fall war Rob Marshall der Große Weiße Wal, und von Erfolg konnte erst geredet werden, wenn er für den herzlosen, bösartigen, gierlust- und angstdurchtränkten Mord an seiner Frau verurteilt worden war.

Gladstone verdiente in der Tat in einem Jahr mit seiner schwierigen, unerfreulichen und oft genug auch gefährlichen Arbeit weniger, als Rob Marshall in einer einzigen Woche *verschwendete.*

Ja, der Moby Dick in dieser Sache war Robert O. Marshall. Ferlin L'Heureux, so tief er auch in den Fall verstrickt sein mochte, war weiter nichts als ein überfütterter Pilotfisch, der Gladstone an sein eigentliches Ziel bringen konnte.

Sechs Wochen lang konnten sich L'Heureux, Myers und Grandshaw erfolgreich gegen ihre Auslieferung nach New Jersey wehren. Es waren Wochen, während denen Gladstone weiter auf der Fährte blieb.

Er wußte, daß ein guter Verteidiger die Theorie der Polizei –

daß nämlich Marshall einen gedungenen Mörder aus Louisiana geholt hatte, um Maria zu ermorden, damit er mit den Geldern aus ihren Lebensversicherungen die eigenen Schulden bezahlen und seine Affäre mit Felice fortsetzen konnte –, als einen Mischmasch aus Vermutungen und unbewiesenen Indizien darstellen würde, deren einziges Bindeglied ein paar Telefongespräche waren.

Er wußte, es würde mehr Beweismaterial vonnöten sein, um Marshall die Schuld jenseits aller vernünftiger Zweifel nachzuweisen. Aber er wußte nicht, wo er mehr Material aufspüren konnte, wenn Myers und Grandshaw übereinstimmend dabei blieben, ›Ermittlungen‹ bedeute Ermittlungen und sonst gar nichts, und wenn Ferlin L'Heureux jede Aussage verweigerte.

»Wir müssen sie einfach hierherbekommen«, pflegte Gladstone zu sagen. Waren die Verdächtigen erst einmal nach New Jersey gebracht worden, konnte man sie voneinander getrennt halten, und Gladstone konnte ein wenig psychologische Kriegsführung betreiben. Wenn Ferlin nicht wußte, was Andrew vielleicht sagen würde, und Ernie nicht wußte, was Ferlin womöglich ausplauderte, und Andy nicht wußte, was vielleicht Marshall selbst zu erzählen begonnen hatte – dann könnte einer der Beteiligten irgendwann die Nerven verlieren.

»Wenn wir sie erst mal hierhaben«, pflegte Gladstone zu sagen, »wird einer von ihnen auch umfallen.«

Am 3. Dezember war es soweit. Myers und L'Heureux hatten ihren Kampf gegen die Auslieferung verloren; jeder von ihnen wurde in Einzelhaft genommen, ohne zu wissen, wohin die anderen gebracht wurden. Durch ihre Anwälte aber wußten sie, daß die Staatsanwaltschaft daran interessiert war, über einen ›Kuhhandel‹ zu reden. Für die richtigen Informationen sollten sie nur drastisch reduzierte Strafen bekommen.

Am verführerischsten schien dieser Vorschlag noch für Ferlin L'Heureux zu sein. Er war nach Lage der Dinge derjenige, der persönlich am tiefsten in den Mord verstrickt war. Er war derjenige, gegen den sie die tragfähigsten Beweise in der Hand hielten. Das machte ihn noch am ehesten zu einem Kandidaten für einen Schuldspruch und damit zu einem Todeskandidaten. Ferlin war selbst zehn Jahre lang Polizist gewesen. Er wußte, wie das Spiel gespielt wurde. Und er wußte, wer es in der Regel gewann.

Ferlin L'Heureux hatte zwei Anwälte. Moss Garner, der Sohn von Lawton Garner, war von Shreveport hierhergeflogen, und zusätzlich war L'Heureux noch ein Pflichtverteidiger des Staates New Jersey beigegeben worden.

Bob Gladstone sprach mit diesen beiden Anwälten. Er und der Staatsanwalt der County erläuterten, noch sei ein Handel denkbar, aber die Zeit dränge.

L'Heureux würde sich, vorausgesetzt, er konnte mit hinreichender Sicherheit beweisen, daß er nicht geschossen hatte, der kürzesten denkbaren Strafe in einem Gefängnis ausgesetzt sehen, und danach würden er und seine Familie nach dem *Federal Witness Protection Program**, für das er wegen der Informationen, die er dem FBI über geplante Banküberfälle gegeben hatte, durchaus in Frage kam, woanders neu angesiedelt.

Niemand zweifelte daran, daß dies allemal besser wäre als der Tod.

Sie zeigten L'Heureux' Anwälten die Einzelteile ihrer Beweisführung. Die Telefonaufzeichnungen. Die Hoteleintragungen. Und etwas Neues: die Aussage einer jungen Frau, derzufolge sie zur Tatzeit am Oyster Creek Rastplatz vorbeigekommen war und einen weißen Cadillac mit verbeulter rechter Seite (genau wie der von L'Heureux) gesehen hatte, der mit hoher Geschwindigkeit aus der nach Süden führenden Einfahrt geschossen kam. Dann erwähnten sie, daß Rob Marshall eine Kassette besprochen hatte. Eine Kassette, die geeignet war, Ferlin schwer zu belasten.

Die Anwälte gingen ins Gefängnis und besprachen sich mit Ferlin allein. Im Anschluß an diese Unterredung erklärten sie, er sei an dem Handel interessiert und habe genau die richtigen Informationen anzubieten. Nein, er sei nicht der gewesen, der

* Bundesprogramm zum Schutz von Zeugen

den Finger am Abzug hatte, aber zuerst wolle L'Heureux das Band abhören.

Also spielten sie ihm das Band vor. Er hörte von Robs leidenschaftlicher Affäre mit Felice, von seiner drückenden Schuldenlast, seinen Plänen, Frau und Kinder zu verlassen. Er hörte Rob von all den Versicherungen reden, die er auf Marias Leben abgeschlossen hatte, und daß L'Heureux' einzige Absicht darin bestanden habe, ›mich auszunehmen‹. Dann hörte er, wie er und Rob sich am Abend des Mordes bei Harrah's Marina getroffen hatten und wie Rob ihm noch mehr Geld gegeben hatte. Ferlin L'Heureux begann, die Stirn in Falten zu ziehen, als er dem Tonband lauschte. Dann vertiefte sich das Stirnrunzeln zu einer ausgesprochen finsteren Miene. Als das Tonband geendet hatte, sprang er auf und rief: »Dieser windige, dreckige Hurensohn versucht doch, mich hereinzulegen!«

Er setzte sich wieder und hob in einer hilflos wirkenden Geste die Hände.

»Verdammte Scheiße«, knurrte er. »Und ich hab' Hamilton erzählt, was für ein ordentlicher, gutsituierter Mensch dieser Marshall doch sei, glücklich und zufrieden mit seinem Leben und seiner Familie. Und wie er und seine Frau, seit ich ihn kennengelernt habe, zweite Flitterwochen erlebten, und daß die Dinge sich in einer Art positiv entwickelt hatten, daß er keinen Privatdetektiv mehr brauchte.

Verdammte Hacke! Genau das sollte dieser bekloppte Bastard aufs Tonband sprechen.« Er stand wieder auf. Diesmal war sein Gesicht puterrot.

»Ich hätte diesem irren Hurensohn von allem Anfang an nicht trauen sollen.« Er ballte die Fäuste und schlug auf den Tisch mit dem Kassettenrecorder. Dann drehte er sich um und blickte Bob Gladstone direkt ins Gesicht.

»Dieser Mann«, sagte er und deutete dabei auf den Kassettenrecorder, »ist so *bescheuert*, daß man ihn allein schon *dafür* zum Tode verurteilen sollte!«

»Soll das etwa heißen«, fragte Gladstone mit sanfter Stimme, »daß Sie vielleicht auf unser Angebot eingehen wollen?«

»Mist, ja«, sagte Ferlin. »Scheiße, ja, ich nehme das Angebot an. Nachdem ich das hier gehört habe, glaube ich nicht, daß ich noch eine sonderliche Chance habe.«

»Aber, Ferlin«, sagte Gladstone, »es wird keinen Handel geben, wenn Sie derjenige waren, der den Abzug durchgezogen hat.«

»Ich habe diesen beschissenen Abzug nicht durchgezogen.«

»Und Sie wissen aber, wer es getan hat?«

»Das weiß ich so gewiß wie die Hölle.«

»Und das werden Sie uns erzählen. Als Teil des Handels. Und Sie werden es im Verfahren so aussagen.«

Hier zögerte Ferlin. »Wissen Sie«, sagte er, »ich möchte noch ein wenig darüber nachdenken.«

»Kein Schütze, kein Handel, Ferlin. So einfach ist das.«

Ferlin starrte aus dem Fenster des Staatsanwalts. Es war das erste Fenster, aus dem er seit zehn Tagen hatte sehen können. »Haben Sie keine andere Möglichkeit, den Schützen zu identifizieren als durch meine Aussage?« fragte er.

»Kein Schütze, kein Handel, Ferlin«, wiederholte Gladstone. »So einfach ist das.«

»Und was wollen Sie mir dafür geben? Sagen Sie es mir noch einmal.«

»Sie erzählen uns die ganze Geschichte. Und sie sollte sich, verflucht noch mal, als wahr erweisen, oder dieser Handel ist schneller zu Ende, als Sie je etwas in Ihrem Leben haben zu Ende gehen sehen«, sagte Gladstone. »Und Sie werden vor Gericht alles bezeugen, was Sie uns hier erzählen. Und nachdem Sie das getan haben, lassen wir Sie auf Verschwörung zur Begehung eines Mordes plädieren, was, wie Ihre Anwälte Ihnen sagen können . . .«

»Sie haben es mir bereits gesagt.«

». . . etwas völlig anderes ist als Mord gegen Bezahlung. Dann werden wir eine Strafe von nicht mehr als fünf Jahren beantragen mit der besonderen Auflage, daß Sie an dem Tag entlassen werden, an dem Sie unter das Programm fallen.«

»Und die Zeit der Untersuchungshaft wird angerechnet?«

»Richtig.«

»Statt also hier noch ein ganzes Jahr auf meinem Hintern zu

sitzen und darauf zu warten, daß der Prozeß endlich losgeht, könnte ich dann schon wieder frei sein?«

»So in etwa.«

»Und wenn ich irgendwo eingelocht werde, ist es kein strenger Knast?«

»Wenn Sie noch für ein paar Monate länger sitzen müssen, werden Sie in ein Gefängnis im Westen des Staates gebracht, und zwar in ein Gefängnis, in dem vorwiegend Frauen einsitzen. Es heißt Clinton. Niedrige Sicherheitsstufe. Dort gibt es einen speziellen Flügel, in dem Sie untergebracht werden.«

»Aber Sie müssen den Namen des Schützen haben?«

»Wir müssen den Namen des Schützen und alle sonstigen Einzelheiten haben.«

Ferlin L'Heureux sah sich im Raum um. Dann holte er tief Luft, bis das Atmen zum Seufzen geriet.

»Okay, Männer«, sagte er, »wir haben einen Handel miteinander.«

18. Kapitel

Am Morgen des 14. Dezember fing Ferlin L'Heureux an, sein Wissen auszupacken. Von wenigen Stunden Schlaf unterbrochen, redete er bis zum Abend des 15. Dezember. Als er endlich fertig war, war Gladstone ein rundum zufriedener Mann.

Wie Ferlin den Beginn der ganzen Sache in Erinnerung hatte, das unterschied sich doch erheblich von der Geschichte, die Andrew Myers erzählt hatte. Um nur ein Beispiel zu nennen, sagte Ferlin, Myers habe ganz genau gewußt, wer er war – und er kannte seinen Familiennamen genausogut wie seinen Vornamen –, und er wußte ebenfalls (oder er glaubte doch zumindest, Myers habe es gewußt), daß Ferlin genau der richtige Mann für diesen Job war. An ihrer Kontaktaufnahme hatte es nichts Zufälliges gegeben.

»Sehen Sie«, sagte Ferlin, »ich schätze, ich entsprach genau Myers Vorstellung davon, wie dort unten ein Mitglied der Mafia auszusehen hat. Den einen Tag kam ich in alten Klamotten daher, den anderen war ich geschniegelt und gebügelt; und immer habe ich andere Autos gefahren – ich sah immer aus wie einer, der Verbindungen und Beziehungen hat.

Deshalb wandte er sich zuerst an mich, aber er war raffiniert genug, angeblich nicht zu wissen, was er damit tat. Er hat mir nie gerade heraus gesagt, daß Marshall will, daß jemand seine Frau umbringt, aber ich bin sicher, Marshall hat es ihm gesagt, vielleicht so: ›Sorgen Sie dafür, daß das für mich erledigt wird, und ich werde für Sie sorgen‹.

Egal – jedenfalls hat Andrew Myers mich zu Hause angerufen. Erzählte was, er hätte da 'nen Freund in New Jersey, und der brauche Hilfe. Er rief also an – meine Frau war am Apparat – und fragte, ob ich nicht mal am nächsten Morgen so gegen neun oder zehn Uhr vorbeikommen könnte. Da würde ein Freund von ihm anrufen, und der wollte mit mir reden, daß ich da irgendwas in seiner Scheidungsangelegenheit für ihn machen sollte, oder irgendwie was mit seiner Frau . . . also, ich weiß nicht mehr so genau.

Na gut, ich bin eben mal hingefahren. Myers sagte mir, der Mann wäre gut betucht, hätte 'ne Menge Geld und so. Sagte, er hätte den Mann auf 'ner Party von 'nem Mafia-Freund kennengelernt. Hatte mit Restaurant zu tun, Müllabfuhr oder so was. Er war mal beschuldigt worden, einer kriminellen Familie anzugehören, und da war wohl auch gerade ein Sohn oder sonstwer mit Golfschlägern zu Tode geknüppelt worden.

Ja, und dann rief Marshall an. Ich ging in ein Hinterzimmer und nahm den Hörer ab. Marshall erzählte mir, wer er war und daß Myers ihm von mir erzählt hätte, ich wäre ein Privatdetektiv; er wollte jemanden außerhalb von New Jersey anheuern, den seine Frau nicht kannte.

Er sagte, er wäre ein Mann mit großem Einfluß und großem Ansehen in der Stadt. Deswegen wollte er sich dort auch nicht mit mir treffen. Er wollte, daß ich nach Atlantic City kam. Erzählte mir, daß er auch in Atlantic City sehr bekannt sei, und deswegen müsse er sogar da noch sehr vorsichtig sein. Na ja, ich hab' rausgefunden, daß er nirgendwo auf der Welt besser bekannt war als im Harrah's Marina, wo er sich mit mir treffen wollte, und ich fand das irgendwie bescheuert. Aber das kam später.

Jedenfalls hab' ich gesagt: ›Das wird teuer.‹ Hab' ihm gesagt, ich brauche fünftausend Dollar Vorschuß. Sollte telegrafisch nach Shreveport, Louisiana, angewiesen werden. Hab' ihm gesagt, er soll es auf den Namen Ernie Grandshaw schicken. Der Grund war, ich wollte nicht noch mehr Steuern zahlen als so schon.

Ein paar Tage später ruft Myers mich an und sagt mir, das Geld wäre da und ich sollte zur Caddo Hardware kommen, er hätte alles aufgeschrieben. Ich also hin, und er gibt mir dann ein Stück Papier, wo drauf steht, das Geld wäre an Ernie Grandshaw abgeschickt worden, und dann stand da noch was. Ich sollte an dem und dem Tag nach Atlantic City kommen, hätte Marshall gesagt – ins O'Hara oder zu Harrah, oder wie das auch zum Teufel heißen mag, dieses Hotel am Meer da – oder Motel oder was – also, jedenfalls das mit dem Casino.

Also, hab' ich Ernie von der Arbeit weggeholt, und dann sind wir zur Western Union, und er ist rein und hat die Anweisung geholt. Danach habe ich ihn dann zu 'ner Bank gefahren, wo wir das Geld ausgezahlt gekriegt haben. Ich hab' ihm erzählt, das wär' für 'ne Wette gewesen.

Aber ihm war aufgefallen, daß das ja nur zweitausendfünfhundert Dollar statt der vereinbarten fünftausend waren.

Ich bin dann zurück zur Caddo Hardware und habe Andy Myers gesagt, daß Marshall mir nicht genug Geld geschickt hatte. Hab' Myers gleich gesagt, ich hätte keine Lust hinzufahren. Daraufhin hat er noch mal mit Marshall telefoniert, mir hat er dann gesagt: ›Wenn Sie erst da sind, gibt er Ihnen die anderen zweieinhalbtausend Dollar in bar.‹ Ich sagte: ›Das juckt mich überhaupt nicht. Ich fahr' nicht. Der Bursche hat nicht soviel Geld geschickt, wie vereinbart worden war.‹ Er sagte: ›Aber er gibt dir den Rest, sobald du da bist.‹ Ich sagte: ›Okay, ich überleg's mir noch.‹ Und Myers sagte noch, ich sollte bei Harrah's Marina absteigen und mich als Ernie Grandshaw eintragen und daß Marshall mich dann da am 18. Juni morgens anrufen würde.«

So wie er die Sache an diesem Punkt gesehen habe, erzählte Ferlin, habe er ja schon zweieinhalbtausend Dollar für einen einfachen Telefonanruf kassiert. Das würde die Flugkosten und die Hotelrechnung für eine Zwei-Tage-Reise nach Atlantic City, das er noch nie besucht hatte, auf jeden Fall abdecken, auch wenn er diesen Robert Marshall gar nicht zu Gesicht bekäme. Außerdem habe alles, was Myers so von sich gegeben habe, so geklungen, als wäre aus der Quelle, aus der die ersten zweieinhalbtausend Dollar gekommen waren, noch einiges zu holen.

»Die Sache ist die«, sagte Ferlin, »ich lasse mir nie eine Chance durch die Lappen gehen, und das hier sah verdammt nach 'ner guten Chance aus.«

Er war dann nach Hause gegangen und hatte seiner Frau gesagt, sie solle alle erforderlichen Vorbereitungen treffen. Das Harrah's Marina war ausgebucht, aber nachdem sie ein bißchen herumtelefoniert hatte, fand sie für ihn noch ein Zimmer im *Islander Motel.*

Als Ferlin mit seiner Geschichte an diesem Punkt angelangt war, schlug Gladstone die entsprechende Seite in seinen Notizen auf, auf der die verschiedenen Telefongespräche aufgezeichnet waren, die von L'Heureux' Apparat aus getätigt worden waren. 17. Juni: das Harrah's Marina, das Clipper Ship Motel, das Islander Motel. Es paßte.

Es sagte, er sei am Nachmittag des 17. Juni mit der Delta-Fluggesellschaft nach Philadelphia geflogen. Von Philadelphia aus habe er dann einen Pendlerflug nach Atlantic City genommen, und von dort aus war er dann mit dem Taxi ins Islander gefahren.

Genauer gesagt, er hatte versucht, mit dem Taxi ins Islander zu gelangen. Der Taxifahrer, ein Koreaner, konnte es aber nicht finden. Sie waren mehr als eine Stunde im Kreis herumgefahren, sagte L'Heureux, aber vergeblich. Inzwischen war es fast zehn Uhr abends geworden. Ferlin hatte eine ausgedehnte Rundreise durch Atlantic City hinter sich, aber die Stadt beeindruckte ihn nicht im mindesten.

»Weiter nichts als ein einziges Elendsquartier, eine miese Stadt. Schließlich habe ich ihm gesagt, also, ich habe diesem Chinesen gesagt, er soll mich ins O'Hara fahren, und dann würde ich einfach versuchen, da ein Zimmer zu bekommen. Wenn nicht, hätte ich mich die ganze Nacht im Casino rumgetrieben und hätte gegen Morgen am Empfang gesagt, ich erwartete einen Anruf.«

Aber dann zeigte sich, daß bei Harrah's doch noch ein Zimmer frei war, und in das trug sich L'Heureux unter dem Namen Ernie Grandshaw ein. Am nächsten Morgen, sagte er, habe er ausgiebig gefrühstückt (diesen Teil der Geschichte zu glauben fiel Gladstone besonders leicht), und kleidete sich, wie er meinte, daß ein ›Ermittler‹ auszusehen habe – mit Slacks, Sporthemd, Velourslederjacke und dunkler Sonnenbrille. Vor sich auf den Tisch legte er einen Notizblock und die Brieftasche, und dann harrte er der Dinge, die da kommen sollten.

Kurz nach neun Uhr klingelte es dann auch. Rob Marshall war am Apparat. Er sagte, er habe sich ein wenig verspätet, aber gegen elf Uhr werde er da sein. Aber es dauerte dann fast bis Mittag, wie Ferlin sagte, bis er wieder von Rob hörte. Diesmal rief er von der Lobby des Hotels an, um auszurichten, daß er auf dem Weg nach oben sei.

Ferlin öffnete die Vorhänge, um das helle Tageslicht ins Zimmer fluten zu lassen. Er wollte einen Vorwand haben, die Sonnenbrille aufzubehalten. Der Mann kannte seinen richtigen Namen nicht, und er wollte auch nicht, daß er sein Gesicht sah. Jedenfalls so lange nicht, bis er genau wußte, worum es denn eigentlich ging. »Sie müssen das verstehen«, sagte er, »über der ganzen Geschichte schwebte so ein bißchen der Hauch des Geheimnisvollen.«

Sein erster Eindruck sei gewesen, sagte er, daß Rob Marshall überaus nervös war. »Von der Minute an, als er hereinkam, hüpfte er herum. Er hatte Angst. Es war fast, als sei jemand hinter ihm her. Oder als könnte er jeden Tag den Boden unter den Füßen verlieren.«

Daß L'Heureux sich als ›Privatdetektiv‹ vorstellte, schien Rob keineswegs zu beruhigen. »Ich habe ihn richtig auf seinen Stuhl ziehen müssen«, sagte Ferlin. »Ich habe ihn dann abgetastet, um sicher zu sein, daß er nicht vielleicht ein Tonbandgerät am Körper mit sich führte. Er sah mir so ein bißchen wie ein Eichhörnchen aus. Ich hatte schon den Verdacht, er könnte zu irgend so einer geheimen Bundestruppe gehören, die mir eine Falle stellen oder mich in irgendwelche geheimen Aktivitäten hineinziehen wollte, an denen sie vielleicht gerade arbeiteten.«

Als nächstes erinnerte er Rob daran, daß sie noch ›ein unerledigtes Geschäft‹ miteinander hätten, wie er sagte. Es kam kein Widerspruch. Rob sagte, er sei bereits an der Casino-Kasse gewesen, bevor er hier herauf gekommen sei, und habe dort von seinem Kreditkonto zweitausendfünfhundert Dollar abgehoben. Dann übergab er L'Heureux fünfundzwanzig knisternde, brandneue Einhundert-Dollar-Noten.

Danach fingen sie an, sich zu unterhalten. »So als Einstieg«, sagte Ferlin, »erzählte er mir, er hätte den Eindruck, seine Frau würde fremdgehen; er wisse allerdings nicht, mit wem, und deshalb wollte er sie beschatten lassen.«

Ferlins erste Frage war die naheliegendeste: Warum dafür

einen Privatdetektiv aus Louisiana anheuern? Aber Rob erklärte, er sei überall so gut bekannt, ein solch prominenter Bürger von Toms River, daß er von keinem lokalen Detektiv Vertrauenswürdigkeit erwarten könne. Die Versuchung, Gerüchte über einen Mann von Robs sozialem Status zu verbreiten, müßte einfach überwältigend groß sein. »Er sagte, jeder, den er hier in der Gegend kenne und der für diesen Job in Frage kommen könne, habe in seinem Büro irgendwo eine undichte Stelle«, erinnerte sich Ferlin.

Rob gab ihm dann verschiedene detaillierte Informationen über Marias normalen Tagesablauf. »Das Auto, das sie fuhr, wo sie Tennis spielte, Clubs, die sie besuchte, wo ihre Bank war, ihre Freundinnen – solche Sachen eben –, damit ich sie ausfindig machen und ihr folgen konnte.«

Aber Ferlin bemerkte, daß Rob merkwürdig unkonzentriert, unruhig und ungeduldig wirkte, als habe er Schwierigkeiten, auf sein eigentliches Anliegen zu kommen.

»Ich konnte sehen, daß da was nicht stimmte. Er tigerte im Zimmer auf und ab. Dann holte er zwei Fotos aus seiner Brieftasche. Das eine zeigte sein Haus, das andere seine Frau. Die gab er mir. Und dann sagte er: ›Was ich eigentlich möchte ...‹ und dann unterbrach er sich schon wieder. Er versuchte es noch einmal. ›Was ich eigentlich will, ist, meine Frau aus dem Weg zu räumen.‹

Ich fragte ihn sofort: ›Aus dem Weg räumen?‹ Er sagte ja. Ich fragte: ›Sie meinen, Sie wollen sich scheiden lassen?‹ Er sagte: ›Nein, ich möchte sie loswerden.‹ Und ich fragte ihn: ›Was meinen Sie denn damit, sie loswerden?‹ Das Komische war, daß er das Wort ›töten‹ oder ›umbringen‹ nicht in den Mund nahm. Er sprach davon, ›von ihr befreit‹ zu werden. Oder er sagte, ›sie loswerden‹ oder auch ›sie sich vom Hals schaffen‹. Aber er schaffte es einfach nicht, selbst das Wort ›ermorden‹ in den Mund zu nehmen.

Also habe ich es schließlich getan. Ich sagte: ›Was Sie mir hier eigentlich sagen wollen, ist doch, daß Sie Ihre Frau ermordet haben möchten, stimmt's?‹ Und er sagte: ›Ja.‹ Ich blickte zuerst auf das Bild hinunter und dann ihm ins Gesicht und sagte: ›Aber warum, in Gottes Namen, wollen Sie sie denn umbringen?‹

Er fuhr fort, indem er mir was erzählte, er habe Spielschulden, und er hätte sich überhaupt übernommen, das große Haus, die vielen Autos, die Kinder noch in der Schule – drei Jungs, hat er mir erzählt –, und außerdem hätte er noch ein Haus in Florida und noch 'ne Menge andere Sachen. Er habe schlicht weit über seine Verhältnisse gelebt.«

Ferlin fragte ihn dann, ob da vielleicht noch eine andere Frau eine Rolle spiele.

»Zuerst sagte er nein, aber schon aus der Art, wie er das sagte, wußte ich sofort, daß er log. Deswegen sagte ich: ›Und wo liegt nun das Problem?‹ Und er sagte: ›Wir passen nicht zueinander.‹ Ich sagte: ›Und warum lassen sie sich dann nicht ganz einfach *scheiden*?‹ Aber er sagte: ›Nein, dann wäre ich ruiniert. Das wäre mein Untergang. Ich würde mit den Folgen nie fertig.‹ Dann sagte er, ja, er hätte auch eine Freundin, und die wollte er auch eines Tages heiraten, und daß er seine Frau hoch versichert hätte und daß er dringend, ganz dringend sogar, das Geld aus diesen Lebensversicherungen bräuchte.«

»Und was haben Sie ihm daraufhin gesagt, Ferlin?« fragte Gladstone.

»Ich sagte: ›Das kann doch erledigt werden.‹ Und er wollte nun wissen, was das kosten würde. Natürlich hatte ich im Hinterkopf immer den Gedanken, mich könnte kein Geld dieser Welt veranlassen, ein solches Verbrechen zu begehen, aber nach dem Gespräch mit ihm hielt ich ihn für einen Mann, der – äh – ohne weiteres auch eine größere Summe würde aufbringen können, oder auch das, was er dafür halten mochte. Ein Mann am Rande der Verzweiflung. Deshalb sagte ich ihm ›hunderttausend Dollar‹. ›Das ist zuviel‹, erwiderte er, und dann fingen wir an, hin und her zu handeln und zu feilschen und einigten uns dann schließlich bei fünfundsechzigtausend.«

Fünftausend waren ja bereits gezahlt. Rob war einverstanden, sofort hinunterzugehen und weitere zehntausend zu Lasten seines Kreditkontos zu beschaffen. Die verbleibenden fünfzigtausend, sagte Rob, würden gezahlt, sobald er die Versicherungssummen kassiert habe.

»Aber da war ich skeptisch«, sagte Ferlin. »Ich sagte: ›Das kann ja dauern, bis das alles mal da ist.‹ Nein, sagte er, er sei Versicherungsfachmann, und er sei im Vorstand der Bank oder im Gemeinderat, Stadtrat oder irgendwas. Er sei jedenfalls eine einflußreiche Persönlichkeit und er rechne nicht mit Schwierigkeiten beim Einzug der Versicherungsgelder. Die Summe wäre, sagte er, hundertdreißigtausend, aber es gäbe eine Verdoppelung bei Unfalltod, so daß er dieselbe Summe zweimal kassieren würde. Schätze, er wollte nicht, daß ich wußte, wieviel er wirklich bekommen würde, oder er hatte auch Angst, ich würde ihn andernfalls sein ganzes Leben lang erpressen.«

»Das ist das einzige gewesen, was er im ganzen letzten Jahr richtig eingeschätzt hat«, warf O'Brien ein.

Als sie so weit gekommen waren, berichtete Ferlin weiter, verließ Rob das Zimmer, um die zehntausend zu holen. Aber als er zurückkam, hatte er nur siebentausend bei sich. »Ich sagte zu ihm: ›Das sind sieben. Wir hatten zehn vereinbart‹ Und er sagte: ›Den Rest werde ich heute abend besorgen.‹ Ich sagte: ›Heute abend?‹ Und da wurde er wieder ganz aufgeregt und sagte: ›Ja, heute abend. Dann sollen Sie sie nämlich auch umbringen.‹«

»Einen Augenblick mal«, sagte Gladstone. »Zwanzig Minuten, nachdem er zu Ihnen ins Zimmer kam, redete er nicht nur davon, daß Sie seine Frau für ihn umbringen sollten, sondern auch noch, daß es noch *in derselben Nacht* passieren müsse?«

»Hören Sie, Gladstone«, sagte L'Heureux, »ich war selbst ziemlich baff, als ich das hörte. Ich hatte mir vorgestellt, ich könnte ihn eine Zeitlang hinhalten, ihm einen vom Pferd erzählen und dann die ganze Sache abblasen – es einfach nie tun, nachdem ich ihn nach Kräften ausgenommen hatte. Mir gefiel dieses ›heute abend‹ auch nicht, verdammter Mist.«

»Und was haben Sie ihm gesagt?« wollte Gladstone wissen.

»Ich sagte: ›Nein, nein, Sie werden sich schon ein bißchen gedulden und auf den richtigen Zeitpunkt und die richtige Atmosphäre warten müssen. Das könnte sechs Monate dauern, vielleicht sogar ein ganzes Jahr.‹ Aber er sagte sofort mit einem Nachdruck, als stünde er unter schwerem Druck: ›Ich habe aber keine sechs Monate Zeit. Ich möchte, daß es heute abend passiert.‹«

Ferlin berichtete nun, Rob habe ihm erklärt, er werde Maria zum Abendessen in ein Nobelrestaurant, das *Ram's Head,* ausführen. Das Lokal lag in einer Stadt namens Absecon gleich hinter der Brücke von Atlantic City. Er hatte sich schon alles genau zurechtgelegt. Er und Maria wollten dann nach dem Abendessen zum Parkplatz kommen und in Robs elfenbeinfarbenen Cadillac einsteigen. Dann wollte Rob ihr sagen, er müsse noch mal die Toilette aufsuchen. »Dann hat er gesagt: ›Sie können dann zu dem Cadillac gehen und sie umbringen.‹ So einfach hat der sich das gedacht. Während er drinnen vor dem Pissoir steht und sich wundert, warum das Bächlein nicht fließen will.«

»Und was haben Sie drauf gesagt?« fragte Gladstone.

»Ich hab' gesagt: ›Wie, wollen Sie denn, soll es passieren?‹ Sehen Sie, ich hielt ihn noch immer hin. Und er erzählte mir, wie er es *nicht* gemacht haben will. Er wollte nicht, daß eine Schußwaffe gegen sie benutzt wurde, er wolle kein Messer, er wollte es nicht zu Hause haben, wo seine Kinder es vielleicht mitbekamen, er wollte nicht, daß sie zur Tarnung vergewaltigt wurde, er wollte überhaupt nichts haben, das sie weinen lassen könnte. Er sagte – und das waren exakt seine Worte: ›Ich will nicht, daß die Schönheit meiner Frau Maria zerstört wird.‹«

»Und was haben Sie dazu gesagt?« drängte Gladstone.

»Ich habe gesagt: ›Wissen Sie was? Sie sind ja verrückt.‹«

Aber Rob hatte es auch eilig. Er sah die ganze Zeit auf die Uhr. Er sagte, er müßte zurück auf den Parkway, um sich mit seiner Freundin zu treffen. Bevor er ging, wollte er sicher sein, daß der Handel galt: Der Mord sollte in dieser Nacht verübt werden, auf dem Parkplatz des *Ram's Head,* und zwar in einer Weise, die Marias Schönheit nicht beeinträchtigte.

»Deshalb sagte ich: ›Ich will mal sehen. Mal sehen, ob es sich machen läßt.‹ Zum Teufel, ich hatte doch schon zwölftausend Dollar kassiert nur fürs Reden. Ich hatte keine Eile, mir meine Geldquelle zuzuschütten.«

Ferlin sagte, sie seien dann zu zweit zum Parkhaus gegenüber von Harrah's gegangen, wo Rob ihm den elfenbeinfarbenen Cadillac zeigte und sich vergewisserte, daß Ferlin sich die Nummer notierte. Er wollte vermeiden, daß irrtümlich die falsche Lady umgebracht wurde. Rob sagte, sie hätten eine Reservierung für zwanzig Uhr, und das würde bedeuten, daß sie so gegen zehn, halb elf wieder herauskämen. Er sagte, er würde seinen Wagen am äußersten Ende des Parkplatzes abstellen.

»Ich sagte ihm«, fuhr Ferlin fort, »ich sagte also zu ihm: ›Sie wissen, das wird nicht ganz einfach. Danach wird's heiß, Sie werden ganz schön Druck von allen Seiten kriegen. Die krempeln bei Ihnen das Unterste zuoberst – Ihr Geschäft, Ihre Freundin –, die werden sich für alles und jedes interessieren, was Sie betrifft.‹

Aber er sagte mir, ich sollte mir nur keine Gedanken darüber machen. Daß er ein herausragendes Mitglied der Gesellschaft wäre und 'ne Menge Einfluß hätte und daß er schon damit fertig würde. Deshalb sagte ich ihm, okay, ich würde mir die Gegend mal ansehen. Und wenn es sich machen ließe, Sie wissen schon, dann würde ich es auch tun.«

Dann erzählte Ferlin den Vertretern der Staatsanwaltschaft, daß er auch wirklich hingefahren sei, um sich die Örtlichkeiten einmal anzusehen. Er habe die Karte des koreanischen Taxifahrers aus der Tasche geholt, die dieser ihm am Vorabend in die Hand gedrückt hatte, und ihn angerufen. Der Koreaner hatte ihn dann am Portal des Harrah's Marina abgeholt und ihn zum Ram's Head gefahren, das etwa zehn Meilen entfernt lag und – ganz anders als das Islanders – sehr leicht zu finden war.

»Dieser gottverdammte Ort«, sagte Ferlin. »Sah aus wie das State Capitol Building in Baton Rouge. Zumindest verfügte es über gleich viele Sicherheitsvorkehrungen. Und es war eher noch heller erleuchtet. Besonders der Parkplatz. Überall auf dem ganzen Platz standen Laternen. Und dann die ganzen Limousinen. Ich hätte mich nicht gewundert, wenn der Captain der Staatspolizei vielleicht da drin zum Dinner gewesen wäre. Und die Leibwächter sahen aus, als hätte jeder von ihnen eine Kanone im Gürtel. Ich hab' mir sofort gesagt: ›Dieser Bursche muß verrückt sein, wenn er glaubt, ich könnte das ausgerechnet an einem Ort wie diesem hier machen.‹

Ich bin noch nicht mal aus dem Taxi ausgestiegen. Hab' nur mal 'ne Runde über den Parkplatz gedreht. ›Nettes Restaurant‹, hab' ich noch gesagt. Und der Chinese meinte: ›Sie nix wollen aussteigen?‹ Da hab' ich gesagt: ›Scheiße, nein! Fahr mich wieder zurück zu den Casinos.‹«

»Und was war dann?« fragte O'Brien. »Sie sindam nächsten Morgen wieder aufgewacht und nach Hause gefahren?«

»'n alten Scheiß! *Er* hat mich aufgeweckt. Um acht Uhr am nächsten Morgen hat er mich in meinem Zimmer angerufen. Und er war alles andere als glücklich. Er wollte wissen, warum der Job nicht erledigt war. Ich sagte: ›Mann, Sie haben nicht alle Tassen im Schrank. Der Parkplatz war doch gerammelt voll. Da gab es kein Eckchen, wo man so was hätte erledigen können. Außerdem – ich hatte nur ein Schießeisen bei mir.‹ – Das heißt, ich hatte natürlich keinen Ballermann dabei. Ich bin doch mit Handgepäck geflogen. ›Ich muß noch mal nach Hause, um mir zu holen, was ich brauche‹, hab' ich gesagt. ›Sie schicken mir die anderen dreitausend, und ich komme in einer Woche oder so wieder her.‹ Er sagte: ›Ich bin am Freitag mit ihr bei Harrah's Marina. Können Sie bis dahin zurück sein?‹ Ich will damit bloß sagen, dieser Bursche war wild entschlossen. Da gab es keinen Weg mehr, die Lady am Leben zu lassen.«

Rob hatte die dreitausend natürlich geschickt. Es kam nur zwei Tage nach Ferlin in Shreveport an, und wieder fiel Ernie Grandshaw die Aufgabe zu, das Geld abzuholen.

»Danach fing er an anzurufen«, sagte Ferlin. »Marshall telefonierte, telefonierte und telefonierte, und jedesmal, wenn er mal wieder angerufen hatte, rief Myers mich an und sagte: ›Der Mann sagt, Sie hätten zwölftausend Dollar von ihm gekriegt und noch keinen Handschlag dafür getan.‹ Na ja, jedenfalls hat Andy mich gedrängt hinzufahren und endlich zu tun, was ich mit ihm vereinbart hatte.«

Daher, sagte Ferlin, sei er im Juli wieder hingefahren. Sein Motiv war noch mehr Geld gewesen. »Solange er noch bereit war, es auszuspucken, war ich bereit, es entgegenzunehmen«, sagte er. Er hatte dann Myers angerufen und ihm gesagt, er werde am 17. Juli wieder in Atlantic City sein, und er solle das doch bitte so ausrichten.

Auf diesem Juli-Trip, sagte L'Heureux, begleitete ihn ein Freund namens Travis Greene, jemand aus dem inneren Kreis der Bankräuber-Bande. Sie verließen Shreveport am 16. Juli morgens gegen neun Uhr und kamen am nächsten Morgen gegen sieben Uhr in Atlantic City an. Diesmal entschloß sich Ferlin, nicht im Harrah's Marina zu logieren. Statt dessen schrieb er sich in einem unverdächtigen Motel in der Nähe des Flughafens ein, daß sich *Seacomber* nannte. Greene unterschrieb die Eintragung. Zwei Stunden später, so L'Heureux, nachdem sie geduscht und ausgiebig gefrühstückt hatten, verließ er Greene, der schlafen gegangen war, und ging die Straße hinunter zu einer Telefonzelle vor dem *Airport Motor Inn*, um Rob Marshall in seinem Büro anzurufen. Er sagte Rob, er solle jetzt auf die Straße hinausgehen und ihn dann von einer anderen Telefonzelle aus hier anrufen.

Zehn Minuten später hatte Marshall dann zurückgerufen. Er sagte, er werde Maria heute abend ins Harrah's Marina ausführen, und anschließend würden sie im Casino noch ein wenig spielen. Er bat Ferlin, den er natürlich ›Ernie Grandshaw‹ nannte, sich mit ihm um neun Uhr in der rückwärtigen Lobby des Casinos zu treffen.

»Wir haben uns dann da getroffen«, sagte Ferlin, »aber ich sagte ihm, dieser Job erfordere noch eine Menge mehr Geld, als ich gedacht hatte, und daß ich mehr bräuchte. So eine Sache habe nun mal ihren Preis, die Beschaffung von Fluchtautos und Waffen, die Bezahlung von Helfern und was dergleichen mehr ist.«

»Er muß entzückt gewesen sein, das zu hören«, sagte O'Brien.

»Also – er sagte, er wäre jetzt beim Essen, aber er würde gleich wiederkommen, und dann hätte er auch Geld bei sich.«

Er kam dann auch wirklich wieder zurück und brachte Chips im Wert von siebentausend Dollar mit. Aber nachdem er nun gezahlt hatte, bestand Rob auf sofortiger Aktion. »Verstehen

Sie, für ihn hieß es immer, alles muß sofort und auf der Stelle passieren. Er war jedenfalls vorbereitet.«

Rob sagte, er werde jetzt das Casino verlassen und zu einem Speiserestaurant fahren, das die ganze Nacht geöffnet sei und das sich direkt an der Zufahrt zum Parkway befand. Er wollte dahinter parken und Maria seine Lieblingsstory erzählen, daß nämlich seine schwache Blase einen Gang zur Toilette erfordere. Er wollte versuchen, darauf zu achten, daß sie die Tür nicht abschloß, aber garantieren könne er nicht, daß die Tür auf sei, weil Maria so eine ängstliche, übervorsichtige Frau sei.

›Wenn sie die Tür abschließt, kann ich aber nicht hinein‹, habe ich ihm daraufhin gesagt, und er erwiderte: ›Nun, dann müssen Sie sie eben durch die Scheibe hindurch erschießen.‹ Ich kann Ihnen sagen, der war vielleicht auf achtzig. Noch schlimmer als im Juni. Dieser Mann wurde von seiner Begierde *getrieben.* Es war fast, als würde er einfach alles tun, um an das Geld von der Versicherung zu kommen. Er machte einmal eine Bemerkung, er hätte nicht mehr viel Zeit, um es endlich in die Finger zu bekommen, weil er es doch so sehr brauche. Er war einfach verzweifelt. Da hatten ihm wohl irgendwelche Leute aus der Unterwelt die Daumenschrauben angelegt.«

Ferlin sagte dann, er habe immer gehört, Casinos hätten genau wie Banken überall da Kameras installiert, wo unmittelbar mit Geld umgegangen werde, und er legte keinen Wert darauf, auf irgendeinem Videoband zu erscheinen. Deshalb gab er die Chips seinem Freund Greene, damit dieser sie einlöste, während er an der Bar wartete.

Während er da so allein saß, erzählte er, ließ er die Blicke eher gelangweilt über das überfüllte Casino hin schweifen, wobei sie langsam vom Tisch zu Tisch gingen. Es war schon eine beeindruckende Szene. Der langflorige Veloursteppich, überall hochpoliertes Messing und Silber und Holz, die hellgrünen Bespannungen der Spieltische. Und dazu alle diese Stutzer, gekleidet wie zum Staatsempfang, als wenn eine teure Garderobe Glück im Spiel garantieren könnte.

Dann, sagte er, sei sein Blick auf eine besonders attraktiv und modisch gekleidete Dame gefallen, die an einem der Black-Jack-Tische saß, neben ihr ein leerer Stuhl.

Das war Maria Marshall.

Er erkannte sie sofort nach dem Bild, das Rob ihm gegeben hatte, als sie sich zum erstenmal getroffen hatten. In der Hand hielt sie eine langstielige rote Rose. Ferlin schien es, als sei sie in Wirklichkeit noch viel schöner als auf dem Foto. Und wieder konnte er sich nur fragen, in welch tiefer Verzweiflung sich wohl ein Mann befinden mußte, um auch nur auf die Idee zu kommen, die Ermordung einer solchen Frau zu arrangieren.

»Sie saß da ganz allein«, erzählte er den Männern von der Strafverfolgungsbehörde, »und sie hielt diese Rose in der Hand. Diesen Anblick werde ich nie mehr vergessen.«

Er brachte sie natürlich auch in dieser Nacht noch nicht um. »Ich begab mich mit Greene ins Motel zurück«, erzählte er, »und dann fuhr ich zu diesem – äh – Vierundzwanzig-Stunden-Restaurant, wo – äh – der Mord stattfinden sollte, und dachte, ich könnte ja mal abwarten, bis – äh – Marshall hineinging, und sehen, ob er wirklich entschlossen war, das zu Ende zu bringen, was er von mir getan haben wollte. Aber das war genau der Laden, in dem jeder Cop aus den umliegenden Countys unbedingt mal halten muß, um während seiner Tour schnell 'ne Tasse Kaffee zu trinken. Deshalb bin ich auch nur kurz dageblieben. Wie ich ja schon sagte, ich war sowieso nur mehr aus Neugier hingefahren.

Aber jetzt muß ich Ihnen mal was anderes erzählen, worüber ich mich schon immer gewundert habe. Ich habe mich immer gefragt, worüber die die ganze Zeit auf dem Heimweg geredet haben mögen. Ich meine, was sagt man zu seiner Frau, wenn sie eigentlich schon tot sein sollte?«

Wieder in Shreveport, bekam er einen aufgeregten Anruf von Myers. Er sagte, Marshall wollte wissen, warum er nicht zu dem ›Meeting‹ gekommen sei. Da erfand er die haarsträubende Geschichte von gestohlenen Autos und Anhaltern und Autounfällen und vermißten Schußwaffen – er konnte sich selbst schon nicht mehr erinnern, was er da noch alles für Unsinn erfunden hatte.

Aber Marshall war ohnehin nicht zu beschwichtigen. »Myers rief mich zurück«, sagte Ferlin, »und sagte: ›Er ist wütend. Bitte geben Sie dem Mann eine Telefonnummer, unter der er Sie erreichen kann, damit er endlich aufhört, mir auf den Wecker zu fallen.‹«

Schließlich hatte Ferlin zugestimmt, ihm die Nummer der Exxon-Tankstelle an der Bunkam Road, gleich an der Staatsstraße 20, vier Meilen von seinem Haus entfernt, zu geben. Er sagte Myers, er solle Marshall ausrichten, dort könne er ihn am 24. Juli, abends sieben Uhr, erreichen.

Es dauerte dann nach Gladstones Aufzeichnungen aber noch bis 9 Uhr 49, bis Marshall endlich anrief. Ferlins Geschichte paßte in allen Details. Dieses Gespräch hatte vier Minuten gedauert.

»Er wollte wissen, was passiert war, wo das Problem gelegen habe«, sagte Ferlin. »Warum ich mich nicht mit Maria befaßt hatte. Er war in das Restaurant hineingegangen, sagte er, und hätte drinnen eine geraume Zeit gewartet, aber er hätte keinen Schuß gehört. Ich sagte: ›Na, waren Sie denn nicht überrascht?‹ Und er sagte: ›Allerdings, das war ich.‹ Und ich sagte: ›Nun, da ist so einiges schiefgegangen. Wir hatten einen Wagen gestohlen, und damit haben wir einen Unfall gebaut. Ich hatte noch ein paar Burschen bei mir, von denen zwei verhaftet worden sind, und – äh – wir mußten sehen, so schnell wie möglich aus der Gegend zu verschwinden.‹ Und er sagte: ›Oh, das ist übel. Aber wir müssen die Sache jetzt endlich hinter uns bringen.‹«

Dann erzählte Rob ihm, daß sie jetzt einen längeren Urlaub nehmen würden und nicht vor Anfang August zurückkämen. Sie verabredeten, daß Rob ihn am 5. August abends unter derselben Nummer – der der Telefonzelle an der Exxon-Tankstelle – anrufen solle.

Aber Marshall hatte die Nummer anscheinend verlegt, denn Ferlin wartete zum vereinbarten Zeitpunkt mehrere Stunden lang an der Telefonzelle, aber der Anruf erfolgte nicht. Statt dessen hatte Rob Andrew Myers angerufen, sagte Ferlin, um ihm auszurichten, für ihn, L'Heureux, sei ›eine Gratifikation von noch einmal fünfzehn drin‹, wenn er ›die Ermittlungen bis zum Tag der Arbeit abgeschlossen‹ habe.

Da habe Ferlin sich ernsthaft überlegt, ob er sein Glück nicht doch vielleicht zu sehr strapazierte. Er hatte mehr als zwanzigtausend Dollar kassiert für nichts, und außerdem hatte er noch seinen Spaß in Atlantic City gehabt. Vielleicht war die Zeit gekommen, langsam die Finger davon zu lassen. Sich als ›Privatdetektiv‹ auszugeben war ja ganz lustig, und er hatte auf diese Weise gelernt, daß die Leute in New Jersey eine Menge Geld haben mußten, mit dem sie nur so um sich warfen, und daß sie sich dadurch auch schon mal in fürchterliche Probleme stürzten, aber vielleicht war das nicht der Zeitpunkt, um habgierig zu werden. Marshall war ihm für seinen Geschmack ein bißchen zu verrückt und zu verzweifelt. Außerdem mochte er Maria, seit er sie in jener Nacht im Casino gesehen hatte. Sie hatte so unglaublich schön ausgesehen, wie sie da mit der Rose in der Hand so ganz allein gesessen hatte. Deshalb sagte er Myers, dieser solle Rob ausrichten, es werde noch eine Weile dauern, bis er soweit sei.

Gladstones Telefonlisten deuteten darauf hin, daß dieser Anruf am Freitag, dem 31. August, stattgefunden haben könnte, ein Datum, das Myers später bestätigte, der aussagte, er erinnere sich deshalb so gut daran, weil dies sein Geburtstag gewesen sei.

Binnen vierundzwanzig Stunden, sagte Ferlin, habe er einen Anruf von einem gewissen Rickey Dew erhalten.

»Er sagte: ›Ich muß umgehend mit dir reden.‹ Ich sagte: ›Ich mache mich gerade fertig, um zum Essen auszugehen. Hat es nicht noch ein bißchen Zeit?‹ Er sagte: ›Nein, die Sache duldet keinen Aufschub. Ich muß dich auf der Stelle sprechen. Hinter dem McDonald's an der Pines Road.‹ Ich erwiderte: ›Ist gut, ich bin in einer Minute da.‹«

Ferlin versuchte nun, seine Beziehungen zu Ricky zu erläutern. Er kannte Ricky seit mindestens fünfzehn Jahren, seit der Zeit, als er noch Polizist und Ricky Automechaniker gewesen seien.

Aber Ricky war eigentlich gar kein Automechaniker. Ricky

betrieb die unterschiedlichsten Geschäfte. Er jagte Klapperschlangen aus reinem Spaß an der Sache. Er hatte mit Silberminen zu tun. Und Bankgeschäften. Nur eben, daß Rickys Methoden im Bankgeschäft ein wenig unorthodox waren, wie Ferlin es erklärte. Ihm kam es beispielsweise nicht darauf an, einfach nur hineinzugehen und sich das Geld, das er haben wollte, mit Gewalt zu holen.

Diesen Namen hatte Gladstone oft gehört, während er in Shreveport gewesen war, und Gladstone wußte, daß Dew unter anderem Hauptverdächtiger in mehr als fünfzig Banküberfällen war, die seit 1981 im nördlichen Louisiana, im östlichen Texas und in Arkansas wie in Mississippi verübt worden waren.

Rickys Bande war die, in die Ferlin immer Aufnahme gesucht hatte, während er gleichzeitig die Behörden immer mal wieder mit Informationen versah. Daher fand er es wenig tröstlich, als er hören mußte, Ricky wolle ihn auf der Stelle sprechen. Hinter McDonald's.

»Ein Gedanke, den ich sofort hatte, war, sie lauerten mir da zu mehreren auf, um mich fertigzumachen.« Daher sagte er seiner Frau rein vorsorglich, sie würden heute nicht zum Essen ausgehen. Dann hatte er die .45er aus dem Handschuhfach seines Cadillac genommen, wo er sie für gewöhnlich aufbewahrte, und sie auf den Vordersitz gelegt, während er zum Treffpunkt fuhr, um zu sehen, ob Ricky reden oder schießen wollte.

Wie es der Zufall so wollte, so Ferlin, war es am Ende beides.

»Gesagt hat er: ›Ich sag's dir ja nicht gern, aber du steckst bis zum Hals in Schwierigkeiten.‹ Und ich sagte: ›Ach, und wieso?‹ Und er erwiderte: ›Ein Mann hat mich in Dallas angequatscht. Er will, daß wir uns ein bißchen um dich kümmern.‹ Und ich sagte: ›Warum denn das?‹ Aber wissen Sie, ich hatte schon eine Ahnung, worum es ging. Ich meine, daß ich da oben im Norden noch nichts unternommen hatte.

Und Ricky sagte: ›Er hat fünfundsiebzigtausend Dollar auf dich ausgesetzt.‹ Ricky erzählte mir, er hätte es so verstanden, als wenn ich einen Vertrag nicht erfüllt hätte, den ich mit einem Mann in New Jersey geschlossen hätte, und dieser Mann sei jetzt entschlossen, diese fünfundsiebzigtausend Dollar auf meinen Kopf zu setzen.

Das ging so einige Zeit weiter«, sagte Ferlin, »und das machte mich leicht nervös. Ich wußte ja nicht, welche Konsequenzen das alles noch haben konnte.«

»Es war Mr. Marshall?« fragte Gladstone.

»Mr. Marshall«, bestätigte Ferlin.

Dann erläuterte Ferlin, ein paar Jahre früher habe ihm einmal ein gemeinsamer Bekannter fünftausend Dollar für die Ermordung Rickys angeboten, daß er aber, statt diesen Auftrag zu übernehmen, Ricky davon erzählt hatte. Ihm kam der Gedanke, Ricky wolle sich jetzt nur revanchieren. Doch dann wurde ihm sehr schnell klar, daß Ricky nicht der Typ war, der sich für Gefälligkeiten erkenntlich zeigte.

»So fragte er mich: ›Warum hast du es denn nicht getan?‹«

Un das war eine Frage, die für Ferlin zum echten Problem zu werden drohte. Der Grund, warum er es nicht getan hatte, war, daß er Maria eigentlich gar nicht umbringen wollte. Wer auch immer auf der Party der Riccios Andrew Myers mit Marshall zusammengebracht hatte, er war ganz offensichtlich davon ausgegangen, Myers werde in der Lage sein, auf jeden Fall einen Mann zu präsentieren, der jedes Problem zu lösen imstande sei, das Marshall ihm zur Lösung übertragen könnte. Und genauso offenkundig gab es Leute in Louisiana – unter ihnen anscheinend auch Andrew Myers –, die davon überzeugt gewesen waren, L'Heureux gehöre zu dieser Kategorie Männer.

Aber es hatte nicht funktioniert. Es war Ferlin ja so viel einfacher vorgekommen, das Geld des Klienten entgegenzunehmen, aber nichts dafür zu tun. Vor allem, da der Klient derart überdreht gewesen war und die Tat schon gleich in der ersten Nacht ausgeübt sehen wollte, ausgerechnet auch noch auf dem Parkplatz des meistbesuchten Restaurants nördlich von Atlanta; und dann beim zweitenmal an einem Vierundzwanzig-Stunden-Restaurant, dessen Gäste sich zu annähernd fünfzig Prozent aus Cops rekrutierten, die auf Streife waren.

Außerdem hatte er sich die Bilder angesehen, die Rob ihm gezeigt hatte: das schöne Haus, die hübschen Kinder und dann die Frau, die so aussah wie eine von den Frauen, *für* die ein Mann einen Mord zu begehen imstande wäre.

Zur Hölle, ihre Mutter ermordet zu wissen, das mußte diese Kinder doch an der Welt verzweifeln lassen. Und Ferlin mochte Kinder. Er hatte selbst sechs in verschiedenen Altersstufen, und er versuchte stets, ihnen nicht mehr Sorgen zuzumuten, als im Zuge seiner eigenen Geschäfte unbedingt notwendig war.

Und dann – als er erst einmal die Frau gesehen hatte – wie sie da allein am Tisch gesessen und die rote Rose in den Händen gehalten hatte! In dieser Nacht hätte keine Macht der Erde Ferlin bewegen können, sie umzubringen. Und später wohl auch nicht. Nur schienen seine Wahlmöglichkeiten inzwischen stark eingeschränkt. Einer würde sterben müssen. Die Frage war nur noch, würde er es sein oder Maria Marshall?

Nicht, daß L'Heureux etwa dieses Thema mit Ricky sonderlich zu vertiefen gewünscht hätte. Oder jetzt mit diesen Leuten von Ocean County.

»Deswegen sagte ich: ›Gut, ich . . .‹ Verstehen Sie, ich habe nicht gesagt, daß ich es nicht tun *wollte* oder so was. Ich wollte ja nicht, daß er glaubte, ich wäre zu feige. Er hatte in der Vergangenheit immer so eine bestimmte Art an den Tag gelegt, als wollte er sagen: ›Alles, was Sie tun wollen, ist, Geld zu kassieren, ohne ein Risiko einzugehen.‹

Und, sehen Sie, ich wußte, daß Ricky und seine Leute ein eigenes großes Ding vorhatten, und deswegen mochte ich ihm auch nicht sagen, ich würde diesen Job hier etwa nicht erledigen; wenn er dann eines Tages wieder was gehabt hätte, so hätte er mich ja bestimmt nicht gefragt, ob ich mitmachen würde. Und ich wollte auch beim nächsten Banküberfall wieder dabeisein.

Ricky sagte: ›Das kann doch alles erledigt werden. Laß uns doch einfach hinfahren und es uns mal ansehen. Und dann machen wir's.‹ Also ließ ich ihn in dem Glauben. ›Na sicher, fahren wir doch hin und machen es.‹ Ich wollte die Fassade wahren. Und außerdem dachte ich so bei mir: ›Also gut, wenn dieser Marshall das ganze Geld zahlen will, dann *wird* auch irgendwann mal jemand seine Frau für ihn umbringen, und also werde ich ihm einfach mal Ricky vorstellen.‹«

Daher, so Ferlin, rief er Myers an und trug diesem auf, Rob Marshall auszurichten, er werde am 6. September in Atlantic City sein.

Er und Dew verließen Shreveport am Abend des 4. September, in Ferlins weißem Cadillac mit der texanischen Zulassungsnummer und der .45er Automatik im Handschuhfach.

Ferlin sagte, sie hätten die Nacht in einer Pension in Jackson, Mississippi, verbracht und seien dann ohne Pause durchgefahren. Atlantic City hätten sie dann am Donnerstag, dem 6. September kurz nach Einbruch der Dämmerung erreicht.

Er sagte, er habe sich unter dem Namen Ernie Grandshaw im Airport Motor Inn eingetragen.

Um zehn Uhr am nächsten Morgen habe er dann Rob Marshall von einer Telefonzelle vor dem Motel aus angerufen und ihn gebeten, hinauszugehen und ihn von einer anderen Zelle aus wieder anzurufen.

Je länger er im Oktober in Shreveport gewesen war, desto öfter kam Bob Gladstone eine bestimmte Einschätzung zu hören. Egal, wo er sich befand oder mit wem er sprach – mit der Polizei von Shreveport, mit den Detectives, mit den Leuten des Sheriffs von Caddo Parish, sogar die Leute vom FBI –, sie alle erzählten ihm dasselbe: Ferlin L'Heureux war kein Killer.

Jedenfalls keiner, der einer schlafenden Frau in den Rücken schießen würde.

Ferlin galt als schwächlicher Charakter, als habgieriger, sogar hinterhältiger und *absolut* unmoralischer Typ, erzählte man Gladstone, aber niemals würde er einer schlafenden Frau in den Rücken schießen. Ferlin mochte derjenige gewesen sein, der alles in die Wege geleitet und am meisten von dem Mord profitiert hatte, aber Ferlin dürfte kaum der gewesen sein, der geschossen hatte.

Und so wurde Gladstone stets von der dumpfen Sorge geplagt, daß der Mann, der Maria Marshall erschossen hatte, ihren Netzen entschlüpfte.

Deswegen war es für Bob Gladstone keine allzu große Überraschung, daß Ferlin L'Heureux an dieser Stelle seiner Geschichte den Namen Ricky Dew erwähnte.

Gladstone hatte überall in Shreveport gefragt: »Wenn L'Heureux nicht der Todesschütze war, wer könnte es Ihrer Meinung nach dann gewesen sein?« Der Name, der am häufigsten genannt worden war – und meist mit vor Angst bibbernder Stimme –, war der Name Ricky Dew gewesen.

Ricky war schon seit Urzeiten in Shreveport, erzählte man Gladstone. Sein Vater war von South Carolina hierhergezogen in der Hoffnung, ein bißchen Geld auf den Ölfeldern zu machen, die im Nordwesten von Louisiana und im Osten von Texas entdeckt wurden.

Er war ein Mann, der Wert darauf legte, nur ja nicht aufzufallen. Er lebte zurückgezogen in den Wäldern und tauchte oft monatelang überhaupt nicht mehr auf. Aber in Shreveport war sein Name den Gesetzeshütern durchaus ein Begriff.

In den späten Sechzigern, erzählte man Gladstone, hatte Dew angefangen, sich für Banken zu interessieren. Das war etwa zu der Zeit, als er auch anfing, mit Ferlin, damals noch Deputy Sheriff, herumzuziehen. »In jener Zeit«, erinnerte sich ein Beamter der Polizei von Shreveport, »war der eine nie ohne den anderen anzutreffen.«

Es war schon seltsam, erzählte man Gladstone, daß man immer wieder auf Ricky stieß, von dem man kaum glauben mochte, daß die Leute schon längst aufgehört hatten, die Morde zu zählen, die man seinem Konto gutschrieb. Er war ein etwas vergammelter Mensch mittleren Alters aus den Bergen. Er war sechs Fuß groß, hatte rote Haare, lange Koteletten, einen Schnurrbart und ein zerklüftetes Gesicht, das über und über mit kleinen x-förmigen Narben übersät war, die offensichtlich von Schlangenbissen herrührten. Was an Ricky nun wirklich auffiel, das waren seine Augen. Es waren Augen, von denen einmal jemand zu Gladstone sagte, solche Augen habe man damals mitunter in Vietnam zu sehen bekommen, Augen ohne jede Andeutung von Gefühl. Augen, die niemals lächelten, nicht einmal dann, wenn sich der Mund zu einem Grinsen zu verziehen schien. Augen so opak und mitleidlos wie der Grund des Ozeans.

Im November 1977 hatte Dew einige Aufmerksamkeit erregt, als seine erste Frau bei einem Bootsunfall ums Leben kam. Sie war damals mit Ricky fischen gewesen, und nach dem, was die Leute Gladstone in Shreveport erzählten, hatte er etwas Geld aus ihrem Rentenplan bekommen; natürlich galt er als *der* Verdächtige schlechthin. Aber es hatte auch nicht die Spur eines Beweises dafür gegeben, daß er diesen Unfall bewußt verschuldet hatte.

»Ricky ist Profi, daran kann gar kein Zweifel bestehen«, erzählte man Gladstone. »Hier in der Gegend ist er zur Legende geworden. Seine wichtigste Stärke ist, daß er auch nicht die Spur von Gewissen hat.«

Aber die Geschichte, die Gladstone endgültig hellhörig gemacht hatte und an die er sich auch jetzt wieder erinnerte, als L'Heureux seinen Bericht erstattete, war die Geschichte der Linda Carlisle.

Wie Maria Marshall war sie blond und attraktiv gewesen, und wie Maria Marshall war sie hinterrücks erschossen worden, während sie in einem Luxusauto gesessen hatte, das gerade von einer stark befahrenen Straße abgebogen war. Ihr Ehemann war, wie Rob Marshall auch, am Ort des Geschehens gewesen, als die tödlichen Schüsse fielen. Ihr Ehemann zog, genau wie Rob Marshall auch, aus ihrem Tod erheblichen finanziellen Gewinn.

Sie war an Halloween 1981 ermordet worden. Ihr Ehemann, Steven Carlisle, der kurz vor dem Bankrott gestanden hatte, war vom Highway herunter und in die Außenbezirke von Shreveport gefahren und hatte kurz hinter einer Eiche in einem Park angehalten.

Sie war durch eine Salve aus einer doppelläufigen Flinte vom Kaliber .12 getötet worden, die aus einer Entfernung von nicht mehr als zwei oder drei Fuß direkt in ihren Hinterkopf abgegeben worden war. Der Mörder hatte ihr scheinbar in der Dunkelheit hinter dem Baum aufgelauert.

Ihr Ehemann regulierte mit den Zahlungen aus ihren diversen Lebensversicherungen etliche Schulden einschließlich der Hypothek auf seinem Haus, erzählte man Gladstone, aber aus

Mangel an Beweisen war er wegen dieses Mordes nie angeklagt worden.

Ihr Ehemann war ein Freund von Ricky Dew gewesen.

Dew wurde ebenfalls nicht angeklagt, obwohl etliche Beamte der Staatsanwaltschaft von Shreveport argwöhnten, er könne es getan haben. Wieder war der Grund Mangel an Beweisen.

»Die Sache mit Ricky ist«, sagte man Gladstone, »daß er keine Spuren hinterläßt.«

An vieles davon mußte Gladstone jetzt denken, als Ferlin in seinem Bericht auf die Rekonstruktion der Ereignisse vom Morgen des 6. September zu sprechen kam.

Die Geschichte, die er erzählte (und der natürlich Ricky Dew später in fast allen Einzelheiten widersprach), lautete wie folgt:

Rob rief um 10 Uhr 07 morgens von der Telefonzelle vor dem Seven-Eleven an der East Washington Street aus L'Heureux in der Telefonzelle vor dem Airport Motor Inn an. Ihre Unterhaltung dauerte drei Minuten und dreiundzwanzig Sekunden. Rob erzählte L'Heureux, daß er Maria am Abend wieder ins Harrah's Marina ausführen werde, damit die Sache endlich erledigt werden konnte, aber er wollte L'Heureux in einer Stunde an Roy Rogers Tankstelle und Rasthaus am Parkway kurz hinter Toms River treffen, damit sie zu zweit die Örtlichkeiten inspizieren konnten. Rob sagte, er habe da bereits ein paar sehr gut geeignete Stellen im Auge.

Irgendwann zwischen elf Uhr und Mittag fuhr L'Heureux auf den Parkplatz des Rasthauses von Roy Rogers, besser bekannt unter der offiziellen Bezeichnung *Forked River Rest Area* beim Meilenstein Nr. 76. L'Heureux selbst parkte am südlichen Ende und ließ Dew im Wagen sitzen, als er zum nördlichen Teil ging, um sich mit Rob zu treffen, der unmittelbar neben seinem Cadillac Eldorado stand.

Rob war wie gewöhnlich mit blauem Blazer, roter Krawatte und Bundfaltenhosen bekleidet. Es war ein sonniger Tag, aber ungewöhnlich kühl für den Spätsommer. L'Heureux trug eine Sonnenbrille und eine Lederjacke. Ihm war klar, daß er mit seinen zweihundertfünfzig Pfund alle Aufmerksamkeit auf sich ziehen mußte, wie er da so neben dem elfenbeinfarbenen Cadillac auf einem Busparkplatz im hellen Sonnenlicht abseits der stark frequentierten Autobahn stand, nur zehn Meilen von Toms River entfernt, und dem Mann die Hand schüttelte, der in dieser Stadt angeblich eine so bedeutsame Persönlichkeit war.

L'Heureux blickte sich um. Die Geschäftigkeit ringsherum gefiel ihm überhaupt nicht. *Dieser Kerl könnte seine Frau auch allein umbringen, ohne daß ich es auch nur wüßte, und mich dann mal am Hintern* . . . dachte er. Laut aber sagte er: »Hören Sie, Marshall, was halten Sie denn davon, wenn wir uns in das verdammte Auto setzen.«

Als sie gut saßen, erkundigte sich L'Heureux sofort nach dem Zuschuß von fünfzehntausend Dollar, der ihm in Aussicht gestellt worden war. Rob sagte, er habe es jetzt nicht bei sich, aber er würde es ihm später im Casino geben. Was er jetzt zu tun beabsichtige – und er habe nicht viel Zeit, weil er sich ein wenig verspätet habe –, sei, den Ort zu bestimmen, wo die Angelegenheit heute abend ohne Wenn und Aber erledigt werden müsse.

Er fuhr mit hoher Geschwindigkeit vom Parkplatz herunter und raste Richtung Süden über den Parkway. (Das muß genau zu dem Zeitpunkt gewesen sein, als daheim am Crest Ridge Drive Roby aufwachte und seine Mutter ihn fragte, ob er keine Lust habe, sie und seinen Vater zum Mittagessen in den Club zu begleiten.)

»Er fuhr achtzig, neunzig Meilen die Stunde«, berichtete L'Heureux. »Dabei hat er die ganze Zeit immer wieder auf seine Uhr gesehen. Ich sag' noch: ›Heh, Marshall, nicht, daß wir noch gestoppt werden.‹«

Sie fuhren durch zwei Mautstationen, und kurz hinter der zweiten fuhr Rob auf den Mittelsteifen und blieb schließlich in Höhe einer Kurve am Rand der Autobahn stehen.

»Diese Stelle ist gut geeignet«, sagte er. »Auf unserem Weg zurück könnte ich hierhin fahren, und Sie könnten es innerhalb von Minuten erledigt haben und wieder verschwinden.«

»Marshall, Sie sind wahnsinnig!« sagte L'Heureux. »Das ist ja wie auf dem Präsentierteller.«

»Aber heute abend«, sagte Rob, »heute abend wird es dunkel sein. Abends kommt oft drei, vier Minuten lang kein einziges Auto vorbei.«

»Auf gar keinen Fall«, sagte L'Heureux. »Das ist ja mitten auf dem freien Feld hier. Für Sie wäre das natürlich fabelhaft, denn wenn man Sie fragen würde, könnten Sie sagen: ›Ich würde meine Frau doch nicht hier in aller Öffentlichkeit umbringen.‹ Für mich wäre das allerdings alles andere als fabelhaft. Fahren Sie schon weiter.«

Rob fuhr noch ein paar Meilen weiter nach Norden, bis er an einen Rastplatz kam, der genau zwischen den beiden Richtungsfahrbahnen lag. Er fuhr hinauf und fragte: »Und was ist hiermit?«

L'Heureux gefiel diese Stelle genausowenig. »Die Bäume waren ja alle beschnitten. Man konnte durch sie hindurch auf beide Fahrbahnen sehen. Ich hab' gesagt: ›Das dürfte nicht gehen.‹«

Daher fuhren sie weiter nordwärts bis zu dem dicht bewaldeten Rastplatz am Oyster Creek. Rob fuhr ganz hinein und L'Heureux sagte: »Ja, das sieht gut aus.«

Von dort aus waren es weniger als vier Meilen bis zu Roy Rogers Tankstelle und Raststätte, wo L'Heureux seinen Cadillac geparkt hatte. Als sie wieder ankamen, konnte L'Heureux Ricky Dew auf den Eingangsstufen des Restaurants sitzen und die Mittagssonne genießen sehen. (Daheim am Crest Ridge Drive fragte zu dieser Zeit Roby seine Mutter, warum sein Vater sich verspäte und wo er sei, und sie antwortete, nur der liebe Gott könne wissen, wo sich sein Vater in diesen Tagen überall aufhalte.)

L'Heureux schlug Rob vor, er solle gleich zum Nordende des Parkplatzes durchfahren. Er wollte Rob nicht Ricky Dew vorstellen müssen. Wenn irgend etwas schiefgehen sollte, dachte er sich, konnte es nur von Vorteil sein, wenn sich möglichst wenige der Beteiligten gegenseitig kannten. Daher trug er Rob auch noch auf, sich mit ihm hinter dem Harrah's Marina, am

Yachthafen, zu treffen, und zwar um Punkt 21 Uhr, genau wie damals im Juli. Er sagte Rob noch, er solle dafür sorgen, die fünfzehntausend auch wirklich bei sich zu haben. Er sagte, das Picknick-Gelände am Oyster Creek schien ihm genau der richtige Ort zu sein, aber er wollte ihn sich doch lieber noch einmal genauer ansehen, und dann könne er Rob heute abend genauere Instruktionen erteilen.

»Wir fuhren über den Parkway zurück«, sagte Ferlin, »und so konnte ich Ricky die Stelle zeigen, die ich mir ausgesucht hatte. Wir machten dort kurz Station und entdeckten auch eine offene Stelle in dem Gebüsch. Ich sagte ihm: ›Das scheint mir der einzige Ort zu sein, wo es sich machen läßt. Die anderen Stellen, die er mir gezeigt hat, waren alle große Scheiße.‹ Und er erwiderte: ›Das hier ist schon ganz in Ordnung. Aber jetzt laß uns lieber von hier verschwinden. Wir können im Wagen weiterreden.‹«

Auf der Fahrt zurück nach Atlantic City, sagte Ferlin, habe Ricky erläutert, wie er sich die Szenerie wünschte. Er sagte, L'Heureux sollte ihn auf dem Gelände absetzen, bevor Marshall mit seinem Auto ankommen würde. Auf diese Weise konnte Dew für den unwahrscheinlichen Fall, daß ein anderer Wagen – wie etwa ein Streifenwagen der Polizei oder ein PKW voller potentieller Zeugen – vor Marshalls Fahrzeug auf das Gelände fuhr und noch immer anwesend war, wenn Rob anlangte, einfach nur still und unentdeckt im Gebüsch hocken bleiben und die Marshalls unbehelligt wieder ziehen lassen.

Falls dies so einträte, sollte Rob weiter Richtung Norden bis zum Parkplatz bei Roy Rogers fahren. Sobald L'Heureux Dew dann wieder abgeholt hatte, konnten sie dort einen zweiten Versuch machen, vorausgesetzt, der Parkplatz war entsprechend leer.

»Dann erzählst du ihm«, fuhr Dew fort, »wenn wir sie auch bei Roy Rogers nicht zu fassen kriegen, soll er auf direktem Weg nach Hause fahren, und wenn er Toms River erreicht hat, soll er betont langsam in die reguläre Ausfahrt hineinfahren. Wir setzen uns dann neben ihn und versuchen es da. Und wenn auch das wieder nicht klappt, sag, er soll heimfahren und ihr redet morgen noch mal darüber.«

»Der wird das Wort ›morgen‹ überhaupt nicht gern hören. Das hat er nämlich schon den ganzen Sommer lang gehört.«

»Na ja, er wird es ja auch heute nacht kaum zu hören bekommen. Ich sag' dir das alles ja auch nur rein vorsorglich. Aber sag' ihm, wenn er erst mal da ist, soll er schleunigst aus seinem Wagen raus. Soll so tun, als hätte er Probleme mit dem Motor oder mit 'nem Reifen oder so was. Ich hab' keine Lust, es zu machen, wenn sie bei ihm auf dem Schoß hockt.«

»Er auch nicht, nach allem, was ich weiß«, erwiderte Ferlin.

»Dann muß ich ihm natürlich auch eins überbrennen, ist ja klar.«

»Was?« fragte L'Heureux.

»Nicht ihn umbringen, ihn nur ein bißchen verwunden. Sieht besser aus, verstehste? So nach Raubüberfall.«

»Ricky, da kann ich dir jetzt schon sagen, daß er damit nicht einverstanden sein wird.«

»Das interessiert mich doch 'n alten Scheißdreck, was der will. *Wir* machen doch den Job, oder?«

»Okay, ich werd's ihm sagen. Es ist nur so, daß ich mir nicht vorstellen kann, daß der zu den Leuten gehört, die auch mal bereit sind, zur Erreichung eines Zieles eine kleinere Unbequemlichkeit in Kauf zu nehmen.«

»Ich paß schon auf, daß er nicht mehr als 'ne Fleischwunde abkriegt. Nicht in die Kniescheiben oder so was.«

Als sie Atlantic City erreichten, erzählte Ferlin, gingen sie ins Airport Motor Inn zurück und gönnten sich eine Mütze voll Schlaf. (Ricky Dew sollte später dann darauf bestehen, daß Ferlins Geschichte, jedenfalls soweit sie ihn betraf, reine Erfindung sei.)

»Da habe ich mich dann mit Marshall getroffen«, erzählte Ferlin weiter, »gleich hinter dem Casino am Yachthafen, Punkt neun Uhr. Ich dachte, der Mann bricht mir noch zusammen. Er sagte: ›Ich weiß wirklich nicht, wie lange ich das noch *aushalten* kann.‹ Dann holte er sein Taschentuch raus, wischte sich damit über die Stirn und sagte: ›Ich weiß wirklich nicht, wie lange ich noch weitermachen kann.‹

Aber das erste, was ich sagte, war: ›Wo ist das Geld? Wo sind die fünfzehn Mille?‹ Er sagte, er hätte es nicht, aber er werde es von seinem Kreditkonto abheben, von dem er ja schon gesprochen hatte, und er würde es auf jeden Fall bei sich haben, wenn er Richtung Oyster Creek aufbreche.

Daher sagte ich zu ihm: ›In Ordnung. Sie bleiben jetzt hier und spielen bis etwa halb zwölf, Viertel vor zwölf. Dann fahren Sie bis zum Oyster Creek, wie wir es heute morgen getan haben, und wenn Sie auf das Gelände fahren, dann fahren Sie weit genug hinein, auch noch um die zweite Linkskurve herum, die in den Weg mündet, und dann halten Sie an und steigen aus. Das ist ganz wichtig. Steigen Sie aus dem Wagen aus.

Dann gehen Sie um den Wagen herum ans Heck, als wenn Sie einen Reifen überprüfen wollten. Es wird schon jemand da sein, der auf Sie wartet. Er wird auf Sie schießen, Sie aber nicht sonderlich schwer verletzen. Dann nimmt er sich Ihre Frau vor. Danach komme ich auf das Gelände, nehme ihn auf, und schon sind wir wieder weg. Sie warten noch eine Minute oder zwei und gehen dann auf den Parkway hinaus – auf die Fahrbahn nach Norden, weil wir nach Süden hin verschwinden –, halten den Wagen an und bitten um Hilfe. Alles, was Sie wissen, ist, daß auf Sie geschossen wurde und daß man Sie ausgeraubt hat. Und das wird ja auch die Wahrheit sein, weil Sie sicher sind, die fünfzehntausend in der Tasche zu haben. Die nehmen wir Ihnen nämlich da ab.‹

Aber mir fiel auf, daß Marshall immer bleicher im Gesicht wurde und zunehmend schwitzte. Der Schweiß lief ihm nur so in Strömen das Gesicht hinunter. Er sagte: ›Aber er darf nicht auf mich *schießen*. Ich bin doch nicht der, der erschossen werden soll.‹ Und ich sag' noch: ›Verdammt noch mal, wir wollen es nach einem Raubüberfall aussehen lassen. Da können wir Sie doch nicht einfach da sitzen und die Hitparade im Radio lauschen lassen, während Ihre Frau auf Ihrem Schoß verblutet.‹ Aber er blieb dabei. ›Sie müssen sich etwas anderes einfallen lassen‹, sagte er. ›Ich will nicht angeschossen werden.‹ Und er schwitzte noch *immer*. Der langen Rede kurzer Sinn: Ich hatte wirklich Angst, der Mann bricht mir noch hier auf der Stelle zusammen und fällt mir vor die Füße.

Darum sagte ich: ›Is' ja schon gut, Mann. Aber er muß Sie wenigstens auf den Kopf schlagen.‹ Und er sagt drauf: ›Aber nicht zu fest. Vergessen Sie nicht, ihm zu sagen, er soll nicht zu fest zuschlagen. Ich möchte nicht für den Rest meines Lebens als Idiot rumlaufen.‹

Ich hab' ihm gesagt: ›Jetzt machen Sie sich mal keine Gedanken. Knien Sie sich einfach nur neben Ihren Reifen. Wir werden das schon professionell erledigen.‹«

Ferlin sagte, er habe dann mit Ricky das Casino verlassen und sei noch bei einem Haushaltswarengeschäft vorbeigefahren, wo er für sich und Ricky je ein Paar Gummihandschuhe gekauft habe. Dann fuhren sie über den Parkway zum Rastplatz Oyster Creek.

Irgendwann kurz vor Mitternacht, sagte Ferlin, habe er Ricky schließlich dort abgesetzt und ihm ein Paar Gummihandschuhe und den .45er aus seinem Handschuhfach gegeben. Dann war er Richtung Süden von dem Rastplatz heruntergefahren.

Aber er sei nervös gewesen, sagte er, kribbelig. Er hatte nie daran geglaubt, daß es wirklich einmal so weit kommen würde. Er fuhr an der Mautstation gleich hinter dem Rast- und Picknick-Gelände vorbei und verließ den Parkway an der ersten Abfahrt. Dann fuhr er wieder auf den Parkway, diesmal Richtung Norden, und gelangte zur Mautstation. Dort hielt er kurz an einer ganzen Reihe von Telefonzellen an. Fünf Minuten später fuhr er wieder los, weiter nach Norden, wobei er das Picknick-Gelände passierte, wo Ricky auf der Lauer lag. Er fuhr bis zu Roy Rogers, wo er am Morgen mit Marshall zusammengetroffen war. Dort drehte er eine Runde über den Parkplatz und machte sich auf den Rückweg. Er passierte den Rastplatz ein weiteres Mal und dachte daran, hineinzufahren und Ricky zu fragen, ob sie die ganze Sache nicht am besten einfach vergessen sollten. Doch dann rechnete er sich aus, daß er dann ja das erste Auto war, das in das Gelände hineinfuhr, und damit bestand ganz konkret die Gefahr, daß er selbst von Ricky angeschossen wurde. Und es war nicht anzunehmen, daß dort viel Verkehr herrschte, wo doch an allen Zufahrten Schilder standen mit der Aufschrift *NACH EINBRUCH DER DUNKELHEIT GESCHLOSSEN*.

Noch einmal fuhr er durch die Mautstation – er hatte reichlich genug Vierteldollarstücke bei sich, so daß er nie zu wechseln brauchte –, und verließ den Parkway, um in nördlicher Fahrtrichtung wieder aufzufahren. Als er diesmal wieder an der Mautstation ankam, fuhr er zu den Telefonzellen und wartete ab. Er wartete einfach ab, was jetzt wohl als nächstes passieren mochte. Er hatte sich wirklich nicht gewünscht, daß die Dinge sich bis zu diesem Punkt hin entwickeln würden. Sie war doch eine so schöne Frau, und es hatte nicht den Anschein, als habe sie jemandem etwas Böses getan. Alles, was ihn bisher an der ganzen Sache interessiert hatte, war die Frage gewesen, wie viele Tausender er ihrem Ehemann noch aus den Rippen leiern konnte. Er hatte nie daran gedacht, daß der Mann Beziehungen haben könnte. Er hatte sich nicht vorstellen können, daß es bei diesem Vertrag am Ende auch noch um sein eigenes Leben gehen könnte. Aber jetzt spielte es keine Rolle mehr, was er sich vorstellte. Es war zu spät, um noch irgend etwas zu unternehmen. Er konnte nur noch hier sitzen, die Zahlenkabinen beobachten und darauf warten, daß der elfenbeinfarbene Eldorado durchfuhr. Und trotzdem war es eine bodenlose Schande. Und dann auch noch ihre drei Söhne – die würden sie höllisch vermissen.

Dann kam Rob durch die Sperre. L'Heureux war so tief in Gedanken, daß er ihn fast verpaßt hätte. Und ganz nebenbei – für fast ein Uhr morgens herrschte noch erstaunlich starker Verkehr.

Von der Mautstation bis zu dem Picknick-Gelände waren es noch etwa zwei Meilen. Er wartete so etwa zwei Minuten, um Rob Zeit zu lassen, vor ihm in das Gelände hineinzufahren. Dann folgte er. *Großer Gott, da herrschte wirklich starker Verkehr!* Dieser idiotische Marshall hatte doch behauptet, dies hier sei des Nachts ein praktisch verlassen daliegendes Stück Autobahn.

Der Verkehr war in der Tat so stark, als L'Heureux die Einfahrt in den Rastplatz erreichte, die von der äußersten linken Fahrbahnhälfte abzweigte, daß er zunächst scharf rechts heranfahren und warten mußte, bis der Verkehr etwas dünner wurde und er gefahrlos auf die linke Spur wechseln und in das dicht bewaldete, düstere Gelände einfahren konnte, das er doch selbst mit ausgesucht hatte als den geeigneten Ort, um den Mord an Maria zu begehen.

»Okay, Ferlin«, sagte Gladstone. »Was passierte dann?«

»Ich fuhr in den Weg hinein und hielt an. Ich konnte Marshalls Wagen erkennen, der quer vor meinem stand. Die Tür auf der Beifahrerseite stand offen und Marshall lag neben dem rechten Hinterrad auf dem Boden.

Äh – Ricky kam angerannt, und ich lehnte mich hinüber, um ihm die Beifahrertür aufzumachen, und Ricky warf ein paar Sachen auf den Fußboden. Er sagte: ›Eine Minute noch.‹ Dann rannte er wieder zurück, kniete sich neben Marshalls Wagen, und ich konnte die Luft aus dem Reifen zischen hören. Er rannte wieder zu mir zurück und stieg ins Auto, und ich fuhr aus der nach Süden führenden Ausfahrt wieder hinaus.

Nachdem wir die Mautstation hinter uns hatten, machte er die Innenbeleuchtung an und fing an, Maria Marshalls Handtasche zu durchwühlen. Er nahm etwas Geld heraus – es schien, als seien etliche Zwanzig-Dollar-Noten darin – und kramte dann weiter darin herum. Ich sagte: ›Mann, schmeiß die Handtasche weg, schmeiß sie aus dem Fenster!‹ Mir war überhaupt nicht wohl hier mitten auf dem Parkway, denn für mich war er weiter nichts als eine Einbahnstraße mit lauter Törchen und Durchfahrten und haufenweise Polizei. Deshalb fuhr ich auch wieder runter. Er fragte mich, was, zum Henker, ich denn da mache. Ich sagte: ›Schmeiß die Handtasche aus dem Fenster und laß uns verschwinden.‹ Er jammerte herum, da wären nur vierhundert Dollar, glaube ich, drin, und er sagte, Marshall habe die fünfzehntausend auch nicht in der Hosentasche gehabt.

Und – äh – nervös, wie ich nun mal war, hatte ich mich verfahren, nachdem ich den Parkway verlassen hatte, und ein bißchen später tauchte dann ein Wegweiser nach Toms River auf. Es waren nur noch drei oder vier Meilen bis dahin. Da ging mir auf, daß ich in die falsche Richtung fuhr. Wir wollten doch nach Atlantic City! Also wendete ich wieder, und – äh – ich weiß auch nicht, wie es kam, aber irgendwann war ich wieder auf dem Parkway, diesmal aber Richtung Atlantic City.

Zuerst wollte Ricky den Revolver überhaupt nicht wegwerfen. Er sagte: ›Wenn uns irgend so ein Scheißbulle stoppt, könnten wir ihn wieder brauchen.‹ Aber dann hat er es sich wohl doch anders überlegt. Als wir nämlich – äh – auf einem Straßenabschnitt waren, der – äh – Ähnlichkeit mit einer Brücke und sehr viel Wasser darunter hatte, von dem ich überzeugt war, es müsse Salzwasser und deswegen die richtige Stelle sein, um den Revolver loszuwerden, kurbelte Dew die Scheibe herunter, als wir meiner Meinung nach ziemlich in der Mitte der Brücke waren, und warf den Revolver aus dem Fenster.

Dann fuhren wir ins Motel zurück und machten uns ein bißchen frisch. Ich wollte was zu essen, und er wollte was zum Bumsen. Also gingen wir wieder in die Stadt. Er hatte einen Mord hinter sich, und jetzt wollte er Sex haben. Deshalb hielten wir an *Bally's Casino*. Es muß schon drei Uhr morgens gewesen sein. Ich bestellte mir einen Teller voll Spiegeleier, in dem dann auch noch 'ne Fliege rumschwamm. Dann haben wir zwei Bordsteinschwalben auf der Pacific Avenue aufgegabelt. Ich habe mir für hundert Bucks einen blasen lassen – mit Lümmeltüte. Die haben uns in irgend so'n vergammeltes Haus mitgenommen, und Ricky war kaum richtig oben, als er schon wieder mit den Fäusten an meine Tür donnerte und sagte: ›Komm, laß uns abhauen, weg hier.‹ Er hatte immer behauptet, er könnte vier oder fünf Stunden lang am Stück vögeln, und deswegen hatte ich gedacht, er würde jetzt die halbe Nacht da oben bleiben.

Jedenfalls sind wir ins Airport Motel zurückgefahren und haben nur ein paar Stunden lang geschlafen. Am frühen Morgen waren wir dann wieder auf der Straße und sind in einem Stück durchgefahren bis nach Shreveport. Wir haben uns so gut wie gar nicht unterhalten, bloß einmal, da sagte Ricky, es wär' doch alles bestens gelaufen. Auf jeden Fall hatte er denkbar beste Laune. Tatsache ist, ich habe ihm auf der Heimfahrt noch ein Auto verkauft. Er war einverstanden, mir zweitausendfünfhundert Dollar für einen alten 62er Nova hinzublättern, den ich gerade wieder fahrfertig zu machen versuchte.«

An dieser Stelle lachte Ferlin sogar. »Die verdammte Karre war durch und durch so faul, daß sie schon in dem Augenblick auseinanderfiel, als er bei mir zu Hause zum erstenmal einstieg. Tatsache ist aber, daß ich ihn da zum letztenmal gesehen habe, als er unter dem verdammten alten Nova lag und ich die Treppe zu meiner Haustür raufging.«

Die einzige Frage, die die Detectives noch an Ferlin hatten, betraf Gary Hamilton und seine wirkliche Rolle unten in Louisiana. Ferlin sagte, sein Eindruck sei gewesen, daß Hamilton von Seely losgeschickt worden war, um dabei zu helfen, eine Geschichte zusammenzubasteln, die Rob mit einer unverfänglichen Begründung für seine Kontakte ausstatten sollte, die er nachweislich mit ›Ernie Grandshaw‹ gehabt hatte.

»Ich habe ein Szenarium aufgeschrieben«, sagte er, »das ich meiner Schwester gleich da in Hamiltons Büro zur Niederschrift gegeben habe. Ich ging davon aus, niemand könne wissen, daß ich im Juli hier oben war, da Greene doch die Eintragung unterschrieben hatte, und ich dachte mir, je weniger Kontakte zwischen mir und Marshall bekannt würden, desto besser müßte das sein. Wenn wir von dreien einen außen vor lassen konnten, um so besser.

Für die letzte Nacht, als ich ihn im Casino getroffen habe, schrieb ich hinein, er habe mir achthundert in bar gegeben, weil er mir angeblich erklärt hätte, er bräuchte jetzt keinerlei weitere Nachforschungen mehr, weil sich mit seiner Frau und seiner Familie alles zum besten gewendet habe.

Die achthundert sollten angeblich gezahlt worden sein, um meine zusätzlichen Spesen abzudecken. Es schien uns, es könnte kein Fehler sein, wenn wir beide in unserer jeweiligen Geschichte dieselbe krumme Zahl hätten. Das hätte alles glaubwürdiger gemacht. Selbst als ich schon verhaftet war, kam Hamilton noch zu mir, um mich zu besuchen, und ich sagte ihm bei der Gelegenheit, wenn er mir die Adresse der Detektei beschaffen könnte, die Mrs. Marshall angeheuert hatte, dann könnte ich eine Geschichte fabrizieren, ich wäre im September nur zu dem Zweck nach New Jersey zurückgekommen, um die Akten dieses Privatdetektivs, die er über die Marshalls angelegt hatte, samt sämtlicher Fotos zu stehlen, die er vielleicht gemacht hatte, damit Mrs. Marshall sie in einem etwaigen Scheidungsverfahren nicht mehr gegen ihn verwenden konnte.

Das war natürlich auch alles nur erfunden. Ich wußte doch noch nicht einmal, ob es da Fotos gab oder nicht. Ich wollte das einfach nur so behaupten. Eigentlich sollte nur alles mit Hamilton abgeklärt werden, damit Hamilton diese Geschichte dann Marshall und Seely erzählen konnte, damit unsere Geschichten zusammenpaßten, wenn Marshall verhaftet wurde – *falls* er überhaupt verhaftet wurde.

Ich hatte nur *angenommen*, bis Sie mir dann dieses Tonband vorgespielt haben, daß Marshall sich an dieses Szenarium halten würde. Dieser Hundesohn. Ich glaube, ich habe *nie* verstanden, wie dämlich der in Wirklichkeit war.«

Am 19. Dezember 1984 umstellten in Stanton, Louisiana, fünfzig Meilen südöstlich von Shreveport, ein halbes Dutzend Beamte von der Strafverfolgung der Ocean County, der Staatspolizei von New Jersey, der Dienststelle des Sheriffs von Caddo Parish und des FBI, bekleidet mit kugelsicheren Westen und bewaffnet mit durchgeladenen halbautomatischen Gewehren, einen Imbißstand, der sich *Jumbo's* nannte, und nahmen Ricky Dew fest, der erst kürzlich die Inhaberin der Imbißbude geheiratet hatte. Dew wurde des Mordes an Maria Marshall beschuldigt und ohne Festsetzung einer Kaution in Haft genommen, um nach New Jersey überstellt zu werden.

Am selben Tag wurde Robs Wagen um 14 Uhr 30 auf der Landstraße 37 gestoppt, als dieser gerade mit einer ganzen Wagenladung voller teurer Weihnachtsgeschenke für seine Söhne vom *Grog's Surf Palace in Seaside Park* zurückkehrte.

Gladstone hatte in Erfahrung gebracht, daß sich Rob bei einem Reisebüro am Ort nach Flügen von Miami nach Costa Rica erkundigt hatte, von wo aus eine Auslieferung womöglich schwierig geworden wäre.

Zwei uniformierte und zwei in Zivil gekleidete Beamte näherten sich dem Wagen und forderten Marshall auf, auszusteigen und sich mit gespreizten Beinen, die Hände auf das Dach des Autos gelegt, hinzustellen.

Es regnete, und Rob gefiel es überhaupt nicht, naß zu werden, während die Beamten ihn nach versteckten Waffen abklopften. Außerdem sah es nicht gut aus. Es war würdelos, so in aller Öffentlichkeit verhaftet zu werden, wo jeden Augenblick Kunden, Clubmitglieder oder gar jemand vom Rotary Club vorbeikommen konnten.

»Konnten Sie denn nicht warten«, sagte er, »konnten Sie denn nicht noch eine einzige lausige Woche lang warten, bis ich mit meinen Jungs Weihnachten gefeiert hatte?«

»He, alter Schaumschläger«, erwiderte einer der Beamten, »die Jungs werden kein Weihnachten mit ihrer Mutter haben, warum sollten sie es mit dir feiern?«

Zwei Tage später wurde Rob vor dem Obersten Gericht der Ocean County unter Anklage gestellt. Roby, Chris und John waren anwesend. Ihr Vater trug gestreifte Sträflingskleidung, auf die er mit einem Filzstift ganz groß ICH LIEBE EUCH geschrieben hatte. Er winkte und lächelte den Jungen zu und streckte ihnen die geballte Faust mit dem hoch erhobenen Daumen entgegen. Die Kaution wurde auf zwei Millionen Dollar festgesetzt.

Drei Tage danach, am Weihnachtsabend, erschien Carl Seely vor Gericht und beantragte, die Kaution herabzusetzen. Die Staatsanwaltschaft widersprach seinem Antrag und legte eine beschworene, vierundzwanzig Schreibmaschinenseiten umfassende Aussage von Ferlin L'Heureux vor, in der behauptet wurde, Marshall sei für den Mord verantwortlich.

Nachdem das Gericht die Aussage in geheimer Sitzung geprüft hatte, ordnete der Vorsitzende Richter an, sie zu versiegeln. Weiter ordnete er an, Marshall habe ohne die Möglichkeit einer Freilassung gegen Kaution in Haft zu bleiben.

Zur gleichen Zeit teilte die Staatsanwaltschaft mit, sie werde gegen Rob Marshall die Todesstrafe beantragen.

An diesem Abend fuhr Sal Coccaro zum Haus der Marshalls. Der Weihnachtsbaum war erleuchtet, und darunter stapelten sich die Geschenke. An vielen der Päckchen hing ein Kärtchen mit der Aufschrift ›für Dad‹. Aus der Musikanlage klangen Weihnachtslieder.

»Was passiert jetzt?« fragte Roby. »Stehen wir unter staatlicher Vormundschaft?«

»Was passiert, wenn er verurteilt wird?« fragte Chris. »Glaubst du, sie bringen ihn wirklich um?«

Nicht einmal Sal wußte die Antwort.

Später in dieser Nacht und allein in dem Haus – denn das war es für sie geworden, ihr *Haus* in Toms River, nicht länger mehr ihr *Heim* – saßen Rob und Chris zusammen, um miteinander zu reden.

»Wir müssen zu ihm halten, Chris«, sagte Roby. »Zu einhundert Prozent. Er ist alles, was *wir* haben, und er braucht uns mehr denn je.«

»Ich weiß nicht, Roby. Ich bin nicht sicher, daß ich das kann.«

»Du hast gar keine andere Wahl.«

»O doch, die habe ich. Die haben wir alle.«

»Er ist auch dein Vater, Chris. Nicht nur meiner. Und das ist jetzt nicht der Augenblick, ihn im Stich zu lassen.«

»Schon wahr, Roby, aber Mom war auch deine Mom, nicht nur meine.«

Sie verfielen in Schweigen. Roby ergriff als erster wieder das Wort.

»Du mußt an ihn glauben, Chris. Du mußt einfach Vertrauen haben.«

»Ich wollte, ich könnte es.« erwiderte Chris, »Aber ich kann es nicht.«

»Na gut«, sagte Roby. »Ich jedenfalls unterstütze Dad immer, egal, was kommt.«

»In Ordnung, Roby. Ich werde nie versuchen, dir das auszureden. Aber tu mir denselben Gefallen, ja? Laß mich meinen eigenen Weg gehen. Laß mich versuchen, es für mich ganz allein herauszufinden. Versuch nicht, mich in dein Team zu holen.«

Die beiden Brüder saßen da und sahen sich eine lange, lange Zeit nur einfach an. Dann standen sie auf und wünschten sich gegenseitig eine gute Nacht. Diesmal gaben sie sich die Hand, statt einander zu umarmen.

DRITTES BUCH
DER PROZESS

19. Kapitel

Zu der Zeit, als der Prozeß begann, schien Felice sich schon recht ordentlich getröstet zu haben. Sicher, ihren Job an der *Seaview Regional High School* hatte sie aufgeben müssen, aber sie hatte eine eigene Videothek eröffnet, die so gut lief, daß sie bereits an Expansion dachte. Sie und David hatten sich wieder ausgesöhnt und lebten jetzt zusammen in dem kleinen Haus am Strand.

Wenn man sie anrief, hörte man einen Anrufbeantworter mit einer Botschaft, die Felice und David abwechselnd auf Band gesprochen hatten.

»Hier ist Felice.«

»Und hier ist David.«

»Und wir versuchen . . .«

». . . ganz tapfer zu sein.«

»Wir sind ausgegangen . . .«

». . . um was zu erledigen.«

»Schade, daß wir . . .«

». . . ihr Klingeling verpaßt haben.«

Und zum Schluß kicherten sie dann beide noch einmal gemeinsam vom Band.

Bei Rob Marshalls Söhnen allerdings war die Stimmung am Abend vor dem Prozeßbeginn weniger festlich.

Roby war kurz nach der Verhaftung seines Vaters wieder nach Villanova zurückgekehrt und hatte das Frühjahrssemester erfolgreich abgeschlossen. Den Sommer hatte er als Bademeister in Ortley Beach verbracht.

Chris war in Lehigh geblieben, wo er neue Schwimmrekorde aufstellte. Den vergangenen Sommer über hatte er als Bademeister im Country Club gearbeitet, wo man ihn immer an jenen Stellen einsetzte, an denen die Einwohner von Toms River besonders lautstark über den Mordfall klatschten und schwätzten. Er sagte, er habe den Job angenommen, um zu beweisen, daß er sich für nichts zu schämen brauchte.

John hatte die achte Klasse erfolgreich hinter sich gebracht und war zum Herbst in die *Toms River East High School* eingetreten. Er wohnte in dem Haus am Crest Ridge Drive unter der Obhut von Tessie McBride, der Freundin seiner Großmutter väterlicherseits, die kurz nach der Verhaftung seines Vaters hierhergezogen war, um sich besser um die Restfamilie kümmern zu können.

Während des Jahres, das seit der Verhaftung ihres Vaters verstrichen war, hatten sich die beiden älteren Brüder nicht unbedingt einander entfremdet, sich aber doch auseinandergelebt.

Roby fand, Chris unterstütze ihren Vater in der Öffentlichkeit nicht deutlich genug.

Chris aber hatte andererseits trotz aller Zweifel seinen Vater sehr viel öfter besucht und ihm auch öfter geschrieben als Roby, und er wurde böse, wenn seine Familienloyalität in Zweifel gezogen wurde, obwohl er gleichzeitig irritiert von dem Umstand war, daß Roby sich so blindlings von Tessie McBride leiten ließ, statt sich seine eigenen Gedanken über die ganze Sache zu machen.

Und bei Tessie McBride gab es keinerlei Zweifel: Sie war absolut loyal Rob gegenüber. Voller Hohn und Verachtung für die Staatsanwaltschaft. Und sie bestand ohne die geringste Einschränkung darauf, daß jemand, der weiterhin als Freund der Familie gelten wollte, denselben absoluten Glauben wie sie selbst an Robs Unschuld und die feste Überzeugung zu bekunden hatte, daß er am Ende rehabilitiert werden würde.

Das hatte zur Folge, daß es in den vergangenen Monaten kein großes Kommen und Gehen mehr im Hause Marshall gegeben hatte. Die Jungen gerieten unter dem Regiment von Tessie McBride in völlige Isolation von ihren Freunden und Nachbarn, die den Jungen in den ersten Wochen nach der Ermordung ihrer Mutter noch Sympathie und ihr Mitgefühl entgegengebracht hatten. Selbst Sal Coccaro – *Onkel Sal* –, der wie jeder andere in der Stadt Robs Schuld als unwiderlegbar erwiesen ansah, war nicht mehr länger im Haus willkommen.

»Die Leute sind mit ihrem Urteil zu schnell bei der Hand«, sagte Roby einmal bei einer Unterhaltung mit Bekannten, die ihn nach seiner Sicht der Dinge gefragt hatten. »Ich war an diesem Tag mit den beiden zum Lunch im Country Club. Meinen Sie nicht auch, jemand, der etwas Derartiges plant, der müßte doch da schon ein wenig zittrig gewesen sein? Aber es war ein stinknormaler Lunch. Es war einfach ein perfekter Nachmittag mit meinen Eltern. Es war alles genau so, wie ich es seit achtzehn, neunzehn Jahren gewohnt gewesen war. Mich bedrückt der Mangel an Solidarität«, sagte er. »Mein Vater hat alles für diese Stadt getan, einfach alles. Und jetzt wenden sich alle von ihm ab. Sie kennen ihn einfach nicht. Man muß schon mit ihm zusammengelebt haben, um zu wissen, was für ein Mensch er ist, und ich habe mein ganzes Leben lang mit ihm zusammen gelebt.

Die Sache ist doch so: Mein Vater war von allem Anfang an aufrichtig mit uns. Er hat uns alles erzählt. Einfach alles. Und deswegen werden wir ihn heute nicht glauben lassen, wir fingen etwa an, an ihm zu zweifeln. Wir lassen ihn im Gegenteil immer wieder wissen, daß wir bis zum bitteren Ende hinter ihm stehen.

Chris Marshall war hinsichtlich des Ausgangs keineswegs ähnlich optimistisch. Ungeachtet dessen hatte er sich entschlossen, mit seinem Vater nicht über seine Befürchtungen zu sprechen.

»Er bildet sich ein, wir stehen zu hundert Prozent hinter ihm und glauben, er werde für unschuldig befunden, so daß das Leben danach weitergehen könne wie zuvor. Das braucht er einfach, um etwas zu haben, wofür zu leben sich lohnt«, sagte Chris.

Im Vorfeld des Prozesses versuchte Carl Seely, die Klage gegen Rob mit technischen Verfahrenstricks zu Fall zu bringen.

Seely argumentierte, die Kassette, die Rob für Gene Leahy besprochen hatte, sei vor allem und zuerst ein vom Gesetz geschütztes Kommunikationsmittel zwischen Mandant und Anwalt und daher dem Zugriff des Staates zu Zwecken der Verfolgung seiner Interessen entzogen. Zum zweiten, sagte er, hätten Ermittlungen, die Gary Hamilton im *Best Western* angestellt habe, ergeben, daß Rob die Tonbandkassette in einem *geschlossenen* Kuvert auf dem Rezeptionstisch hinterlegt habe und daß die Wegnahme von dort durch Detective Vandermeer illegal gewesen sei.

Nicht nur sollte der Inhalt der Kassette nicht als Beweismittel vor Gericht zugelassen werden, argumentierte Seely weiter, sondern außerdem müsse die Anklage – die sich weitgehend auf die Zeugenaussage L'Heureux' vor der Großen Strafkammer stütze – im ganzen fallengelassen werden, da Ferlin L'Heureux ja erst durch das Abhören dieser illegal beschafften Kassette veranlaßt worden sei, mit der Anklagebehörde zusammenzuarbeiten.

Roby Marshall bekannte, von dieser Möglichkeit begeistert zu sein. Chris war es nicht.

»Sie hatten kein Recht dazu, Chris«, sagte Roby zu seinem Bruder am Telefon in Villanova, wo er sich erneut eingeschrieben hatte. »Mr. Seely ist dabei, zu beweisen, daß sie kein Recht hatten, das Tonband an sich zu nehmen, und das heißt letztendlich, daß sie erst recht niemals das Recht hatten, Dad auch nur einzusperren, und das wiederum heißt, daß sie ihn freilassen müssen.«

»Aber verstehst du denn nicht, Roby?« erwiderte Chris in Lehigh. »Verstehst du denn nicht, daß genau das völlig an der Sache vorbeigeht? Das trägt auch nicht das kleinste Quentchen dazu bei, Dads Unschuld zu beweisen.«

»Wir sind hier in Amerika, Chris, falls du das vergessen haben solltest. Ein Mann braucht nicht zu beweisen, daß er unschuldig ist. Der Staat muß beweisen, daß er schuldig ist.«

»Nicht, wenn der Angeklagte der eigene Vater ist, und nicht, wenn es sich bei der Toten um Mom handelt.«

»Ach Chris, hör doch mit dem Süßholzraspeln auf. Mr. Seely sagt, das ist die größte Chance, die wir haben.«

»Dann muß Mr. Seely auch glauben, daß Dad schuldig ist.«

»Nein, Chris, das wollte ich damit nicht sagen. Ein paar von uns haben nur etwas mehr Vertrauen.«

»Ja, du und Tessie McBride und Mr. Seely. Vergiß es.«

»Also, weißt du, Chris, daß du einem manchmal ganz schön auf den Wecker gehen kannst? Hier haben wir eine Chance, die Kuh vom Eis und Dad wieder nach Hause zu holen, wo er hingehört, und statt daß du darüber glücklich bist, tust du so, als sei das eine Art schmutziger Trick.«

»Sieh mal, ich habe keine Lust, mit Mr. Seely zu streiten. Sein Job ist, Dad wieder freizukriegen – mit allen Mitteln. Aber ich sehe das Ganze etwas anders. Was ich wissen will, ist: Hat Dad nun L'Heureux und Dew angeheuert, um Mom zu ermorden, oder hat er nicht. Und dieser ganze Scheiß mit dem Briefkasten oder -tablett hat doch damit nichts zu tun.«

»Ja sicher, aber begreifst du denn nicht, wenn sie die Kassette auf illegale Weise an sich gebracht haben, dann ist doch die ganze Aussage von diesem L'Heureux vom Tisch.«

»Na und? Sie ist vom Tisch. Kann nicht vor Gericht verwertet werden. Aber das heißt doch nicht, daß sie erstunken und erlogen ist.«

»Also, weißt du Chris, manchmal frage ich mich echt, auf wessen Seite du eigentlich stehst.«

»Na schön, das kann ich dir erklären, Roby. Dann kannst du dir das Grübeln für die Zukunft sparen. Ich bin ohne Wenn und Aber auf Moms Seite.«

Seely setzte sich mit seiner Argumentation bezüglich des Tonbandes nicht durch.

Dafür hatte er Erfolg mit einem schon früher eingebrachten Antrag auf Verlegung des Gerichtsstandes, den er mit der großen vorgerichtlichen Publizität begründete, die er nicht zuletzt selbst zu verantworten hatte.

Der Fall wurde an die Atlantic County abgegeben, ein County weiter südlich, und sollte in *May Landing*, dem Sitz der County-Verwaltung, durchgeführt werden, einer unscheinbaren Kleinstadt zwölf Meilen südlich von Atlantic City. Diese Verlegung hatte zumindest drei signifikante Vorteile.

Zum einen bedeutete sie, daß Rob nicht vor einer Jury aufzutreten brauchte, die sich aus lauter Leuten zusammensetzte, für die längst feststand, daß er schuldig war.

Zum zweiten (und das stieß manchem sauer auf) bedeutete das für jeden aus dem Country-Club, der sich dieses Spektakel anschauen wollte, daß er eine Stunde Autofahrt auf sich nehmen mußte (was ja vielleicht ein bißchen schäbig ausgesehen hätte) und nicht mehr so tun konnte, als sei er ›nur mal so eben im Vorbeigehen‹, fast schon ›rein zufällig‹, in die Verhandlung hereingeplatzt, wie man es ja hätte tun können, wenn das Verfahren in Toms River stattgefunden hätte.

Drittens bedeutete es, daß der Vorsitzende Richter kein Mitglied des Country Clubs von Toms River sein würde, sondern Manuel H. Greenberg vom Obersten Gerichtshof der Atlantic County. Richter Greenberg war ein kleiner, schlanker Mann mit weißen Haaren in den Fünfzigern, der sich in seinen fünfzehn Jahren auf dem Richterstuhl den Ruf erworben hatte, der beste Richter des Staates zu sein, oder jedenfalls derjenige, dessen Urteile noch am seltensten von höherrangigen Gerichten revidiert worden waren.

Es gab noch einen vierten und irgendwie ironischen Effekt, den diese Verlegung des Verhandlungsortes hatte: Die Jury würde sich aus Bewohnern der Atlantic County zusammensetzen. Was dies so ironisch machte, war der Umstand, daß Atlantic City in der Atlantic County lag, woraus logischerweise folgte, daß annähernd die Hälfte jener Bürger, die für die Geschworenenwahl ausgesucht wurden, Angestellte in einem der vielen Spielcasinos waren.

Übrig blieben dann in der Jury in ihrer endgültigen Zusammensetzung drei davon. Und eine von ihnen – sie wurde auch noch zur Sprecherin gewählt – war Croupier an einem der Black-Jack-Tische im Harrah's Marina. Sie würde jetzt Rob zum vielleicht nicht letzten, aber doch entscheidenden Spiel die Karten geben.

Rob und Ricky Dew wurden gemeinsam angeklagt. Die Anklage gegen Grandshaw alias L'Heureux war schon früher fallengelassen worden, und Myers sollte gesondert zu einem späteren Zeitpunkt vor Gericht gestellt werden, da das Maß seiner Verwicklung in den Mord, soweit es beweisbar war, nicht mit der Todesstrafe geahndet werden würde.

Für die Vertretung der Anklage hatte der County-Staatsanwalt seinen aggressivsten, erfahrensten und zuverlässigsten Assistenten eingeteilt, einen neununddreißigjährigen Anwalt aus Bricktown namens Kevin Kelly.

Kelly war in Newark aufgewachsen. Seine High-School war St. Benedict's gewesen, eine jener in der Stadt gelegenen katholischen Schulen, in denen körperliche Züchtigung noch als integraler Bestandteil der Erziehung angesehen und praktiziert wurde.

In den Sommerferien arbeitete er bei der Müllabfuhr der Stadt Newark. Sein Leben spielte sich damals zwischen Fliegen, Ratten und dem Gestank der *South Orange Avenue* ab, und statt Country Music hörte er von morgens bis abends das Scheppern der blechernen Mülltonnen auf dem blankgewetzten Pflaster der Straßen, selbst dann, wenn er um neun Uhr morgens sein in braunes Packpapier gewickeltes Frühstücksbrot auspackte. Es ging das Gerücht, außer ihm sei noch ein weiterer weißer Junge bei der Stadtreinigung angestellt, aber wenn dem wirklich so war, dann war Kelly ihm jedenfalls nie begegnet.

Kellys Noten auf St. Benedict's waren nie besonders gut gewesen, aber er hatte sich jenes dicke Fell und die Macher-Attitüde angeeignet, die gerade die Benediktiner so gut zu vermitteln und zu schätzen wußten, und so schickten sie ihn auf eines ihrer Colleges – St. Bernhard's (heute geschlossen) in Cullman, Alabama. Nachdem er dort graduiert war, ging Kelly an die Cumberland-Juristenschule in Tennessee und kehrte dann in den Norden zurück, um seine Schlußexamina als bei Gericht zugelassener Anwalt in New Jersey abzulegen.

Während er noch auf die Prüfungstermine wartete, unterrichtete er eine siebte Klasse an der *Broadway Junior High School* in Newark, wodurch ihm bewußt wurde, daß die Arbeit als Müllwerker nicht die schlechteste auf der Welt war, nicht einmal in Newark.

Nachdem er das letzte Examen bestanden hatte, arbeitete er für Joe Lordi, den Staatsanwalt in der Essex County, zu dem auch Newark gehörte. Dort hielt er es vier Jahre lang aus und befaßte sich hauptsächlich mit Mordsachen, die so rasch aufeinander folgten, daß er die Akten oft erst zu sehen bekam, wenn er schon im Fahrstuhl hinauf in den Gerichtssaal war, wo er die Anklage zu vertreten hatte.

Er war gut in seinem Job: nicht gerade ein brillanter Anwalt, aber ein Arbeitstier, und bei der Staatsanwaltschaft der Essex County zählte Ausdauer mehr als Geniestreiche. Seine Tage als Müllarbeiter kamen ihm dabei sehr zustatten. Mehr als einmal erhob sich dann schon einmal zu Beginn eines Verfahrens, wenn der Vorsitzende Richter die Geschworenen fragte, ob einer von ihnen jemanden aus der Besetzung des Gerichts kenne, eine dunkle schwarze Stimme und sagte: »Ja, den Mr. Kelly da, weil mit dem wa' ich ma' bei de' Müllabfuhr.« Es geschah nicht oft, daß Kelly ein Verfahren verlor.

Aber das Tempo und die Bestialitäten schafften auch ihn eines Tages. Besonders in der Periode der Straßenfehden zwischen den verfeindeten Sekten der Black-Muslim-Bewegung, als kopflose Leichen die Keller und Treppenhäuser überall in der Stadt überschwemmten. Als er sich dabei ertappte, daß er Fotos von solchen Fundorten bei sich hatte, um sie jungen Frauen zu zeigen, mit denen er sich verabredet hatte, wußte Kelly, es war Zeit auszusteigen.

Sein Vater besaß, wie fast jeder Weiße im Norden New Jerseys, ein kleines Sommerhäuschen an der Küste, in diesem Fall in Bricktown, jener Ansammlung von Sand, Gestrüpp und verrosteten Autos, die über Jahre hinweg völlig unbeachtet nördlich von Toms River lag und dann in den Jahren des Booms zu einem Parkplatz von gigantischen Ausmaßen geworden war.

Kellys Vater starb 1975, und Kelly baute die Bruchbude zu einem wetterfesten Häuschen aus. Dann suchte er sich einen Teilzeitjob als Assistent des Staatsanwalts der Ocean County.

In Zusammenarbeit mit einem anderen Teilzeit-Assistenten und mit sehr viel Unterstützung durch den Staatsanwalt selbst (in der Ocean County waren alle Hilfs-Staatsanwälte Teilzeitbeschäftigte, die ein Drittel ihrer Zeit ihren öffentlichen Pflichten widmen mußten und sich während der verbleibenden Zeit um ihre eigenen Praxen kümmern konnten) eröffnete Kelly dann eine eigene Praxis direkt am *Brick Boulevard* und spezialisierte sich auf Boden- und Baurecht.

Nicht lange danach bekam er Besuch von Rob Marshall. Rob hatte ganz offensichtlich eine stillschweigende Vereinbarung mit der örtlichen Anwaltskammer, wonach diese ihm Tips gab, wo sich wann welche neuen Anwälte niedergelassen hatten, damit er dort als erster aufkreuzen und Lebensversicherungen, Bausparverträge, Rentenfonds und dergleichen anbieten konnte.

Er tauchte eines Tages zur Mittagszeit auf und nahm Kelly in seinem Mercedes mit. Aber damit endete die Großzügigkeit auch schon. Rob schleppte ihn in ein nahe gelegenes Restaurant mit Namen *Mr. Steak*, und noch bevor die Menüs auf dem Tisch standen, hatte er schon seine Verkaufsmappe offen vor sich auf dem Tisch liegen.

»Nichts von all diesen kleinen Aufmerksamkeiten und Nettigkeiten«, erinnerte Kelly sich später, »kein *Wo-kommen-Sie-denn-Her*, kein *Wie-gefällt-es-Ihnen-hier*, kein *Sie-müssen-unbedingt-mal-mit-mir-eine-Bootstour-machen* – nichts. Einfach so – piff-paff -- und jetzt zum Geschäft. Und nachdem ich erst mal unterschrieben hatte – ich weiß gar nicht mehr, was das war, irgend so was, wo ich fünfzig oder hundert Bucks im Monat überweisen mußte –, also, nachdem das erst mal unter Dach und Fach war – schnapp, Mappe zu, ersten Scheck kassiert und nichts wie weg. Ich hab' noch meinen halben Hamburger auf dem Teller, und er ist schon draußen auf dem Parkplatz und läßt den Motor an. Der Bursche muß pro Tag drei- oder viermal mit irgendwelchen Kunden zum Lunch gehen bei dem Tempo, das der drauf hatte.«

Kelly hatte seine Gewohnheiten aus Newark mit in die Ocean County gebracht. Er betrat einen Gerichtssaal, als wolle er hier eine städtische Mülltonne quer durch den Raum schleppen. Er lief den Angeklagten nach wie einst die Benediktiner ihm nachgegangen waren (außer wenn er mal kurz anhielt, um ihnen eins mit der Peitsche überzuziehen). Er war, um es kurz zu machen, ein rauhes Kind der Stadt, das am Strand seßhaft werden wollte. Und nichts konnte ihn mehr auf die Palme bringen als diese halbseidenen Wichtigtuer, die da durch eine gesichtslose Stadt namens Toms River stolzierten und stolz ihre anmaßende Haltung zur Schau stellten.

Anmaßung! Für Kelly war dieses Wort so ziemlich das vulgärste überhaupt. Wenn Kelly trainierte – und er trainierte viel, denn er war stolz auf seine athletische Figur –, dann tat er das in *Lou's Gym* auf dem *Brick Boulevard* und nicht in einem jener ›Gesundheitsstudios‹ in Toms River mit ihren getönten Fensterscheiben und den Teppichböden, die alle so aussahen wie der Ausstellungsraum eines Autohändlers. Und er betrieb auch nicht dieses Mittelding zwischen Jazzdance und Gymnastik. Man trainierte, um mal wieder richtig zu schwitzen, und dann ging man wieder nach Hause.

»Bei Lou's«, prahlte Kelly gern, »gibt es noch nicht einmal eine Dusche.« Er duschte zu Hause, und er duschte so, wie er es von seinem Vater gelernt hatte – ›militärisch‹. Man drehte das warme Wasser auf, und sobald man naß war, stellte man es wieder ab. Dann seifte man sich ein und drehte das Wasser wieder auf, um sich abzuspülen. Das war's dann. Der Nächste bitte. In einem Haus mit acht Kindern lernt man schnell, sparsam mit dem warmen Wasser umzugehen, und selbst noch heute, da er ein neununddreißig Jahre alter, promovierter Jurist war, der allein lebte (obwohl auch er eine ›ständige weibliche Begleiterin‹ hatte, die nur zehn Minuten entfernt von ihm wohnte), duschte Kelly noch auf dieselbe Weise.

Und hätte ihm jemand eine Million Dollar gegeben, er wäre nie von Bricktown nach Toms River gezogen. Bricktown. Kelly liebte selbst den Namen dieses Kaffs. Wer in einem Dorf lebte, dessen Name von dem Wort ›brick‹ (Backstein) abgeleitet war, mußte gegen jede Form von Anmaßung gefeit sein. Dieser Name klang wie ein Elendsviertel in Belfast. Er vermittelte das Bild von dünnen, blassen katholischen Kindern, die eine Bombe durch die Tür eines protestantischen Clubs warfen und dann wie der Teufel davonrannten. Harte Burschen.

Die albernste Geschichte, die Kelly je in seinem Leben in einer Zeitung gelesen hatte, war der Bericht in der *ASBURY*

PRESS über den vierzigsten Geburtstag einer Dame namens Rosenberg gewesen, der Tochter des Autohändlers Fred Frankel. Er erinnerte sich, die Geschichte gelesen, lauthals gelacht und die Zeitung dann seiner Freundin Alice gegeben zu haben.

»Heh, Alice«, sagte er, »sieh dir das doch mal an. Das ist vielleicht 'ne Versammlung von Knallköppen.«

Er erinnerte sich ebenfalls, die Geschichte von der Ermordung Maria Marshalls in der *ASBURY PRESS* gelesen zu haben. Es war an einem Samstagmorgen gewesen, und er saß auf der rückwärtigen Veranda, von wo aus er den verlandenden Teil der Bucht überblicken konnte, wo er gerade einige Krabbenfallen ausgelegt hatte. Seine Mutter und sein Bruder wollten nachmittags kommen, und er freute sich schon auf viele Krabben mit Bier.

Die Geschichte stand auf der ersten Seite. Es dauerte zuerst eine Minute, doch dann fiel ihm der Name wieder ein. »Heh, Alice«, sagte er. Sie war drinnen im Haus, um Frühstück zu machen. »Heh, Alice, den Burschen kenne ich. Das ist der komische Vogel, der mir diese Fondsanteile verkauft hat – damals, als ich gerade erst hierhergezogen war.«

»Wovon sprichst du, Kevin?«

»Die Sache hier in der Zeitung. Über den Mord. Hast du denn heute morgen noch keine Zeitung gelesen, Alice?«

»Nein, Kevin, du hast sie doch sofort mit raus auf die Terrasse genommen, bevor ich auch nur einen Blick drauf werfen konnte.«

»Ja, ja, dann warte mal einen Augenblick. Laß mich nur eben zu Ende lesen.« Also ging er wieder auf die Terrasse zurück, setzte sich in die Sonne und las den Artikel zu Ende.

Dann stand er auf, ging in die Küche zurück und warf die Zeitung auf den Tisch.

»Heh, Alice«, sagte er, »lies doch mal. Und ich sag' dir, was der Kerl da erzählt, das ist doch gelogen.«

Genau dasselbe fand auch Kevins Mutter, als er ihr nachmittags den Artikel zeigte. »Meine Mutter«, sagte er später, »die kann man nicht veräppeln. Meinem Bruder könnten sie glatt die Brooklyn-Brücke verkaufen, aber sie hat nur einen kurzen

Blick auf die Geschichte geworfen und gleich gesagt: ›So'n Stuß‹. Und dann sagte sie noch: ›Der Kerl hat's doch selbst getan, was meinst du, Kevin?‹«

Und Kevin hatte erwidert: »Ja. Wenn er keine bessere Geschichte auf Lager hat, dann muß er es selbst gewesen sein. Warten wir's mal ab. Wir werden ja sehen. Ich könnte wetten, in dieser Sache zeigen sich am Ende zwei Dinge. Erstens – der Bursche hatte eine Freundin. Zweitens – ich könnte wetten, auf die Frau sind haufenweise Lebensversicherungen abgeschlossen worden.«

Als daher die Zeit für den Staatsanwalt gekommen war, Kevin Kelly zu erklären, daß er diesen Fall übernehmen solle, brauchte er nicht vieles zweimal zu erklären.

Der Fall Marshall würde Kellys letzter als Stellvertreter des Staatsanwalts der Ocean County sein, weil Kelly sich entschlossen hatte, sein Amt aufzugeben und sich nur noch seiner eigenen Kanzlei zu widmen. Und es war der erste Fall, den er aus eigenem Antrieb als Ankläger vertreten sollte.

Für ihn symbolisierte Rob Marshall alles, was die Lebensart von Toms River ausmachte und was ihm zutiefst zuwider war: Snobismus, Arroganz, Verlogenheit, Geistlosigkeit, Habgier. Für ihn wäre es ein gefundenes Fressen gewesen, Rob Marshall wegen Mordes verurteilt zu sehen. Und deswegen ging er, zum erstenmal überhaupt, zum Staatsanwalt und bat, die Anklage übernehmen zu dürfen. Der Staatsanwalt überließ ihm den Fall gern. Zum einen war Kelly sein bester Mann für Strafsachen, und zum anderen nahm Kelly den Begriff Loyalität sehr ernst.

Im späten Herbst und im frühen Winter 1985/86 wurde Rob Marshall zum Mittelpunkt von Kellys Leben, und je mehr er über das Leben und die Aktivitäten dieses Mannes erfuhr, um so mehr lernte er, ihn zu verabscheuen.

Mehr denn je zuvor in seiner Laufbahn als Anklagevertreter brachte Kelly in den Gerichtssaal nicht nur einfach ein Gefühl der Wut gegen das Verbrechen, das begangen worden war, mit, sondern auch einen ausgesprochenen Abscheu gegen den Verbrecher. Zumindest gegen einen der Verbrecher. Ricky Dew gegenüber waren seine Gefühle eher indifferent. Aus seiner

Sicht war Dew weiter nichts als ein gemieteter Revolver. Ein Profi. Hätte Dew sich nicht zur Verfügung gestellt, dann wäre es eben ein anderer gewesen. Es war Rob Marshall, der vorsätzlich den Tod seiner Frau herbeigeführt hatte, und zwar aus den niedersten Motiven überhaupt: Lust und Habgier.

Kelly war entschlossen, ihn dafür zahlen zu lassen.

Und doch sollte es noch bis zum Morgen des 14. Januar dauern, dem Tag der Eröffnung des Verfahrens, als Kelly diesen Mann zum erstenmal wieder seit ihrem gemeinsamen Lunch bei *Mr. Steak* vor so vielen Jahren sah. Erst in diesem Augenblick wurde Kelly das ganze Ausmaß seines Hasses auf diesen Mann so recht bewußt.

Denn da saß er, in Blazer und Khakis, blaß, unterwürfig, deutlich ein bißchen dünner als damals, der Haaransatz noch ein wenig weiter nach oben verschoben, *aber an der Hand seinen Ehering!*

Es lagen ein solcher Zynismus, so viel Gefühllosigkeit, eine derart unverfrorene Heuchelei in dieser Geste – *daß er, nach allem, was er ihr angetan hatte, hier einfach vor Gericht sitzen und diesen Ehering tragen konnte, den sie ihm am Tag ihrer Hochzeit an den Finger gesteckt hatte, nur um sich ein paar Sympathiepunkte bei den Geschworenen zu sichern* –, daß Kelly Mühe hatte, den Drang zu bekämpfen, einfach zum Tisch der Verteidigung zu gehen, wo Marshall saß, und Rob den Ring eigenhändig vom Finger zu reißen.

Statt dessen sagte er leise zu sich selbst: *Dafür wirst du bezahlen, du Sohn einer räudigen Hündin, noch bevor dies hier vorbei ist, wirst du dafür büßen.*

Zwei Wochen später allerdings, als die Jury gewählt und für ihn die Zeit gekommen war, sein Eingangsplädoyer zu halten, hatte Kevin Kelly seine Wut, die er gegen Rob empfand, schon sehr viel besser im Griff. Ja, in seiner Eröffnungserklärung schien er sogar gelassen bis zur Indifferenz. Er trug seine Brille, eine schwarze Krawatte und einen sehr konservativ geschnittenen Anzug und stand still und unbeweglich da, als sei er wieder zurückgekehrt nach St. Benedict's und gerade aufgerufen worden, um vor der Klasse ein Gedicht aufzusagen.

Dies war natürlich nur eine sorgsam einstudierte und wohlüberlegte Pose. Kelly wußte aus Erfahrung, daß Geschworene oft Anwälte und Staatsanwälte sympathisch fanden, für die sie auch ein ganz klein wenig Mitleid empfinden konnten, und nachdem er seinen Gegner studiert hatte, war er fest entschlossen, die Rolle des Unbeholfenen auf jeden Fall durchzuhalten.

Carl Seely hatte die beiden letzten Wochen vor Eröffnung des Verfahrens in der Karibik verbracht und brachte zum Verfahren nicht nur das sauber zurückgekämmte Haar, die goldene Rolex am Handgelenk und einen Anzug mit, der gut und gern seine tausend Dollar gekostet haben dürfte, sondern auch noch einen Teint, der der Traum eines jeden Einwohners von New Jersey sein mußte – die Mitglieder der Jury eingeschlossen –, die sich noch nicht einmal einen Winterurlaub leisten konnten.

So lieferte Kelly seine halbstündige Eröffnungserklärung in einem ermüdend monotonen Tonfall ab und spickte sie mit all den verwirrenden Daten und Namen und Orten und Versicherungssummen und machte sich nicht einmal die Mühe, im einzelnen zu erklären, was überhaupt gemeint war. Er wollte, daß es zu diesem Zeitpunkt noch so aussah, als wenn er womöglich überhaupt nicht richtig verstand, wovon er da redete; als sei er vielleicht in diesen Gerichtssaal und in diesen Fall ganz kurzfristig förmlich hineingeworfen worden, weil womöglich ein älterer und erfahrener Kollege krank geworden oder sonstwie unpäßlich war.

Doch da gab es einen Punkt, den er von allem Anfang an unmißverständlich klarstellte. In diesem Verfahren war ein Handel getätigt worden. Der Staat hatte sich auf einen Handel mit Ferlin L'Heureux eingelassen.

Solche Vereinbarungen mit angeklagten Mördern abzuschließen, die willens waren, als Gegenleistung für verminderte Strafanträge zu reden, ist eine Praxis, die mancher mit Mißfallen sehen wird. Kelly kam es nun darauf an, daß die Jury die Notwendigkeit für einen derartigen Handel im vorliegenden Fall einsah.

Der Mord an Maria Marshall, erzählte er ihnen völlig emotionslos, war eine »schreckliche, sehr schreckliche Tat«. Das Ergebnis einer Verschwörung gewesen.

»Normalerweise«, sagte er, »werden Verschwörungen im geheimen, schweigsam und unauffällig, ausgeheckt. Nur selten erhält jemand außerhalb des verschworenen Zirkels Einblick in das, was da vorgeht.« Um nun die Wahrheit über das herauszufinden, was Maria Marshall genau widerfahren war, so Kelly, mußte dieser Zirkel irgendwie aufgebrochen werden. Dies hatte der Staat erreicht, indem er mit Ferlin L'Heureux ein Arrangement getroffen hatte.

So. Er war mit Rezitieren fertig. Er setzte sich wieder. Ein netter Bursche, ganz sicher, aber ersichtlich nicht gerade der hellste Kopf in der Klasse.

Carl Seely schien auch nicht gerade eine Intelligenzbestie zu sein, aber mit Sicherheit hätte er einen goldenen Stern für gepflegtes Äußeres verdient gehabt. Er verlor keine Zeit, sich sofort auf das zu stürzen, was er für den schwachen Punkt in der Anklage gegen Rob hielt: den Handel zwischen der Staatsanwaltschaft und L'Heureux.

»Ein Pakt mit dem Teufel«, nannte er ihn. »Und ohne ihn säße jetzt Rob Marshall, ein geachtetes Mitglied der Gesellschaft, nicht hier. Und dann will ich Ihnen gleich zu Beginn noch etwas sagen. Rob Marshall wird in den Zeugenstand treten und in eigener Sache aussagen. Er wird Ihnen erklären, wie auch er, neben seiner Frau und seinen drei Kindern, ein Opfer der Niedertracht dieses Ferlin L'Heureux' wurde.«

Das klang nicht schlecht: ein respektabler und respektierter Familienvater gegen den Teufel selbst. Auch Rob Marshall ein Opfer.

Wenn Kelly in der Eröffnungsphase L'Heureux als den Albatros im Nacken spürte, dann hatte auch Seely den seinen: Felice. Und nachdem er Robs Geburtsdatum und eine Viertelstunde lang weitere biographische Daten kundgetan hatte, packte er den Stier bei den Hörnern.

»Rob hatte eine Liebesaffäre«, sagte er. »Wir sind darauf nicht stolz. Aber das ist nun einmal eine Tatsache, und die leugnen wir auch nicht. Felice Rosenberg wird, davon gehe ich aus, als Zeugin in diesem Verfahren auftreten und erklären, was wir gar nicht leugnen, nämlich daß sie ein Verhältnis mit Rob Marshall hatte. Was wir dagegen bestreiten, vehement bestreiten, das ist, daß Rob irgend etwas mit dem Tod seiner Frau zu tun hatte.«

Ricky Dew hatte seinen eigenen Verteidiger, einen Mann namens Nathan Baird, der zwanzig Jahre lang als einer der führenden Strafverteidiger New Jerseys galt.

Baird war ein großer Mann von beträchtlicher Leibesfülle. Er hatte ein fleischiges Gesicht und Hängebacken, eine rasche Auffassungsgabe, war schlagfertig und verfügte über eine kräftige Stimme und einen bemerkenswerten Wortschatz. Weißhaarig, Anfang der Sechzig und stets in einen Anzug mit Weste gekleidet, wirkte Baird ganz wie ein altes Streitroß, gesetzt, gereift und vielleicht auch ein wenig spröde, aber auch tolerant und weise. Aber das hieß nicht, daß nicht auch er ein gemeiner Hundesohn sein konnte, wenn die Situation es erforderte.

Und da saß Ricky Dew selbst, gekleidet mit einem eigens für dieses Verfahren gekauften Anzug und einer teuren Krawatte, und trug ein absolut nichtssagendes Gesicht zur Schau. Er starrte ausdruckslos geradeaus ins Leere, als ginge ihn das alles hier überhaupt nichts an.

Baird trat vor, um sogleich zu intonieren: »Ein berühmter Patriot hat einmal gesagt: ›Gib mir die Freiheit oder den Tod.‹ In dem jetzt vor Ihnen zur Entscheidung liegenden Fall hat Ferlin L'Heureux gesagt: ›Gebt mir die Freiheit und *jenen* den Tod.‹«

Er fuhr fort, indem er knapp, aber einprägsam, darlegte, daß sämtliche Indizien, die die Staatsanwaltschaft zusammengetragen hatte, alle Aufzeichnungen von Telefongesprächen, Versicherungspolicen, Berichten über Casino-Kredite, von über American Express abgewickelten Rechnungen, Motel- und

Hoteleintragungen und alles andere, nur einen der beiden Angeklagten betreffe, und der sei nicht Ricky Dew.

Die ganze Geschichte, sagte Baird, konnte durchaus stimmen. Das wisse er nicht. Vielleicht hatte Marshall wirklich mit L'Heureux konspiriert, um Maria Marshall zu ermorden, und vielleicht hatte diese Konspiration ja auch zu ihrer Ermordung geführt. Es könne sein, daß es so gewesen wäre, es könnte aber auch anders gewesen sein. Aber wie auch immer, Ricky Dew, dieser sanftmütige, anständig gekleidete Familienvater und Automechaniker, hatte nichts damit zu tun, und es gebe auch nicht das allergeringste Indiz dafür, daß er an der Verschwörung beteiligt gewesen wäre.

Wenn sie (die Geschworenen) einen Killer suchten, behauptete Baird, bräuchten sie sich nicht weiter umzuschauen als bis zu L'Heureux. Er hatte das Motiv, er hatte die Gelegenheit, er hatte den Wagen, er hatte den Revolver – er hatte alles. Der einzige Grund, warum nicht er wegen Mordes auf der Anklagebank sitze, sei, so Baird, daß die Staatsanwaltschaft seine Zeugenaussage brauche, um eine Verurteilung Marshalls zu erreichen. Und sie hätte keinen Handel mit ihm abschließen können, wenn er der Todesschütze gewesen wäre. Deswegen hatte er einen Schützen für sie erfinden müssen. Und aus irgendeinem Grund, den auf der ganzen Welt außer ihm niemand kenne, sei Ferlin L'Heureux auf Ricky Dew verfallen.

»Ich bin *erstaunt*«, sagte Baird, »ehrlich erstaunt über die mageren Indizien gegen meinen Mandanten. Und ich hoffe nur, Sie sind es auch.«

20. Kapitel

Roby war bei den Eröffnungsplädoyers anwesend, aber Chris war in Lehigh geblieben. An diesem Abend telefonierten sie miteinander.

»Was hattest du für einen Eindruck?« fragte Chris.

»Ich wollte, Dad hätte Mr. Baird als seinen Anwalt.«

»Wenn er unschuldig ist, sollte das keine Rolle spielen, Roby.«

»Jetzt fang bloß nicht wieder auf die Tour an!«

»Und was war mit dem Ankläger? Was hat Kelly gesagt?«

»Oh, der hat ausgesehen wie ein echter Hampelmann. Eine Null. Der stand bloß einfach da und hat 'ne Menge unzusammenhängendes Zeug heruntergerasselt.«

»Also Roby, wenn ich mir den heutigen Philadelphia Inquirer so ansehe, dann glaube ich nicht, daß die Geschworenen derselben Meinung sein werden.«

»Ach, nur ein Haufen Telefonrechnungen und Quittungen, Chris, genau wie Dad die ganze Zeit gesagt hat. Alles nur Indizien. Und mehr wird auch nicht dabei herauskommen. Bis sie ihren bezahlten Lügner vorführen, diesen L'Heureux. Weißt du Chris, es wäre schön gewesen, wenn du dabeigewesen wärest.«

»Wozu? Um mir unzusammenhängendes Zeugs anzuhören?«

»Nein, wegen Dad. Um ein bißchen von deiner famosen Unterstützung zu zeigen.«

»Roby, jeden Tag, seit er im Gefängnis ist, habe ich ihm einen Brief geschrieben. Jeden Tag einen. Und willst du wirklich mal nachzählen, wie oft du ihn, verglichen mit mir, im letzten Sommer besucht hast? Nein, nein, du warst doch derjenige, der die große Party draußen am Strand feiern mußte, die keinen Aufschub geduldet hat. Und ich war derjenige, der runtergefahren ist, um an die Glasscheibe zu klopfen. ›Hi, Dad, ich bin's, Chris. Fast wie in den alten Zeiten. Bloß daß sie dich so sicher verwahrt haben, daß ich dich nicht mal umarmen kann. Ich kann nur die sechs Inches dicke schußfeste Glasscheibe in der Stahltür küssen, hinter der sie dich eingeschlossen haben. Und reden kann ich mit dir auch nur über dieses beschissene Telefon hier. Und so könnte es durchaus für den Rest meines Lebens sein.‹ Und dann gehe ich nach Hause und sitze bei John am Bett, weil er weint. Während du die Nacht am Strand verbringst und dir sechs Krüge Bier hinter die Binde gießt.«

»Jetzt laß uns nicht wieder damit anfangen«, sagte Roby. »Ich war heute da, Chris, und ich unterstütze Dad in jeder Weise.«

»Ja, ja, du und Tessie McBride. Und der ganze Rest der Welt ist im Irrtum, einschließlich unserem früheren Onkel Sal – erinnerst du dich noch an Onkel Sal, Roby? Er ist nicht länger in unserem Haus willkommen, oder? Bloß weil er nicht ins Team eingetreten ist. Einfach nur, weil er vielleicht, genau wie ich, daran interessiert ist, wie die Fakten aussehen, die am Ende dabei herauskommen.«

»Chris, ich liebe Sal. Ich werde nie vergessen, wie er mir geholfen hat. Aber er hat nun mal das Vertrauen in Dad verloren. Er hat einfach kein Vertrauen mehr. Genau wie du auch drauf und dran bist, das Vertrauen in ihn zu verlieren. Und ja, du hast recht. Tessie will ihn nicht mehr im Haus haben.«

»Und ganz plötzlich zählt nur noch, was Tessie will, wie? Tessie ist diejenige, die unser Leben bestimmt.«

»Du mußt doch zugeben, Chris, seit sie Weihnachten zu uns gezogen ist, war sie doch für uns eine große Hilfe.«

»Sie war ein großer Schmerz, das war sie. All dieser Vertraut-auf-Gott-Scheiß. Nachdem wir sie in den fünf Jahren, bevor Mom gestorben ist, allenfalls einmal gesehen haben.«

»So? Na ja, sie und Mom haben sich eben nicht verstanden.«

»Und das lag daran, daß Mom einen guten Geschmack hatte. Und jetzt, wo sie tot ist, ist Tessie sofort hierhergezogen, um ihren Platz einzunehmen. Genau so, wie das eigentlich mit Mrs. Rosenberg gedacht war. Wenn du die Wahrheit wissen willst, Roby, das alles macht mir eine Gänsehaut.«

»Dann, denke ich mal, bist du auch sicher nicht daran interessiert, das Neueste zu hören.«

»Worum handelt es sich denn, Roby?« fragte Chris mit sanfter Stimme.

»Brenda Dew wird ins Haus ziehen.«

Er brauchte länger als die übliche Minute, bis diese Neuigkeit ganz in sein Bewußtsein eingedrungen war. Brenda Dew war Ricky Dews Frau, die Frau des Mannes, der des Mordes an Maria angeklagt war. Die Anklage gegen ihn lautete, er habe über ihr neben dem Beifahrersitz des Cadillac gestanden und zwei Schüsse ganz nahe nebeneinander in ihren Rücken abgegeben und so von einem Augenblick auf den anderen aus einer liebenden Mutter einen Leichnam gemacht.

Und nun würde seine Frau in ihrem Haus wohnen? *Ihrem* Haus? *Moms* Haus? *Brenda Dew?*

»Roby, machst du Witze?«

»Das ist kein Witz. Tessie McBride hat sie eingeladen. Sagte, sie wäre doch jetzt ganz allein da oben, habe keine Wohnung, und der Prozeß könne noch gut sechs Wochen dauern, und da sei es ein Akt christlicher Nächstenliebe, hatte Tessie gesagt. Sie hat außerdem gesagt, Dad hätte das auch so gewollt. Daß er und Mr. Dew jetzt auf derselben Seite stünden und wir müßten alle zusammenhalten, bis das hier durchgestanden sei.«

Chris fühlte sich schwindlig und wie betäubt. So wie vor nunmehr sechzehn Monaten, als sein Vater in sein Zimmer gekommen war und gesagt hatte, er habe schlechte Nachrichten.

»Roby, das kannst du nicht ernstlich so meinen. Du kannst nicht allen Ernstes wollen, daß *Ricky Dews* Frau in *Unserem* Haus wohnen soll.«

»Chris, sie ist kein schlechter Mensch, wenn du sie erst einmal kennengelernt hast. Ist sie wirklich nicht. Sie hat einen feinen Sinn für Humor.«

»Wo wird sie schlafen, Roby? In Moms Bett?«

»Nein. Du weißt doch, da schläft ja schon Tessie McBride. Brenda ist unten im Gästezimmer untergebracht. Hör mal Chris, ich weiß ja, es klingt verrückt, aber John mag sie, sie ist wirklich gut zu ihm, und wo doch keiner von uns da ist, ist es bestimmt . . .«

»Stopp, Roby. Bitte. Du sagtest, Dad weiß davon?«

»Ich glaube, es war sogar ursprünglich seine Idee.«

»Aber Roby, begreift denn niemand, daß, selbst wenn Dad die Wahrheit sagt – selbst wenn Dad unschuldig ist –, daß selbst dann Ricky Dew immer noch der gewesen sein könnte, der Mom erschossen hat?«

»Wie soll das denn gehen?«

»Sagen wir mal, L'Heureux sei wirklich engagiert worden, um irgend etwas zu ermitteln oder aufzuklären oder wiederzufinden. Und dann bekommt er alles über die Lebensversicherungen heraus, die auf Mom abgeschlossen worden waren. Und das hat er Dew erzählt. Und die beiden sind hierher zurückgekommen, um sie umzubringen, damit sie anschließend Dad erpressen konnten, weil ... weil ...«

»Weil er einen Privatdetektiv angeheuert hat? Das ergibt doch nun überhaupt keinen Sinn, Chris.«

»Ja, schon gut, ich weiß auch nicht, warum oder womit. Da gibt es noch so vieles, was wir nicht wissen. Aber ich weiß, daß Dew auf der Anklagebank sitzt mit der Anklage, Mom ermordet zu haben, und es kommt mir doch ein bißchen zu verrückt vor, *seine* Frau während der Zeit des Prozesses bei uns zu beherbergen.«

»Heh, Chris, mach's halblang. Du weißt doch, was man immer sagt – die Welt ist klein.«

Kevin Kelly quälte sich durch die erste Woche des Prozesses, die Woche der Nichtigkeiten und Unsinnigkeiten, und präsentierte die Aussagen verschiedener Streifenpolizisten der Staatspolizei, die am Tatort gewesen war, der Polizeifotografen, des Pathologen (der aussagte, er habe den Eindruck gewonnen, als sei Maria Marshall im Schlaf erschossen worden) und des koreanischen Taxifahrers, der L'Heureux im Juni ins *Ram's Head* gefahren hatte.

Zu Beginn der zweiten Woche rief er Ferlin L'Heureux in den Zeugenstand.

Vierzehn Monate Haft, davon die meiste Zeit in einer Einzelzelle, hatten Ferlins Schritt viel von der alten Elastizität genommen; der Glanz in seinen Augen schien erloschen. Da war nicht mehr viel von dem windigen ›Geschäftemacher‹ zu sehen. Immer noch kompakt gebaut, obwohl er der Gefängnisküche mit gut zwanzig Pfund Gewichtsverlust hatte Tribut zahlen müssen, das Gesicht inzwischen von Schnurr- und Backenbart zugewachsen, brachte er das Fluidum eines Mannes in den Zeugenstand mit, der auf er ganzen Linie gescheitert war.

Kelly behandelte ihn, als sei er radioaktiv verseucht. Er führte L'Heureux durch seine Geschichte, als spielten sie beide Blindekuh miteinander.

Als Ferlin auf seinen Juli-Trip zu sprechen kam, wurde er fast schon pathetisch. »Maria saß da ganz allein«, sagte er mit sanft klingender, schleppender Stimme, »und sie hielt diese Rose in der Hand. Ich nehme mal an, es war die, die sie in dem Restaurant bekommen hatte. Sie hielt einfach nur diese Rose in der Hand. Dieses Bild werde ich nie vergessen.«

Kelly forderte von L'Heureux die ungeschminkte Darstellung der Tatsachen. Er machte schnell klar, daß er auch Travis Greene ins Spiel bringen wollte. »Würden Sie uns bitte erzählen«, sagte Kelly, »ob Sie auf Ihrem Weg zurück nach Shreveport mit Greene über Marshall und seine Pläne gesprochen haben?«

»Ich hatte Greene Maria Marshall gezeigt. Und ich hatte ihm nur gesagt: ›Siehst du die zwei Leute da? Ich erzähl' dir später mehr von denen.‹ Sonst nichts. Und auf dem Weg zurück nach Shreveport bin ich noch einmal darauf zurückgekommen und habe gesagt: ›Der Knabe ist bescheuert.‹ Er fragte: ›Wovon redest du?‹ Ich sagte: ›Der Mann sucht jemand, der seine Frau für ihn umbringt.‹ Und Travis sagte etwas, das sei doch eine attraktive Frau. Und ich sagte: ›Aber der ist ja auch bereit, gut dafür zu zahlen, weißt du.‹ Und er fragte mich, wieviel. Und ich sagte ihm, er sei bereit, fünfzigtausend Dollar dafür zu zahlen. Das war die letzte Unterhaltung, die ich mit Travis über diese Angelegenheit geführt habe.«

Als sie dann zu L'Heureux' Treffen mit Ricky Dew kamen, forcierte Kelly das Tempo der Befragung.

»Ricky erzählte mir«, berichtete L'Heureux, »er hätte gehört, da gebe es einen Vertrag über meine Ermordung. Jedenfalls hätten ihm ein paar Leute aus Texas ein Kopfgeld von fünfundsiebzigtausend Dollar angeboten.«

»Haben Sie ihn gefragt, warum?«

»Nun ja, irgendwie wußte ich schon, warum. Wissen Sie – ich meine, ich wußte ja schließlich, daß ich hier oben nichts ins Werk gesetzt hatte. Ich habe bloß das Geld dieses Mannes angenommen. Und so war ich natürlich schockiert, verstehen Sie. Und wir haben dann noch eine Weile weiter geredet. Und schließlich sagte er, wissen Sie: ›Unser Freund hat mir davon erzählt. Und ich habe mich mit ihm darüber unterhalten.‹«

»Sie sprechen von Greene?« fiel Kelly ein.

»Nein«, erwiderte L'Heureux. Dann sagte er: »Ja, schon.«

»Greene hat ihm erzählt, was Sie in New Jersey vorhatten?« fragte Kelly so beiläufig wie möglich.

»Richtig.«

»Sehr schön«, sagte Kelly und kam mit keinem Wort mehr auf den angeblichen ›Vertrag‹ über ›ein paar Leute aus Dallas‹ zurück.

Die Befragung des Kronzeugen der Staatsanwaltschaft im Verfahren gegen Rob Marshall und Ricky Dew dauerte im ganzen nicht länger als zwei Stunden. Es war fast, als hätte jemand Kelly noch einen Bonus für den Fall versprochen, daß er noch vor dem Lunch fertig werden würde.

John Marshall war der einzige von Robs drei Söhnen, der bei der Zeugeneinvernahme L'Heureux' im Gerichtssaal anwesend war. Er saß in der ersten Reihe zwischen Tessie McBride und Brenda Dew, direkt hinter seinem Vater am Verteidigertisch.

Als L'Heureux seine erste Reise nach Atlantic City beschrieb und Rob mit den Worten zitierte »ich will sie loswerden, ich will von ihr befreit werden, und zwar so schnell wie möglich«, fing John Marshall an zu weinen.

Rob wandte sich um und sah seinen Sohn an. »Alles in Ordnung?« fragte er ihn.

John nickte mit tränennassen Augen.

»Hör nicht auf ihn«, flüsterte Rob ihm zu. »Glaub ihm kein Wort. Der Kerl lügt.«

Eine Stunde später in der Mittagspauses sprang John auf und lief auf die Schranke zu, die ihn von seinem Vater trennte. Er sprang hinüber, umarmte Rob ganz fest und küßte ihn auf den Mund. Die Deputy Sheriffs standen peinlich berührt daneben und obwohl sie wußten, daß jeder körperliche Kontakt mit dem Gefangenen strikt untersagt war, spürten sie keinerlei Veranlassung, dagegen einzuschreiten.

Als Rob später zur Nachmittags-Verhandlung wieder im Gerichtssaal erschien, suchten seine Augen John, und dann fragte er ihn: »Wirst du die ganze Woche hier sein?«

John sagte, das werde er.

»Gut«, sagte Rob. »Ich möchte gern, daß du für den Rest der Woche hier bist, damit du auch die andere Seite zu hören bekommst.«

John lächelte.

An diesem zweiten Tag im Zeugenstand versicherte L'Heureux im Kreuzverhör durch Carl Seely, er habe *unentwegt versucht*, Rob seinen Plan, Maria zu ermorden, auszureden. »Ich hatte nie vor, meinen Teil der Vereinbarung einzuhalten«, sagte er.

Er ging sogar so weit, zu behaupten, daß er selbst noch am Morgen des 6. September, nachdem er und Dew schon in Atlantic City eingetroffen waren, nicht gewillt war, Maria sterben zu lassen. »Erst nach meinem Treffen mit Marshall bei Harrah's«, behauptete er jetzt, »und weil ich Geld brauchte und weil Ricky Geld brauchte, stimmten wir zu, den Mord auszuführen.«

»Ich schätze, ich hatte gegen eine echte Bewußtseinstrübung anzukämpfen«, sagte er.

»Mit anderen Worten, Sie hatten zu dem Zeitpunkt einen echten seelischen Blackout?«

»Nun ja, wissen Sie, irgendwie kamen wir überein. Ich spürte, daß Robert Marshall das Geld zahlen würde, wenn Maria Marshall erst ermordet war.«

»Was Sie also in Wirklichkeit damit sagen wollen«, fragte Seely, »ist doch, daß es im Rahmen Ihrer Motivation und Ihrer ganzen Bewußtseinslage das Geld war, was Sie getrieben hat, richtig?«

»Der Beweggrund war das Geld«, stimmte L'Heureux zu. »Geld war das einzige Motiv, das ich hatte, und ich glaube – ich werde nicht . . .« Aber hier unterbrach er sich selbst.

Plötzlich fing er heftig an zu schwitzen, und seine Stimme klang, als habe er einen trockenen Hals.

»Brauchen Sie vielleicht ein Glas Wasser oder etwas ähnliches?« fragte Seely.

»Ja, bitte.«

Am Nachmittag des zweiten Tages übernahm Nathan Baird das Kreuzverhör.

»Mr. L'Heureux«, sagte er, während er sich tapsig wie ein Bär nach einem ausgedehnten Nickerchen erhob, »erinnern Sie sich eigentlich noch, daß ich dieser Jury eingangs gesagt hatte, ich würde noch demonstrieren, daß Sie ein starkes Motiv zu lügen gehabt hätten?« Allein schon der Klang seiner Stimme – ein reicher, voller Baß – schien Angst zu verbreiten. Vor allem dann, wenn man bedachte, daß diese Konfrontation darüber entscheiden konnte, ob Ricky Dew als freier Mann nach Louisiana zurückkehren würde oder einer Nervengift-Injektion entgegensah.

»Ich erinnere mich an diese spezielle Ankündigung nicht mehr«, erwiderte L'Heureux.

»Ihnen ist doch nichts wichtiger, als ihr Leben zu retten, habe ich recht?«

»Das ist richtig.«

»Und das ist Teil Ihrer Motivation, bezüglich der Vorgänge auf dem Highway in jener Nacht die Unwahrheit zu sagen.«

»Wenn es die Unwahrheit wäre.«

»Nun, im Moment sprechen wir nur über Motive. Später werden wir noch darüber reden, *ob* sie gelogen *haben*. Für den Augenblick«, sagte Baird, wobei er nicht nur betont langsam sprach, sondern auch noch langsam vor L'Heureux auf und ab ging, »möchte ich nur Ausmaß und Bedeutung Ihrer Motivation erkunden. Würden Sie mir denn zustimmen, wenn ich sage, daß Sie ein sehr, sehr begründetes Motiv hätten, hier die Unwahrheit zu sagen?«

»Das ist korrekt«, sagte L'Heureux.

»Tatsache ist weiter, daß Sie eine Vereinbarung mit der Staatsanwaltschaft haben. Das stimmt doch, oder?«

»Das ist korrekt.«

»Und in dieser Vereinbarung wird ja festgehalten, Sie seien nicht der gewesen, der geschossen hat. Das wurde so zwischen ihren Anwälten und dem Staat New Jersey vereinbart. Ist es so?«

»Das ist korrekt.«

»Jetzt beantworten Sie bitte nur eine Frage, und die lautet, ob Sie als Ergebnis dessen, was Ihre Anwälte Ihnen gesagt haben, begriffen haben, daß die Staatsanwaltschaft Ihnen diese wundervolle Vereinbarung niemals verschafft hätte, wenn Sie der Schütze gewesen wären.«

»Das ist korrekt«, sagte L'Heureux.

»Gut. Um sich nun von der Bedrohung durch die Todesstrafe freizukaufen und von allem anderen, was Ihnen in diesem Verfahren noch drohen konnte, mußten Sie nur erklären, daß Sie es nicht gewesen seien, der auf Maria Marshall geschossen hatte. Ist das die Wahrheit?«

»Das ist korrekt.«

»Und ob es nun wahr ist oder nicht – Sie wünschten sich jedenfalls ganz intensiv, nicht mit dem Tod bestraft zu werden, sondern lieber dieses Abkommen zu erreichen. War es nicht so?«

»Ich denke, wenn es nicht der Wahrheit entsprochen hätte«, sagte L'Heureux, »dann hätte ich es wohl auch nicht gesagt.«

Nathan Baird trat einen Schritt zurück und rollte die Augen gen Himmel. »Sie meinen«, sagte er ungläubig, »Sie würden nicht irgendeine niedliche kleine Lüge erfinden, wenn Sie damit Ihr Leben retten könnten?«

»Nein, das würde ich nicht«, erwiderte L'Heureux. »Nicht auf Kosten eines anderen.«

»Mr. L'Heureux!« donnerte Baird. »Ihr ganzes Leben ist doch eine Aneinanderreihung von Lügen, oder etwa nicht?«

»Einspruch!« rief Kevin Kelly.

»Einspruch stattgegeben«, sagte Richter Greenberg. »Die Jury wird die Frage überhören.«

»Sie wollen also diese Jury glauben machen«, insistierte Baird, »daß Sie, um ihr eigenes Leben zu retten, nicht bereit gewesen wären, insoweit zu lügen, als daß Sie unter Umständen wider besseres Wissen behauptet hätten, nicht geschossen zu haben?«

»Nicht auf Kosten eines anderen.«

»Ist das für Sie eine Frage Ihres Gewissens?« fragte Baird.

»Es ist mein Gewissen, das mich davon abgehalten hat, der Vollstrecker zu sein.«

»Aber Ihr Gewissen hat Sie nicht davon abgehalten, sich an einem Mordkomplott zu beteiligen. Sehe ich das richtig?«

L'Heureux hob die Schultern. »Es ist die Wahrheit«, sagte er.

»Ihr Gewissen«, behauptete Baird, »scheint ein recht elastisches Ding zu sein, finden Sie nicht? Und dabei hängt die Elastizität von der Anzahl der Dollars ab.«

»Das ist eine Frage der Abwägung.«

»Daraus schließe ich dann, daß unterschiedliche Summen ganz unterschiedliche Dinge in Ihrem Gewissen auslösen.«

»Zur fraglichen Zeit brauchte ich ein bißchen Geld«, sagte L'Heureux.

»Dann lassen Sie mich anders fragen: Würden Sie Ihrer Frau für fünfzig Dollar die Unwahrheit sagen, wenn Sie gefragt werden, wo Sie die Nacht über waren?«

»Dann würde ich sogar für null Dollar lügen«, sagte L'Heureux, und zum erstenmal an diesem Tag war Gelächter im Saal zu hören.

Auch Baird konnte nicht umhin, kurz zu grinsen. »Wie ein großer Staatsmann einmal gesagt hat«, fuhr er fort, »nachdem wir nun die Angelegenheit selbst geregelt haben, wollen wir mal über die Rechnung reden. Haben Sie unterschiedliche

Preise für unterschiedliche Lügen? Die einen sind Hundert-Dollar-Lügen, andere wieder sind Zweihundert-Dollar-Lügen?«

»Ich glaube nicht.«

»Haben Sie unterschiedliche Preise auch für andere schlimme Dinge außer Lügen, Dinge, die Sie für hundert Dollar tun würden, und andere, für die Sie zweihundert verlangen würden?«

Jetzt endlich sprang Kelly auf. »Ich erhebe Einspruch und beantrage, zu den Fakten zurückzukehren, die der Zeuge hier bestätigen soll.«

»Richter«, erwiderte Baird, »dies ist ein Kreuzverhör. Seine Glaubwürdigkeit und seine Moral stehen hier auf dem Prüfstand, um in diesem Gerichtssaal Klarheit hinsichtlich seiner Vertrauenswürdigkeit zu erhalten.«

»Nun«, sagte Richter Greenberg geduldig. »Die Frage sprengt wohl etwas den Rahmen, denke ich. Sie richtet sich darauf, was er in einer nur angenommenen Situation tun *würde*. Eine solche Frage gebietet keine an Fakten orientierte Antwort.«

»Ich ziehe die Frage zurück«, sagte Baird, um sich dann ganz schnell wieder L'Heureux zuzuwenden. »Wie viele Dollar wären denn erforderlich, um Ihr Gewissen zu beruhigen, wenn ein Unschuldiger eines Mordes bezichtigt werden soll?«

»Ich glaube, dann könnte keine Summe dieser Welt mein Gewissen beruhigen«, erwiderte L'Heureux.

»Wie viele Dollars, meinen Sie, ist denn wohl Ihr eigenes Leben wert?«

»Wenn ich den Mord begangen hätte . . .«

»Bitte beantworten Sie nur meine Frage!« rief Baird. »Welchen Wert messen Sie Ihrem eigenen Leben bei? Eine Million Dollar? Fünf Millionen Dollar?«

»Ich lege wieder Einspruch ein«, sagte Kelly. »Die Frage ist spekulativ.«

»Stattgegeben«, sagte Richter Greenberg.

Baird schritt nun quer durch den Gerichtssaal, bis er ganz nahe vor L'Heureux stand. »Stimmen Sie denn mit mir darin überein«, sagte er sanft, »daß das Leben eine immense Summe Geldes wert ist?«

»Ja.«

»Das Leben ist genug Geld wert, daß es Ihr Gewissen durchaus beruhigen könnte, wenn Sie bezüglich Ricky Dew lügen müßten. Ist das richtig?«

»Nein«, erwiderte L'Heureux, aber er klang nicht gerade übermäßig überzeugend.

»Jedesmal, wenn Sie in die Ermordung eines anderen verwickelt würden und sicher sein könnten, dafür noch nicht einmal drei Jahre lang ins Gefängnis zu müssen, dann könnte das doch sicher Eindruck auf Ihr Gewissen machen, entsprechend vor Gericht zu plädieren, oder?«

»Erwarten Sie darauf eine Antwort?« fragte L'Heureux.

»Allerdings.«

»Ich glaube nicht.«

Baird wandte L'Heureux den Rücken und entfernte sich. Als er auf der entgegengesetzten Seite des Gerichtssaales angekommen war, sprach er wieder. »Sagen Sie mir eines, Sir, gibt es für die Jury eigentlich eine Möglichkeit, zu erkennen, wann Sie die Wahrheit sagen und wann nicht – irgend etwas, das Sie uns über sich selbst erzählen können, um der Jury in diesem Sinne zu helfen?«

»Einspruch!« sagte Kelly.

»Einspruch stattgegeben.«

»Ich verstehe nicht, warum, Richter«, sagte Baird.

»Die Frage zielt nicht auf eine an Tatsachen orientierte Antwort ab«, sagte Richter Greenberg.

»Nun, zum Beispiel, Richter, wenn ich jedesmal, wenn ich lüge, eine Blähung habe, dann kann ich diese Frage doch mit der Benennung eines Fakts beantworten.«

»Aber die Frage erfordert keine faktische Antwort«, sagte der Richter unbeeindruckt. »Sie zielt auf eine Meinung oder einen Rückschluß des Zeugen ab, bezieht sich also auf subjektives Empfinden und kann daher nicht objektiv beantwortet werden; eine Antwort wäre reine Mutmaßung, und daher gebe ich dem Einspruch statt.«

Wieder wirbelte Baird herum – erstaunlich schnell für einen Mann seiner Leibesfülle – und sah L'Heureux an.

»Wird eigentlich Ihre Nase länger, wenn Sie lügen?« fragte er.

»Ich erhebe wieder Einspruch, Euer Ehren!« rief Kelly.

»Ich werden dem Einspruch stattgeben«, sagte Richter Greenberg. Und dann setzte er ohne den allergeringsten Anflug von Verärgerung hinzu: »Des weiteren möchte ich Sie, Mr. Baird, jetzt einmal darauf hinweisen, sich weiterer solcher mokanter Fragen zu enthalten. Mir ist bewußt, daß in diesem Verfahren wie in den meisten anderen Verfahren auch humorige Dinge vorkommen, doch denke ich, es ist Sache eines Anwalts, seine Fragen in einer professionellen Manier zu stellen.«

»Vielen Dank, Euer Ehren«, sagte Baird.

Dann belegte Baird durch weitere Fragen, daß es L'Heureux' Revolver gewesen war, der zum Zweck der Ermordung von Maria Marshall benutzt worden war, daß es L'Heureux gewesen war, der die Handschuhe beschafft hatte, mit deren Hilfe Fingerabdrücke der Person vermieden werden sollten, die die Waffe hielt, daß es L'Heureux' Wagen gewesen war, in dem der Schütze zum Tatort gefahren war oder gefahren wurde, und daß L'Heureux der einzige Mensch gewesen war, von dem bekannt war, daß er im Zusammenhang mit den tödlichen Schüssen je Geld von Rob Marshall entgegengenommen hatte, und daß L'Heureux selbst zugegeben hatte, zur fraglichen Zeit am Tatort gewesen zu sein.

»Ich denke mir, Sie waren genau im richtigen Augenblick da«, sagte Baird, »ich denke mir, Sie waren da, und Sie haben die Lady in den Rücken geschossen. Ist es nicht genau so gewesen?«

»Nein.«

»Dann denken Sie doch mal eine Sekunde nach«, fuhr Baird fort. »Denken Sie einmal kurz über etwas nach, was Sie gestern gesagt haben. Sie sagten: ›Ich werde nie vergessen, wie sie da saß und die Rose in der Hand hielt‹, und Sie deuteten mit einer Geste an, daß die Lady die Rose etwa in Brusthöhe gehalten hat. Ein schönes Bild einer schönen Frau, nicht wahr?«

»Das ist korrekt.«

»Und der Grund, warum Sie dieses Bild nie mehr vergessen werden, ist die Art, wie es in Ihrem Kopf kontrastiert – dieses Bild vollendeten Friedens, ein Bild der Schönheit und der

Noblesse – mit der Gewalt, die Sie diesem Körper in dem Wagen angetan haben. Und das ist der Grund, warum Sie das alles nie, nie mehr werden vergessen können. So ist es doch, oder?«

»Meinen Anteil daran – ja«, gestand L'Heureux.

»Tatsache ist doch: Sie waren *der* Teil dieses Zerstörungswerkes: Es waren Ihr Revolver, Ihre Handschuhe und Ihr Wagen.«

»Das stimmt, es war mein Revolver. Ich hatte die Gummihandschuhe besorgt. Aber ich habe Maria Marshall nicht erschossen.«

»Sir«, sagte Baird, »ich sage Ihnen, daß die Staatsanwaltschaft eine gesicherte Anklage gegen Sie in der Hand hatte, und der Grund dafür war, daß Sie der Schütze waren, aber Sie haben gesagt, Ricky Dew sei der Schütze gewesen, weil Sie wußten, daß Sie diesen Handel mit der Staatsanwaltschaft niemals würden tätigen können, solange Sie noch als der Schütze gelten mußten.«

»Sie hatte nichts gegen mich in der Hand, um mich als Schützen anzuklagen«, widersprach L'Heureux.

»Gegen Ricky Dew hatte sie aber auch nichts in der Hand, um ihn als Schützen anzuklagen«, sagte Baird, »außer Ihrer Aussage.«

Als Rob Marshall am nächsten Morgen von den Deputy Sheriffs in den Gerichtssaal geführt wurde, die ihn jeden Tag von seiner Zelle hierhergeleiteten, entdeckte er seinen Sohn John im Saal und lächelte ihm breit zu. Dann hielt er den Ordner hoch, in dem er jeden Tag seine Papiere aus der Zelle mit hierherbrachte. Auf eine Seite des Umschlages hatte er in großen Druckbuchstaben mit einem purpurfarbenen Filzstift die Worte geschrieben: *ICH LIEBE DICH*.

Ein Fotograf der *ASBURY PARK PRESS* schoß ein Bild. John blickte verwirrt drein, Rob hingegen sah selbstzufrieden aus.

Baird hielt L'Heureux noch zwei Tage im Zeugenstand fest. Dabei nahm er gelegentlich auch Hohn und Spott in Anspruch, um L'Heureux' Geschichte (soweit sie Dew betraf) weniger glaubwürdig erscheinen zu lassen.

»Jetzt erzählen Sie mir einmal etwas über diese Handschuhe«, sagte er. »Sie haben gesagt, es habe sich um Handschuhe gehandelt, wie Sie sie gelegentlich benutzt haben, um Geschirr zu spülen. Haben Sie denn damit überhaupt Erfahrung?«

»Ich habe schon mal Geschirr gespült«, erwiderte L'Heureux.

»Gut. Kann man diese Handschuhe in verschiedenen Größen kaufen?«

»Das weiß ich nicht.«

»Welche Größe haben Sie denn gekauft?«

»Ich habe die Verkäuferin gefragt.«

»Was haben Sie denn da gesagt? ›Ich habe da draußen im Wagen meinen Freund Dew, und ich hätte gern ein Paar Handschuhe, die ihm passen?‹«

»Nein, ich habe einfach ein Paar Handschuhe gekauft. Ich habe nach einem Paar Gummihandschuhe gefragt und ein Paar Handschuhe gekauft.«

Später fragte Baird L'Heureux nach den Stunden, die dem Mord folgten.

»Sie gingen um zwei Uhr zu Bett?«

»Ja, so ungefähr um die Zeit.«

»Und Sie haben bis sechs Uhr geschlafen?«

»Nun, viel habe ich nicht geschlafen, aber immerhin ein wenig.«

»Sie haben nicht viel geschlafen? Meinen Sie damit, daß Sie durch das Erlebte noch aufgeregt waren?«

»Ja, Sir.«

»Oder wollen Sie damit sagen, Sie seien damit beschäftigt gewesen zu kopulieren?«

»Ko- bitte was?«

»Kopulieren«, wiederholte Baird. »Sie wissen doch, was das ist, oder?«

»Nein, Sir.«

»Das wissen Sie nicht?«

»Oh, ich weiß, was Sie meinen – aber nein, das habe ich nicht getan.«

»Aber haben Sie denn nicht ausgesagt, daß Sie, nachdem das nun geschehen war, ausgegangen sind und ein paar Prostituierte aufgegabelt haben, mit denen Sie Sex hatten, bevor Sie schlafen gingen.«

»Ja, Sir.«

»Nun denn, war das Problem, das Sie davon abhielt zu schlafen, der Umstand, mit einer Frau zusammenzusein, oder weil Sie noch wegen des Verbrechens aufgeregt waren?«

»Weil ich wegen des Verbrechens aufgeregt war.«

»Hat Ihnen das den Spaß am Zusammensein mit einer Frau verdorben?«

»Ich hatte kein besonderes Verlangen.«

»Oh, sie hat sich Ihnen aufgedrängt?«

»Nein, Sir.«

An dieser Stelle legte Kelly Einspruch ein, aber Baird hatte schon erreicht, was er erreichen wollte, und eine Aussage bekommen, auf die er wieder zurückkommen würde mit der Feststellung, es müsse nach L'Heureux eigener Darstellung mindestens zwei Augenzeugen geben, nämlich die Prostituierten, die hätten beweisen können, daß Dew zu dem Zeitpunkt in New Jersey gewesen war, aber die Staatsanwaltschaft sei nicht in der Lage gewesen, diese dem Gericht vorzustellen.

Obwohl er L'Heureux' Interesse zu lügen zu einem ständigen Thema machte und fortfuhr, die Vereinbarung mit der Staatsanwaltschaft zu kritisieren, hatte er sich die sorgfältigste Überprüfung dem Teil von L'Heureux' Aussage vorbehalten, in dem dieser auf seinen ersten Kontakt mit Dew in der ganzen Angelegenheit zu sprechen gekommen war.

»Ich will Ihnen mal sagen, was ich denke«, sagte Baird. »Ich behaupte, die Geschichte, daß Sie Greene auf Ihrem Weg nach Hause im Juli davon erzählt haben, Marshall wolle seine Frau ermorden lassen, ist ein integraler Bestandteil Ihrer ganzen Aussage.

Denn als Sie die Idee ausgebrütet haben, Ricky als Todesschützen zu bezeichnen, da mußten Sie irgendwie das Problem in den Griff bekommen, zu erklären, woher Dew überhaupt von der ganzen Sache gewußt haben konnte.

Und ich behaupte nun folgendes: Wenn Sie in Ihrer Aussage nicht behauptet hätten, Sie hätten auf dem Rückweg damals Greene davon berichtet, Marshall wolle seine Frau ermorden lassen, dann hätten Sie keine Möglichkeit mehr gehabt zu erklären, auf welche Weise Dew an Sie herangetreten ist. *Das ist ein Schlüsselglied Ihrer ganzen Geschichte.* Darauf stützt sie sich vornehmlich. Das ist der Grundpfeiler, auf dem sie überhaupt ruht.«

Ausgehend von dieser Überlegung nahm Nathan Baird demonstrativ ein Vergrößerungsglas zur Hand, mit dem er die beschworene Aussage L'Heureux', die dieser am 21. Dezember 1984 als Teil seiner Vereinbarung mit der Staatsanwaltschaft unterschrieben hatte, betrachtete.

»Sie sagen hier«, fuhr Baird fort, »›bei meiner Ankunft damals bei McDonald's erzählte Ricky mir, er habe aus Dallas erfahren, dort gebe es einen Mann, der fünfundsiebzigtausend Dollar auf meinen Kopf ausgesetzt habe.‹ Hat Ricky das gesagt?«

»Ja, Sir.«

»Haben Sie darauf gesagt: ›ein hübsches Sümmmchen‹?«

»Schon möglich.«

»Aber auf jeden Fall gesagt haben Sie: ›Wofür, zum Teufel?‹«

»Das ist korrekt.«

»Na schön, lesen wir mal weiter«, fuhr Baird fort. »›Er (Ricky) sagte, er habe das so verstanden, als wenn ich einen Auftrag nicht erfüllt hätte, den ich von einem Mann aus New Jersey bekommen hätte, und daß dieser Mann nunmehr entschlossen sei, das Geld dafür auszugeben, daß sich jemand mit mir befaßt.‹ Glaubten Sie denn zu diesem Zeitpunkt, daß jemand, der Ihnen schon zweiundzwanzigtausend Dollar zahlen würde, damit dieser Sie dann umbrachte, weil Sie Ihren Auftrag nicht erfüllt hatten?«

»Er war der einzige, von dem ich mir vorstellen konnte, daß er so etwas tun würde.«

»Wer ist ›er‹? Marshall?«

»Ja.«

»Und hatten Sie jemals den Eindruck, als wenn Mr. Marshall jemanden in Texas kennt, der als bezahlter Mörder für ihn tätig werden könnte?«

»Ich hatte keinerlei Ahnung, wen er wo kennen könnte.«

»Verstehe. Okay, Sie sagen dann in Ihrer Aussage: ›Ich wußte nicht, daß das, was er vielleicht tun könnte, solche Folgen haben könnte‹, wobei Sie mit ›er‹ wiederum Marshall meinten. Ist das richtig?«

»Das ist korrekt.«

»Gehen wir zur nächsten Seite, die seltsamerweise nicht numeriert ist, aber da sie zwischen den Seiten vierzehn und sechzehn liegt, unterstellen wir mal, es handelt sich um die Seite fünfzehn, einverstanden? Und da erklären Sie: ›Und ich dachte – äh – dabei handele es sich um Ricky – äh – Travis.‹ Glauben Sie, in diesen Zwischenraum sollte nachträglich noch der Name Travis oder Travis Greene eingefügt werden?«

»Zu der Zeit habe ich gedacht, es müsse Travis Greene gewesen sein, der die Sache Ricky gegenüber erwähnt hatte.«

»Das ist auf jeden Fall sehr wichtig. Sagen Sie nun in ihrer Aussage, in diesem Satz hier, meine ich, daß Sie *dachten*, Travis Greene habe Ricky davon erzählt, oder sagen Sie, daß Ricky *gesagt* hat, Travis Greene habe es ihm erzählt? Was sagen Sie denn nun wirklich?«

»Ich sage, daß ich das gedacht habe.«

»Dann hat also Ricky nicht, wie sich dieser Satz liest – Ricky hat niemals etwas in der Richtung gesagt, Travis Greene habe ihm von der ganzen Sache erzählt. Ist das so korrekt?«

»Das stimmt.«

Und damit hatte Nathan Baird Ferlin L'Heureux erfolgreich in Widerspruch nicht nur zu seiner ersten Aussage gebracht (in der er Kelly erzählt hatte, Dew habe Greenes Name erwähnt), sondern auch zu der beschworenen Zeugenaussage, die er im Dezember als Gegenleistung für die drastisch reduzierte Anklage gegen ihn unterschrieben hatte.

Die Untermauerung seiner Behauptung durch die Einführung des Namens ›Greene‹ war zusammengebrochen. Der ›integrale‹

und ›absolut erforderliche‹ Teil von L'Heureux' Aussage – jener Teil, der alle die überflüssigen Spieler vom Spielfeld ferngehalten hätte – war angeknackst, und zurück blieb nur noch seine ursprüngliche Geschichte, daß man Dew, einen Tag nachdem er durch Myers hatte ausrichten lassen, er werde nicht nach Norden zurückkehren, einen Vertrag angeboten hatte, ihn für Geld zu ermorden.

21. Kapitel

Chris rief Roby von Lehigh aus an. Die dritte Woche des Prozesses war zur Hälfte vorüber.

»Morgen sagt Mrs. Rosenberg aus«, sagte er. »Gehst du hin?«

»Ja, zur Hölle. Ich möchte nahe genug sitzen, um sie anspucken zu können.«

»Erinnerst du dich noch an den Abend mit dem Schüler-Ball, als Dad uns gesagt hatte, wir sollten bei ihr vorbeischauen, damit sie mal sehen könne, wie gut wir aussehen?« fragte Chris.

»Natürlich erinnere ich mich daran. Ein weiterer Schnappschuß aus dem Familienalbum aus besseren Tagen.«

»Ja, ich dachte gerade noch an einen anderen. Erinnerst du dich noch an den Abend, als Mom und Dad ihren zwanzigsten Hochzeitstag gefeiert haben – gleich nach Weihnachten, vor zwei Jahren.«

»Ja, das war, als hätte Dad die Bevölkerung der ganzen Ocean County eingeladen«, antwortete Roby.

»Aber das war doch eine Überraschung für Mom, oder?«

»Das kann man sagen. Dad liebte solche Überraschungen.«

»Da war einfach jeder da, den sie kannten, stimmt's?« meinte Chris.

»Ja, ich erinnere mich, daß sich sogar Ray DiOrio kurz hat sehen lassen.«

»Und erinnerst du dich auch noch, als Dad die großen Blumensträuße brachte?« fragte Chris.

»Machst du Witze? Ich glaub', das haben wir sogar auf Video. Da überreicht er ihr gerade das große Bukett mit den zwanzig weißen Rosen und sagt ›eine für jedes Jahr unserer herrlichen, glücklichen Ehe‹ oder so 'n Scheiß.«

»Richtig. Und alle haben geklatscht und Hochrufe ausgebracht«, sagte Chris.

»Und dann gibt er ihr die drei roten Rosen. ›Eine für jeden

unserer drei großartigen Söhne, die sie bis an die Schwelle des Erwachsenseins großgezogen hat.‹ O ja, ich erinnere mich noch gut daran. Ich fand das damals richtig cool, daß er mich großartig genannt hat. Als ich dann sechs Monate später in Villanova rausgeflogen bin, hat er mich aber nicht mehr so genannt.«

»Aber erinnerst du dich auch noch an Mom, Roby? Erinnerst du dich noch an sie, als er ihr die Blumen gab, sich über sie beugte und sie dann küßte?«

»Ja, daran erinnere ich mich auch noch. Sie hat geweint.«

»Richtig. Freudentränen. Ist es das, woran du denken mußtest, Roby?«

»Natürlich.«

»Dann denk nochmals nach.«

»O mein Gott!« sagte Roby. »Damals hatte die Affäre ja schon angefangen.«

»Sie ging schon seit sechs Monaten«, erklärte Chris.

»Stimmt! Mom hatte da ja schon den Detektiv engagiert! O mein Gott, Chris, ist das schrecklich. Das war eine der freudigen Erinnerungen, die ich mir bewahrt hatte.«

»Tut mir leid, wenn ich dich aus deiner Zuckerwatte rausgeholt hab', Roby, aber ich hab's in diesen Tagen nun mal mit den Fakten. Weißt du noch, wer sonst noch auf der Party war? Sie stand rechts von ihr und klatschte und jubelte wie alle anderen.«

»Mrs. Rosenberg«, sagte Roby leise.

»Wie konnte sie das nur machen?« fragte Chris.

»Ich frage mich, wie diese Hure die Stirn hatte, auch nur durch die Tür zu kommen«, sagte Roby.

»Zumindest weißt du jetzt, warum Mom damals einfach nicht aufhören konnte zu weinen, obwohl es langsam peinlich zu werden anfing.«

»Jetzt glaube ich langsam auch, daß das keine Freudentränen waren«, sagte Roby.

Während seiner Zeit im Gefängnis, als er auf seinen Prozeß wartete, hatte Rob seine Erinnerungen an Felice niedergeschrieben. Er begann mit der Party bei Jerry Mitchell, als er zum erstenmal gespürt hatte, wie groß seine Chancen bei ihr waren.

»Sie ging an jenem heißen Tag Anfang Juli hinaus auf den Patio«, schrieb er, »und suchte mit den Augen nach der Bewunderung, die ihr, wie sie sehr wohl wußte, gewiß war. Ihr lockiges, glänzend-schwarzes Haar fiel ihr bis auf die Schultern herab und kontrastierte hervorragend mit dem roten Hosenanzug, der ihre schlanke Gestalt umhüllte. Unsere Augen begegneten sich in einem Lächeln, als sie unter der gelb und weiß gestreiften Markise auf mich zu kam. An diesem Nachmittag erreichten alle die vielen versteckten spielerischen sexuellen Andeutungen, die es schon seit Jahren zwischen und beiden gegeben hatte, ihren Höhepunkt.«

Genau diese Art des Auftretens aber war es, die Kelly nicht wünschte, als er sie am Donnerstagnachmittag der dritten Prozeßwoche in den Zeugenstand rief. »Ich kann es auf jede Art machen, die Sie wünschen«, hatte sie ihm zuvor erklärt. »Ich kann als Schulmeisterin auftreten oder auch als ausgeflippte Felice erscheinen, ganz wie Sie wünschen.«

Er hatte ihr strengstens ein schulmeisterliches Erscheinungsbild angeordnet, und genau das bot sie ihm nun auch, als sie in ihrem knöchellangen grauen Kostüm und der sorgsam mit einer schlichten Silberbrosche am Hals geschlossenen roten Bluse erschien.

Der fünfundsechzig Sitzplätze umfassende Sitzungssaal war zum erstenmal seit Prozeßbeginn bis auf den letzten Platz besetzt. Die Zuschauer verhielten sich sehr diszipliniert und ruhig. Felice zu hören – oder vielleicht eher die Erwartung, sie sich winden zu sehen – hatte viele der Matronen aus Toms River veranlaßt, sich über ihren Sinn für Wohlanständigkeit hinwegzusetzen, der sie bisher von Mays Landing ferngehalten hatte.

Felice hatte Kelly gestanden, sie mache sich wegen verschiedener Dinge Sorgen, so wegen der möglichen Erwähnung früherer außerehelicher Beziehungen. Noch mehr aber schien sie besorgt wegen der Möglichkeit, daß der Name Patsy Racine erwähnt werden könnte.

Im Zeugenstand war Felice von einer geradezu stoischen Ruhe. Ohne Rob anzusehen und ohne die Blicke auch nur in seine Nähe schweifen zu lassen, erzählte sie, sie kenne Rob seit fünfzehn oder sechzehn Jahren, sie beide hätten in denselben ›gesellschaftlichen Kreisen‹ verkehrt.

Während der Zeit ihrer Affäre, erzählte sie, »hatten wir viele Diskussionen über die Schulden, die ihn bedrücken«, und bei einer dieser Diskussionen habe er gesagt, daß »wenn Maria nicht mehr sein werde, dann würden die Zahlungen aus ihren diversen Lebensversicherungen seine Schulden mehr als decken«.

Sie sagte, Rob sei »zu dieser Zeit wegen seiner häuslichen Situation sehr durcheinander gewesen, sehr frustriert«, weil Maria »die Zügel straffer angezogen hatte. Sie überwachte jeden seiner Schritte. Maria wußte genau, daß es da ein Problem zwischen ihnen beiden gab, und Maria argwöhnte auch ein Verhältnis zwischen uns beiden. Sie bombardierte ihn so sehr mit ihren Verdächtigungen, daß er sehr aufgeregt wurde, und in einer Unterhaltung mit mir sagte er einmal sinngemäß: ›Ich schwöre dir, wenn ich einen Weg wüßte, wie ich sie einfach loswerden oder mich von ihr befreien könnte, ich würde es tun.‹ Und er fragte mich auch, ob ich jemanden kenne, der das für ihn erledigen würde.«

»Was haben Sie ihm darauf gesagt, Ma'am?« fragte Kelly.

»Ich glaubte nicht, daß er das ernst meinen könnte«, erwiderte sie lässig, »und ich sagte ihm, ich kenne nur einen Menschen, von dem ich aber auch nicht mehr wüßte, als daß dieser schon einmal mit dem Gesetz in Konflikt gekommen war, aber der würde auch nicht im Traum daran denken, so etwas zu tun, und daß die ganze Idee sowieso absurd sei und daß ich nichts mehr mit ihm zu schaffen haben wollte, wenn er auch nur daran dächte, sie weiter zu verfolgen.«

Kelly fragte sie nicht, um welche Person es sich da gehandelt hatte.

Im Verlauf seiner Befragung kam er dann auf den Morgen

des 6. September zu sprechen. Alle relevanten Telefongespräche dieses Morgens waren auf einer großen Tafel aufgeführt, die quer über die eine Wand des Gerichtssaales gehängt war.

Kelly deutete auf Robs Anruf bei ihr um 9 Uhr 46 und ihren Rückruf von einem anderen Telefon aus zwei Minuten später.

»Erinnern Sie sich noch an die damaligen Begebenheiten und wie sie zusammenhingen?« fragte er sie.

»Ja.«

»Können Sie uns das dann vielleicht einmal erklären?« fragte er fast schon ehrerbietig.

»Ich war gerade dabeigewesen, eine Schülerin zu prüfen«, sagte sie. »Dabei wurde ich von einer Sekretärin unterbrochen, die mir sagte, es liege ein dringender Anruf für mich vor, ein dringender Anruf von Mr. Marshall. Ich ging ins Büro der Direktorin und sprach dann zum erstenmal eine Minute und zweiundzwanzig Sekunden lang mit ihm (die Dauer des Gesprächs war auf der Karte vermerkt), und nachdem ich den Hörer aufgelegt und mich kurz bei der zu prüfenden Schülerin entschuldigt hatte, ging ich – ich glaube – zu einer Telefonzelle, um ihn zurückzurufen.«

Kelly stellte Felice auch nicht eine einzige weitere Frage zu diesen Telefongesprächen. Auch später kam er nie wieder auf diese zurück.

Über ihr persönliches Zusammentreffen mit ihm – Rob hatte zu dem Zeitpunkt ja bereits mit L'Heureux zusammen die Stelle ausgewählt, an der Maria erschossen werden sollte – sagte Felice nur, Rob habe sehr »bedrückt« gewirkt. Er zeigte nicht »seinen sonstigen Enthusiasmus, seine Zuversicht und seinen Zukunftsglauben – nein, Zukunftsglaube, das ist falsch –, einfach nicht sein gewohntes selbstbewußtes Ich.«

»Ich erinnere mich noch«, fuhr sie fort, »daß er gesagt hat, er sei besorgt, weil er noch heute abend nach Atlantic City fahren werde. Er wolle eigentlich gar nicht hinfahren, aber seine Frau bestehe darauf.«

Sie sagte, sie sei »geradezu entsetzt gewesen über das Ausmaß seiner Unaufrichtigkeit ihr gegenüber«, als sie erfahren habe, daß alles, was Rob ihr über seine Beziehung zu Myers und L'Heureux erzählt hatte, lauter Lügen gewesen seien.

»War Ihre Beziehung zu ihm auf Ehrlichkeit und gegenseitigem Vertrauen aufgebaut?«

»Ja. Das war so gewissermaßen die Gründungsakte«, erwiderte sie. Und das war's dann. Kelly war binnen einer halben Stunde mit ihr fertig.

Carl Seely kündigte gleich an, er werde auf jeden Fall mehr Zeit brauchen, und so begann er sein Kreuzverhör auch sehr vorsichtig. Manche seiner Fragen zu Beginn des Verhörs bekamen wegen ihrer betonten Höflichkeit beinahe schon den Beigeschmack des Komischen.

»Würden Sie mit mir darin übereinstimmen«, begann er die Befragung, »daß Rob – jedenfalls im Umgang mit Ihnen und mit Ihren Gefühlen und nach seinem Ruf in der Gesellschaft – ein seriöser Mensch war, ein seriöser Mann?«

»Ja.«

»Und dürfen wir dann zumindest annehmen, daß Sie es sich, wenn Sie nicht genau dies gefühlt und geglaubt hätten, selbst versagt hätten, jemals eine Affäre mit einem Mann anderen Zuschnitts zu beginnen?«

»Das stimmt«, erwiderte Felice.

»Nun, die Beziehung begann – ich glaube, das haben Sie selbst so erklärt – irgendwann im Juli 1983. Wissen Sie noch, wo Sie sich zum erstenmal getroffen haben?«

»Ich bin nicht sicher. Ich glaube, es war im *Smithville Inn*«.

»Handelte es sich dabei um eine Verabredung oder um ein eher zufälliges Zusammentreffen?«

»Nein, wir hatten uns verabredet.«

»Wann haben Sie diese Verabredung getroffen?«

»Das weiß ich nicht mehr so genau.«

»Sie waren beide Mitglied im selben Country Club, nicht wahr?«

»Ja. Wir gehörten demselben Country Club an. Er spielte Tennis. Ich spielte Tennis. Mein Mann spielte Tennis.«

»Gut. Erinnern Sie sich, ob der erste Kontakt beispielsweise in einem Restaurant stattgefunden hat?«

»Der erste Kontakt?«

»Als sie ihn zum erstenmal trafen. Das muß doch ein großer Augenblick gewesen sein, oder irre ich mich da?«

»Ich habe Ihnen schon gesagt, daß wir uns im *Smithville Inn* getroffen hatten.«

»Ja, schon gut. Was ich herauszufinden versuche, ist, wie es dazu kam, daß Sie sich dort trafen.«

»Das fing mit einem Telefonanruf an«, erwiderte sie, »aber ich weiß nicht mehr, wer wen angerufen hat.«

»Sind Sie zum Essen dorthin gegangen?«

»Nein, da haben wir uns nur getroffen. Hinterher sind wir dann woanders hingegangen. Wir sind in ein Motel gegangen, Mr. Seely.«

»Schön. Bevor Sie nun dorthin gingen, wußten Sie ja ganz offenkundig, zu welchem Zweck Sie dorthin gingen und wie das enden würde.«

»Ohne Frage.«

»Aha. Und hatten Sie denn schon vor dieser Verabredung gelegentlich miteinander darüber gesprochen, einmal zusammen in ein Motel zu gehen, oder war das wie so ein Wirbelwind über Sie gekommen, und Sie haben sich Knall und Fall entschlossen, gemeinsam in dieses Motel zu fahren?«

»Nein, nein – das heißt ja –, also wir hatten schon früher über diese Möglichkeit gesprochen.«

»An diesem Tag oder einen Tag vorher?«

»Das weiß ich nicht mehr.«

»Von wem gingen denn diese Gespräche aus?«

»Wer damit angefangen hat? Mr. Marshall hat angefangen, davon zu reden.«

»Wann hat er Sie denn zum erstenmal angerufen?«

»Irgendwann Anfang Juli.«

»Zu Hause oder im Dienst?«

»Im Dienst.«

»Ach – und woher hatte er Ihre Nummer? Hat er sich die aus dem Telefonbuch herausgesucht?«

Langsam ließ Felice so etwas wie Ungeduld erkennen. »Fragen Sie mich jetzt, ob er mich auf einer Party danach gefragt hat? Wollen Sie darauf hinaus? Ist es das, was sie gern hören wollen? Ja, da hat mal eine Party stattgefunden, bei der er auf mich zukam. Wir redeten ein bißchen, und er bat mich um die Telefonnummer. Bei der Gelegenheit habe ich sie ihm gegeben.«

»Das *Smithville*«, sagte Seely, »wie weit ist das von Ihrem Haus in Toms River entfernt?«

»Etwa eine Stunde.«

»Sind Sie deshalb dorthin gegangen, weil Sie hofften, daß man Sie dort beide nicht kennt?«

»Ja.«

»Sie hatten in Ihrer Gemeinde ein bestimmtes Image und, wenn Sie so wollen, eine bestimmte Identität, die Sie – Sie verstehen – nicht aufs Spiel setzen wollten?«

»Ja.«

»Und das ist eine Kleinstadt, dieses Toms River, nicht wahr, jedenfalls in dem Sinne, daß dort jeder jeden kennt.«

»Ja.«

»Und ist es nicht auch richtig, daß Sie als Vize-Direktorin einer Schule eine sehr heikle Position hatten und daher nicht in eine Situation kommen wollten, durch einen Skandal oder auch nur einen schlechten Ruf als ungeeignet für ein öffentliches Amt zu gelten?«

»Absolut.«

»Denn es ist ja eine recht schwierige Position, wenn man junge Leute führen soll. Richtig?«

»Das ist korrekt.«

»Und können wir demnach davon ausgehen, daß die Standards dieser Schule es geboten hätten, Sie zu entlassen, wenn man dort den Verdacht gehabt hätte, Sie tun etwas, das dem Ruf der Schule schaden könnte?«

»Das ist richtig.«

»Als daher Maria aufmerksam wurde, haben Sie da Schritte unternommen, ein wenig diskreter vorzugehen?«

»Aber ja. Es hat in der Tat zwei Gelegenheiten gegeben, zu denen ich aus dem Verhältnis herauswollte, weil ich gemerkt hatte, daß Maria mißtrauisch geworden war.«

»Wann zum erstenmal?«

»Das war im Spätherbst 1983.«

»Und wann zum zweitenmal?«

»Das war 1984, zu Beginn des Frühjahrs.«

Apropos Spätherbst! Seely fragte Felice, ob sie »exakt angeben« könne, wann die Unterhaltung stattgefunden habe, in deren Verlauf Rob zum erstenmal erwähnt hatte, er wolle jemanden anheuern, der Maria umbringen solle.

»Nein, das kann ich nicht«, erwiderte sie. »Die genaueste Zeitangabe, die ich dazu machen kann, wäre der November oder der Dezember 1983, vielleicht aber auch der Januar 1984.«

»Wissen Sie denn noch, wo Sie da waren? War das zum Beispiel im Zimmer eines Motels oder vielleicht in seinem Auto?«

»Soweit ich mich erinnern kann, war das anläßlich eines Telefongespräches. Ich war in der Schule.«

»Ich nehme mal an, er hat Sie angerufen?«

»Das weiß ich nicht mehr.«

»Sie erinnern sich nicht mehr, ob Sie ihn angerufen haben oder er sie?« Seely fiel es sichtlich schwer, sein Erstaunen nicht allzu deutlich werden zu lassen. Immerhin war die Ermordung der Frau seines Mandanten der zentrale Punkt dieses Gespräches gewesen.

»Wahrscheinlicher ist wohl doch, daß er mich angerufen hat«, sagte Felice, »Aber ich kann mich an diese Unterhaltung nicht so gut erinnern, daß ich das mit letzter Sicherheit sagen könnte.«

»Können Sie denn sagen, wie lange Sie sich damals unterhalten haben?«

»Nein, das kann ich nicht.«

»Erinnern Sie sich an noch etwas anderes, was damals besprochen wurde?«

»Ich weiß nur noch, daß wir uns anderen Dingen zugewandt haben, nachdem wir diesen Punkt abgeschlossen hatten. Er wurde abgetan als ein bizarrer, unkontrollierter Gefühlsausbruch, der nicht ernst zu nehmen war.«

»Und erinnern Sie sich vielleicht noch, ob diese Unterhaltung nun Ende 1983 oder Anfang 1984 stattgefunden haben könnte?«

»Ich würde sagen, Ende 1983.«

»Das könnte also heißen, diese Unterhaltung hat irgendwann im Dezember stattgefunden?«

»Sehr gut möglich.«

Das würde dann ebenfalls bedeuten, auch wenn Seely nicht ausdrücklich darauf hinwies, daß die Unterhaltung, in deren Verlauf Rob Marshall zum erstenmal den Gedanken ventilierte, Maria zu ermorden, etwa zu der Zeit stattgefunden haben mußte, als Marshall die Party aus Anlaß des zwanzigsten Hochzeitstages arrangiert hatte, jene Party, an der auch Felice teilgenommen hatte und bei der er ihr die Buketts überreicht hatte.

Darüber hinaus bedeutete das ebenfalls, daß Robs erste Erwähnung der Möglichkeit, Maria ›loszuwerden‹ oder ›sich von ihr zu befreien‹ schon bald nach jener ersten Gelegenheit ›im Spätherbst‹ stattgefunden haben mußte, als Marias Argwohn Felice veranlaßt hatte, ›aus dem Verhältnis herauszuwollen‹.

Aber es war nicht die Frage von Ursache und Wirkung, die Carl Seely hier aufzeigen wollte. Statt dessen wandte er seine Aufmerksamkeit jetzt der zweiten Gelegenheit zu, bei der Felice ›aus dem Verhältnis heraus‹ gewollt hatte, und den Ereignissen, die diesem Wunsch vorangegangen waren.

»Nun haben Sie ja erwähnt, daß Sie und Rob und viele andere Leute aus der Gegend von Toms River in denselben gesellschaftlichen Kreisen verkehrten und daß Sie viele gemeinsame Freunde hatten. Stimmt es, daß zu diesem Personenkreis auch ein Anwalt namens Tom Kenyon gehörte?«

»Das ist korrekt.«

»Stimmt es oder stimmt es nicht, daß vor allem Sie besonders eng mit Mr. Kenyon befreundet waren? Oder anders gesagt, Mr. Kenyon war *Ihr* enger persönlicher Freund und unterhielt mit Rob und Maria Marshall keine so enge Freundschaft wie mit Ihnen. Ist das so korrekt?«

»Das ist korrekt.«

»Und erinnern Sie sich an eine Veranstaltung im Toms River Country Club, bei der Sie eine Diskussion mit Tom Kenyon hinsichtlich Ihrer Situation wegen des Verhältnisses mit Rob Marshall hatten?«

»Ja, daran erinnere ich mich. Es muß im März 1984 gewesen sein, vielleicht auch schon im Februar, und das war anläßlich eines Tanzabends im Club. Da hat Tom Kenyon mir, während wir zusammen tanzten, erzählt, Maria habe ihn wegen ihres Verdachtes konsultiert, daß Rob ihr womöglich nicht treu war.«

»Er empfahl Ihnen, die Beziehung möglichst rasch zu beenden, nicht wahr?«

»Ja.«

»Und hat er Ihnen gegenüber nicht auch erwähnt, es könne sein, daß Maria einen Privatdetektiv angeheuert hatte, vielleicht auch schon einen Rechtsberater?«

»Das könnte er durchaus gesagt haben, aber ich erinnere mich nicht mehr im einzelnen.«

»Haben Sie sich irgendwann nach diesem Zeitpunkt noch einmal mit Tom Kenyon über Ihre Beziehung mit Rob Marshall unterhalten oder über Mrs. Marshalls Entschlossenheit, sich einen Detektiv oder einen Anwalt zu nehmen?«

»Nach meinem besten Erinnerungsvermögen – nein. Immerhin wäre es möglich – doch nein, tut mir leid. Ich berichtige. Ich glaube, ich habe ihn noch einmal angerufen. Ja, das habe ich. Ich rief ihn, eine Woche nachdem ich die Sache mit Rob besprochen hatte, noch einmal an. Rob hatte an dem Tanzabend nicht teilgenommen, und wir waren übereingekommen, daß ich Tom noch einmal anrufen und ihn nach weiteren Einzelheiten fragen sollte. Ja, und deshalb habe ich ihn in der Tat noch einmal angerufen. Aber ich erinnere mich nicht mehr, was er mir ergänzend erzählt haben könnte.«

Was immer er ihr auch erzählt haben mochte, es hatte auf jeden Fall ausgereicht, sagte sie aus, wieder einmal zu versuchen, ›aus dem Verhältnis herauszukommen‹.

Ob dies nun auf der anderen Seite Rob veranlaßte, seine Bemühungen zu intensivieren, jemanden zu finden, der Maria für ihn ermordete, war eine Frage, die zu erhellen niemand im Büro der Staatsanwaltschaft sich bemüht hatte.

Tatsache ist jedenfalls, daß das Treffen mit Myers im Mai

stattfand, kurz nach Felices zweitem Anlauf, »aus dem Verhältnis herauszukommen«, genau wie die Unterhaltung, in der sie Rob den Namen Patsy Racine (ein Name, den öffentlich auszusprechen sie sich konstant weigerte) genannt hatte, kurz nach ihrem ersten Ausstiegsversuch stattgefunden hatte.

Hier könnte jemand einwerfen, daß Rob auf jede Andeutung Felices, das Verhältnis beenden zu wollen, bemerkenswert rasch reagierte.

Auf jeden Fall passierte es dann doch sehr schnell. Im Sommer – nachdem Rob mit Myers gesprochen und L'Heureux seine Reisen Richtung Norden aufgenommen hatte – gab es in Felices Einstellung zu ihrer Affäre mit Rob Marshall eine entscheidende Wende.

»Ich bin zu der Überzeugung gekommen«, sagte sie, »das Leben, das ich bisher als ehrbare Frau geführt hatte, weiterzuführen und mich von den Gewissensbissen zu befreien, die mich die ganze Zeit schon gequält hatten. Damals haben Rob und ich eine Vereinbarung getroffen, unterhalb einer gewissen Marge auf immer gute Freunde zu bleiben.«

»Aber«, fragte Seely, »würden Sie mir denn nicht wenigstens darin beipflichten, daß eines der Dinge, die Rob zu tun sich bemühte, und eines der Dinge, die Sie sich ganz gewiß auch zu tun bemühten, war, den sozialen Status zu bewahren, den Sie beide in der Gesellschaft hatten?«

»Ich habe ein Problem, darauf einfach mit Ja oder Nein zu antworten, Mr. Seely«, sagte sie, »denn uns war sehr bewußt, daß der soziale Status, den wir beide gemeinsam oder jeder für sich hatten, größter Gefahr ausgesetzt war. Dessen waren wir uns sehr bewußt. Unser gesamtes soziales Umfeld würde sich total verändern, sobald wir unsere jeweiligen Ehegatten erst verlassen hätten.«

»Aber das wäre erst passiert, wenn er irgendwann seine Frau und Sie Ihren Mann verlassen hätten und Sie beide zusammengezogen wären. Bis zu diesem Zeitpunkt wollten sicher Sie und er nicht gewollt haben, daß jemand aus dem Freundeskreis des anderen oder irgendwer sonst von dem Verhältnis erfuhr. Ist diese Unterstellung richtig?«

»Nur zu Beginn. Mit fortschreitender Dauer wurden wir miteinander immer mehr vertraut als mit unseren jeweiligen Ehepartnern, und wir waren eigentlich schon an einem Punkt angekommen, an dem wir es öffentlich machen wollten.«

»Aber in Wirklichkeit ist dieser Zeitpunkt nie gekommen?«

»Er wäre gekommen«, erwiderte sie.

Aber zuerst kam der Mord.

Daher versuchte Seely zu zeigen, daß Felice einen Grund hatte, Rob durch ihre Zeugenaussage zu schaden. Er wies auf das Naheliegendste hin: Als die Öffentlichkeit im Gefolge des Mordes Kenntnis von dem Verhältnis bekam, kostete sie das nicht nur ihren mit dreißigtausend Dollar jährlich dotierten Job, sondern sie sah sich sogar ganz aus dem Erziehungswesen verbannt.

»Ganz ohne Frage«, räumte sie ein, »mußte ich davon ausgehen, daß ich in keinem Lehrkörper mehr als Mitglied geduldet worden wäre.«

»Sie klingen ein wenig verärgert. Verspüren Sie deswegen noch immer Bitterkeit?«

»Ich bin darüber nicht gerade erfreut. Aber ich bin genausowenig darüber erfreut, hier in diesem Zeugenstand erscheinen zu müssen.«

Seely fuhr dann fort, sie noch unglücklicher zu stimmen, indem er sie über ihre Vernehmung durch die Strafverfolgungsbehörde der Ocean County am Tag des Mordes befragte. »Sie waren ein wenig besorgt, nicht wahr, daß man vielleicht argwöhnen könnte, auch Sie könnten etwas damit zu tun haben, oder?«

»Daran kann ich mich wirklich nicht mehr erinnern«, sagte sie.

»Aber Sie *müssen* sich daran erinnern, daß Sie die Beamten gefragt haben, ob diese etwa auch Sie für verdächtig hielten.«

»Ich könnte vielleicht eine solche Frage gestellt haben, aber daran kann ich mich wirklich nicht erinnern.«

»Aber Sie waren an diesem siebten September in Sorge, man könnte Sie verdächtigen, daß Sie irgend etwas mit dem zu tun hatten, worum es hier ging – ich meine, nachdem die Polizei

Sie verfolgt, Ihnen die Fingerabdrücke abgenommen und Sie fotografiert hatte?«

»Ja.«

»Und war diese Besorgnis groß genug, Sie für die nächsten Tage davon abzuhalten, sich mit Rob zu treffen?«

»Ich habe Rob zwischen dem 7. September und dem 14. September nicht gesehen.«

»Es verging also mit anderen Worten eine ganze Woche, ohne daß Sie sich gesehen hätten?«

»Das ist korrekt.«

»Aber nach dem 14. haben Sie sich wieder regelmäßig mit ihm getroffen, nicht wahr?«

»Das ist korrekt«, sagte sie. »Zu dem Zeitpunkt war meine Position geklärt, hatte mir mein Anwalt versichert, und ich war nicht mehr in Sorge, es könne da irgendeinen Verdacht gegen mich geben.«

»Aber Sie waren einmal sehr besorgt«, konstatierte Seely, »denn es passiert ja nicht oft, daß einem von den Behörden die Fingerabdrücke abgenommen werden, daß man fotografiert und zu einer Sache befragt wird, die sich am Ende als Mordsache herausstellen könnte. Richtig?«

»Das ist wahr«, sagte Felice.

Gleich am nächsten Tag hatte sie sich einen Anwalt aus Trenton, Anthony Trammel, genommen. Das war derselbe Tag, an dem Rob sich mit Raymond DiOrio getroffen hatte, obwohl DiOrios Rechnung auswies, daß er bereits am Tag zuvor für Rob tätig gewesen war.

Am Sonntag war sie nach Trenton gefahren, um sich mit Trammel und seinem Partner zu treffen.

»Haben Ihnen Ihre Anwälte schon zu diesem Zeitpunkt versichert«, fragte Seely, »daß die Strafverfolgungsbehörde ihrer Meinung nach im Zuge ihrer Ermittlungen nicht weiter an Ihnen interessiert sein dürfte?«

»Nein, eine solche Zusicherung habe ich nicht bekommen«, sagte sie. »Sie haben mir eher das Gefühl vermittelt, daß man auch mir eine Verbindung zu dieser Sache unterstellen könnte, wenn Rob – also, wenn es Hinweise auf Rob als Täter gäbe.«

Aber dann, innerhalb einer Woche und aus keinem aus den Ermittlungen ersichtlichen Grund war Felices Position ›geklärt‹. Diese Woche aber fiel genau mit dem Zeitraum zusammen, in dem Ray DiOrio mit dem Fall befaßt gewesen war.

Seely versuchte, darauf ein wenig herumzureiten. Im Zusammenhang mit ihrem ersten Zusammentreffen mit Rob nach dem Mord fragte er sie: »Dies sollte wohl ein heimliches und geheimgehaltenes Treffen bleiben, nicht wahr?«

»Ja. Es war eine etwas heikle Situation. Seine Frau war ermordet worden, und mich jetzt mit ihm in der Öffentlichkeit zu zeigen, das wäre eine höchst instinktlose Geschichte gewesen.«

»Nichtsdestoweniger aber haben Sie bewußt Arrangements getroffen, wie sie sich mit ihm treffen könnten, oder?«

»Ja, das stimmt. Ich rief ihn an und bat ihn, zu mir nach Hause zu kommen.«

Seely ging gelassen quer durch den Saal auf sie zu und legte eine lange Pause ein, bevor er ihr seine nächste Frage stellte.

»Hat man Ihnen von seiten der Staatsanwaltschaft oder Ihrer Anwälte oder von sonst irgendeiner Seite nahegelegt, sobald Sie wieder Kontakt zu Rob Marshall hätten, sollten Sie versuchen, soviel wie möglich in Erfahrung zu bringen . . .«

»Ohne Einschränkung nein«, unterbrach sie ihn.

»Man ist nie in dieser Weise an Sie herangetreten?«

»Niemals. Ich rief ihn an, weil ich damals von meiner ganzen Familie und allen sogenannten Freunden isoliert war. Ich war allein und brauchte dringend seinen Trost und seine Hilfe.«

»Sie haben außer Rob noch eine Menge anderer Freunde, nicht wahr?«

»Jetzt nicht mehr.«

»Haben Sie andere Freunde?«

»Jetzt nicht mehr.«

»Sie haben darüber alle Ihre Freunde verloren?«

»Die meisten.«

»Sie sind also ohne Freunde?«

»Das habe ich nicht gesagt.«

»Aber mit anderen Worten sagen Sie uns jetzt hier, daß am

15. September 1984 die einzige Person auf Erden, von der Sie sich emotionale Unterstützung erhoffen konnten, Rob Marshall gewesen ist.«

»Das ist absolut korrekt.«

»Sie haben sich also um Hilfe an ihn gewandt?«

»Ja. Ich glaube, ich habe ihn gebeten, zu meinem Haus am Strand zu kommen.«

»Kam er?«

»Ja.«

»Wie lange, nachdem Sie ihn angerufen hatten?«

»Ich glaube, er kam sehr schnell.«

»Er kam angerannt, wollten Sie wohl sagen.«

»Nach bester Erinnerung – ja.«

»Als er am fünfzehnten September vierundachtzig angerannt kam, haben Sie sich da zusammengesetzt und ein wenig geplaudert?«

»Ich erinnere mich nicht.«

»Sie erinnern sich nicht?«

»Nein, ich erinnere mich nicht.«

»Sie erinnern sich nicht mehr, was da passiert ist?«

»Nein, ich erinnere mich nicht.«

»Erinnern Sie sich denn, wie lange er bei Ihnen blieb?«

»Ich glaube, es war nicht sehr lange, aber ich erinnere mich nicht mehr.«

»Haben Sie ihm denn hinsichtlich der Natur Ihrer Sorgen, Nöte und Gefühle voll vertraut?«

»Vielleicht habe ich das, aber ich bin nicht sicher.«

»Haben Sie ihn je gefragt: ›Heh, Rob, hast du irgendwas mit dem Tod deiner Frau zu tun?‹«

»Das weiß ich nicht. Ich bezweifle es, denn damals hätte ich nie gedacht, daß das möglich sein könnte.«

»Haben Sie ihm je diese Frage gestellt?« fragte Seely noch einmal, diesmal um einiges schärfer.

»Ich weiß es wirklich nicht, aber es könnte natürlich sein.«

»Es *könnte sein?«*

»Ich könnte ihm eine solche Frage gestellt haben.«

»Sie *könnten* ihm eine solche Frage gestellt haben«, wiederholte Seely. »Haben Sie der Staatsanwaltschaft von diesem Besuch berichtet und worüber Sie dabei gesprochen haben?«

»Ich bin sicher, daß ich von diesem Besuch gesprochen habe, aber ich habe – ich erinnere mich nicht, ob ich den Beamten gesagt habe, worüber wir sprachen.«

Seely mußte mitten in seinem Kreuzverhör abbrechen – der Gerichtstag neigte sich dem Ende zu.

Wegen eines Feiertages am Freitag und wegen verschiedener prozeßtechnischer Erfordernisse sollte Felice bis zum Dienstag der nächsten Woche nicht wieder im Zeugenstand erscheinen. Das verschaffte ihr ein langes Wochenende, das sie daheim beim Studium der Zeitungen verbringen konnte.

22. Kapitel

Im *OCEAN COUNTY OBSERVER* und in der *ASBURY PRESS* erschienen Fotos, die die ganze erste Seite einnahmen, in der letztgenannten Zeitung sogar in Farbe.

Dazu brachten die Zeitungen Schlagzeilen wie diese:

FELICE: ROB WOLLTE SEINE FRAU LOSWERDEN

Noch schlimmer aber – Felice mochte es zuerst gar nicht glauben, was sie da las – war ein Bericht, wonach Carl Seely, bevor sie in den Zeugenstand gerufen worden war, zu dem Richter gesagt haben sollte, er habe vor, Felice nach ihren früheren Liebesaffären zu befragen, weil er darin eine ertragreiche Wiese vermute, die abzugrasen sich lohnen könnte.

Sie rief sofort Detective McGuire an. Sie war überhaupt nicht glücklich. Sie sagte, Kevin Kelly habe ihr versprochen, dazu werde es nicht kommen. Sie sagte, Kevin Kelly sei ein Lügner. Sie sagte, sie verlange, daß Kelly sie auf der Stelle anrufe.

Kelly aber sagte, sie bekomme nur, was sie verdient habe. McGuire erinnerte ihn daran, daß sie noch immer seine Zeugin sei und noch mehrere Stunden im Zeugenstand stehen werde, und daß der Verlust der Kontrolle über sie die Anklage durchaus gefährden, zumindest aber sie erschweren konnte.

Schließlich rief Kelly sie am Samstag abend um acht Uhr an, aber Felice war nicht daheim. Er hinterließ eine Nachricht, daß er angerufen habe. Sie rief nicht zurück. Aus ihrer Sicht war es vielleicht ganz gut, daß sie es nicht tat. Kelly wurde übel, wenn er an Felice Rosenberg auch nur dachte. Für ihn waren sie und Marshall halbseidene Sumpfhühner aus dem Country Club, deren snobistische Mitglieder er auf den Tod nicht leiden konnte. Jetzt hatte sie es mit der Angst gekriegt. Um so besser.

Als er sie das erstemal vor Beginn des Prozesses gesprochen hatte, hatte Kelly sich kaum ein Blatt vor den Mund genommen. Nachdem er Gladstone und O'Brien aus dem Zimmer geschickt hatte, um sich ungestört mit ihr unterhalten zu können, hatte er zu ihr gesagt: »Ich habe die Gerüchte über Ihre Affären gehört. Mich interessiert nun nicht, ob etwas dran ist oder nicht, und es ist mir auch herzlich gleichgültig, wer da sonst noch mit hinein verwickelt sein könnte. Ich will Ihnen da nicht irgendwie angst machen, und ich versichere Ihnen, daß ich nicht nach Ihren früheren Affären fragen werde bis auf die mit Marshall, und ich will mein Bestes tun, Sie zu schützen, wenn Seely damit anfängt.«

Und jetzt, da Seely eine abfällige Bemerkung zu den Reportern gemacht hatte, beschuldigte sie laut Kelly, sein Wort nicht gehalten zu haben.

Am späten Sonntag nachmittag erreichte er sie endlich am Telefon. Sie schrie ihn an. Sie nannte ihn einen Lügner. Sie sagte: »Sie haben mir versprochen, das würde nicht passieren!« Dann holte sie ihren Ehemann David ans Telefon. David erklärte Kelly, er müsse sie vor Fragen nach früheren Liebesaffären schützen. »Denken Sie doch auch mal an die Kinder«, sagte David. »Felice war damals Lehrerin.«

Das war zuviel für Kevin Kelly.

»Mit wem, verdammte Scheiße, glauben Sie eigentlich, reden Sie?« fragte er. »Nach diesem ganzen Scheißdreck, der hier seit anderthalb Jahren die Runde macht, haben Sie die Stirn und erzählen mir was, *ich sollte auch an die Kinder denken?* Sie reden davon, Kinder könnten betroffen sein, ausgerechnet Sie! Dann kommen Sie doch nur mal einen Tag in diesen verdammten Scheißgerichtssaal und werfen Sie einen Blick auf die drei Marshall-Kinder, die da rumsitzen, als wären sie noch immer auf der Beerdigung ihrer Mutter. Erzählen sie mir doch nicht, irgendwelche Kinder könnten betroffen sein. Erzählen Sie mir bloß nichts! Ich habe ihr gesagt, ich würde sie schützen, und ich habe sie geschützt und ich werde sie auch in der nächsten Woche noch schützen. Und worüber, verdammte Scheiße, wollen Sie sonst noch reden?«

David gab Felice den Hörer zurück. »Sie haben mich sehr verletzbar werden lassen«, beschwerte sie sich.

»Sie könnten sich selbst eine Menge Kopfschmerzen sparen«, sagte er, »wenn Sie aufhören würden, die verdammten Zeitungen zu lesen. Und überlassen Sie es mir, mich darum zu kümmern, was im Gerichtssaal passiert.«

Ihre Stimmlage wechselte jetzt von Wut zu Selbstmitleid. »Aber Sie haben doch das in den Zeitungen am Freitag gelesen. Sie mußten wissen, wie ich mich fühlen würde. Aber Sie haben mich ja noch nicht einmal angerufen, um mir zu sagen: ›Mrs. Rosenberg, ich bin's, Kelly. Ich weiß, was Sie jetzt durchmachen.‹«

»Heh!« rief Kelly. »Wer, zum Henker, glauben Sie eigentlich, bin ich? Sie verwechseln mich mit David, Ihrem Mann. Oder mit Rob Marshall?« Er äffte jetzt Marshalls Stimme auf dem Tonband nach. »Hallo, Baby, hier ist Kevin. Ich weiß, was du jetzt durchmachst.« Dann kehrte er wieder zu seinem eigenen Tonfall zurück, der jetzt nicht mehr weit von einem Bellen entfernt war.

»Jetzt hören Sie mir mal zu! Sie sind die Zeugin, und ich bin der Ankläger, und wir werden die Angelegenheit schön zu Ende bringen. Aber fangen Sie mir bloß nicht diesen Mist an von wegen ›ich bin verletzt‹ oder so. Ich bin keiner von diesen Arschleckern aus dem Country Club. Seien Sie also am Dienstag morgen pünktlich da!«

Felice war nicht die einzige nervöse Person, mit der Kelly an diesem verlängerten Wochenende telefonierte. Da gingen noch etliche andere besorgte Telefonanrufe von Einwohnern aus Toms River ein, die gleichfalls über Seelys Bemerkung von der ertragreichen Wiese, die abzugrasen sich lohnen könnte, sehr beunruhigt waren.

Mehr als einmal wurde Kelly daran erinnert, daß hier eine Menge auf dem Spiel stand. Und daß es wichtig war, jeden Versuch Seelys im Keim zu ersticken, neue Namen an die Öffentlichkeit zu zerren.

In Toms River, so schien es, gab es eine ganze Menge Leute, die einiges zu verlieren hatten, und viele von ihnen waren Bekannte von Felice.

Und so kam es, daß am Dienstag weniger das, was Felice sagte, sondern eher das, was Felice nicht sagte, einige Seufzer der Erleichterung auslöste.

Seely befragte Felice wieder über ihr Verhältnis zu Maria Marshall. »Sie mochten sie nicht besonders, nicht wahr?« fragte er.

»Das will ich nicht so unbedingt sagen«, erwiderte sie.

»Das können Sie so nicht unbedingt sagen?«

»Nein.«

»Soll das heißen, daß Sie sie mochten?«

»Das soll heißen, daß sie niemand war, den ich hätte mögen oder nicht mögen müssen«, antwortete Felice sichtlich nervös. »Sie war eine Bekannte, nicht mehr und nicht weniger.«

Nach einigen weiteren Fragen, die Felice gereizt und wiederstrebend beantwortete, trat Seely an den Richtertisch, wo er weder von der Jury noch von den Presseleuten oder vom Publikum gehört werden konnte, und sagte zu Richter Greenberg: »Gemäß Informationen meines Klienten war Mrs. Rosenberg früher einmal mit ihrem Mann zusammen unten in der Karibik. Dort wurde sie, soweit ich das verstanden habe, gemeinsam mit ihrem Mann festgenommen und inhaftiert, weil sie versucht hatten, Drogen und Schmuggelware außer Landes zu bringen, und sie war – jedenfalls soweit ich das verstanden habe – im Gewahrsam der Behörden. Am Ende konfiszierte man, was man an Drogen in ihrem Gepäck fand, und erst nach einer gewissen Zeit – ich bin nicht ganz sicher, wie lange es gedauert hat, es könnte eine Stunde oder so gewesen sein – gestattete man beiden dann, den Zoll zu entrichten und in die Vereinigten Staaten zurückzukehren.«

Seely wies darauf hin, daß Felice ausgesagt hatte, ihre Vernehmung durch die Behörden der Ocean County wegen des Mordes an Maria Marshall sei ihre erste Begegnung mit Polizeiinstanzen gewesen.

»Ich würde sie gern mit der Tatsache konfrontieren, daß dies keineswegs ihr erster Kontakt mit der Polizei war, denn sie ist in der Tat festgenommen worden und wurde den Zollbehörden vorgeführt.«

»Woher haben Sie diese Information?« fragte Richter Greenberg.

»Diese Information beruht auf dem, was mir mein Mandant über Gespräche berichtet hat, die er mit ihr geführt hat.«

»Ich würde dazu gern so etwas wie einen offiziellen Bericht sehen«, erwiderte der Richter, »entweder einen solchen Bericht . . .«

»Ich verfüge über keinerlei Unterlagen.«

»Irgend etwas muß ich aber sehen«, beharrte der Richter. »Wann ist das denn gewesen?«

Seely verließ kurz die Richterbank, um sich leise mit Rob zu besprechen. Dann kehrte er zurück und sagte: »Mein Mandant sagt, das sei vor etwa drei Jahren in der Karibik gewesen, und im Gepäck seien Drogen gefunden worden, die dann konfisziert wurden.«

»Hat es eine Verhaftung gegeben?« wollte Richter Greenberg wissen.

»Nach allem, was ich weiß«, sagte Seely, »und ich weise noch einmal darauf hin, daß ich diese Information von meinem Mandanten habe, denn es ist mir nicht gelungen, irgendwelche Berichte aus der Karibik zu bekommen, also nach allem, was ich weiß, waren sie im Gewahrsam des Zolls. Anders gesagt, man hat sie und ihren Mann dort festgehalten. Also standen sie in gewissem Sinne unter Arrest. Ich glaube, sie haben sogar ihr Flugzeug darüber verpaßt. Nach allem, was ich weiß, wurden sie dann durch eine entsprechende Vereinbarung mit den Zollbehörden, wonach die Schmuggelwaren eingezogen wurden, wieder auf freien Fuß gesetzt.«

»Sehen Sie«, sagte Kelly, »das Problem dabei ist, daß das alles nur von Marshall bezeugt werden kann. Und der hat nichts, womit er diese Behauptung untermauern könnte.«

»Ich will mal so sagen«, erwiderte der Richter, »Ihr Mandant kann, bei allem Respekt, überhaupt nichts aussagen.«

»Nun, Richter«, sagte Seely, »das Problem ist, daß er nichts wie ein Dokument in der Hand hat.«

»Na gut«, fand Richter Greenberg, »aber selbst wenn das alles so gewesen wäre, was hätte das mit diesem Fall hier zu tun?«

»Na ja«, sagte Seely, »wir haben durch unsere eigenen privaten Recherchen in Toms River in Erfahrung gebracht, daß es in der Region in und um Toms River eine noch immer nicht endgültig abgeschlossene Untersuchung des FBI gegeben hat, die sich auch auf mögliche Konspiration zum Besitz und Vertrieb verschiedener Drogen erstreckt hat. Die Untersuchung richtete sich auch auf die Besitzer eines Autohauses auf dem Territorium von Toms River, und erst kürzlich ist in diesem Zusammenhang gegen ungefähr dreißig Leute aus Toms River Anklage erhoben worden.«

»Das stimmt«, sagte Kelly, »aber wie paßt das in diese Untersuchung und wie wollen Sie da eine Verbindung herstellen?«

»Nun, nach allem, was –«

»Sie ist nicht einmal verhaftet worden«, fiel Kelly ihm ins Wort.

»Sie mag nicht verhaftet worden sein«, sagte Seely, »aber zumindest könnte auch sie nach allem, was wir in Erfahrung bringen konnten, Objekt *dieser* Untersuchung gewesen sein, wenn auch vielleicht nicht gerade eine Zielperson bei der Untersuchung *dieses* Verbrechens. Ich möchte nun gern wissen, ob es da irgendwelche Absprachen oder Vereinbarungen mit ihr gegeben haben könnte, sei es durch die Staats- oder auch die Bundesbehörden jener Gegend, sie in Ruhe zu lassen, wenn sie hierherkommt und aussagt.«

»In gar keinem Fall«, sagte Kelly.

»Dann«, sagte der Richter, »sehe ich keinerlei Relevanz für den hier zu verhandelnden Fall.«

»Es geht um die Glaubwürdigkeit der Zeugin«, sagte Seely.

»Das wäre dann der Fall«, sagte der Richter, »wenn Sie festgenommen, inhaftiert und irgendwie beschuldigt worden wäre, wenn man sie ins Gefängnis gesteckt und wegen dieser Sache verurteilt hätte. Dann ja. Da stimme ich mit Ihnen überein. Aber was Sie mir da erzählt haben, das ist so nebensächlich, daß dem wirklich keinerlei Bedeutung zukommt. Sie ist innerhalb einer Stunde wieder freigekommen, wie Sie ja selbst vorgetragen haben. Sie war doch innerhalb einer Stunde wieder frei?«

»Dazu könnte sie nähere Auskunft geben«, schlug Seely vor. »Sie wurde festgehalten, ihr gesamtes Gepäck wurde durchwühlt und man hat auch was gefunden.«

»Ich weiß nicht, was man da gefunden oder nicht gefunden hat«, sagte Richter Greenberg, »aber eine bloße Gepäckkontrolle, wenn jemand ihre Koffer durchwühlt hat, ist unverdächtig. So etwas ist mir auch schon passiert. Ich kam durch den Zoll und hatte nur leichtes Gepäck bei mir, eine kleine Reisetasche, und ich glaube, die waren mißtrauisch, wieso ein Mensch mit nur einer kleinen Reisetasche auf die Reise geht, und da haben sie mich durchsucht. Sie haben die ganze Tasche durchwühlt. Da könnte man auch sagen, ich sei festgenommen worden.

Das ist alles zu unbestimmt«, schloß der Richter. »Mir scheint, das Ganze ist weiter nichts als ein unzulässiger Versuch, etwas in die Verhandlung einzubeziehen, das nur dazu dienen soll, die Zeugin mit Dreck zu bewerfen.«

Seely verlegte sich dann auf sein zweites Gebiet, auf dem er Felice ›mit Dreck zu bewerfen‹ hoffte, jenes Gebiet, das übers Wochenende so viel Aufregung in Toms River ausgelöst hatte.

»Es betrifft die früheren Affären und Verhältnisse, die die Zeugin unterhalten hat«, sagte Seely, »auf der Basis unserer Erhebungen und ausgehend von den Gesprächen, die die Zeugin mit meinem Mandanten während der Zeit geführt hat, die sie mit ihm zusammen war. Es ist über jeden Zweifel erhaben sicher, daß sie eine Fülle anderer außerehelicher Beziehungen unterhalten hat, die ...«

»Nicht daß ich Sie unterbrechen wollte«, fiel Kelly ein, »aber die hatte Marshall auch.«

»Wo liegt die Relevanz?« fragte Richter Greenberg.

»Der Zusammenhang für die Jury«, sagte Seely, »liegt darin, daß dies eine Beziehung zwischen zwei Menschen war, die ihre jeweiligen Ehepartner verlassen und dann zusammenziehen wollten. Und die Theorie, warum die Frau meines Mandanten ermordet werden sollte, ist doch, daß Gelder aus Lebensversicherungen kassiert werden sollten, und im weiteren, daß sie aus dem Weg geschafft werden sollte, um meinem Mandanten ein ungestörtes Zusammenleben mit dieser anderen Frau zu ermöglichen.

Die Geschichte dieser Zeugin, wenn Sie so wollen, zurückverfolgt über etwa fünfzehn, zwanzig Jahre, besteht in der Auflistung einer Serie von Beziehungen außerhalb ihrer Ehe, die aber nie dazu führten, daß sie ihren Mann auf Dauer verlassen wollte. Sie ist immer wieder zu ihm zurückgekehrt. Und er, wie er nun mal ist, war auch jedesmal bereit, sie zurückzunehmen, egal, was sie auch angestellt haben mochte.

Ich denke, es ist relevant, den Mangel an Ernsthaftigkeit aufzuzeigen, der allen diesen Beziehungen, die sie in der Vergangenheit gehabt hat, eigen war. Es ist auch deswegen relevant, weil es, wie ich glaube, ein deutlicher Hinweis auf ihren Lebensstil ist. Hier wird ein Schema deutlich, eine Vorgehensweise, wenn Sie so wollen, die darin besteht, sich über einen längeren Zeitraum mit jemandem einzulassen, alle nur denkbaren Vorteile aus dieser Beziehung zu ziehen und dann die Beziehung auf die eine oder andere Weise abzubrechen und zu ihrem Mann zurückzukehren.

Denn in all diesen Jahren, an die zwanzig oder sogar noch mehr Jahre, hat sie nie die Scheidung gegen ihn eingereicht, und er hat nie Scheidungsklage gegen sie erhoben, und doch hat sie fortgefahren, sich rund um Toms River mit verschiedenen Leuten in ehebrecherische Beziehungen einzulassen. Das macht sie schon seit geraumer Zeit so, und das kann sehr wohl als Beweis für ihren Geisteszustand dienen und dafür, in welchen geistigen Zustand dies meinen Mandanten gestürzt hat und welches seine Absichten waren.«

»Wie viele Liaisons – falls dies das richtige Wort dafür ist – hat es denn da Ihrer Meinung nach wohl gegeben?« fragte der Richter.

»Ich kann Ihnen da etwas erzählen, Richter«, sagte Seely. »Gestern rief mich im Büro eine Frau an, die von mir verlangte, heute zum Gericht kommen zu dürfen. Sie sagte, ihr sei vor annähernd zwanzig Jahren haargenau dasselbe mit ihr passiert, als ihr Mann eine Affäre mit der Zeugin hatte, ihr großartige Geschenkte machte und beinahe die Ehe zerstört hätte, wenn sie

sie nicht zur Rede gestellt hätte. Das zieht sich über viele Stationen hin. Dies hier ist kein Einzelfall.«

»Wir müssen aber immer im Auge behalten«, sagte der Richter, »daß es hier um Rob Marshall geht und den Mord an seiner Frau. Wichtig ist, was er gedacht hat, was er getan hat und warum er es getan hat. Was Sie da mit Bezug auf die Zeugin anzubieten haben, das kommt mir wie der bloße Versuch vor, ihren schwachen Charakter zu offenbaren – daß also diese Person so charakterschwach ist, daß sie keinen Glauben verdient. Denn die einzige Frage im Zusammenhang mit ihr kann hier nur sein, ob sie die Wahrheit sagt oder nicht. Sonst nichts.

Und mir scheint nun, Sie wollen einer Argumentation Tür und Tor öffnen, die am Ende die Aufmerksamkeit von der Anklage völlig ablenkt. Was die Jury von einer solchen Argumentationsweise hätte, wäre lediglich der Eindruck, es hier mit einem miesen Charakter zu tun zu haben, dessen Wort man nie Glauben schenken kann.

Mir scheint daher, daß der abträgliche Eindruck und die Möglichkeit, die Jury von den eigentlichen Fragen dieses Verfahrens abzulenken, jeden Beweiswert weit übersteigen würde, und ich sehe, ehrlich gesagt, keinen Beweiswert darin. Ich werde dem Einspruch stattgeben.«

Nachdem er nun beide Schlachten verloren hatte, blieb Seely nicht viel mehr als ein paar spitze Bemerkungen gegenüber Felice, um seinen Rückzug zu kaschieren.

»Am Donnerstag erwähnten Sie unter anderem«, sagte er, »daß Sie und Rob Marshall sich in Toms River in denselben gesellschaftlichen Kreisen bewegt hätten. Und Sie erwähnten unter anderem, daß Sie dadurch etliche Freunde und Bekannte verloren haben. Ist das richtig?«

»Ja.«

»Sie sagten ›dadurch‹. Bezieht sich dieses ›Dadurch‹ auf die Tatsache, daß Ihre Affäre mit Rob Marshall zum Gegenstand öffentlicher Diskussionen in Ihrer Stadt, in Toms River, geworden ist und Sie sich einer Menge Spott und Kritik ausgesetzt sehen?«

»Wollen Sie wirklich nur das Wörtchen ›dadurch‹ in seinem

Bedeutungsgehalt abklären?« fragte sie. »Ist das der Sinn Ihrer Frage?«

»Was ich klären will, ist folgendes: Ereignete sich das Abrücken Ihrer Freunde und Bekannten, weil man Sie wegen des Umstandes, daß Sie eine außereheliche Beziehung zu Mr. Marshall hatten, mit Hohn und Spott überhäufte?«

»Ich kann wirklich nicht die Gedanken meiner Freunde lesen«, sagte sie.

»Ich weiß nur, daß ich plötzlich völlig isoliert dastand, sobald das publik geworden war.«

»Machen Sie Marshall deswegen Vorwürfe?«

»Nein, nur mir selbst.«

»Dann empfinden Sie also keinerlei wie auch immer geartete Bitterkeit gegen ihn. Ist das korrekt?«

»Nein, das ist nicht korrekt.«

»Also empfinden Sie doch Bitterkeit gegen ihn?«

»Ich meine nicht, daß ›Bitterkeit‹ das richtige Wort dafür wäre«, sagte sie. »Wollen Sie, daß ich es erkläre?«

Seely hatte jetzt genug von ihren Spitzfindigkeiten.

»Nein«, sagte er.

Und Felices Zeugenaussage näherte sich ihrem Ende. Nur eines erklärte sie noch, nämlich wie sie und Rob es sich vorgestellt hatten, das heikle Problem zu lösen, ihre jeweiligen Ehepartner und Kinder zu verlassen.

»Teil unseres Plans«, sagte sie, »war es gewesen, es so ›schmerzlos‹ wie möglich für die Betroffenen zu machen. Vielleicht ist ›schmerzlos‹ da wohl nicht das richtige Wort, aber auf jeden Fall waren wir entschlossen, die Pein für die Betroffenen so gering wie nur möglich zu halten.«

»Verdammt geschickt von ihr, meinst du nicht?« flüsterte Roby Chris zu.

»Das ist vielleicht ein Herzchen«, pflichtete er ihm bei.

Dann gingen sie wieder jeder in seine Schule, während Felice – befreit von der Notwendigkeit, die Schulmeisterin zu mimen – nach Hause zu ihrem David eilte, wo sie unverzüglich eine neue Ansage auf ihren Anrufbeantworter sprachen, diesmal, um ihre Videothek auf die Beine zu bringen.

»Hier ist Felice.«

»Und hier ist David.«

»Und dies ist das Büro der Video Village Inc.«

»Wenn Sie den Piepton abwarten . . .«

»Bevor Sie zu sprechen anfangen . . .«

»Werden wir Sie zurückrufen . . .«

»So schnell wie der Wind . . .«

Und dann intonierten sie unisono: *»Und damit meinen wir das Geschäft.«*

23. Kapitel

Es war Montagabend, neun Uhr. Man schrieb den 24. Februar. Roby Marshall lag in der Dunkelheit auf seinem Bett und hörte sich ein Band von Mötley Crüe an, als in seinem Apartment abseits des Campus das Telefon klingelte.

Chris war am Apparat. Es war der Abend, bevor ihr Vater in den Zeugenstand treten würde.

»Wie geht's dir denn?« fragte Chris.

»Ha! Hör dir das mal an!« sagte Roby, sprang aus dem Bett und drehte das Licht an. »Du wirst es nicht glauben. Wir hatten heute Unterricht in darstellendem Beschreiben, weißt du, und diese Lehrerin – es ist ja eine große Klasse, und die weiß vielleicht gar nicht, wer ich bin –, die sagt also: ›So, hier ist Ihre Hausaufgabe für diese Woche: Schreiben Sie einen Aufsatz über die unerfreulichste Erfahrung Ihres Lebens.‹ Kannst du dir das vorstellen? Ich hab' sie gefragt: ›Und wo fange ich an, gute Frau?‹«

»Hast du sie das wirklich gefragt?« wollte Chris wissen, dem es nie eingefallen wäre, eine Lehrerin ›gute Frau‹ zu nennen.

»Nein, natürlich nicht, aber ich bin nach der Stunde zu ihr hingegangen und habe ihr erklärt, daß ich womöglich noch mitten drin in meiner unerfreulichsten Erfahrung stecke und noch immer Schwierigkeiten habe, damit fertig zu werden.«

»Und was hat sie gesagt?«

»Na ja, ich hab's ihr gesagt, und als ich dann auch noch erzählt habe, daß Dad morgen aussagen wird, hat sie fast einen Schlag bekommen. Sie fing sofort mit diesem Ach-du-armer-Junge-Stuß an. Am Ende hatte ich dann eine hausaufgabenfreie Woche.«

»Wirst du dann wenigstens einmal pünktlich dasein?«

»Ja, ja, ich werde pünktlich da sein. Aber denk dran, ich habe keinen schnellen Jeep, so wie du. Ich hab' noch immer den alten gelben Mustang. Das wäre noch das erfreulichste Ergebnis von Dads Selbstmord gewesen: Ich hätte ein neues Auto gekriegt.«

Die Jungen hatten wieder jenen Zustand erreicht, wo sie über alles und jedes scherzen konnten.

»Heh, Chris, was hast du denn für einen Eindruck? Wie stehen die Chancen für Dad?«

»Ach komm, Roby, du weißt doch ...« erwiderte er, die Stimme voller gespieltem Enthusiasmus. »Genau wie Tessie McBride immer sagt: Alles bestens. Bis jetzt kein einziger konkreter Beweis. Die Detectives schweigen. Dieser Kelly fliegt voll auf die Schnauze.«

»Aber wie kommt es dann, daß jedesmal, wenn ich hingehe, alles Sinn macht, was die Anklage vorträgt?«

»Du hast da nur ein kleineres Problem mit der Perspektive, Bruderherz. Du solltest Architektur studieren, so wie ich. Da würdest du schnell lernen, wie leicht die jeweilige Perspektive, unter der man eine Sache sieht, deren gesamten Eindruck verändern kann.«

»Und was ist mit meiner Perspektive, mich nur an das zu halten, was ich höre?«

»Und welche Art Perspektive wäre das?«

»Daß es überhaupt nicht gut klingt.«

»Ja, ja, wie Tessie auch schon immer sagt, das war ja nun immer deren Seite, die wir uns da anhören mußten. Unsere Seite hat ja den Ball noch gar nicht zugespielt bekommen.«

»Heh, Chris?«

»Ja?«

»Hast du Tessies Mist genauso satt wie ich?«

»Ja, und nicht nur den, den Tessie verbreitet.«

»Wessen denn sonst noch?«

»Dads. Immer diese Ich-liebe-dich-Schildchen, und sein Wunsch, daß wir ihn umarmen, kaum daß irgendwo 'ne Kameralinse aufblinkt. Am liebsten würde ich zu ihm sagen: ›Jetzt sei doch nicht so ein Arschloch. Wenn du unschuldig bist, bist du unschuldig. Und wenn nicht, dann nützt dir dieses ganze Brimborium auch nichts. Das läßt uns alle nur wie Hampelmänner aussehen.«

»Ja. Tessie McBride hat mich eben auch schon angerufen. Sie sagte: ›Jetzt denk dran, wenn du morgen in den Gerichtssaal kommst, daß du Kelly mit einem *extra giftigen* Blick bedenkst.‹ Als wenn den das irgendwie beeindrucken könnte. Ein giftiger Blick von Tessie McBride. Oder von einem mittelmäßigen College-Studenten wie mir.«

»Die Sache ist einfach die«, sagte Chris, »daß ich Dad trotz allem für morgen wünsche, er möge eine gute Figur machen.«

»Verstehe. Ich hab' hier die ganze Zeit im Dunkeln gelegen und über alles nachgedacht. Ich wünsch' mir so sehr, ich könnte ihm glauben. Er *muß* einfach die Wahrheit gesagt haben, Chris, er *muß* einfach, er *muß*.«

»Ja, schon. Aber warum sollten wohl alle die anderen Leute lügen?«

»Na ja, Mrs. Rosenberg dürfte allein deshalb gelogen haben, weil sie eine dreckige Hure ist und alles tun würde, um Dad zu schaden, weil sie aus dieser Affäre keine Million Dollar kassieren wird, wie sie sich das bestimmt gedacht hatte.«

»Und L'Heureux?«

»Genau wie Mr. Baird gesagt hat, Chris. Er hat noch von allen das größte Motiv zu lügen, nämlich den eigenen Hals zu retten. Und du solltest Brenda Dew mal hören, wenn die von L'Heureux anfängt. Für die ist er der Teufel in Person.«

»Das wäre ich wohl auch, wenn ich da lebte. Er versucht, ihren Ehemann zu ruinieren, genau wie er Dad zu ruinieren versucht. Und gegen ihren Mann gibt es auch nicht den kleinsten Beweis.«

»Wie es ihn aber auf der anderen Seite gegen Dad gibt, willst du sagen?«

»Da gibt es sicher eine Menge Telefonnummern und Verabredungen und Bankauszüge und Versicherungspolicen und was sonst für Zeug. Ich hoffe nur . . . ich hoffe nur, Dad kann dort morgen aufstehen und die Wahrheit sagen und beweisen, daß das, was er sagt, die Wahrheit ist, damit dann nicht nur du und ich, sondern jeder im Gerichtssaal die Wahrheit kennen wird und sie sich den Rest des Verfahrens schenken werden.«

»Das wird unter gar keinen Umständen passieren, Chris.«

»Ich weiß auch, daß es keinen ›Abbruch des Verfahrens‹ geben wird. Aber die Wahrheit? Daß wir sie förmlich fühlen können? Wäre das nicht einfach das Tollste auf der Welt?«

»Weiß Gott. Ich könnte mich zum erstenmal seit anderthalb Jahren wieder richtig glücklich fühlen.«

»Ich auch.«

»Aber weißt du, was mir Sorgen macht?«

»Was denn?«

»Wenn er ganz plötzlich die Wahrheit erzählt, und alles macht dann einen Sinn, warum hat das dann bisher keinen Sinn ergeben?«

»Das weiß ich auch nicht«, mußte Chris zugeben. »Und das macht mir auch Sorgen, weißt du.«

»Weißt du, was echt verrückt wäre?« fragte Roby.

»Nein, was denn?«

»Wenn er eine so gute Geschichte erzählt, daß die Jury ihm glaubt – weil, er ist ja so ein guter Verkäufer, und reden kann er auf jeden Fall –, aber du und ich, wir beide wären immer noch nicht sicher. Dann wäre er davongekommen, und wir würden niemals die Wahrheit erfahren.«

»So etwas darfst du nicht einmal sagen, Roby. Genau das verursacht mir nämlich immer wieder Alpträume.«

Es mag nicht gerade Kevin Kellys vornehmster Beweggrund gewesen sein, aber nachdem er an jenem Mittwoch nachmittag, dem 27. Februar, mit dem Kreuzverhör Rob Marshalls fertig war, hatte er eines erreicht: Er hatte Chris (und mit ihm alle, die sonst noch im Gerichtssaal waren) gründlich von der Vorstellung geheilt, es könne möglich sein, Rob Marshall jemals von allen Verdächtigungen völlig reinzuwaschen.

Doch bevor es soweit war, gab Seely Rob die letzte, die beste Chance, die er je hatte, seine eigene Geschichte auf seine Weise zu erzählen.

Und Robs Geschichte war wirklich sehr einfach. Er war ein guter Familienvater gewesen, der sich in eine andere Frau verliebt hatte.

Er hatte vorgehabt, seiner Frau alles zu erzählen und sie dann zu verlassen, aber bedauerlicherweise sei sie ermordet worden, bevor er die Gelegenheit dazu hatte.

»Unser Plan war es«, sagte er, »unsere jeweiligen Ehepartner zu verlassen und gemeinsam zu leben, um später eventuell auch zu heiraten. Das sollte auf eine Art geschehen, daß nie der Eindruck entstand, als habe es diese Liebschaft bereits gegeben, bevor ich Maria oder bevor Felice ihren Mann verlassen hatte. Ich sollte meine Familie zuerst verlassen, dann wollte sie ihren Mann verlassen, und dann sollte es so aussehen, als hätten wir uns erst danach gefunden. Auf diese Weise wollten wir – wenigstens meinen Kindern – den Eindruck vermitteln, als habe es diese Affäre vorher noch nicht gegeben, also bevor ich Maria verlassen hatte.

Darüber hinaus war ich aus zwei anderen Gründen natürlich ebenfalls in Sorge«, fuhr Rob fort. »Da war einmal die Tatsache, daß sie eine knifflige berufliche Position innehatte, und wenn die Nachrichten über ein solches Verhältnis zwischen Leuten wie uns, die in der Gemeinde einigermaßen bekannt waren, publik wurden, würde das ihrem Ruf als Vize-Direktorin schaden und dem meinen ebenfalls, denn ich habe ein Baubetreuungsbüro unterhalten und mußte Klienten, auch solchen gegenüber, die erst noch als spätere Klienten in Frage kommen konnten, meinen Leumund bewahren. Darüber haben wir uns sehr viele Gedanken gemacht.«

Seely befragte ihn über das Telefongespräch, bei dem er angeblich Felice nach dem Namen von jemandem gefragt hatte, der ihm helfen könne, Maria ›loszuwerden‹.

»Das war nicht am Telefon«, widersprach Rob. »Wir waren zusammen in einem Motelzimmer. Wir unterhielten uns darüber, warum wir nie zusammen essen gingen. Es schien, als verbrächten wir unsere gesamte gemeinsame Zeit vornehmlich in Motelzimmern.

Wir konnten uns aber auch nicht öffentlich sehen lassen, weil wir beide viel zu bekannt waren. Sie kannte Leute aus allen Gesellschaftsschichten und aus sämtlichen umliegenden Dörfern, und bei mir war es nicht anders. Wenn wir zusammen in ein Restaurant zum Essen gegangen wären, hätte uns bestimmt jemand entdeckt und wäre uns nachgeschlichen.«

So sei es also in einem Motel gewesen, sagte Rob, daß das Thema – *dieses* Thema – zum erstenmal eine Rolle gespielt habe. Und es sei *Felice* gewesen, die davon angefangen habe. »Sie sagte nämlich einmal: ›Wäre das nicht großartig, wenn Maria und David einfach von der Bildfläche verschwinden würden?‹«

»David!« sagte Roby zu Chris. »Heilige Scheiße! Glaubst du wirklich, das hätte jemals jemand David gegenüber erwähnt?«

»Ich glaube, wenn ich David wäre«, erwiderte Chris, »dann würde ich mein Testament ändern.«

»Und ich sagte zu ihr«, fuhr Rob fort, »›ich wette, du wüßtest sogar jemanden, der das tun würde.‹ Und sie sagte: ›Allerdings, ich kenne jemanden.‹ Und das war's auch schon.« Das Ganze sei, so Rob ›ein Witz‹ gewesen.

Zu seinem Zusammentreffen mit Myers auf der Party bei den Riccios äußerte sich Rob, als gebe es auf der ganzen Welt nichts, das natürlicher wäre. Er und Maria waren spät angekommen, und alle Sitzgelegenheiten und Tische schienen besetzt zu sein, weshalb sie sich an die Bar gesetzt hätten. Dann, sagte er, »hat Mrs. Riccio uns Myers vorgestellt«.

Das war seltsam. Es deckte sich nicht mit dem, was Myers ausgesagt hatte. Und es deckte sich ebenfalls nicht mit dem, was John Riccios Frau ausgesagt hatte, als sie früher in diesem Verfahren einmal ganz kurz in den Zeugenstand gerufen worden war. Sie hatte ausgesagt, sie erinnere sich, daß Myers den ganzen Abend an der Bar gesessen habe, aber als sie von Kelly gefragt worden war, ob sie gesehen habe, daß Marshall sich mit Myers unterhalten habe, hatte sie gesagt: »Ich erinnere mich nicht mehr.« Und Kelly war nicht weiter in sie gedrungen.

Jetzt, als Seely Rob den umständlichen, aber (wie sie hofften) völlig unverfänglichen Weg entlang geleitete, der vom Mai zum September führte, fragte er ihn, warum Rob – vor allem, nachdem ihm doch klargeworden sein mußte, daß L'Heureux ihn lediglich ausnehmen wollte – weiterhin so viel Vertrauen in die Empfehlung dieses Myers' gesetzt habe, der schließlich weiter nichts als ein Angestellter in einem Eisenwarengeschäft war und den er nur ein einziges Mal in seinem Leben auf einer Party gesehen habe.

»Wegen seiner Beziehung zu den Riccios«, sagte Rob.

Das Problem war nur, daß seine Geschichte keinen Sinn machte, egal, wie er sie erzählte – auch wenn er sich jedesmal, wenn er den Namen Maria erwähnte, die Augen mit einem gefalteten Taschentuch betupfte.

Seine Geschichte machte noch nicht einmal dann Sinn, als er mit der ganzen Beredsamkeit eines Versicherungsvertreters erklärte, aus welchen Gründen es ökonomisch sinnvoll sei, daß eine nicht berufstätige Ehefrau ihr Leben mit anderthalb Millionen Dollar versicherte.

Auch nicht, als er erläuterte, daß die Unterschriftsleistung mit Marias Namen in Wirklichkeit kein Problem gewesen sei, weil es seit jeher zwischen ihm und Maria eine stillschweigende Vereinbarung gegeben habe, wonach er ihren Namen unter jedes Dokument setzen durfte, wenn er das für erforderlich gehalten habe.

Nicht einmal dann, als er krampfhaft darauf beharrte, es sei sein angeborener Sinn für Diskretion gewesen – aber ja doch, es sei wegen Marias Reputation wie wegen seiner eigenen gewesen –, daß er einen Detektiv ›von außerhalb‹ engagiert habe.

Ganz besonders aber machte seine Geschichte keinen Sinn, als er jene letzte Fahrt zum Rastplatz am Oyster Creek zu erläutern versuchte.

»Kurz vor der Mautstation von Barnegat hatte sie den Kopf in meinen Schoß gelegt«, erzählte er. »Vorher hatten wir noch darüber gesprochen, was für den nächsten Tag alles anstand. Außerdem haben wir uns über die Gewinne beim Black Jack unterhalten. Wir waren guter Dinge und hörten Radio, während wir Richtung Toms River rollten. Irgendwann gingen uns dann die Gesprächsthemen aus. Sie legte den Kopf auf meinen Schoß und versuchte zu schlafen. Vielleicht ist sie auch wirklich eingeschlafen. Ich weiß es nicht mehr.

Als wir uns der Station von Barnegat näherten, ging ich mit der Geschwindigkeit herunter. Sie wurde wach, setzte sich auf, und wir fuhren durch die Sperre. Da sagte sie: ›Du solltest dich beeilen. Es ist schon spät.‹ Sie hat dann auf ihre Armbanduhr oder auf die Uhr am Armaturenbrett gesehen. Deswegen gab ich Gas, bis wir auf fünfundsechzig Meilen waren, und dabei fiel mir auf, daß etwas mit dem Wagen nicht stimmen konnte, mit den Reifen. Es fühlte sich an, wie wenn ein Reifen langsam die Luft verlor.

Ich sah mich nach einem geeigneten Platz um, wo ich anhalten konnte, und da sah ich ein Hinweisschild auf einen ›Rastplatz‹ mit dem Symbol für einen Grillplatz und fuhr nach links ab in die Einfahrt hinein und dann wieder links, schaltete das Standlicht ein und hielt an.

Ich suchte nach einer Taschenlampe. Wir haben Kartentaschen in den Sitzlehnen, und ich suchte etwa dreißig Sekunden lang nach einer Taschenlampe, die ich meinte, dort irgendwo hineingesteckt zu haben, konnte sie aber nicht finden. Also stieg ich auf meiner Seite aus dem Wagen aus und ging zum Heck zurück. Dabei bemerkte ich, daß noch ein anderer Wagen auf den Rastplatz kam.

Als der Wagen anhielt, verlöschten die Scheinwerfer. Sonst passierte nichts, soweit ich das beobachten konnte. Es wurde keine Wagentür geöffnet. Deswegen sah ich mir den hinteren Reifen auf der Fahrerseite an. Er schien in Ordnung zu sein. Ich ging um den Wagen herum auf die andere Seite und bemerkte jetzt, daß Maria die Tür geöffnet hatte. Das Licht aus dem Wageninneren war hell genug, um den Hinterreifen meines Wagens zu sehen.«

»Können Sie uns beschreiben, wie der Reifen zu diesem Zeitpunkt ausgesehen hat?« fragte Seely.

»Er war – also er hatte eine Ausbeulung direkt auf der Erde, als wenn der Reifen zu wenig Luft hätte. Er war aber nicht ganz platt.«

»Was passierte als nächstes?«

»Nun, ich habe mich hingekniet und mir das Auto angesehen – also den Reifen –, und ich habe noch gesagt: ›Laß mal den Kofferraum aufschnappen.‹ Dann bekam ich einen Schlag auf den Kopf, und dabei hörte ich, wie sie rief: ›O mein Gott!‹«

An dieser Stelle mußte Rob eine kleine Pause einlegen, um sich wieder zu sammeln. Die Mitglieder der Jury beobachteten ihn mit trockenen Augen.

»... und als ich dann wieder zu mir kam«, fuhr er fort, »ich weiß nicht, wie lange meine Ohnmacht gedauert hat, sah ich, daß ich mit dem Kopf in einer Blutlache lag. Ich bin sofort nach vorn zu ihr gegangen, und da lag sie quer über dem Vordersitz des Wagens ...«

Seelys letzte Frage lautete: »Hatten Sie irgend etwas mit dem Tod Ihrer Frau zu tun?«

»Ohne Einschränkung nein«, erwiderte Rob. »Sie war die Mutter meiner Kinder.«

»Was meinst du, Chris?« flüsterte Roby.

»Wie Tessie immer sagt, warten wir mal ab, bis wir auch die andere Seite gehört haben.«

Sie brauchten nicht lange zu warten. Kelly war schon auf den Beinen, bevor Seely wieder an seinen Tisch zurückgekehrt war.

Und als Kelly nach vorn kam, ging mit Rob Marshall eine seltsame Veränderung vor: Es war, als sinke er in seinem Stuhl zusammen, als werde er mit jedem Augenblick kleiner; jede Spur von Anmaßung, Selbstgefälligkeit und Arroganz waren verschwunden, noch bevor Kelly überhaupt angefangen hatte.

Kelly ließ die Gewichtheber-Schultern rollen und hämmerte die erste Frage wie einen Faustschlag hinaus. »Sir, haben Sie gehört, daß ich dieser Jury in meinem Eröffnungsplädoyer gesagt habe, zum Zeitpunkt des Todes Ihrer Frau hätten Sie Schulden in Höhe von mindestens dreihunderttausend Dollar angehäuft? Haben Sie gehört, wie ich das gesagt habe?«

Man konnte den Eindruck gewinnen, daß, wenn Marshall auf diese Frage mit Nein geantwortet hätte, Kelly ihn an der Kehle gepackt hätte. Er war jetzt der allgewaltige Benediktiner mit der Lederpeitsche in der Hand, und Rob Marshall war der

Schulanfänger, den man dabei erwischt hatte, wie er einen schmutzigen Witz erzählt hatte.

Innerhalb von fünf Minuten hatte Kelly eine Liste mit Zahlen vorgelesen über alle bekannten Schulden, die Rob Marshall seit dem 6. September 1984 angehäuft hatte.

Nur einmal versuchte Rob, eine dieser Zahlen wegzuargumentieren. »Es war allgemeine Praxis der *First National Bank*«, sagte er beinahe furchtsam, »den Schuldschein zu verlängern, so daß ich ihn nicht zu bezahlen brauchte.«

»Einen Augenblick!« rief Kelly. »Haben Sie diesen Schuldschein je erneuert?!« Er trat zwei Schritte auf Marshall zu. *»Haben Sie diesen Schuldschein jemals erneuert?«*

»Richter«, sagte Seely, »er darf ihn nicht so anbrüllen.«

»Bitte unterlassen Sie das, Mr. Kelly«, sagte Richter Greenberg.

Aber Kelly war mit seinen Zahlen schon fast zu Ende. »Alles in allem«, sagte er, »dreihundertvierunddreißigtausendsiebenhundertachtundzwanzig Dollar und zweiundneunzig Cent. Akzeptieren Sie meine Rechenkünste?« verlangte er zu wissen.

»Das werde ich wohl müssen«, erwiderte Rob. »Ich habe nicht zusammengezählt.«

Dann hetzte Kelly durch eine Liste sämtlicher Vermögenswerte Robs. »Wenn Sie das jetzt alles gegeneinander aufrechnen«, sagte er, »haben Sie seit dem Tod Ihrer Frau ein Minus von zweihundertsiebenundvierzig Dollar bar auf die Hand gemacht, und im Juli 1984 sind Sie zur First National Bank gegangen und haben um ein kurzfristiges Darlehen in Höhe von zwanzigtausend Dollar gebeten, das aber abgelehnt wurde. Ist das so richtig?«

»Im Juli 1984?«

»Richtig. Am sechsten Juli.«

»Ich muß mich auf Ihre Aufzeichnungen verlassen, das ist richtig.«

Den ganzen Nachmittag über ließ Kelly ihm keine Sekunde Verschnaufpause.

». . . Weil Sie eine sofortige Bestätigung wollten, oder stimmt das etwa nicht?«

»Und dafür gab es einen Grund, den ich gern erläutern möchte.«

»Sie können alles erklären, was Sie wollen, wenn Ihr Anwalt die Gelegenheit zur weiteren Befragung hat.« Und Kelly setzte ihn weiter unter Druck.

»Ist es weiter nichts als ein purer *Zufall,* Sir, daß Sie ausgerechnet am 6. September eine Hunderttausend-Dollar-Police auf das Leben Ihrer Frau abgeschlossen hatten, dem letzten Tag in ihrem Leben? Wollen Sie das allen Ernstes dieser Jury erzählen?«

»Ja«, sagte Marshall tonlos. Nach einer kurzen Bedenkpause versuchte er dann, es zu erklären. »Unser Konto variierte ständig . . .«

»Insoweit gibt es überhaupt keine offenen Fragen!« sagte Kelly scharf, um ihm das Wort abzuschneiden.

»Da war noch eine Frage offen«, sagte Seely.

»Er hat die Frage beantwortet«, sagte Kelly. »Wir können jetzt eine kleine Pause einlegen.« Selbst Richter Greenberg schien für den Augenblick von der Energie beeindruckt, die Kelly an den Tag legte.

Wieder zurück aus der kurzen Pause, machte Kelly da weiter, wo er aufgehört hatte, und das in jeder Hinsicht. Daß Rob am 18. Juni eine zusätzliche Lebensversicherung auf Maria abgeschlossen hatte, »ausgerechnet am 18. Juni, dem Tag, von dem L'Heureux hier ausgesagt hat, das sei der Tag gewesen, an dem sie ihn angeworben hatten, um seine Frau zu ermorden, und das soll ein *Zufall* gewesen sein?«

»Ich habe L'Heureux nicht angeworben, damit er meine Frau umbringen sollte«, sagte Rob mit schwacher Stimme.

»Schon verstanden«, sagte Kelly höhnisch. »Aber daß Sie diesen Brief noch am selben Tag, an dem er behauptet, von Ihnen angeheuert worden zu sein, rausgeschickt haben, mit dem Sie die Police sofort in Kraft gesetzt haben wollten, das ist aber ein Zufall, nicht wahr?«

»Wenn Sie das so charakterisieren wollen, dann meinetwegen.«

Dann sprang der Ankläger in seiner Argumentation zum

Juli, als alles noch einmal in genau derselben Reihenfolge stattfand.

»Ist *das* etwa ein Zufall, Sir?«

»Wenn Sie das so charakterisieren wollen, dann meinetwegen.«

»Sie sagen doch, Sie seien nicht der große Verschwender gewesen, aber noch in der Nacht des 27. September, als Sie sich ins Best Western eingetragen hatten, haben Sie kräftig Geld ausgegeben. Ich meine, Sie sprachen da über einen gebrauchten Porsche. Erinnern Sie sich noch, daß Sie das auf Band gesprochen haben?«

»Ja.«

»Und ein Mustang-Cabrio. Erinnern Sie sich noch, daß Sie auch davon gesprochen haben?«

»Ja.« Rob hatte die Augen zu Boden gerichtet, seine Stimme war kaum noch zu vernehmen.

»Und als Sie schon in Haft waren, es ist ja erst ein paar Monate her, haben Sie noch versucht, ein neues Auto zu kaufen. Sie haben den Händler angerufen und ihn gebeten, das Auto für Ende Februar bereitzuhalten. Stimmt das?«

»Dieser Anruf hatte den Zweck«, sagte Rob matt, »einen Gebrauchtwagen für eine Freundin der Familie zu beschaffen, für Tessie McBride. Es sollte ein verspätetes Weihnachtsgeschenk als Dankeschön sein für all ihre Hilfe im vergangenen Jahr.«

»Ein *Zwo-acht ZX*?« fragte Kelly ungläubig.

»Gebraucht«, sagte Rob.

»Ein Zwo-acht ZX?« wiederholte er.

»Ja.«

Dann begann er, die verschiedenen Versicherungen unter die Lupe zu nehmen. Und als er sie alle einzeln aufgeführt hatte, sagte Kelly: »Insgesamt Versicherungen aus allen diesen Policen unter Hinzurechnung derjenigen, die unbeabsichtigt in die Post geraten ist, eine Million fünfhundertdreiundachtzigtausend Dollar. Sind Sie mit dieser Summe einverstanden?«

»Nun, ich denke, es ist nicht nötig, die eine mitzuzählen, die versehentlich in die Post geraten ist.«

»Na gut, ziehen wir die ab«, gestattete Kelly großzügig.

»Dann machte das eine Million fünfhunderttausend Dollar«, sagte Rob.

»Mehr als genug, wenn ich einmal Felice Rosenberg zitieren darf, um Ihre Schulden abzudecken – dreihundertvierunddreißigtausend. Da würden Sie mir doch zustimmen, oder?«

»Mehr als erforderlich war, um meine Schulden abzudecken, ja. Mehr als erforderlich gewesen wäre, um meine Schulden abzudecken.«

»Mit einem Überschuß von annähernd eins Komma eins Millionen als Taschengeld.«

»Ich würde das nicht so charakterisieren, Mr. Kelly.«

Kelly hatte die Brille abgenommen, die Anzugjacke aufgeknöpft und lief auf und ab. Seine drohende Haltung gab er jetzt auf.

»In der Woche nach Marias Beerdigung«, sagte Kelly sarkastisch, »haben Sie da öfter das Büro der Strafverfolgungsbehörde aufgesucht und sich bei Lieutenant Gladstone nach dem Fortgang der Ermittlungen erkundigt?«

Rob verharrte schweigend, den Kopf gesenkt.

»Haben Sie das nicht regelmäßig *einmal* pro Woche nach Marias Tod gemacht?«

»Nein.«

»Im September hatten Sie alle Augenblicke lang den Hörer in der Hand, um das Büro des Staatsanwalts anzurufen und zu fragen: ›Hallo, Jungs! Wie geht es denn mit den Ermittlungen voran? Irgendwelche Spuren?‹«

Wieder gefiel sich Rob in Schweigen.

»Haben Sie das getan?« verlangte Kelly zu wissen.

»Nein. Man sagte mir, das solle ich nicht tun.«

»Sir, haben Sie während des ganzen Oktobers auch nur einmal jemanden bei der Polizei auf den Stand der Ermittlungen angesprochen – als ein betroffener Ehemann, als Witwer der Ermordeten . . .«

In diesem Augenblick sprang Seely auf wie ein besorgter Coach beim Boxkampf, der seinen Schützling verteidigungslos in den Seilen hängen sieht und das Handtuch schwenkt.

»Ich lege Einspruch ein«, sagte Seely, »weil er damals anwaltlich beraten wurde, und Mr. Kelly versucht hier ganz offensichtlich, daraus negative Schlußfolgerungen gegen den Zeugen zu ziehen.«

Die Aussage, daß Kelly versuchte, negative Schlußfolgerungen zu ziehen, war ungefähr so sinnvoll, als würde jemand behaupten, daß er eine Ladung Dynamit gezündet habe, um sich mit dem Feuer eine Zigarette anzuzünden. Aber da Seely die Staatsanwaltschaft am 24. September offiziell davon unterrichtet hatte, daß er die Interessen Rob Marshalls vertrete und daß jeglicher Kontakt zu Marshall über ihn laufen solle, gab Richter Greenberg dem Einspruch statt, soweit es sich um Robs Aktivitäten nach dem 24. September handelte. »In Ordnung«, sagte Kelly und zog sich die Hose ein bißchen hoch. »Aber haben Sie sich denn *vor* dem 24. September *auch nur ein einziges Mal* an die Strafverfolgungsbehörde gewandt mit der Bitte um Auskunft über den Stand der Ermittlungen?«

Rob unternahm einen lahmen Versuch, darauf eine Antwort zu geben. »Am 21. September«, sagte er, »als Mr. McGuire und der andere Gentleman zu mir ins Haus kamen, habe ich sie gefragt, wie die Ermittlungen vorangingen.«

Kelly schüttelte ungläubig den Kopf. »Meine Frage lautete, Sir . . .«

»Ob *ich* Kontakt aufgenommen habe?«

»Haben Sie es je auf sich genommen, die Ermittlungsbehörden zu kontaktieren, um diese zu fragen, wie die Ermittlungen vorankamen?«

»Nein. Entsprechend den Anweisungen meiner Anwälte habe ich das nie getan.«

»Sind Sie jemals zum Staatsanwalt gegangen und haben ihm gesagt: ›Zum Teufel mit den ganzen Anwälten, aber ich höre da ständig Gerüchte und Verdächtigungen. Ich habe, in drei Teufels Namen, nichts damit zu tun. Diese Spur ist kalt. Sie sollten sich besser anderswo umsehen.‹ Haben Sie das jemals getan?«

Wieder sprang Seely auf. »Eurer Ehren«, sagte er, »ich lege Einspruch ein aus zwei Gründen. Erstens quält er den Zeugen, wozu er kein Recht hat, und zweitens ist dies ein unangemessener Versuch, der Jury eine ganz besondere Art von Schlußfolgerung aus dem Umstand nahezulegen, daß ein Mann weiter nichts getan hat, als dem Rat seiner Anwälte zu folgen. Dem Staatsanwalt war, ist und war schon immer bekannt, daß Mr. Marshall schon damals von Mr. Raymond DiOrio vertreten wurde. Mr. Marshall hat bei seiner Vernehmung bezeugt, daß er Ray DiOrio konsultiert hat. Zu unterstellen, er hätte irgend etwas tun sollen, wenn er einen Rechtsanwalt mit der Wahrnehmung seiner Interesse beauftragt hatte, ist absolut unangemessen und verstößt gegen den Fünften Zusatz zur Verfassung, unter deren Schutz auch er steht.«

»Um keine Zeit zu verplempern«, sagte Kelly »werde ich fortfahren.«

»In Ordnung«, sagte Richter Greenberg. »Wir betrachten die Frage als zurückgezogen.«

Aber Kelly konnte es dann doch nicht lassen. »Am achten September«, sagte er, »am Tag, nachdem Ihre Frau starb, kamen Sie in Ihr Büro und fanden dort eine Kopie des Durchsuchungsbefehls vor. Stimmt das?«

»Ja.«

»Sie wissen, daß die Polizeibeamten zu dem Zeitpunkt bereits ihr Büro durchsucht hatten?«

»Stimmt.«

»Sind Sie da zum Staatsanwalt gegangen und haben gesagt: ›Ich habe nichts zu verbergen, warum verdächtigen Sie mich? Sie sollten sich besser anderswo umsehen, denn die Spur, die Sie da verfolgen, die ist kalt.‹ Haben Sie das gemacht, Sir?«

»Euer Ehren, ich lege erneut Widerspruch ein«, sagte Seely, »weil er einem Bürger zumutet, bestimmte Pflichten zu übernehmen, die ihm nicht aufzubürden sind, und gleichzeitig unterstellt, deren Nichterfüllung müsse zu irgendwelchen negativen Rückschlüssen Anlaß geben. Das ist nicht gesetzeskonform, das ist absolut unangemessen.«

Richter Greenberg gab dem Einspruch statt, aber Seely spürte, daß inzwischen schon so viel Schaden entstanden war, daß er den Richter bat, der Jury eine Belehrung zu erteilen, wozu sich der Richter dann auch bereit erklärte.

»Eines der Prinzipien des Gesetzes ist es«, sagte Richter Greenberg, »daß jemand, gegen den ermittelt wird, weil er angeblich ein Verbrechen begangen haben soll, nicht verpflichtet ist, zu den Behörden zu gehen und mit diesen zu reden, und Sie können keinerlei Schuldeingeständnis des Betreffenden daraus herleiten, daß er nicht zu den Behörden geht oder von sich aus das Gespräch mit diesen sucht.«

Um die Analogie aus dem Boxsport noch einmal zu bemühen – dies war für Kelly etwa so, als wenn er wegen Tiefschlags mit dem Verlust einer Runde bestraft worden wäre, nachdem er bereits zwölf zu null Runden vorn lag und seine Tiefschläge seinen Gegner ohnehin bereits verteidigungsunfähig gemacht hätten.

Kelly strebte zu seinem Tisch zurück, zog die Brille wieder an und blätterte in ein paar Notizen herum, die er sich auf gelbem Papier gemacht hatte.

Dann wandte er sich wieder Marshall zu und sprach mit sehr viel sanfterer Stimme.

»Haben Sie jemals einem Polizeibeamten gesagt, daß Maria – wie Sie es jetzt hier ausgesagt haben – sich im Wagen aufgesetzt hatte und Sie sie schreien hörten ›o mein Gott!‹? Haben Sie das *irgendeinem* der ermittelnden Beamten in der Mordnacht gesagt, Sir?«

»Sie haben mich nicht danach gefragt«, sagte Marshall. »Sie haben mich überhaupt nie danach gefragt, ob sie noch etwas gesagt hat oder nicht.«

Kelly hatte die ganze Zeit einen Bleistift in der Hand gehalten. Jetzt ließ er ihn zu Boden fallen und traf keinerlei Anstalten, ihn wieder aufzuheben. Statt dessen nahm er wieder die Brille ab.

»Hatten diese Beamten, nicht einer, nicht zwei, sondern insgesamt fünf Beamte, haben also diese Beamten Sie nicht wieder und immer wieder aufgefordert, *exakt* zu erzählen, an was Sie sich noch erinnern konnten von dem Zeitpunkt an, da Sie atlantic City verlassen hatten? Haben Sie das nicht immer wieder zu Ihnen gesagt, Sir?«

»Ja, ich glaube, das haben sie gesagt.«

»Sir, Ihre Frau hatte doch vorher im Auto geschlafen, oder etwa nicht?«

»Nein, sie war wach.«

»Und als Sie auf dieses Picknick-Gelände fuhren und sie dann so ganz langsam erwachte, da haben Sie ihr gesagt, Sie führen hier hinein, um selbst ein wenig auszuruhen.«

»Nein, das habe ich nicht.«

»Sie haben das Foto ihrer Leiche auf dem Vordersitz gesehen?«

»Ja, das habe ich.«

»Sie wissen, daß sie die Arme unter dem Kopf in einer liegenden oder schlafenden Position gefaltet hatte –«

Diesmal war es Nathan Baird, der Einspruch erhob. »Die Fotos sprechen für sich und sind Beweisgegenstand«, sagte er. »Daher, meine ich, brauchen sie auch nicht anwaltlich interpretiert zu werden.«

»Ich ziehe die Frage zurück«, sagte Kelly.

Er setzte die Brille wieder auf und ging an seinen Platz zurück. Es war schon spät am Nachmittag, und der Zeitpunkt, an dem die Sitzung unterbrochen werden sollte, rückte immer näher.

»Sie fuhren also die Einfahrt hinauf«, sagte Kelly. »Sie vollführten einen Linksschwenk und dann noch einen und mißachteten dabei die Schilder, die das Befahren des Platzes bei Dunkelheit verbieten. Ist das korrekt?«

»Ja, das stimmt.«

»Und es war stockdunkel, nicht wahr, Sir?«

»Es gab keine Lampen, ja. Das ist korrekt.«

»Es war so dunkel, daß die einzige Beschreibung, die Sie von dem Wagen geben konnten, der hinter Ihnen auf den Platz kam, war, es sei ein dunkler Kombi gewesen. Jetzt lassen Sie mich einmal folgendes fragen: Als Sie auf den Platz fuhren und dann sahen, daß dieser Wagen hinter Ihnen auf den Platz fuhr, haben Sie sich da keine Gedanken gemacht, was diese Leute da wohl zu suchen hatten? Ich meine, Sie waren mit Ihrer Frau da. Haben Sie sich denn da gar keine Gedanken gemacht?«

»Nein, das habe ich nicht«, sagte Marshall. »Ich dachte, sie seien gekommen, um hier vielleicht ihre Notdurft zu verrichten oder so. Es hätte aber auch ein Pärchen auf der Suche nach einem ruhigen Plätzchen sein können, und da stört man ja nicht gern ohne Grund.«

Kevin Kelly stand da und ließ die Arme zu beiden Seiten herunterbaumeln, während er Rob unverwandt in die Augen sah.

»Stimmt das?« fragte er mit sanfter Stimme.

»Ja«, erwiderte Marshall.

»Und als Sie da in der Dunkelheit der Nacht standen, da haben Sie nicht gehört, wie sich eine Tür öffnete. Bleiben Sie bei dieser Aussage?«

»Ja. So war es.«

»Und als Sie da etwa sechzig Fuß von dem anderen Wagen entfernt standen, haben Sie da gehört, daß jemand auf Sie zukam?«

»Nein.«

»Sie haben nach diesem Reifen gesehen, der sich auf dem Boden ausbeulte, ohne zu hören, daß sich Ihnen jemand näherte, ohne zu hören, daß sich eine Tür öffnete, und das nächste, woran Sie sich erinnern können ist, daß Maria ›o mein Gott‹ gesagt hat und Sie auf den Kopf geschlagen wurden.«

»Das ist korrekt.«

»Die einzige Beschädigung, die an dem Reifen gefunden wurde, war ein glatter Schnitt. Sie haben diese Zeugenaussage gehört, oder?«

»Ja.«

»Es sind keine weiteren Löcher oder Risse oder sonstige Lecks gefunden worden, durch die Luft nach und nach hätte entweichen können. Haben Sie diese Zeugenaussage gehört?«

»Ja.«

In diesem Augenblick sagte Richter Greenberg: »Mr. Kelly, ich unterbreche Sie nicht gern. Aber wir sind schon über die Zeit. Ich weiß nicht, ob Sie schon zum Abschluß kommen können oder nicht.«

»Nein, Sir«, sagte Kelly, wobei er Marshall wieder direkt in die Augen sah.

Und auf dem Weg nach draußen sagt er mit bebenden Nasenflügeln zu einem Prozeßbeobachter: »Das war noch gar nichts. Warten Sie mal bis morgen. Morgen ziehe ich die Samthandschuhe aus.«

24. Kapitel

In dieser Nacht blieben Roby und Chris, die sofort wieder nach Toms River zurückgekehrt waren, noch lange wach und redeten miteinander.

»Was denkst du?« fragte Roby.

»Ich denke«, sagte Chris, »daß mir lieber wäre, ich bräuchte morgen nicht im Gerichtssaal zu sitzen.«

»Ah, ich meine doch, was denkst du über den heutigen Verhandlungstag?«

»Ich denke, Kelly hat Dad wie einen Hampelmann aussehen lassen«, antwortete Chris.

»Das ist doch ein dreckiger, hinterhältiger Arsch, dieser Kelly. Ich hätte nicht übel Lust, ihm einen über den Kopf zu ziehen. Nur einen Schlag. Peng! Und dann liegt er auf den Brettern und wird ausgezählt.«

»Roby, der macht doch auch nur seinen Job.«

»Scheiß drauf. Der kann seine Fragen auch ohne dieses ganze Macho-Gehabe stellen.«

»Er stellt Fragen, Roby. Und du hast andächtig den Antworten gelauscht.«

»Ja, ich weiß. Aber hör mal – du, ich glaube nach wie vor an Dad. Wenn du also wieder anfangen willst . . .«

»Nein, nein, das ist es nicht«, unterbrach Chris. »Da gibt es nur eine ganz bestimmte Sache, die will mir einfach nicht mehr aus dem Kopf.«

»Und das wäre was?«

»Diese Geschichte, ob Mom nun geschlafen hat oder nicht. Die ganze Zeit schon, seit es passiert ist, habe ich mich gefragt, wie wohl ihre letzten Sekunden gewesen sein mögen. Verstehst du? Hat sie große Angst gehabt? Wußte sie, was ihr bevorstand? Warum hat sie nicht versucht zu fliehen.«

»Ich bin immer davon ausgegangen, daß sie geschlafen hat.«

»Warum?«

»Ich weiß nicht. Ich nehme mal an, das ist der Eindruck, den mir Dad die ganze Zeit vermittelt hat. Immer, wenn ich mir die Szene ausgemalt habe, habe ich mir Mom jedesmal schlafend vorgestellt, ohne daß sie wußte, was passierte. Das ist etwas, woran ich mich immer irgendwie geklammert habe, Chris. Es war ein so friedvoller Gedanke. Das wäre ein schneller, ein friedvoller Tod gewesen. Sie wußte von gar nichts. Sie brauchte nicht zu leiden. Sie hat sich einfach nur zum Schlafen hingelegt und ist nicht mehr wachgeworden.«

»Aber Dad sagt doch, sie habe sich aufgesetzt und ›o mein Gott!‹ gerufen. Was hat sie aufgeweckt und schreien lassen, Roby?«

»Chris, mir gefällt nicht, wohin diese Gedanken führen könnten.«

»Mir auch nicht, aber es wird uns beiden auf immer schlaflose Nächte bereiten. Wenn sie wach war und aus dem Fenster geschaut hat, wäre das einzige, das sie zum Schreien hätte veranlassen können, daß sie jemanden gesehen hat, der eigentlich nicht hätte da sein dürfen.«

»Ja. Der, der auch Vater auf den Kopf geschlagen hat.«

»Genau. Und was macht der dann? Er kommt direkt auf Mom zu.«

»*Chris!* Hör auf. Laß uns das nicht weiter verfolgen.«

»*Aber das müssen wir, Roby.* Wir müssen wissen, was genau da vorgegangen ist.«

»Chris, sie muß einfach geschlafen haben. Sie haben gesagt, sie hätte mit dem Kopf nach unten dagelegen, als wenn sie schliefe, und dann hat sich einer in das Fenster hineingelehnt und sie in den Rücken geschossen. Wenn Mom wach gewesen wäre, hätte sie sich doch auf gar keinen Fall wieder hingelegt und etwa gesagt: ›So, und jetzt erschieße mich.‹ Sie muß einfach geschlafen haben.«

»Oder es war, wie Dad gesagt hat: Nachdem man ihn niedergeschlagen hatte, ist der Mörder zum Wagen gegangen und hat zu Mom gesagt: ›Regen Sie sich nicht auf, Ihr Mann ist okay. Und Ihnen passiert auch nichts. Das hier ist ein Raubüberfall. Geben Sie mir jetzt Ihre Handtasche, und legen Sie sich mit dem Gesicht nach unten auf den Sitz. Und bewegen Sie sich während der nächsten Minuten nicht‹ – oder so was in der Art. Der Bursche hat 'ne Kanone gehabt. Aber er hat Dad nicht erschossen, nur niedergeschlagen. Es gibt also gar keinen Grund, warum er sie erschießen sollte. Also tut sie, was er sagt. Sie legt sich hin, mit den Armen unter dem Kopf, genau so, wie Kelly es vor Gericht demonstriert hat. Und dann ...«

»Und dann hat sie irgend so ein feiger Arschficker in den Rücken geschossen!« sagte Roby.

»Das stimmt.«

»Also könnte Mom womöglich voller Angst und Schrecken gestorben sein, und ganz und gar nicht friedvoll.«

»Denk genau nach, Roby. Sie kann nicht geschlafen haben. Selbst wenn man vergißt, was Dad heute gesagt hat. Du brauchst nur deinen Verstand zu gebrauchen. Der Wagen fährt also mit sechzig, fünfundsechzig Meilen plötzlich von der Autobahn runter, in die Einfahrt rein und hält schließlich an. Dann sucht Dad nach einer Taschenlampe, öffnet schließlich die Tür und geht um das Auto herum – das ist doch ganz unmöglich, daß Mom die ganze Zeit geschlafen haben soll.«

»Du hast recht, Chris, du hast recht. O Scheiße! Das wird immer schlimmer und schlimmer.«

»Ich weiß.«

»Ich habe mir immer so gern vorgestellt, sie hätte geträumt. Dann hätte sie vielleicht in dem Moment, als sie starb, einen schönen Traum gehabt, in dem wir auch vorgekommen wären.« Robys Augen füllten sich langsam mit Tränen.

»Roby, in dieser Geschichte ist kein Platz für schöne Träume.«

Roby dachte die ganze Nacht lang über dieses Mordszenario nach und entschloß sich dann, am nächsten Tag nicht zur Verhandlung zu fahren. Die Vorstellung, seine Mutter könnte ihre Ermordung bewußt und qualvoll miterlebt haben, bereitete ihm zu große Schmerzen.

Noch nie hatte er seinen Vater so erlebt wie am Mittwoch

vor Gericht. *Duckmäuserisch*. Genau das war er gewesen. Sein Vater, sonst immer selbstbewußt und Herr der Situation, hatte feige auf seinem Stuhl gesessen, während ihn dieser Bastard, dieser billige Bulle namens Kelly, schlicht niederwalzte. Es war fast gewesen, dachte Roby, als sei der Mann dort im Zeugenstand gar nicht sein Vater gewesen. Dieses Ereignis ging weit über die Frage von Schuld oder Unschuld hinaus. Hier war die Frage gestellt, wessen Sohn er denn überhaupt war. Der Sohn von Rob und Maria Marshall aus Brookside, dem am meisten bewunderten und umschwärmten Paar von ganz Toms River?

Oder hatte diese Familie in Wirklichkeit nie existiert? War auch sie weiter nichts gewesen als ein schöner Traum, einer wie der, von dem er sich vorgestellt hatte, seine Mutter möge ihn im Augenblick ihres Todes geträumt haben?

Am nächsten Morgen stand er schon früh auf und schlich über den Flur zu Chris ins Zimmer, um ihm zu sagen, er werde wieder zurück in die Schule fahren statt zur Gerichtsverhandlung.

»Roby, du *mußt* einfach da sein. Dad macht sich sonst in die Hose!«

»Dad ist schon längst zu einem Haufen Scheiße geworden, wenn du das noch nicht gemerkt haben solltest. Aber mir ist es noch zu früh zum Reden. Ruf mich heute abend an. Ich verschwinde von hier.«

Und so waren es nur noch Chris und John (zusammen mit Tessie McBride und Brenda Dew), die durchzustehen hatten, was Kelly am Donnerstag mit Rob veranstaltete.

Die Samthandschuhe waren ausgezogen worden.

Später einmal bekannte Kelly, es sei vor allem der Ehering gewesen, der seine Wut so angestachelt hatte. Kelly hatte ihn sich Tag für Tag angesehen und jedesmal daran denken müssen, welches Sakrileg dieser Mann beging, wenn er ihn sich überstreifte. Marshall verhöhnte damit das Gedenken an seine Frau Maria. Am Donnerstagmorgen entschloß Kelly sich, diesen

Hohn angemessen zu beantworten. Er begann mit Fragen nach dem ›Privatdetektiv‹.

»Auf Seite zwei Ihrer Abschiedsbotschaft auf Tonband, gesprochen im Best Western, stellen Sie fest: ›Wegen Marias Aktivitäten in den vergangenen vier oder fünf Monaten fühlte ich mich genötigt, jemanden anzuheuern, von dem ich dachte, daß er einen guten Ruf habe, nicht aus der Stadt kommt und auch eine weite Anreise nicht scheut.‹ Sie werden mir sicher zustimmen, daß fünfzehnhundert Meilen Entfernung zu Toms River dem Anspruch, nicht aus der Stadt zu kommen, genügt. Würden Sie mir da also zustimmen, Sir?«

»Es spielte für mich keine Rolle, woher er kam, solange es nicht Toms River war.«

»Nun, Sie waren doch in Ihrer Ehe derjenige, von dem Sie behaupteten, er sei weniger verschwenderisch. Haben Sie das nicht behauptet?«

»Er sagte mir, er arbeite für denselben Preis, den – für einen vernünftigen Preis, sagte er mir. Zweihundertfünfzig Dollar pro Tag plus Spesen.«

»Waren Sie nun derjenige, der auf die Notwendigkeit aufmerksam gemacht hatte, weniger auszugeben, ja oder nein?«

»Ja.«

»Haben Sie Kontakt zu irgendwelchen Privatdetektiven in Nord-Jersey, Essex oder in der Hudson County aufgenommen?«

»Nein.«

»Um die Preise zu vergleichen.«

»Nein.«

»Haben Sie die Handelsauskunftei von Shreveport eingeschaltet, um sich von seiner Bonität zu überzeugen? Haben Sie das getan?«

»Nein. Ich habe Andrew Myers vertraut.«

»Und nun erzählen Sie dieser Jury hier, Sie hätten *unbesehen* am 13. Juni 1984 zweitausendfünfhundert Dollar an einen Mann auf den Weg gebracht, mit dem Sie nur telefonischen Kontakt gehabt hatten. Korrekt?«

»Das ist korrekt.«

»Als Sie am 13. Juni ins Büro der Western Union gingen, da bezahlten Sie die Geldanweisung doch bar, nicht wahr?«

»Ja.«

»Haben Sie sich darüber eine Quittung ausstellen lassen?«

»Nein.«

»Nun, Sir, wie lange sind Sie schon als selbständiger Geschäftsmann tätig?«

»Seit etwa siebzehn Jahren.«

»Und es stimmt doch, daß Sie neun oder sogar elf Sonderkurse absolviert haben, um eine Lizenz zum Verkauf von Lebensversicherungen zu bekommen, oder stimmt das nicht?«

»Das ist korrekt.«

»Sie erwarteten doch sicher, daß Sie irgendwann in der Zukunft eine Rechnung von diesem Privatdetektiv erhalten würden. Kann man das so sagen?«

»Ja.«

»Und da ist es Ihnen nie *gedämmert*, Ihnen als *Geschäftsmann*, einem Mann mit Kenntnissen der Betriebswirtschaftslehre, der auch noch diese Extrakurse besucht hat, Sie haben sich nicht gesagt: ›Vielleicht sollte ich die Quittung doch besser verwahren für den Fall, daß es nachher Unstimmigkeiten gibt, wenn er die Endabrechnung erstellt.‹ Das ist Ihnen nie gedämmert?«

»Die Abmachung lautete zweitausendfünfhundert Dollar«, sagte Rob, »und dabei sollte es bleiben. Da ist nie etwas erwähnt worden von einer zusätzlichen Rechnung oder mehr Geld, einfach nur zweitausendfünfhundert Dollar, zu zahlen sofort. So war die Vereinbarung.«

»Kommen wir zum 25. Juni«, sagte Kelly, »dem Datum der zweiten Geldüberweisung. Hatte dieser Privatdetektiv Ihnen denn da schon irgendwelche schriftlichen Berichte über die Arbeit eingereicht, die er bisher geleistet hatte?«

»Nein.«

»Hat er Ihnen irgendwelche Fotos vorgelegt, die seine bisherige Tätigkeit unter Beweis stellen konnten?«

»Nein.«

»Hat er Ihnen irgendwelche mündlichen Berichte über seine bisherigen Ermittlungen gegeben?«

»Anderes, als was er mir schon sagte . . .«

»Er wollte mehr Geld«, unterbrach Kelly.

»Daß er seine Recherchen noch nicht abgeschlossen habe und mehr Geld wolle. Aber das ging ohnehin über Andrew Myers.«

»Noch mal der 25. Juni. Hat er Ihnen irgendeinen mündlichen Bericht gegeben?«

»Nein.«

»Über die Arbeit, die er bereits getan hatte?«

»Nein.«

»Und trotzdem schickten Sie ihm am 25. Juni weitere dreitausend, nachdem Sie ihm bereits zweitausendfünfhundert geschickt hatten. Korrekt?«

»Das ist korrekt.«

»Wo ist die Quittung?«

»Die habe ich nicht mehr.«

In der ersten Zuschauerreihe saß Chris Marshall neben der wütend dreinschauenden Tessie McBride und hielt den Kopf in die Hand gestützt. Er beneidete Roby, der jetzt wieder in der Schule war und sich dies nicht anzuhören brauchte. Andererseits aber freute er sich auch wieder für Roby, daß ihm das hier erspart blieb.

»Haben Sie Gene Leahy jemals erzählt, Sie hätten telegraphisch Geld nach Louisiana überwiesen, um Wettschulden zu bezahlen? Ja oder nein?«

»Möglich, das ich das gesagt habe.«

»Also was nun? Haben Sie oder haben Sie nicht?«

»Ich bin nicht sicher. Es war alles so konfus.«

»Konfus?«

»Meine Frau war doch gerade erst ermordet worden. Ja, ich war durcheinander.«

»Auf dem Tonband«, sagte Kelly, »erwähnten Sie, dieser Bursche, der als so erfolgreicher Ermittler gelte, sei zweimal hiergewesen. Am 18. Juni. Können Sie dieses Datum bestätigen?«

»Ja.«

»Und er kam in der Nacht, in der Maria, Ihre Frau, ermordet wurde.«

»Ja.«

»*An keiner Stelle* dieses Tonbandes erwähnen Sie diesen Besuch L'Heureux' vom 19. auf den 20. Juli. Richtig, Sir?«

»Nein.«

»Und der Grund dafür ist folgender: Als Sie am 27. September dieses Tonband besprochen haben, konnten Sie diesen Besuch schlecht erwähnen, denn das hätte dann nicht mehr mit dem Phantasie-Szenarium zusammengepaßt, das Ferlin L'Heureux Gary Hamilton gegeben hatte. Ist das eine korrekte Feststellung?«

»Nein, das ist es nicht.«

»Sie räumen aber doch ein, nicht wahr, daß Sie noch am Tag, bevor Sie sich im Best Western einquartiert hatten, um dieses Abschiedstonband zu besprechen, am Telefon mit Gary Hamilton gesprochen hatten. Das ist doch korrekt?«

»Das ist korrekt.«

»Nicht nur haben Sie an diesem 27. September mit Gary Hamilton telefoniert, nein, Sie haben geschlagene fünfundvierzig Minuten lang mit ihm gesprochen. Ist das korrekt?«

»Nein, ich habe nicht fünfundvierzig Minuten lang mit ihm gesprochen.«

»Na schön. Und wie lange haben Sie mit ihm gesprochen?«

»So etwa fünfunddreißig Minuten lang.«

Kelly, der bis jetzt direkt vor Rob gestanden hatte, wandte sich nun wieder ab und ging kopfschüttelnd an seinen Tisch zurück. Nur einmal blickte er sich noch über die Schulter zurück nach ihm um. Jetzt, als er so weit von Marshall entfernt stand, wie diese die Räumlichkeiten nur zuließen, warf er ihm seine nächste Frage quer durch den Saal an den Kopf.

»Und entspricht es etwa nicht den Tatsachen, daß Gary Hamilton Ihnen bei dieser Gelegenheit über Telefon Ferlin L'Heureux' Phantasie-Szenarium vorgelesen hat, das je eine Begegnung mit Ihnen im Juni und eine im September vorsah? Ist das nicht eine schlichte Tatsache?«

»Nein, das ist es nicht.«

»Und so, Sir, haben Sie sich am nächsten Tag im Best Western niedergelassen, und da haben Sie dann alles brav wiedergekäut, was Hamilton Ihnen mitgeteilt hatte, damit dann, wenn die

Polizei dieses Band fand und L'Heureux womöglich verhaftet war, ihrer beider Geschichten auch zusammenpaßten. Man würde sich bei Ihnen entschuldigen, und Sie könnten mit Felice in den Sonnenuntergang reisen. Mit einem kleinen Zwischenstop, versteht sich, um die Versicherungssummen zu kassieren.«

Als nächster ergriff Carl Seely das Wort. »Das klingt für die Jury mehr nach einer Feststellung als nach einer Frage, um ehrlich zu sein.«

»Ich ziehe es zurück«, sagte Kelly. Doch nun durchmaß er mit schnellen Schritten den Gerichtssaal, bis er wieder direkt vor Rob Marshall stand.

»Als Sie dieses Tonband anfertigten und über nur zwei Treffen mit Ferlin L'Heureux im Juni und September berichteten, haben Sie doch gelogen, oder? Sie haben nie von dem Treffen am 20. Juli gesprochen.«

»Mr. Kelly«, sagte Rob, »ich möchte behaupten, daß dieser Abend einer der traumatischsten Augenblicke meines Lebens war, und ich kann nur sagen, daß ich das – äh – übersehen habe. Es hatte keine Bedeutung für das, was ich mitzuteilen hatte.«

Kelly ging wieder an seinen Tisch zurück. Chris Marshall starrte ihn mit einer Mischung aus Faszination und Entsetzen an. Jedesmal, wenn er eine andere Seite seines gelben Notizbuches aufschlug, schien es Chris, als lade er eine Waffe nach.

»Sie engagierten einen Privatdetektiv, Gary Hamilton, damit dieser für Sie nach Louisiana ging. Korrekt?«

»Indirekt. Mr. Seely unternahm alles, was den vorgegebenen Kostenrahmen nicht sprengte.«

»Ihnen war klar, daß Sie diese Kosten tragen müssen?«

»Natürlich.«

»Haben Sie gesagt: ›Warten Sie noch einen Augenblick, während ich meinen Detektiv nach Louisiana schicke? Ich bin Steuerzahler. In meiner Stadt sind Polizisten unterwegs. Mindestens *sieben* davon untersuchen just in diesem Augenblick dieses Verbrechen.‹ Haben Sie das je gesagt? Haben Sie das gesagt?«

»Nein.«

»Nun, dann erklären Sie mir doch einmal, Sir, was Sie zu tun versucht haben: den ganzen *Country Club* zu beeindrucken, indem Sie die Polizei ausstachen und dieses Verbrechen allein aufklärten?« Und kein Mensch dieser Erde hätte in zwei harmlose Worte der englischen Sprache mehr Verachtung hineinlegen können, als es Kelly mit der Nennung des *Country Club* gelang.

»War es das, was Sie zu tun versuchten?«

»Nein«, war alles, was Rob darauf zu erwidern wußte.

»Und als Sie sich in dieses Best Western eintrugen, entspricht es da nicht den Tatsachen, daß Sie weiter nichts taten, als eine Mixtur anzurühren – wie Sie sagen, mit dem Finger –, diesen dann in den Mund steckten und anschließend einschliefen? Ist das alles, was da passiert ist?«

»Ich hatte den Finger abgeleckt, weil ich wissen wollte, ob ich diese Mixtur auch würde schlucken können. Das habe ich getan.«

»Und Sie schliefen ein?«

»Ja.«

»Und Sie haben nie eine dieser Pillen geschluckt?«

»Das ist korrekt.«

»Wieso? Waren Sie vom vielen Diktieren auf Band so müde?«

Von da an beschäftigte Kelly sich mit Robs Zusammentreffen mit Andrew Myers, wobei er ihm die Aussage entlockte, John Riccios Frau habe Myers sowohl Rob als auch Maria vorgestellt. Er machte sich über Robs Aussage lustig, viele der folgenden Anrufe, von denen etliche nur eine Minute oder weniger dauerten, hätten überwiegend mit einem Rentenplan zu tun gehabt, den Rob dem Eisenwarenverkäufer hatte verkaufen wollen.

»Ich habe noch nie einen Versicherungsvertreter getroffen, der nicht fünfundvierzig Minuten an einem Stück hätte reden können, bevor er überhaupt seine Broschüren öffnet«, sagte Kelly.

»Ist das eine Frage?« schaltete sich Nathan Baird ein. »Ich glaube, mir wurde bedeutet, bitte keine Behauptungen aufzustellen, und langsam frage ich mich, ob das nicht auch für den Staatsanwalt gelten sollte.«

»Natürlich gilt das auch für den Staatsanwalt«, sagte Richter Greenberg trocken. »Das war in der Tat eine Feststellung, und die sollte nicht beachtet werden.« Aber die meisten Mitglieder der Jury hatten bereits herzlich gelacht.

»Oh, sieh da!« sagte Kelly und deutete auf die Telefonliste aus Louisiana, die er auf eine Staffelei gestellt hatte. »Am 25. Juni haben wir ja zwei Anrufe, einen am Morgen und einen am Nachmittag. Der eine dauerte vier Minuten, der andere nur zwei. Hatten Sie an diesem Tag Rentenpläne dort unten verkauft?«

»Wenn mich mein Gedächtnis nicht trügt – ich glaube, ich mußte warten, weil Myers nicht sofort ans Telefon kommen konnte. Er hatte wohl Kunden im Laden, die er erst noch zu Ende bedienen mußte.«

»Und was war am 3. Juli? Das war wohl ein sehr geschäftiger Tag, wie? Hier haben wir um 10 Uhr 04 einen Anruf aus Ihrem Büro bei dem Haushaltswarengeschäft und dann einen von dort zu Ihnen um neun Uhr sieben. Haben Sie über Geschäfte geredet?«

»Beim ersten Anruf war ich nicht im Büro, und da könnte er eine Nachricht hinterlassen haben, ich solle ihn doch mal anrufen, wenn ich zurück sei, und als ich dann um zehn Uhr vier wieder zurück war, habe ich ihn zurückgerufen.«

»Schön. Am dritten September haben wir drei Anrufe, einmal um genau 9 Uhr, dann wieder um 9 Uhr 02 und später am Abend noch einen. An diesem dritten September müssen bei Ihnen ja richtig die Puppen getanzt haben.«

»Einspruch«, sagte Seely.

»Dieser Kommentar wird gestrichen und nicht beachtet«, sagte Richter Greenberg. »Wie ich schon zuvor gesagt habe – während der Zeugenbefragung keine Feststellungen treffen.«

»Am 5. September«, fuhr Kelly fort, »dem Tag vor dem letzten Tag in Maria Marshalls Leben, gab es noch drei Telefongespräche.«

»Nun . . .«

»Waren Sie kurz davor, an diesem Tag einen Abschluß bezüglich eines Rentenplans zu tätigen?«

So ging das den ganzen Morgen weiter, wobei jedes Detail von Rob Marshalls Geschichte der Lächerlichkeit preisgegeben wurde und der Mann selbst am Ende ohne den geringsten Schimmer von Glaubwürdigkeit dastand. Doch da könnte noch immer ein Hauch von verletzter Würde zurückgeblieben sein, und Kelly wollte ganz sicher sein, daß er auch diesen gründlich ausgelöscht hatte, ohne die geringsten Spuren hinterlassen zu haben, damit es auch nicht einem der Mitglieder der Jury noch möglich sein sollte, auch nur den geringsten Anflug von Sympathie für Rob Marshall zu empfinden, wenn es Zeit wurde, den Zeugen zu entlassen.

Er startete betont sanft, wie es übrigens auch für die verheerendsten Schneestürme bezeichnend ist. »Auf Ihrer Kassette sagen Sie, Sir: ›Es machte nichts mehr aus. Sie wollte neu beginnen. Es war egal. Sie liebte mich, sie würde alles vergessen. Und wenn ich jetzt darüber nachdenke, wie unglaublich sie war, wie sehr sie mich geliebt hat und wie verrückt ich gewesen sein muß, sie verlassen zu wollen, dann vermisse ich sie so sehr. Und mit jedem Tag, der vorübergeht, wird es schlimmer und schlimmer.‹ Sie erinnern sich, diese Worte auf Band gesprochen zu haben?«

»Ja.«

»Diese Frau, Maria Marshall, hatte schon, acht Monate bevor sie ermordet wurde, Beweise dafür, daß Sie eine Affäre mit einer anderen Frau hatten. Stimmen Sie mir darin zu?«

»Ja.«

»Aber es machte ihr nichts aus, nicht wahr? Sie liebte Sie noch immer. Stimmen Sie mir auch darin zu?«

»Ja.«

»Sie hielt noch immer das Haus sauber, versorgte die Kinder, kochte Ihnen das Essen und schlief mit Ihnen. Ist das korrekt?«

»Ja.«

»Sie wollte neu beginnen, alles vergessen. Ist das korrekt?«

»Ja.«

»›Wie unglaublich sie doch war‹, um Ihre eigenen Worte zu gebrauchen. Sie stand jeden Morgen zeitig auf, duschte und zog sich an, um den beiden Kindern Frühstück zu machen, bevor sie zur Schule gingen?«

»Ja.«

»Sie wollte keine Scheidung? Ist das eine Tatsache?«

»Wir haben nie über Scheidung gesprochen.«

»›Ich vermisse sie so‹ – Seite drei – ›und mit jedem Tag, der vorübergeht, wird es schlimmer und schlimmer.‹«

»Ja, das stimmt.«

»›Ich vermisse sie so‹«, wiederholte Kelly noch einmal, und seine Stimme war fast zu einem Flüstern heruntergesunken. Er legte die Ausschriftung von Robs Kassetten-Botschaft vor sich auf den Tisch. Dann nahm er die Brille ab, faltete sie sorgsam zusammen und steckte sie in die Innentasche seines Jacketts.

»Ist es nicht auch eine Tatsache«, rief er plötzlich, »daß Sie vom Tag ihres Todes an über Wochen und Wochen und Wochen, die dann folgten, nur immer von einer sprachen – von *Felice, Felice, Felice,* und daß Sie auch nicht ein einziges Mal erwähnt haben, daß Sie Ihre Frau geliebt hätten, daß Sie Ihre Frau vermißten oder sich wünschten, daß die, die für ihren Tod verantwortlich waren, gefaßt würden? *Ist das nicht auch eine Tatsache?*«

»Das ist nicht wahr«, erwiderte Rob, und seine Lippen bewegten sich kaum dabei.

»Sie stimmen doch mit mir darin überein, daß Felice nur wenige Tage nach Marias Tod schon wieder an Ihrer Seite war. Stimmen Sie mir darin zu?«

»Ja.«

»Tatsache ist, daß David Rosenberg Felice nach dem Mord an Ihrer Frau und auf Grund der vielen Gerüchte, die Sie da in Ihrem Tonband erwähnen, aus dem Haus geworfen hatte, nicht wahr?«

»Ja, das hatte er.«

»Und Sie stimmen mir darin zu, daß so um den 25. September herum der Zeitpunkt gekommen war, wo Felice auch Sie verlassen hat?«

»Ja?«

»Und ist der Grund dafür nicht gewesen, daß Felice Sie dabei ertappt hat, daß Sie sie belogen haben? Ist nicht auch das eine Tatsache?«

»Ich weiß nicht, wie ihre Motive im einzelnen aussahen.«

»Vor diesem Datum hatten Sie beide eine Beziehung, die auf Ehrlichkeit und gegenseitigem Vertrauen aufgebaut war. Stimmt das?«

»Ja.«

»Sie haben Felice eine Kassetten-Botschaft hinterlassen, nachdem sie Sie verlassen hatte. Stimmt das?«

»Ja.«

»Und Sie haben ihr weiter Briefe geschrieben. Stimmt das?«

»Ja.«

»In denen Sie sie gebeten haben, zu Ihnen zurückzukommen. Ist das korrekt?«

»Das Motiv war, sie zurückzugewinnen, ja. Ich glaube aber dennoch nicht, daß ich sie direkt darum gebeten habe.«

»Sie haben auf Band gesprochene Nachrichten in ihrem Kassettenrecorder deponiert; sie sollte doch wieder Kontakt zu Ihnen aufnehmen; so war es doch, oder?«

»Das könnte so gewesen sein.«

»Und alle diese Nachrichten und Kassetten, die zu ihr geschickt wurden, verfolgten nur den einen Zweck, sie zurückzugewinnen, denn *Sie vermißten Felice* und nicht Maria Marshall. Ist *das* nicht auch eine Tatsache?«

»Nein, ist es nicht.«

»Haben Sie ihr etwa nicht auf einer Kassette vom 17. Oktober gesagt, Sie könnten es nicht hinnehmen, daß sie die Beziehung mit Ihnen so einfach aufgeben wolle? Haben Sie das nicht am 17. Oktober auf Band gesprochen?«

»Möglich.«

»›In meinem Leben gibt es ein großes Loch, seit du mich verlassen hast.‹ Haben Sie ihr nicht genau das per Kassette mitgeteilt, Sir?«

»Möglich.«

»Auf dieser Kassette haben Sie ihr auch gestanden, der Grund, warum Sie sie angelogen hätten, sei gewesen, daß Sie sich – wörtlich – in einer ›Ecke‹ gefühlt hätten. Haben Sie ihr das etwa nicht auf diesem Band gesagt?«

»Ich kann mich nicht erinnern, das gesagt zu haben.«

»Na schön«, sagte Kelly, »soll ich Ihnen dieses Band dann einmal vorspielen?«

Carl Seely meldete sich zu Wort. »Wir werden auf dem Inhalt dieser Kassette bestehen«, sagte er, »er ist ja kein Geheimnis.«

»Lügen Sie jetzt«, fragte Kelly, »weil Sie – wörtlich – ›in der Ecke‹ stehen?«

»Nein.«

»Auf demselben Band haben Sie ja auch Kritik an ihr geübt, indem Sie ihr sagten – Zitat: ›Du hättest eine Heldin sein können, eine gottverdammte Heldin, wenn du zu mir gestanden hättest.‹ Haben Sie das etwa nicht auf Kassette gesprochen?«

»Wenn Sie darauf bestehen, dann wird es wohl so gesagt gewesen sein. Das war vor anderthalb Jahren. Möglicherweise habe ich es gesagt.«

Jetzt sank Kellys Stimme wieder fast zu einem Flüstern herab. »Und doch wollten Sie uns glauben machen, daß Sie Ihre Frau vermißten und daß Sie sie geliebt haben.«

»Ganz schrecklich«, sagte Rob, die Augen zu Boden gerichtet.

»Halten Sie die linke Hand hoch!« bellte Kelly.

Ganz instinktiv riß Rob die linke Hand hoch, fast als grüße er die Fahne der Vereinigten Staaten.

Kelly ging auf ihn zu und deutete mit dem Finger auf ihn. »Ist das der Ehering, den Maria Ihnen an den Finger gesteckt hat?«

»Ja.«

»Wer hat Ihnen gesagt, Sie sollten ihn während der Verhandlung tragen? Seely oder Hamilton?«

»Euer Ehren«, sagte Seely, »das ist . . .«

»Einspruch stattgegeben«, sagte Richter Greenberg.

Rob hielt noch immer wie gelähmt den linken Arm in die Höhe. »Ist dieser Ring«, sagte Kelly, jetzt wieder ganz ruhig, »ein Hinweis darauf, wie sehr Sie Maria lieben und vermissen?«

»Ja, das ist er«, erwiderte Rob, den Arm noch immer hoch erhoben.

»*Können Sie mir dann vielleicht erklären, wieso ihre Asche sich immer noch in einem braunen Pappkarton in irgendeiner Schublade im Beerdigungsinstitut befindet*?«

Der ganze Gerichtssaal versank in eisigem Schweigen. Rob

sah aus, als habe man ihn ins Gesicht geschlagen. Ganz langsam und viel zu spät nahm er jetzt den linken Arm herunter, bis der Ehering außer Sicht war.

Dann legte Seely Einspruch ein. Und Richter Greenberg rief die Anwälte an den Richtertisch.

»Richter«, begann Seely, »es gibt eine Fülle von Fällen, aus denen sich eindeutig ergibt, daß wenn ein Staatsanwalt die Anklage mit flammenden Feststellungen durchsetzt oder versucht, die Jury ungebührlich aufzuhetzen, und ich behaupte, was hier passiert . . .«

»Die Relevanz«, unterbrach Kelly ihn, »die Relevanz also liegt hier darin, daß er der Jury zum wiederholten Mal einzureden versucht hat, er vermisse seine Frau, er liebe seine Frau so schrecklich, und ich denke, das ist die richtige Antwort darauf.«

»Asche in einem Karton?« fragte Seely ungläubig.

»Er liebt sie so sehr, daß er sich noch nicht einmal die Mühe macht, ihre Asche wenigstens abzuholen«, sagte Kelly.

»Er ist ja auch schon über ein Jahr im Gefängnis«, sagte Seely.

»Er war aber auch draußen. Er ist ja vor dem Dezember gar nicht verhaftet worden. Und ich denke, das ist hochrelevant.«

»Nun, ich kann nachvollziehen, daß dieser Information eine gewisse Relevanz zukommt«, sagte Richter Greenberg. »Ich meine, der Mann hat hier seine unsterbliche Liebe zu seiner Frau kundgetan. Und unter diesen Umständen scheint mir sein Umgang mit ihren sterblichen Überresten logischerweise relevant zu sein.«

»Richter«, sagte Nathan Baird, »Sie können diesen armen Mann nicht so quälen und seine Aussage quasi erzwingen.«

»Das ist nicht wahr«, fiel ihm Kelly ins Wort. »Das ist meine Aufgabe.«

»Nun gut«, sagte der Richter, »in diesem Zusammenhang hat der Zeuge seine unsterbliche Liebe zu seiner Frau behauptet. Das steht in den Sitzungsniederschriften. Und es könnte durchaus vernünftig sein anzunehmen, daß wenn jemand Gefühle dieser Art für jemand anderen hat, er sich darum bemühen würde, entweder die Asche zu sich zu holen oder aber sie in der üblichen Weise zu deponieren. Ich sehe darin nichts Falsches und ich kann auch darin kein Präjudiz entdecken. Ich werde daher den Einspruch zurückweisen.«

Als Kelly die Befragung wieder aufnahm, die eher der Demontage einer Persönlichkeit denn dem Kreuzverhör eines Angeklagten geähnelt hatte, schloß Chris die Augen ganz fest. Er wünschte sich, er könnte auch die Ohren verschließen. Was er sich aber in Wahrheit wünschte, war, daß er aufstehen und aus dem Gerichtssaal schreiten könnte, um nie wieder hierher zurückzukehren, nie wieder das Gesicht seines Vaters sehen zu müssen und nie wieder Kellys Stimme lauschen zu müssen.

Aber diese Möglichkeit blieb ihm verwehrt. Er war gefangen wie die Fliege im Honigglas. Von allem Anfang an hatte er sich vorgenommen, seinen Vater bis zum Ende zu unterstützen. Und das war noch nicht das Ende. Noch nicht ganz. Auch wenn Chris dafür betete, es möge jetzt schnell gehen. Selbst einem Tier würde man den Gnadenschuß geben, um ihm ein solches Leid zu ersparen.

»Sie erkennen die Tatsache an, Sir«, sagte Kelly gerade in einem Ton, der absolute Ruhe und Gelassenheit dokumentierte, »daß Maria Marshalls Asche sich noch immer in einem braunen Pappkarton befindet. Sie haben sich nie die Mühe gemacht, sie abzuholen. Erkennen Sie das an?«

»Ich weiß nicht, in welchem Behälter sie sich befindet«, erwiderte Rob. »Der Grund, warum ihre Asche noch nicht beigesetzt worden ist, ist darin zu suchen, daß wir noch entscheiden müssen, wo wir sie bestatten wollen. Das sollte eine Entscheidung der gesamten Familie sein. Aber wir waren noch zu keiner Entscheidung gekommen, und dann wurde ich verhaftet.«

»Sir, dieser Mord ereignete sich am 7. September 1984. Verhaftet aber wurden Sie nicht vor dem 19. Dezember 1984. Ist das richtig?«

»Ja.«

»Sie hatten den ganzen Rest des Septembers, den Oktober und den November als Trauerzeit, während derer Sie sich um die Asche hätten kümmern können. Korrekt?«

»Es war zu entscheiden, ob wir sie in Florida bestatten sollten. Sie hatte mir gegenüber einmal erwähnt, daß ihr das am liebsten wäre. Wir hatten vor, während der Weihnachtsfeiertage Urlaub in Florida zu machen. In diesem Zusammenhang hatten wir schon überlegt, ob wir die Asche nicht mitnehmen und dort beisetzen sollten. Aber dazu ist es ja nicht mehr gekommen.«

Chris konnte nicht glauben, was er da hörte. Er hatte seinen Vater noch nie mit einem einzigen Wort davon reden hören, die Asche seiner Mutter solle in Florida beigesetzt werden.

Aber Kelly schien ganz glücklich, daß Rob darauf zu sprechen gekommen war. Er lächelte und ging federnden Schrittes quer durch durch den Gerichtssaal auf Rob zu.

»Reden wir doch mal ein bißchen über Florida«, sagte er. »Nach Ihrem Selbstmordversuch am 27. September sind Sie doch für einige Tage nach Florida geflogen. Ist das korrekt?«

»Das ist korrekt.«

»Mit wem sind Sie dorthin geflogen?«

»Zu einem Freund. Ich war nicht in Begleitung. Ich wollte nur Freunde besuchen.«

»Mit wem haben Sie sich dort unten getroffen, Sir?«

»Mit Freunden.«

»Hatten Sie zu der Zeit eine Freundin?«

»Einspruch«, sagte Seely.

»Richter«, sagte Kelly, »er hat die Tür zu der Kammer mit der unsterblichen Liebe zu Maria selbst aufgestoßen.«

»Ich weise den Einspruch zurück«, sagte Richter Greenberg.

»Terri«, sagte Kelly. »Klingelt's jetzt langsam?«

Rob schüttelte nur einfach den Kopf, als könne er nicht begreifen, wie es möglich war, daß sich die Dinge noch weiter zum Schlechten für ihn entwickelten.

»Wie also war der Name des Mädchens, mit dem Sie in Florida waren?« bohrte Kelly weiter.

»Ich bin hingefahren, um mich mit einer Frau zu treffen, die ich unter dem Namen Terri kennengelernt hatte«, sagte Rob lahm.

»Und das war – lassen Sie mich mal nachsehen – Maria starb am siebten September, Ihr Selbstmordversuch war am 27. September – *wann* sind Sie nach Florida geflogen?«

»Ich kann mich nicht an Daten erinnern.«

»September – Ende September?«

»Ich kann mich nicht an Daten erinnern.«

»War es Oktober?«

»Ich meine, es könnte im November gewesen sein, ehrlich gesagt, aber ich kann mich an die Daten nicht erinnern.«

»Und wo haben Sie gewohnt, als Sie dort unten waren?«

»Ich habe in einem Hotel gewohnt – in einem Motel.«

»Haben Sie auch Jim und Molly Stevens besucht?«

»Ja.«

»Nun, Sir«, sagte Kelly, und an dieser Stelle legte er eine kleine Pause ein, um den Effekt noch zu steigern, den seine Frage, da war er ganz sicher, machen würde, »ist es nicht Fakt, daß *Sie jetzt mit Molly Stevens verlobt sind*?«

»Das ist nicht wahr.« Das sagte Rob mit einem Anflug von Schärfe in der Stimme.

»Haben Sie nicht erst vor zwei Monaten noch einen Besuchsantrag für eine Frau gestellt, mit der Sie verlobt sind und die Sie heiraten wollen?«

»Ich habe diesen Antrag gestellt, ja.« Die Schärfe war verflogen.

Kelly setzte sich wieder die Brille auf. In der Hand hielt er ein Stück Papier. »Ich habe einen Brief«, sagte er, »den Sie am 19. Oktober an Captain – wie war doch der Name?«

»Heddin«, sagte Rob.

»Den Sie also am 19. Oktober an diesen Captain Heddin geschrieben haben.« Kelly begann zu lesen. »›Ich bitte um die Erlaubnis, möglichst früh im November, vielleicht am Mittwoch, dem sechsten, Besuch von einer Frau empfangen zu dürfen, die meine zukünftige Ehefrau sein wird.‹«

»Jetzt ist November 1985«, sagte Rob. »Ich spreche von 1985.«

»Wer war diese Frau?« fragte Kelly.

»Die Frau, die hierherkommen wollte, war Molly Stevens, aber ich bin nicht verlobt mit ihr.«

»Ist die Frau, von der Sie in diesem Brief sprechen, die Molly Stevens, die mit Ihrem Freund Jim Stevens verheiratet ist?«

»Sie lebt jetzt von ihm getrennt; aber ja, das ist dieselbe Frau.«

Kelly ließ das Papier sinken, nahm die Brille ab und kratzte sich den Kopf, als sei er wirklich verunsichert. »Dann fahren Sie also im Oktober oder November 1984 mit einem Mädchen namens Terri nach Florida, treffen dort eine Molly Stevens, und heute, am 19.10.1985, schicken Sie sich an, diese Molly Stevens zu heiraten?«

»Ich sagte Ihnen doch schon«, sagte Rob ungeduldig, »daß ich nicht . . .«

Kelly deutete auf den Brief. *»Steht da ›zukünftige Frau‹ oder nicht?«*

»Ja, das steht da. Es war ein Versuch, eine Besuchserlaubnis zu bekommen, und ich habe das als Vorwand benutzt, weil keine Besuchserlaubnis gegeben wird außer an nahestehende Personen wie Verwandte, Ehefrauen oder so was.«

»Was hat denn Jim dazu zu sagen gewußt?« fragte Kelly.

»Einspruch«, sagte Seely.

»Einspruch stattgegeben«, sagte Richter Greenberg.

Kelly machte drei Schritte nach vorn und kam Rob jetzt so nahe, wie es die Zeugenbox gerade noch zuließ. *»Sagten Sie nicht zu Ihren Kindern«*, sagte er, »daß Molly Stevens genauso gut sei wie ihre Mutter. ›Ihr werdet sie mögen.‹ *Haben Sie das gesagt – ja oder nein, Sir?«*

»Ob ich was gesagt habe?«

Jetzt begann Kellys Stimme anzuschwellen, den Gerichtssaal auszufüllen und mit ihm Chris Marshalls Kopf, in dem ein Klang dröhnte, von dem er fühlte, daß er ihn nie mehr würde vergessen können: *»Haben Sie Ihren Kindern etwa nicht gesagt, sie würden Molly Stevens ehrlich mögen, sie sei genau wie ihre Mom. Haben Sie das gesagt?«*

»Das könnte sein«, sagte Rob lahm. »Am Telefon.«

Kelly ging davon, das Gesicht vor Abscheu verzogen, so als sei er einem üblen Gestank ausgesetzt gewesen. Er war jetzt fertig. Aber er konnte sich einen letzten Stich einfach nicht verkneifen.

»Als Sie wenige Monate nach Marias Tod mit Terri in Florida waren, haben Sie ihr da einen Wagen gekauft? Dieser Terri? Dem Mädchen?«

»Ich habe ihr tausend Dollar gegeben, damit sie sich ein Auto kaufen konnte, ja.«

»Was war das denn für ein Auto? Ein gebrauchter Porsche oder ein gebrauchter Zwo-acht ZX?«

»Ich glaube, es war ein 1961er Oldsmobile«, sagte Rob.

»Aber Maria war die große Verschwenderin, Sir. Nicht Sie. Ist das weiterhin Ihre Zeugenaussage?«

»Das habe ich nicht gesagt«, erwiderte Rob.

Kelly rieb sich die Hände. »Fein. Das ist alles, was ich vorzubringen hatte, Sir. Vielen Dank.«

Zur Mittagszeit verspürte Chris nur noch den Wunsch, sich in seinen Jeep zu setzen und so weit und so schnell davonzufahren, wie es irgend ging. Er wollte auch nicht ein einziges Wort von Tessie McBride oder Brenda Dew hören und noch nicht einmal – jedenfalls für eine Weile – von seinem Bruder John.

»Sollten sie jemals die Todesstrafe an ihm vollziehen«, sagte er später, »so würde es auch nichts mehr ausmachen, wenn ich dabei zusehen müßte, denn ich hatte sie bereits die Todesstrafe an ihm vollstrecken sehen. Was Kelly mit meinem Vater gemacht hat – was Kelly getan hat . . . das war, als hätte er auch die allerletzte Spur eines lebenden Vaters in mir ausgelöscht. Von da an war mein Vater für mich genauso tot wie meine Mutter.

Aber in gewisser Weise war es sogar noch schlimmer. Denn Kelly hat meinen Vater nicht nur einfach ausgelöscht. Er hat alles ausgelöscht, was einmal meinen Vater ausgemacht hat. Der Vater, den ich immer zu haben geglaubt hatte – jedenfalls bevor ich anfing, an ihm im Zusammenhang mit dem Mord zu zweifeln –, er hat *nie* existiert. Einen solchen Mann hat es nie gegeben. Alles, jedes Lächeln, das er mir je entgegengebracht hat, jede Umarmung, die wir je getauscht hatten, jedes Wort der Ermunterung, das ich in meinem Leben von ihm vernommen habe – alles Lüge, Falschheit. Alles Teil einer großen Lebenslüge ohne jede Basis.

Sehen Sie, es kam in drei Phasen. Zuerst wurde meine Mom umgebracht. Dann fing ich an, an Vaters Geschichte zu zweifeln. Phase Nummer zwei. Dann erfuhr ich, daß ich nie einen Vater gehabt hatte. Das war die Phase Nummer drei, und sie war das Werk von Kevin Kelly.

Einfach da sitzen und mit so etwas fertig werden zu müssen – wie der einzig noch lebende Elternteil vernichtet wurde – da fühlte ich mich einfach leer, als wenn ich durch den leeren Raum fallen würde, als wenn es da bald auch kein *Ich* mehr geben würde, und da wäre ich beinahe vergangen. Es würde nur noch ein Loch an der Stelle bleiben, an der einst ich gewesen war.

Und dann kamen sie heraus zu mir und sagten mir, ich müsse heute nachmittag in den Zeugenstuhl und aussagen.«

Die Strategie war offenkundig: Bringe die Jungen so schnell wie möglich in den Zeugenstand, um zu versuchen, bei der Jury ein wenig von der Sympathie zurückzugewinnen, die der Vater verloren hat.

Roby war nicht anwesend, aber Chris und John konnten in die Bresche springen.

Da beide Jungen noch so versteinert von dem Gemetzel am Vormittag waren, könnte der Auftritt vielleicht besonders effektiv sein. Die Geschworenen würden sie mit ihren noch frischen Wunden sehen und die schlimme Pein spüren, die sie durchlitten. Dann könnte die Jury ihnen vielleicht, aber nur vielleicht, am Ende ihren Vater zurückgeben wollen, egal, was er auch verbrochen haben mochte.

John wurde als erster in den Zeugenstand gerufen. Er war nur zehn Minuten dort oben, und alles, was er aussagte, war, sein

Vater habe ihn am Abend des 27. September zu Hause angerufen und ›ziemlich deprimiert‹ geklungen. Aber es war im Grunde genommen auch gar nicht so wichtig, was er aussagte. Er war jemand, der das Mitleid der Geschworenen wecken und auf sich ziehen sollte.

»Mr. Kelly, haben Sie irgendwelche Fragen an diesen Zeugen?« fragte Richter Greenberg.

»Ja, ich habe eine«, sagte Kelly. Er stand auf. »In welche Schule gehst du denn?« fragte er John.

»High School East«, sagte John.

»Okay«, sagte Kelly und grinste. »Das war alles. Jetzt kannst du jedem erzählen, du hättest auch im Kreuzverhör gestanden.«

Chris wurde als nächster aufgerufen. Er sagte aus, sein Vater habe ›nervös‹ geklungen, als er in der Nacht des 27. September angerufen hatte. Das war noch nicht gut genug. Nachdem daher Kelly gesagt hatte, er habe keine weiteren Fragen mehr, erhob sich Nathan Baird und fragte: »Klang er, als ob er Lebewohl sagen wollte?« Chris sagte: »Ja.« Dann stieg auch er wieder herunter.

Und als spät am Abend Roby in Lehigh anrief, um zu fragen, wie schlimm denn dieser Tag nun verlaufen sei, merkte Chris, daß ihm die Worte fehlten, es zu beschreiben.

»Na, nun komm schon«, forderte Roby, »du mußt doch in der Lage sein, mir *irgend etwas* zu berichten.«

»Sei nur froh, daß du es nicht mitbekommen hast, Roby. Es ist ein Alptraum weniger, mit dem du für den Rest deines Lebens zurechtkommen mußt.«

»Du meinst, es sei noch schlimmer gewesen als gestern?«

»Roby, ich hatte nur ein Gefühl dabei, und das war, daß es besser gewesen wäre, sie hätten ihm die tödliche Injektion gleich an Ort und Stelle verabreicht. Es wäre gnädiger gewesen.«

Es entstand eine lange, lange Pause. Endlich fragte Roby: »Dann glaubst du also nicht, daß Dad noch eine Chance hat?«

»Roby«, sagte Chris, »ich glaube, es *gibt* überhaupt keinen Dad. Und ich glaube nicht, daß es je einen gegeben hat.«

Aber eine halbe Stunde später klingelte bei Roby das Telefon. Natürlich gab es einen Dad. Er rief ja an.

»Ich höre, es war ein rauher Tag«, sagte Roby.

»Hör zu, Roby, du mußt morgen als Zeuge aussagen.«

»Na, ich weiß nicht, Dad, wenn da auf einmal so ein gutaussehender junger Mann wie ich im Zeugenstand erscheint, nachdem die Jurymitglieder über den größten Teil der Woche hinweg dich zu sehen bekommen haben, dann könnte sich das vielleicht als ein zu großer Schock für sie erweisen.«

»Roby, ich habe keine Zeit für Scherze. Das hier ist ein sehr ernster Telefonanruf. Dies könnte die wichtigste Unterhaltung sein, die wir beide je führen werden.«

»Okay«, sagte Roby, »also keine Scherze.«

»Deine Zeugenaussage, mein Sohn, wird *sehr, sehr* wichtig werden. Verstehst du, was ich damit sagen will?«

»Also, um ehrlich zu sein – nein, Dad. Ich sehe nicht, was ich groß anderes tun könnte, als auf die Jagd nach Sympathiepunkten für dich zu gehen, genau wie Chris und John das auch schon getan haben.«

»Roby, du hörst mir nicht richtig zu. *Deine* Zeugenaussage ist so immens wichtig. *Deine* Aussage könnte das ganze Ding noch einmal herumdrehen.«

»Was soll ich denn aussagen, Dad? Daß *ich* den Finger am Abzug hatte?«

»Ich sage dir jetzt zum letztenmal, mein Sohn, *das hier ist nicht die Zeit für Scherze*. Und jetzt hör mir mal eine Minute lang zu.«

Roby spürte, wie ihn ein schauriges Gefühl beschlich, als befinde er sich außerhalb seines eigenen Körpers und beobachtete sich selbst, wie er dieses Gespräch führte. Als befinde er sich in einem Science-fiction-Film der billigsten Kategorie.

»Mein Sohn, du erinnerst dich doch noch an jenen Morgen im September? An den Tag, als wir zusammen zum Lunch im Club waren?«

»Ja sicher, natürlich erinnere ich mich noch daran. Mom hat mich gegen elf Uhr geweckt und mich gefragt, ob ich nicht Lust hätte, mit euch zweien mitzukommen, und dann sagte sie noch, ich sollte mich beeilen, weil ihr sofort das Haus verlassen wolltet, sobald du wieder zurückwärst.«

»Roby, denk sorgfältig nach. Kannst du dich nicht erinnern, daß ich zu der Zeit schon längst zu Hause war?«

Roby war aufgestanden und hatte angefangen, im Zimmer auf und ab zu gehen, während er sprach, wobei seine Finger mit der langen Telefonschnur spielten. Plötzlich fühlte er sich schwach und wie benommen, so als habe er gerade eine volle Rechte in den Magen bekommen. Er trug den Apparat zu seinem Bett und setzte sich.

»Dad«, sagte er, »du warst *nicht* da. Du warst ausgegangen. Ich weiß noch, daß ich Mom nach dem Grund gefragt habe, und sie hat gesagt: ›Oh, Gott allein weiß, wo sich dein Vater in diesen Tagen überall aufhält.‹ Ja, Dad, daran erinnere ich mich noch sehr deutlich, jetzt, wo du es erwähnst.«

»Denk noch ein bißchen genauer darüber nach«, sagte Rob. »Vielleicht kannst du dich auch ein bißchen anders daran erinnern. Ich ruf' dich in einer Stunde noch einmal an.« Dann hängte er ein.

Roby stellte das Telefon auf den Boden und legte sich lang auf das Bett zurück. Science-fiction pur! Das konnte einfach nicht wahr sein.

Eine Stunde lang lag er auf dem Bett und starrte die Uhr auf der anderen Seite des Zimmers an. Der erste Anruf war um sieben Uhr gekommen. Er wußte – um acht Uhr würde das Telefon erneut klingeln. Mal angenommen, er würde gar nicht antworten. Mal angenommen, er würde es einfach klingeln lassen. Das wäre die einfachste Lösung. Oder aber er könnte schlicht das Zimmer verlassen und irgendwohin gehen und eine lange Zeit wegbleiben. Auf diese Weise bräuchte er noch nicht einmal das Klingeln zu hören.

Aber er lag da, ausgestreckt auf dem Bett und unfähig, sich zu bewegen. Und als das Telefon um acht klingelte, nahm er den Hörer auf.

»Hast du noch einmal darüber nachgedacht, mein Sohn?«

»Ja, das habe ich, Dad. Und du warst *nicht* zu Hause.«

Er konnte hören, wie sein Vater tief Luft holte. Dann sprach Rob. »Hättest du Probleme damit auszusagen, ich wäre doch dagewesen?«

Da war es, was er befürchtet hatte, wovon er gewußt hatte, daß es auf ihn zukommen werde. Jetzt war es offen heraus, direkt vor ihnen, als sei irgendein Phantasie-Monstrum aus einem SF-Filmm mitten im Zimmer freigelassen worden.

»Dad«, sagte er, »das wäre doch eine glatte Lüge!«

»Ich weiß«, sagte Rob. »Und ich hasse es, dich das fragen zu müssen. Aber es würde mir wirklich aus allen Schwierigkeiten heraushelfen. Es ist wirklich über alle Maßen wichtig. Du bist der einzige, dessen Zeugenaussage diesen L'Heureux unglaubwürdig machen könnte. Hör mir zu – sag jetzt bitte nichts. Denk nur einmal darüber nach. Meine ganze Zukunft – *mein Leben* – hängt davon ab. Bleib noch eine Stunde da. Ich rufe dich wieder an.« Und dann hängte Rob wieder ein.

Diesmal stand Roby auf und machte sich auf die Wanderschaft. Zwar verließ er sein Zimmer nicht, aber er hörte nicht auf, hin und her zu gehen. Er dachte über zahlreiche Dinge nach. Er dachte an seine Mutter. Er dachte an seinen Vater. Er dachte an seine eigene unsterbliche Seele und an das Schicksal, das ihm gewiß sein werde, wenn er unter Eid die Unwahrheit sagte. Er dachte darüber nach, wie lange wohl eine Stunde dauern mochte. Er fragte sich, ob dies nicht vielleicht die längste Stunde seines Lebens war. Er fragte sich, ob dies überhaupt noch sein Leben war oder ob nicht in Wahrheit sein Leben mit dem seiner Mutter zu Ende gegangen war.

Vielleicht war dies alles das Fegefeuer, dachte Roby, und wenn er es nur noch eine Weile ertrug, würde er im Himmel und mit seiner Mom vereint sein.

Oder vielleicht war dies schon die Hölle. Und er würde dort für immer verbleiben müssen – allein – und darauf warten, daß die Stunde verging und das Telefon wieder klingelte.

»Nun?« fragte sein Vater ihn um 9 Uhr.

»Dad, du hast uns immer gesagt, wenn wir stets die Wahrheit sagen würden, bräuchten wir uns um nichts Sorgen zu machen.«

»Kannst du mir da heraushelfen?«

»Wenn du also die Wahrheit sagst, wie kommt es dann, daß du so viel Grund zur Besorgnis hast? *Wenn du die Wahrheit gesagt hast, warum muß ich dann lügen*?«

»Du mußt mir da heraushelfen, Roby. Du mußt ganz einfach nur die Zähne ganz fest zusammenbeißen und es tun. Für mich.«

Diesmal war Roby derjenige, der den Hörer einhängte.

Und am nächsten Tag, als er im Zeugenstand aussagte, blieb er bei der Wahrheit.

25. Kapitel

Während rings um ihn herum die Schlacht tobte, hatte Ricky Dew die ganzen bisherigen vier Wochen des Verfahrens still, ohne Emotionen zu zeigen, ausdruckslos und nahezu unsichtbar auf seinem Platz gesessen.

Als die Reihe endlich an ihn kam, nahm er seinen Platz auf dem Zeugenstand ein und erklärte ruhig und gelassen, er habe Maria Marshall nicht ermordet. Danach erklärten sechs weitere Zeugen, darunter sein Bruder, sein noch minderjähriger Sohn und seine Frau Brenda, sie erinnerten sich genau, daß Ricky während der Zeit, da das Verbrechen sich ereignet haben soll, unten in Louisiana gewesen sei.

Dew sagte gleichfalls aus, er habe niemals, weder von Travis Greene noch von Ferlin L'Heureux, etwas über ein Komplott gehört, Maria Marshall zu ermorden. Und Greene, der als einer der Entlastungszeugen für Dew aufgeboten worden war, sagte aus, während er L'Heureux im Juli nach Atlantic City begleitet habe, habe er weder Rob noch Maria Marshall gesehen, weder im Harrah's Marina noch sonst irgendwo. Weiter erklärte er, L'Heureux habe ihm gegenüber nie etwas von einem Komplott erwähnt, irgend jemanden umzubringen, und folglich könne er auch nie eine derartige Information an Ricky Dew weitergegeben haben.

Dagegen konnte Kevin Kelly kaum etwas unternehmen, und er versuchte es auch gar nicht besonders nachdrücklich. Dabei lauerte im Hintergrund noch immer die bohrende Frage, wer, wenn nicht Greene, Dew ins Bild gesetzt hatte, und das führte zwangsläufig zu der Frage, wer in New Jersey denn nun wirklich für die Aussetzung eines Kopfgeldes in Höhe von fünfundsiebzigtausend Dollar auf Ferlin wegen der Nichterfüllung seines Auftrages verantwortlich war.

Doch dies waren für Kelly nicht die entscheidenden Aspekte des Falles. Daher ging er diesen Fragen auch nicht weiter nach.

Er beließ es schlicht dabei, daß die Brücke über Greene in sich zusammengebrochen war, und die gesamte Verteidigung Dews nahm nicht mehr als zwei Stunden in Anspruch.

Um die Wahrheit zu sagen, Kelly schien sich keine sonderliche Mühe zu geben, Ricky Dew bestraft zu sehen, und er hatte ja auch wirklich so gut wie nichts gegen ihn in der Hand. Dew mit auf die Anklagebank zu setzen – ob nun zu recht oder nicht – konnte auch als ein Weg gesehen werden, die Vereinbarung mit L'Heureux zu legitimieren, dessen Aussage so unbedingt erforderlich gewesen war, um den zu überführen, um den es ihm noch am ehesten ging: Rob Marshall. So gesehen war die Anklage gegen Ricky Dew nicht mehr als ein notwendiges Übel.

Nein, es war Rob gewesen, hinter dem Kelly von allem Anfang an her gewesen war, und das mit einer Verve, die er nie zuvor in einem Gerichtssaal gezeigt hatte. Und es war Rob gewesen, den er im Zuge seines Kreuzverhörs praktisch an die Wand genagelt hatte. Und jetzt würde es wieder Rob sein, gegen den sich im Zuge seines Schlußplädoyers seine Energien und auch seine ganze Boshaftigkeit richten würden. Man schrieb den 3. März. Es war ein Montag. Der Tag zog kalt und klar herauf, und der Saal des Gerichtsgebäudes von Mays Landing war hoffnungslos überfüllt. Zwei Zeitungsreporter hatten ihre Plätze für Nathan Bairds Frau und seine Tochter räumen müssen. Sogar Kellys Mutter war gekommen. Dies könnte aller Voraussicht nach sein letztes Schlußplädoyer als Vertreter der Anklage sein. Danach würde er nach Bricktown zurückkehren und sich vom frühen Morgen bis zum späten Abend mit dem Bau- und Bodenrecht beschäftigen. Kelly wollte unbedingt Marshalls Skalp mitnehmen. Er war mehr als sicher, daß er den Prozeß mit seinem Kreuzverhör bereits gewonnen hatte, doch heute, wo diese Riesenmenge von Zuschauern gekommen war, um sein Finale mitzuerleben, würde ihm sein Adrenalinspiegel wohl kaum gestatten, sich auf seinen Lorbeeren auszuruhen.

Doch bevor er sprechen konnte, mußte er zunächst einmal zuhören. Das war das in New Jersey übliche Prozedere. Die Anwälte der Verteidigung sprachen zuerst.

Nathan Baird gab sich charmant und eloquent. Er zitierte die Bibel (Deuteronomium* 19, Vers 15: ›Ein Zeugnis allein reicht nicht zur Verurteilung‹) und erwies gleichermaßen seiner Großmutter und seinem Großvater wie auch dem Dichter Robert Burns seine Reverenz, indem er eine Fabel vortrug, deren Moral darin lag, daß ein schlechtes Stück Fleisch dazu zwinge, die ganze Schüssel fortzuschütten, und er unterstellte, daß Ferlin L'Heureux die Jury in seiner Zeugenaussage mit mehr als nur einem Stück faulen Fleisches konfrontiert habe. Dann wandte er sich der Beweislast zu und berechtigten Zweifeln und behauptete schließlich, es gebe sehr viel mehr, das auf L'Heureux als Täter hinweise, als was sich gegen Dew ins Feld führen ließe. Gegen Dew, führte er aus, gebe es auch nicht den Schatten eines Beweises, abgesehen von dem ›Zeugnis eines Mannes, dem keinerlei Vertrauen‹ zu schenken sei. Dann nahm Baird wieder Platz, noch immer strotzend vor Gesundheit nach einem Wochenende in Acapulco.

Carl Seely, dessen karibischer Teint sich schon längst verflüchtigt hatte, dessen schwere goldene Rolex-Uhr aber wie eh und je an seinem Handgelenk schimmerte, sprach eineinviertel Stunden lang, und das mit derart ausdrucksloser Stimme und so bar allen Gefühls, daß die Mitglieder der Jury in ihren Stühlen einer nach dem anderen zusammensanken und zumindest einer von ihnen um ein Haar sogar eingenickt wäre.

Er hatte einige harte Worte an die Adresse L'Heureux' bereit. »Was könnte es Schlimmeres geben«, sagte er, »als einen Polizisten, der zum Verbrecher wurde? Und da sollte es bei keinem einen Zweifel geben, daß Ferlin L'Heureux genau das ist – ein Polizist, der zum Verbrecher wurde.«

Das Problem war nur – es war nicht L'Heureux, der da auf der Anklagebank saß, sondern Rob Marshall, ein Ehemann und Vater, der zum Verbrecher geworden war. Und als daher Seely als Schlußfolgerung seiner Darlegungen die Jury pflichtgemäß aufforderte, »Rob Marshall von der Anklage freizusprechen und ihn zu seinen Kindern zurückzuschicken«, hörte man im

* Anmerkung des Übersetzers: das fünfte Buch Mose

Zuschauerraum ganz deutlich flüstern: »Mein Gott, haben die denn noch nicht genug durchgemacht?«

Nach dem Mittagessen war dann endlich die Zeit für Kelly gekommen, seine letzte Attacke zu reiten. Und er gab sein Bestes, um diesen Ritt unvergeßlich zu machen. Er brachte allein fünfundvierzig Minuten damit zu, den Fall noch einmal in allen Einzelheiten aufzurollen. Berücksichtigt man die zwingende Logik bei der Rekonstruktion sowie die totale Vernichtung Robs im Kreuzverhör, hätte er hier aufhören können.

Aber das tat er nicht. Statt dessen stürzte er sich kopfüber in einen allerletzten Angriff auf die Trümmer von Charakter, hinter denen Rob sich zu verschanzen versucht hatte.

»Meine Damen und Herren Geschworenen«, sagte er, »Sie können ein ganzes Leben lang leben und werden doch nur einmal einem Robert Oakley Marshall begegnen.«

Er legte eine Pause ein. Trotz seines korrekten Anzugs, Brille und eines Klosterschüler-Gehabes blieb er doch der raubeinige Straßenjunge aus Newark, aber einer, der für das kämpfte und der an das glaubte, was Recht war.

»Ich habe nicht vor, mich vor Sie hinzustellen und zu versuchen, eine vernünftige Erklärung für eine irrationale Tat zu konstruieren«, sagte er, »und ganz sicher geht das, was Marshall seiner Frau angetan hat, weit über jede Vorstellung von Normalität und Logik hinaus, die dem menschlichen Geist zugänglich ist. Aber ich will Ihnen sagen, daß Verzweiflung und Habgier keine Grenzen kennen.«

Würde jeder Angeklagte vernünftig handeln, gäbe es keine Notwendigkeit der Errichtung eines Rechtssystems. Würde jeder Angeklagte vernünftig handeln, es gäbe keine Notwendigkeit zur Errichtung einer Strafjustiz, weil kein Verbrecher je gefaßt werden würde.«

Kelly ging langsam durch den Gerichtssaal, bis er direkt vor Marshall stand, der neben Seely auf der Bank der Verteidigung saß.

»Lassen Sie sich von seinen Tränen nicht beirren«, sagte Kelly und deutete auf den Angeklagten, »er weint um niemand anderen als nur um sich selbst.

Lassen Sie sich nicht von seinen Ich-liebe-euch-Schildern aufs Glatteis führen, denn er liebt niemanden außer sich selbst.«

Wieder legte er eine Pause ein und trat ein paar Schritte zurück in die Mitte des Gerichtssaales. »Einem Ricky Dew sitze ich jeden Tag an irgendeinem Tisch gegenüber, denn ihm sehen Sie an, wen Sie vor sich haben. Da wissen Sie, was Sie erwartet. Aber *dieser* Angeklagte da«, und jetzt deutete er wieder mit dem Finger auf Marshall und machte erneut einen großen Schritt auf ihn zu, und seine Stimme knallte wie eine Ohrfeige, »ist ein Feigling, er ist egozentrisch, er ist habgierig, er ist verzweifelt, er ist materialistisch – und er ist ein Lügner.«

Er unterbrach sich, um Luft zu holen, bevor er etwas langsamer weitersprach. »*In seiner Vorstellungswelt ist er eine Legende.*« Wieder machte er eine Pause. »*Niemand*«, rief er dann, »hat die *Unverfrorenheit*, einen Robert Oakley Marshall als Robert Oakley Marshall in Frage zu stellen. Er ist einer der herausragenden Bürger seiner Gemeinde, auf den mit dem Finger zu zeigen niemand sich trauen würde. Und wenn es einem Robert Oakley Marshall widerführe, sich des Zeugnisses eines Ferlin L'Heureux' erwehren zu müssen, dann würde es nach seinem Selbstverständnis kein Geschworener wagen, dem Zeugnis dieses L'Heureux' gegen einen so herausragenden Mitbürger Glauben zu schenken. *Das*«, sagte er, wobei er wieder mit dem Finger auf Marshall deutete, »ist es, was dort auf diesem Stuhl sitzt. Machen Sie sich nichts vor. Dieser Mann steckte in erschreckenden finanziellen Schwierigkeiten, er war verzweifelt, und er ist habgierig, und er ist ein Lügner. Es gab keinerlei Möglichkeit für diesen Mann, seinen Lebensstil auf Dauer durchzuhalten und auch noch seine Frau zu verlassen. Sie wissen es, und ich weiß es, und er selbst weiß es auch und am besten. Er war *verzweifelt* und er war *habgierig*.«

Jetzt loderte Kellys Wut unverfälscht und klar. Er sprach nicht mehr zu dem Zweck, eine Jury zu überzeugen, sondern er mußte seine Empfindung ausdrücken. Er begann schneller, aggressiver im Gerichtssaal auf und ab zu gehen, wobei er womöglich noch kraftvoller gestikulierte als er sprach, und seine Stimmgewalt wuchs mit dem Maß seiner aufgewühlten Empfindungen.

»In der mündlichen Vernehmung sagte er: ›Ich vermisse Maria, ich liebe Maria‹, und so weiter und so fort. Aber dieser Mann hatte drei verschiedene Liebesaffären binnen drei Monaten, nachdem seine Frau starb, und er vermißt sie so sehr, daß ihre Asche noch immer in der Schublade des Krematoriums liegt. So sehr vermißt er seine Maria.

Und dann behauptet er hier in diesem Zeugenstand, nachdem der Richter die Anwälte zu sich gerufen und er Zeit zum Nachdenken gehabt hatte: ›Nun ja, wir wollten sie nach Florida bringen.‹« Auf dem Gipfel der Erregung angelangt, rief Kelly wie im Fieber: »Und er hat die Stirn, die drei Jungen hierherzubringen, damit sie für ihn aussagen. Das ist *obszön!* Ja, diese Jungen hier in diesen Zeugenstand zu bringen, das ist obszön, und allein dafür gebührt ihm ein *Platz in der Hölle!*«

Bei diesen Worten Kellys durchlief ein spontanes allgemeines Raunen den ganzen Gerichtssaal. In der ersten Reihe stützte John den Kopf in beide Hände. Von der zweiten Reihe aus langte Roby, dessen Augen rotgeweint waren, herüber, um seinem Bruder die Schulter zu drücken. Direkt neben John senkte Chris den Kopf, und seine Schultern begannen, vor Schluchzen zu beben.

»Er würde jeden mißbrauchen, er würde alles sagen und er würde alles tun – einschließlich des Mißbrauchs der eigenen Familie –, um wieder aus der Sache rauszukommen«, sagte Kelly. »*Das* ist Robert Oakley Marshall. Machen Sie sich da mal gar nichts vor.«

Die ganze Zeit saß Marshall schweigend da und schüttelte nur langsam den Kopf. Mit einer letzten verächtlichen Geste wandte Kelly sich von ihm ab, ging wieder quer durch den Gerichtssaal und stellte sich direkt vor die Geschworenenbank.

Seine Stimme klang jetzt wieder gedämpft, sein Auftreten wirkte fast feierlich. »Ich habe Maria Marshall nie kennengelernt«, sagte er, »aber ich weiß, und Sie wissen es auch, daß sie ihre Jungen geliebt hat. Ich weiß und Sie wissen, daß sie ihren Mann ebenfalls geliebt hat. Acht Monate lang hat diese Frau gewußt, daß ihr Ehemann die Nachmittage in den Armen einer anderen Frau verbrachte.

Und doch fuhr sie fort, für ihn zu kochen, sie fuhr fort, seine Kleider in Ordnung zu halten, sie fuhr fort, das Haus in Ordnung zu halten, und sie fuhr fort, mit ihm zu schlafen – *weil sie ihn liebte*.«

Sie wollte noch einmal von vorn beginnen. Sie wollte ihm eine zweite Chance einräumen. Sie hatte das Recht, ihr Leben bis zu seinem natürlichen Ende zu leben. Zu sehen, wie ihre Jungen weiter aufwuchsen. Zu sehen, wie sie ihre Schulabschlüsse machten, wie sie heirateten und eigene Familien gründeten.

Aber er warf das alles weg – seiner Verzweiflung und seiner Habgier wegen. Und – *das* – ist Robert Oakley Marshall.«

Als Kelly fertig war, erfolgte einen Moment lang – der länger und länger wurde – keinerlei Reaktion. Der überfüllte Gerichtssaal verharrte in eisigem Schweigen, während das Echo von Kellys Schmährede noch immer von den Wänden widerzuhallen schien.

Dann war auf einmal das Schluchzen des kleinen John zu vernehmen. Und fast zur selben Zeit brandete das Räuspern und Getuschele auf, durchsetzt mit anderen Seufzern – diese ganz offenkundig um Marias willen und um des Lebens willen, das sie hätte führen können.

John lehnte den Kopf an Chris' Schulter und weinte jetzt hemmungslos, während Chris erfolglos gegen die eigenen Tränen ankämpfte.

Rob drehte sich auf seinem Stuhl um, ein verzerrtes Lächeln auf dem Gesicht, und blickte sich, offenbar noch immer auf der Suche nach Hilfe und Unterstützung, zu seinen Söhnen um. Er fand keine mehr. Es gab nicht einmal mehr einen Augenkontakt, bis auf einen winzigen Augenblick, als Roby in der zweiten Reihe seinen Blicken begegnete, dann aber sehr schnell die Augen senkte und den Kopf schüttelte.

Als die Deputies Rob für die Nacht wegführten, trat keiner seiner Söhne vor, um ihn zu umarmen. Statt dessen schlichen sie langsam mit hängenden Köpfen zur Tür.

Wieder zurück am Crest Ridge Drive 884, wo er die Nacht verbringen sollte, wußte Chris nicht, ob er sich in einem Zirkus befand oder im Zoo. Alle waren sie da, und nichts machte Sinn: Tessie McBride und ein alter Schulfreund seines Vaters mit Namen Paul Kennedy und Brenda Dew. (Hilf Himmel! Wie *aberwitzig* das doch war, mit Brenda Dew unter einem Dach zu leben – im eigenen Haus! Ein paar Tage zuvor hatte Roby noch gesagt: »Ah – ja, sollten sie Dad laufenlassen, und er kommt hierher und findet sie, wird er bestimmt sagen: ›Macht euch nichts draus, Jungs, sie ist genau wie Mom!‹«) Und jetzt auch noch Brenda Dews Schwester!

Und sie alle benahmen sich so albern, daß es für Chris wie ein Schlag ins Gesicht war. Tessie McBride schnitt dünne gelbe Bändchen zurecht, die sie alle am nächsten Morgen um die Eichen binden sollten, und die übrigen redeten so geschwollen wie ein Pfarrer daher – Chris kam sich vor wie gefangen und nach *Jonestown* verschleppt, wo man ihn zwingen wollte, den Giftbecher zu leeren. Brenda Dew folgte ihm auf Schritt und Tritt und hämmerte ihm unentwegt ein, er müsse, ganz gleich, was auch passiert sei, seinem Vater gegenüber loyal bleiben.

Wo waren nur alle die guten Menschen geblieben? Was war aus Sal Coccaro geworden, den Rogers, den Pecks, den Critellis, den Perillis, aus all den geistig gesunden, anständigen, normalen Freunden, die sie zu haben gewohnt waren?

Chris wußte, was passiert war. Es lag an dieser Bunker-Mentalität, die Tessie McBride mitgebracht hatte, als sie hier eingezogen war – an ihrer rüden Art, ihrem höhnischen Lachen, der Feindseligkeit, die sie jedem entgegenbrachte, der ›nicht zum Team gehörte‹, was soviel bedeutete wie *jeder* mit Ausnahme der engsten Familienmitglieder – das alles hatte die wohlmeinenden, sorgenden und liebenden Freunde und Nachbarn vertrieben, die andernfalls bestimmt hiergewesen wären, um ihm beizustehen. In diesem Augenblick drang aus dem Eßzimmer lautes Stimmengewirr herüber. Tessies Stimme übertönte mal wieder alle anderen. Sie brüllte Roby wegen irgend etwas an, das dieser gesagt hatte.

»Das interessiert mich nicht!« sagte sie. »Du hast gefälligst loyal zu bleiben! Er ist euer *Vater!*« Und Brenda Dew stimmte lauthals mit ein.

»Aber jetzt hört doch mal zu«, entgegnete Roby mit einer Stimme, die die anderen aufhorchen ließ. »Da gibt es Dinge, die sind einfach nicht in Ordnung. Die passen irgendwie nicht.«

»Nun, Roby«, sagte Paul Kennedy, »da gibt es vielleicht ein paar Dinge, die du vielleicht wirklich für dich behalten solltest. Dies ist keine Nacht für negative Emotionen. Dies ist eine Nacht für Vertrauen und Gebete.«

Paul Kennedy wußte, weil Roby es ihm erzählt hatte – der Junge war so aufgeregt gewesen, daß er einfach mit jemandem darüber hatte sprechen müssen –, daß Rob ihn dreimal angerufen hatte, um ihn zu veranlassen, für ihn zu lügen. Aber Paul wollte nicht, daß es noch jemand anders erfuhr. Der liebe Gott möge verhüten, daß die Wahrheit bekannt wurde. Das hätte es nur um so schwerer gemacht, die ›Unterstützung‹ weiter durchzuhalten, vielleicht sogar unmöglich. Niemand schien sich mehr für die Wahrheit zu interessieren. Alles, was sie wollten, war, Rob freigesprochen zu sehen. Ein Freispruch für Rob würde – das hatten Roby und Chris mittlerweile begriffen – eine Menge Versicherungsgeld bedeuten, das noch zu verteilen wäre, besonders dann, wenn es keine Felice gab, die es wie ein Schwamm aufsaugen würde.

Als Roby seinen Bruder Chris an der Tür zum Eßzimmer stehen sah, erhob er sich und verließ die Tafel. »Komm mit«, sagte er, »ich muß mit dir reden.«

Sie gingen zusammen ins Wohnzimmer.

»Chris, da gibt es ein paar Dinge, die nicht in Ordnung sind«, sagte er. »Ich weiß Sachen, die weiß sonst keiner. Chris, Dad hat versucht, mich zum Lügen zu überreden.«

Und dann berichtete er Chris die ganze Geschichte. Zum Schluß kam auch noch John hinzu und wollte wissen, um was es denn ging.

»John«, sagte Roby, »wir wollen dich nicht mit Details beunruhigen, aber da gibt es ein paar Dinge, die so nicht funktionieren.«

»Was willst du damit sagen?« fragte John.

»John«, sagte Chris, »du weißt, daß wir alle auf einen Freispruch morgen hoffen, wenn es aber anders kommt – was wir zu sagen versuchen – sieh mal, wenn sie ihn schuldig sprechen, dann müßte das nicht unbedingt ein Fehlurteil sein.«

Dies aus dem Mund seiner beiden Brüder zu hören – den einzigen Vertretern seiner Eltern, die er je hatte –, war mehr, als John zu hören ertragen konnte.

»Nein!« sagte er. »Auf keinen Fall! Er kann nicht schuldig sein.« John verließ sie wieder und ging ins Eßzimmer zurück, um sich zu Tessie und Brenda sowie Paul und Brendas Schwester zu gesellen, die ihm wenigstens noch einmal bestätigen würden, die ganze Anklage gegen seinen Vater beruhe auf lauter Lügen.

Roby und Chris blieben lange wach in dieser Nacht und redeten miteinander. Sie tauschten Erinnerungen aus. Sie erinnerten sich wieder, wie sie zusammen auf der Straße mit dem Ball gespielt hatten und ihr Vater sie bei der Arbeit in seinem Büro hörte und herauskam, um mit ihnen zu spielen. Wie er sich stets an allen ihren Spielen beteiligt hatte, seit sie im dritten Schuljahr gewesen waren, und an lauter Dingen, die ohne Bedeutung waren, außer wenn man noch ein Kind war und es der eigene Vater war, der mitspielte. Oder an die Weihnachten Jahr für Jahr, wenn ganze Türme von Geschenken da waren, Türme, die von Jahr zu Jahr höher wurden. Und sie dachten wieder an die schönen Zeiten in Florida, wo sie gefischt hatten und Wasserski gelaufen waren. Und an den Skiurlaub am Brodie Mountain in den Berkshires. Und wie glücklich – wie sehr in ihn verliebt – ihre Mutter immer geschienen hatte. Sie waren eine solche Klischee-Familie gewesen und wußten es auch. Aber das hatte sie nie davon abhalten können, jede einzelne Minute ihres Lebens zu genießen. Die amerikanische Bilderbuch-Familie. Der wahrgewordene amerikanische Traum.

Aber war es denn wirklich Realität gewesen?

Irgendwann konnten sie nicht mehr reden. Sie saßen nur einfach auf den Stufen der Treppe und lehnten sich mit dem

Rücken an die Wand, jeder mit dem Arm um die Schulter des anderen. Roby und Chris. Zwanzig bzw. neunzehn Jahre alt. Und sie schämten sich nicht der Tränen, die ihnen über die Wangen liefen.

26. Kapitel

Mitten auf dem Gerichtsgebäude von Mays Landing erhebt sich eine hölzerne, weiß gestrichene Kuppel. Sie war das einzige, was von dem alten Gebäude gerettet wurde, als es im Jahre 1972 von Grund auf neu errichtet worden war.

Im Inneren dieser Kuppel hängt eine große Glocke, die von der darunterliegenden Etage aus mit einem Glockenstrang bedient werden kann.

Die Tür, die zu der entsprechenden Treppe führt, war grundsätzlich immer geschlossen, und der Schlüssel, um sie zu öffnen, war schon vor Jahren in einer geheimen Schublade in einem geheimen Schreibtisch in einem der geheimgehaltenen Büros des Gerichts eingeschlossen worden.

Niemand konnte sich erinnern, wann diese Glocke zum letztenmal geläutet worden war. Aber zu ihrer Zeit muß sie einen Zweck gehabt haben.

In den Zeiten, als das ursprüngliche Gerichtsgebäude noch gestanden hatte, waren Mays Landing und seine Umgebung Farmland gewesen. In jenen ganz frühen Tagen war die Glocke auf dem Gerichtsgebäude eine Möglichkeit gewesen, die Farmer von ihren Feldern und die Frauen aus ihren Häusern ins Zentrum der Stadt zu rufen, um ihnen Neuigkeiten von besonderer Wichtigkeit zu vermelden.

Die Glocke könnte benutzt worden sein, um den Bürgern den Beginn eines Krieges mitzuteilen oder dessen Ende, aber da war sich niemand so ganz sicher. Der eine Zweck dieser Glocke, an den man sich noch allgemein erinnerte, war, den Leuten von Mays Landing und Umgebung zu vermelden, daß eine Jury im Inneren des Gebäudes eine Entscheidung in einem Verfahren gefällt hatte, dessen Ausgang für den Angeklagten die Todesstrafe bedeuten konnte.

Hätte nicht der Senator des Staates, John Russo aus Toms River, die Wiedereinführung der Todesstrafe in New Jersey durchgesetzt, wer weiß, ob diese Glocke auf dem Dach des Gerichtsgebäudes von Mays Landing jemals wieder geläutet worden wäre.

Aber jetzt, um 11 Uhr 15 am kristallklaren Morgen des 5. März, einem Dienstag, wurde der Klang dieser Glocke zum erstenmal wieder, seit die meisten Einwohner überhaupt denken konnten, überall in der Stadt und auf den Straßen, die hinein in die dunklen Wälder führten, vernommen. Es war ein schwerer, tiefer Klang wie von einem Gong, der sich immer aufs neue wiederholte, weil unten ein Deputy Sheriff am Fuß der Treppe stand und an dem langen, schweren Seil zog.

Und der Gerichtssaal füllte sich, und der Richter nahm seinen Platz ein, und die Gefangenen wurden aus ihren Zellen hereingebracht, um ihr Urteil zu hören.

Richter Greenberg las zunächst jenen Teil des Urteilsformulars, der sich mit Ricky Dew befaßte. »Nicht schuldig«, sagte er.

Dew lächelte ein wenig, dann schüttelte er Nathan Baird die Hand.

»Sie sind wieder frei und können gehen, wenn Sie möchten«, sagte Richter Greenberg zu Dew.

Und Dew stand auf, nickte dankend in Richtung des Richtertisches und ging dann hinüber zum Tisch der Anklagevertetung, um Kevin Kelly fest die Hand zu drücken. »Passen Sie gut auf sich auf, Kevin«, sagte er und lächelte jetzt noch eine Spur breiter.

»Viel Glück, Ricky«, sagte Kelly und erwiderte den Händedruck.

Dies alles geschah nach Art zweier professioneller Athleten, die einander nach einer harten, aber fair geführten Auseinandersetzung gratulieren. Möge der bessere Mann gewinnen. So in der Art etwa.

Dann trat Dew durch die niedrige Schwingtür, die ihn symbolisch während der Dauer des Verfahrens von der Freiheit getrennt hatte, und ging direkt in die Arme seiner tränenüberströmten Frau Brenda.

Als nächstes las Richter Greenberg jenen Teil des Verdikts vor, das sich mit Rob Marshall befaßte.

»Schuldig«, sagte er.

Robs Brust hob sich einmal kurz, aber sonst zeigte er keinerlei Bewegung. In der ersten Zuschauerreihe, direkt hinter ihm, begannen Roby und Chris zu schluchzen. John barg seinen Kopf an Paul Kennedys Schulter. Kennedy hielt eine Bibel in der Hand.

Dann ist es also vorbei, dachte Chris. *Keine Verfahrenstricks. Ich habe immer gesagt, nichts wäre schlimmer, als im ungewissen zu bleiben. Ich habe mich geirrt. Dies hier ist schlimmer. Warum Dad, warum? Wie konntest du das tun?*

Und dann dachte er an die letzte Gelegenheit, bei der er mit seiner Mutter gesprochen hatte: Als sie ihn vom Tisch bei Harrah's aus angerufen und ihn gefragt hatte, ob er nicht Lust hätte, übers Wochenende nach Hause zu kommen.

Du wußtest es, Dad. Du wußtest es schon, als du damals den Hörer genommen und zu mir gesagt hast: »Hi, Chris, wie geht's denn so? Was treibst du? Ist die Arbeit schwer?« Du wußtest, als du den Hörer auflegtest, daß du jetzt meine Mutter mit auf diese dunkle Straße und dann auf diesen düsteren Platz nehmen würdest, den sie nicht mehr lebend verlassen würde. Und du klangst so normal, du klangst so ganz und gar wie du selbst.

Robys Gedanken waren sehr viel weniger zusammenhängend. Er fragte sich nur immer wieder selbst: *Warum konnten sie nicht sagen »nicht schuldig«? Auf diese Weise hätten wir ihn zurückbekommen. Auf diese Weise hätten wir wieder ein Leben gehabt. Auf diese Weise hätte das alles nur ein großer Fehler sein können. Auf diese Weise hätte er die Wahrheit sagen können. Auf diese Weise wäre ich nicht ein so großer Narr gewesen, ihm die Treue zu halten.*

Ricky Dew trat in den hellen Morgensonnenschein hinaus und hielt auf den Stufen des Gerichtsgebäudes eine Pressekonferenz ab. Er sagte, er habe keine Ahnung, warum Ferlin L'Heureux ihn als den Todesschützen bezeichnet habe, »außer vielleicht, daß er mich gut kannte, schätze ich mal, und er sich ausrechnen konnte, daß ich hinterher nicht mehr wissen würde, was ich genau an einem bestimmten Tag gemacht hatte oder wo ich gewesen war. Ich hätte auch auf einem See zum Fischen sein können.«

Weiter sagte er, er habe auch keine Ahnung, ob L'Heureux vielleicht selbst der Schütze gewesen sein könnte. »Hier weiß jeder genausoviel über die ganze Geschichte wie ich auch. Eben nur das, was man so in den Zeitungen liest oder im Radio oder im Fernsehen hört und sieht. Das ist alles, was ich von Anfang an wußte, und das ist alles, was ich jetzt weiß.«

Dann fragte ihn jemand, wie ihm denn New Jersey gefalle.

»Ich weiß nicht«, sagte er grinsend. »Hab' noch nicht genug davon gesehen.« Dann gingen er, Brenda und Brendas Schwester über die Straße und stiegen in seinen silberfarbenen Dodge-Lieferwagen; er schwang sich hinter das Lenkrad, winkte den Reportern ein letztes Mal zu und fuhr davon.

Im Inneren des Gerichtsgebäudes waren Rob Marshalls Söhne und ein paar Reporter hinter verschlossenen Türen in einem Raum versammelt, der im allgemeinen Zeugen als Warteraum diente, bis sie aufgerufen wurden. Sie sollten auf diese Weise vor dem neugierigen Publikum ein wenig abgeschirmt werden. Einige weinten. Die Jungen hatten rotgeränderte Augen.

»Nun, in der Heiligen Schrift steht geschrieben...« und dabei schlug Kennedy die mitgebrachte Bibel an einer markierten Stelle auf.

»Ich kann deine verdammten heiligen Sprüche nicht mehr hören!« schrie Chris. Dann wandte er sich an Tessie McBride. »Und du verschonst mich bitte auch mit deinen frommen Sprüchlein. Manchmal kommt es mir so vor, als hättet ihr alle die Geisteshaltung einer Glückwunschkarte.«

Er stürzte aus dem Zeugenzimmer hinaus auf den Flur, wo er auf der Stelle ein Dutzend Reporter, Fotografen und Kameraleute sah, die alle dem hinteren Ausgang zustrebten.

»Dein Vater hat einen Kollaps erlitten!« rief ihm jemand zu, der gerade an ihm vorbeirannte.

Chris hetzte auf die rückwärtige Tür zu und kam gerade noch rechtzeitig auf einem Parkplatz an der Rückseite des Gerichtsgebäudes an, um den Krankenwagen mit seinem Vater an Bord davonfahren zu sehen.

Er blieb stehen und rief hinterher: »Dad ... Dad ... Dad ...« bis der Wagen um eine Ecke fuhr und verschwand.

Es wurde erst später an diesem Tag bekannt, aber als er mit seinem silberfarbenen Kleinlaster den Garden State Parkway erreicht hatte, wandte sich Ricky Dew nicht nach Süden in Richtung Louisiana. Statt dessen fuhr er den Parkway nordwärts entlang bis nach Toms River, einer Stadt, über die er schon so viel gehört hatte und die er jetzt endlich einmal sehen wollte.

Seine Route führte ihn am Oyster Creek Rastplatz vorbei. Weil niemand ihm folgte und weil nur er, Brenda und Brendas Schwester im Wagen saßen, kann niemand mit Sicherheit sagen, ob er vielleicht die Fahrt verlangsamte oder gar anhielt, um einen ersten Blick, oder auch vielleicht einen letzten, auf den Platz zu werfen, auf dem Maria Marshall starb.

Aber er setzte seine Fahrt fort bis ins Zentrum von Toms River und dort, nach Anweisungen Brendas, bis zum Crest Ridge Drive 884, dem früheren Heim von Robert und Maria Marshall.

»Will nur ein paar Gepäckstücke meiner Frau abholen«, erklärte er einer Gruppe völlig verdatterter Reporter in der Auffahrt.

Aber Ricky blieb eine geraume Weile dort, er fuhr nicht sofort wieder weg. Irgendwo fand er im Innern des Hauses eine hellrote Baseball-Mütze mit dem Emblem der *Philadelphia Phillies*, ein Souvenir, das Maria Marshall einmal von einem Spiel mitgebracht hatte. Sie war nicht gerade ein überzeugter Baseball-Fan gewesen, aber sie war zu Lebzeiten eine Enthusiastin in allem, was sie unternahm. Und wenn sie einmal zu einem Spiel ging, kaufte sie sich dort auch eine Mütze und trug sie, während sie die jeweilige Heimmannschaft anfeuerte.

Jetzt trug Ricky Dew diese Mütze. Sie paßte ihm nicht gerade gut, aber er hatte sie sich trotzdem auf den Kopf gesetzt – ›nur so aus Spaß‹ –, während er im Vorgarten des Marshall-Hauses stand und ein weiteres Schwätzchen mit den Reportern hielt.

Es war ein wunderschöner Nachmittag in Toms River, genau das richtige Wetter, um draußen ein wenig frische Luft zu schnappen, und Ricky Dew hatte es überhaupt nicht eilig zu verschwinden. Seit vierzehn Monaten war er kaum ins Freie gekommen und schien es jetzt um so mehr zu genießen. Die Luft war mild, und die Sonne wärmte schon genug, um auf einen frühen Frühling hoffen zu dürfen.

Irgendwann kamen Tessie McBride und der Rest des Marshall-Anhangs, und dann versammelten sich alle eine Weile im Vorgarten – John war tränenüberströmt, und Roby schien wie versteinert. Er wanderte umher, als sei er überaus gelassen. Ricky, der noch immer Marias Mütze auf dem Kopf hatte, fuhr fort, sich mit den Reportern und den Fernsehleuten zu unterhalten.

Aber Ricky wollte noch vor Einbruch der Dunkelheit wieder auf der Straße sein, und die anderen mußten hineingehen, um die Willkommen-daheim-Dekoration wieder abzubauen, die John noch spät gestern Abend aufgebaut hatte. So kam schon bald die Zeit, Lebewohl zu sagen, begleitet von viel Händeschütteln und noch mehr Umarmungen auf allen Seiten. Brenda sorgte dafür, daß sie sowohl Roby als auch John umarmte und sie noch einmal daran erinnerte, stets ›loyal‹ zu ihrem Vater zu stehen. Ricky bedachte beide Jungen mit einem festen Händedruck und einem Lächeln. Dann nahm er zu einem letzten Winken in Richtung der Fernsehkameras Marias Mütze ab, kletterte in seinen Laster und war wenig später entschwunden.

Chris war bei Rickys und Brendas Abschied nicht anwesend. Er war als einziger aus der Marshall-Familie in Mays Landing zurückgeblieben um zu sehen, ob sein Vater auch stark genug sein werde, sein Urteil zu hören, das noch am Nachmittag gesprochen werden sollte.

Rob Marshall war nach seinem Ohnmachtsanfall in der nahe gelegenen Unfallstation untersucht worden, wo man aber nichts Auffälliges fand. Um dreizehn Uhr dreißig war er wieder im Verhandlungssaal, und die Urteilsverkündung konnte wie geplant vonstatten gehen.

Nach den in New Jersey geltenden Gesetzen ist die Urteilsverkündung in Verfahren, die ein Kapitalverbrechen zum Gegenstand haben, ein eigenes, in sich abgeschlossenes Verfahren vor derselben Jury, die auch den Schuldspruch gefällt hat. Jede Seite kann sogar noch einmal Zeugen vorladen. Es gibt nur zwei mögliche Entscheidungen: eine lebenslängliche Freiheitsstrafe mit dem Recht zur Begnadigung nach dreißig Jahren oder Tod durch Injizieren eines Nervengiftes.

In dieser Instanz bemühte keine Seite mehr irgendwelche Zeugen. Carl Seely – ein bis ins Mark geschockter Carl Seely, bar der ganzen Geschwätzigkeit und aalglatten Gewandtheit, die er sechs Wochen lang an den Tag gelegt hatte – begründete kurz, warum gegen Rob die lebenslange Freiheitsstrafe mit dem Recht auf Begnadigung nach dreißig Jahren ausgesprochen werden sollte. Er nannte hierfür zwei Gründe. Rob sei noch nie vorher straffällig geworden und sei lange in Bürgerkomitees tätig gewesen.

Als Kevin Kelly das Wort ergriff, schien er wieder zum Meßdiener geworden zu sein. Er zeigte nichts mehr von der hemmungslosen Wut, die er während seines Kreuzverhörs und anläßlich seines Schlußplädoyers an den Tag gelegt hatte. Er war ähnlich ausgelaugt und lustlos wie Seely.

Er sagte einfach nur: »Maria Marshall hatte ebenfalls keinerlei Vorstrafenregister. Auch Maria Marshall verfügte über Bürgersinn. Und ich kann mir in unserer Gemeinschaft kein gemeineres Verbrechen denken, als jemandem Geld zu geben, damit er die eigene Ehefrau umbringt.«

Die Jury zog sich erneut zur Beratung zurück, diesmal nur zur Beratung der Frage, welche Strafe Rob Marshall treffen sollte. Diesmal brauchten sie neunzig Minuten. Als sie mit ihrer schriftlich niedergelegten Entscheidung zurückkehrten, wurde diese, genau wie zuvor der Schuldspruch auch, dem Richter von der jungen Frau überreicht, die im Harrah's Marina als Croupier arbeitete. Sie war eine recht attraktive Frau – vielleicht sogar Rob Marshalls Typ. Bei der Verhandlung hatte sie sogar ein T-Shirt mit der Aufschrift *Miami vice* getragen.

Nach einem Blick auf den Urteilsspruch forderte Richter Greenberg Rob Marshall auf, sich von seinem Platz zu erheben. Dann sagte er mit seiner ruhigen, emotionslosen Stimme:

»Robert O. Marshall, ich verurteile Sie zum Tode, wie es das Gesetz vorsieht . . .«

Es kam noch mehr ». . . der Obhut des Henkers übergeben . . . in Einzelhaft zu halten . . . bis zu diesem Tag . . . Hinrichtung in der vom Gesetz vorgeschriebenen Form . . .«

Aber das Wort ›Tod‹ war das letzte gewesen, das Chris Marshall noch bewußt gehört hatte.

Er saß einfach nur da – allein und ohne Tränen, jedenfalls im Moment noch –, als eine Phalanx von bewaffneten Deputies vortrat und ihm den Blick auf seinen Vater versperrte.

Und dort blieb er, als die Beamten in ihren braunen Hemden und den Ausbeulungen an den Hüften Rob die Arme auf dem Rücken fesselten und ihn durch die Hintertür hinausführten, wo bereits der Gefängniswagen wartete, um ihn nach Trenton zu bringen.

Von jener Nacht an war er in der Todeszelle. Und Chris dachte daran (denn er wußte, daß dem Insassen einer Todeszelle keinerlei wie auch immer gearteter Besuch mehr gestattet wurde), daß er, ganz gleich, wie sehr er es sich auch wünschen mochte – nicht etwa, daß er es gewollt hätte –, nie wieder in der Lage sein werde, seinen Vater zu umarmen oder ihn auch nur zu berühren.

Sein Vater war dahingegangen, mit derselben Gewißheit und Endgültigkeit wie seine Mutter. Und er, Chris, war jetzt allein, umgeben von lauter Fremden.

Und er fragte sich, ob nicht vielleicht durch eine schreckliche kosmische Katastrophe statt seines Vaters er und seine Brüder mitten hinein in die Hölle geworfen worden waren.

Epilog

Bei der ganzen Sache ging es nur um Geld.
Er hat es nicht aus Liebe getan.

– Ferlin L'Heureux

Das Verfahren gegen Andrew Myers fand im Juni statt. Die Staatsanwaltschaft hatte ihm einen Handel angeboten, wonach er sofort freikommen werde, wenn er sich schuldig bekenne, an einem Komplott zur Begehung eines Versicherungsbetruges beteiligt gewesen zu sein, doch das lehnte er ganz offensichtlich in der Erwartung ab, nach einem Freispruch die Ocean County auf Schadensersatz wegen unberechtigter Inhaftierung verklagen zu können.

Statt dessen jedoch wurde er mit einem selbst von der Staatsanwaltschaft als schockierend und unverständlich empfundenen Schuldspruch zu lebenslänglicher Haft wegen der Beteiligung an einer Verschwörung zur Begehung eines Mordes verurteilt. Vor Ablauf von dreißig Jahren wird ihm kein Recht auf Beantragung der Begnadigung eingeräumt werden.

Ferlin L'Heureux wurde kurz nach Beendigung des Verfahrens gegen Rob Marshall in das *Federal Witness Protection Program* übernommen, verblieb aber nur wenige Wochen dort. Er erklärte, dieses werde allzu restriktiv gehandhabt und schränke seine Geschäftstätigkeit allzusehr ein. Nachdem er im Verfahren gegen Andrew Myers ausgesagt hatte, verurteilte Richter Greenberg ihn zu fünf Jahren Haft, von denen er allerdings entsprechend seiner Vereinbarung mit der Strafverfolgungsbehörde der Ocean County nur etwas weniger als drei Monate verbüßte, bevor er wieder auf freien Fuß gesetzt wurde. Nach seiner Entlassung kehrte er nach Shreveport und in ein Leben als Geschäftsmann zurück.

Als Teil der formellen Annahme von L'Heureux' Vereinbarung mit der Staatsanwaltschaft verlas Richter Greenberg vom Richertisch aus eine sorgfältig vorformulierte Erklärung, die in Teilen folgenden Wortlaut hatte:

»Der Freispruch des Angeklagten (Dew) führt nicht zu dem Schluß, daß die Vereinbarung zu widerrufen ist, weil er (L'Heureux) etwa nicht wahrheitsgemäß ausgesagt hätte, wie dies von seiten der Strafverfolgung verlangt worden war. Es muß hier bedacht werden, daß die Feststellung einer Jury, der Angeklagte sei ›nicht schuldig‹ nicht gleichgesetzt werden kann mit der Feststellung, seine Unschuld sei erwiesen. Der Urteilsspruch ›nicht schuldig‹ könnte in seinem (Dews) Fall statt dessen eher die Überzeugung der Jury widerspiegeln, daß die Anklage des Staates gegen ihn nicht über jeden vernünftigen Zweifel erhaben bewiesen wurde, und zwar insoweit nicht, als daß L'Heureux' Zeugnis hinsichtlich seiner (Dews) Beteiligung an dem Mord nicht hinreichend untermauert worden ist...

Um die Vereinbarung aus dem Grund zurückzuweisen, daß er (L'Heureux) nicht wahrheitsgemäß ausgesagt hätte, würde es eines klaren und unwiderlegbaren Beweises der Falschheit seines Zeugnisses bedürfen. Das Zeugnis Dews und die Aussagen seiner Alibi-Zeugen werden diesem Anspruch nicht gerecht.«

Das störte Rick indes überhaupt nicht. Er kehrte nach Louisiana zurück, und dann strengten er und Brenda eine Klage auf Wiedergutmachung in Höhe von fünfzig Millionen Dollar gegen den Staatsanwalt der Ocean County, die Ermittler Gladstone und O'Brien und die Grundbesitzervereinigung der Ocean County an. Dew forderte fünfundzwanzig Millionen Dollar als Wiedergutmachung für körperliche und seelische Verletzungen ein, die er dadurch erlitten haben wollte. Brenda forderte ebenfalls fünfundzwanzig Millionen Dollar als Wiedergutmachung dafür, daß sie vierzehn Monate auf seine Gesellschaft hatte verzichten müssen. (Im Mai 1988 verwarf eine Jury im *Red River Parish** indes nach einem zweiwöchigen Verfahren diese Ansprüche und sprach die Detectives der Ocean County von allen Vorwürfen frei.)

Dew schrieb ebenfalls einen Brief an John Marshall, in dem er dem jüngsten der drei Söhne von Rob Marshall mitteilte, er sei jederzeit zu einem Besuch willkommen, und wenn er es wünsche, könne er auch ganz bei ihm wohnen.

Und irgendwann griff er mitten in der Nacht zum Telefon und rief Kevin Kelly an.

»Wollt' nur mal hören, wie's denn so geht, Kevin«, sagte er, lachte leise und hängte wieder ein.

Kelly verließ die Staatsanwaltschaft wie geplant, um sich ganz seiner privaten Praxis widmen zu können.

Zu Beginn des Jahres 1987 wurde der Staatsanwalt der Ocean County an das Oberste Gericht des Staates als Richter berufen.

Felice Rosenberg blieb mit ihrem Mann David zusammen, und das Paar lebte weiter in dem Haus am Strand, wo man sie gelegentlich am Strand entlanglaufen sehen konnte, beide angetan mit eng sitzenden Bikiniunterteilen, Felice allerdings auch mit einem -oberteil.

Ihr Vater, Fred Frankel, starb im Oktober 1984 an einem Herzanfall, nur wenige Wochen nachdem er von ihrem Verhältnis mit Rob Marshall erfahren hatte.

Marias Vater, Dr. Vincent Puszynski, erlitt seinerseits auch einen Herzinfarkt noch während des Prozesses gegen Rob, an dem er nicht teilnahm. Die Herzattacke ereilte ihn, als er im PHILADELPHIA INQUIRER lesen mußte, Rob habe ausge-

* Anm.: Ein ›Parish‹ ist eine Verwaltungseinheit ähnlich der ›County‹

sagt, daß Dr. Puszynski von seiner Unschuld überzeugt sei und ihn voll und ganz unterstütze.

Ende April 1986 hatte sich Dr. Puszynski wieder so weit erholt, um Sal Coccaro einen Brief schreiben zu können, in welchem zu lesen stand:

»Die ganze Zeit seit dem Ende des Prozesses bemühe ich mich, die Jungen zusammenzubringen und ihre wahren Gefühle kennenzulernen und zu erfahren, was sie bezüglich ihres Vaters glauben, obwohl ich weiß, daß John auch nicht einmal die Möglichkeit einer Schuld seines Vaters einräumen wird. Kein Wunder, lebt er doch inmitten des Pro-Marshall-Clans. Solange diese Schlange noch lebt, wird er diese Kinder in seinen Fängen halten... Ich werde jedenfalls mein Möglichstes tun, wenigstens Roby und Chris von ihm abzulösen. Sie haben genug durchmachen müssen.«

Nicht lange danach erlitt Dr. Puszynski einen zweiten, schweren Herzinfarkt. Marias Mutter, die in tiefste Senilität abgeglitten war, wurde in ein Pflegeheim eingewiesen.

Während Rob sich auf die Jahre dauernden Gnadenappelle einrichtete, die seiner Exekution mit Sicherheit vorangehen würden, verblieb er in der Todeszelle von Trenton.

»Robs Problem«, sagte ein alter Freund aus Toms River einmal über ihn, »oder sollte ich sagen, eines seiner Probleme, ist, daß er nicht zu unterscheiden wußte. Eine Erektion hielt er für eine Berufung. Er vermischte Große Oper mit Seifenoper. Sich selbst und Felice sah er als sterngeborene Liebende, die es wagen durften, die menschliche Ordnung auf den Kopf zu stellen. Was wir anderen sahen, war sein fünfundvierzigjähriges Arschloch, das sich in billigen Motels mit der billigen Miss Heiße Höschen ein Stück weit die Stadt hinunter herumtrieb.

Sehen Sie, was umgab Rob denn in den achtziger Jahren? Alles jagte nach irgendwas: Sex, Drogen, große Geschäfte. Wenigstens dachte er so. Während der arme Rob nur Versicherungen verkaufte und im übrigen mit einer Frau wie ein Eisberg geschlagen war. Sie wissen schon, eine von diesen Sieh-michruhig-an-aber-berühr-mich-nicht-Ladies. Schließlich hat's ihn dann gepackt.

Er hatte keine Beziehung zu Zahlen, er wußte nicht, wie man mit Immobilien zu verfahren hatte – und so etwas gilt hier als so eine Art Charakterfehler –, aber eines hatte er, eine nimmermüde Libido.«

Am 1. April 1987, mehr als ein Jahr nach der Verurteilung, schrieb Chris Marshall, der zu dem Zeitpunkt schon in seinem ersten Studienjahr an der Lehigh-Universität war, seinem Vater einen Brief, wie ihn wohl die meisten Söhne nie zu schreiben brauchen.

Dad,

was ich Dir jetzt schreibe, ist eine Antwort auf Deinen letzten Brief und eine Sammlung meiner jüngsten Gedanken. Sie sind in keiner besonderen Reihenfolge niedergeschrieben, aber ich denke, ihr Sinn ist auch so klar.

1. Ich denke, du bist schuldig.

2. Ich hasse Dich für das, was Du *Mom angetan hast.*

3. Ich hasse Dich für das, was Du *Großvater angetan hast.*

4. Ich hasse Dich für das, was Du *Großmama angetan hast.*

5. Ich hasse Dich für das, was Du *der Familie angetan hast.*

6. Ich hasse Dich für das, was Du *John angetan hast.*

7. Ich hasse Dich für das, was Du *Roby angetan hast.*

8. Ich hasse Dich für das, was Du *mir angetan hast.*

9. Ich hasse es, mit Dir zu telefonieren. Wenn Du nächstens wieder telefonischen Kontakt willst, dann bitte nur unmittelbar mit John. Andernfalls lege ich den Hörer sofort wieder auf.

Ich hasse es, von Dir Briefe zu bekommen. Antworte bitte nicht auf diesen hier, ich werde ihn nicht öffnen. *Jeden Brief, den ich in Zukunft noch von dir bekomme, werde ich erst gar nicht aufmachen. Wenn Du unbedingt mit mir Kontakt aufnehmen* mußt, *dann bitte nur über meinen Anwalt: Eugene Leahy.*

Mit einem hattest Du recht: Ich werde tun, was ich will;

genau wie Du auch gemacht hast, was Du wolltest. Der Unterschied besteht darin, daß ich niemanden umbringen werde.

Dein Sohn Chris

Sechs Wochen später, am Muttertag 1987, einem heißen, sonnigen Sonntag, saß Roby Marshall im Liegestuhl vor einem bescheidenen Häuschen an einer belebten Straße in einer Gegend von Toms River, wo die Häuser billiger waren als drüben in Brookside.

Das Haus gehörte dem Vater seiner Freundin, die schon bald seine Verlobte werden sollte. Der kleine ungepflegte Vorgarten war überfüllt mit Tischen, auf denen alles aufgebaut war, was noch von dem übriggeblieben war, was einst stolzer Besitz von Rob und Maria Marshall gewesen war.

Das Haus am Crest Ridge Drive 884 war verkauft worden. Jetzt versuchten Roby und seine Freundin Michelle DiGiacinto die Inneneinrichtung auf einem Flohmarkt zu verscherbeln. Selbst Robs altes Roulette-Spiel und der Black-Jack-Tisch standen zum Verkauf an.

»Weißt du«, sagte Roby, »wenn wir ein Schild aufgestellt hätten, LETZTE GELEGENHEIT, NOCH WAS VON ROB MARSHALL ZU ERGATTERN, statt einfach nur *Flohmarkt,* ich wette, dann würde das Geschäft um einiges besser laufen.« Dann grinste er.

Er strahlte eine entspannte Zufriedenheit aus, die jedem Besucher erstaunlich vorkommen mußte, der ihn seit den Wirren rund um den Prozeß und die Verurteilung seines Vaters nicht mehr gesehen hatte. Er schien mit sich und den äußeren Umständen seines Lebens im Frieden zu sein.

»Es ist wahr«, antwortete er, »als ich damals zur Verhandlung ging, habe ich einmal gesagt: Früher besaß ich alles, jetzt nichts mehr. Aber das Leben war damals ja nicht einfach zu Ende gegangen. Das Rad der Geschichte hat sich weitergedreht und ich mich mit ihm, und jetzt spüre ich – ich weiß, das muß seltsam klingen, aber es kommt von Herzen –, daß ich alles zurückgewonnen habe.

Die Sache ist, daß ich gelernt habe, was im Leben wichtig ist und was nicht. Das verdanke ich Michelle. Ich habe so vieles von ihr gelernt. Von ihr und von ihrem Vater. Die Art, wie ich mich gegeben habe, die Wertvorstellungen, die ich hatte, hätte ich das alles beibehalten, ich hätte solche Menschen niemals kennengelernt. Ich hätte mich nie weiter um sie geschert. Ich hätte auf sie herabgesehen, nur weil sie kein Geld hatten.

Michelles Vater hat einen Speiseeiswagen gefahren. Jetzt ist er Mädchen für alles. Er ist der Typ von Mann, wie wir ihn früher *angeheuert* hätten, kein Mensch, von dem ich mir hätte vorstellen können, daß er mir irgend etwas von Bedeutung zu sagen gewußt hätte.

Aber ich schwöre bei Gott, er hat mich gerettet. Er und Michelle. Ich hatte eine schwere, schwere Zeit nach dem Gerichtsverfahren durchzustehen. Ich konnte einfach nicht akzeptieren, daß mein Vater ein solch schreckliches Verbrechen verübt haben sollte. Ich *wußte,* daß das alles stimmte, aber im Herzen konnte ich es nicht akzeptieren.

Es hat Monate gedauert. Im letzten Sommer bin ich oft abends ganz allein hinüber zum Strand gegangen. Ich wollte nur einfach auf dem Landesteg sitzen, auf den Ozean hinausschauen und nachdenken. Ich habe viele Stunden da gesessen, manchmal sogar die ganze Nacht, und ich erinnere mich an eine Nacht, als ich auch wieder da draußen gesessen hatte, während draußen auf dem Ozean ein fürchterliches Gewitter mit Blitz und Donner tobte und ich einfach nur dasaß und zuschaute, wie die Blitze über den Himmel zuckten; als das Unwetter vorbeigezogen war – ich möchte jetzt nicht, daß das allzu geheimnisvoll klingt, aber so ist es nun mal passiert –, da hatte ich ganz plötzlich das Gefühl, als sei mein Kopf wieder klar, genau wie der nächtliche Himmel über mir.

Und da nahm ich endlich zur Kenntnis, daß ich meinem Vater nicht mehr länger glaubte und daß ich ihm nie wieder würde glauben können. Es war, als sei mir diese gewaltige Bürde von den Schultern genommen worden. Denn seit er mich damals in der Schule angerufen und mich gebeten hatte, für ihn zu lügen, *wußte* ich es einfach, daß er schuldig war. Ich wußte es, aber ich konnte es nicht akzeptieren.

Nachdem ich einmal aufgehört hatte, dagegen anzukämpfen, nachdem ich erst die Wahrheit akzeptiert hatte, da war mir, als sei ich jetzt exakt am Punkt Null angekommen. Und mir ist klar, daß dadurch in meinem Herzen der Platz frei geworden war für Michelle.

Sie half mir zu begreifen, daß auch ich ein Opfer war. Sie ließ mich so empfinden, wie *ich* empfinden wollte und konnte, und nicht so, wie meine Umgebung es von mir erwartete. Ich hatte ein *Recht* darauf, wütend zu sein! Das war in Ordnung. Sie und ihr Vater ließen mich begreifen, daß es nicht mein Fehler war. Sehen Sie, ich glaube, ganz unbewußt war das ein Teil meines Problems: Irgendwie habe *ich mich selbst* für den Tod meiner Mutter mitverantwortlich gefühlt. Michelle und ihr Vater, sie haben mir beide gesagt: ›Nichts, was du hättest tun können, hätte das Verbrechen verhindern können. Und du kannst überhaupt nichts tun, um die Dinge zu ändern. Glaube, was dir dein Herz sagt, nicht was dein Vater gern möchte, daß du es glaubst.‹

Wenn ich jetzt hier so sitze und darüber rede, erscheint es so offenkundig, aber das ist es, was mein Leben total umgekrempelt hat. Das läßt mich fühlen, daß ich wieder ein Leben habe.

Und es ist ein Leben mit einer gänzlich anderen Werteordnung. Ich betrachte Geldmangel nicht mehr als Unglück, eher als einen Aktivposten, der einem hilft, mit den Beinen auf der Erde zu bleiben. Michelle und ich, wir unternehmen Dinge wie – *spazierengehen.* Dinge, die kein Geld kosten. Ich meine, ich schätze, es hätte nicht zwanzig Jahre zu dauern brauchen und mich den Tod meiner Mutter kosten müssen, das zu verstehen, aber man muß nicht unbedingt Geld ausgeben, um Spaß zu haben. Und man braucht kein Geld zu haben, um der Liebe eines anderen Menschen wert zu sein. Und ich liebe Michelle. Und das ist es, was ich meine – ich fühle, ich habe alles zurückgewonnen.« Er lachte. »Heh – Michelle hat mich sogar gelehrt, Hunde zu mögen.«

Die Sonne brannte immer heißer. Gelegentlich hielt ein Auto

an, und Roby erhob sich, um einen Verkauf zu tätigen. Er war nicht in der Stimmung, hart zu feilschen. »Wieviel?« sagte er dann. »Ich weiß nicht, was der Plunder noch wert ist. Sagen wir zehn Dollar? Sie können es auch für fünf haben. Drei, sagen Sie – na gut, sagen wir drei.«

Er wanderte zwischen seinen Tischen hindurch und deutete auf verschiedene Möbelstücke. »Ich würde das Zeug ja verschenken«, sagte er, »aber wenn ich da ein Schild aufstelle, UMSONST, dann würde kein Aas mehr anhalten, weil jeder denken würde, die Sachen sind nichts wert. Na ja, einiges davon ist sicher nichts mehr wert. Aber das sind Erinnerungen. Zwanzig Jahre Familienleben. Zwanzig Jahre Erinnerungen. – Zu verkaufen!« schrie er. »Gleich hier! Solange noch was da ist! Alles billig abzugeben!«

Dann setzte er sich wieder in seinen Gartenstuhl. »Und noch etwas habe ich zu akzeptieren gelernt«, sagte er, »und das ist vielleicht noch härter zu schlucken: Der Verlust wird immer zu spüren sein. Da kann man nicht einfach sagen: ›Heh, reiß dich zusammen, es ist vorbei‹.

Ich werde nie darüber hinwegkommen. Kaum sehe ich irgendwo einen Wagen, der dem meiner Mutter auch nur ähnelt, schon übermannt mich wieder ein Gefühl der Trauer. Manchmal sehe ich im Supermarkt eine Frau, die auch nur eine Minute lang wie meine Mutter aussieht, und die Trauer geht wie ein Ruck durch mich hindurch und treibt mir manchmal sogar die Tränen in die Augen. Alles, einfach alles, kann diesen Erinnerungsschub auslösen.«

Später am Nachmittag wurde die Sonne unerträglich heiß, und jetzt hielt auch kein Auto mehr an. Roby packte zusammen, was noch keinen Käufer gefunden hatte, und brachte es in die Garage von Michelles Vater. Dann fuhr er in das Häuschen, in das er mit seinen Brüdern erst kürzlich gezogen war.

Er sagte, manche Leute fänden es eigenartig, daß sie in Toms River hatten bleiben wollen, aber es sei nun einmal ihre Heimat, und nachdem sie schon so viele Verluste hatten hinnehmen müssen, hätten sie das Gefühl gehabt, einen Ortswechsel entbehren zu können.

»Zudem«, sagte er, »liegt es nahe am Strand. Und ich liebe den Strand und das Meer.«

Chris Marshall war zu Hause in dem kleinen Häuschen, wo die starke zentrale Klimaanlage einen kühlen Hauch durch alle Räume schickte, eine Wohltat nach der Hitze da draußen.

Chris' Gemütslage stand in vergleichsweise starkem Kontrast zu der seines Bruders. Einen solchen Brief an seinen Vater geschrieben zu haben, nachdem er zweieinhalb Jahre seine wahren Gefühle bekämpft hatte, statt sie zu ermuntern, hatte ihm neue Energien beschert. Wo Roby schon still und abgeklärt wirkte, da loderte bei Chris noch die pure Rebellion.

»Ja«, sagte er, »mein Vater hat zurückgeschrieben, seit ich ihm diesen Brief geschrieben habe. Er hat schon zwanzigmal zurückgeschrieben. Aber ich habe nicht die geringste Ahnung, was er zu sagen hat, denn ich habe noch nicht einmal die Kuverts aufgerissen. Ich werfe sie jedesmal sofort in den Abfall, genauso, wie er es mit Mom gemacht hat.

Ich werde ihm nie verzeihen. Niemals.

Nicht, daß er direkt um Verzeihung bettelt. Er hält noch immer die Scharade aufrecht. Diesen ganzen Scheiß. Im letzten Sommer war ich irgendwann an einem Punkt angekommen, wo ich es einfach nicht mehr aushalten konnte. Tessie McBride rief an und sagte, sie verfertige gerade ein Gesuch für eine Besuchserlaubnis, und ich habe gesagt: ›Ich bin diesen ganzen Scheiß leid! Ich denke, er ist schuldig, und ich will ihn mein ganzes Leben lang nicht mehr wiedersehen.‹

Ich hatte das Gefühl, es war Zeit, reinen Tisch zu machen. Zeit, endlich alles offen auszubreiten und meinen Vater wissen zu lassen, wie ich fühlte. Das hat gutgetan. Ich will nichts mehr mit ihm zu tun haben. Philosophisch betrachtet – ich habe noch nicht darüber nachgedacht, wie ich zur Todesstrafe ganz allgemein stehe, aber was meinen Vater angeht, da wäre es keine große Affäre, wenn sie ihn umbringen – für mich ist er schon vor langer, langer Zeit gestorben.

Er sollte schon allein für das umgebracht werden, was er John angetan hat. Zu der Zeit, als das passierte, Moms Ermordung meine ich, da war meine Persönlichkeit schon weitgehend geformt. Ich ging schon aufs College. *Aber John war doch erst dreizehn Jahre alt!* Er hatte noch drei bis vier Jahre des Bemuttertwerdens vor sich, und die hat ihm mein Vater gestohlen. Ich bin jetzt sein gesetzlicher Vormund – großartig. Und wer macht ihm morgens die Pfannkuchen?

Aber heute ist Muttertag. Ich mag nicht über meinen Vater reden. Ich bin es leid, immer wieder von ihm zu reden, von ihm zu hören.

Ich will Ihnen eine Geschichte von meiner Mutter erzählen, obwohl auch mein Vater dabei eine Rolle spielt. Es geschah vor drei Jahren, genau zu dieser Jahreszeit, vielleicht auch ein bißchen später im Mai, denn Roby war gerade von seinem ersten Jahr auf Villanova zurückgekehrt.

Wir gingen zu einem Abendessen in den Club. Gesessen haben wir an dem großen Tisch in der Ecke, wo sie uns für gewöhnlich hinverfrachteten, und dann brachten sie uns unsere Aperitifs auf einem Tablett. Ich weiß das deshalb noch so genau, weil ich einen Krabbencocktail bekam, der nahezu ungenießbar war.

Dann kamen Tom Kenyon und seine Frau herein und wurden ganz in unsere Nähe gesetzt. Vielleicht nicht direkt neben uns, aber sehr nahe. Mir fiel auf, daß meine Mom ganz aufgeregt wurde. Und als dann die Hauptgänge aufgetragen wurden, fing sie auf einmal an zu weinen. Sie stand sofort vom Tisch auf und setzte ihre Sonnenbrille auf, damit niemand sah, daß sie geweint hatte.

Es muß an die zwanzig Minuten gedauert haben, bis sie an unseren Tisch zurückkehrte. Die Kellnerin fragte meinen Vater schon, ob sie das Essen wieder mit in die Küche nehmen solle, um es warmzustellen, aber er sagte nein, sie würde gleich zurückkommen. Schließlich standen er und Roby auf, um sich draußen nach ihr umzusehen. Und ich erinnere mich noch, wie ich da mit John saß und wir beide auf unsere Teller hinuntersahen und plötzlich beide wußten, daß wir sie nicht leeressen würden, und wie wir uns gefragt haben: *Was, um alles in der Welt, geht da vor?*

Wir haben dieses Abendessen nie beendet. Mom kam wieder

herein, die Sonnenbrille noch immer aufgesetzt, und nachdem wir dann noch alle so gut fünf Minuten gesessen haben, ohne daß einer von uns ein Wort gesagt hätte, sind wir aufgestanden und wieder gegangen.

Später am Abend habe ich sie dann gefragt, worüber sie sich so erregt habe, und sie sagte weiter nichts als: ›Ich bin in letzter Zeit ein bißchen nervös, da ist ein bißchen viel zusammengekommen.‹

Erst als dann bei dem Verfahren dieser ganze Mist ans Tageslicht kam, daß meine Mom bei Tom Kenyon gewesen ist und er dann Felice brühwarm alles erzählt hat, was Mom ihm gesagt hatte, war mir klar, daß es das gewesen sein mußte: Hier waren wir, diese nach außen hin so phantastische Familie, diese *Werbung* für das gute Leben in Toms River, und noch während diese Show abläuft, kommt genau der Mann herein, der als einziger in der Stadt weiß, daß das alles gelogen ist.

Ich glaube, das hat sie einfach nicht verkraftet. Sie konnte nicht länger Theater spielen, als sie wußte, daß keine zehn Fuß weit weg einer saß, der die Wahrheit kannte. Und ich glaube, das hat ihr wohl die Augen darüber geöffnet, daß der Zeitpunkt nicht mehr fern sein konnte, wo alles So-tun-als-ob aufhören mußte.

Roby betrat das Wohnzimmer. In der Hand hielt er einen auf rosa Büttenpapier geschriebenen Brief.

»Erinnern Sie sich«, sagte er, »daß meine Mom und Onkel Gene drauf und dran waren, sich an diesem Montagmorgen mit meinem Vater zusammenzusetzen und ihm alles unter die Nase zu halten? Nun, hier ist der Brief, den sie ihm eigentlich bei dieser Gelegenheit hatte überreichen wollen.«

Er war nur eine Seite lang und lautete:

Die ersten zwanzig Jahre.

Ich hoffe, Du kannst bei mir sein, was immer Du sein möchtest. Ich hoffe, Du verspürst genug Liebe von mir, daß es Dir leicht fällt zu lächeln, wenn Du lächeln möchtest, und zu weinen, wenn Du weinen möchtest.

Ich hoffe aufrichtig, daß Du Dich bei mir sicher genug fühlst, mit mir zu schweigen oder deine Wünsche zu zeigen oder mich einfach nur um eine Umarmung zu bitten.

Sich in dieser Weise sicher zu fühlen, das ist wichtig – ich weiß es, denn auch ich brauche dieses Gefühl der Sicherheit – von Dir.

mit all meiner Liebe
Maria.

»Sicherheit«, sagte Roby, und plötzlich füllten sich seine Augen mit Tränen. »Das war alles, was sie von ihm wollte – Sicherheit.«

»Statt dessen«, sagte Chris, »gab er ihr ein paar fünfundvierziger Kugeln in den Rücken.«

Minutenlang starrten sie auf die kurze Botschaft, ohne ein einziges Wort zu sagen. Dann schaute Chris auf seine Uhr. Es war halb fünf.

»Wo ist John – oben?« fragte er.

»Ja«, erwiderte Roby.

»Holen wir ihn herunter. Es ist Zeit, zum Friedhof zu gehen.«

Sie brachten Rosen mit, drei rote Rosen.

Wenige Tage nach der Verurteilung ihres Vaters waren sie zum Krematorium in Toms River gegangen, wo man ihnen die Asche ihrer Mutter ausgehändigt hatte, die dort in einer braunen Pappschachtel in einer Schublade aufbewahrt worden war.

Sie hatten die Asche in einer Ecke des Friedhofs von St. Joseph's bestattet und die Stelle mit einem Grabstein gekennzeichnet, auf dem die Worte eingemeißelt waren, die Maria auf die Rückseite der Immatrikulationsbestätigung des Stockton State College für Roby geschrieben hatte: *UNSERE GRÖSSTE GLORIE LIEGT NICHT DARIN, NIEMALS ZU FALLEN, SONDERN DARIN, JEDESMAL WIEDER AUFZUSTEHEN, WENN WIR EINMAL GEFALLEN SIND.*

Die Sonne schien klar von einem wolkenlosen Himmel herunter. Ein heißer Wind blies über das Gras und die raschelnden Bäume hin, die bereits voll im Laub standen, und ließ Dutzende, vielleicht sogar Hunderte kleiner Windlichter aufflackern, die überall auf dem Friedhof entlang den Begrenzungen der einzelnen Grabstellen aufgestellt worden waren.

Dies war ein neuer Brauch hier in Toms River, die Grabstätten zu besonderen Anlässen mit Windlichtern statt mit Blumen zu schmücken.

Roby, Chris und John hatten jeder eine Rose bei sich. Sie parkten am Straßenrand und schritten langsam zum Grab ihrer Mutter. Als sie es erreicht hatten, knieten sie nieder und verharrten lange Minuten in schweigendem tränenreichem Gebet.

Dann legte ein jeder seine Rose auf den Sockel des Grabsteins; gemeinsam gingen die drei Söhne von Robert und Maria Marshall – zwei von ihnen von der Schuld des Vaters überzeugt, während der jüngste sich noch immer an seinen Glauben von des Vaters Unschuld klammerte – zurück zur Straße und blinzelten ein wenig, als die Sonne und die heiße Brise ihre Tränen trockneten.

ENDE

Band 13 323

Joe McGinniss

Die Unschuld des Mörders

Wie ein Donnerschlag bricht das Unheil über eine amerikanische Familie herein. Eine schwangere Mutter und ihre beiden Kinder werden in ihrem Haus erstochen und erschlagen. Nur einer kommt mit Stichwunden und einem Schock davon: Jeffrey MacDonald, der Familienvater, der selbst die Polizei ruft.
Auch wenn viele Indizien gegen ihn sprechen – die Nachbarn, die Verwandten, der Gerichtspsychologe sind sich einig: Dr. Jeffrey MacDonald, Arzt und Angehöriger der Green Berets, kommt als Täter nicht in Frage. Er ist immer ein treusorgender Familienvater gewesen, tatkräftig, hilfsbereit und charmant dazu. Wie kein zweiter hat er den amerikanischen Traum gelebt. Warum sollte er selbst diesen Traum mit Blut besudelt haben?
Kein Verbrechen in den letzten Jahren hat Amerika mehr bewegt als dieses. Kein Buch hat die amerikanische Bestsellerliste länger angeführt als dieses.

BASTEI LÜBBE

Sie erhalten diesen Band im Buchhandel, bei Ihrem Zeitschriftenhändler sowie im Bahnhofsbuchhandel.